春園研究學報

春園研究學報

2015년

제7호

춘원연구학회

춘원의 길 찾기 지도를 그리며

尹 弘 老

(춘원연구학회장, 단국대 명예교수, 전 단국대 총장)

　　2014년 학술대회는, 제7회 춘원의 전기와 Text에 이어서, **이광수의 삶과 문학의 심상지리학**(imaginary geography of places and spaces)'이라는 제목으로 열렸습니다. 구한말, 일제강점기와 해방 정국에서의 춘원의 삶과 문학의 지도를 그리기 위해 時間의 推移에 이어 空間 이동에 따른 심상적 변화와 지속성을 측정하려는 것입니다. 춘원의 鄕里 定州에서 제물포를 거쳐 京城→ 東京→ 상해→ 치타→ 北京의 經路를 따라 이광수의 삶과 상상력이 글쓰기로 정착되기까지의 그의 삶과 문학의 지도를 만들어 보려는 것입니다.

　　춘원의 작품에서 그리고 있는 삶의 지도는 끊임없이 국경선을 넘나들며 邊方과 文明의 中心地인 京城과 東京 上海 北京을 순환하면서 만난 새로운 문화와 정치, 사회적 충격 속에서 새로운 목소리를 듣고 새로운 비전을 보고 그것을 글쓰기로 옮긴 것입니다. 춘원은 새로운 글쓰기를 위해 삼인칭 대명사와 과거 시제, '있다', '없다' 같은 우리말의 시제를 만들어 新文法과 문장을 만들어 사실상 근대소설을 만든 創始者였습니다.

　　그는 19세기 세도 가문이 극도로 부패하여 나라가 벼랑 끝에서 흔들렸을 때 洪景來 난(1811), 東學農民戰爭 등 革命의 근원지 定州 출신입니다. 그는 일찍이 早失父母하여 극단의 逆境 속에서 삼종누이의 영향으로『구운몽』『사씨남정기』와 같은 이야기 책을 보고 이야기를 창작하여 재종들에게 들려주는 천재적인 소질을 가지고 있었습니다. 그런 의미에서 **정주**

는 춘원 사상이 여러 가지로 꽃필 수 있는 온상이기도 합니다. 춘원은 京城과 東京을 出入하면서 변화되는 정치·문화·사회적 세례를 받으면서 民族主義의 개념을 확립하고 자유와 평등의 문명사회를 이상으로 하는 近代化를 추구합니다. 그는 구습을 타파하고 生命을 우선하는 혁명적인 사상으로 민족의 向上을 글쓰기로 호소하였습니다.

춘원의 끊임없는 변신(變身)은 새 세상의 꿈(봄동산－春園)을 찾으려는 그의 방랑벽과 무관하지 않습니다. 그는 약관(弱冠) 22세에 정든 오산학교 교사를 사직하고 한만국경을 넘어 세계 여행을 꿈꾸었습니다. 일찍이 신라시대 혜초(慧超, 704~787)가 인도로 가는 순례 길에 나선 후 "고향에선 주인 없는 등불만 반짝이리"라는 애절한 기행문으로 시작하는 『왕오천축국전(往五天竺國傳)』을 남겼듯이 춘원은 달빛 아래 외로운 배(孤舟)를 타고 돌아오기 어려운 길을 선택한 것입니다. 그는 上海로 간 후 다시 만주의 허허벌판 광야를 건너 **해삼위**를 거쳐 **치타**까지 방랑하면서 새 하늘 새 땅을 꿈꾸었습니다. 망명 청년 춘원은 나라 없음과 자유 없음의 슬픔과 한(恨)스러움을 낯선 異國땅에서도 뼈저리게 느끼고 독립준비와 전쟁을 절규하면서 조선의 미래의 신기루를 그리고, 그것을 글로 쓰지 않을 수 없었습니다. 그것은 마음속 깊이 각인되어 그의 작품 어디에나 산재하고 있습니다. 그의 작품은 보배로운 거울(寶鏡)이 되어 우리들에게 다시 비추어 주고 있습니다. 그 거울에서 나오는 작품의 목소리가 암호처럼 감추어지고 침묵의 깊은 목소리를 해독하고 지난날의 어두움과 빛의 소망을 재생시켜 우리들의 길을 찾자는 것이 춘원학회 회원들의 협동 작업입니다. 대표적인 사례로 「흙」은 춘원이 정주군에 있는 龍洞의 새마을운동의 지도자 체험을 작품으로 형상화한 것입니다. 그는 용동 체험을 멀리 치따에서 경성까지의 경로를 거쳐 20여 년간의 새로운 문화 체험과 광범위한 독서 영향으로 마침내 새로운 「흙」으로 작품화한 것입니다. 용동의 새마을운동이 오늘날 온누리로 펼쳐지는 한류와 함께 온 인류의 새마을운동이 새롭게 펼쳐지는 「흙」의 후속편을 기대합니다.

춘원은 敵都 東京에서는 二八獨立宣言書를 기초하고 三一運動의 불꽃을 당겼습니다. 이를 해외 요로에 알리려고 上海로 탈출하여 獨立新聞社 사장 겸 편집국장에 취임한 후 血戰의 논설을 씁니다. 그는 五道踏破 여행을 하면서 조국의 江山을 聖地化한 여행기를 쓰기도 합니다.

춘원의 心象地理學은 오늘 발표자들의 지역에 따른 차별은 단절된 것만을 밝히는 것이 아니라 文明都市들과 원시적인 自然과의 交流 속에서 이루어지는 순환의 논리로 연결되어야 합니다. Stallybrass와 White(1986)주장처럼 우리들이 육체와 영혼, 지리적 공간과 사회 형성 등을 분리하는 발상은 上下 제도의 산물과 관련되어 있습니다. 上下 상호 간의 敵對는 유럽 문화에 뿌리박힌 서열 감각이 지배하고 있기 때문이라는 것입니다. 서구의 黑白論理의 이분법은 동서양을 가르고 계급을 가르고 육체와 지리적인 자연과도 갈라냅니다. 우리는 문학작품을 이해하고 해석하기 위해서 二分法적인 黑白論理의 함정에서 벗어나서 다원론적인 통합방법론을 모색하고자 합니다. 심상지리학이라는 제목으로 학회의 주제를 내세운 이유는 바로 사회적 상황 속에 사는 사람의 삶은 지리적 공간과 분리할 수 없는 밀접한 관련성이 있다는 통합적 해석론에 근거하고 있습니다. 그러나 現地의 끊임없는 변화는 새로운 지도를 만들어야 합니다. "춘원(A)은 民族主義者(B)다"라고 전제한다든지 "춘원(A)은 민족주의자(B)가 아니다"라는 이분법적 논리를 넘어서서 심상지리학적 접근으로 삶 그 자체의 모순과 갈등을 상호간에 순환하면서 접근하려는 방법론을 선택한 것입니다.

학회의 힘은 '똑똑한 나보다는 더 나은 우리들(We are smarter than me)의 협동력이 있기에 이 큰 작업 성취가 가능하리라고 믿습니다. 학회 다음날 학술 답사지로 춘원의 「단종애사」의 배경이 되는 莊陵(강원도 영월)으로 가서 참석 회원들은 지난 과거의 역사적 참극을 회상하면서 춘원이 역사의 길에서 찾은 길을 다시 찾아보았습니다. 우리가 어느 길을 가야 옳은 길인가를 성찰하는 시간이었습니다.

권두언 • 5

일반논문

부록

일반논문

한국 민족운동의 시단(始端)

— 미주 대한인국민회 중앙총회(안창호)의 이광수 신한민보 주필 초빙교섭(1914)

김 원 모[*]

■ 국문초록

1914년 상해 신년하례식 석상에서 신규식은 이광수를 미주 신한민보 주필에 임명·파견한다고 발표하고, 이광수에게 중국돈 500원(미화 200불)을 주면서 이종호(해삼위), 이갑(만주, 穆陵), 이강(치타)에게 가면 미주행 여비를 받을 것이라고 했다. 그러나 이광수는 이들로부터 미주행 여비를 받지 못했다. 그러면 미주행 여비는 어떻게 증발되었는가? 당초에 대한인국민회는 신규식에게 미화 1000달러를 보내면서 신한민보 주필을 천거해 줄 것을 당부한 것인데, 신규식은 이 돈을 생활비로 쓰고 나머지 200달러

---

[*] 단국대학교 명예교수

(중국돈 500원)만 이광수에게 준 것이다.

　신규식의 이광수 신한민보 주필 임명은 한국 항일 민족운동의 시단(始端)이 되었다는 점에서 그 역사적 의의는 실로 크다고 하지 않을 수 없다. 1910년 데라우치(寺內正毅) 총독 암살사건(백오인사건)이 발생, 데라우치는 관계인사 600명을 총검거하고 신민회(안창호) 간부 105인을 기소함으로써 항일 민족운동을 완전 진압했다. 이로부터 헌병·경찰력으로 혹독한 무단 통치를 강행했다. 합방 직후부터 일제의 금기사항은 국기(태극기)·애국가 그리고 독립·자유·해방 등 문자 사용을 전면 금지했다. 이러한 위하적 (威嚇的) 압정(壓政)이라는 정치공학적 시대 상황에서 2천만 한국 민족은 끽소리 없이 입을 다물고 저항할 줄 모르는 나겁한 민족으로 죽어지내야만 했다. 이광수는 한일합방 4년 만인 1914년 해삼위와 치타에서 대담하고도 정정당당하게 '독립전쟁'이라는 항일 민족운동 화두를 외치고 있다. "우리 열 죽고 왜놈 하나 죽여 우리 2천만이 씨도 없이 죽을 작정합시다. 그러함에는 원대한 준비가 필요하리라'고 실력 양성 후 독립전쟁을 일으켜 국권회복을 달성하겠다는 '준비론'을 제창했다.

　미주 대한인국민회는 국민회관을 담보로 감자농장에 대출금을 투자했다가 큰 손실을 보고 담보금을 상환할 수 없어 디폴트(채무 불이행)로 국민회관마저 소유권을 상실하는 등 심각한 재정위기를 당했다. 이로 말미암아 신한민보는 재정 압박으로 전후 10개월간 신문을 두 차례 정간하지 않을 수 없었다. 이에 신한민보의 불황을 타개하고 언론 혁신을 통해 신문 제작의 면모를 일신하기 위하여 이광수를 신한민보 주필로 영입하기 위하여 초빙 교섭을 벌인 것이다. 설상가상으로 옥종경(玉宗敬)이 국민유신단(國民維新團)이라는 반체제 정치단체를 결성, 대한인국민회를 반대하는 운동을 주도하면서 그 간부명단에 이광수 이름을 올리고, 미주 한인사회에 분열·갈등·반목을 조장하고 있었다. 이때 대한인국민회는 시베리아 치타에서 미주행 여비만 오기를 기다리고 있는 이광수에게 옥종경의 국민유신단과는 무관하다는 성명서를 보내준다면 미국행 여비를 보내주겠다는 편지를 보낸 것이다. 이에 이광수는 옥종경과는 중학 시절부터 막역한 친구 사이인데 그가 동지로 믿고 이광수 이름을 올린 것을 무관하다는 성명서를 내어 그를 망신시킨다는 것은 친구로서의 의리가 아니라는 이유로 스스로 미주행을 단념하고 말았다. 게다가 때마침 제1차 세계대전(1914. 6. 28)이 발발, 설사 미주행 여비가 온다고 한들 유럽행 길이 막혀 갈 수도 없었다.

대한인국민회의 이광수 신한민보 주필 초빙교섭을 계기로 안도산―이광수의 평생 혁명 동지로서의 결속은 더욱 공고해졌다. 1932년 윤봉길(尹奉吉)의 폭탄의거에 연루되어 안창호는 일본경찰에 체포되어 국내로 압송되어 3년간 복역 후 1935년 보석으로 석방된 후부터 동우회(이광수) 운동에 동참하게 되었다. 그러나 동우회사건(1937. 6. 7)으로 도산·춘원을 비롯하여 관련 인사 181명이 총검거되었다. 안창호는 1938년 3월 10일 옥고 끝에 운명, "동지를 구출하라"는 유언을 이광수에게 남겼다. 그러면 과연 친일 전향하지 않고 동지를 구출할 수 있겠는가? 그것은 절대 불가능한 일이다. 이에 이광수는 동지 구출을 위하여 친일 전향하기로 결심하면서 친일과 항일을 병행하는 투트랙 전략(戰略)을 구사할 수밖에 없었다. '친일↔항일'은 모순개념이다. 그러기에 이광수는 '모순된 삶'을 살고 있다고 고백하고 있다. 친일 전향했다고 말로만 외쳐봐야 누가 믿어주겠는가? 행동으로 보여주어야만 했다. 이때부터 친일성 글을 발표하면서 마침내 동우회사건 재판 4년 5개월 만인 1941년 11월 17일에 무죄판결을 받고 동지 41명 전원을 구출했던 것이다.

이광수는 1944년 8월 청년정신대를 조직해서 항일 혁명운동을 주도했다. 여자 정신대라는 대칭 개념으로 서울에는 청년정신대, 농촌에는 농촌정신대를 조직하여 이광수를 따르는 청년 지사를 규합, 혁명운동을 일으킨다는 것이다. 이광수는 경무국 당국의 '특요시찰인'으로 블랙리스트에 올라 있어서 효자동 이광수 집은 항상 당국의 감시·감찰을 받고 있었다. 이광수 집을 자주 왕래하는 청년정신대의 동태가 그만 탄로나 김영헌(金永憲), 신낙현(申洛鉉) 등 수십 명이 총검거되고 말았다. 이들은 유죄판결을 받았으나 정작 주모자 이광수는 일체 불문에 부치고 체포되지 아니했다. 이광수의 존재감은 절대적이었다. 이광수는 민족정신의 아이콘(우상적 존재)으로서 숭앙을 받고 있는 민족지도자인 것이다. 경무국 당국으로서는 지금 일제가 황민화운동(皇民化運動)을 한창 벌이고 있는 판에 이광수를 체포하여 그를 매장하기보다는 그를 황민화운동에, 청년 지식인들의 친일 전향에 역이용하는 것이 오히려 정치적 효과가 크다고 보고 이광수에게 면죄부를 준 것이다.

● **주제어**: 미주 신한민보 주필, 이광수, 도산의 초빙교섭, 옥종경, 국민유신단, 대한인국민회, 투자실패, 신한민보 정간, 도산-춘원 혁명동지 결속.

1. 서론

도산 안창호는 1907년 1월 8일 구국운동의 사명을 띠고 미주로부터 귀국길에 올랐다. 그해 3월에 일본 동경에 들렀을 때 태극학회 초청으로 애국연설을 행했다. 16세 소년 명치학원 중학부 3학년 재학생 이광수가 참석, 도산의 구국 연설을 듣고 크게 감명을 받았다. 이때부터 동경 유학생 사이에 우리나라를 구제할 큰 인물이 났다는 소문이 파다하게 퍼지게 되었다. 도산의 연설에 이어 최남선이 등단하여 연설 도중 그만 쓰러지고 말았다. 가끔 발작하는 학질 때문에 단상에서 쓰러졌는데 도산은 육당을 끌어안고 여관으로 옮겨 극진히 간호하여 회복시켰다. 이런 인연으로 도산이 귀국 후 청년학우회를 발족, 최남선은 총무가 되어 그 기관지 『소년』을 발행했던 것이다. 이광수는 도산을 처음 만난 인상을 생생히 전하고 있다.

　　도산은 정미년(1907)에 귀국하였다. 그때는 보호조약이 체결되고 양위(讓位)가 있고 군대는 해산되고 풍운이 바야흐로 급하던 때라 나는 그가 귀국하는 도중에 동경에 들렀을 때 먼 방으로 보았을 뿐이다. 그때의 내 나이 열다섯(15세)이라 안창호가 유명한 사람인 줄도 모르던 때였는데 다만 미국서 온 조선 청년이 연설한다고 하기에 우리들은 유학생회(留學生會)로 갔었다. 그때 최남선(崔南善) 군도 도산의 뒤를 이어 연설하다가 가끔 발작하는 학질 때문에 그만 단상에 꺼꾸러졌었다. 그러자 도산은 육당을 자기 가슴에 안고 그 길로 여관에 와서 극진히 간호하여 주었다. 도산과 육당이 안 것이 이때가 처음이라 육당은 이 일에 크게 감동받아 "자기는 지금까지 평생에 선생이라 고 부르는 이가 없으나 오직 도산 한 분은 선생으로 안다"고 금일에 이르기 까지 고백하는 것을 들었다. 어쨌든 도산 선생은 귀국하여 평양에 대성학교 (大成學校)를 만들고 친히 교장이 되어 애쓰는 한편 류동열(柳東說) 이갑(李 甲) 그 외 여러분들과 같이 서북학회(西北學會)를 중심으로 많은 활약을 보였 다.(略) 내가 선생을 정말 옳게 만난 것은 바로 이때이니 하루는 신민회(新民 會) 일로 욱적욱적하는 판에 서울 남대문 안 어떤 여관에서 미목이 수려하고 언사(言辭)가 명쾌한 30 좌우의 호남자(好男子) 한 분을 만났다. 씨가 도산이 었다. 그는 실로 세상에 드물다 하리만치 수려(秀麗)하고도 전아(典雅)한 용모 를 가지고 있었다.[1]

이광수가 도산의 구국 연설을 들은 것이 도산 숭배의 동인이 되었다. 그래서 이제 사람으로는 도산을, 옛 사람으로는 이순신을 숭배한다면서 '애인'이라고 일컫고 있다. "나는 조선 사람 중에 두 사람을 숭배합니다. 하나는 옛 사람으로 이순신이요, 하나는 이제 사람으로 안도산(安島山)입 니다. 나는 7~8년 전에 '선도자(先導者)'라는 소설을 쓰다가 말았거니와, 그 주인공이 안도산인 것은 말할 것 없습니다. 이제 '이순신(李舜臣)'을 쓰 니 결국 내 애인을 그리는 것입니다."[2]

이광수가 1921년 4월 초에 상해로부터 귀국 후 동아일보에 입사하면서 처음으로 장편소설 『선도자』를 집필하였는데, 말할 것 없이 이는 도산 안 창호를 모델로 한 전기소설이었다. 『선도자』(동아일보 111회 연재, 1923. 3. 27~7. 17)는 연재되자마자 경무국 당국의 검열에 걸려 중편까지 연재하 고 출판법과 보안법 위반이라는 이유로 그만 연재 중단 조처를 당하고 말 았다. 그래서 『선도자』는 불온문서로 낙인이 찍혀 일제강점기에 단행본으 로 출간되지 못하다가 광복 후에야 비로소 출판된 것이다.

---

1) 李光洙, 「島山 安昌浩氏의 活動」, 『三千里』, 1930. 7, 9쪽 ; 李光洙, 「島山安昌浩 氏의 活動」, 『島山安昌浩全集』 13, 島山安昌浩先生記念事業會, 2000. 11. 9. 46~47쪽. 『이광수전집』(삼중당)에 미수록.
2) 李光洙, 「李舜臣과 安島山」, 『三千里』, 1931. 7, 32쪽.

일제강점기의 3대 금기사항은 국기(태극기), 국가(애국가), 국호(國號) 사용이었다. 그런데 이 선도자에는 이들 3대 금기사항을 어기고 생생하게 한국의 국가 정체성을 선양한 것이다.

이날도 독립문에는 태극기와 만국기가 달리고 문 좌우에는 길다란(기다란) 비단에 「大韓帝國 萬歲」「大皇帝 陛下 萬歲」라고 대자(大字)로 쓴 큰 깃발을 늘였다. 이날에는 이 깃발이 퍽 구경꾼의 맘을 끈 모양이다. 독립관도 태극기와 만국기로 찬란하게 장식을 하고 회장 정면에는 역시 독립문에 단 것과 같은 만세기(萬歲旗)를 달았다.
동해물과 백두산이
마르고 닳도록
하나님이 보우하사
우리나라 만세
하는 애국가가 5백 명의 힘 있는 목으로 울었다. 어느 때에나 이 노래를 부르면 몸서리가 치도록 감격이 되거니와, 2만 리 밖에 자유의 나라 문명의 나라에서 우리를 보러 온 손님을 앞에 세우고 부르는 이날 노래는 뼛속까지 짜릿짜릿하도록 감격이 되었다.3)

군대해산식(1907)에서 태극기를 게양하고 애국가를 비창하게 우렁찬 목소리로 합창하면서 대성통곡하고 해산하는 장면은 너무나 참담하다. "병정들이 각기 무기고를 깨뜨리고 총을 들고 나서서 병영을 인계하려고 온 일본 수비대와 대항하려는 것을 대대장이 나서서 눈물로써 말리고 영문 마당에 병정들을 모아 세우고 비창한 일장의 훈시를 한 후에 마지막으로 태극기와 군기에 대하여 '받들어총'의 최후 경례를 행하고, 마지막으로 군가와 국가(애국가)를 부르고, 마지막으로 만세를 부르고, 그리고 장교나 병졸이나 그만 감격을 못 이겨 한참 동안이나 소리를 내어 통곡하고, 그리고는 마치 정든 가족들이 난리에 이별하는 모양으로 서로 흩어졌다."4)
이광수는 1929년 5월 그의 오산학교 제자 백인제(白麟濟) 박사에게 왼

---

3) 「春園 李光洙 作」, 『先導者』, 太極書館, 1948. 11. 15, 113쪽, 161쪽.
4) 『先導者』, 195쪽. 여기서 '받들어총'이라는 군대 구령을 처음 사용했는데, 이는 광복 후 대한민국 국군의 정식 구령으로 채택·사용하고 있다.

편 신장을 절제하는 대수술을 받는 가운데 「선구자를 바라는 조선」을 집필하여 발표했다. 여기서 선구자는 말할 것 없이 도산을 지칭하지마는 '도산 안창호'의 실명을 명시할 경우 검열에 걸리기 때문에 밝히지 않고 암묵적으로 선구자의 상징적 인물은 도산이라고 암유하고 있다.

巴人兄. 선구자에 대하여 무엇을 쓰라 하신 부탁을 받고도 병을 핑계로 인해 못 쓰고 있었습니다. 형의 말씀 없는 재촉이 도리어 채찍하는 듯합니다. 선구자는 한 민족의 또는 인류의 은인입니다. 모든 발명과 진보는 선구자의 정성과 희생 위에 된 것입니다. 힘 있는 선구자를 많이 가진 백성은 복된 백성입니다. 우리 조선은 바야흐로 힘 있는 선구자를 간절히 기다리는 때입니다.

선구자는 대개 미친 사람입니다. 수화(水火)가 무서운 줄을 모르고 자기의 생명이나 가인생업(家人生業)이 귀중한 줄을 모르고 기울어진 천지를 바로잡으려는 과대망상광(誇大妄想狂)입니다. 똑똑한 사람들의 눈으로 보면 선구자는 실로 정신 빠진 사람입니다. 그래서 이 똑똑한 세상에는 힘 있는 선구자가 드뭅니다. 선구자는 대개 수모(受侮)와 빈궁과 고난의 팔자를 타고납니다. 비단옷을 입는 자는 선구자의 후계자들입니다. 선구자의 무덤은 흔히 찾을 길이 없고 그 이름조차 세상에서 잊어버리는 수가 많습니다. 무명의 선구자들, 인류는 수없는 무명의 선구자의 은혜 속에 살아갑니다. 쌀 먹는 법을 처음 발견한 이, 어떤 약을 처음 먹어본 이, 이런 이들은 다 아무리 감사하여도 다 감사하여질 수 없는 선구자들입니다. 사책(史冊)에 이름이 오른 선구자들만 생각하고 이 무명의 선구자는 잊는 것은 우리의 의리가 아니라고 생각합니다.

특별히 위대한 선구자도 필요하거니와 사람마다 한 가지 선구자 되기를 힘쓰는 것이 선인(先人)의 은혜를 갚는 일인 동시에 후생(後生)에게 부끄럽지 아니할 선물이 될 것입니다. 자기 일개인의 이해를 잠깐 잊어버리면 우리는 선구자가 될 것이라고 생각합니다. 똑똑한 것이 좋지마는 과대망상으로 자기가 일국(一國)의 주인이라는 자부심과 책임감을 갖는 한 구석도 있는 것이 좋습니다. 더욱이 젊은 사람이 그러하다고 생각합니다. 누구에게나 있는 죽음, 기필(期必)할 수 없는 부귀, 풀잎에 이슬 같은 향락. 이것을 따르노라고 일생을 허덕거림보다 인류가 공향(共享)할 정의나 진리나 미(美)를 찾아 선구자의 귀한 희생이 되는 것이 쾌할 것이 아닙니까. 의기(意氣) 있는 젊은 남녀의 좋은 장난감이 아닙니까.

나도 선구자 한 분을 압니다. 그는 내가 가장 존경하는 어른이십니다. 그가 교육 실업 민족운동 할 것 없이 우리 땅의 여명운동(黎明運動) 거진(의) 전 분야에 긍하여 다 선구자어니와 또 그런 줄을 내가 말치 아니하여도 세상이 대개 아는 바여니와 그중에 가장 중요한 것 다른 모든 것을 합한 것보다도 중요한 그의 선구가 있습니다. 그것은 무엇인고 하니 실(實)과 애(愛)의 운동이외다. 절대로 참되자. 결코 거짓말과 거짓 행위를 말자. 외식(外飾) 허장성세(虛張聲勢) 벌제위명(伐齊爲名·어떤 일을 하는 척하고 속으로는 딴 짓하는 것) 빙공영사(憑公營私·관청의 공공의 일을 이용하여 개인 이익을 꾀함) 등등의 모든 허위를 버리자—이것이 實의 운동입니다. 그는 實의 반대인 허위(虛僞)로써 나라 죽인 원수라고 부릅니다. 불공대천지수(不共戴天之讎)라고 부릅니다. 죽을지언정 다시야 그 원수와 화(和)하랴 합니다. 그에게는 거짓이 없습니다. 아무리 면(面)에 어렵더라도 아무리 자기의 명예나 이익에 손해가 되더라도 결코 결코 거짓말을 아니 합니다.

巴人兄. 그에게 만일 결점이 있다고 하면 그것은 그가 너무나 참되고 변통성이 없는 것입니다. 이 때문에—이 참됨 때문에—거짓말 아니하는 것 때문에 그는 세상에서 비난도 받고 적(敵)도 만들게 된 것을 나는 잘 압니다. 그러나 그는 거짓이 나라의 원수인 것을 단단히 기억하기 때문에. 또 참됨이 조선인의 민족적 구제의 첫 요건인 줄을 굳게 믿기 때문에 그의 신념은 변함이 없고 한 사람씩 한 사람씩 만나는 대로 實의 도(道)를 설(說)하여 조선민족을 '實의 혼을 가진 백성을 만들기를 믿고 있습니다.

둘째 '愛'의 운동이란 무엇인가. 남을 위하여 나를 버리자. 전 인류는 못하더라도 내 민족만을 위하여는 나를 버리자. 한 민족 전체는 못하더라도 내가 접하는 개인들 내 가족들 이웃들(隣人) 우인들 무슨 주의(主義)를 같이하는 동지들을 사랑하고 미워하지 말아서 그들을 위하고 돕고 그들이 잘 될 때에 시기하던 대신에 기뻐하고, 그들이 잘못할 때에 흠담(欠談·흠구덕)하던 대신에 용서하고 어여삐 여기자. 적어도 동족 간에는 무저항이어라, 적어도 동지 간에는 전연히 무저항이어라. 시기 흠담 증오 반항이 없고 그의 복(福)을 볼 때에 부모나 자녀의 복을 보듯이 그의 화(禍)를 볼 때에 부모나 자녀의 화를 보듯이 오직 공열(共悅)과 칭양(稱揚)과 용서와 애련(愛憐)을 가지자.

이것이 그의 행하는 '愛'의 원리외다. 그는 조선민족에게 愛가 부족함을 간파하였으므로 그 자신의 말을 빌건댄 "나 자신이 외국인에 비하여 愛가 부족함을 자각하였으므로 愛공부를 하고 愛선전을 하기로 일생의 의무를 삼은 것이외다." 나는 이 위대하고 존귀한 선구자에게 본 것도 들은 것도 또 그에게 대하여 생각한 것도 말할 것도 많지마는 이만해도 '實과 '愛'의 운동이 우리에게 얼마나 한 관계와 가치가 있는 것을 알까 합니다. 이것이 모든 선구자의 공과(工課)가 아니리까. 우리 모든 조선인의 제일 공과가 아니리까.

巴人兄. 이번에 선구자호를 내시는 형의 뜻을 나는 잘 압니다. 이 책을 읽는 동포들에게도 같은 공명이 있을 것을 나는 믿습니다. 그래서 참되고 힘 있는 조선의 선구자들이 많이 일어나는 힘 있는 자극을 주는 효과를 거두시기를 빕니다. 이 몇 마디가 형의 부탁에 대한 색책(塞責·책망을 면함)이 되겠습니까. (己巳 (1929) 7월 20일)[5]

이광수는 오산학교 교원으로 4년 근무한 후 1913년 11월 세계 일주 여행을 위해 오산을 떠났다. 만주 안동에서 우연히 만난 위당(爲堂) 정인보(鄭寅普)는 망명지사가 많이 모여 있는 상해로 갈 것을 권고했다. 이에 이광수는 만주 안동(현 丹東)에서 악주호(岳州號)를 타고 상해로 직항했다. 1914년 신년축하연 석상에서 신규식(申圭植)은 이광수를 미주 신한민보 주필에 임명·파견한 것이다. 이것이 이광수로 하여금 한평생 민족운동에 헌신하게 된 직접적 동인이 되었다. 이광수는 1919년 조선청년독립단을 결성하고 2·8 선언서를 기초한 후 동경 2·8 독립선언을 거사했다. 이것은 국내에서 거족적인 3·1 항일의거의 기폭제가 되었다. 이광수는 상해로 망명, 상해에서 도산을 두 번째 만난 것이다. 독립임시사무소를 개설, 대한민국 임시정부의 산파역을 담당했다. 이어 독립신문사 사장이 되어 언론을 통한 광복운동에 헌신했다. 이때부터 도산·춘원의 혁명 동지로서의 유대 관계는 더욱 공고해졌다. 도산은 춘원을 진심으로 혁명 동지로 신임하고 사랑했다. 그러기에 '장백산인'이란 호를 지어준 것이 아닌가.

나는 맨 처음에 '孤舟'라 하였다. 끝없이 망망한 큰 바다 위에 외로이 뜬 배—그 배가 지향 없이 흘러가는 것이 어쩐지 나의 소년시대의 사정을 그린 듯하였다. 그러나 '외돛'이라 함이 나의 고단한 가정과 나의 외로운 신세를 너무나 핍진하게 그린 듯하여 17~8년 전에 '春園'이라 고쳤다. 춘원이라는 뜻은 '올보리'에서 나온 것이니 '올보리'라 함은 '오월맥(五月麥)'으로 농가에서 이른 보리로 먹는 것이다. 비록 다 익지는 못하였다 하여도 양식이 없는 만춘(晚春)의 농민들은 그 보리를 긴요하게 식량에 대(代)한다. 이 뜻은 나의 재분(才分)이 다 익지는 못하였더라도 그래도 여러 가지로 부족한 여러분에게 이 몸이 일조(一助)가 되려 하는 뜻으로 쓰인 것이다. 그런즉 오월맥은 봄 산물이라 봄 '春'자를 따다가 그 아래에 동산 '園'자를 붙여서 春園으로 한 것이니 이것이 결코 처음부터 아호(雅號)로 쓰자던 것이 아니고 익명(匿名)으로

---

5) 李光洙, 「先驅者를 바라는 朝鮮」, 『三千里』, 創刊號, 1929. 9, 9~10쪽.

사용하자는 것이 결국 호(號)로 되고 말았다.

또 '장백산인(長白山人)'이라 하는 뜻은 내가 상해(上海)에 있을 때 도산(島山) 안창호(安昌浩) 씨가 날더러 '장백(長白)'이라 하라 하였다. 그 이유는 그때 그분이 세 가지 조목을 들어주었는데, 첫째, '장백'이라 함은 장백산(長白山) 아래에 낳았으니 즉 조선에 낳았으니 장백이 가(可)하고, 둘째, 장백은 결백(潔白)을 표함이니 가하고, 셋째, 돈이 없으니 건달(乾達)이란 뜻으로 가하다 함이었다. 그중에도 셋째 조목의 돈이 없다 함은 그때의 나의 신세를 표현한 말이었으니 상해 있던 그 추운 겨울에 옷이 없어서 나는 흰 옷을 입고 지내었다. 그래서 어쩐지 그 건달이란 말이 옳은 듯하여 '장백'이라 하고 소설 쓸 때에 쓰기 시작한 것인데 상해의 여관에 있을 때는 대개 변성명(變姓名)하고 있었기에 그럴 때마다 늘 '이장백(李長白)'이라고 써왔던 것이다.6)

2. 도산의 도미유학과 공립협회, 대한인국민회

안창호(安昌浩, 1878~1938)는 1897년 10월 평양 쾌재정(快哉亭)에서 계천기원축하회(繼天紀元祝賀會·고종이 황제위에 오른 날, 1897년 음 9월 17일)에서 연설을 한 것을 비롯하여 독립협회에 가입하면서 각처에서 시국 강연회를 열어서 일약 청년 정치가로 명성을 날리게 되었다.7)

그가 평양에 간 뜻은 독립협회(獨立協會)라 하는 결사(結社)가 평양에 있어서 사처(四處)로 인재가 모이고 무슨 큰 경국(經國)의 이론이 벌어진다기에 발발웅심(勃勃雄心)을 참을 길이 없어 간 것이다. 그곳에서 역시 평안도 사람인 필대영(畢大榮)이란 분을 상교(相交)하게 되었다 한다. 필대영 씨는 그 당시 도산보다 4년 장인 스무 살이었으나 일찍 서울에 올라가서 서재필(徐載弼) 씨의 감화를 많이 받고 또 연설도 많이 들어 그 당시 신사상의 첨단을 걷던 청년이었다. 그로부터 여러 가지 시대형편을 듣는 도산의 마음은 굳게 결심

---

6) 李光洙, 「雅號의 由來: '春園'과 '長白山人'」, 『三千里』, 初夏, 1930. 6, 75~76쪽 ;
   李光洙, 「雅號의 由來: '春園'과 '長白山人'」, 『島山安昌浩全集』 13, 島山安昌浩
   先生紀念事業會, 2000. 11. 9, 43쪽. 『이광수전집』(삼중당)에 미수록.
7) 「內外風霜四十餘年 島山安昌浩來歷, 辮髮少年으로 政治에 投身」, 『東亞日報』,
   1963. 3. 15.

되는 바 있었던 모양으로 그제는 필 씨와 같은 여관에 묵으면서 밤을 새워가며 시세(時世)를 통론하였다 한다. 그러자 평양의 여러 뜻있는 사람들은 만민공동회(萬民共同會)의 지회를 설치하고 하루는 부벽루(浮碧樓)에서 시세에 대한 큰 연설회를 열었는데 그 자리에 평양감사 이하 웬만한 관리와 민간의 지자(志者)들이 수천 명이 모였더라 한다. 그때 도산은 일어나 일장의 연설을 하였는데 감(感)이 극하여 단상의 사람도 울었거니와 단하의 수천 군중도 눈물을 흘리기를 마지않았다 한다. 이것이 도산으로 일생에 처음 하여본 연설이자 또 평양 천지에 안창호, 안창호 하는 소리가 높게 울리기 시작한 첫 발단이라고 한다. 그러다가 오래지 않아 그는 서울의 중앙무대로 뛰어 올라왔다. 그러나 온갖 단체와 정객들과 사귀어보다가 결국 큰 견식을 기르는 것이 급무라 하여 이강(李剛)과 또 다른 청년 한 사람과 모두 셋이 미국을 향하여 유학의 길에 올랐더라 한다.8)

이리하여 도산은 도미유학에 뜻한 바 있어 선교사 언더우드(H. G. Underwood, 元杜尤)가 설립한 구세학교(救世學校, 儆新學校)에서 수학한 후 이혜련(李惠練)과 결혼한 후 부부동반, 그리고 이강 등 4명이 1902년 10월 도미유학길에 올랐다. 약 보름 동안 한 점의 섬도 볼 수 없는 망망무제한 태평양 항행을 계속하다가 하와이 섬의 산(최고봉 마우나케아, 4,214m)이 시야에 들어오자 얼마나 감격했는지, "오오, 그리운 육지의 섬, 그 섬의 푸른 산!" 그 반가운 감명에서 '섬 봉우리'에서 '島山'이란 자호(自號)를 지어 일생 동안 사용했다.9) '도산'이란 호는 그의 정치적 지도자를 상징하고 있어서 만인이 우러러보는 위대한 정치가라는 운명을 예고하고 있다. 이들 일행 4명이 샌프란시스코에 도착한 것은 10월 14일이었다. 어느날 안창호 일행은 백주대로상에서 한인 두 사람이 상투를 맞잡고 싸우는 진풍경을 보고 아연실색했다.

8) 李光洙, 「島山 安昌浩 氏의 活動」, 『三千里』, 1930. 7, 7~8쪽. 『이광수전집』(삼중당)에 미수록.

9) 박현환, 『續島山安昌浩』, 삼협문화사, 1954, 74쪽, 176쪽 ; H. H. Underwood, *Modern Education in Korea*(International Press, New York, 1926), pp. 18~21 ; 주요한, 『도산 안창호 전』, 마당문고, 1983. 3. 15, 24쪽 ; 白樂濬, 『韓國改新敎史』, 연세대학교 출판부, 1979, 138쪽.

논어·맹자와 막연한 개화(開化) 개화의 소리로 찬 조선을 뒤에 두고 태평양을 건너는 세 청년의 포부는 때가 30여 년 전이니만치 장하다 아니할 수 없었다. 셋은 급기야 북미 샌프란시스코(桑巷)에 내렸다. 그래서 시가 구경차로 나서서 어떤 길가에 가니 어찌 뜻하였으리오. 상투 틀고 도포 입은 백의(白衣) 형제 여럿이 그 대로 위에서 서로 상투를 잡고 발길로 차며 손으로 때리면서 크게 싸우고 있었다. 그 부근에 양인들이 구름같이 모여 조소하면서 구경하고 있는 것은 물론이라. 수만 리 타국에 와서 견원(犬猿)같이 한사코 싸우는 이 같은 조선 사람들을 바라볼 때에 세 청년의 가슴은 기뻤을까 아팠을까 또는 기막혀 울었을까. 겨우 싸움을 말리고 그 이유를 물으니 그네들은 피차에 인삼 파는 행상(行商)들인데 서로 구역을 정하여 너는 동부 시가에 나가 팔고 아무개는 서부 시가에 나가 팔기로 서로 언약이 되었는데 그 날은 어떤 까닭인지 딴 사람이 제 구역에 들어와 팔고 있으므로 그래서 대로변에서 이같이 싸우게 되었다고 한다. 도산 등 세 사람은 주먹을 쥐고 이를 갈았다. 우리의 할 일이란 공부보다도 하루 급히 북미에 와있는 이 동포들을 단결시키고 옳은 길로 인도하여나가자! 하는 부르짖음이 스스로 일어났다. 그 때에 이강이란 사람은 인격자라 도산더러 "미국 올 때는 셋이 피차에 노동을 하여 공부하기로 하였으나 우리 둘이 노동을 하여 학비를 대어줄 터이니 자네만 공부하는 한편 동포의 구제(救濟)에 전력하라. 우리 셋 중에 그대가 가장 지도자 될 만한 자격이 있으니!"[10]

미주 한국 민족지도자 안창호·이승만·서재필·박용만 등 4인은 영국 청교도들이 종교적 자유를 위하여 아메리카 신천지에 건너갔듯이 정치적 자유를 위해 도미한 민족지도자들이다. 오스트리아 압정에서 신음하는 이탈리아의 민족 해방과 국토통일에 헌신한 마치니(Mazzini) 타입의 혁명가 안창호, 마키아벨리(Machiavelli)적인 타입의 정략가 이승만(李承晚), 서구지향의 전형적 '조선양반' 타입의 서재필(徐載弼), 그리스 독립전쟁(1821~27)에 참전한 바이런(Byron) 타입의 군사 행동가 박용만(朴容萬) 등 민족지도자 상(像)이다. 안창호를 제외한 세 지도자는 모두 미국식 대학 교육을 받았거나 박사 학위를 받은 최고 지성인이었다. 그러나 안창호는 오로지 민족운동에만 헌신했기 때문에 처음부터 미국식 제도권 대학 교육을 받지 못한 민족지도자이다.[11]

---

10) 李光洙, 「島山 安昌浩氏의 活動」, 『三千里』, 1930. 7, 8쪽.

안창호는 로스앤젤레스(羅城) 리버사이드에 정착하면서 이강(李剛) 임준기(林俊基)와 함께 한인 취업을 알선하기 시작했다. 1903년 9월 22일 상항에 재류한 한인 9인이 중국인 광덕(廣德) 처소에서 친목회(親睦會, The Friendship Association)를 조직하였으니 이것이 미주 한인단체 조직의 처음인데, 그 목적은 환란상구(患亂相救)이고 회장은 도산 안창호였다. 이때 상항에 있던 한인은 겨우 20명에 불과하였으니 그 생활이 곤궁하던 까닭에 서로 의지하여 생활의 안정을 얻으려는 의도로 친목회를 조직한 것이다. 친목회 회원은 안창호(安昌浩)·박선겸(朴善謙)·이대위(李大爲)·김성무(金聖武)·위영민(韋永敏)·박영순(朴永淳)·홍종술(洪鍾述)·김병모(金炳模)·전동심(全東三) 등 9인이다.12)

하와이 한국 이민을 추진·성사시키는 데 주도적 역할을 수행한 이는 역시 주한 미국공사 알렌(H. N. Allen, 安連)이었다. 알렌이 하와이 한국 이민을 추진하게 된 동기와 목적은 무엇일까? 첫째, 한국 이민을 실현한다면 그만큼 한미 간에 경제적 유대 관계가 증진될 것이고, 이에 따라 미국의 한국 독립에 대한 관심을 유발할 수 있다는 것이다. 둘째, 한국인 하와이 이민은 한국에게는 기근(饑饉) 극복책이 될 뿐만 아니라 외화 획득으로 당면한 경제난 타개에 크게 기여할 것이다. 이상 정치적·경제적으로 일석이조의 효과를 거두기 위하여 알렌은 '이민이권'에 적극 개입한 것이다.13)

이리하여 1903년 1월부터 1905년 7월까지 65회 선편으로 총 7,226명의 한국 이민이 하와이로 떠났다. 신체검사 불합격자 및 질병으로 입국이 거부되어 본국으로 귀환한 479명을 제외하면 이민 실수는 6,747명이다. 이와 같이 한국인 하와이 이민이 급증하자 일본은 한국인 하와이 이민 제한조

---

11) 김원모, 『한미 외교관계 100년사』, 철학과현실사, 2002. 3. 25, 445쪽.
12) 盧載淵, 『在美韓人史略, 美洲 羅城, 1951. 10. 15, 8쪽(1903. 9. 22) ; 김원용, 『재미한인오십년사』, 김호, 1959, 87쪽 ; Hyung-chan Kim and Wayne Patterson, *The Koreans in America 1882~1974*(Oceana Publications, INC, 1974), p. 4.
13) 金源模, 「하와이 한국 이민과 민족운동」, 『開化期 韓美交涉關係史』, 단국대학교 출판부, 2003. 6. 15, 904~937쪽 ; 김원모, 『한미 외교관계100년사』, 332~338쪽.

치로 '해외 이민 금지령'(1905. 4. 3)을 발동했지만, 한국정부는 이를 무시하고 1905년 12월까지 한국 하와이 이민은 계속되어서 한국인 이민 총수는 7,394명에 이르고 있다.[14] 이들 7천여 명의 한국 이민이 오늘날 미주 한국 교민의 뿌리가 되었고, 나아가서는 일제강점기 미주에서의 한국 민족운동의 '기층 세력집단'으로 성장했다. 당시 '하와이 동포의 노래'는 조국 독립의 꿈을 이렇게 노래하고 있다.

> 혼돈한 나라 앞길 희망과 함께
> 독립의 두 글자를 가슴에 품고
> 정든 고향 떠나서 찾아온 곳이
> 태평양의 꽃바다 하와이라오
> 이름도 좋을씨고 하와이라오
>
> (하와이 동포의 노래의 1절)[15]

이와 같이 하와이 한국 이민의 수가 급증함에 따라 이들이 계약 기한을 채우고 차츰 미주 본토로 이주하는 한인의 수가 늘어감에 따라 이들을 보호할 한국 영사관이 없어서 한인을 지도·보호할 기관 설립이 절실히 요망되고 있다. 이에 종래의 친목회를 발전적으로 해체하고 1905년 4월 5일 공립협회(共立協會, Mutual Cooperation Federation)를 안창호 중심으로 조직했다. 이로써 공립협회는 미주 한국 민족운동의 총본산이 되었다. 설립목적은 환란상부(患亂相扶), 동족을 서로 사랑하기, 항일운동 등 3대 정치 이념을 표방하고 있다. 1905년 10월 27일 공립회관(상항 퍼시픽가 938호)을 설립하고 11월 22일부터 공립신보를 창간하면서 '조국독립 국권회복' 사상을 고취

---

14) Bong-youn Choy, "The History of Early Koreans in America, 1883~1941," in Seong Hyong Lee and Tae-Hwan Kwak, ed., *Koreans in North America, New Perspectives*(Kyungnam University, 1988), p. 18 ; George H. Jones, "The Koreans in Hawaii", *The Korea Review*, vol. 6(November 1906), p. 401 ; 「盧載淵」, 『在美韓人史略』, 美洲 羅城, 1965, 3쪽 ; 서광운, 『미주한인 79년 이민사』, 중앙일보·동양방송, 1979, 26쪽 ; 「고국을 떠났던 선조들(7)」, 『東亞日報』, 1998. 2. 25 ; 『高宗時代史』 6권, 242쪽(광무 9. 5. 31).

15) 김원모, 『한미 외교관계 100년사』, 338쪽.

했다. 한편 1906년 12월 9일 김우제(金愚濟) 장경(張景) 이병호(李秉瑚) 등이 대동교육회(大同敎育會)를 조직하였는데, 이는 1907년 3월 2일 대동보국회(大同保國會, Great Unity Fatherland Protection Society)로 발전했다.[16)

1932년 윤봉길(尹奉吉) 의사의 상해 홍구공원에서의 폭탄의거에 연루되어 도산 안창호는 일본경찰에 체포되어 국내로 압송되어 재판을 받을 때의 신문조서에 의하면 도산은 친목회·공립협회 설립이유를 다음과 같이 증언하고 있다. "처음 피고인(안창호)이 샌프란시스코(桑港)에 거주하고 있을 당시에 그곳에는 한인들이 약 20명가량 있어서 한인들 사이에 서로 친목을 도모하는 의미로 친목회 비젓이(비슷이) 조직됐지요. 그후 피고인이 로스앤젤레스(羅城)에 이주 후 하와이에 많은 한인 노동자(하와이 한국 이민)들이 왔는데 그들은 거의 무교육하고 상식이 없는 사람들이어서 도처에서 추태를 보였지요. 그러든 것이 인제 미국 본토로 오게 되었소. 여기서 그네들에게 교양 지도를 하지 않으면 우리들 한인의 치욕이라 생각하여 나성에 재주하고 있는 한인 5~6명 가운데서 피고인이 그 교양 지도를 담당하는 데에 선정되었지요. 그래 피고인은 처를 나성에 남긴 채 단신으로 상항에 가서 재주하고 있는 한인들과 상담한 결과 종래에 조직하였던 친목회를 공립협회라 개칭하여 노동자들을 지도·교양하게 되었소. 전술한 바와 같은 노동자들을 건지려면 그 어떤 사람이든 희생적으로 교양 지도의 책임을 지지 않고는 안 되겠기에 처음에는 정말 망설였습니다만 다시 결의하여 그 구제의 길에 나섰던 것이오."[17)

리버사이드에서 창립한 공립협회는 한 개의 지방회로 편입되고 그 밖에 오클랜드, 레들랜드, 라크스프링스 등지에도 지방회가 생겼다. 또한 이강(李剛) 김성무(金聖武) 등을 원동(遠東)으로 파견, 시베리아와 북만주에 원동지회, 만주지회 등을 세웠다.[18) "노동의 기술도 늘고 신용도 점점 두

---

16) 盧載淵, 『在美韓人史略』, 16쪽, 20쪽, 26쪽, 27쪽 ; 『재미한인오십년사』, 88~89쪽.
17) 「島山先生救國血鬪記: 그當時에 京城裁判所 訊問調書에 나타난」(1932), 『白民』, 1948. 1, 40~44쪽. 이 원고는 『朝鮮總督府 高等法院檢事局 思想部』에서 발행하여 비밀히 사법계 요직에 있는 일본인들만이 참고자료로 쓰는 팜플렛에서 초역한 것인데 물론 원본은 일본어로 활자화한 것을 한국어로 번역한 것이다.

터워가므로 먼 곳에 있던 동포들이 모여 들었다. 공립협회는 결의로서 경찰을 두기로 하여 생활지도에 힘쓰게 하였다. 언제든지 회원의 집에 들어갈 권한을 주고, 아홉 시에는 불을 끄고 잘 것, 부인들이 긴 담뱃대를 물고 거리로 다니는 것을 금할 것, 속옷 바람으로 밖에 나오지 말고 반드시 와이셔츠를 입고 다닐 것 등을 법으로 만들어 실시하였다. 강명화(姜明華)라는 사람이 이 무렵 이곳을 방문하여 동포들의 생활을 두루 보고, '도산 선생의 공화국이 훌륭하다'고 감탄하였다. 공립협회의 자치생활(自治生活)이 자리가 잡히고 회원들의 경제토대가 점점 서게 됨에 회원들은 힘과 자신을 얻게 되었다."[19]

1906년 4월 18일에 상항 대지진이 발생했다. 전 시가가 불태워졌으며 이재민이 20만 명이고 사망자가 402명에 달했다. 이때 공립협회와 대동보국회와 한인 예배당과 남녀 한인 40명이 그곳에서 재난을 당하였는데, 공립회관은 전소되었으나 한인의 인명 피해는 없었다. 이때 국내 대한매일신보사에서 의연금 592불 50센트를 거두어 전 상항 명예영사를 통하여 한인에게 분급했다. 한편 광무황제의 하사금 1,900불이 왔는데, 오클랜드에 거주하는 라클린 목사와 전일 한국에서 선교하던 모페트 목사가 이 돈을 이재 한인들에게 분급하였으며 공립협회에서는 이 돈을 가지고 회관을 다시 설비하는데 임시사무소를 오클랜드에 설치하는 데 사용한 것이다.[20]

이때 대한매일신보는 상항 진재 소식을 대서특필로 보도하면서 통감부는 한국 정부로 하여금 한인 구휼금(救恤金) 4,000환을 일본 영사에게 보내서 분급한다고 보도했다. 이 소식을 전해들은 공립협회는 즉각 일본 영사가 분급하는 구휼금을 절대 받지 않겠다는 통고문을 발표하고 그 등본을 대한매일신보에 발송했다.

　　통고문
　　통고자는 국내에서 발행하는 대한매일신보에 기재되기를 한국정부가 상항

18) 주요한, 『安島山全書』, 흥사단 출판부, 1999. 11. 9, 73쪽.
19) 주요한, 『도산 안창호 전』, 마당문고, 1983. 3. 15, 33쪽.
20) 「盧載淵」, 『在美韓人史略』, 31쪽.

진재의 조난 동포들을 위하여 구휼금 4,000환을 보내는데 일본 영사로 하여금 분급(分給)한다고 하였다. 이번에 재난으로 인하여 회관이 소화되고 신문을 정간하는 경우에 처하였으며 동포들이 곤경에 있으나 그러나 왜적(倭敵)의 간섭을 거절하는 우리로서 일본 영사가 분급하는 구휼금은 받지 않을 것이다. 재래에 일본 영사가 우리의 일을 간섭하려고 여러 번 시험하다가 거절을 당한 까닭에 우리가 곤경에 빠진 때를 기회 삼아 구휼금으로 은혜를 베풀고 우리의 마음을 사려는 것이나 우리가 굶어서 죽을지언정 일본 영사의 간섭은 받지 않아야 한다. 일찍이 하와이 동포와 함께 배일(排日)을 공결(共結)한 바 있고 그 신조를 지켜야 할 것이니 우리의 회관과 신문사 설비가 지체되고 동포의 곤란이 막심하더라도 일본 영사를 경유하여서 주는 구휼금은 거절할 것이다.

1906년 6월 24일 북미 한인 공립협회 총회장 송석준(宋錫俊)[21]

공립협회가 이처럼 일본 영사로 하여금 구휼금 분급을 받지 않겠다고 하자, 광무 황제는 한인 동포에게 보내는 구휼금 미화 1,900달러를 뉴욕 선교부 브라운 목사를 경유하여 상항에 있는 미국인 라클린으로 하여금 분급하게 하였고, 대한매일신보사에서 수합한 구제금 한화 4,000환은 상항에 있던 뚜루 박사에게 보내서 분급하게 했다.[22]

공립협회는 공립신보(共立新報) 발간 취지를 밝히고 있다.

1905년 11월 22일에 본보 제1호를 손으로 써서 석판에 출간하니 어렵고 곤고함이 무쌍하나 그러나 만사 불회하는 마음으로 일층 진보하여 1907년 4월 24일에 제1호를 활자로 출간하니 면목이 일층 신선한지라 이후로 점점 발달하여 1907년 11월 20일에 이르러는 보면(報面)이 더 확장되고 또 유지인사의 진력·발기함으로 기계를 불구에 구입케 되었으니 양년 사이에 이같이 진보됨을 생각함에 일희일감한 일이로다. 그러나 이제 구미 열국을 보건대 수백 년 전에 허다한 생명을 희생한 결과로 오늘날 이 같은 태평안락을 누릴뿐더러 민족주의를 한번 변하여 민족 제국주의를 행하는 시대라. 이러므로 해·육군을 확장하여 세계에 패권을 잡고자 하며 제조품을 진흥하여 상권을 동서양에 펴고자 하며 일반 국민이 급급히 합심 병력하는데, 슬프다 우리의 행하고 우리의 원하는 바를 보건대 원수를 물리치고 국권을 회복하며 동포를

---

21) 『재미한인오십년사』, 314~315쪽, 상항 진재(震災) 당시의 사건.
22) 상게서, 316~317쪽.

구하는데 하늘을 부르고 땅을 뚜드리니 이것이 일격 일분할 일이로다.

내외에 있는 우리 동포들이여, 지금 이후로는 정신을 깨다듬고 마음을 결단하여 정치가는 부패한 정치를 개혁하고 문명한 정부를 건설케 하며, 경제가는 식산흥업(殖産興業)을 장려하여 전국 재정을 정리케 하며, 상공가는 제조와 무역을 확장하여 국민의 생업을 개도하며, 교육가는 국민 의무교육을 실시하여 전국 남녀로 보통 지식을 발달케 함을 주야 바라는 바이어니와, 본 기자는 지금 이후 10년 글검(劍)을 다시 갈아 상설(霜雪) 같은 붓날로 나라를 팔고 동포를 해하는 난신적자와 우리를 학살하고 우리를 구륙(驅戮)하는 원수 강도를 한 칼에 베어 멸하며, 배에 가득한 더운 피로 지면에 가득히 써서 18층 지옥에 함락한 우리 부모 형제처자 동포를 구하여, 1908년을 지내지 아니하여 본사를 한양성(漢陽城)에 설치하고 런던에 타임스, 뉴욕에 태양보와 같이 시시로 수백만 장씩 출간하여 전국 동포를 하여금 구람(購覽)케 되기를 서로 맹세하고 축원하노라.23)

공립협회의 창설 취지는 조국 독립과 국권 회복, 자유를 되찾는 것이라고 선명하고 있다.

크다 공립이여 천지로 더불어 공립하며, 아름답다 공립이여 일월로 더불어 공립하며, 장하다 공립이여 만국으로 더불어 공립하며, 강하다 공립이여 산천으로 더불어 공립하며, 성하다 공립이여 군신으로 더불어 공립하며, 귀천빈부 서로 공립하며, 사농공상이 서로 공립하니 가히 이루지 못할 것이 없도다.

그 종지(宗旨)는 동종상보(同種相補)요 그 목적은 충애상면(忠愛相勉)이라. 보는 자 뉘 아니 부러워하며 듣는 자 뉘 아니 감모(感慕)하리오. 성명이 공립협회에 참예한 것이 위로 선조의 생광이요 아래로 자손의 행복이로다. 또 신문이라 하는 것은 곧은 말로 시비를 분별하며 국민으로 하여금 진화하는 기계요 구습을 파괴하는 검이라. 국가사상을 인민 뇌수에 들게 하도다. 오늘 멸망을 당한 우리 동포를 위하여 권유할 자 누구며 저 원수를 대하여 대적코자 하는 자 누구뇨. 공립신보 한 장 종이라. 그 의(義)는 공부자(孔夫子)의 춘추(春秋) 같고 그 곧음은 동호의 사기 같아 난신적자를 두렵게 하며 취하여 지난(持難)을 경성하니 보기에 대단히 아름답고 쾌활하도다. 이러므로 내 외양(外洋)에 나온 지 수년에 내지 여러분 형제께 문안 일차도 못하여 죄송함을 이기지 못하더니 공립신보의 힘을 빌어 첨위 좌하에 문안도 하며 세계 소식도 전하고자 하며 또한 급무는 우리 조국의 국권을 찾으며 우리 생명의 자유

_____
23) 『共立新報』 제28호, 1907. 11. 22. 本報創刊日 제2회 有感.

를 회복하는 길을 인도코자 한다.

다시 앙고할 말씀은 금년이 무슨 해며 금일이 무슨 날이뇨. 금년이 우리나라를 잃은 해요 금일이 우리 동포의 상전(上典)을 얻은 날이라. 어찌하여 나라를 잃었으며 상전을 얻었나뇨. 저는 강하고 우리는 약한 연고라. 어찌하여 저는 강하뇨 산천이 강하뇨. 아니라 인종이 강하뇨. 아니라 기계가 강하뇨. 아니라 다만 애국심과 단합심(團合力)이 강함이오. 동포 동포여 독립기를 한양성에 높이 꽂고 자유종을 울리며 대한제국 만만세를 부릅시다. 또 한 말로 권고할 것, 일진회원도 우리 동포라 학살할 것 없고 다만 회장 송병준(宋秉畯)을 처리할지어다. 만일 함장이 치를 그릇 인도하여 향하는 곳에 득달치 못하면 배와 배 가운데 있는 사람이 죄(罪) 아니요 함장의 잘못함이라. 이제 일진회(一進會)가 나라를 팔고 동포를 해롭게 함이 회와 회원의 죄 아니요 회장 송병준의 큰 죄니 속히 치잡은 자를 북 울리고 치기를 바라노라.24)

친일 외교관이요 한국 정부 외부고문관 스티븐스(Durham W. Stevens, 須知分)는 1908년 3월 일본의 한국 보호정치의 정당성을 미국에 널리 알리고 미주 한인의 배일 감정을 진정시키겠다는 사명을 띠고 미국행을 단행했다. 스티븐스가 주도한 을사늑약 이후 통감부 통치하의 한국인들은 국내외를 막론하고 배일감정이 대단했다. 우선 국내에서는 전국 각지에서 의병의 항일운동이 치열하게 전개되고 있었다.25) 3월 20일 상항에 도착한 스티븐스는 기자들과의 회견장에서 '일본의 한국 지배는 한국에게 유익하다(Japan's Control, A Benefit to Corea)'라는 제목의 성명서를 발표했다. "한국이 일본의 보호국이 된 이후 일본은 한국에 유익한 바가 많으므로 근래 한일 양 국민 간에 교제가 점점 친밀해가고 있으며, 미국 국민이 필리핀 국민을 위하여 좋은 일(善政)을 하고 있는 것처럼, 일본 국민은 한국민을 위하여 온갖 좋은 일을 하고 있다. 지금 한국민은 농민계층과 신정부조직(이완용 내각) 후 이에 참여하지 못한 양반 관료 계층 간에 분열되어 있다. 농민층은 막노동으로 겨우 입에 풀칠이나 할 수 있는 생존(a bare existence)을 유지할 만큼 밑바닥 생활을 하고 있다. 그런데도 불구하고 양반 지배계층은 여전히 부패되어 있다. 일반적으로 한국의 농민 대중은 일

---

24) 『共立新報』 제25호, 1907. 11. 1. 共立의 大旨를 같이 알고자 함(美旅 신영한).
25) 『明治編年史』 13, 249쪽, 韓國の排日熱, 福岡日日(1907. 4. 27).

본의 한국 지배를 원하고 있지만 양반계층은 이를 반대하고 있다."[26]

　　본월 21일 일본환 선편으로 상항에 내도한 소위 한국 정부 고문관(스티븐스)이라 하는 미국 놈이 본항 각 신문기자를 대하여 허무한 말로 한국을 모해한 대개(大槪)가 다음과 같다. 1. 일본이 한국을 보호한 후로 한국에 유익한 일이 많으므로 근래 한일 양국인 간에 교제가 점점 친밀하며, 2. 일본이 한국 백성을 다스리는 법이 미국이 필리핀 백성을 다스림과 같고, 3. 한국 신정부 조직된 후로 정계에 참여하지 못한 자가 일본을 반대하나 하향(遐鄕)에 농민들과 사사 백성은 전일 정부에 학대와 같은 학대를 받지 아니하므로 농민들은 일본 사람을 환영한다 하였더라.
　　소위 한국 외교 고문관(스티븐스)이가 그와 같이 무리한 황언(荒言)으로 상항 각 신문에 게재한 것을 우리 동포들이 크게 분격하여 어제 밤 8시에 공립관(共立舘)에서 공동회를 개최하고 총대(總代)를 파송하여 이 사건을 질문키로 작정함에 최유섭(崔有涉)·문양목(文讓穆)·정재관(鄭在寬)·이학현(李學鉉) 4씨를 선정하였더라. 한국의 월급을 먹는 자로서 일본만 위하여 우리 한국을 해롭게 하는 스티븐스는 상항에 제일 되는 상등여관에서 유하는지라. 총대 4씨가 전왕(前往)하여 스티븐스를 찾음에 여관 응접실에서 영접하는지라. 인사 후에 한국 형편을 물은즉 대답하기를 한국에 이완용(李完用) 같은 충신이 있고 이등(伊藤博文) 같은 통감이 있으니 한국에 큰 행복이요 동양에 대행(大幸)이라. 내가 한국 형편을 보니 태황제께서 실덕(失德)이 태심하고 완고당(頑固黨)들이 백성의 재산을 강도질하고 백성이 어리석어 독립할 자격이 없은즉 일본서 빼앗지 아니하면 벌써 러시아에 빼앗겼을 터이라. 일본 정책을 도와 말하며 신문에 낸 것은 사실이니 다시 정오(正誤)할 것 없다 하는지라. 이 말을 들음에 분개가 대발하여 정재관 씨가 주먹으로 먹살을 냅다 지르니 스티븐스는 뒤로 자빠지는지라. 모두가 일제히 일어나 각기 앉았던 의자를 들어 스티븐스를 넘겨 치니 스티븐스의 면부가 상하여 피가 흐를 때에 그 방에 앉았던 수백 명 손님이 크게 놀라 붙잡고 말리는 고로 모두가 분을 이기지 못하여 스티븐스의 무리한 행적과 일본의 포학만행을 일장 연설함에 만좌 빈객이 상쾌히 알고 좋은 말로 위로하여 총대를 돌아가게 하였더라.[27]

　　이상과 같은 신문 보도를 읽은 장인환(張仁煥)과 전명운(田明雲)은 각기

26) *The San Francisco Chronicle*, March 21, 1908 ; 『共立新報』, 1908. 3. 25 ; 『大韓每日申報』, 1908. 4. 17 ; 『大韓季年史』 下, 303~305쪽(隆熙 2. 4. 17).
27) 『共立新報』 제75호, 1908. 3. 25, 助桀爲虐.

끓어오른 의분(義憤)을 참지 못해 스티븐스를 살해하기로 결심하고 3월 23일 권총을 숨기고 오클랜드 도선대합실 건물로 가서 스티븐스가 오기를 기다리고 있었다. 아침 9시 30분 일본 총영사 고이께(小池張造)와 함께 자동차에서 내리자 전명운이 먼저 권총 방아쇠를 당겼으나 불행하게도 불발이었다. 이에 당황한 전명운은 권총자루로 스티븐스 면상을 강타하고 달아났다. 이에 정신을 차린 스티븐스는 도망치고 있는 전명운을 추격하려 할 때 뒤에서 장인환이 권총 3발을 발사, 스티븐스를 넘어뜨렸다. 제1발은 전명운의 어깨부분을 명중했고, 제2발은 스티븐스의 오른쪽 어깨뼈를 맞혔고, 제3발은 스티븐스의 복부를 명중한 것이다.[28]

3월 23일 스티븐스 사살 의거(射殺義擧)를 성취한 장인환은 상항 경찰서로 연행되어 조금도 두려워하지 않고 정정당당하게 '한글 성명서'를 써서 『샌프란시스코 크로니클』지에 발표한 것이다.

> 내가 그 사람을 쏜 것은 다름 아니라 금일에 한국이 일본과의 늑약(乙巳勒約)으로 일본은 나의 강토를 다 빼앗았으며, 나의 종족을 다 학살하였는바, 내 이를 통분히 여기는 때문에 스티븐스를 쏜 것이다. 스티븐스라는 사람은 한국에서 고문관으로 있으면서 이등박문(伊藤博文)과 같이 우리나라를 일본에 보호받게 했고, 그의 불법 행위한 것을 숨기려고 미국으로 건너온 것이다. 그는 말하기를 한국 정부가 일본 정부로부터 지배를 받고 보호를 받는 것이 유익한 일이라고 했다. 한국 사람이 일본 사람에게 국토를 다 빼앗기고, 남김없이 학살되는 것이 잘되는 일이냐? 스티븐스는 한국을 배신, 일본을 도와 한국에서 못된 짓을 자행했으니, 우리나라는 망하고, 나의 종족은 다 학살되니, 내 이 자를 거저 두랴. 그런고로 내 이 자를 죽이고자 하니, 다른 말할 것 없노라. In Whan Chang[29]

---

28) *The San Francisco Chronicle*, March 24, 1908 ; *The San Francisco Examiner*, Mardh 24, 1908.
29) *The San Francisco Chronicle*, March 25, 1908. 장인환의 '한글 성명서'는 『샌프란시스코 크로니클』지에 전문이 사진도판으로 소개되어 있는데, 유감스럽게도 성명서를 배경으로 장인환의 얼굴이 가려서 일부 해독이 불가능하다. 구철자 언문소설식으로 쓰여진 장인환 자필 성명서를 현대말로 옮기고 해독 불가능한 부분은 재구성해서 본문을 복원했다. 상항 미국 신문에 한글 문서가 게재되기는 이것이 처음이다.

공립신보도 역시 3월 25일자 신문에서 장인환은 민족의 원수 스티븐스 사살 의거를 장쾌한 거사라고 극구 칭양하고 있다.

　　동서양 고금역사를 상고하건대 암살인이 허다하여 혹 의인군자로 암살을 피(被)한 자도 있으며 혹 난신적자로 화란을 피한 자도 있도다. 오늘 스티븐의 화란을 피함은 자기 죄악의 결과라. 스티븐이가 여러 가지로 일본 정부의 명령을 복종하여 한국을 해케 함은 일반 세인이 다 아는 바이니와 한국 정부의 봉급을 받은즉 마땅히 한국 정부를 위하여 독립권 보존하기를 개도(開導)할 것이어늘 도리어 일본 정부의 종이 되어 5조약과 7조약을 체결하는 때에 책사(策士)가 될 뿐만 아니라 미국 사람의 이목까지 가리우려고 무리한 말로 각 신문에 게재케 하였으니 스티븐은 공리(公理)의 반적(叛賊)이오 한국의 원수라. 자유를 사모하고 독립을 사랑하여 피가 끓는 한국 사람이 어찌 안연(晏然) 좌시하리오. 오늘 이 암살은 순전한 애국혈성에서 나왔도다. 법률을 사랑하고 평화를 주장하는 문명독립국민은 이 사건에 대하여 의무가 없고 가치가 없다 할 듯하나 이것은 다만 내 배 부름에 다른 사람의 주림을 알지 못하며 내가 더움에 다른 사람의 참(冷)을 생각지 아니함이니, 미주 13방이 영국을 반항할 때와 서서(瑞西 · 스위스)가 일이만(日耳曼 · 독일)을 반항할 때와 이탈리아가 오스트리아를 반항할 때를 추억하라. 독립자유의 사상이 극점에 달한 고로 날마다 폭동이오 날마다 암살이라.
　　오늘 한국 사람은 18세기 구미 열강 국민의 사상을 가져야 될지라. 슬프다 동포 동포여, 이 포성에 정신 차릴지어다. 매국적이 정부에 가득하고 원수가 국내에 가득하였으니 혈성과 사상이 있거든 애국의사 장인환 전명운 양씨의 적개(敵愾)한 의리를 본받아 내 나라를 해롭게 하는 자와 내 동포를 학살하는 자여든 격지(隔地)라도 가하고 출지라도 가하고 참지라도 가하니 내외 동포는 합심 동력하여 독립권 회복하는 격문이 세계에 공포되기를 바라노라.[30]

이어 송종익(宋鍾翊)은 장인환이 매국적 스티븐스 사살 의거를 결행한 것은 곧 공리의 반적을 규탄한 것이고 이는 마치 미국 독립전쟁에 비길 만한 자유전쟁이라고 정의하고 있다.

　　이 세상에 제일 좋은 것이 무엇이뇨 자유며, 제일 편안한 것이 무엇이뇨

---

30) 「政敵의 遭禍」, 『共立新報』 제75호, 1908. 3. 25, 轟轟一銃聲 覺彼世界目 烈烈 二銃聲 喚我獨立魂

자유며, 제일 즐거운 것이 무엇이뇨 자유며, 이 세상에 제일 아픈 것이 무엇이뇨 자유 없는 것이며, 제일 불쌍한 것이 무엇이뇨 자유 없는 것이며, 제일 슬픈 것이 무엇이뇨 자유 없는 것이라. 태서(泰西) 사람이 말하기를 자유 못하면 차라리 죽는 것이 편안하다 하였으니 영국 사람이 존 왕을 협박하며 찰리스데일을 죽인 것도 자유요, 프랑스 사람이 혁명전쟁에 3백만 생명을 희생한 것도 자유라. 지극히 크다 자유 자유여. 슬프다 1905년 11월 17일에 일인이 우리 군상(君上)을 협박하며 우리 국민을 학살하고 5조약을 체결할 때에 스티븐이가 외부(外部) 인장을 자기 손으로 찍어준 후로 모든 우리의 자유가 다 일인에게 빼앗겨 입이 있어도 말하지 못하며 마음이 있어도 생각지 못하며 글이 있어도 출판치 못하며 회(會)가 있어도 모이지 못하니, 우리의 자유를 빼앗은 자 하나는 일본이요 또 하나는 스티븐이라. 하늘에 사무친 원한이 2천만 한국 인민 뇌수에 맺힌지라.

오늘 장·전 양씨의 스티븐을 포격(砲擊)함은 곧 자유전쟁이라. 영국 사람이나 프랑스 사람이 자유 회복하기 위하여 피 흘림과 어찌 다름이 있으리오. 스티븐은 2천만 명의 자유를 죽인 죄요, 장·전 양씨는 2천만 명의 자유를 살리고자 함이라. 만일 지공무사한 하나님더러 심판하라 하면 장·전 양씨는 상을 주어 천당으로 보낼 터이오 스티븐은 벌을 주어 지옥으로 보낼 터이라. 바라건대 미국 사법관은 범위 좁은 형사의 법률만 생각하지 말고 무한한 공리의 법률을 주장할지로다.

오늘 미국은 도덕을 숭상하고 공의를 주장하는 나라이라 130여 년 전에 자유를 위하여 8년전쟁(독립전쟁)이 있었고 40여 년 전에 3백만 흑인을 위하여 4년전쟁(남북전쟁)이 있었고 10여 년 전에 쿠바의 독립을 위하여 의전(義戰)이 있었도다. 세계 열국을 돌아보건대 대륙패권을 잡아 강한 자를 누르고 약한 자를 붙들 자 오직 미국이라. 그런즉 오늘 일본이 사람(한국)의 땅을 빼앗으며 사람의 생명을 학살하며 사람의 재산을 탈취하며 사람의 자유를 강탈함을 보고 어찌 수수방관하리오. 우리의 슬픈 마음을 위로할 자 미국이 아니며 우리의 슬픈 눈물을 씻어줄 자 미국이 아니며 우리의 분한 말을 설명할 자 또한 미국이 아닌가. 만일 미국이 일본의 흉계를 깨닫지 못하고 염연(恬然) 좌시하면 동양에 미국 상권이 십분 타락할뿐더러 하와이 필리핀이 일본에 돌아가리니 이제 미국이 좋은 기회를 타 옳은 군사로 일본의 죄를 성토하면 미국 장래의 화를 예방할 뿐 아니라 우리 한국의 행복이니 미국 당국자는 이 말을 금일 미국 정략의 공담으로 알고 채용하심을 바라노라. 공언생 송종익.31)

---

31) 『共立新報』 제76호, 1908. 4. 1, 日本은 自由의 賊이오 須知分은 公理의 敵이라.

장인환의 스티븐스 사살 의거는 한국 독립운동 사상 획기적 사건이 아닐 수 없다. 이 사건은 최초의 항일 무장 사살 의거이기에 국내외에 걸쳐 무장 항일운동의 기폭제(起爆劑)가 되었기 때문이다. 장인환의 스티븐스 사살 의거의 역사적 의의를 다음 두 가지로 정리할 수 있다.

첫째로 무장 항일운동의 시발점이 되었다는 것이다. 일찍이 하야시(林權助) 주한 일본공사는 을사늑약을 앞두고 1905년 10월에 윤치호(尹致昊)에게 "나는 한국인으로부터 나를 죽이겠다는 협박 편지를 많이 받은 바 있다. 그러나 나는 이에 조금도 개의치 않는다. 한국인은 저항할 줄 모르는 나접한 백성이기 때문이다."[32]라고 모욕적인 발언을 한 바 있다. 사실상 을사늑약 후 민영환(閔泳煥)의 자결의거(自決義擧)가 있었을 뿐, 무장 항일운동은 일어나지 아니하였다. 그러나 장인환의 사살 의거는 '무기력한 한민족'이 아니라 '용맹스런 한민족'임을 만천하, 그것도 미주에서 한민족의 기개를 떨쳤고, 이는 1년 후 안중근(安重根)의 한국 침략의 원흉 이토 히로부미(伊藤博文) 사살 의거의 직접동인이 되었던 것이다. 캘리포니아 대학의 보우만 교수는 '태평양 제문제'(Problems of the Pacific)라는 공개 강좌에서 장인환의 스티븐스 사살 의거의 역사적 의의를 이렇게 논평하고 있다. "한국 애국자가 외교관이며 통감부 고문관인 스티븐스를 사살한 것은 앞으로 전개될 수 있는 많은 사건의 개시에 불과하다. 이제 아시아 여러 종족 간에 마지막으로 치열한 전투가 벌어질 것이다."[33]

한편 『기려수필』에서도 장인환의 사살 의거는 앞으로 항일무장운동의 시단(始端)이라고 분석하고 있다. "장인환·전명운 양인이 상항에서 한 발의 총을 쏘니 그 소리가 북미 대륙을 진동하였으며, 이로부터 여러 의사의 사살사건이 국내외 각지에서 십수건 발생하였다. 그중에서 큰 사건만 들어보면, 하얼빈에서 안중근의 이토 히로부미 사살 의거(1909. 10. 26), 남대문에서 강우규(姜宇奎)의 사이토(齋藤實) 총독 암살사건(1919. 9. 2), 김

---

32) *Yun Chi-Ho's Diary*(National History Compilation Committee, 1976), vol. 6, p.175, October 19, 1905.
33) *The San Francisco Chronicle*, March 25, 1908.

익상(金益相)의 조선총독부 폭탄 투척사건(1921), 일본 동경에서 김지섭(金祉燮)의 궁성(宮城) 폭탄사건(1924). 대만(臺灣)에서 조명하(趙明河)의 일본왕(久邇宮邦彦王) 암살사건(1928) 등이다. 이 중에서 혹은 맞기도 하고 혹은 명중하지 아니했지만 모두 다 장·전의 사살 의거에서 자극받아 창의(倡義)한 것이다."34)

이와 같이 국내외 관련 자료에 의하면, 특히 미국 언론보도에 의하면 장인환의 스티븐스 사살 의거는 안중근의 이토 사살 의거에 직접적인 영향을 주었다고 보도하고 있다. 사실상 장인환의 사살 의거 직후 이토는 이 소식을 듣고 깊은 충격을 받았으며 그의 비서를 통해, "나는 공포를 느끼지 않을 수 없다"35)고 했다는 것이다.

둘째로 미주 한인의 단결력 결집의 계기가 되었다. 그 당시 하와이에는 임정수(林正洙)를 중심으로 한인합성협회(韓人合成協會, 1907. 9. 29)가 조직되었고, 미주에서는 공립협회와 대동보국회 등 3개 정치단체가 정립하고 있었다. 한민족의 최대 약점은 단결력이 없고 분열만 일삼고 있다는 것이다. 그래서 흔히 미주 한국 교민은 '푸석한 모래집단(mass of loose sand)'36)이라 일컫고 있다. 한인 간 상호 갈등·분열·반목하면서 단결심이 없기 때문에 나라가 망했다고 진단하고 있다. 그러기에 장인환의 스티븐스 사살 의거를 계기로 미주 한인들은 통일 단결만이 조국광복의 첩경이라고 공통으로 인식하고 이들 3개 정치단체를 하나로 결집·통합하려는 기운이 조성되기에 이르렀다.37)

1908년 10월 23일 하와이 한인합성협회와 미주의 공립협회가 각기 대표자를 선출해서 협의한 결과 미주 공립협회와 하와이 한인합성협회는 그 명칭과 위치는 비록 상이하나 그 목적과 주지(主旨)는 동일하니 우리 사회의 모범이 되고 국가 장래의 행복이 될 만한 일층 더 위대한 역량을 성취

---

34) 『騎驢隨筆』, 국사편찬위원회, 1971, 86~89쪽, 張仁煥·田明雲條.
35) *The San Francisco Chronicle*, March 24, 1908.
36) Bong-youn Choy, *Koreans in America*(Chicago, Nelson Hall, 1979), p. 116.
37) 金源模, 『開化期 韓美交涉關係史』, 단국대학교출판부, 2003. 6. 15, 932쪽.

하기 위해 합동(合同)하는 원칙에 만장일치로 합의하면서 "본회의 목적은 교육과 실업을 진발하며 자유와 평등을 제창하여 동포의 영예를 증진케 하며 조국의 독립을 광복케 함에 있음"이라고 밝히면서 합동의 목적과 종지는 "자유와 평등을 구현하고 조국 광복"이라고 천명했다. 이리하여 1909년 2월 1일 정식 합동을 선언하면서 국민회(國民會, The Korean National Association)라 명명했다.[38)]

　　합동 발기문(The Statement of The United Promoters, November 30, 1908)
　　우리의 국권이 쇠퇴한 원인을 살펴어보면 정부는 당파와 알력이 심하여 국가에 충성하지 못하였고 백성은 전제정치에 눌리어서 규합되지 못한 까닭이며 이것을 뉘우치는 오늘에 우리는 조국을 위하여 마음을 합하고 역량을 집중할 것이다. 조국의 운명이 위태한 이때를 당하여 해외 동포가 사방에서 부르짖는 것이 단체 합동과 역량집중이며 미주와 하와이 단체들의 합동추진이 우리의 급선무이다.
　　미주 한인 공립협회와 하와이 한인합성협회가 3천 마일 대양을 격하여 그 위치가 다르므로 각기 설립을 달리한 것이나 그 목적과 부담된 책임이 같으며 애국애족의 순결한 정신과 조국의 국권회복을 위하여 헌신하는 성충(誠忠)이 같으니 정신상 합동은 이미 이루어진 것이고 앞으로 남은 것은 다만 합동의 절차뿐이다. 이제 시대의 요구와 공중여론에 순응하여 한인합성협회와 한인 공립협회를 합동하고 이름을 같이하며 서로 손을 이끌고 일을 같이하기 위하여 다음 7항목 합동조례를 기초한바 두 단체에서 이 조례를 통과하면 즉시 합동할 것을 의결하고 이를 발포하노라.
　　1. 미주 한인 공립협회와 하와이 한인합성협회가 각기 자체를 해소(解消)하고 합동 후에 그 명칭을 '국민회'라 할 것.
　　2. 합동의 일자는 서력 1909년 2월 1일로 정할 것.
　　3. 두 단체에서 규칙 기초위원 3인씩을 선출하여 합석 토의로 '국민회' 규칙을 제정할 것.
　　4. 규칙 기초위원의 회집 처소는 두 단체가 협의하여 지정할 것.
　　5. '국민회' 규칙은 민주주의 원칙에 의준(依遵)할 것.
　　6. 새 규칙을 실시하기 전에는 종전에 쓰던 규칙을 사용할 것.
　　7. 합동된 단체의 임원이 취임될 때까지는 전임 당국이 회무를 진행할 것.

---

38) 김원모, 『한미 외교관계100년사』, 434~435쪽.

서력 1908년 11월 30일

하와이 한인 합성협회 대표: 고석주(高錫柱) 김성권(金聲權) 민창호(閔燦鎬)
이내수(李來洙) 강영소(姜永韶) 한재명(韓在明) 안원규(安元奎)
미주 한인 공립협회 대표: 최정익(崔正益) 이대위(李大爲) 강영대(姜永大)
안석중(安奭中) 황사용(黃思溶) 이경의(李景儀)39)

1909년 2월 1일 국민회가 창립하니 이날은 한인이 굳게 뭉치어 조국 광복운동의 위대한 목적을 세우고 애국 사업에 봉사하기를 맹약하던 역사적 날이다. 이날 국민회 창립축하식은 미주와 하와이에서 동시에 대성황리에 거행했다. 특히 하와이에서는 전체 동포가 휴업하고 한인의 집집마다 한국 국기 태극기를 게양하고 1천여 명의 동포가 호놀룰루에 모여 경축할 때 각 농장과 관청에서 이날을 '한인의 경절'로 인정하였고 하와이 정부에서 총독 대리와 여러 관리들이 축하식에 참석하였다. 재미 한인이 이같이 단결과 단체합동이 이루어지자 각 방면으로부터 축하가 많았으나 국내에서는 왜적의 탄압으로 인하여 표면으로 장려하지 못하고 비밀히 축하문을 보냈는데 그중에는 유림(儒林)들이 축하문을 보낸 것이다.40)

신한민보는 미주와 하와이의 두 단체가 합동하여 대단체를 이룩한 국민회의 앞날을 경축하는 사설을 발표했다.

금 2월 1일에 북미주에 있는 공립협회와 하와이에 있는 합성협회가 서로 합동하여 한 큰 회를 조직하고 그 회명을 개혁하여 대서특서하였으니 가로되 '국민회(國民會)'라. 당일에 국민회 있는 각 지방에서 합회(合會)의 경하하는 의식을 거행하였는데 북미 지방 국민회 회원은 모두 800여 인이오, 하와이 지방 국민회 회원은 모두 1천여 인이니, 해삼위 지방을 통계하면 연 3천 단체의 대한인국민회(大韓人國民會)가 해외에서 우리 단군기원 4242년 2월 1일에 성립하였더라.

아름답도다 국민회의 성립함이여, 전에 없던 단체를 결합한 자이며 장하도다 국민회의 회명(會名)이여 굉위(宏偉)한 사업의 전도가 무궁함이니 우리는

---

39) 『재미한인오십년사』, 101~103쪽. 합동 발기문 ; 「盧載淵」, 『在美韓人史略』, 49
쪽, 合同提議
40) 『재미한인오십년사』 103쪽.

이 회의 미증유하던 단체 성립을 치하하는 동시에 무궁할 전도를 심축함을 게으르게 못할 바이로다. 나누면 천하의 지극히 큰 물건이라도 작고 약하고 쇠하고 망할 것이며, 합하면 천하의 지극히 작은 물건이라도 크고 강하고 성하고 홍할 것이라. 우리 동포의 미국으로 도항하던 옛날 일을 생각하면 하염없는 눈물이 지금까지 옷깃을 적시는도다. 미주의 공립협회와 하와이 합성협회가 성립하여 덕업도 상면하며 학술도 상권하며 환란도 상구하여 자생도 상조하며 분발심 감개심(感慨心) 애국심을 서로 제창하여 오늘날까지 지내다가 다시 대해를 상격한 동서 만리에서 성기(聲氣)를 상감(賞鑑)하며 목적을 상합하여 동일한 국민회를 성립하였으니 이로 좇아 단결이 더 공고할지오

이 국민회로 시작하여 문명의 선봉을 자임하며 충의의 전구(前驅)를 자임하며 존국흥민(尊國興民)의 모범을 자임하여 우리 2천만 국민을 단합하며 제창하며 경성(警醒)하여 우리 국민의 이익을 번병(藩屛·지킴)하며 우리 국민의 모적(蟊賊·벡성의 재물을 빼앗아먹는 탐관오리)을 최탕(摧蕩·꺾어 소탕함)하며 우리 국민의 주권을 회복하며 우리 국민의 적대(敵對)를 항굴(降屈)케 하여 우리 국민의 영광과 명예를 세계 만국에 나타나게 한 연후에야 이 국민회의 범위를 채우며 목적을 도달할지니 이는 곧 국민회의 담임이며 권리며 의무며 장래며 필연지사며 부득불이지사(不得不而之事·부득불한 일)라. 슬프다 우리 대한국민의 혈성(血誠)이 있는 자야 그 누가 이 국민회를 찬성치 아니하리오. 이러므로 본보에서 국민회에 대하여 심축하기를 게을리하지 못하노니 장함이여 무궁할 전도의 국민회의 희망이여.

치하하노라 국민회여 축수하노라 국민회여 담임이 크고 책망이 중한 국민회여 무궁한 전도에 무궁한 희망을 성취할 국민회여 물러오지 말지어다. 국민회여 나아갈지어다 국민회여 죽기로 작정한 국민회여 살기를 도모하는 국민회여 노예를 벗고 주인의 자리를 회복할 국민회여 한 창자 더운 피와 한줌 찬 눈물로 대성질호하여 2천만 대한 동포를 부르는 국민회여 여원(與願·중생의 소원을 만족시킴) 여원하여 보소. 상천아 도우소서 여원 여원하여 보소. 단군 이래 4242년을 상전(相傳)하는 대한국민 만만세. 단군기원 4242년 2월 1일에 대단체를 성립한 국민회 만만세.[41]

건곤감리의 청홍 음양인 태극 국기는 어이하여 일륜채일(一輪彩日)을 도화(圖畵)한 일본 국기 하에 고개를 숙이나뇨. 저 단군(檀君) 기자(箕子朝鮮)를 잊어버리고 신무천황(神武天皇)을 숭배하며, 광무(光武)의 일월을 멀리하고 명치(明治)의 우로(雨露)를 목욕하며, 삼한고족(三韓古族)을 배반하고 대화(大和)

41)「賀國民會 成立」, 『新韓民報』 제119호, 1909. 2. 10. 북미 지방국민회 회원 800여 명, 하와이 지방국민회 회원 1,000여 인, 해삼위 지방을 통계 3천 단체 대한인국민회가 1909년 2월 1일 성립.

민종을 아당(阿黨·아첨)하는 견마노예는 말할 것 없거니와 이를 가히 참을 진대 그 무엇을 가히 못 참으리오 진발할지어다. 우리 4천년을 상전(相傳)하던 단기 유족의 동포들이여.42)

국민회는 미주 본토에는 북미 지방총회를 두고 하와이에는 하와이 지방총회를 두었다. "국민회 장정(章程) 제2조에 '본회의 목적은 교육과 실업을 진발하며 자유와 평등을 제창하여 동포의 영예를 증진케 하며 조국의 독립을 광복케 함에 있음'이라 하였으니, 아름답도다 그 종지(宗旨)여 장하도다 그 결심이여 이 어찌 북미와 하와이와 해삼위에 있는 기천백 동포의 책임뿐이라 하리오 내지에 있는 2천만 동포의 만구 동성할 의론이 또한 이에 불과할지라. 이러므로 본보 기자─국민의 불가불 국민 책임을 담임할 이유를 약술하고 국민회 조문을 특서하여 써 우리 내지에 있는 2천만 동포에게 권고를 행하노라."43)고 밝히고 있다.

이리하여 국민회의 정치적 이념은 자유와 평등사상을 수용, 자유민주주의 정치체제를 구현하는 것이었고, 궁극적 투쟁목표는 민족주의 정신을 바탕으로 한 '조국의 독립과 광복'이었다. 공립협회는 여태까지 기관지로 '공립신보'를 발행해왔는데 국민회 발족과 동시에 국민회 북미 지방총회는 1909년 2월 10일자부터 이를 『신한민보(The New Korea)』라 제호를 바꾸어서 발행하기 시작했다. 한편 하와이 지방총회는 양회 통합 직후 1909년 2월 12일 『신한국보(新韓國報, The United Korean News)』를 창간 발행했다. '한인합성신보'의 영문명 제호를 그대로 이어받아 사용했고 한글 제호만 신한국보라 바꾸어 사용했다. 하와이 지방총회는 전흥협회보(電興協會報)를 흡수·통합하여 『신한국보』를 발행함으로써 명실상부하게도 하와이 한인 사회의 대표적인 신문으로 자리 잡게 되었다. 그러나 1913년 8월 13일부터 제호를 국민보(國民報, The Korean National Herald)로 바꾸어 발행했다.

한편 국민회 출범을 계기로 이제 대동보국회를 흡수·통합함으로써 명

---

42) 「勸告內國同胞」, 『新韓民報』 제120호, 1909. 2. 17. 내지동포에 권고함.
43) 「國民會 章程 脫稿」, 『新韓民報』 제125호, 1909. 3. 24.

실공히 미주 한인단체의 대통합을 이룩해야 한다는 목소리가 높아지기 시작했다. 앞서 대동보국회는 공립협회와 하와이 한인 합성협회가 합동, 국민회를 발족할 때 이에 동참을 거부하였는데 이제 하나의 한인단체로 뭉쳐야한다는 여론이 팽배하게 확산되기에 이르렀다. 이리하여 국민회 발족 1년 만인 1910년 2월 10일 마침내 국민회는 대동보국회를 흡수 통합, 그 명칭을 대한인국민회(大韓人國民會, The Korean National Association)라 개칭했다. 본부는 공립회관에 두고, 미주에 북미 지방총회, 하와이 지방총회를 각각 설치했다.[44]

1910년 2월 10일 국민회와 대동보국회가 대통합함으로써 대한인국민회라는 단일 한인단체가 결성하게 되어 한인의 단결력을 내외에 널리 선양하게 되었다.[45]

아아 이제야 우리 민족이 세상 사람을 대할 때에 머리를 들고 떳떳한 기상으로 큰 소리를 지르게 되었도다. 세상이 한인을 평론할 때 먼저 흔히 하는 말은 가로되 한국 인종은 부패하고 미개하였으며 비루하고 완패(頑悖)할 뿐만 아니라 그 성질 됨이 음해(陰害)를 좋아하며 서로 잡아먹기와 편당(偏黨) 싸움하기를 일삼는 고로 그 나라이 망하였나니 하며 혹자는 말하기를 한국 인종은 그 마음이 찬물과 같아서 사랑하는 기운이 끊어졌고 사랑하는 마음이 끊어진 고로 합하여야 될 이때에 도리어 각립(各立)하여 서로 반대하기를 마치 양두사(兩頭蛇·대가리 둘 가진 뱀)가 동서를 향하고 달아나려는 것 같이 한다 하며 기타 여러 가지 말로 횡설수설 비웃고 흉보더니, 쾌하고 장하도다 대동보국회가 국민회 북미 지방총회와 합일되어 밖으로는 세상 사람의 저와 같이 비웃고 흉보는 입을 닫게 만들었으며, 안으로는 장차 조국의 비운을 벗기며 3천리 금수강산과 2천만 신성민족을 보존하는 큰 권세를 확장함이로다. 저 두 회가 합일되므로 장차 크고 좋은 결과를 얻을 것과 대한인의 국민회도 인하여 우리 한국 민족의 자유와 독립을 회복하고자 바라는 것을 실상 얻을 행복은 글 쓰는 자의 생명이 없을지라도 알 바이라. 고로 논술치 아니하겠으되 두 회가 합일되도록 힘쓴 유지 제군의 넓은 마음으로 멀고 큰 것을 위하며 조국의 융흥을 제일 중한 목적으로 알기만 할 뿐 아니라 그 목적을 실행키 위하여 여간 적은 관계와 경위와 권리는 다 덮어놓고 여러 해

---

44) 김원모, 『한미 외교관계 100년사』, 436~437쪽.
45) 盧載淵, 『在美韓人史略』, 美洲羅城, 1951. 10. 15, 54쪽(1910. 2. 10).

를 두고 피차 원하든 뜻을 합하여 큰 단체를 이룬 의기를 진실로 치하하노라.

기자 상상컨대 이번 국민, 대동 양회가 합일된 일에 대하여 혹 어떤 사람은 만족히 생각하지 않는 이도 있을 듯 하며 혹 어떤 이는 이전 역사를 공연히 들추어내어 횡설수설로 합일된 일을 비방할 듯도 하나 그러나 만일 우리 민족이 합함으로 좇아 생하는 큰 권세를 실상 깨달으며 깨달을 뿐만 아니라 그 큰 힘을 이용하려 할진대 비록 여간 차별이 있을지라도 서로 양보하고 다만 화목의 정신을 유지할지니라. 국민회와 대동보국회가 합하여 대한인국민회의 한 큰 단체를 이루었으니 오직 그 회원들은 전혀 각립(各立)하던 때 정신을 영영 잊어버리고 다만 크고 큰 대한인국민회 회원인줄만 아는 것이 제일 큰 행복일줄 아노라. 영국 해군사기를 읽다가 영국과 프랑스 해군이 하루날에 교전함에 이르러 영국 군함 2척은 운무 가운데 싸여 서로 깨닫지 못하고 도리어 원수인줄 알고 힘써 싸우다가 급거 붉은 해 빛나고 운무가 흩어진 후에 자세히 살펴본즉 두 배가 다 영국 국기를 달고 원수를 치러가다가 원수의 운무 때문에 서로 공격한지라. 그러나 그 두 군함에 병사들은 태양의 붉은 빛을 힘입어 저희 국기를 서로 볼 때 반가운 마음으로 솟아나는 눈물을 억제치 못하였고, 전에 부족하던 사랑과 열심이 대발하여 나라를 위하여 죽고자하는 의기가 그 군사들의 마음에 더욱 충만하므로 필경 프랑스 해군을 이겼다는 실사(實事)에 대하여 기자 일찍 탄복한 일이 있는바, 대저 미주에서 이 양회가 일찍 합하지 못하였던 것은 서로 의심이라는 운무 중에 싸였던 까닭이러니 다행히 태양빛 같은 화기가 두 회 가운데 한번 빛남에 모든 의심이 소멸되어 합일을 이루었나니 이 어찌 기쁘고 쾌한 일이 아니며 큰 행복이 아니리오. 오직 재미 대한인국민회 회원들은 의심이란 운무에 다시 잡히지 말고 서로 양여하는 마음과 사랑하는 마음만 더욱 발전케 하여 힘과 뜻을 같이 함으로써 우리 민족의 모든 큰 소원 이루게 되기를 바라노라.46)

대한인국민회가 발족한 지 불과 6개월 만인 1910년 8월 29일에 한일합병조약이 늑결(勒結)되어 대한제국은 종언을 고하게 되었다. 대한제국 멸망 소식을 전해들은 대한인국민회 하와이 지방총회와 북미 지방총회는 공동회를 개최하고 합병반대의 항의서를 제작하여 한국 황제 일본 황제 및 구미 열강에 타전하면서 한일합병은 문명한 법칙에 어그러졌다고 논변했다. 이어 9월 1일 대규모 한인대회를 열고 한일 합방을 반대하는 결의

46)「賀兩會之合同」,『新韓民報』제171호, 1910. 2. 9. 미주에 두 단체가 합동함을 하례함.

문을 발표했다.47)

　　한일합방 부인결의문
　　1. 우리는 만고의 치욕적인 한일합방을 부인하며 그에 관한 왜적(倭敵)의 일체 행사를 배척함.
　　2. 우리는 대한민족이오, 왜적의 부속민(附屬民)이 되지 않을 것을 맹세하며 소위 '한일합방'은 우리 민족의 의사로 된 것이 아니고 왜적의 위협적 위조(僞造)인 것을 확인함.
　　3. 우리는 '한국(韓國)'의 국호(國號)와 국기(태극기)를 보장하며 우리 강토에서 왜적을 축출할 때까지는 '8월 29일'을 '국치일(國恥日)'로 기념하여서 왜적에게 대한 적개심을 해마다 새롭게 함.
　　4. 우리는 왜적과 공사간(公私間) 일체 관계를 단절하며 국제상 관계가 발생될 때는 대한인국민회가 재미 한인을 대표하게 함.
　　5. 일본 황제와 사내정의(寺內正毅)에게 이 결의문을 보내서 우리의 주장을 명확히 알게 함.
　　6. 한국과의 조약상 의무가 있는 각국 정부에 공첩(公牒)을 보내서 한일합방 부인(否認)의 이유와 일본이 우리의 원수인 사실과 국제상 관계가 있을 경우에 대한인국민회가 재미 한인을 대표할 것을 알게 하기로 함.
　　7. 한인으로서 왜적의 정부기관이나 개인 간의 친선관계를 가지는 자는 민족반역자로 인정할 것이며 경우와 형편에 따라서 처리하기로 함.48)

　이와 같이 한일 합방조약은 통감 데라우치와 한국 매국노 이완용(李完用) 총리 사이에 일본군 헌병의 군사적 위협하에서 조인된 것이며 이는 한국 국민의 의사와는 관련이 없다, 그러므로 재미 한인들은 이에 대하여 정의와 인간 존엄성의 이름으로 부인한다는 것이다. 또한 모든 재미 한인들은 일본을 적국으로 단정하고 그들 행정부와 그 해외공관 모두와 교섭 관계를 단절할 것이며, 누구든지 한국인으로서 일분국의 기관이나 일본인들과 접촉하거나 상행위(商行爲)를 하는 자는 대한인국민회 이름으로 '민족반역자'로 단죄한다는 것이다. 뿐만 아니라 대한인국민회는 재미 한인을 보호할 교섭단체임을 명시하면서 한일합방 늑결일(勒結日)인 '8월 29일'을

47) 盧載淵, 『在美韓人史略』, 57쪽.
48) 『재미한인오십년사』, 340~342쪽, 한일합방 부인결의문.

'국치일'로 지정하여 왜적을 한반도부터 몰아낼 때까지 기념할 것임을 선언했다. 이제부터 대한인국민회는 재미 한인을 법적으로 보호하는 유일한 합법적인 기관으로서 모든 공공집회에는 태극기를 게양할 것이며 또한 애국가를 봉창함으로써 대한인은 독립국의 국민이지 결코 일본의 식민지 국민이 아님을 보여주어야 할 것이라고 선명한 것이다.

3. 안창호의 구국운동: 신민회, 청년학우회, 대성학교 (1907~1910)

공립협회 학무(學務) 도산 안창호는 쇠망해가는 조국 대한의 국체(國體)를 구제하기 위하여 귀국을 결심하고 1907년 1월 8일 상항 발 또릭호 선편으로 환국의 장도에 올랐다.[49] 도산이 도미한 지 5년 만에 환국행을 단행한 것이다. 귀국 도중 일본 동경에 수일간 머물렀다. 그 당시 동경 유학생은 태극학회(太極學會)를 조직하고 『태극학보』를 발간하고 있었다. 이름은 학회요, 학보라지만 열렬한 애국운동 단체였고 정치 계몽 잡지였다. 도산은 태극학회 간부들을 만나 국내외 시국에 관한 정보를 교환하면서 장차 귀국하면 구국운동의 실천 방향을 구상하고 있었다. 태극학회 간부들은 안창호에게 구국연설을 요청하자 도산은 쾌히 응낙, 구국연설을 행했다. 이 구국연설회 자리에는 최남선·이광수·김지간(金志侃) 등이 참석했다. 도산의 연설은 한국 유학생들에게 큰 감명을 주었으니 이로부터 우리나라에 큰 인물이 났다 하는 감격을 주었다.

도산의 태극학회에서의 연설을 들은 김지간은 그 당시의 도산의 행적을 전하고 있다.

---

49) 盧載淵, 『在美韓人史略』, 1907. 1. 8, 37쪽. 安氏 還國.

도산이 미주에 있을 때부터 일본 동경에 있는 한국인 유학생들의 단체인 태극학회의 회보(태극학보)를 통하여 유학생들의 소식을 알고 있었던 모양이다(태극학회는 유학생회가 생기기 전에 있던 단체니, 유학생회는 崔麟의 주동으로 그 뒤에 만들어졌었다). 그러므로 도산은 동경에 도착하자 유학생 중의 단 한 사람의 구면이라 할 김지간을 찾았다. 김지간은 당시 태극학회 총무였고, 회장은 장응진(張膺震)이었다(김지간은 이때를 丙午年 1906년 음 6월경이라고 하나, 도산이 미국을 떠난 것이 1907년 丁未 2월이니 아마도 정미년의 착각이 아닌가 한다). 도산은 동경에서 약 1주일간 체류하였는데, 그때 일로 기억되는 것이 몇 가지 있다.

1. 태극학회 주최 환영회에 참석하여 격려 연설을 하였는데, 구국제민(救國濟民)의 열정이 구구절절 청중의 심금을 울렸다.

2. 유길준(兪吉濬)이 저술한 『서유견문(西遊見聞)』을 읽고 그를 숭앙하였으므로, 당시 일본에 망명 중인 그를 방문하였다. 도산은 우리나라에 국가(國歌)가 없으므로 유에게 그것을 지어주기를 청하였으나 유는 노래를 지을 재능이 없노라고 사양하였다.

3. 역시 일본에 망명 중이던 박영효(朴泳孝)를 예방하였는데, 그 석상에서 태극기의 뜻을 물으니 박은 '태극(太極)은 무극(無極)'이라고 간단히 대답할 뿐이었다(박영효가 태극기를 창안하였다는 설이 있음).[50]

도산은 동경에서의 첫 구국연설에 이어 귀국하고부터 전국 각지를 순회하면서 애국계몽 연설을 행했다. 16세 소년 이광수는 도산의 구국연설을 직접 듣고 크나큰 감명을 받았고 이로 인해 도산을 숭앙하는 계기가 되었다. 이광수는 도산의 열렬한 구국제민의 연설 장면을 생생하게 전하고 있다.

그는 세계의 대세를 설하고 한국의 국제적 지위가 어떻게 미약하고 위태하여 흥망이 목첩에 있음을 경고하고, 그런데 정부 당로가 어떻게 부패하고 국민이 어떻게 무기력함을 탄(嘆)하고 나아가서 우리 민족의 결함을 척결하기에 사정(私情)이 없었다. 지금에 깨달아 스스로 고치고 스스로 힘쓰지 아니하면 망국을 뉘 있어 막으랴라고 성루구하(聲淚俱下·우는 소리로 눈물을 떨구다)하여 만장이 느껴 울었다. 그러나 그는 뒤이어서 우리 민족의 본연의 우미성(優美性)과 선인(先人)의 공적을 칭양하여 우리가 하려고만 하면 반드시

---

50) 주요한, 『安島山全書』, 흥사단 출판부, 1999. 11. 9, 82쪽.

우리나라를 태산반석 위에 세우고 문화와 부강이 구비한 조국을 성조(成造)할 수 있다는 것으로 만장 청중으로 하여금 기(期)치 않고, '대한독립만세'를 고창하게 하였다.

이 모양으로 도산의 귀국은 국내에 청신한 기운을 일으켰다. 특히 주목할 것은 그의 민족운동 이론의 체계였다. 다만 우국, 애국의 열(熱)만이 아니라 구국제세(救國濟世)의 냉철한 이지적인 계획과 필성필승(必成必勝)의 신념이었다. 도산의 사념(思念)과 신념은 당시의 사상계에 방향을 주고 길을 주었으니 곧 각개인의 자아수양과 애국동지의 굳은 단결로 교육과 산업진흥에 전력을 다하는 것이었다.51)

귀국 후 안창호는 1909년 1월까지 2년간 평양과 서울에서 무려 17회의 애국 계몽 대연설회를 개최했다. 특히 1909년 평양 칠성문(七星門) 광풍정(光風亭)에서의 연설회에서는 1만 명의 청중이 운집했다. 이날 윤치호는 '대한의 궁한 자본', 이동휘(李東輝)는 '금일의 평양'이라는 연제로 강연한 후 안창호의 대웅변이 있었다. 도산은 친일매국노의 정국농단으로 나라가 망하기 직전에 이르렀다고 사자후를 토해냈다. "중국과 러시아의 세력이 완전히 물러가고 일본의 독무대가 된 서울 정계에 있어서 이완용, 송병준 등의 무리는 일본의 세력에 아부하고 그것을 이용하여 세도를 보이면서 최후의 반발을 보이는 고종황제를 핍박하여 순종에게 자리를 내어주게 하였고, 이용구(李容九) 등 일진회(一進會)의 무리는 일본의 앞잡이가 되어 일한합병건의서를 내는 데까지 이르게 된다. 한편 고종황제의 유신들인 김윤식(金允植), 민영소(閔泳韶) 등은 병을 칭하고 두문불출하고, 어려운 파문이 있으면 '불가불가(不可不可)'라고 주답(奏答)하는 형편이었다. '불가하고 불가하다'는 말도 되고, '불가불 가하다'고 읽을 수도 있는 궤변적 대답이다."52)

안도산의 웅변은 웅대하고도 폭넓은 변설(雄談弘辯)이며, 물이 용솟음치고 산이 솟아나는 듯하다(水湧山出) 해서 청중은 눈물을 죽죽 흘리고 울면서 감동했다는 것이다. 이렇듯 안도산의 애국 웅변에 나라 잃은 일반 민중

---

51) 島山紀念事業會刊行, 『島山安昌浩』, 太極書館, 1947. 5. 30, 37~38쪽.
52) 주요한, 『도산 안창호 전』, 마당문고, 1983. 3. 15, 49쪽.

의 감동과 호응이 확산됨에 이토(伊藤博文) 통감은 마침내 안도산을 포섭하려는 술책을 꾸미게 되었다. 이토 통감은 1907년 11월 말 경 안도산을 초청했다. "근일 이등공작(伊藤公爵)도 안창호 씨의 애국심이 있다 함을 듣고 청하여 만나본(請邀) 후에 사랑하고 공경하는 뜻을 표하였다."[53]

1932년 안도산이 윤봉길 폭탄의거에 연루되어 일본 경찰에 체포되어 국내로 압송되어 재판을 받을 때의 신문조서에 의하면 안도산은 이토와 직접 회견했다는 것이다.

문: 회견 내용은 무엇이었나?
답: 이등 통감이 본인에게 대하여 2차 초청이 있어 회견했다. 회견 석상에서 이등 씨가 말하되, "그대의 연설은 이 연설집(일인이 모집한 것)에 의하여 잘 알고 있다. 그대는 열렬한 애국자이니 나는 일본인이지만 그대의 조선을 사랑하는 애국열을 충분히 알고 있다. 나는 일본 유신(維新) 공로자의 일인으로서 조선을 훌륭한 나라를 만들려고 생각하고 있은즉 흉금을 열고 말하자" 하였다. 이등 통감은 피고인(안창호)에 대하여 자기가 생각하는 것도 당신이 생각하는 바와 조금치도 다른 것이 없으며 오로지 자기는 조선 완전독립을 희망하고 있다고 말하였으나, 그때 피고인은 테이블을 치면서 일본은 조선민족을, 그 조국독립을 위하여 일하는 허다한 애국자를 왜 체포·투옥하는 것이냐고 말했던바 이등 통감은 그것은 자기의 생각을 모르는 아래 부하들이 하는 짓이라 말하더군요. 그래 나는 웃고 말았지요.[54]

도산을 열렬히 숭앙하던 오자일(吳子一)은 도산을 만난 인상을 생생히 회고하고 있다. "선생은 인사하는 방법이 보통 사람과 다른 점이 있었다. '고맙소' '감사하오' 대신에 '감당하기 어렵소' 하셨다. 그것은 아마 간 곳마다 동포들이 깊이 신뢰하고 크게 기대하므로 그것을 감당하기가 어렵다는 겸손한 의미였는지 모른다. 평양에 계시는 동안 나는 매일 가서 뵈었는데 하루는 아무리 해도 해외로 가야겠다는 말씀을 하셨다. 그러나 그 뜻을 이루지 못하고 계시던 수개월 후에 동우회사건으로 구속·수감된 것

---

53) 『大韓每日申報』, 1907. 11. 30~12. 1.
54) 주요한, 「島山訊問記」, 『安島山全書』, 1932. 9. 5, 1058쪽 ; 「島山先生救國血鬪記: 그 당시 京城裁判所訊問調書」, 『白民』, 1948. 4·5, 45쪽.

이다." 1908년 보성 중학생 오자일은 도산의 연설을 듣고 안도산을 숭배하게 되었다고 실토하면서 도산 연설을 사실적(寫實的)으로 회고하고 있다. "다음해(1908)에 현재 신문로 예배당 자리(새문안교회, 그때는 극장이었다)에서 안창호 정운복(鄭雲復) 두 분의 연설이 있다기에 가보았다. 먼저 정선생이 한 20분간 하고 다음에 안 선생이 연단에 올라서자 초만원을 이룬 극장 안이 떠나갈 듯이 우레 같은 박수가 쏟아져 나왔다. 그 당시 일본인들까지도 안창호는 삼촌설(三寸舌)로 백만군의 힘을 낸다고 두려워하였으니 이로써 가히 안 선생의 웅변을 짐작할 수 있을 것이다. 마침내 입을 열자 그의 웅변은 마치 천지(天池)에서 샘이 솟듯, 삼천척(三千尺) 단애(斷崖)에서 폭포가 쏟아지듯, 그뿐만 아니라 그의 용자(勇姿)는 희로애화(喜怒哀和)의 표정으로 청중들을 허공무아(虛空無我)로 끌어갔고 감격자분(感激自奮)케 하였다.

> 어야지야 어서가자 務實力行(무실역행) 배를 대고
> 實行(실행) 돛을 높이 달아
> 부는 바람 지기 전에 어야지야 어서가자(8자 미상)

이것은 경술국치(庚戌國恥)가 있을 것을 예감하신 전조가사(前兆歌詞)이었다. 이것이 몇 자 안 되나, 웅변의 요지이며 또한 선생의 신조였다. 이 연설에 감복한 나는 선생의 명령만 있다면 사(私)를 버리고 오직 복종하는 것이 영광이라고 생각하였다. 그 당시 사람들(지금은 대개 다 칠팔십 노인이 되었지만)은 다 나와 같은 생각이었을 것이다."[55]

이토 통감은 안도산을 초청하여 그의 애국심을 높이 평가하면서 그를 친일 진영으로 끌어들이기 위하여 회유책을 썼으니, 그것이 곧 통감 주최로 서울 종로 한복판에서 도산의 대연설회를 개최하도록 허용한 것이다. 이토는 역지사지(易地思之)하여 도산의 주장이 한국인으로서는 당연한 생각이라고 긍정하면서 도산에게 관용을 베푼 것이다. 종로 거리에는 "이토

---

55) 吳子一, 「감당하기 어렵소의 謙虛」, 『새벽』 創刊記念號, 1954. 9, 138~139쪽.

통감의 주최로 안창호가 연설한다"는 광고 현수막이 내걸렸다. 대연설회가 열리는 날 종로 연설회 연단에 회집한 군중은 10만 명이라고 전하고 있다. 이토 주석하에 각부 대신들과 내외국 외교관 그리고 신문기자들이 연단 상하 주위에 가득히 모인 가운데 안창호는 등단하여 2시간 동안 대열변을 토해냈다. 당시 마이크나 확성기 장치가 없었던 시절에 10만 인파를 향해 육성으로 연설한다는 것은 얼마나 힘들었겠는가. 이날 연설을 들은 여운홍(呂運弘)은 "도산이 자기의 가슴을 치면서 '아이구 내 가슴이여' 할 때에 저는 도산의 가슴으로 들어가는 것과 같은 감각을 가졌다"고 회상하고 있다. 이날 행한 도산의 연설한 한 대목을 인용해보면, "대한의 남자들아! 너희가 만일 국가를 쇠망하게 하는 악습을 고치지 아니하면 오늘은 너희 등에 능라주단(綾羅綢緞)을 걸치고 다니지마는 내일에는 너희 등에 채찍이 내리게 될 것이다. 대한의 여자들아! 너희가 만일 사회를 부패하게 하는 추태를 버리지 아니하면 오늘에는 너희 얼굴에 분이 발렸겠지마는 내일에는 똥이 발리게 될 것이다."[56]

안도산이 귀국 직후인 1907년 3월 비밀결사 대한신민회(大韓新民會)를 조직했다. "총감독 양기탁(梁起鐸), 총서기 이동녕(李東寧), 재무 전덕기(全德基). 경찰원 이동관(李東寬), 발기인 안창호(安昌浩)·이갑(李甲)·이시영(李始榮)·류동열(柳東說)·이동휘(李東輝)·이종호(李鍾浩)·안태국(安泰國)·최광옥(崔光玉)·이승훈(李昇薰)·김구(金九)·노백린(盧伯麟)·이강(李剛)·조성환(曹成煥)·신채호(申采浩)·류동작(柳東作)·이덕환(李德煥)·김동원(金東元)·김홍서(金弘敍)·임치정(林蚩正)·김지간(金志侃)·정영택(鄭永澤)·옥동규(玉東奎)·이항식(李恒植)·민형식(閔衡植)"[57] 등 28명의 발기인으로 조직한 비밀결사 단체였다.

신민회를 비밀결사로 조직한 것은 물론 일본 관헌의 탄압을 피하기 위함이었거니와 안도산의 '신문조서(1932)'에 의하면, "당시 인민의 정도가

---

56) 곽림대, 「安島山」(직해, 1968), 『島山安昌浩全集』11(전기 1), 622쪽.
57) 『統監府文書』 9권, 국사편찬위원회, 1999, 164쪽, 在米大韓新民會之件(1909. 3. 12).

유치하기 때문에 이를 표면단체로 한다면 사회의 반감을 사가지고 방해될 우려가 있었고 또한 입회 희망자를 전부 참가시킨다면 어떠한 자가 섞일지도 알 수 없으므로 동 회의 참된 목적을 달성할 수가 없었기 때문이었오. 그리고 동 회는 정치적으로는 조선민족의 자립·자존을 목적으로 하는 때문에 통감부로부터 해산명령을 받을 염려가 있어 상당히 실력이 있을 때까지는 비밀결사로 둔 것이었소"58)라고 비밀결사 조직이유를 밝히고 있다. 신민회는 중앙기관으로 총감독(양기탁), 총서기(이동녕), 재무(전덕기) 등을 두었고, 의결기관으로 의사원이 있어 각도 인사를 선임하였다. 지방에는 각 도에 총감을 두고 군에는 군감을 두되, 종(縱)으로는 연락이 되나 횡(橫)으로는 연락하지 못하게 한 것은 비밀을 지켜 어느 줄이 관헌에게 발각·탄압되더라도 피해가 다른 계통에 번지지 않도록 함이었다. 도산은 집행원(執行員)이란 직책을 맡았으니 주로 신임 회원을 심사하는 기관이었다. 산하에 표현기관으로 청년학우회, 대성학교, 태극서관, 자기회사(磁器會社) 등을 두어 교육·문화·경제 삼위일체로 정치적인 신민회의 지도 밑에 통일되도록 하였다.59)

이리하여 1907년 3월 5일 대한신민회를 창립하고 그 취지서를 발표했다.

대한신민회 취지서

무릇 우리 한인은 내외를 막론하고 통일·연합함으로써 그 진로를 정하고, 독립·자유로써 그 목적을 세움이니, 이는 신민회가 발원(發願)하는 바며, 신민회의 회포하는 바이니, 이를 간략하게 말하면 오직 신정신을 깨우쳐서(喚醒) 신단체를 조직한 후 새나라(新國家)를 건설할 뿐이다. 아아 천도(天道) 새롭게 아니하면 만물이 생성할 수 없고, 인사(人事) 새롭게 아니하면 만사가 이룩될 수 없다. 우리들이 몽매에도 잊을 수 없는 대한이여, 우리의 생사를 버려야 할 대한이여, 우리가 백성을 새롭게 하지 않으면 뉘가 우리 대한을 사랑한다고 하랴. 우리가 백성을 새로이 하지 않으면 뉘가 우리 대한을 보전하랴. 다가오는 우리 '대한신민회'여, 다가오는 우리 '대한신민회'여, 형극(荊

---

58) 「島山先生救國血鬪記(2): 그당시 京城裁判所 訊問調書」(1932. 9. 5), 『白民』, 合併號. 1948. 4·5, 45쪽.
59) 주요한, 『도산 안창호 전』, 마당문고, 1983. 3. 15, 58~59쪽.

棘)이 아무리 험조(險阻)하더라도 나아감(進)이 있을 뿐, 물러남(退)이 없으리라. 차례대로 엎어지고 자빠지더라도 하나 있고 둘 없이 앞으로 달려가고 뒤를 좇아가 본회(本會)를 위하여 헌신할 것이다. 본회는 국민의 한 신단체로서 본회에 헌신하는 것이 곧 본회에 헌신하는 것이다. 과거 4천 년 구한국의 말년에 망국의 귀신(亡國鬼)이 될 것인가, 아니면 장차 미래의 억만세 신한국(新韓國)의 초년 흥국민(興國民)이 될 것인가. 무엇을 버리고, 무엇을 취하고, 무엇을 그만두고, 무엇을 좇을 것인가. 다가오는 우리 대한신민회여라고 독립·자유의 새나라 건국을 궁극적 지상목표로 설정하고 있다.[60]

이광수는 안도산의 신민회 조직 목적을 명쾌하게 정리하고 있다. "그리고 도산은 자기가 미국서부터 품고 온 계획대로 실행하기로 결의하고 신민회와 청년학우회의 조직에 착수한 것이었다. 그는 우선 기본 되는 동지를 구하기 시작하였다. 그가 기본 되는 동지를 구하는 데는 두 가지 조건이 있었다. 하나는 믿을 만한 사람이요, 하나는 각 도에서 골고루 인물을 구하는 것이니, 이것은 본래 여러 가지로 불쾌한 악습이 된 지방색(地方色)이란 것을 예방하기 위한 것이었다. 이리하여 구한 동지가 이동녕·이회영(李會榮)·전덕기·이동휘·최광옥·이승훈·안태국·김동원·이덕환·김구·이갑·류동열·류동작·양기탁 등이었다. 이러한 동지를 기초로 신민회를 조직하니 그 목적은 1. 국민에게 민족의식과 독립사상을 고취할 것. 2. 동지를 발견하고 단합하여 국민운동의 역량을 축적할 것. 3. 교육기관을 각지에 설치하여 청소년의 교육을 진흥할 것. 4. 각종 상공업기관을 만들어 단체의 재정과 국민의 부력(富力)을 증진할 것 등이었다. 신민회는 비밀결사로서 각 도(道)에 한 사람씩 책임자가 있고 그 밑에는 군(郡) 책임자가 있어서 종(縱)으로 연락하고 횡(橫)으로는 서로 동지가 누군지를 잘 모르게 되어 있었다. 그리고 그 입회절차는 심히 엄중하여서 '믿을 사람' '애국 헌신할 결의 있는 사람' '단결의 신의(信義)에 복종할 사람' 등의 자격으로 인물을 골라서 입회를 시키는 것이요, 지원자를 받는 것이 아니었다. 그러므로 회(會)가 조직된 지 몇 해가 지나도 그 가족 친

---

60) 『統監府文書』 6, 국사편찬위원회, 1999, 58~61쪽 ; 「大韓新民會 趣旨書」, 憲機 제501호, 1907. 3. 5.

지까지도 그가 신민회원인 줄을 알지 못하였다. '비밀을 엄수하는 것'을 신민회원은 공부하였다. 신민회가 있다는 소문이 나고 일경(日警)이 이것을 탐색하게 된 것은 합병 후였던 것으로 보아서 이 단결이 어떻게 비밀을 엄수하였는지를 짐작할 수 있다. 소위 데라우치 총독 암살음모사건(百五人事件)으로 7백여 명의 혐의자가 경무총감부(明石元二郎)의 명으로 검거될 적에야 비로소 세상은 신민회라는 것과 누가 그 회원이라는 것을 알았다."[61]

안도산은 1909년 8월 청년학우회를 창립했다. 이는 한국 학생운동의 선구적 효시가 되었다. 청년학우회 설립위원장에 윤치호를 추대했다. 총무원은 안태국이다. 1907년 2월 일본 동경유학생 16세 소년 이광수는 최남선과 함께 도산의 구국연설을 듣고 감동을 받아 도산을 숭앙하게 되었거니와 귀국 후 오산학교 교원 시절 청년 학생운동을 일으킬 것을 강조하는 글을 발표했다. 이광수는 거구혁신(去舊革新)의 대업(大業)을 성취하기 위하여 "조선 사람인 청년이 되려면 주의(主義)를 세워라. 그리하여 학식(學識)으로 하여금 주의의 노예가 되게 하라."[62]고 청년 지식인은 '주의의 노예'가 되어 학생운동을 일으킬 것을 강조하면서 청년학우회의 창설의의를 역설했던 것이다.

이광수는 청년학우회의 민족향상운동은 도덕운동이지 정치운동이 아니라고 극구 역설하고 있다. 그것은 흥사단 주의정신과 상통되고 있다.

청년학우회는 합병 전년인 기유(1909)에 발기되었다. 그 주의정신은 무실·역행·충의·용감의 4대 정신으로 인격을 수양하고 단체생활의 훈련을 힘쓰며 한 가지 이상의 전문 학술이나 기예(技藝)를 반드시 학습하고 평생에 매일 덕체지(德體智) 3육에 관한 행사를 하여서 건전한 인격자가 되기를 기(期)하자는 것이었다. 이때는 통감정치도 벌써 수년이 지나서 일본의 경찰망이 한인의 언행을 무시로 감시하고 조금이라도 배일적인 색채가 보이면 탄압하던 때라 모든 단체가 다 그 경계망에 걸리지 아니하도록

---

61) 『島山安昌浩』, 44~46쪽.
62) 孤舟, 「朝鮮사람인 靑年들에게」, 『少年』 제3년 제8권, 1910. 8.

전전긍긍하던 때요 또 무슨 집회나 결사나 한인이 하는 것은 다 내부대신의 허가를 얻어야 할 때였다. 청년학우회는 정치적 성질을 띤 것이 아니라고 하여서 내부대신의 허가를 받았다.

사실상 청년학우회는 정말로 비정치적 결사일뿐더러 또 정치적이어서는 아니 된다고 도산은 역설하였으나 당국은 물론이요, 동지자들 중에까지 이 결사의 비정치성을 아니 믿고 그것은 한 카무플라주라고 생각하였다. 그때에 국내는 일본에 대한 의구(疑懼)로 국가의 운명에 대한 의식이 심히 민감하였기 때문에 무슨 행동이나 정치성을 아니 띠기가 어려웠고 또 도산이 아무리 자기는 정치에 관여하는 사람이 아니라고 변명하고 사실상 평양 대성학교에 칩거하여 바깥과 접촉이 없는 생활을 한다 하더라도 당국이나 국인(國人)이 다 그를 정치가요 혁명가로 주목하였다. 도산은 민족 향상운동은 도덕운동이지 정치운동이 아니라고 절연히 구분하였다. 그것은 다만 당시 일본의 절제하에 있기 때문만이 아니라 우리나라가 완전히 독립권을 회복한 뒤에라도 민족운동은 정치성을 띠어서는 아니 된다는 것이다. 도산의 이 의견은 민족운동을 위하여 중요성을 가진 것이다.

그가 민족향상운동이 정치적이어서는 아니 된다는 이유로는 내적인 것과 외적인 두 가지로 가를 수가 있다. 내적이란 것은 민족향상운동자가 정치적 야심을 가지게 되면 그 운동을 정치에 이용할 걱정이 있고 또 도덕적 민족향상의 가치를 정치 이하에 저하(低下)시킬 근심이 있다. 민족향상운동은 정치보다도 무엇보다도 소중한 것이다. 우리 민족으로서는 이 민족향상운동이 아니고는 심하면 멸망하고 적어도 금일의 빈천(貧賤)의 경지를 탈출할 수가 없다. 아무러한 정치라도 향상되지 아니한 민족으로 좋은 국가를 지을 수는 없는 것이다. 망국하던 민족이 그대로 흥국(興國)하는 민족이 되기를 바라는 것은 쓰러진 집의 썩은 재목으로 새 집을 세우려는 것과 마찬가지다. 그러므로 민족향상운동은 인(因)이요 정치는 과(果)다. 민족향상운동은 구원한 것이요, 정치운동은 일시적인 것이다. 정치가 민족향상운동을 원조하고 촉진할 수는 있어도 정치가 곧 민족향상운동은 못 되는 것이니 민족향상운동은 정치가가 권세로 할 것이 아니라 도덕가

가, 지사가 오직 헌신적인, 종교적인, 노력으로만 되는 것이다.63)

윤치호가 1910년 1월 도미 중이어서 도산의 망명 직전인 1910년 3월에 청년학우회 위원장 대리에 박중화, 총무원에는 최남선이 피선되었다. 당시 신민회 회원인 최남선은 잡지 『청춘』 및 『소년』을 발간하고 있었는데 이는 청년학우회의 기관지 역할을 수행하고 있었다. 이어 3월 12일 총회에서 회장 조병학(趙炳學), 부회장 노기승(盧基崇), 총무 이동녕(李東寧), 의사원(議事員) 김인식(金仁湜)·최남선(崔南善)·박중화(朴重華)·이상익(李相益)·김도희(金道熙)·박찬익(朴贊翊)·옥관빈(玉觀彬)·장도순(張道淳)·이회영(李會榮)·윤기섭(尹琦燮) 등이다. 특히 최남선은 『소년』 잡지가 청년학우회의 기관지로 발행되고 있었기 때문에 사실상 그는 청년학우회의 대변인 역할을 수행하고 있었다. 최남선은 청년학우회의 주지(主旨)에서 "이에 시대의 가장 바른 자각(自覺)을 얻은 청년이 모인 청년학우회는 무실역행(懋實力行)의 깃발을 청천백일 하에 번듯하게 내어꽂았도다. 청년학우회는 무론 청치적으로 아무 의미 없는 것이오 사회적으로 아무 주의 있는 것이 아니라, 사상이고 감정이고 의지고 지식이고 모든 것이 다 단순한 청년학우들의 주의(主義)고 목적이고 방법이고 계획이고 모든 것이 다 단순한 집회라. 단순한 고로 평범하고, 평범한 고로 그 색(色)이 박하며 그 맛이 담(淡)하도다."64)라고 밝히고 있다.

최남선은 청년학우회 설립 당시를 이렇게 회상하고 있다.

우리는 미국에서 돌아오신 도산 선생을 동경에서 만나고 그의 지도하에 상의하였다. 도산은 먼저 귀국하여 평양에 대성학교를 설립하고 서울에서는 『대한매일신보』를 통하여 배일사상(排日思想)을 선전·고취하였으며, 우리들로서는 그 정신에 의한 독립전취(獨立戰取)를 위한 청년운동으로 국민운동의 선구적 역할을 하게 되었다. 당시 도산 선생은 세브란스 병원 앞에 어떤 조그만 집에 계셨는데 조석으로 만났고, 문 안에 들어오시면 반드시 우리 집에

---

63) 『島山安昌浩』, 63~66쪽.
64) 崔南善, 「靑年學友會의 主旨」, 『少年』 제3년 제4권, 1910. 4, 61~65쪽 ; 제3년 제6권, 1910. 6, 75~77쪽 ; 金源模, 『영마루의구름 春園李光洙의 親日과 民族保存論』, 단국대학교출판부, 2009. 5. 15, 293~294쪽.

들르셨다.

한번은 청년운동에 대한 슬로건—즉 청년학우회의 취지서를 꾸며보라는 분부이었다. 그 내용의 말씀은 "우리 국가와 민족이 이렇게 쇠망한 근본적 이유가 진실한 국민적 자각, 민족적 자각, 역사적 자각, 사회적 자각을 못 가진 데 있다. 배일운동이 있기는 하지만 그중에는 그냥 비분강개에 그치는 수가 많고 믿을 만한 책임심이 결여되어 있다. 그러므로 우리가 하는 청년운동은 어디까지나 진실을 숭상하여야 한다. 언변(言辯)보다도 실행을 형용보다도 내용을 존중해야 한다. 그것이 '무실역행'이다. 이상(理想)과 목적을 책임 있게 실행할 능력도 기르고 정신도 기르자."는 그러한 내용으로 청년학우회 취지서를 초안하라는 명령을 하셨다.[65]

최남선은 이어 청년학우회의 격려문을 발표했다.

청년학우회가 일어났도다. 무엇하기 위하여? "무실역행으로 생명을 작(作)하는 청년학우들을 단합하여… 건전한 인물을 작성하기로 목적함"이라더라.

우리나라 이때와 같은 시절에 처하여 그리스에는 '학생동지회'란 것이 일어나고, 이탈리아에는 '소년 이탈리아'란 것이 일어나서, 다 같이 청년의 집사(集社)로 활동하는데, 그 표방하는 바는 물론 직접으로 정치혁신이었거늘, 이제 청년학우회는 크게 그와 달라 정치혁신·사회개량 등을 조금도 표백(表白)하지 아니하였을 뿐 아니라, 그 이름이 평범함과 같이, 그 목적하는 바도 또한 평범한 듯하도다. 그러나 우리는 오늘날에 평범한 목적으로 평범하게 일어난 이 회(會)를 더욱 신대한(新大韓)을 위하여 축복하노니, 어찌 함이뇨 우리는 신대한을 건설할 일은 기특한 것이 아니라 평범한 것이요, 사람도 신영(神英)한 자가 아니라 평범한 자일 것을 믿음일새니라.

무실역행(懋實力行)! 과연 평범한 일어구(一語句)로다. 그러나 우리는 신교기이(神巧奇異)하고 치밀 복잡한 인문(人文)이란 것이 이 단순한 기초 위에 서 있음을 보건대, 신대한 문명의 기초도 또한 이것이라야 될 것을 알지라. 어호라. 평범한 이것의 공덕(功德)과 역량이 크기도 하도다. 원컨대 무실아 역행아, 나를 가지고 일어난 이 청년학우회를 한 시(時) 한 각(刻)이라도 꼭 너의 품에 끼고 있어, 한 호(呼) 한 흡(吸)이 다 너의 가슴속에서 출입하게 하여라. 이 우리가 너에게 바라는 바요, 겸하여 청년학우회를 근면(勤勉)하는 바로라.[66]

---

65) 주요한, 『도산 안창호 전』, 마당문고, 1983. 3. 15, 80~81쪽.
66) 『六堂崔南善全集』10권, 현암사, 1973, 116쪽, 靑年學友會.

최남선은 <청년학우회가>를 작사·발표했다.

청년학우회가

懋實力行(무실역행) 등불 밝고 깃발 날리는 곳에
우리들의 나갈 길이 숫돌 같도다
영화로운 우리 역사 복스러운 국토를
빛이 나게 할 양으로 힘을 합했네
勇壯(용장)하던 조상의 피 우리 속에 흐르니
아무러한 일이라도 怯(겁)이 없도다
至善(지선)으로 이루려고 노력하는 정신은
自彊(자강) 忠實(충실) 勤勉(근면) 整齊(정제) 勇敢(용감)이로세67)

신민회는 그 자체는 비밀결사였으나 사업은 공개였다. 신민회 산하의
사업으로 가장 드러난 것은 평양 대성학교, 평양 마산동(馬山洞) 자기회사
(瓷器會社), 평양·경성·대구의 태극서관(太極書館)과 여관 등이었다. 이
중에서 도산이 가장 심혈을 기울인 사업이 교육사업이었다. 대성학교는
평양의 유지 김진후(金鎭厚)가 희사한 2만 원(당시 미화 1만 달러 상당액)
의 출연(出捐)으로 세운 중등 정도의 학교로서 선천의 오치은(吳致殷)도
재정적 원조를 했고, 이용익(李容翊)의 손자 이종호(李鍾浩)와 오희원(吳熙
源) 등이 설립에 관여했다. 항용 있던 중학교와는 성질을 달리하여 소정
의 교과 과정 이외에 민족정신의 고취와 민족성의 개조에 더욱 치중한 교
육방침을 가진 특수 청년 훈련기관으로서 말하자면 민족운동자 양성기관
의 면목을 띤 특수학교였다. 이 학교에서 훈련받은 졸업생은 그 후 사회
에 진출, 민족운동에 헌신한 졸업생이 다수 있었던 것도 바로 도산의 교
육방침에 감화된 도산화(島山化)된 독립지사인 것을 입증해주고 있다. 도
산 자신은 자기가 윗자리를 차지하지 아니하는 방침에 의해 윤치호를 대
성학교 교장에 영입하였고, 자신은 '대리 교장'이란 명목으로 학사업무를
관리하였고, 일본 고등사범 출신 장응진(張膺震)이 교무를 담당했다.68)

---

67) 崔南善, 「靑年學友會歌」, 『少年』 제3년 제4권, 1910. 4, 65쪽.
68) 『安島山全書』, 104~105쪽 ; 주요한, 『도산 안창호 전』, 마당문고, 1983. 3. 15,
60~61쪽.

이광수는 대성학교의 교육방침은 민족운동 지도자를 양성하는 데 그 목적을 두고 있다고 밝히고 있다.

> 대성학교는 각 도(道)에 세울 계획이었으니 평양 대성학교는 그 제일교(첫 번째 학교)요 표본교였다. 평양 대성학교를 실험적으로 모범적으로 완성하여서 그 모형대로 각 도에 대성학교를 세우고 그 대성학교에서 교육한 인재로 도내 각 군(郡)에 대성학교와 같은 정신의 초등학교를 지도하게 하자는 것이니, 그러므로 당시의 평양 대성학교는 결코 오늘날 말하는 중등학교와는 교육목적과 방침이 달랐다. 대성학교는 1. 민족운동의 인재, 2. 국민교육의 사부(師傅)를 양성하자는 것이었다. 도산은 평양 대성학교의 무명(無名)한 직원으로서 교장을 대리하는 것 같은 지위를 가지고 있었다. 이것은 도산이 무엇에나 자신이 표면에 안 나서고 선두에 안 나서는 사업방침에서 나온 것이어서 실지로는 도산이 대성학교의 교주요 교장이었다.
> 도산이 대성학교에 전 심력을 경주한 것은 말할 것도 없었다. 그는 다만 생도만을 교육하는 것이 아니라 교원들을 동지의 의(誼)로 굳게 결속하였다. 그의 인격의 감화력이 어떻게 위대한 것은 잠시라도 대성학교의 생도이던 사람은 평생에 도산을 앙모하게 된 것과 어떤 사람이든지 대성학교의 교원으로 들어오면 몇 주 안에 도산화(島山化)한 사실로 보아서 추측할 것이다. 대성학교의 생도는 창립 1주년이 되기도 전에 평양 시민의 경애를 받게 되고 휴가에 각각 향리에 돌아가면 그 생도들은 대선생의 훈도(薰陶)를 받은 선비의 풍격(風格)이 있다 하여 부로(父老)와 동배(同輩)에게 경이(驚異)와 존경을 받았다. 이러하기 때문에 멀리 함북(咸北)과 경남(慶南)에서까지 책 보따리(笈)를 메고 대성학교의 문을 두드렸고 각지에 신설되는 학교들은 대성학교를 표본으로 하였다.
> 도산의 교육방침은 건전한 인격을 가진 애국심 있는 국민의 양성에 있었다. 도산이 주장하는 건전한 인격이란 무엇인가. 성실로 중심을 삼았다. 거짓말이 없고 속이는 행실이 없는 것이었다. 생도의 가장 큰 죄는 거짓말, 속이는 일이었다. 이에 대하여서는 추호의 가차(假借)도 없었다. "죽더라도 거짓이 없으라." 이것이 도산이 생도들에게 하는 최대의 요구였다. 약속을 지키는 것, 집합하는 시간을 지키는 것이 모두 성실공부요 약속을 어그리는(어기는) 것, 시간을 아니 지키는 것은 허위(虛僞)의 실천이라고 보았다. 상학시간 5분 전에 교실에 출석할 것—이것이 엄격히 여행(勵行)되었다. 동창회나 강연회나 정각이 되면 개회를 선언함이 없이 자동적으로 개회가 되었다. 그처럼 시간 엄수에 훈련의 요목(要目)으로 역점을 두었다.[69]

---

69) 『島山安昌浩』, 47~49쪽.

도산은 이와 같이 생도들에게 스파르타식 엄격한 훈련을 시키면서도 인간적인 인성교육에도 세심한 배려를 하였으니 그것이 자유분방한 교풍을 진작하는 데 큰 힘이 되었다.

도산은 교내에 까다로운 규칙을 세우지 아니하였다. 법이 번다하면 지키기 어려운 때문이었다. 그러나 한번 정한 법은 엄수하고 여행(勵行)케 하였다. 준법이야말로 국민생활의 제일의적(第一義的) 조건이요 의무다. 이미 법일진댄 지키는 데 대소와 경중이 없고 상하와 귀천이 없다. 학교의 규칙이나 회(會)의 규약(規約)이나 기숙사의 전례(傳例)나 모두 법이다. 단체생활은 곧 법의 생활이다. 국가란 법의 위에 선 것이다. 법이 해이하면 단체는 해이한다. 그러므로 도산은 학생들이 회를 조직할 때에는 입법(立法)을 신중히 하여서 지킬 수 있는 정도를 넘기지 말 것을 가르쳤다. 열심 있는 나머지에 가번(苛繁)한 법을 만드는 것이 오래가지 못하는 원인이 된다는 것을 지적하였다. 그 대신에 회원 중에 법을 범하는 자가 있거든 단호히 법에 정한 벌에 처할 것이요, 결코 용대(容貸)가 있거나 사정(私情)이 있어서는 아니 된다고 냉혹하게 말하였다. 법은 냉혹한 것이다. 법과 애정을 혼동하는 데서 기강이 해이한다. 한 사람에게 사정을 씀으로 전체의 법이 위신을 잃고 법이 위신을 잃으면 그 단체가 해이하고 만다.
이것도 도산이 우리 민족이 경법준법(敬法遵法)의 덕이 부족함을 느낀 데서 온 대증요법(對症療法)이었다. 이조 말에 소위 세도(勢道)라는 것이 생기고 매관육작(賣官鬻爵·매관매직)이 생겨 악법오리(惡法汚吏)가 횡행함에 국민은 법을 미워하고 법을 벗어날 것만 생각하여서 경법준법관념이 희박하여지고 말았다.
이러한 반면에 도산은 학도들을 사랑하였고, 모든 긴장을 풀고 유쾌하게 담소·오락하는 시간을 정기적으로 설(設)할 것을 잊지 아니하였다. 이러한 좌석에서 도산 자신도 노래도 하고 우스꽝스러운 흉내도 내어서 남을 웃겼다. 학생들도 파겁(破㥘)을 하여서 어엿하게 나서서 제 장기(長技)대로 할 것을 권하였다. 도산은 학도들에게 노래를 부르기를 권장하였다. 자기도 많은 노래를 지어서 학생들로 하여금 부르게 하였다. 자연의 경치와 음악, 미술을 사랑하는 것이 인격을 수련하고 품성(品性)을 도야하는 데 큰 도움이 된다고 하였다.70)

대성학교에서 직접 도산의 훈도를 받은 전영택(田榮澤)은 대성학교의

---

70) 『島山安昌浩』, 50~52쪽.

정신을 천명하고 있다.

> 나는 평양 대성학교 학생으로 선생님을 모시고 지낼 때에 친히 보고 들은 것으로 잊혀지지 않는 일을 생각나는 대로 적어보려고 합니다. 선생님은 늘 나랏일을 근심하시고 밤이나 낮이나 노심초사하셨다는 것은 세상이 다 아는 바입니다. 그때 학교에서는 마치 병영(兵營)이나 군대 모양으로 주번(週番)이 패를 지어 밤을 새어 학교를 지키고 돌았습니다. 그런데 한번은 밤중 새로 한 시나 되었는데 내가 당번이 되어 어떤 학우와 같이 돌고 있는데 마침 선생님 계신 숙사 앞을 지나가다가 불이 켜졌기에 무심히 들여다보았더니, 선생님께서는 주무시지 않고 책상에 의지하여 이마에 손을 대고 앉아 계신 것을 보고는 깜짝 놀랐습니다.
> 기도를 하시는지 묵상(默想)을 하시는지 어쨌든 나랏일을 근심하여 잠을 이루지 못하고 밤 깊도록 깨어 계신 것은 잘 알 수 있으므로 나는 문득 발을 멈추고 고개를 수그렸지요. 선생님께서는 거진(거의) 매일 그렇게 지내신다는 말을 그 뒤에 듣고 나는 더욱 놀랐습니다. 거짓을 경계하시고 '진실(眞實)'을 힘써 가르치셨다는 것도 흔히 아는 일이지요. 한번은 선생님께서 조회시간에 나오셔서 대단히 애석한 모양으로 어떤 학생의 무기정학 처분에 대한 광고를 친히 하시었는데 그것은 다른 일이 아니라 그 학생이 결석계를 내는데 자기 도장이 없었던지 남의 도장을 가지고 슬쩍 비벼서 소위 카무플라주한 것입니다. 그래서 선생님 말씀이 "이것이 비록 적은 일 같지마는 우리 대성학교의 정신에 어그러진 것이니 박절하지만 이런 일은 중벌을 할 수밖에 없소 이런 정신으로 공부한다면 세상없는 공부를 한대도 소용없소 우리 대성학교에 이런 학생이 있다는 것은 참 부끄러운 일이오"[71]

대성학교 1회 졸업생 김형식(金瀅植)은 대성학교의 교풍(校風)은 군대식 체조로 훈련하는 독립투사 양성학교라고 정의하고 있다. 여기서 검열관계로 일부가 삭제되기도 하고, 암호(X)를 사용하였는데 이를 해독하면, 愛X精神→ 愛國精神, XX歌→ 愛國歌, 愛X→ 愛國, 學課를 X하려 하였다→ 學課를 罷하려 하였다, 3행약→ 순종황제의 서도순행(西道巡幸)시 대성학교 학생은 일장기를 폐기하고 태극기만 들고 나와 순종황제를 열렬히 지영(祗迎)하였다.

---

71) 田榮澤, 「大成學校의 精神」, 『새벽』 創刊記念號, 1954. 9, 133쪽.

그 당시 학교의 과정은 중등학교라 하지마는 지금의 중등학교보다는 훨씬 고등이어서 4학년 과정은 어떤 전문학교의 3학년 정도와 대등하였으며 또 수학은 월등하게 고등하였고, 학교의 설비도 중등학교로서는 유례가 없으리만큼 완비하였었다. 그뿐 아니라 이 학교는 전기와 같이 '愛X精神'을 고취하는 것을 목적으로 한 학교이었으므로 매일 아침 엄숙한 조회를 하되 'XX歌'를 고창한 후 '愛X'에 관한 훈화가 있어 학생은 모두 이를 성화(聖話)로 복응(服膺)하였다. 그리고 체조시간을 제일 존중하되 당시 체조교사로는 원래 군대의 사관(士官)으로 뜻 높던 철혈의 사람 정인목(鄭仁穆) 씨(지금은 고인)이었던바 전혀 군대식으로 학생을 교련하였다. 적설호한(積雪冱寒)에도 광야에서 체조를 시키며 쇠를 녹이는 폭양허(曝陽下)에서 전술강화(戰術講話)를 하였고, 이따금 야간에 비상소집회를 내리어 험산계곡(險山溪谷)에서 담력(膽力)을 기르게 하며 달빛 아래의 언 강에서 '장(壯)하도다 우리 학도 병식행보(兵式行步)가'의 노래를 부르며 숙숙(肅肅)한 행진을 하여 활기를 길러주었다. 그리하여 학생들의 기풍(氣風)은 활발하고 규율은 엄숙하여 일반 상찬(賞讚)의 적이 되었었다. 융희 3년(1909) 당시 황제(純宗) 이등(伊藤博文) 통감과 같이 서순(西巡)을 할 때에는 당국에서는 봉영자(奉迎者)에게 일본기와 한국기 교차를 명령하였던바 학교에서는(3행약) 대오(隊伍)의 문란이 없이 예정행진을 하는 등 천병만마라도 그 기세를 감히 범접치 못할 만한 늠름한 위풍을 가졌었다.
　또 학생 간에는 동문회(同文會)란 것을 조직하여 전혀 자치(自治)를 하게 하였는데 동문회 안에는 강론부 음악부 운동부 검찰부 사교부 등이 있었고 각 부에는 설비가 완전하여 경성 평양의 축구 경쟁은 이것이 처음이었으며 서양인과 야구시합도 평양의 효시이었다. 또 학교 안에 군악대 설비는 이때가 처음으로 그 기구도 완비하였으며 강론부 회일에는 모두 비분강개한 변설들을 토하였고 검찰부는 체조교사의 소속으로 기풍취체(氣風取締)를 엄혹히 하였던 것이다. 이리하여 교운은 날로 융창하였으되 교정에는 형사와 헌병의 발자취 소리가 날로 빈번하여가고 안도산이 상해로 망명하게 될 때 학생 중에서도 격월(激越)한 사람들은 모두 남북 만주와 기타 외지로 헤어졌으며 뒤미처 한일합병이 되자 학생들은 모두―학과를 X하려 하였다. 그러나 당시 안도산의 뒤를 이어 교장이 되었던 장응진(張膺震) 씨는 '실력위주'란 주의(主義)로 학생을 무마하였는데 더욱이 당국의 여러 번 주의로 인하여 교실 안에 걸린 과정표(課程表)에 '日語'를 '國語'로 고칠 때 학생들(下略)[72]

　대성학교의 체육훈련은 맹렬하였다. 정인목(鄭寅穆)이란 체육교사를 초빙하여 체조·철봉·목마 등의 운동을 가르쳤고, 새벽에 비상소집하여 만

---

72) 金瀅植, 「平壤大成學校와 安昌浩」, 『三千里』, 1932. 1, 14~17쪽.

수대(萬壽臺)나 청류벽 꼭대기까지 행진하고 집단체조를 시켰다.

> "장하도다, 우리 학도 병식행보(兵式行步)가 나파륜(나폴레옹)의 군인보다
> 질 것 없겠네"라든가, "무쇠 골격, 돌 근육, 소년 남아야 애국의 정신을 분발
> 하여라" 등의 노래를 목청껏 합창하면서 새벽 행진하므로 안면방해라고 경찰
> 이 금지한 일도 있었다. 눈 위에서 맨발로 교련을 한다든지, 염천에 10리씩
> 구보(驅步)하는 등 스파르타식 훈련을 학생들은 자랑 삼아 달게 받았다. 야구
> 와 축구를 처음으로 수입하여 서양 선교사 팀과 경기하게 하였다.
> 　도산 자신이 헤엄치기를 잘했다. 학생들을 데리고 평양성 밖 서쪽에 있는
> 보통강(普通江)으로 수영을 갔는데, 상류인 순천(順天) 영유(永柔) 지방에 비
> 가 많이 와서 강물이 불어 있었다. 도산이 먼저 옷을 벗고 흐린 강물을 건너
> 맞은 언덕에 올라가서, "물이 깊고 물살이 빠르니 건너기 힘들 것이라" 하니
> 어느 학생도 따라 건너는 자가 없었다. 또 평양 소년들이 잘하는 돌팔매에도
> 능하여, 하루는 학생들과 함께 대동강 가의 청류벽(淸流碧)으로 산보 나갔을
> 때 돌을 던져 강중에 있는 능라도(綾羅島) 섬에 떨어지게 하였다 한다. 학생
> 중에서 팔힘 센 자가 시험하였으나 도산을 따르지 못하였다는 것이다. 입 벌
> 리고 앉아 있거나 다니지 말 것과, 변소를 깨끗이 할 것이 그의 학생지도의
> 조목이었다. 아침마다 변소를 순시하고 불결하면 손수 치웠으므로 학생들도
> 조심하게 되었다.73)

이토 통감은 한일합방의 정지 작업을 완료하고 통감직을 후임 통감 소
네 아라스케(曾禰荒助)에게 인계하고 귀국하기에 앞서 1909년 1월 30일 순
종황제의 서도순행(西道巡幸)을 단행하면서 자신이 직접 배행(陪行)했다.
이토가 배종신(陪從臣)이 되어 개성·평양·의주·신의주 등지로 순행 길
에 나섰다. 순종황제의 궁정열차가 평양에 이르렀을 때 지영(祗迎)하러 나
온 대성학교 학생의 이른바 '태극기 지영사건'이 발생했다. 당초 통감부는
서도순행을 앞두고 각급 학교에 일장기와 태극기를 함께 들고 지영할 것
을 시달했다. 그럼에도 불구하고 안창호가 설립한 항일 독립 사상이 투철
한 대성학교 학생들은 경찰이 나누어준 일장기를 폐기처분하고 태극기만
들고 순종황제를 열광적으로 환영했던 것이다. 이에 평양 경찰서는 즉각

---

73) 주요한, 『安島山全書』, 108~109쪽.

안도산을 소환, 한일 양국 국기를 교차하고 환영하라는 당국의 훈령을 복종하지 않음은 역민(逆民)이며 배일주의자(排日主義者)라고 문책했다. 그러나 안도산은 "이토 통감은 배종신에 불과하니 배종신을 위하여 그 나라의 국기를 게양함은 황상(皇上)에 대한 신민(臣民)으로서 충정이 아니다."74)라고 반박했다.

대성학교 학생의 '태극기 지영사건'은 서북지방의 각 학교에 심각한 항일의식을 고취하게 되었다. 심지어 궁정열차가 의주에 도착했을 때 행재소(行在所)에 교게(交揭)해둔 일장기를 찢어버리는 '일장기 파기(破棄)사건'이 발생하는 등 기독교 신앙심이 강한 서북 지방에는 배일운동이 거세게 일어나는 계기가 되었다. 결국 이 사건으로 말미암아 대성학교는 폐교위기를 맞게 되었을 뿐만 아니라 일본 경찰의 감시 강화로 안도산의 애국계몽 연설회도 중단하지 않을 수 없었다.75)

이토-안도산 양자회담이 개최되었다. 이토는 자신의 대중(對中)정책을 설명하면서 서세동점(西勢東漸)의 서양 침략세력의 위험을 방지하고 동양 평화의 영구한 기초를 이룩하기 위하여 안창호와 악수하고 협조해줄 수 있는가고 타진했다. 이에 안도산은 그 부당성을 다음과 같이 반박하고 있다.

> 명치유신(明治維新)에 관한 각하의 위대한 성적은 전 세계가 긍정하며, 일본이 동양 유신의 선구자의 책임을 가진 것을 우리는 인정하며, 또는 서세동점을 방지하자는 정책에도 공명하는 바이나, 각하의 대한(對韓) · 대중(對中)정책은 그 결과가 일본 유신의 것과 동일하지 못할 것을 보게 됩니다. 명치유신 이전에 일본 정치가 부패하였던 것과 일반으로 한국 정치도 개선을 요구하는 시기에 임하였고, 이제 만일 한국민족이 자유 활동에 제한이 없다면 한국도 역시 유신의 길에 올라갈 수가 있지마는 금일의 한국 정치현상이 그같이 되지 못함은 과연 유감으로 생각합니다. 나의 생각하고 믿는 바는 한중일 3국이 자주(自主) 발전하여 정족지세(鼎足之勢)를 이루게 된 후에야 서세동점

---

74) 『大韓每日申報』, 1909. 1. 31 ; 『統監府文書』, 국사편찬위원회, 2000, 10권, 291~292쪽, 「韓皇陛下御還幸ニ就テ」, 憲機 제247호, 1909. 2. 4.
75) 『大韓每日申報』, 1909. 2. 1 ; 金源模, 『영마루의구름』, 295~296쪽.

의 위험을 방지하고 동양평화에 보장이 될 것이라 합니다. 나 개인으로는 한 국민족의 생존번영을 위하여 그 근본적으로 결핍한 교육 장려와 실업 발전이 무엇보다도 급선무라고 생각하며 한국인의 일원으로 나는 민간에 처하여 이상에 말한 두 가지 사업에 종사하는 것을 평생사업으로 생각합니다.[76]

도산－이토 회견이 성사되는 데는 이갑(李甲)과 최석하(崔錫夏)의 권유가 한몫을 했다. 도산도 이토를 만나 그의 인물과 정견(政見)을 알아보자는 욕망을 느꼈다.

이토는 일본의 동양 제패의 야심을 교묘한 말로 표시하였다. 자기의 평생의 이상(理想)이 셋이 있으니, 하나는 일본을 열강과 각축할 만한 현대국가를 만드는 것이요, 둘째는 한국을 그렇게 하는 것이요, 셋째는 청국을 그렇게 하는 것이라고 말하고, 또 일본에 대하여서는 이미 거의 목적을 달하였으나 일본만으로 도저히 서양세력이 아시아에 침입하는 것을 막을 도리가 없음에 한국과 청국이 일본만 한 역량을 가진 국가가 되도록 하여서 선린(善隣)이 되어야 한다고 그러므로 자기는 지금 한국의 재건에 전 심력을 경주하고 있거니와 이것이 완성되거든 자기는 청국으로 가겠노라고, 이렇게 말하고 이토는 넌지시 도산의 손을 잡으며 그대는 나와 같이 이 대업(大業)을 경영하지 아니하려느냐고 공명을 구하였다.

그리고 이토는 도산더러 자기가 청국에 갈 때에는 그대도 같이 가자고, 그래서 3국의 정치가가 힘을 합하여 동양의 영원한 평화를 확립하자고, 이렇게 심히 음흉하게 말하였다. 이에 대하여 도산은 3국의 정립친선이 동양평화의 기초라는 데는 동감이다, 또 그대가 그대의 조국 일본을 혁신한 것은 치하한다, 또 한국을 귀국과 같이 사랑하여 도우려는 호의(好誼)에 대하여서는 깊이 감사한다, 그러나 그대가 한국을 가장 잘 돕는 법이 있으니 그대는 그 법을 아는가 하고 도산은 이토에게 물었다. 이토는 정색하고 그것이 무엇이냐고 반문하였다. 도산은 일본을 잘 만든 것이 일본인인 그대인 모양으로 한국은 한국인으로 하여금 혁신케 하라. 만일 명치유신을 미국이 와서 시켰다면 그대는 어떻게 생각하겠는가. 명치유신은 안 되었으리라고 믿는다.

그리고 최후에 도산은 일본이 한국인이나 청국인에게 인심을 잃는 것은 큰 불행이다. 그것은 일본의 불행이요 동시에 3국 전체의 불행이다. 이것은 그대가 열심히 막으려 하는 서세동점의 유인(誘因)이 될 것이다. 일본의 압박

76) 곽림대, 「安島山」(직해, 1968), 『島山安昌浩全集』 11(전기 1), 622쪽 ; 姜齊煥 編, 『島山 安昌浩雄辯全集』, 웅변구락부 출판부, 1950. 2. 20, 17~21쪽.

밑에 있는 한인은 도움을 영미나 아라사에 구할 것이 아닌가. 일본의 강성을 기뻐하지 아니하는 열강은 한인의 요구를 들어줄 것이다. 이리하여 일본은 열강의 적이 되고 동양 여러 민족의 적이 될 것을 두려워하노라.

도산은 다시 그대가 만일 선린의 빈객으로 한양에 오셨다면 나는 매일 그대를 방문하여 대선배로 사장(師長)으로 섬기겠노라. 그러나 그대가 한국을 다스리러 온 외국인임에 나는 그대를 방문하기를 꺼리고 그대를 친근하기를 꺼리노라. 한국의 독립을 재삼재사 보장하고 청일 러일 양 전쟁 후도 한국의 독립을 위함이라던 일본에 대하여 한인은 얼마나 감사하고 신뢰하였던가. 그러나 전승의 일본이 몸소 한국의 독립을 없이할 때에 한인은 얼마나 일본을 구시(仇視)하는가. 한일 양국의 이 현상이 계속되는 동안 한인이 일본에 협력할 것을 바라지 말라. 또 그대가 청국을 부액(扶腋)하여 도울 것을 말하나 그것은 한국의 독립을 회복한 뒤에 하라. 청국 4억 민중은 일본이 한국에 대하여서 보호관계를 맺은 한 가지 일로 하여 결코 일본을 신뢰하지 아니할 것이다. 도산은 상당히 흥분한 연설구조로 여기까지 말하고 끝으로 "이 3국을 위하여 불행한 사태를 그대와 같은 대정치가의 손으로 해결하기를 바라노라" 하였다.77)

그 당시 안중근 일가는 평남 진남포에 살고 있었다. 1909년 10월 안중근은 드디어 중대한 국사(國事)를 협의하기 위하여 평양 대성학교 교장 안창호를 찾아간 것이다. 안중근이 도산에게 묻기를, "나는 국중(國中)에서 어느 놈이든지 없애기로 결심하였는데 누가 나의 거사의 '목적인물'이 될 만한 가치가 있는가?"고 타진했다. 이에 안도산은 "군은 과연 기회를 만나서 지금 이등박문이 한국에서 성공하고 다시 중국을 한국과 같이 만들기 위하여 수일 후에 하얼빈을 경유하여 북경으로 향할 터인즉 이것이 좋은 기회가 아닌가?"고 말하기에, 안중근은 크게 흥분·고무되어 "나는 이등박문과 하얼빈에서 만나기로 약속되었소"라고 외치면서 비장한 각오로 작별한 것이다.78)

한국 침략의 원흉 이토(伊藤博文)가 1909년 10월 26일 만주 하얼빈 역두에서 안중근(安重根) 의사에 의하여 사살되고 말았다. 이는 미주 장인환

---

77) 『島山安昌浩』, 41~43쪽.
78) 곽림대, 「安島山」(직해, 1968), 『島山安昌浩全集』 11(전기 1), 623쪽.

(張仁煥)의 친일 매국노 스티븐스 사살 의거(1908. 3. 23)에 이어 두 번째
의 항일무장의거이다. 통감부는 즉각 안창호·이갑을 안중근의 이토 사살
의거에 연루하여 용산 헌병대에 구속·수감하고, 이동휘·이종호 등은 경
무총감부에 구금하였다. 안창호 체포이유는 두 가지이다. 안창호는 대성학
교 교주로서 학생들에게 배일사상을 고취·앙양했다는 것, 안중근 일가와
안창호 일가와는 친족관계라는 것, 안창호는 해외 한인 청년들과 자주 통
신문을 교환하고 있었는데, 이번 안중근의 이토 암살 사건에 관련 혐의를
받고 있는 자의 소지품에서 안창호가 보낸 통신 문서가 발견되었다는 것
이다.79)

이때 안창호 석방교섭에 나선 이가 최석하였다. 이토 암살 사건은 일제
로 하여금 한일합방을 앞당겨 강행하는 데 좋은 구실이 되었다. 이에 통
감부 당국은 안창호 석방 조건으로 '도산 내각'을 제의했다. 안도산은 40
일간 구금되었다가 12월 31일 석방된 것이다. 소네 아라스케(曾禰荒助, 재
임 1909. 4~1910. 4) 통감은 1909년 11월경 최석하(崔錫夏)·정운복(鄭雲復)
등에게 이른바 '안창호 내각'을 제의했다. 러일전쟁 당시 종군통역을 담당
했던 최석하가 소네 통감에게 안창호 석방교섭을 벌이면서 석방조건으로
'안창호 내각' 제의를 받은 것이다. 이토 통감은 철저한 친미·배일파였던
이완용(李完用)을 포섭, 친일 매국노로 전향시켰듯이 후임 소네 통감도 철
저한 배일(排日) 애국지사 안창호에게 민간정부 구성의 대임을 부여해서
안창호 내각을 조직케 한다면 자연스럽게 안창호를 친일 전향시킬 수 있
다는 정치공학적 계략을 꾸민 것이다. 안도산 내각이 성립된다면 한국 전
체 국민으로부터 통감정치에 대한 신망을 받게 될 뿐만 아니라 나아가서
는 장차 한국민의 저항 없이 순조로이 한국을 통째로 병탄할 수 있다는
일석이조의 정치적 효과를 거둘 수 있다고 전망하면서 이 같은 정치적 책
략을 수립한 것이다.80)

---

79) 「安昌浩ノ逮捕ニ付宣教師等ノ感想」, 『統監府文書』 6, 국사편찬위원회, 1999,
   415~416쪽, 憲機 제2178호, 1909. 11. 11.
80) 金源模, 『영마루의 구름』, 296~298쪽. 통감이 안창호 내각 조각(組閣) 제의는

안도산은 1910년 1월 9일에 다시 체포되었다. 소네 통감의 '도산내각' 제의를 거부했기 때문인 것으로 분석된다. 2월 22일에야 석방된 것이다. 안도산의 석방을 위로·환영하기 위하여 이날 원동(苑洞) 추정 이갑의 집에서 안도산 석방 위로연이 개최되었는데, 이 자리에서 소네 통감의 도산내각 제의에 대한 수락여부를 집중 토의했다. 이 연회에는 주인 이갑과 주인공 안창호를 비롯하여 이동휘·이종호·김지간·최석하·김명준 등이 회집했다. 안도산은 안중근이 사형선고를 받았다고 전하면서 동지들이 안중근에게 공소를 제기할 것을 권하자 안중근이 말하기를 "나는 죽어도 아까울 게 없다. 어찌 공소를 하랴." 의연히 공소하지 않겠다는 뜻을 밝히면서 붓을 잡고 "세상이 뒤집히니 의사(義士)는 감개무량하다. 큰 집이 장차 무너지려하는데 어찌 한 개 나무로 버틸 수 있으랴."[81]라고 썼다는 것이다. 이 자리에서 도산내각 제의에 대한 대책, 그리고 앞으로의 독립운동 방략(方略)을 집중 논의했다.

안창호 석방교섭을 담당했던 최석하가 '안창호 내각' 제의를 수락할 것을 촉구했으나 안도산은 이를 단호히 거부했다. "그런데 일본이 두려워하는 것이 무엇이냐 하면 을사(1905)와 정미(1907)의 조약 때처럼 이번 병탄(倂呑, 한일합방)이 폭력으로 강압으로 된 것이라고 비난받을 일이다. 이

두 가지로 엇갈리고 있다. 최석하·정운복 등이 데라우치(寺內正毅, 재임 1910. 5~8) 통감에게 안창호 석방교섭 과정에서 데라우치 통감은 '도산 조각'을 제의했다는 것이다. 『島山安昌浩』, 76~82쪽 ; 『島山安昌浩全集』 11권(전기 1), 37쪽 ; 車利錫, 『島山先生略史』, "乃保釋後寺內總督 親自召見 一方以政治手段 介鄭雲復·崔錫夏等 飴以總理大臣一職 授與先生 使先生組閣 然先生終不聽從 由是日人對於先生之壓迫與監視 愈往尤甚." 데라우치 통감 부임하던 때인 1910년 5월에는 이미 도산 망명 직후가 되어 데라우치 도산 내각 제의설은 설득력이 없다. 또 하나는 소네 통감이 제의했다는 것이다. 內外風霜四十年 島山安昌浩來歷, 『東亞日報』, 1932. 6. 9. ; 『李光洙全集』 13권, 560쪽. 주요한은 "춘원이 안창호 내각 조직의 교섭을 寺內에게 받았다는 것은 착오요, 그 일은 曾禰荒助 통감 때의 일이다." 寺內는 1910년 5월에 통감에 부임했기에 이에 해당되지 않고 또 안창호가 1909년 12월 31일 석방되었기에 1909년 11월 중에 曾禰荒助 통감이 최석하를 통하여 '도산내각'을 제의한 것이다.
81) 『續陰晴史』 下, 국사편찬위원회, 1971, 320~322쪽, 隆熙 4년 2월 22일조, 3월 5일조. 安重根以死刑宣告 人皆勸其控訴 安曰 我非惜死者 何必控訴 夷然不以爲意 索筆書之曰 天地翻覆 義士感慨 大廈將傾 一木難支.

비난을 면하기에 가장 중요한 것은 병합(倂合)을 한국의 민의(民意)라고 내세우기에 이용할 만한 핑계를 만드는 것이다. 이제 민간지사(民間志士)에게 정권을 준다는 것은 민원(民怨)의 부(府)가 된 '귀족계급－일본의 괴뢰(傀儡)'라는 친일파의 손에서 말고, 애국지사라 하여 국민의 존경과 신뢰를 받는 민간인 정권으로 그 손에서 주권(主權)의 양여(讓與)를 받자는 혼담(魂膽)이니, 우리가 이제 정권을 받는 것은 그 술중(術中)에 빠지는 것이라는 것이었다."82) 일본이 비록 권모술수로 주권 양여를 노리더라도 일단 정권을 장악한 후 우리가 의연히 강경하게 자주독립을 굳게 지키면서 한사코 항거하면 좋지 않겠느냐는 정권 수용 의견에 대하여 도산은 고개를 흔들면서 수락을 단호히 거부했다. 일본의 손으로 주는 정권을 받는 우리가 손에 한 조각의 쇠붙이도 없는 우리가 무엇으로 항거하겠는가. 그러므로 '도산 내각' 제의 수락은 불가하다고 최종 결론을 내리고 말았다.

이와 같이 통감부가 애국지사라 하여 국민의 존경과 신뢰를 받고 있는 안창호에게 민간인 정권을 부여하려 한 것은 이완용 친일 괴뢰 내각보다는 애국지사 안창호 내각으로부터 한국의 주권을 양여받자는 술책을 꾸민 것이다. 그러나 안창호는 통감부와의 타협을 거부한 것이다. 이날 장시간 토의 끝에 내린 결론은 '도산 내각' 제의 거부, 동지 전체가 신변의 위협을 받을 것이므로 동지들은 해외로 망명한다는 것이다. 만좌가 한바탕 대성통곡하고 각자 개별적으로 탈출하되 중국 산동성 청도(靑島)에서 회합하기로 약속하고 산회했다. 이종호는 조부 이용익(李容翊)의 상해 덕화은행(德華銀行)에 예금해둔 자금을 믿고 청도에서 독립운동 방략을 논의하겠다는 것이다.

안도산은 미국 망명을 결심한 동기를 실토하고 있다. "이등 통감이 하얼빈에서 안중근에게 암살되자 본인은 그 사건의 혐의로 일본 헌병대에 구류되었다가 약 3개월 후에 석방된즉 일본은 한국에 대하여 일사 백사가 모두 무단적이어서 사회의 공기는 일변하였다. 당시에 정운복, 최석하 등

---

82) 『島山安昌浩』, 79~80쪽.

이 위주하여 서북인으로써 일 정당을 조직하여 기호파에 대비하였다가 상대할 능력이 생기거든 일본에 반항하여 자립을 도모하자 하며 본인에게 입당을 권하였다. 이에 대하여 본인은 지금에 기호파(畿湖派)니 서북파(西北派)니 하여 파벌을 운운함은 상스럽지 않은 일이다. 또 일본은 그런 가면적 복종을 간파치 못할 것이 아니니 바로 정정당당한 행동을 취함은 가하거니와 그런 가면적 행동에는 찬성할 수 없다고 거절한다. 최석하는 입당을 권고하던 나머지에 '그대가 입당을 불응하면 신변이 위험할지 모를 터이니 숙고하라' 하므로 본인은 국내에서 활동할 것을 단념하고 망명을 결의하였다."83)

　　드디어 안창호는 단장(斷腸)의 거국가(去國歌)를 작사하여 노래 부르면서 해외에로의 망명을 단행한 것이다.

　　간다 간다 나는 간다, 너를 두고 나는 간다
　　잠시 뜻을 얻었노라, 까불대는 이 시운(時運)이
　　나의 등을 내밀어서, 너를 떠나가게 하니
　　이로부터 여러 해를, 너를 보지 못할지나
　　그동안에 나는 오직, 너를 위해 일하리니
　　나 간다고 설워 말라, 나의 사랑 한반도야
　　간다 간다 나는 간다, 너를 두고 나는 간다
　　지금 이별할 때에는, 빈 주먹만 들고 가나
　　이후 성공하는 날엔, 기(태극기)를 들고 올 것이니84)

　　안도산은 조국 광복의 영광의 날이 오면 깃발(태극기)을 들고 오겠다는 비장한 <거국가>를 남기고 망명의 길에 올랐다. 1910년 3월 5일자『속음청사』에 "혜천요리점(惠泉料理店)의 강구환영회(講舊歡迎會)에 가다. 금번 안중근 사건 남북 인사가 많이 혐의(嫌疑) 받아 곤(困)을 보았는데 이갑(李甲)·이종호(李鍾浩)·김명준(金明濬)·안창호(安昌浩) 등 여러 사람이 반

---

83)「도산 선생 신문기」,『安島山全書』, 1932. 9. 5, 1058쪽.
84)『大韓每日申報』, 1910. 5. 12, 去國行 新島.

년을 피수(被囚)하였다가…… 다 무사 방환된 고로 강구회원이 이들을 위해 환영하는 모임이라, 밤 8시에 파하여 돌아오다."85) 강구회가 1910년 3월 5일에 안도산 석방 환영회를 열었다는 기록으로 보아 3월까지 안도산은 서울에 머물러 있었다는 것이므로 4월에 망명한 것이 틀림없다. 이리하여 1910년 4월 7일 안도산은 신채호(申采浩)·김지간(金志侃)·정영도(鄭永道)와 함께 행주(幸州) 나루터에서 목선을 타고 개성 덕포(德浦)에 내려 육로로 만주로 탈출, 청도에서 동지들과 회합했다. 청도회담은 실패로 끝났다. 이동휘를 중심으로 당장 만주로 가서 광복군을 조직해서 일본과 개전(開戰)하자는 급진론과 안도산을 중심으로 해외동포를 조직 훈련하여 실력을 양성하면서 기회를 가다리자는 준비론의 대립으로 청도회담은 결렬되어 독립운동의 전도는 암담했다. 이에 안도산은 급진파와의 타협을 포기하고 이종호로부터 3,000달러 자금 제공을 받아 길림성 밀산현(密山縣)에 무관학교를 세워 독립군을 양성하겠다는 계획에 기대를 걸고 있었다. 그러나 원동 이갑 집에서 약조한 자금 제공은 이종호의 출자 거부로 이마저 무산되고 말았다. 이에 크게 실망하면서 미주로 돌아가기로 결심했다.86) 안도산은 이종호의 3만 내지 5만 원의 출자로 밀산 농장 개척사업이 무산된 경위를 이렇게 회상하고 있다. "여의치 못했다. 북경에 간즉 전기 제인(망명지사)이 청도에 가 있으므로 당지로 가서 만주의 농지 개척(밀산농장)을 제의했다. 그런데 류동열(柳東說)·김희선(金羲善)은 자금(이종호 출자)을 신문과 잡지에 쓰자 하고 본인과 이갑(李甲)은 예정 계획대로 농지(밀산) 개척에 쓰자 하여 양자의 의견 불일치로 실행에 이르지 못했다."87)

안창호에 보낸 김성무의 편지(1911. 6. 17)에 의하면, 미주 대한인국민회는 1909년 4월 블라디보스토크(海蔘威)에 독립군기지를 개척할 목적으로

---

85) 『續陰晴史』下, 1910. 3. 5, 220쪽 ; 주요한, 『安島山全書』, 135쪽.
86) 주요한, 『도산 안창호 전』, 88~96쪽 ; 張利郁, 『島山安昌浩』, 태극출판사, 1972, 146~148쪽 ; 金源模, 『영마루의 구름』, 298~301쪽.
87) 「도산 선생 신문기」, 『安島山全書』, 1932. 9. 5, 1059쪽.

북미 태동실업주식회사의 주금(株金) 5만 달러로 밀산 봉밀산 일대의 2,430에이커의 농장을 구입했다는 것이다. 밀산 봉밀산은 중국 북만주의 러시아의 국경지대로 홍개호(興凱湖) 부근에 위치하고 있다. 이에 앞서 공립협회는 1908년 1월 26일 김성무(金聖武)·이강(李剛)을 원동위원으로 파견하였는데, 김성무는 국내에 들어왔다가 동년 11월에 해삼위로 이동해서 밀산농장 구입에 주역을 담당했다. 정재관(鄭在寬)·이강·김성무 등이 밀산농장 입주 한인의 청국 국적입적사무를 담당했다. 대한인국민회 시베리아 지방총회장 이강이 치타로 옮겨감에 따라 김성무가 밀산농장사업을 전담하게 되었다. 안창호는 1911년 2월 7일 밀산농장을 현지답사까지 완료했다. 1911년 7월경 토지등기를 마치고, 한인이주를 시작했고, 동년 7월 15일에는 동명학교를 설립하는 등 개척사업을 벌여보았지만 이종호의 자금출자 거부로 말미암아 농장개척사업은 투자된 자금조차 회수하지 못한 채 결국 실패로 돌아갔다. 이에 도산은 밀산농장 개척사업을 단념하고 미주행을 위해 시베리아 대륙횡단철도로 해삼위를 출발한 것이다.88)

4. 미주 망명, 대한인국민회 중앙총회, 흥사단

안도산은 정영도를 대동하고 미주 대한인국민회로부터 송금해온 여비로 연해주 해삼위를 출발, 러시아 서울 상트페테르부르크에서 이갑과 합류했다. 이때 이갑은 뇌일혈로 쓰러져 미국까지 동행할 수 없어서 정영도를 이갑에게 남기고 단신으로 독일 영국 등 유럽 각국을 순방하고 1911년 9월 2일 미국 뉴욕항에 입항했다. "민족의 정신을 대표하여 조국의 역사를 광복코자 동서 내외에 무한한 풍상을 무릅쓰고 다니는 안창호 씨는 원동으로부터 유럽 각국을 유력하고 일작 9월 2일 미국 뉴욕항에 무사 상륙하

---

88) 이명화, 「독립운동기지 개척과 이상촌 건설을 꿈꾸며, 감성무가 안창호에게 보낸 편지, 『독립기념관』, 2006. 11, 10~11쪽.

여 그곳서 한 주일 체류하고 상항에 올 예정인데 상항에 거류하는 일반 동포는 성대한 환영을 준비한다더라."89)

안창호는 로스앤젤레스(羅城) 본가에 도착하자마자 이갑에게 병 치료비 조로 미화 500달러를 송금했다. 이광수는 이갑(李甲)과 안도산과의 혈맹관계를 자세히 밝히고 있다. 여기서 검열에 통과하기 위하여 'XX'라는 암호를 사용하고 있다. 이는 '한국 使臣'을 의미한다. 이갑은 안도산이 보낸 돈으로 뉴욕항에 입항했으나 이민국이 '중병환자'라는 이유로 입국을 거부해 러시아로 되돌아가지 않을 수 없었다. 이갑은 결국 만주 물린(穆陵)에 정착하여 요양 중이었다. 이갑은 안도산의 후의에 감복하는 회고담을 이광수에게 남겼다.

> 도산이 미주에 건너가는 길로 돈을 미화 5백 원을 보냈읍데다. 도산의 사정을 내가 다 아는데 웬 돈 5백 원이 있어서 내 병 치료비로 이 적지 아니한 돈을 보냈는고 하고 매우 받기가 거북한 것을 동지의 정성을 거절하는 것도 도리가 아니어서 받았지요. 했더니 그 후에 알아보니까 도산이 본국 들어와 있는 동안 도산 부인이 남의 빨래를 해주고 벌어서 저축한 돈이라고요. 그러고는 도산은 어느 운하를 파는데 역부(役夫) 노릇을 하고 일꾼(日工)을 받아서 생계를 보탰다고요. 또 하나는 백림(伯林)에 체류하였을 적 이야기―내가 도산이 오라는 말대로 미국을 가려다가 뉴욕에서 상륙금지를 당하고 돌아오는 길에 백림 어느 여관에 있을 때요. 이렇게 앉았노라면 바로 정면에 독일 황제 카이저의 초상이 걸렸읍데다. 날마다 나는 그 초상을 바라보았지요. 그러고 혼자 말하기를 폐하! 나와 같은 망명객을 비웃지 마시오. 폐하의 선왕은 어떠하시었습니까. 폐하의 부왕이신 프레데릭 대왕과 그보다도 폐하의 모후(母后)께서 나폴레옹에게 어떠한 욕을 당하시었습니까. 폐하! 오늘 이 외로운 망명객인 외신(外臣)이 타일에 우방의 XX(사신)으로 폐하의 궁정(宮廷)에 손이 되어 폐하와 천하사를 담(談)할 날이 없으리라고 어찌 말하겠습니까. 폐하! 오늘 외신이 포종(逋蹤・망명객 종적)으로 폐하의 국토를 밟는 것을 책망하지 맙시오. 혹시 폐하께서 외신의 나라에 망명하시어서 외신의 보호를 받으실 날이 있을는지 어찌 압니까. 외신의 폐하의 국가의 만만세(萬萬歲)를 비옵거니와 인생의 일이란 이렇게 믿을 수 없는 것이 아닙니까. 이렇게 말했지요. 하하하하.90)

89) 『新韓民報』, 1911. 9. 13, 안창호의 도미.

안도산이 1911년 10월 초에 상항에 도착하자 상항 대한인국민회 한인들은 열렬한 환영회를 개최했는데 이때 안도산은 지난 5년간 미주사회의 한인 단체의 발전·성장을 높이 평가하는 연설을 행했다.

안창호 씨의 연설

내가 이곳을 다시 향하여 고국을 떠날 때에 마음이 대단히 아프고 비창한 것은 우리의 동지들이 모두 위태한 함정에 빠져 무진한 고초를 당한 중에 나는 홀로 위험을 피하여 떠나옴이라. 시베리아 만리 길에 어느 곳 강산이 나의 수심을 보태지 않았으리오마는 한번 뉴욕항에 닻을 내리우고 미주대륙을 훑어 이곳까지 올 때에 지나는 곳마다 우리 동포의 정황을 살펴보니 무한히 기쁘고 즐거운 마음이 생겼소이다.

그것 두고 즐거운 것은 무엇이오. 내가 이곳을 떠난 지 다섯 해 동안에 우리 동포들이 각 방면으로 점점 나아가 변하고 또 변하여 전일에는 학생이 없었으되 오늘에는 대학교생이 있으며 중학교생이 있으며 소학교생이 많으니 이는 학생계의 변한 것이오. 전일에는 실업(實業)에 착수한 이 없었으되 오늘에는 곳곳에 농장이 있으며 상점이 있으며 회사가 조직되어 장래의 무궁한 희망을 두었는지라. 이는 실업계의 변한 것이오. 전일에는 나의 집이 없었으며 주자(鑄字)로 인쇄하는 신문이 없었으되 오늘에는 나의 집에서 나의 주자로 선명한 신문이 발간되어 동서양에 널리 전파되니 이는 신문계의 변한 것이오. 전일에는 통일한 단체가 없었으되 오늘에는 미주 하와이 멕시코와 원동(遠東) 각지에 있는 동포의 단체는 모두 국민회 이름 밑에 통일한 정신을 가졌으니 이는 단결력의 변한 것이라. 심지어 남녀 동포의 체격과 행동까지 언어와 의복제도까지 일층 변하여 나서면 헌헌한 장부의 기상을 가졌고, 들면 유한한 숙녀의 태도를 가졌으니 이는 풍속 습관의 변한 것이오. 그중에도 더욱 기쁜 것은 동방(부)에 있는 학생들이 하절방학 동안을 이용하여 병학교(兵學校)를 세우고 상무(尙武)의 정신을 단련함이라. 이 어찌 5년 전과 금일의 크게 변천됨이 아니리오. 그런고로 나는 무한히 기쁘고 즐거운 마음이 생겼다 하나이다.

사람이 혹 말하되 재미동포의 열성이 이왕보다 늙었다 하니 아니오 아니오 내 생각에는 결단코 그렇지 않소. 우리가 처음 이곳에 올 때에 적수공권의 맨주먹만 들고 온 사람 6~7백 명이 무슨 사건 무슨 사건에 연좌한 인물이 얼마나 많으며 어떤 사업 어떤 사업에 기울인 정성이 얼마나 높은가. 실로 일인(日人)과 청인(淸人)은 적은 수효의 사람으로 이와 같이 큰일을 차리지

---

90) 李光洙, 「人生의 香氣, 앓는 秋汀」, 『三千里』, 1930. 11, 34~35쪽.

못하였을 것이오 또한 오늘에 사업의 진취하는 것을 보면 날마다 늘어가고 달마다 잡아간다 함은 가하거니와 열성이 늙었다 함은 결단코 겉으로 보는 생각이오, 실상을 알지 못하는 말이라. 내가 실로 말씀하노니 당초에 미주로를 건너오실 때에 혹이 다른 민족과 같지 못할까 은근히 걱정하고 근심하였더니 오늘에 이와 같이 발전된 것은 여러분이 모두 변하기를 잘하였으므로 범사에 남만 못한 일이 없을 뿐 아니라 남보다 나을 희망이 있는 것이 아닌가. 그런고로 나는 제군의 열성과 변천됨을 심간(心肝)에 새기어 깊이 하례하나이다.

우리가 서로 얼굴을 대하여 입을 벌리게 되면 피차에 통곡만 하여도 시원치 않으나 그러나 나는 오늘 저녁에 제군에게 대하여 내지(內地) 형편을 말할 때에 다만 기쁜 소식만 전코자 합니다. 나라이 망하고 민족이 멸할 지경에 무슨 기쁜 소식이 있으리오마는 그러나 실로 기쁜 일이 있소이다. 나라이 망한 것은 세상에서 혹 임금의 죄라 혹 오적칠적(五賊七賊)의 죄라 하나 그러나 2천만 인구와 3천리 강토를 어찌 이완용(李完用) 송병준(宋秉畯) 몇 사람의 힘으로 팔아먹을 수가 있겠소 그 밑에 이름 없는 이완용 송병준이가 많은 연고로 나라이 망하였으니 누구누구 할 것 없이 한국민족 된 자는 다 망국의 죄가 있소 나도 한국인종인 고로 내가 곧 망국한 죄인이오 그러나 전일의 나라를 망한 자는 곧 금일에 나라를 회복할 자이니 이제 여러 방면으로 보건대 현재 활동과 장래 경영에 대하여 무궁한 희망이 있으니 이것이 나의 전코자 하는 기쁜 소식이오 혹자는 한국에 있는 교인(敎人)도 모두 일인의 세력범위로 들어갔다 말하나 결단코 그렇지 아니하오 이는 모두 일인의 신문상에 정책변으로 하는 말이오 그 실상은 조국정신이 제일 풍부한 인격을 찾으려면 모두 교회 안에 있소 그이들의 하는 일은 모두 나라 잃은 자로 하여금 나라 찾는 자를 다시 만들기에 진력합니다. 국중(國中)에 제일 유공한 자는 교인이라고 나는 남보다도 하겠소이다. 교인 중에서 일인의 심복이 된 자 있다 하나 이는 본래 교인도 아니요 장래 교인도 아니오 이는 일인이 교인의 내정(內情)을 알고자 하여 은밀히 정탐꾼으로 하여금 교회의 세례를 받게 한 자이니 그 거동을 보면 참교인과 같이 찬미를 하며 기도를 하여 남의 이목을 속이되 제 어찌 구주(救主)의 뜻을 몸 받은 참 교인을 농락할 수야 있겠소

참 교인들은 과연 금일에 대단히 유공한 동포들로 아시오 또 혹자는 말하되 일본의 개명(開明)이 한국보다 먼저 되었다 하나 나는 한국의 개명이 먼저 되었다 합니다. 왜 그런고 하니 개명하는 길이 둘로 나누어 일인은 정치상으로 물질적 개명은 한인보다 먼저 되었다 하나 지어(至於) 도덕상으로 정신적 개명은 결단코 일인이 한인을 따를 수 없으니 우리가 이제 물질적 방면으로 힘을 더 쓰는 지경에는 소위 일인의 문명은 뿌리가 없는 꽃과 같을 뿐

이니 어찌 뿌리를 박고 피는 꽃을 따를 수 있소 또는 교인은 동족을 건지기에 다른 사람보다 몇 갑절 더 힘쓴 증거를 말하오리다. 지난번에 인도 사람을 위하여 교회에서 의연(義捐)을 청할 때에 어떤 부인은 자기의 비녀까지 뽑는 것을 내가 목도하였소. 보지 못하는 인도인을 위하여 서로 이렇듯 하거늘 눈으로 보는 동포의 도탄을 건지는 일에야 오죽할 리가 있겠소. 그런고로 우리 동포 중에 애국심이 제일 많기는 교인이라 합니다. 우리의 동지 중에 현금 고난을 받는 자 많으나 그러나 신진 청년들은 모두 막지 못하고 꺾지 못할 열심을 가진 자 많은 터이오. 그런고로 일본 사람들은 겉으로는 길이 정하지 못하니 무엇이 어떠하니 하지마는 그중에도 지식이 있는 자는 우리 동포의 정신상 발달되는 것을 크게 겁내는 중이외다. 우리는 일인의 노예 됨만 한하지 말고 남자나 여인이나 늙은이나 젊은이를 물론하고 각각 일인과 싸움할 준비를 급급히 합시다. 그 준비는 무엇이오. 대포인가 군함인가 아니오 아니오 우리가 급급히 준비할 것은 젊은이든지 늙은이든지 여인이든지 남자이든지 각각 자기의 하는 일을 일인과 비교하여 일본 사람보다 앞에 설 생각을 두고 낫게 할 뿐이다. 공부를 하여도 일인보다 앞서게 하고 농사를 하여도 일인보다 앞서게 하고 장사를 하거나 노동을 하거나 무슨 일에든지 모두 낫게 할 지경이면 그날이 곧 승전하는 날인 줄 아시오. 남녀노소의 우리 동포들은 어서 바삐 이와 같은 전쟁을 준비하시오. 이와 같은 전쟁을 준비하는 요소는 학식과 자본 두 가지에 있소이다. 한편으론 재물을 생산하며 한편으론 지식을 양성한 연후에야 우리의 만족한 일이 있으리라. 사람 수효의 적은 것도 한(恨)하지 마르시오. 아메리카 역사로 말하면 일백여섯 사람이 건너와 터를 잡았으니 우리들이 과거사 5년간에 진취한 것과 같이 잘 변천하고 또 변천하기를 쉬지 말고 우리의 단체를 날로 확장합시다(손뼉 소리가 집을 움직이다).[91]

1912년 1월 24일 미국 상항에 도착한 안도산은 대한인국민회 조직 강화작업에 착수했다. 안도산의 정치이념은 민족 전도대업(前途大業)의 기초를 닦은 후 점진적으로 조국 광복을 달성한다는 준비론이었다. 이 같은 실력양성의 기반조성이 바로 밀산농장 개척사업인데 그것은 실현을 보지 못하고 좌절되고 말았다. 실력양성의 원동력은 바로 미주 한인이 주체가 되어야 하며, 독립의 기초를 확고히 구축하려면 한인은 대동단결을 해야

---

91) 『新韓民報』 제249호, 1911. 10. 4. 안창호 씨의 연설. 상항 동포 환영회 석상에서.

만 독립을 달성할 수 있다는 것이다. 안도산은 1913년 6월에 '재미한인의 실제 책임'이란 주제로 연설회를 개최했다. 나라를 잃은 망국민으로서 "그 나라 사람이 그 나라를 자유하게 하는 것"이 가장 귀한 책임이라고 역설하면서 독립의 기회가 반드시 올 것이라는 미래비전의 시국관을 이렇게 예단하고 있다.

> 지금 일인들은 가주(加州)에서 토지매매 금지하는 사건으로 인하여 전국이 요동하여 전쟁을 하리 교섭을 하리 하는데 우리는 토지매매 금지보다 억만 배가 더 큰 전국을 잃었으니 어찌 앉아서 평안히 있는 것이 합당하다 하리오 사세가 이러한즉 우리 미주에 있는 한인의 책임은 무엇이뇨 우리 미주에 있는 한인의 책임은 대단결이라 하노라. 혹자는 말하기를 우리가 비록 대단결을 이룰지라도 국가를 회복할 수 없다 할 터이니 이는 아무 일도 알지 못하고 일을 하지 않고자 하는 자니 말할 것 없거니와 우리가 대단결을 이루면 장래의 희망이 없지 아니할 것은 일본이 머지않아 3대 강국(미·러·중)과 전쟁을 피치 못할 것은 자연한 형세니, 이 3대 강국은 미국 중국 아라사(러시아)국이라. 이와 같이 일본이 만일 그 나라들과 전쟁을 시작하면 이는 우리의 큰 기회이니 그때를 당하여 우리가 만일 아름다운 단결이 있으면 대사를 이루려니와 그렇지 못하면 기회도 쓸데없을지라. 그런즉 대단결을 만드는 책임은 뉘게 있나뇨 혹은 말하기를 각 사람에게 있다 할 터이나 나는 생각하기를 세상에 원동력(原動力)과 피동력(被動力)이 있으니, 이 원동력을 발할 자도 우리 미주에 있는 한인이요, 원동력을 발할만한 곳도 미주라 하노라.[92]

이와 같이 안도산은 군국주의 일본이 중일전쟁(1937)과 태평양전쟁(미일전쟁, 1941)을 도발할 것임을 정확히 예측하면서 그때를 당하여 '독립달성의 큰 기회'가 반드시 올 것이라고 전망하면서 미주 대한인국민회가 원동력(실력양성)의 주체가 되어야 한다고 역설하고 있다.

안도산의 준비론(실력양성론)을 수행하는 데 제1급 참모는 송종익(宋鍾翊, 1887~1956)이다. 송종익은 대구 출신으로 1906년 도미유학, 안창호의 민족운동에 동참했다. 이리하여 대동단결을 실현하기 위하여 대한인국민회 중앙총회를 설립하는 대업에 착수했다. 북미 지방총회, 하와이 지방총

---

92) 『新韓民報』, 1913. 6. 23, 재미한인의 실제 책임.

회, 시베리아 지방총회, 만주리아 지방총회 등 4개 지방총회와 멕시코 지방총회를 총괄할 대한인국민회 중앙총회(大韓人國民會 中央總會, The Central Congress of the Korean National Association)을 설립함으로써 미주 한인의 대단결을 실현한다는 것이다. 안도산은 1912년 11월 18일 상항 국민회관에서 중앙총회 대표자회를 개최하고 중앙총회장에 윤병구(尹炳求), 부회장에 황사용(黃思溶)을 선임하고 동 29일 의결사항은 장정수정, 예산 결산, 교과서 간행, 실업 및 외교 등에 관한 15조건이다.[93]

이리하여 1912년 11월 18일에 4처 지방총회 대표자들을 상항 시에서 소집하여 대표자회를 열고 대한인국민회 중앙총회를 설립하면서 그 결의안을 발표했다.

결의안
1. 대한인국민회 중앙총회를 설립하여서 각지의 지방총회를 관리하며 독립운동에 관한 일체 규모를 중앙총회 지도에 의하여 행사하기로 함.
2. 중앙총회 헌장(憲章)을 기초하여 규모 일치를 도모함.
3. 국민회 회표(會標)를 만들어 일반 회원에게 분급함.
4. 국민회 회기(會旗)를 제정하되 각 지방총회마다 그 모형을 달리하여 각기 지방을 대표하게 함.
5. 중앙총회에 대한 지방총회의 의무금(義務金)은 매년 200달러로 정함.[94]

대한인국민회 중앙총회는 명칭은 회(會)로 되었으나 실상은 일종의 정부 성격을 띠고 있음을 알 수 있다. 여기서 종래에 내던 입회금과 회비를 없애고 의무금 제도를 채택한 것이다. 대한인국민회 회원이 내는 의무금은 인두세(人頭稅)로서 세금 대신으로 매년 5달러를 내어야 한다.[95]

이어 중앙총회 결성 선포문을 발표했다.

93) 盧載淵, 『在美韓人史略』(美洲 羅城, 1951. 10. 15), pp. 62~63; Hyung-chan Kim, *Tosan Ahn Ch'ang-Ho:A Profile of a Prophetic Patriot*(Seoul, 1996), p. 85.
94) 『재미한인오십년사』, 107쪽.
95) 『安島山全書』, 161~162쪽.

중앙총회 결성 선포문(기초위원 박용만)

오늘 우리는 나라를 잃었고 우리의 생명과 재산을 보호하여줄 정부가 없으며 법률도 없으니 동포 제군은 장차 어찌하려는고! 제군이 왜적(倭敵)의 정부와 법률에 복종하려는가. 이는 양심이 허락되지 않아서 못할 것이니 우리가 스스로 다스리고 다스림을 받을 기관이 있어야 할 것이다. 이 시대의 정치는 자치제도가 정치의 주안이요, 어느 백성이나 자치능력이 없으면 기반(羈絆)을 받게 되나니 나라가 없어지는 것도 그 백성의 자치력(自治力)이 완전하지 못한 연고이며 잃었던 나라를 회복하는 것도 그 백성의 자치력이 완전하여야 되는 것인즉 우리는 우리 사회에 자치제도를 실시하여 우리의 자치력을 배양할 것이다.

우리가 목도하는 미국의 정치를 보라. 동(洞)과 군(郡)과 도(道)에 각기 자치가 있어서 그 직분을 이행하며 동시에 중앙에 국가자치(國家自治)가 있으니 이것이 민주 독립국가의 제도이다. 우리는 나라가 없으니 아직 국가자치는 의론할 여지가 없거니와 우리의 단체를 무형정부(無形政府)로 인정하고 자치제도를 실시하여 일반 동포가 단체 안에서 자치제도의 실습을 받으면 장래 국가건설에 공헌이 될 것이다.

지금 국내와 국외를 물론하고 대한정신(大韓精神)으로 대한민족의 복리를 도모 하며 국권회복을 지상목적으로 세우고 그것을 위하여 살며 그것을 위하여 죽으며 그것을 위하여 일하는 단체가 어디 있는가. 오직 해외에 '대한인국민회'가 있을 뿐이오 그 외에 아무리 보아도 정신과 기초가 확립된 단체를 찾아볼 수 없는 것이 현상이다. 어제까지 정신과 단결력을 손상하며 분립(分立)하려는 망동과 파란이 없지 않았으나 오늘부터는 큰 것을 위하여 작은 것을 희생하며 과거의 폐단을 쓸어버리고 마음을 한곳으로 기울여서 대한인국민회로 하여금 해외 한인의 자치기관(自治機關)이 되게 하여야 살 길을 찾을 것이다. 대한인국민회가 중앙총회를 세우고 해외 한인을 대표하여 일할 계제(階梯)에 임하였으니 형질상(形質上) 대한제국은 이미 망하였으나 정신상 민주주의 국가는 바야흐로 발흥되며 그 희망이 가장 깊은 이때에 일반 동포는 중앙총회에 대하여 일심 후원이 있기를 믿는 바이다.

1. 대한인국민회 중앙총회를 해외 한인의 최고 기관으로 인정하고 자치제도(自治制度)를 실시할 것.

2. 각지에 있는 해외 동포는 대한인국민회의 지도를 받을 의무가 있으며 대한인국민회는 일반 동포에게 의무 이행을 장려할 책임을 가질 것.

3. 금후에는 대한인국민회에 입회금이나 회비가 없을 것이고 해외동포는 어느 곳에 있든지 그 지방 경제 형편에 의하여 지정되는 의무금을 대한인국민회로 보낼 것이다.

1912년 11월 20일

대한인국민회

북미 지방총회 대표: 이대위(李大爲) 박용만(朴容萬) 김홍균(金洪均)

하와이 지방총회 대표: 윤병구(尹炳求) 박상하(朴相夏) 정원명(鄭元明)

시베리아 지방총회 대표(통신): 김병종 유주규 홍신언

만주리아 지방총회 대표대리: 안창호(安昌浩) 강영소(姜永韶) 홍언(洪焉)

대한인국민회는 민주주의에 의거하여 종교와 계급의 파벌들을 초월한 자유 평등의 조직이며 그 기관은 입법과 행정의 두 부문이 있으니 일반회원으로 구성된 대의회(代議會) 혹은 대표대회가 최고 결의권을 가진 입법기관이고, 중앙총회가 행정기관인데 그 관하(管下)에 북미 하와이 시베리아 만주리아 4처 지방총회가 있어서 각기 자치(自治)하였으며, 4처 지방총회 관하에 116처 지방회(地方會)들이 있었다. 대한인국민회가 이와 같이 설립되어서 조국 광복운동과 동포의 안녕보장을 담책(擔責)하였고 일반 동포가 이를 지지한 까닭에 회비의 명칭을 '의무금(義務金)'이라고 하고 동포 중에 누구나 의무를 이행한 때에는 유권회원이고 의무를 이행하지 않은 때에는 무권회원으로 인정되었으니 1918년 안으로 도미한 동포로서는 어느 한때에 국민회원이 아니 되었던 사람이 없었던 것이다.96)

1912년 11월 18일에 대표회의를 개최하고 중앙총회장에 윤병구(尹炳求), 부회장에 황사용(黃思溶) 양씨를 선정하였고, 이어 12월 15일에 로스앤젤레스에서 국민대의회를 소집하여 회무를 처리하고 대한인국민회 북미 지방총회장에 정원도(鄭源道)를, 하와이 지방총회장에 박상하(朴相夏)를 선임했다.97) 중앙총회 위치는 상항에 정하였다가 1913년 1월에 나성으로 이전하였으며 중앙총회장은 도산 안창호, 백일규(白一奎). 윤병구(尹炳求)들이 역임하였고, 부회장은 박용만(朴容萬), 백일규, 홍언(洪焉) 등이 역임했다.98)

1915년 4월 22일 대한인국민회 중앙총회장에 안창호, 부회장에 박용만이 선출되었다.99) 안도산은 1915년 7월 대한인국민회 중앙총회장 취임연설을 행했다.

---

96) 『재미한인오십년사』, 107~110쪽.
97) 盧載淵, 『在美韓人史略』, 62~63쪽, 1912. 11. 18~12. 15.
98) 『재미한인오십년사』, 110~111쪽.
99) 盧載淵, 『在美韓人史略』, 71쪽, 1915. 4. 22.

중앙총회장 안창호 씨의 취임한 일은 별항에 기재한 바와 같거니와 당일 취임식에서 일장 연설을 도도(滔滔) 수천 언으로 하수를 기울이듯이 하였는데, 한정 있는 지면에 다 기록할 수 없어 그 대지(大旨)만 기록하건대 아래와 같음.

이 세상 인류가 서로 단결하면 생존을 얻고 서로 나뉘면 쇠패(衰敗)를 면치 못하므로 남과 같이 살기를 요구하는 자는 반드시 단결함을 자기의 생명과 같이 인증하거늘 우리 민족은 이것을 일찍 깨닫지 못하여 단결함이 박약하므로 민족의 가장 큰 단체 되는 국가를 잃었고, 그나마 민간의 각종 사회단체가 많이 있었으나 혹은 남의 핍박에 없어지고, 혹은 스스로 힘이 없어지고 오직 우리 민족의 단결이라고 남아 있는 것은 다만 이 대한인국민회 하나뿐이라. 이러므로 우리의 국가가 없어지고 사회상 각 단체가 없어진 것을 애통히 아는 동시에 이 남아 있는 국민회에 대하여 사랑하는 정과 귀중히 여기는 성심이 발하고 또한 이 단체의 생명을 보전하며 더욱 건강케 하여 잃어버린 국가를 광복하기로 기약하는 바이오.

이 단체가 10여 년간 생명을 계속하여 이만큼이라도 장성한 것이 우리 민족의 불행 중 다행이나 그러나 과거 10년간에 우리의 희망과 같이 사업발전이 크지 못한 것은 심히 유감되는바이다. 혹 어떤 동포는 전도에 대하여 낙망까지 하는 지경에 이른 고로 뜻있는 자는 과거의 사업이 크게 확장되지 못한 원인을 찾아 개량하며 전진하기를 연구하는 때라. 그런데 본회의 발전되지 못한 원인이 여러 가지가 있다고 하겠지마는 그중에 두 가지 큰 원인이 있으니, 첫째는 국민회의 주인된 회원의 개인상 실력이 발달되지 못함이요, 둘째는 본회의 단결이 통일의 형세를 이루지 못함이라. 오늘날 우리 회원의 현상(실력)을 살펴보건대 그 개인의 학력이 10년 전보다 특별히 증진한 자 몇 사람이 되지 못하고 생활력도 또한 10년 전보다 증진한 자 몇 사람이 되지 못한지라. 전체 회원의 지식력이 부족하거늘 국민회는 어디로 좇아 지식력이 발달할 수 있으며, 전체 회원의 생활력은 여전히 빈한한데 국민회는 어디로 말미암아 황금력을 발할 수 있으리오. 지식력과 황금력이 아울러 없고서는 사업의 발전되지 못함은 면할 수 없는 사실이라 합니다.

본회의 단결체를 돌아보건대 명의로는 일부 지방 회원이 합하여 지방회를 만들었고 각 지방회가 합하여 지방총회를 이루었고 다시 각 지방총회를 합하여 중앙 총회를 이루었으니, 이와 같은 본의를 연구하면 한 지방의 적은 수효의 사람의 단결력으로는 국가의 막대한 사업을 성취할 수 없다 하여 회(會)의 전부의 힘을 중앙으로 크게 모아 큰 능력을 떨치려 함이언마는 오늘까지 실행하여온 바를 바로 말하면 지방자치라 하는 헛이름에 취하여 각 지방총회만 힘 있는 기관이 되어 마치 봉건제도와 같이 각각 사업을 벌이고 일분의 힘을 중앙으로 모음이 없는지라. 그런즉 일반회원의 개인상 실력이 넉넉하더라도 한 지방총회의 자력으로는 만족한 사업을 성취할 수 없거든 하물며 우리 회원은 근본 박약한 실력으로써 각 지방에다 힘을 나누었으니 그러하고야 이 국민회가 사업의 발전을 어찌 얻으리오. 그런즉 우리들은 과거 10년에 지나간 자취를 한탄만 하지 말고 오늘부터는 의사를 같이하고 힘을 아울러 일반 동포의 보통상식을 개도(開導)하며 학력을 증진케 하며 실력을 고취함으로써 전부 회원의 지식을 합하여 국민회의 큰 지식을 삼으며 전부 회원의 재력을 충실케 하여 국민회의 큰 힘을 삼아 대사업을 성취하는 데 지극한 정성을 다할 뿐이오. 그다음은 각 지방에서 진행하여 오던바 일을 줄이면서라도 중앙으로 공동한 힘을 모아 국민회의 세력을 확장하며 사업을 진동케 함이 오늘 급무라 할 것이오.

그런데 이러한 주지(主旨)로 일을 실시하는 마당에는 공연히 과도한 욕망으로 갑자기 크게 벌리려 하면 또한 헛말만 되고 말지라. 해외에 나와 있는 전부 한인의 있는 바 힘을 다 거두어가지고라도 우리의 하고자 하는 일을 만족히 할 수는 없은즉 모이는 힘의 형세를 의지하여 적은 데로부터 큰 데까지 차서(次序)를 밟아나감이 마땅하니 우선 한 가지 증거를 들어 말하건대 현금 하와이와 미주에 두 종류 신문을 두어서 재정을 갑절 허비케 하며 딴 주의와 딴 정신을 고취하여 통일의 형세를 박약케 하는 것보다 중앙에 한 가지 기관보(機關報)를 두어 통일한 주의와 정신을 고취하여 통일력을 이루게 하며 교육과 실업을 장려·실시케 하고 그 나머지 힘이 생기는 대로 다른 사업을 착수하기 바라는 바이오.

대개 우리가 오늘에 이대로 지나다가 민족의 쇠멸(衰滅)을 자취(自取)하지 말고 진실로 남과 같이 생존하기를 요구하여 자유와 독립을 참으로 원하여 일을 위하거든 한 몸과 한 지방의 작은 관념을 타파하고 전부의 큰 활동을 위하여 무릇 우리 국민회 깃발 밑에 섰는 자는 모름지기 일치로 행동하여 나의 말한 바를 헛된 곳으로 돌려보내지 않게 하여주기를 바라나이다.[100]

안도산은 국내에서의 국권회복운동을 벌이기 위하여 미주로부터 1907년 귀국하여 3년간(1907~1910) 국권회복운동을 전개했는데, 특히 청년학우회를 조직하여 청년투사의 양성에 주력했다. 그러나 안중근의 이토 사살 의거에 연루되어 용산 헌병대에 구속·수감되었다가 석방되었고 뒤이어 도산내각 제의를 거부한 이유로 통감부의 무단적 탄압을 벗어나기 위하여 미국망명을 단행한 것이다. 이와 같이 국내에서의 청년학우회 운동은 미

---

100) 『新韓民報』 제373호, 1915. 7. 8, 중앙총회장 연설 대지.

주에서의 흥사단(興士團) 설립의 동기가 되었다. 안도산은 1912년 어느날 로스앤젤레스에서 송종익을 만나 자신이 구상하고 있는 흥사단 약법(約法)을 보였다. 이 약법을 본 송종익은 흥사단 첫 동지가 되었고, 이것이 무실역행운동 개시의 첫 걸음이 되었다. 송종익은 대구 출신으로 도산을 찾아서 운명적인 첫 상면의 인연이 맺어졌고, 도산이 1907년 귀국 민족운동을 벌일 때에는 송종익이 도산의 공무를 이어받아 일했고, 도산의 가정생활까지 도맡아 보살펴주었다. 뿐만 아니라 도산이 3·1운동 후 상해로 간 후에는 도산에게 독립자금과 생활비를 정기적으로 보내기도 한 평생 동지가 되었다. 송종익이라는 첫 동지를 얻은 안도산은 정원도(鄭源道) 하상옥(河相玉) 강영소(姜永韶) 등 7인이 발기인이 되어 1913년 5월 13일 상항 국민회관에서 흥사단(Heungsadan or The Young Korean Academy)을 창립하니 그 목적은 인재양성이요 최초의 단원은 7인인데 창립위원장은 홍언이요 이사장은 안창호였다.[101]

당시 재미 한인사회는 '푸석한 모래집단(mass of loose sand)'으로 간주되고 있다. 안도산은 이들 한인들을 하나의 조직체로 단결하여 청년수련을 통해 독립역군을 양성하고자 흥사단을 조직하게 된 것이다.[102] 이와 같이 안도산은 1913년 5월 13일 '민족 전도의 대사업' 즉 한국 민족독립의 대업을 성취하기 위하여 흥사단을 창설했다. 일찍이 유길준(兪吉濬)은 1907년 11월 29일 "국민교육을 통해 국민개사(國民皆士)와 국가부강을 표방하고 흥사단을 창단한다"[103]고 선언하면서 국민교육운동을 전개한 바 있었는데, 안도산은 유길준의 흥사단 명칭을 그대로 이어받아 흥사단이 무실역행에 의한 국민개사 국가부강의 실익을 구현, 청년의 단결력을 양성함으로써 독립을 성취한다는 것이다. 안도산은 직접 <흥사단가>를 작사

---

101) 盧載淵, 『在美韓人史略』, 1913. 5. 13, 64쪽 ; Hyung-chan Kim, *Tosan Ahn Ch'ang-Ho:A Profile of a Prophetic Patriot*, pp. 89~91.

102) Bong-Youn Choy, *Koreans in America*(Nelson Hall, Chicago, 1979), p. 116.

103) 「興士團趣旨書」, 『兪吉濬全書』 2, 一潮閣, 1971, 363~367쪽 ; 『大韓每日申報』, 1907. 12. 15 ; 金源模, 『韓美修交史 朝鮮報聘使의 美國使行篇(1883)』, 철학과현실사, 1999, 298~300쪽.

했다.

祖上(조상)나라 빛내라
忠義男女(충의남녀) 일어나서
務實力行(무실역행) 旗(깃)발 밑에
凜凜(늠름)하게 모여드네
父母國(부모국)아 걱정 마라
務實力行(무실역행) 精神(정신)으로
굳게 뭉친 興士團(흥사단)이
네 榮光(영광)을 빛내리라[104]

흥사단은 재미 한인의 인재양성기관으로 조직된 것인데 그 목적이 건전한 청년동포를 집중 단결하며 지덕체(智德體) 3육을 동맹 수련하여 민족 장래의 동량이 될 인재를 배양하자는 것이고 도산 안창호의 지도로써 창설된 것이다. 1907년 2월 8일에 도산 안창호가 국내운동을 계획하고 귀국한 후에 평양에서 구국운동을 시작하는데 비밀결사로 신민회를 조직하였으며 1908년에 대성학교를 설립하여 교육을 장려하는 한편 청년학우회를 조직하고 무실·역행·충의·용감 4대 정신의 수련운동을 시작하였으나 국세가 치패(致敗)되고 왜적의 감시와 탄압이 있어서 애국정신을 고취할 수 없었던 까닭에 그 이상(理想)을 실천하지 못하고 다시 미주로 오게 되었던 것이다. 1911년 9월에 도산 안창호가 미국에 귀환하면서 하상옥 정원도 강영소 3인으로 더불어 동맹 수련운동을 시작하였으니 이것이 국내에서 실패한 청년학우회 운동의 계승이며 흥사단 설립의 동기가 되었던 것이다.

1913년 5월 13일에 미국 상항시에서 흥사단을 설립할 때에 장래 지반(地盤)을 국내로 결정하고 창립 발기위원을 국내 8도 인사 중에서 1인씩을 선택(選擇)하였으니 그 창립 발기위원들의 성명과 도별이 아래와 같다.

---

104) 『島山安昌浩』, 88~89쪽.

경기도 홍언(洪焉), 강원도 염만석(廉萬石), 충청도 조병옥(趙炳玉), 황해도 김항주(金恒作, 金鍾慇), 경상도 송종익(宋鍾翊), 평안도 강영소(姜永韶), 전라도 정원도(鄭源道), 함경도 김종림(金鍾林)

◆ 흥사단의 약법(約法)

제1조 본단의 명칭은 흥사단(興士團)이라 함.

제2조 본단의 목적은 무실역행(務實力行)으로 생명을 삼는 충의 남녀를 단합하여 정의(情誼)를 돈수(敦修)하며 지·덕·체 3육을 동맹 수련하여 건전한 인격을 지으며 신성한 단체를 이루어 우리 민족 전도 번영의 기초를 수립함에 있음.

제3조 본단의 목적을 달성하기 위하여 다음과 같은 훈련을 실시함.

1. 무실·역행·충의·용감의 정신으로 덕성(德性)을 함양(涵養)하며 신체를 단련하여 기력을 강장케 하며 전문지식 또는 생산기능을 습득하여 건전한 인격을 작성케 함.

2. 신의를 확수하고 규율에 복종하며 상호 애호하며 환란상구(患亂相救)하여 신성한 단체를 조성케 함.

3. 자주적 정신과 자치능력을 배양하며 사회 식견과 대공(大公)의식을 육성하여 국민적 품격을 향상케 함.

제4조 본단의 목적을 추진하기 위하여 민성(民性) 혁신과 민력(民力) 증강에 필요한 각양 민중운동을 전개하며 단우(團友)로 하여금 이에 적극 참가하여 봉사적 생활을 체험케 함.

제5조 실무를 천행(踐行)하는 필요를 따라 각종 문화기관과 사회사업을 경영하며 모범부락과 직업학교를 설치할 수 있음.

제6조 본단 운동의 항구성을 보아서 본단은 정치적 운동에 관여치 아니함 (단 단우는 개인의 자격으로 그 믿는 바와 양심에 비추어 행동하는 자유가 있음).

제7조 단우(團友)의 결의를 늘 깨닫기 위하여 공약을 정하고 이를 일상생활의 규범으로 함.

1. 무실·역행·충의·용감의 정신으로 끊임없이 헌신하자.

2. 동지를 사랑하며 신의를 확수하며 환란을 상구하자.

3. 단(團)을 위하여 일심으로 복종하며 희생하자.

4. 범사에 청백하며 맡은 책임을 완수하자.

5. 대공(大公) 복무의 정신으로 소아(小我)를 망각하고 국가민족을 위하여 헌신하자.[105]

---

105) 『재미한인오십년사』, 176~179, 흥사단.

대한인국민회 중앙총회 결성 선포문에서 중앙총회를 '무형정부'라 밝힌 만큼 형식상 재미 한인의 대표기관이지마는 실질적으로 임시정부의 정체 (政體)를 갖추고 있었다. 1913년 6월 말 캘리포니아 리버사이드 헤멋 (Hemet) 살구나무 과수원에서 한국인 11명이 살구 따는 노동을 하러 갔다 가 백인들로부터 축출당한 불상사가 발생했다.

이상에 말한 바 리버사이드 동포들이 헤멋(Hemet) 땅에 살구 따러 갔다가 축출당한 일은 그 확보를 거한즉 30여 인이 아니오 11인인데 비록 일을 못하 고 돌아오기는 하였으나 최순성(崔順成) 씨의 주선으로 내왕차비를 한 손해 는 없다하니 불행 중 다행이라 하노라.

고병관(高炳寬) 씨의 서신에 이르기를 본지 동포가 일체 태평한 중 이번 우리 동포 열한 사람이 헤멋이란 곳에서 봉변한 일은 의외엣일이나 미국 각 처 신문을 참조하건대 한국 세상으로 장황한 말이 많음은 아마 영자신문을 보시고 아실 듯하외다. 본인도 그 중에 가서 관경(觀景)하였는데 봉변하던 일 과 서양 사람에게 전후 사실은 다음과 같다. 본월 17일에 헤멋 타운에 사는 농주 가울 셈슨이라 하는 사람이 우리 처소에 와서 살구 딸 사람 열다섯을 달라하므로 보스 최순성 씨가 허락한 후에 부르기를 고대하는 차에 전화로 우선 열한 사람만 보내라 한 고로 본월 25일 밤 열두 시에 당지에 득달하여 농주에게 전화하고 마차 오기를 고대하던 차에 그곳 상민과 노동자 6백 명 가량이 회집하여 우리를 가운데 두고 겹겹이 둘러싼 후에 한 사람이 묻기를 어디서 무엇을 하러 왔느냐 하기에 리버사이드 셈슨 농장에 살구 따러 왔노 라 하니 말하기를 이 타운에는 한청일인(韓淸日人)을 물론하고 동양 사람을 원치 않으니 한 점 반차로 돌아가라 하는데 마침 차가 득달함에 짐짝들을 차 에 싣고 굿바이 소리에 천지가 진동하옵다. 그 이후에 보스 최순성 씨가 그 농주를 만나 말하기를 그대로 인연하여 백여 원 손해와 무수한 수욕(受辱) 을 당하였으니 우리의 내왕 부비(浮費)와 전후 손해를 배상하라 하니 그 농 주가 대답하기를 나도 영국에서 와서 산 지 오래지 아니하여 이곳 인심을 알 지 못하여 이같이 되었으니 용서하라 함에 최 씨 이르기를 사세의 불행은 피 차에 없으나 전후 부비는 불가불 요구하노라 함에 농주가 열한 사람의 내왕 차비를 받아가지고 무사히 집에 돌아왔더니, 그후 27일 오후에 어떤 일인이 전화로 한인을 좀 만나볼 일이 있다 하기로 무슨 일이냐 한즉 일인의 말이 상항 일본 영사가 보고자 한다 하는 고로 최순성 씨와 차정률(車正律) 양 씨 가 찾아가 만나본즉 일인이 이르기를 이번에 헤멋에서 무슨 일로 봉변을 당 하였느냐 묻거늘 왜 묻느냐 한즉 우리가 너희 부비를 받아주마 함에 양 씨

점잖은 말로 우리의 일은 우리가 처리할 터이니 너희의 일이나 잘하라 하니 일인이 이르기를 그러나 그렇듯 큰일을 당신네가 어떻게 조처하려 하느뇨 양 씨 이르기를 우리도 일인만치는 하니 그런 말은 그만두면 좋겠다 함에 일인은 수십 원 차비를 허비하고 왔다가 이런 광경(光景)을 당함에 무안한 생각이었든지 아무 말 없음에 양 씨는 곧 돌아왔더라. 다행히 불측한 변은 없었으니 불행 중 다행이나 이런 때를 당하여 허랑방탕하여 주색잡기에 몸이 침몰한 동포들에게 응당 경계가 될 줄 믿는다 하였더라.106)

이대위(李大爲, 1880~1928)는 평양 숭실학교 출신으로 1903년 도미유학, 포틀랜드 아카데미를 졸업했다. 상항 한국인 감리교회 목사로서 안도산을 측근에서 보좌하면서 독립운동에 헌신한 민족지도자이다. 그는 1915년 '인터타입 한글식자기'를 발명했다. 그는 신한민보를 '인터타입 한글식자기'를 채용하여 1915년 3월 11일부터 발간하기 시작함으로써 신한민보 활판 인쇄에 획기적인 혁신을 이룩했다. 이대위는 대한인국민회 북미 지방총회장, 신한민보 주필을 역임했다. 1913년 6월 25일 리버사이드 지역에 살던 한인 근로자들이 헤멧 지방에 있는 영국인 살구농장에서 쫓겨난 사건이 발생했다. 이는 한국인이 일본인으로 간주되어서 일어났으며 이때 이대위 총회장은 한인을 일본인과 다르게 취급하라는 공개장을 미국 국무장관에 보낸 것이다.107) 이에 미국 정부는 한국인은 일본의 식민지인이기 때문에 외교적 교섭권이 없다고 판단, 즉각 주미 일본공사와 사태수습을 위한 교섭을 벌이려 했다. 이 같은 사실을 확인한 중앙총회장은 즉각 "미주 한인들은 합병 전에 한국을 떠났으니 일본 국민이 아니고 대한제국 국민이기에 한인은 일인과 상관이 없으니 일본 정부와 교섭함은 부당하다"는 항의문을 전달하였다. 브라언(William J. Bryan) 국무장관(1913~1915)에게 보낸 이대위 명의의 항의전문은 다음과 같다.

---

106) 『新韓民報』 제279호, 1913. 7. 4. 살구 따러갔던 사건.
107) 閔丙用 著, 『美洲移民100年, 初期人脈을 캔다』, 한국일보사출판국, 1986. 5. 3, 21~23쪽, 상항 한국인 감리교회 담임 국민회 총회장 李大爲牧師 ; 盧載淵, 「農園의 排斥騷動」, 『在美韓人史略』, 65쪽, 70~71쪽, 인터타입 活版.

미국 국무장관 브라이언 귀하, 워싱턴 D. C.

우리가 존경하는 귀하에게 말하기는 근일에 한인 11명이 헤멧 지방에 살 구를 따러 갔다가 그곳 사람들에게 축출을 당하였으나 그 일은 다 무사히 되 었소이다. 또 귀하에게 청하옵기는 우리 재미 한인은 일본이 한국을 합방하 기 전에 왔고, 또한 해가 하늘에 달려 있는 때까지는 일본에 복종치 아니할 터이니 우리를 전시나 평시 간에 일인(日人)과 같이 보지 아니하시기를 바라 옵니다. 우리 한인들은 미국 법률 아래 복종하여 화평히 살기를 원하노라.

1913년 6월 30일 대한인국민회 북미 지방총회장 이대위108)

미국 국무부는 이 같은 항의전문을 받고 이를 전폭 수긍하면서 대한인 국민회 중앙총회의 대미 교섭권을 인정하였다. 중앙총회는 7월 2일자 미 국 국무부로부터 "재미 한인에 관한 것은 일본 영사관을 통하지 않고 직 접 중앙총회와 교섭한다"는 외교각서를 접수했다.

브라이언의 명령으로 헤멧 한인의 사건을 정지.
국무경(국무장관)이 대한인국민회 회장의 한인은 일인이 아니라는 전보를 받다.
워싱턴 7월 1일발 근일에 한인이 캘리포니아 헤멧 땅에 실과를 따러 갔다 가 백인에게 축출당한 사건을 국무장관 브라이언 씨의 명령으로 정지하다.
국무장관 브라이언 씨는 대한인국민회 회장 이대위의 전보를 본즉, 미주 한인들은 일본이 한국을 합병하기 전에 한국을 떠났으니 일본 백성이 아니라 한 고로 한인은 일인과 상관이 없다 하여 헤멧 사건을 일본 정부로 더불어 교섭하지 말라고 하였더라.109)

이번 헤멧 사건을 계기로 이대위 북미 지방총회장의 항의 전문을 미국 국무장관이 전폭 수용함으로써 이제 한인의 사건이 일어날 때에는 대한인 국민회를 교섭단체로 인정하게 되었다. 그래서 상항 이민국의 출입국수속 이 까다로워 한인은 여행권 없이는 입국이 금지되었는데 이로부터 1945년 일본이 패망할 때까지 한인은 대한인국민회의 담보(擔保)만 있으면 언제든

108) 『新韓民報』 제279호, 1913. 7. 4.
109) 『新韓民報』 제279호, 1913. 7. 4. 브라이언의 명령으로 헤멧 한인의 사건을 정지.

지 여행권 없이도 입국이 허용된 것이다. 이는 한인에 대한 일종의 불문율(不文律)이 되었다.110)

대한인국민회 북미 지방총회장이며 신한민보 주필 이대위는 국무부로부터 한인의 자치단체로서의 교섭권을 인정받고 즉각 그 역사적 의미를 선명(宣明)하고 있다.

> 고구려 옛터를 떠나 콜럼버스 땅에 나그네 노릇하는 나의 형제들이여, 내가 오늘 붓을 들어 여러 형제를 권하고자 할 때에 내가 먼저 무슨 까닭으로 여러분께 이렇게 괴롭게 하는고 하는 생각이 없지 아니하나, 그러나 내가 이 말을 하는 것은 우리 북미 지방총회를 대표하여 하는 것이오. 우리 북미 지방총회는 대한인국민회의 한 부분이요, 국민회는 우리나라를 회복코자 하는 '대단체'라. 그런고로 누구든지 대한민족이 되어 망한 나라를 회복시키고 잃은 백성을 다시 얻고자 하는 자 국민회를 버리고 어디 투신하며, 국민회를 돕지 않고 어디를 도우리오. 장차 우리나라를 위하여 몸 바칠 사람을 구할 곳도 국민회요, 우리 민족을 위하여 일하고자 하는 사람들이 모인 곳도 국민회라. 국민회가 이와 같이 중대한 책임을 가지고 이와 같이 옳은 목적을 정하였으니 대한민족이 된 자 뉘 아니 그의 흥왕(興旺)하기를 바라며, 뉘 아니 그의 진취하기를 도모하리오.111)

이리하여 대한인국민회 중앙총회는 미국 국무부와 캘리포니아 주정부로부터 자치단체의 자격과 권위를 인정한다는 '가주(加州) 정부 인허장'(1914. 4. 6)을 받은 것이다.

> **북미 총회 관허인가**
> 대한인국민회 북미 지방총회는 가주(캘리포니아) 정부에 인허를 청하였더니 금월 6일에 인허장이 내도하였더라.
> ◆ 인허청원의 본문
> 대한인국민회 북미 지방총회 성립문 개요
> 1. 본회의 명칭은 대한인국민회 북미 지방총회라 함.
> 2. 본회의 목적은 북아메리카주에 있는 한인을 보호하여 타인의 침손(侵損)

---

110) 盧載淵, 『在美韓人史略』, 66쪽.
111) 「공고 북미 재류동포」, 『新韓民報』 제279호, 1913. 7. 4.

을 당하지 아니하게 하며 교육을 진발(振發)케 하며 불법한 땅에 빠지지 않게 하기 위하여 신문잡지 등속을 출판하여 한인으로 하여금 구람(購覽)케 하며, 사무를 치리(治理)하기 위하여 부동산을 매매하며 지방회를 설립하고 지방 사무를 처리하며 미국 전경(全境)과 외국까지라도 사업을 확장케 함.

3. 본회 총부는 가주 상항(桑港・샌프란시스코)으로 정함.

4. 본회 존립기한은 50년으로 정함.

5. 본회 임원은 8인인데 금년 임원은 샌프란시스코 이대위(李大爲)・조성학・강영소(姜永韶)・정인과(鄭仁果)・홍언(洪焉)・강영승(康永昇)・서필순(徐弼淳).

6. 본회는 일정한 고본(股本・밑천)이 없고 매인 5원(달러)의 연도의무금(年度義務金)으로 정함.

7. 회원의 의무와 권리는 동일함.

1914년 4월 4일 임원 8인 서명.

◆정부인허장 본문

가주(California) 정부

나 프랑크 씨 조오던 캘리포니아 정부총무는 샌프란시스코 지방관청에 등기하고 가주(加州) 정청(政廳)에 청원한 '대한인국민회 북미 지방총회'의 성립을 인허하여 1914년 4월 6일에 정부 사무소에 등기하고 그 회(會)의 정한 명칭, 목적, 위치, 존립기한, 임원 수효, 각 회원의 매년 판납(辦納)의무금과 동일한 귀리를 일치로 재가함.

1914년 4월 6일
가주정부 관인
총무 프랑크 씨 조오던(Frank C. Jordan),
프랑크 에취 코리(Frank H. Caurry).[112]

5. 대한인국민회 중앙총회(안창호)의 이광수 신한민보 주필 초빙교섭

이광수는 명치학원을 졸업하고 남강(南崗) 이승훈(李昇薰)의 특별 초빙을 받아 1910년 3월 오산학교(五山學校) 교원에 부임했다. 귀국길에 서울

---

112) 「북미총회 관허 인가」, 『新韓民報』 제318호, 1914. 4. 9. 大韓人國民會 北美地方總會 官許狀.

에 들렀을 때 어느 대신이 이광수더러 장흥군수 자리를 주겠다고 제의하자 이를 단호히 거부했다. 서울의 명문학교, 게다가 대우도 잘해주는 학교 교원에도 갈 수 있었지마는 모두 뿌리치고 오로지 교육보국이란 대의(大義)를 자기희생정신에 의해 실천하기 위해 오산학교에 가기로 결심한 것이다. "오산(五山)은 가난하고 외로운 학교다. '옳다, 이것이 나를 희생할 곳이로다. 자기희생(自己犧牲) 공부를 여기서 할 것이로다' 하고, 겨우 떠오르는 가슴을 진정한다. 김경(金鏡)은 제 행위에 무엇이든지 고상한 의의를 붙이고야 마는 버릇이 있다. 이번도 이 '자기희생'이란 말에 그만 속아 넘어간 것이다. 그러나 이는 결코 제 과실을 변호하려하는 꾀가 아니요, 아무쪼록 자각 있는 의의 있는 생활을 하리라 하는 가련한 생각으로라. 그러나 한번 붙인 의의가 시종 일관하느냐 하면, 가끔 이해와 고락에 흔들리는 바 되나니, 가령 지금 '자기희생'이란 것으로 이번 오산에 오는 의의를 삼으나, 또 얼마를 지내어 무슨 불만이 생기면 혹 나로 하여금 오산에 있지 못하게 함은 다른 원인이 있다—즉 내가 불쌍하고 정든 오산을 위하여 자기를 희생하려 하지 아니함이 아니로되, 다른 원인이 있어 이를 못 하게 한다든지 또는 내가 오산 따위를 위하여 자유를 희생함이 너무 무가치하지 아니한가 하든지를 이유로 삼아 달리 의의 있는 생활을 구하려 한다."[113]

그해 5월에 핼리 혜성이 지구 꼬리에 진입하여 전 세계가 멸망할 것이라는 어느 과학자의 예언과 미구에 대한제국이 망할 것이라는 풍설로 민심은 크게 흉흉했다. 오산학교 부임 5개월 만에 한일합방 조서가 발표되었다. 1910년 8월 29일 이광수는 핼리 혜성의 영향인지 지척을 분별할 수 없는 짙은 안개가 깔려 마치 황혼 같은 어둠침침한 날에 고읍(古邑)역을 향해 걸어가고 있었다. 고읍역 대합실에 도착하니 합방조서가 붙어 있는 게 아닌가. 청천벽력의 망국조서를 보고 망연자실, 즉시 여행을 중단하고 오산학교로 돌아오는 길에 "인제는 망국민이다"라고 외치면서 길바닥에

---

113) 春園 李光洙著作 朝鮮語學會校鑑,「五山時代의 手記 金鏡」,『文章讀本』, 弘智出版社 大成書林, 1937. 3. 15, 205쪽.

주저앉아 울부짖었다. 한국은 힘이 없어서 나라를 일본에 빼앗겼다. 일본은 힘으로 3천리 강토를 강탈했다. 그렇다 잃어버린 나라를 되찾으려면 일본보다 더 큰 힘이 있어야 한다. "왜? 대황제가 이 나라 주인이냐? 그가 무엇이길래 이 나라와 이 백성을 남의 나라에 줄 권리가 있느냐? 이런 생각도 났으나 그것은 '힘'이 있고야 할 말이다. 힘! 그렇다 힘이다! 일본은 힘으로 우리나라를 빼앗았다. 빼앗긴 나라를 도로 찾는 것도 '힘'이다! 대한 나라를 내려 누르는 일본 나라의 힘은 오직 그보다 더 큰 힘을 가지고야 밀어낼 수가 있다. 그러면 그 힘은? 그 힘은 어디서 나나? 어렴풋이 2천만의 피라고 느껴졌으나 내게는 아직 분명한 계획은커녕 관념도 잡히지 아니하였다. 나는 아직 어렸던 것이다. 그러나 한 가지만은 분명하였으니 그것은 내 앞날이 이 힘을 찾기에 바쳐질 것이라는 것이었다."114) 이와 같이 이광수는 이 '힘'을 찾아서 힘을 양성하는 데 신명을 바칠 것을 맹세했다. 조선총독부 경무국 당국은 "이광수는 한일합병을 격분한 끝에 민족주의 사상을 품고 결국은 조선의 독립을 망상(妄想)하기에 이르렀다."115)고 판정하고 있다.

　　이제 우리는 조회 때 태극기를 달 수 없고 애국가도 부를 수 없는 망국민이다. 이광수는 이날 새벽에 종을 쳐서 학생들을 학교 예배당으로 소집하여 새벽 기도회를 주재했다. 춘원은 망국을 조상하는 '예레미아 애가'를 조용히 읊는다. 예레미아가 그의 조국 유대가 바빌로니아의 속국이 된 것을 조상하는 애달픈 노래이다. "어찌하여 이 백성은 과부가 되었나뇨 여러 나라 중에 크고 여러 지방 중에 여왕이던 자가 속방이 되었나뇨 그는 밤에 슬피 울어 눈물이 그의 뺨에 있도다. 그를 사랑하던 자들 중에 하나도 그를 위로하는 자가 없고, 그의 친구들은 그를 배반하여 적이 되었도다(구약 예레미아 애가 1)"116)

데라우치(寺內正毅) 총독은 안중근의 이토 사살 의거 같은 무장 항일운

---

114) 春園 李光洙, 『나의 告白』, 春秋社, 1948. 12. 25, 53~55쪽.
115) 『독립운동사자료집』 12권(문화투쟁사자료집), 독립운동사편찬위원회, 1977, 1286쪽, 昭和15年 刑控第17~20號(1940. 8. 21).
116) 『나의 告白』, 55쪽.

동을 예방하는 최선책은 강력한 무단통치밖에 다른 방도가 없다고 판단하고 무자비한 위압적 탄압정책을 강행했던 것이다. 1910년 12월 27일 압록강 철교 준공식에 참석하기 위하여 경의선 열차로 가던 중 선천역 인근에서 안명근(安明根)의 데라우치 총독 암살음모가 미연에 발각되어 데라우치 총독은 이는 신민회(안창호) 간부가 중심이 되어 데라우치를 암살하려는 음모를 꾸몄다고 판단하고 신민회 간부와 예수교 요인들 600여 명을 총검거했던 것이다. 최종 105인을 기소했다고 해서 '백오인사건(百五人事件)'이라 일컫고 있다. 제2심에서 99명을 무죄석방하고 윤치호(尹致昊)·이승훈(李昇薰)·양기탁(梁起鐸)·임치정(林蚩正)·안태국(安泰國)·옥관빈(玉觀彬) 등 여섯 사람은 6년 징역형을 받은 것이다. 이들 모두가 신민회 간부였다. 이광수는 교주 이승훈이 체포·수감됨에 교장대리 역할을 수행하고 있었다. 이광수는 대구감옥으로 교주 이승훈을 면회하면서 그동안 학교업무와 동회운동(새마을운동)의 형편을 보고하였더니 출옥할 때까지 더 고생을 해달라고 간곡히 당부했다. 그러나 이광수는 이미 오산학교에서 4년간 봉사하였기에 오산학교를 떠나 정처 없는 시베리아 대륙 방랑여행을 떠나기로 작정했다.[117]

이광수의 오산학교 4년 근무는 교육보국(敎育報國)을 위한 자기희생 정신을 실천한 봉사활동이었다고 규정할 수 있다. 월급이라고는 오산학교 4년 동안 매달 10원과 모시두루마기 한 감만 받았고, 식사라고는 밥에 된장만으로 가까스로 연명할 정도로 1주일에 학교수업과 동회의 야학까지 무려 42시간을 강의해야 하고, 뿐만 아니라 하계 사범강습까지 도맡아 하는 그야말로 식소사번(食少事煩)의 봉사활동이 아닐 수 없다. "그의 몸집이 둘이나 안길 만한 커다란 무명 두루마기(手木周衣)에 승려같이 버선을 위로 신고 왕골짚신을 신은 것이 눈 서투르기도 하고 서성서성하는 모양이 보는 사람에게 불안을 느끼게 하였다."[118]라고 염상섭(廉想涉)은 오산

117) 李康勳 編著, 「百五人冤獄 」, 『獨立運動大事典』 1, 大韓民國光復會, 1985. 1. 17, 409~410쪽 ; 『나의 告白』, 61~62쪽.
118) 廉想涉, 「文人印象互記 李光洙」, 『開闢』 제44호, 1924. 2, 97~98쪽.

당시의 춘원의 옷차림이 허름하고 초라했음을 증언하고 있다. 이리하여 합방 때 맹세했던 국권회복을 위해 '힘'을 찾으려고, 충무공 이순신의 호국정신을 실천하기 위해, 1913년 11월 오산학교를 사직하고 독립의 꿈을 안고 세계 일주 방랑여행길에 올랐다.

"내가 정들었던 오산학교를 그만두고 정처 없는 방랑의 길을 떠나기로 결심했다. 나는 큰 사람이라고 나는 하늘이 아는 사람이라고 나로 하여서 우리라도 살고 이 인류도 바른 길을 걷게 되느니라고. 후세 사람들이 내가 머물던 땅을 베나레쓰나 나사렛(예수의 성장지)이나 메카(마호메트 탄생지)나 곡부(曲阜·공자 탄생지) 모양으로 거룩한 순례의 처소를 만들고 내가 걷던 길을 더듬어 내 발자국에 입을 맞추리라고 사람만이 아니라 귀신도, 짐승도, 버러지도, 산도 물도 바위도 다 그러하리라고"119) 이처럼 큰 인물이기에 입센의 노라가 무어라고 했던가. "나는 자유다/나는 자유다/나는 새와 같이 나는 자유다/세상에 다시는 나를 가둘 옥이 없다."120) 세상에 아무도 나를 가둘 옥이 없다는 노라의 노래를 구가하면서 춘원은 자유의 몸으로 훨훨 정처 없는 방랑의 길을 떠나기로 결심한 것이다.

눈물판으로 벌어진 송별회가 끝나자마자 더 이상 오산에 머물러 있고 싶지 않았다.

나는 정처 없이 방랑의 길을 떠난다는 말을 끝으로 하였다. 실상 이 시절에는 방랑의 길을 떠나는 사람이 나만이 아니었다. K학교(오산)를 통과해서 간 사람만 해도 10여 인은 되었을 것이다. 그들은 대개 서울서 여러 가지 운동에 종사하던 명사로서 망명의 길을 떠나는 것이었다. 모두 허름한 옷을 입고 미투리를 신고 모두 비장한 표정을 가지고 가는 강개(慷慨)한 사람들이었다. 이때에 이 모양으로 조선을 떠나서 방랑의 길을 나선 사람이 수천 명은 될 것이었다. 그들이 가는 곳은 대개 남북 만주나 시베리아였다. 어디를 무엇을 하러 가느냐 하면 꼭 바로집어 대답할 말은 없으면서도 그래도 가슴속에는 무슨 분명한 목적이 있는 듯싶은 그러한 길이었다. 그것도 시대사조(時代思潮)라고 할까. 이렇게 방랑의 길을 떠나는 것이 무슨 영광인 것같이도 생각

119) 李光洙, 『스무살고개 '나' 靑春篇』, 生活社, 1948. 10. 15, 103쪽.
120) 李光洙, 『나』, 文研社, 1947. 12. 24, 187쪽.

되었던 것이었다. T(도산)니 S(신규식)니 O(이갑)니 하는 거두들은 벌써 합방 전에 망명했거니와 그때부터 줄곧 방랑의 길을 떠나는 이가 끊이지 아니하였 던 것이다.

그러기로 나 같은 사람이야 망명이랄 것도 없다. 그러면서도 스물네 살(실 은 22세) 된 젊은 몸이 정처 없는 방랑의 길을 떠날 때에는 비장한 듯한 감 회도 없지 아니하였다. 내 송별회에는 나 개인에 대한 이별의 정 외에 이 방 랑의 시대정신도 도움이 되어서 직원과 학생의 감회가 더욱 깊게 한 모양이 었다.121)

때는 1913년 11월 초승에 세계 일주여행, 그것도 무전 여행길에 올랐 다. 단돈 '3원 70전'을 달랑 쥐고 만주 안동(安東 · 현 丹東)행 열차에 무작 정 몸을 실었다. "나는 애초에 오산을 떠나기는 해외에 망명해 있는 애국 자를 찾으려는 것은 아니었다. 나는 중국을 위시하여 안남, 인도, 페르시 아, 이집트 이 모양으로 쇠망한 또는 쇠망하려는 민족의 나라를 돌아보려 는 것을 내 여행의 목적을 삼은 것이었다. 나는 거기서 쇠망한 민족들의 정경(情景)도 보고 또 그들이 어떤 모양으로 독립을 도모하는가 보고 싶었 다. 그 속에서 내가 나갈 길이 찾아질 것 같았음이다. 나는 걸어서 아시아 대륙을 횡단할 예정이었다. 지금 생각하면 심히 엄청난 일이어니와 그때 생각으로는 될 것만 같았다. 젊은 꿈이요 젊은 혈기였다. 나는 10년이면 이 여행을 완결하리라고 생각하였다."122)

춘원이 방랑의 길을 떠나는 날 11월 초승 늦은 가을인데도 봄 날씨같이 따뜻했다. 열차가 압록강을 건널 때 병자호란 때 왕자의 신분으로 청나라 심 양(瀋陽)으로 볼모로 끌려가면서 읊은 효종대왕의 노래가 생각났다. 병자호란 (丙子胡亂, 1636) 때 인조는 청 태종에게 항복하고 왕자는 청국에 포로로 잡 혀가는 애끓는 심사는 망국민의 설움을 품고 망명의 길을 떠나는 이광수의 심경과 똑같은 신세의 처지였다.

내 앞에는 압록강이 있었다
내가 가던 날에
피 눈물 난지 만지

---

121) 李光洙, 『그의 自敍傳』, 高麗出版社, 1953. 4. 20, 125~126쪽.
122) 『나의 告白』, 63쪽.

압록강 나린 물에
푸른 빛 전혀 없다

하는 효종대왕의 노래가 생각혔다. 그것은 왕자로서 청국에 붙들려가는 애끓는 심사연마는 그 정경도 부러웠다. 나와 그와 같은 처지에서 그와 같은 노래를 짓고 싶었다.

청석령 지나거따 초하구 어드메뇨
삭풍도 참도 찰사 궂은비는 무삼일고
뉘라서 내 행색 그려내어 임 계신 데 드리리

하는 것도 그의 그때의 노래다. 삭풍 불고 궂은비 뿌리는 만주의 청석령, 거기서 임을 생각하는 정경, 그것도 부러웠다. 이 노래를 지은 이의 임은 아마 그 아버지인 인조대왕이겠지마는 그것은 고국도 될 수 있고 또 그리운 여성도 될 수 있다. 그러나 나는 누구를 그리워하여서 내 행색을 알리고 싶을꼬 조국 삼천리강산이 내 그리운 임일 것은 물론이지마는 그밖에, 아니, 그것을 대표하고 상징하는 살 있고 피 있고 몸 따뜻한 아름다운 사람이 있고 싶었다. 압록강을 건널 적에, 청석령을 넘을 적에 그리워할 임이 있고 싶었다. 그것이 없고는 압록강 푸른 물이 싱겁고 청석령 궂은비가 멋쩍을 것 같았다. 그렇게 그립고 아름다운 임이 있어서 그가 천리 밖에서도 나를 생각하여 준다면 열 압록강을 건너고 백 청석령을 넘어도 기쁠 것 같았다.[123]

이광수는 만주 안동에서 우연히 위당(爲堂) 정인보(鄭寅普)를 만나 노잣돈이 없어서 도보로 세계 일주여행길에 올랐다고 실토하자, 위당은 지금 북방은 날씨가 몹시 추울 것이므로, 또한 춘원의 초라하고 허름한 옷차림과 돈 한 푼 없는 거지 신세에 동병상련(同病相憐)의 심정으로 춘원에게 중국 돈 30원을 주면서 망명객이 많이 있는 상해로 갈 것을 권유했다. 이에 이광수는 그 돈으로 청복 한 벌을 사입고 이륭양행(怡隆洋行)의 악주호(岳州號)를 타고 상해로 가게 되었다. "나는 일본 경찰의 눈을 두려워하면서 영국인의 소유인 이륭양행 배 악주호에 올랐다. 인제는 나는 일본의 경찰권 밖에 난 것이었다(이륭양행은 후일 기미년 독립운동 때에 상해 임시정부와 본국과의 비밀 연락처가 되었다)."[124]

아일랜드(愛蘭)인 쇼우(George L. Show)는 한국과 아일랜드는 다 같이

123)『스무살고개』, 97~98쪽 ;『그의 自敍傳』, 127쪽.
124)『나의 告白』, 68~69쪽.

영국과 일본의 식민지 처지로서, 독립운동을 벌이고 있는 한국 독립지사들의 망명에 동정적인 편의를 제공해오고 있다. 제1차 세계대전이 끝나고 아일랜드는 윌슨의 민족자결 원칙에 의해 독립을 달성한 것이다. 3·1운동 후 상해 대한민국 임시정부가 수립되면서 교통부(交通部)를 설립했는데 이는 통신기관으로서 정보의 수집·검토·교환·연락 등 통신업무와 비밀 독립운동자금 수집·전달 등 업무를 담당하고 있다. 1919년 7월 30일 만주 안동의 쇼우의 이륭양행 2층에 교통부 안동지부(交通部 安東支部)를 설치, 상해 임정과 국내 비밀결사 백산(白山) 안희제 (安熙濟)의 백산상회(白山商會)와의 연락책을 담당했다. 쇼우는 상해-안동 간의 여객선 악주호를 운행하고 있었다. 망명 지사들은 대개 악주호로 상해로 갔고, 국내의 정보와 독립자금을 전달해주는 연락업무를 담당했던 것이다.125)

이광수는 홍명희(洪命憙)·문일평(文一平)·조소앙(趙素昻) 등 망명 지사들이 묵고 있는 법계(法界·프랑스 조계) 백이부로(白爾部路) 집에서 더부살이로 합숙하게 되었다. 춘원은 돈이 없어서 침대를 살 수 없어 홍명희 침대에서 함께 지내야만 했다. 망명지사들 중에 민족지도자는 예관(睨觀) 신규식(申圭植, 1879~1922)이다. 그는 충북 청주(淸州) 출신으로 1907년 7월 31일 9천 명의 한국군이 해산당할 때 자결하려다 대종교(大倧敎) 교주 나철(羅喆)의 만류로 구국운동에 나섰다. 대한자강회(大韓自强會) 대한협회(大韓協會) 등 정치단체에 참여·활동하다가 1911년 중국 상해로 망명, 신정(申檉)이라고 이름을 바꾸었다. 중국 혁명운동 단체인 동맹회(同盟會·국민당 전신)에 가담, 무창의거(武昌義擧)에 크게 이바지하였고 신해혁명(辛亥革命)에 참여한 제1인자가 되었다. 1912년 박은식(朴殷植)·김규식(金奎植)·신채호(申采浩)·조소앙·박찬익(朴贊翊)·이광(李光) 등과 함께 한인 독립운동 단체 동제사(同濟社)를 조직했다. 1913년에는 한인 청년들의 구미 각국 유학 예비학교인 박달학원(搏達學院)을 세워 인재를 양성하기도 했다. 1917년 스웨덴 스톡홀름에서 개최된 만국사회당대회에 조선 사회당

---

125) 『朝鮮民族運動年鑑』, 15~25쪽 ; 金源模, 『영마루의구름』, 218~220쪽.

이름으로 조선독립을 요망하는 호소문을 제출하여 만장일치로 승인을 받았다. 1918년 11월 무오(戊午) 독립선언서에 39명 서명자의 한 사람으로 서명하기도 했다. 여운형(呂運亨)·이광수와 함께 신한청년당(新韓靑年黨)을 조직, 김규식을 파리 강화회의에 파견하기도 했다.126) "그때 예관은 우리가 있던 집보다 좀 큰 집을 얻어가지고 7~8인 학생을 유숙시켰고 또 영어강습소도 경영하였다. 신채호와 김규식 씨도 예관 댁에 우거하였다. 이를테면 이때 1913년경 예관 댁은 상해뿐 아니라 강남(江南) 일대 조선인 망명객의 본거(本據)였다. 동제사라는 결사에 예관이 지도자였던 것이다."127)

이광수는 상해 성약한대학(聖約翰大學)에 입학할 양으로 김규식의 소개장까지 받아놓은 상태다.128) 그러나 춘원의 대학진학의 꿈은 깨어지고 말았다. 1914년 신규식 집 2층 넓은 방에서 신년 축하회가 개최되었다. 참석자는 약 30명의 교포가 모여 있었다. 이 자리에는 영국 해군 장교가 된 신성모(申性模)도 있었다. 그는 광복 후 대한민국 초대 국방장관이 된 이다. "한편 벽에는 태극기가 교차되어 있었다. 나는 참 자유로운 세상이라고 생각하였다. 합병 후 오산학교에서는 무슨 예식 때에 태극기는 걸 수 없고 일장기는 걸기가 싫어서 교기를 걸었더니 헌병대에 불려서 톡톡히 책망을 받았다. 애국가를 부르고 여자들의 독창도 있고 나서 연회도 있었다. 모두가 예관이 차린 것이었다."129) 신규식은 이 자리에서 이광수에게 미주 상항에서 발행하는 신한민보 주필로 가라고 강권해서 성약한대학 입학을 포기하고 미국행을 단행하기로 작정했다. "신년 초두에 예관은 나더러 미국 상항에서 발행하는 '신한민보'에서 주필을 구하니 그리로 가라 하고 돈 5백원과 해삼위에 있는 월송(月松) 이종호(李鍾浩, 李容翊의 손자)와 길림성 목릉(吉林省 穆陵)에 있는 추정(秋汀) 이갑(李甲)에게 소개장을 써

---

126) 李康勳, 『獨立運動大事典』 1, 460~461쪽.
127) 春園, 「人生의 香氣: 上海 이일 저일」, 『三千里』, 1930. 7, 22~24쪽.
128) 『文章讀本』, 88쪽.
129) 『나의 告白』, 74~75쪽.

주었다. 이리하여서 나의 아시아 여행의 꿈은 깨어지고 유럽 경유로 미국 가는 길을 떠나게 되었다."130) 미국 갈 여비걱정은 하지 말고 떠나라면서 이갑에게 가면 여비를 받을 것이라고 했다. "내가 상해에서 바로 미국으로 가지 아니하고 시베리아를 통과하게 한 이유를 나는 기억 못한다. 다만 신예관에게서 들은 말은 길림성 목릉역에서 요양 중인 추정 이갑 선생을 찾고 거기서 여비를 받으라는 말뿐이었다."131)

이갑(李甲, 1877~1917)은 평안도 평원(平原) 출신으로 일본 육군사관학교를 졸업하고, 러일전쟁에 관전무관으로 만주까지 종군하였고, 한국에 돌아와 대한제국 육군참령(參領)으로 육군대신부관(陸軍大臣副官)을 역임했다. 1905년 을사늑약 후 사직하고 항일운동에 가담했다. 1906년 정운복(鄭雲復) 등 동지들을 규합하여 서북학회(西北學會)를 조직했고, 오성학교(五星學校)를 창립, 조선 교육운동의 효시를 이루었다.132) 1907년 안창호·양기탁·전덕기 등과 비밀결사 신민회를 조직, 민족독립운동을 벌이다가 안중근의 이토 사살 의거에 연루되어 안창호와 함께 일본 헌병대에 체포되어 수감 중 석방되어 1910년 4월 안창호와 함께 망명, 러시아 서울 상트페테르브르크에서 뇌일혈로 반신불수가 되어 길림성 목릉에서 요양 중이다. 신규식이 이갑에게 가면 여비를 얻을 것이란 말은 곧 도산이 미국으로 돌아간 직후에 이갑에게 신한민보 주필 초빙조로 돈 1000달러를 보냈다는 사실을 가리키고 있었다. "도산이 보낸 금 1천 불을 받은 추정이 호읍(號泣)하였다는 것은 추정 자신의 술회어니와 호읍할 만도 한 일이었다."133)

그러면 왜 이때 미주 대한인국민회 중앙총회에서 김규식에게 신한민보 주필을 추천해달라고 요청했을까. 이에 대한 연유를 천착해보면 그 속 사정을 이해할 수 있다. 대한인국민회 북미 지방총회장 최정익(崔正益)은

---

130) 『나의 告白』, 77쪽.
131) 『文章讀本』, 89쪽.
132) 李光洙, 「人生의 香氣: 앓는 秋汀」, 『三千里』, 1930. 9, 26쪽.
133) 島山紀念事業會刊行, 『島山安昌浩』, 100쪽.

안창호 중앙총회장의 측근인사이다. 최정익은 대한인국민회 회관 건물을 담보로 이선기가 경영하는 감자농장에 잘못 투자해서 큰 손실을 입었다. 담보금을 갚지 못함에 대한인국민회 회관을 상실했다. 이로 인해 안창호 중앙총회장은 최정익을 물러나게 하고 이대위(李大爲)를 대한인국민회 북미 지방총회장 및 신한민보 주필에 임명했다. 도산은 즉각 회관을 되찾기 위해 기금조성 모금운동을 벌이게 되었다.[134] 최정익의 투자손실로 말미암아 신한민보는 경비 곤란으로 인해 두 차례나 신문을 발행하지 못했다. 제1차 정간 3개월(1912. 3. 18~6. 17), 제2차 정간 7개월(1912. 12. 9~1913. 6. 23) 신문발간을 중단하지 않을 수 없었다. 신한민보는 작년(1912)에 사업실패로 인해 재정압박을 받아 부득이 신한민보를 정간하게 된 경위를 밝히고 있다. "불행히 작년 우리 미주 한인 실업계와 노동계에 실태(失態·사업실패)를 당하여 본보의 혈맥이 되는 재정이 진(盡)함에 필경 정간설을 발하여 사면에 구원을 청하되 종시 예의(豫議)치 못하고 붓을 머물었으니 이는 우리의 눈을 감기우고 귀를 막는 날이오 전선줄과 전화 줄을 끊어버리고 체전부(遞傳夫)의 발자취를 머무는 날이라. 진실로 난처한 것이 신한민보에 드는 경비는 1년에 3천여 원이오 총회의 수입되는 돈은 절반에 지나지 못하며 상항 동포들의 연조액(捐助額) 1500원이다."[135]

1912년 6월 17일부터 최정익은 해임되고 정원도(鄭源道)가 주필직을 맡아 집필하게 되었다. 그해 12월 15일에 정원도를 해임하고 이대위(李大爲)를 대한인국민회 북미 지방총회장 겸 신한민보 주필에 임명한 것이다.[136] 대한인국민회 중앙총회는 중대한 결단을 내릴 수밖에 없었으니, 그것이 곧 신한민보의 부진을 타개하고 언론의 일대혁신으로 신한민보의 면모를 일신하기 위해 문명(文名)이 높고 필력(筆力) 있는 새로운 주필이 절대 필요했기에 상해 신규식에게 주필 초빙을 의뢰하자 이광수를 신한민보 주필

---

134) Hyung-chan Kim, *Tosan Ahn Ch'ang-Ho*, pp. 81~84 ; 閔丙用, 『美洲移民100년, 初期人脈을 캔다』, 한국일보사출판국, 1986. 5. 3, 110~113쪽.
135) 『新韓民報』 제277호, 1913. 6. 23. 本報 繼刊.
136) 盧載淵, 『在美韓人史略』, 62~65쪽.

에 임명 파견한 것이다.

이광수는 신규식이 준 중국 돈 500원(미화 200불 상당)으로 생전 처음으로 양복 한 벌 사입고 아화도승은행(俄華道勝銀行)에서 러시아 돈으로 환전하고 정월 초승 황포탄 부두에서 가인(可人·洪命憙) 호암(湖岩·文一平)의 전송을 받으며 러시아 의용함대 배 포르타와호에 올랐다. 중간 기착항인 일본 나가사키(長崎)에서 일본 관헌에게 잡힐 것이 두려워서 10여 시간이나 선실 안에서 가만히 숨어 있다가 배가 출항하면서 갑판에 나와 바람을 쏘였다.137)

시베리아에는 한인 민족주의 운동단체가 두 개 설치되어 있었으니 바로 권업회(勸業會)와 대한인국민회 시베리아 지방총회이다. 권업회는 1911년 12월 17일 해삼위 신한촌 한민학교(韓民學校)에서 창립했는데, 종지(宗旨)는 "재외 우리 동포에게 대하여 실업을 권장하며 노동을 소개하며 교육을 보급하기로 하였다. 그 회명을 '권업'이라 함은 왜구(倭仇)의 교섭상 방해를 피하기 위함이요, 실제 내용은 광복사업의 대기관으로 된 것이다." 라고 밝히고 있다. 창립 당시의 의장에 이상설(李相卨), 부의장에 이종호(李鍾浩), 총무 한형권(韓馨權) 등이다. 이상설·이종호·김익용(金翼鎔)·金니콜라이·이바노비치·이민복(李敏馥)·김성무(金聖武)·윤일병(尹日炳)·김만송(金萬松)·홍병환(洪炳煥) 등이 의사원(議事員)으로 참여했다. 권업회의 기관지로는 권업신문(勸業新聞)이 발행되고 있었다.138)

이광수가 쇄빙선이 얼음을 깨기를 기다리면서 안개 긴 블라디보스토크(海蔘威)항에 입항한 것은 1914년 1월 초승이었다. 말 두 필이 끄는 썰매를 타고 신한촌(新韓村)에 도착, 월송(月松) 이종호(李鍾浩, 李容翊의 손자)를 만났다. "이종호 선생은 벌써 25~6년 전에 조선에서는 근대적 학교라고 처음 부르던 보성전문(普成專門)과 보성중학과 보성소학의 종합학부를 창설하였던 분이요 보성관(普成館)이란 사회교화기관을 설립하여 현채(玄采) 등 당시의 신진학자를 영입하여 '야뢰(夜雷)'와 '법정학계(法政學界)'

---

137) 『나의 告白』, 77~78쪽.
138) 尹炳奭, 『國外韓人社會와 民族運動』, 一潮閣, 1990, 187~188쪽.

물린(穆陵)을 떠나서 치타로 갔다. 치타는 러시아 땅으로서 바이칼주의 수부다. 눈 덮인 몽고사막과 흥안령(興安嶺)을 넘어서 시베리아로 달리는 감상은 비길 데가 없이 광막하여서 청년 나의 꿈을 자아냄이 많았다. 나의 소설 『유정』은 이 길을 왕복하던 인상을 적은 것이다." 이강의 집 대문에는 "정교를 믿는 한인의 잡지 '정교'의 발행소"라고 씌어 있는 간판이 걸려 있었다.[147]

　외국인인 한인은 러시아 국내에서 정치운동을 하거나 신문 잡지를 발행할 수가 없었다. 그러므로 한인은 러시아의 국교인 희랍정교를 믿는 사람이란 자격으로 단체도 만들고 잡지도 발행하는 것이었다. 그래서 잡지 이름도 '대한인정교보'라고 한 것이니 표면으로, 법률적으로 보면 이것은 민족운동의 잡지가 아니라 종교운동의 잡지인 것이다. "그때는 아직 제정시대이므로 정교의 세력은 곧 국가의 세력이었다. 러시아 황제인 차르는 정치적으로 러시아제국의 원수인 동시에 종교적으로 희랍정교의 교주였다. 그래서 각 도에 정치적 장관인 감사가 있는 동시에 종교적 장관인 알히레이(대승정) 즉 우리 동포의 말로 '승감사'가 있어서 그 지위는 정치적 감사보다도 높았다. 정교회의 세례를 받아 신자가 되면 '메트리까'라는 증명서를 주는데 우리 동포들은 일본의 국적을 원치 아니하므로 이 메트리까로 여행권을 대용하였으니 곧 이곳 동포들의 총명한 번역으로 '몸글'이라는 것이었다. 나도 무론 해삼위에서 다른 사람의 몸글을 하나 얻었길래로 만주리아 국경을 넘을 수가 있는 것이니 아마 내가 얻은 몸글은 어느 죽은 사람의 것이거나 본국으로 간 사람의 것이었을 것이다. 그 몸글에는 '한국 신민'이라고 적혀 있었다."[148]

　당시 시베리아 각지에 산재한 한인들은 지방마다 국민회를 조직하고 있었다. 1914년 5월에 대한인국민회 시베리아 지방총회장 이강은 각 지방 대의원을 소집, 지방총회를 개최했는데 대회는 3일간 계속했다. 이 대회에서 이광수를 대한인정교보 주필로 선출하고 독립한 사무실 겸 숙식소에다 월

---

147) 『나의 告白』, 87~88쪽.
148) 『나의 告白』, 88~89쪽.

급은 30루블을 주기로 결의했다. 당시 대한인정교보 진용을 보면 사장에 김인수, 부사장에 배상은(裵尙殷), 총무에 고성삼(高成三), 서기에 김만식(金晩植), 재무에 문중도, 편집인 김 엘리싸벳다, 주필 이강(李剛), 발행인 문윤함(文允咸)이다. 5월에 총회대회에서 이광수가 주필로 선임되면서 대한인정교보의 진용도 개편되었다. 사장에 김하일(金河一), 총무에 박명호(朴明浩), 재무 겸 발행인 문윤함, 편집인 김 엘리싸벳다, 주필 이광수(李光洙)이다. 대한인정교보는 대한인국민회 시베리아 지방총회의 기관지로 한글전용 32면의 월간잡지로 발행하고 있었다. 이리하여 이광수 주재로 잡지를 제작하게 되었다.149)

이광수는 「재외동포의 현상을 논하여 동포교육의 긴급함을」이란 논문을 발표했다. 독립 전쟁을 일으키기 위한 준비론을 제창하면서 시베리아 한인교육의 긴급성을 강조하고 있다. "우리나라 글과 말은 세계에 가장 아름답고 묘하도다. 나라 없는 민족은 이 세상에서 가장 천한 상(쌍)놈이오 종이로다. 적자(適者)라야 생존하느니 나라를 찾지 못하면 저 아메리카의 홍색인종(인디안)과 같이 없어지고 말리라."150)라고 민족보존을 위해서라도 교육을 통해 독립군을 양성, 독립전쟁을 일으켜 나라를 되찾자고 역설하고 있다. 교육 없이는 국권 회복은 불가능하다고 진단하면서 대한인국민회 시베리아 지방총회(치타)와 권업회(해삼위)가 한인 교육에 적극 나서야한다고 강조하고 있다. 한인은 각기 교육을 받아 외국인이 천하게 볼 수 있는 직업에 종사하지 말고 한 가지 기술을 지닌 직업을 가진다면 결코 외국인은 한인을 업신여기지 않는다는 것이다. 교육은 곧 나라를 광복하는 첩경이라고 강조했다.151)

그러면 이광수가 그처럼 기대했던 미주행 여비는 어떻게 증발되었길래

---

149) 『그의 自敍傳』, 156쪽 ; 『나의 告白』, 92쪽 ; 박환, 『러시아 한인민족운동사』, 탐구당, 1995, 242쪽 ; 최기영, 『식민지 시기 민족지성과 문화운동』(한울, 2003), 157~162쪽.
150) 「우리 주장: 재외 동포의 현상을 논하여 동포교육의 긴급함을(배)」, 『대한인정교보』 제11호, 치타, 1914. 6. 1.
151) 金源模, 『영마루의 구름』, 194~195쪽.

해삼위에서 이종호, 물린(穆陵)에서 이갑, 마지막으로 치타에서의 이강 등으로부터 돈 한 푼 받지 못했을까. 이광수 자신은 이렇게 고백하고 있다. "나는 치타에 있으면서 미국에 있는 신한민보사에서 여비가 오기를 기다렸다. 나는 상해를 떠날 때에는 해삼위만 오면 여비가 되는 줄 알았고, 해삼위를 떠날 때에는 물린에 오면, 물린을 떠날 때에는 치타에 오면 여비가 있는 것으로 생각하였었다. 그러나 나는 결국 내 여비—내 여비라기보다는 신한민보 주필 여비로 상항(桑港)에서 온 천 불(1000달러)이 상해(上海)에서 스러지고 나머지 이백 불(200달러, 중국돈 500원) 가량을 얻어 가지고 떠난 것임을 알았다. 나는 심히 불쾌하여서 미국 가는 것을 중지하기로 하였다."152) 확실히 미주 상항 대한인국민회 중앙총회에서 신한민보 주필 여행비 1000달러를 신규식에게 보내면서 신한민보 주필을 천거해달라고 교섭했던 것이다. 그 당시 상해 망명 지사들의 생활상은 너나없이 극도로 빈곤하고 외롭고 만사가 뜻대로 되지 않아 마음이 답답하다는 고독감가(孤獨憾軻)의 궁핍생활을 영위하고 있었다. 그러기에 신규식은 미주에서 온 1000달러의 돈을 생활비로 다 써버리고 나머지 돈은 중국 돈 500元(200달러 상당)만 춘원에게 주면서 이종호와 이갑에 가면 여비를 받을 것이라고 했다.153)

신한민보 주필 여행비가 이렇게 증발된 사실을 안 신한민보사에서는 지금 옥종경(玉宗敬)이 '대한인 동맹(국민유신단)'을 조직해서 대한인국민회를 반대하는 운동을 벌이고 있다면서 그 동맹회의 간부명단에 이광수 이름이 있으므로 이광수 자신이 동맹회와 무관하다는 성명서를 신한민보에 발표하면 여비를 보내겠다는 편지를 이광수에게 보낸 것이다. "그러나 추정(이갑)이 한 편지인지 또는 오산(이강)이 한 편지를 보았음인지 모르나 신한민보사에서 치타로 편지가 왔다. 그 내용은 옥종경(玉宗敬)이가 미국에서 '대한인 동맹(국민유신단)'이라는 단체를 조직하여 가지고 국민회 반대운동을 하고 있는데 그 간부 중에 이광수의 이름이 있으니 필시 옥종

---

152) 『나의 告白』, 90쪽.
153) 『文章讀本』, 89쪽 ; 『나의 告白』, 77쪽.

경이가 제 마음대로 그대의 이름을 넣은 것인 줄은 아나 국민회원 간에 오해를 풀기 위하여 네가 '대한인 동맹'과 관계가 없다는 성명을 보내라, 그 성명을 받는 대로 곧 여비를 보낸다는 것이었다. 옥종경은 동경서 나의 중학교 시대의 친구로 호형호제(呼兄呼弟)하는 사이였다. 나는 무론 옥종경과 아무 연락이 없었지마는 그렇다고 해도 나를 동지로 믿고 제가 조직한 단체에 이름을 넣은 것을, 아니라고 부인해서 그에게 망신을 주고 싶지 아니하므로 신한민보에 가는 것을 아주 단념하고 말았다."[154]

이광수는 미주 신한민보로부터 반체제 인사 옥종경과는 무관하다는 성명서를 보낸다면 주필 여비를 보내겠다는 편지를 받고 몹시 불쾌해하면서 미주행을 단념하기로 작정했다. "내가 미국에 가는 일도 틀어지고 말았다. 그것은 내 중학교 적 동무 한 사람이 미국에 가서 KM(대한인국민회)에 반대하는 KL(국민유신단)이라는 반체제 단체를 조직하고 거기다가 내 이름을 집어 넣었기 때문에 KM에서는 내가 그 회원이 아니라는 성명서를 그 기관지요 내가 일보러 가려는 신문(신한민보)에 발표하라고 청구를 한 것을 나는 내 친구를 거짓말장이를 만들기가 어려워서 거절해버리기 때문에였다.[155]

미주 시카고에서 대한인국민회를 반대하는 한인단체를 조직한 원조는 김병준이다. 그는 일정한 직업 없이 선량한 학생들의 재물을 갈취하는 사기꾼이다. 이에 시카고 한인 공동회는 그를 "사람의 얼굴을 가지고 짐승의 마음을 품고 동포를 잔해(殘害)하는 자"라고 규탄하는 성명서를 발표한 것이다.

> 대저 한 사람의 시비·장단을 한 사람이 하면 까마귀의 자웅(雌雄)을 알기 어려우려니와 여러 사람이 공동(共同)이 불공(不公)한 죄를 들어 북을 울리는 데 대하여는 사람의 마음만 상쾌할 뿐 아니요, 신명(神明)도 또한 감격하리로다. 대저 사람의 얼굴을 쓰고 짐승의 마음을 품어 몸에는 대한민족의 피를 가지고 창자 가운데는 칼이 있어 동포를 만나면 교언영색(巧言令色)으로 그

---

154) 『나의 告白』, 90~91쪽.
155) 長白山人, 「그의 自叙伝」(62), 「朝鮮日報」, 1937. 2. 21.

의 재물을 다 빨아먹고 거덜이 나게 한 후에는 맹렬한 수단으로 그 사람을 핍박하여 슬픈 눈물을 흘리고 돌아서게 하니 이 사람은 방금 26세 되는 김병준이라. 저가 시카고에 유하며 돈푼이나 있는 학생을 보면 감언이설로 꾀어 공부는 그날 저녁에 다 마치게 하고 그로 하여금 우스운 자가 되게 만들더니 얼마 전에 공부를 마치고 음식집을 낸 학생이 있는데 이 사람을 만단으로 꾀어 합자동사(合資同社·사업자금을 한데 모아 회사를 함께 경영)한다 하다가 나중에 거판(擧板·가산이 탕진)이 됨에 자기의 돈 백 원을 미봉(未捧·未收)이라 칭하고 서양 무뢰배를 끼고 그 동포를 된 식전에 잠도 깨기 전에 와서 위협함에 이곳 있는 동포가 우선 그 돈 백 원을 대급(貸給·빌려 줌)하기로 허락하고 일제히 공동회(共同會)를 모여 김가(김병준)의 행위를 의논할새 사면에서 김가 행위 부정(不正)한 일이 십백 차 되는 것을 말하는지라 두 번이나 개회하고 김가를 청하되 오지 아니함에 부득이하여 이 같은 죄상을 세상에 공포(公布)하여 김가를 징계하며 또한 다른 동포들이 다시 속지 않기를 바라고 한 장 글을 귀보에 보내오니 이를 광포(廣布)하여 김가의 죄를 들어 세상에 알게 하시기를 바라나이다.

1913년 12월 3일

시카고 한인 공동회

정태은 최병두 이희경 박봉래

박정린 김찬하 김 열 이명로

명 동 탁봉수 오한수 김찬호

홍태호 박재규 오창은 오정은

장근상 이병두 김관칠[156]

미주에는 한인단체가 3개 있었으니 하와이 한인합성협회, 미주 공립협회 그리고 대동보국회 등 3개 단체가 정립하고 있었다. 1908년 3월 23일 상항 오클랜드 부두에서 장인환(張仁煥)의 한국 외부고문 친일 미국인 스티븐스 사살 의거를 계기로 이들 3개 단체를 하나로 통합해야 한다는 목소리가 높아졌다. 한국 민족성의 최대 약점은 단결심이 없고 분열과 갈등만 일삼고 있다는 것이다. 오죽하면 한인 집단을 '푸석한 모래집단(mass of loose sand)'[157]이라 했겠는가. 단결력이 없어서 나라를 일본에 빼앗겼다는

---

156) 『新韓民報』 제304호, 1913. 12. 26. 責人面獸心殘害同胞者 사람의 얼굴을 가지고 짐승의 마음을 품어 동포를 잔해하는 자를 징계함.

157) Bong-youn Choy, *Koreans in America*, p. 6.

것이다. 그러므로 단결력을 강화한다면 잃어버린 주권을 되찾을 수 있다는 것이다. 이리하여 하와이 한인합성협회와 공립협회를 합동, 국민회(1909. 2. 1)를 결성했고, 국민회와 대동보국회를 통합, 대한인국민회(1910. 2. 10)를 조직했던 것이다. 안창호가 국내로부터 미국으로 돌아와서는 대한인국민회 중앙총회(1912. 11. 18)를 조직하고 자치정부의 정체(政體)임을 공인받은 것이다. 이와 같이 화합과 통합의 기운이 팽배한 가운데 1914년 3월 김병준(金慶)과 옥종경(玉宗敬, 玉振) 두 사람은 국민유신단(國民維新團)이란 반체제 정치단체를 조직하고 대한인국민회 반대운동을 전개하면서 분열과 갈등을 조장하고 있었다. 이에 대한인국민회는 김병준 옥종경은 대한인국민회를 방해하는 주범이기에 북을 울려 국민유신단을 타파할 것을 강조하면서 옥종경·김병준의 반국민회운동을 성토하고 있다.

동포의 단합을 주의하여 실수하는 자를 용서하며 신문의 폭원(幅圓)을 아끼기 위하여 오랫동안 참고 말하지 아니하였더니 지금 당하여는 우리 국민회 전체에 상관되는 문자를 기록하여 훼방·비평하는 글을 만들어 해외 한인의 치안을 방해하니 이는 본 문제와 같이 김병준(金慶) 옥종경(玉宗敬, 玉振) 양인의 해망패려(駭妄悖戾·행동이 요망하고 모질다)한 거동이라. 간절히 생각건대 저 옥종경은 족히 의론할 가치가 없는 한 어린 아해(兒孩)요 또한 그 신분이 아직 학생이란 이름을 가진 자이라. 일이 만일 적을진대 은근히 경계하여 그 버릇을 고치게 하겠거늘 감히 망매(范昧)한 습견(習見)을 가지고 태평양 연안의 대한민족의 풍우를 가리는 장막과 같은 단체를 방해하려는 행동이 있으니 오늘날 해외 한인의 단체가 통일을 완전히 이룬 때에 결단코 이러한 불량한 분자는 징습(懲習·못된 버릇을 징계함)지 아니치 못할지라. 그런고로 그 사실을 간략히 기록하노니.

국민유신단(國民維新團)이라 하는 취지서를 기록하여 세상에 전파한 자는 김경이니 시카고 한인공동회에서 인면수심(人面獸心)으로 성언한 김병준이요 또 한 사람은 옥종경(옥진)이니 지금 이러한 흔단을 일으켜 공회를 방해하는 자이라. 옥진이 우리 동포로 하여금 심히 괴롭게 하는 사실은 본보 다음 호에 자세히 기록하려니와 그 일을 알고 보면 가소(可笑)같이 하여 가히 탄식할 일이라 하노라.

당초에 옥종경은 본 기자의 지극히 친한 친구의 아들이오 본 기자도 일찍이 무양(撫養) 교훈한 사람이라 그간 상항에 지나다가 작년에 시카고로 공부하러 가며 편지하기를 아무쪼록 공부를 성취하고야 나온다 하더니 입학한 지 3~4일에 학교 문을 등지고 나와서 본사에 기서(寄書)를 지어 보내었는데 그 문제는 "내가 왜 한인을 미워하는고" 하였으며 그 글의 대의는 남에게 음해 되는 일뿐이오 유익할 것은 없기로 기재하여 주지 아니하였으며 그 후에 또 글을 지어 보내었는데 그 문제는 "시카고 한인의 소식이라" 하고 그 내용은 시카고 있는 한인을 여지없이 욕설하고 김병준(김경)의 일을 변명한 것밖에 없는지라 이를 본보에 기재할 필요가 없어 게재 아니하였더니 그 후에 별별 이상하고 어리석은 말을 연속 보내어 편집사무를 방해하다가 지금에 와서는 본 기자가 심히 공경하는 공회까지 비평을 더하니 이는 도저히 참을 수 없는 일이로다.

자유 결사 집회의 권리가 완전한 우리 동포가 만일 통일의 행복이 큰 것을 모르고 딴 단체를 조직하는 것은 공격하지 않거니와 저들의 소위 국민유 신단은 체면과 이해를 모르고 저의 단체의 성립을 위하여 남의 단체를 훼방 함이 법률상에 상당한 징벌이 있을지요 또는 옥진(옥종경) 김경(김병준)은 원래 국민회 회원으로 이같이 행동함이 본회 헌장(憲章)의 죄인이라. 우리는 재 류국의 법률이나 본회 헌장에 비추어 엄중히 징벌하려니와 이 같은 내용을 모르고 국민유신단의 취지서를 받아보는 모든 동포는 자상한 사실을 알기 원 할지라. 대저 옥진(옥종경)이 이렇게 광망(狂妄)히 행동하는 것은 비평적 논문을 게재하여주지 아니함에 감정을 품음이라.

더욱 옥진·김경이 전체 한인의 공회를 훼방하며 자칭 국민유신단 총무라 서기라 하는 것이 이상에 기록한 '시카고 소식'이라 하는 익명서를 수삼삭 본보에 기재하지 않음으로 발생한 증거가 분명한 것은 본보 제304호에 시카 고 공동회에서 각인 열명(列名)하여 김병준(김경)을 사람의 얼굴에 짐승의 마음을 가졌다고 기서(寄書)한 일에 대하여 김경은 본사로 편지하고 성명서를 보내며 한번 기재하여 달라 하기로 그 청년동포를 아끼는 마음으로 본보에 제308호에 그의 변명서를 게재하고 그 이름 고치는 광고까지 내어 주었더니 그 후에 이상에 기재한 한인이라 하고 남의 시비를 많이 한 글이 옥진의 편 지 속에 왔는지라 이를 기재하지 않고 그대로 두었더니 그 후부터 국민회를 전복시키겠다는 말까지 오더니 필경 문자로 취지서라 하는 것을 지어 돌리는데 총무에 김경이라 하였으니 저들 총무로 선거한 이는 누구며 저 김경은 불과 21인 동포 있는 시카고에서 19인이 열명하여 '인면수심잔해동포자'라는 제목을 받은 김병준으로 금일에 당돌히 우리 국민회의 신성한 단체를 훼방하 니 저는 필경 법률상 면대할 날이 없지 않으려니와 본회 당국자들은 항상 청 년을 사랑하는 마음으로 회개하는 문으로 들어오기를 바라노니 본보 다음 호 에 더 징계함을 기다리지 말고 김경·옥진 양인은 급히 뉘우쳐 깨닫기를 바 라노라.158)

본보 전호에 말한 바 김경이라 하는 김병준과 옥진이라 하는 옥종경이 국민유신단(國民維新團)이라 하고 자칭 총무라 서기라 하며 세상에 광포하기를 둘이 국민회 당국자 일신의 이익을 도모하며 회원을 경시한다 하였으니 지금 우리 회 당국자의 일신 이익을 도모하는 것 무엇인지 김경·옥진 양인은 마땅히 설명하여야 될 것이오. 회원을 경시한다 하였으니 이것은 자기들의 기서한 것을 기재하지 않은 것을 지목한 것이나 그 글을 전보(前報)에 '시카고 소식'이라 하고 기재하였으니 그것이 과연 신문에 기재할 만한지 못한지 독자들이 스스로 판단할 것이오.

"옥진이라 하는 옥종경은 자기를 양육한 그의 아비도 모르고 시비하며 자기를 다만 몇 해라도 교육한 사람도 모르고 시비하며 초면 친구도 상관없이 무례한 편지를 하며 평생에 말을 하든지 글을 짓든지 제 동포는 욕하고 시비만 할 줄 알다 못하여 일인(日人)을 반대한다고 한인을 욕설하며 사회를 시비하며 신문을 비평하는 자이니 일인이 아니면 옥종경을 단합할 수 없으며" 저자들이 또 말하기를 사회에 당국자들이 아무것도 알지 못하는 무식한 사람이라 하니 또한 가소한 것은 "저 김경이라 하는 김병준은 10여 년 전에 나이 불과 14세에 하와이에 이민으로 왔다가 미주에 와서 소학교 5반에서 공부를 감당하지 못하여 그만두고 시애틀 가서 한인을 도와주고자 하는 서양 여인을 속이고 돈 10원을 대취(貸取)하여 가지고 도망하여 오늘까지 동포를 속이다가 공동회에 공박을 당하는 김경이니 자기가 유식하다 하여 소학교 5반생에 지나지 못한 자요. 옥진이라 하는 옥종경은 겨우 일본 동경 청산학원(靑山學院)에서 중학을 필한 자이니 자기 생각은 자기가 학문이 세상에 무상(無上)한 줄 아나 정신없는 광인에 지나지 못하는 말이니 좁은 신문 폭에 광생(狂生)들의 말을 당황히 말하고자 않거니와 저 무리들은 계급 없는 자유를 빙자하여 우리 동포사회의 전정(前程)을 방해하는 자이니 속히 회개하기를 바라노라.[159]

이와 같이 김병준·옥종경의 반체제 정치집단인 국민유신단은 대한인국민회 반대운동을 벌이면서 옥종경은 국민유신단의 회원명부에 이광수이름을 올리고 말았다. 신한민보사의 주필로 초빙된 이광수는 동경유학시절 옥종경과의 친밀한 친구였다. 이에 신한민보사는 치타에 머물고 있으면서 미주행 여비만 오기를 기다리고 있는 이광수에게 옥종경의 국민유

---

158) 『新韓民報』 제316호, 1914. 3. 26. 金慶·玉振을 鳴鼓而攻之可也. 김병준 옥종경은 우리 공회를 방해하는 자이니 북을 울려 공격함이 가하도다.
159) 『新韓民報』 제317호, 1914. 4. 2. 완전한 자유의 계급.

신단과는 무관하다는 성명서를 보내준다면 여비를 보내겠다는 편지를 보낸 것이다. "나는 잠시 치타에 있자는 것이 의외엣일로 미국행을 중지하게 되었다. 한번은 미국에 있는 국민회에서 내게 편지가 왔는데, 요새에 옥종경(玉宗敬)이란 사람이 국민회를 반대하는 국민연맹(國民聯盟·국민유신단)이라는 단체를 조직하였는데, 그 회원명부에 네 이름이 있으니, 네 속은 그럴 리가 없는 줄을 믿는다마는, 신한민보상에 그 성명서를 발표해달라는 말이었다. 옥종경은 내 중학시대의 친구로서, 나와 형제의 의(誼)를 맺은 사람이었다. 무론 나는 그의 단체에 입회한 일이 없을뿐더러, 그런 단체의 존재조차도 이 편지로 처음 아는 일이지마는, 그는 나를 형제로 믿고 제 회(會)에 이름을 넣은 것을 나는 그렇지 않다고 성명서를 발표하기는 차마 못할 일이었다. 그래서 나는 신한민보에 가는 것을 중지하고 말았다."160)

대한인국민회 북미 지방총회장 최정익(崔正益)이 대한인국민회 회관을 담보로 김선기가 경영하고 있는 감자농장에 투자했다가 큰 경제적 손실을 입어서 담보금을 갚지 못한 디폴트(채무 불이행)로 인해 그 소유권을 상실한 이른바 '회관가옥사건'이 발생했다. 중앙총회장 안창호는 회관을 되찾기 위해 모금활동을 벌이기도 했다. 그 결과 최정익은 책임을 지고 물러나고 신한민보 주필은 정원도(鄭源道)로 교체되었다.161) 이와 같은 재정난으로 신한민보는 3개월간(1912. 3. 18~6. 17) 발행하지 못하다가 1912년 6월 17일에야 속간했다.162) 회관가옥사건(會館家屋事件)으로 인한 대한인국민회의 재정악화는 심각해지더니 이로 인해 두 번째로 신한민보는 장장 7개월간(1912. 12. 9~1913. 6. 23) 정간하지 않을 수 없었다. 신한민보는 1913년 6월 23일에야 겨우 속간되었다. 1912년 12월 15일 대한인국민회는 총회를 열고 신한민보 주필 정원도는 물러나고 이대위(李大爲)가 북미 지

---

160) 『文章讀本』, 91쪽.
161) Hyung-chan Kim. *Tosan Ahn Ch'ang-Ho*, pp. 81~84 ; 閔丙用, 『美洲移民100년사』, 110~113쪽.
162) 盧載淵, 『在美韓人史略』, 62쪽, 民報停刊.

방총회장 겸 신한민보 주필직을 맡게 되었다.[163]

설상가상으로 1914년 6월 28일 제1차 세계대전이 발발했다. 설사 미주 대한인국민회로부터 미국행 여비가 온다고 한들 유럽 갈 길이 막혀 구미행은 불가능해졌다. 이리하여 신한민보 주필 이광수 영입계획이 무산됨에 1914년 7월 23일 이대위는 주필직을 사임하고 네브라스카 주립대학에서 수학 중인 백일규(白一圭)를 신한민보 주필에 임명했다.[164] 이리하여 이광수는 그해 8월 말에 치타를 떠나 오산으로 돌아왔다. "내가 도미를 중지하게 되니, '정교보'를 편집하는 책임이 내게로 돌아왔다. 대표회에서 나를 주필로 뽑은 까닭이다. 나는 그해 8월까지 '정교보'를 맡아서 발행하였다. 그리고 8월에 구주대전이 터져서 치타에는 대동원령이 내려, 동넷집에서 혹은 남편을 잃고 혹은 아들을 전선에 보내고 통곡하는 소리가 밤새도록 들렸다. 단골 가게에 갔더니, 늙은이가 나와서, 아들이 전장에 가고 나는 늙어서 모르니, 마음대로 물건을 고르고 거기 붙은 정가대로 값을 내라고 하였다. 나는 두보(杜甫)의 시를 연상하고 전쟁의 비참을 실감하였다. 나는 구미행을 단념하고, 다시 동경으로 가서 학업을 계속할 결심을 하고, 1914년 6월 말에 치타를 떠나서 오산에 들렀다."[165]

6. 결론

1914년 1월 1일 상해 법계(法界, 프랑스 조계) 신규식 집 2층에서 신년 축하연이 거행됐다. 단상에는 태극기를 X자로 교차 게양하고 애국가를 합창하는 가운데서 망명지사 신규식(申圭植)은 이광수를 미주 신한민보 주필로 임명·파견한다고 발표했다. 신규식의 이광수 미주 신한민보 주필 임명은 한국 민족운동사에 있어서 항일 민족운동의 시단(始端)이 되었다는

---

163) 盧載淵, 『在美韓人史略』, 64~65쪽, 民報續刊.
164) 『新韓民報』, 1914. 7. 23 ; 盧載淵, 『在美韓人史略』, 67쪽, 主筆辭任.
165) 『文章讀本』, 91~92쪽.

점에서 그 역사적 의의는 실로 크다고 하지 않을 수 없다.

신규식은 이종호와 이갑에 보내는 편지와 중국 돈 500원(200달러 상당)을 이광수에게 주면서 미주행 여비는 해삼위에 있는 이종호(李鐘浩)나 만주 길림성 물린(穆陵)에서 요양 중인 이갑(李甲)에게 가면 받을 것이라고 했다. 이리하여 이광수는 해삼위와 만주를 거쳐 이종호와 이갑에게 미국행 여비를 받아가지고 유럽을 경유, 미국 상항으로 가기 위하여 상해 황포탄 부두에서 러시아 의용함대 포르타와호를 타고 블라디보스토크(海蔘威)로 향발했다.

백오인사건(데라우치 총독 암살 사건, 1910)으로 신민회(안창호)의 간부 윤치호·이승훈 등 600명이 총검거되었다. 데라우치(寺內正毅) 총독은 강력한 헌병·경찰력을 동원, 무단통치를 강화함으로써 조선인의 항일 민족운동은 완전히 진압되었다. 관리뿐만 아니라 심지어 공립학교 교원까지도 군도(軍刀)를 옆구리에 차고 수업을 하는 무시무시한 무단통치를 자행하고 있었다. 이와 같은 살벌한 탄압통치 하에서 태극기·애국가는 금기시(禁忌視)되었을뿐더러 '독립·자유·해방' 등 문자도 일체 사용이 금지되어 있다. 이러한 정치공학적 위하(威嚇) 시대상황에서 2천만 조선인은 끽소리 없이 입을 다물고 저항할 줄 모르는 나겁한 민족으로 죽어지내야만 했다. 이광수는 합방 4년 만에 해삼위에서 처음으로 대담하게도 당당하게 '독립전쟁'이라는 화두를 던지고 있다. 이광수는 권업신문에 마침내 「독립 준비하시오」를 발표한 것이다. 이광수는 실력양성이 곧 독립준비의 기초라고 강조하면서 실업진흥만이 우리 민족이 살아남을 수 있는 첩경이라고 역설하고 있다. 국민 각자가 직업을 가지고 협동의 필요성을 강조하고 있다. 일본에 나라를 빼앗긴 것도 과거에 실업사상과 협동정신이 없었기 때문이라고 진단하면서 상업진흥이야말로 국권회복의 첩경이라고 역설하고 있다. "근년 우리나라 사람은 협동의 힘이 없고 모래알 모양으로 알알이 뒹구는 고로 능히 큰일을 이루지 못하였나니, 우리 사람이 하나씩 내어놓으면 그리 남에게 지지 아니하되 어찌하여 남과 같이 나라를 보전치 못하고 큰 문명 큰 사업을 이루지 못하였나뇨 하면 그 까닭은 여러 가지 있을지로되 그 가장 큰 원인은 협동치 못함에 있다 할지라. 우리 열 죽고 왜놈 하나 죽어 우리 2천만이 씨도 없이 죽을 작정합시다. 그러함에는 원대한 준비가 필요하리라."166)고 협동정신과 실업정신을 함양하는 길이야말로 독립전쟁을 일으키는 첩경이라고 역설하고 있다.

1914년 5월에 시베리아 치타에 당도하자 대한인국민회 시베리아 지방총회장 이강은 이광수를 대한인정교보 주필에 임명, 월간잡지 대한인정교보를 제작하게 되었다. 이광수는 「재외 동포의 현상을 논하여 동포 교육의 긴급함」을 발표했다. "우리나라 글과 말은 세계에 가장 아름답고 묘하도다. 나라 없는 민족은 이 세상에서 가장 천한 쌍놈이오 종이로다. 적자(適者)라야 생존하느니 나라를 찾지 못하면 저 아메리카의 홍색인종(인디언 토인)과 같이 없어지고 말리라."167)라고 민족보존을 위해서라도 교육을 통해 독립군을 양성, 독립전쟁을 일으켜 나라를 되찾자고 역설하고 있다. 교육 없이는 국권회복은 불가능하다고 진단하면서 대한인국민회 시베리아 지방총회와 권업회가 한인 교육에 적극 나서야 한다고 강조하고 있다. 한인은 각자 교육을 받아 외국인이 천하게 볼 수 있는 직업에 종사하지 말고 한 가지 기술을 지닌 직업을 가진다면 결코 외국인은 한인을 업신여기지 않는다는 것이다. 교육은 곧 나라를 광복하는 첩경임을 강조하고 있다.

이광수는 독립운동을 하러 집 나간 독립지사의 아내가 남편을 그리워하는 「상부련(想夫戀)」을 발표했는데, 여기서 "천애만리에 내내 평안하시다가 독립기 펄펄 날거든 훌쩍 날아 오소서"라고 광복의 날이 올 것을 기원하고 있다.

상부련(想夫戀)
오동지 달 눈 뿌릴 제 겹옷 입고 떠나던 임
오는 봄 밭 갈 때엔 단정코 오마더니
한 불(벌) 두 벌 세 벌 김을 다 매도록소

---

166) 「독립준비 하시오(외배)」, 『勸業新聞』海蔘威 제100호, 1914. 3. 1.
167) 「재외 동포의 현상을 논하여 동포 교육의 긴급함을(배)」, 『대한인정교보』 치타, 제11호, 1914. 6. 1.

늦은 벼 고개 숙고 텃밭에 무를 캐어 김치 잔지(짠지) 담그도록
기다리고 기다리는 우리 임은 아니 오네
일 있어 아니 오심이야 어떠랴마는
품은 뜻 못 이룰까봐 그를 근심하노라

아해(兒孩)는 아비 없다 울고 나는 임 그림에 울고
빚쟁이는 묵은 빚 내라고 야단까지 부리네
행여 꿈에나 그린 임 뵈려하여 잔등(殘燈) 하에 조았더니(졸았더니)
어디서 심술궂은 기러기는 내 집 위에 우는고
임아 내 고생이야 말해 무엇하랴마는
천애만리(天涯萬里)에 내내 평안하시다가
독립기(獨立旗) 펄펄 날거든 훌쩍 날아 오소서[168]

대한인국민회 북미 지방총회장 최정익(崔正益)은 대한인국민회 회관을 담보로 김선기가 경영하는 감자농장에 투자했다가 재정적 큰 손실을 입었고 담보금을 상환할 수 없어 디폴트(채무 불이행)로 회관 부동산 소유권마저 상실하기에 이르렀다. 최정익은 책임을 지고 신한민보 주필직을 물러나고 1912년 12월 15일 정원도(鄭源道)로 교체되었다. 재정적 궁핍으로 인해 신한민보는 두 차례나 정간하지 않을 수 없었다. 1차 정간은 3개월간 (1912. 3. 15~6. 17)으로 신문을 발행하지 못했다. 2차 정간은 장장 7개월간 (1912. 12. 9~1913. 6. 23) 신문을 발간하지 못했다. 1913년 6월 23일 신한민보를 속간하면서 이대위(李大爲)가 대한인국민회 북미 지방총회장 겸 신한민보 주필에 부임했다.

이리하여 대한인국민회 중앙총회는 이와 같은 신한민보의 불황을 타개하고 언론혁신을 통해 그 면목을 일신하기 위해 이광수를 신한민보 주필로 영입하기 위해 초빙교섭을 벌이게 된 것이다. 설상가상으로 옥종경(玉宗敬)은 대한인국민회를 반대하는 반체제 정치단체 국민유신단(國民維新團)을 결성하고 그 회원명부에 이광수 이름을 등재하고 대한인국민회 반대운동을 주도하면서 한인사회에 분열과 갈등·반목을 조장하고 있었다.

---

168) 「상부련(외배)」, 『대한인정교보』 치타, 제11호, 1914. 6. 1.

이에 대한인국민회는 고육책으로 시베리아 치타에서 미주행 여비가 오기를 고대하고 있는 이광수에게 옥종경의 국민유신단과는 아무런 관계가 없다는 성명서를 보내준다면 신한민보 주필의 미국행 여비를 보내주겠다는 편지를 보낸 것이다. 그러나 이광수는 옥종경과는 동경 유학시절부터 막역한 친구이기에 그와 무관하다는 성명서를 낸다면 그에게 망신이 된다는 친구 사이의 의리를 존중, 미국행을 포기함으로써 이광수 신한민보 주필 초빙교섭은 무산되고 말았다. 설상가상으로 때마침 제1차 세계대전(1914. 6. 28)이 발발, 설사 미주행 여비가 온다고 한들 유럽행 길이 막혀 갈 수도 없었다. 이리하여 이광수는 그해 8월에 오산으로 돌아가고 말았다.

이광수 신한민보 주필 영입교섭을 계기로 도산·춘원 간의 혁명적 동지적 유대 관계는 더욱 공고해져 공동운명체로서의 결속으로 일관했다. 이리하여 미주 신한민보 주필 초빙(1914. 1. 1)→ 치타 대한인정교보 주필 (1914. 5)→ 상해 임시사료편찬 주임(1919. 7)→ 상해 독립신문사 사장 (1919. 7. 17)→ 상해 홍사단 원동위원부(1920. 4. 29)→ 수양동맹회(1922. 2. 12)→ 수양동우회(1926. 1. 8)→ 동우회(1929. 11. 23)→ 동우회 사건(1937. 6. 7)에 이르기까지 도산·춘원은 굳게 결속, 줄기차게 민족운동을 함께 전개했다. 1932년 4월 윤봉길(尹奉吉) 의사의 상해 홍구공원에서의 폭탄의거에 연루되어 도산은 일본 경찰에 체포되어 그해 6월 7일 국내로 압송되어 징역 4년 언도를 받고 대전형무소에서 복역하다가 1935년 2월 10일 보석으로 출옥, 동우회(이광수)의 민족운동에 동참했다.

그러나 1937년 6월 7일 동우회사건 발발로 도산·춘원을 비롯하여 181명이 총검거되었다. 결국 도산은 1938년 3월 10일에 옥고 끝에 운명했다. 도산은 임종 시 이광수에게 "동지를 구출하라"는 유언을 남겼다. 이에 이광수는 동우회사건 재판에서 도산의 동지구출 유언을 실천하기 위해 법정투쟁을 끈질기게 전개했다. 동우회사건 발발 직후 일제는 한국 민족운동의 최후 보루인 동우회를 강제 해산 조치했다. 이광수는 즉각 친일 사상 전향을 단행했다. 동우회사건 1심재판(1939. 12. 8)에서는 최고 7년을 구형받았고, 2심 재판(1940. 8. 21)에서는 최고 5년 징역형으로 피고인 41명 전

원이 유죄판결을 받은 것이다.169)

그러면 과연 이광수가 친일 전향하지 않고 동지를 구출해낼 수 있었겠는가? 그것은 일제의 가혹한 압정(壓政)이라는 정치공학적 시대상황에서는 절대 불가능한 일이었다. 아무리 친일 전향했다고 떠들어봐야 누가 진짜로 믿어주겠는가? 실제 행동으로 보여주어야만 했다. 오죽하면 함석헌(咸錫憲)은 『뜻으로 본 한국역사』에서 일제의 35년 식민 지배도 받아야 할 교육이고 겪어야 할 시련이라고 했겠는가. "제1차 세계대전이 일어나고 민족자결주의에 따라 많은 민족이 해방이 돼도 우리는 빠졌고, 3·1운동을 일으켜 민족 역사에서 전에 못 보던 용기와 통일과 평화의 정신을 보였건만 그것으로도 안 됐다. 받아야 할 교육이 아직 있고, 겪어야 할 시련이 또 있다."170)

이광수는 바늘로 찔러도 일본 피가 나오리만큼의 친일성 글을 발표함으로써만이 포로가 된 동지를 구출할 수 있다는 것이다. 친일 전향은 시대적 시련인 것이다. 이리하여 작심하고 친일행태를 행동으로 보여준 것이다. "오늘날 조선인의 신윤리는 천황께 귀일(歸一) 하삷는 것이다. 그리고 신도(臣道)를 실천하는 것이다. 내 목숨과 내 자녀와 내 재산을 전부 천황께 반환하삷고, 내 마음조차도 천황께 바치삷고 천황의 대어심(大御心)으로써 내 마음을 삼는 것이 신윤리의 근본원칙이다."171) 이처럼 친일행태를 벌인 결과 1941년 11월 17일 경성고등법원 상고심 결심공판에서 동우회사건 재판 4년 5개월 만에 '증거불충분'으로 피고인 41명 전원이 무죄판결을 받아냄으로써 동지 전원을 구출해냈던 것이다.172)

이광수는 민족지도자답게 이 같은 극단적인 골수 친일행태를 벌이면서

169) 『思想彙報』(朝鮮總督府 高等法院 檢事局 思想部, 1940. 9) 제24호, 187~192쪽 ; 『독립운동사자료집』 12, 독립운동사편찬위원회, 1977, 1364~65쪽, 昭和15年 刑控第17~20號(1940. 8. 21).
170) 송평인, 「함석헌을 문창극처럼 편집하면」, 『東亞日報』, 2014. 6. 24.
171) 香山光郞, 「新時代의 倫理」, 『新時代』, 1941. 1, 30~37쪽.
172) 『韓國獨立運動史』 5, 국사편찬위원회, 1969. 12. 20, 366~480쪽, 修養同友會 上告審 判決文(1941. 11. 17).

도 다른 한편으로는 항일 독립운동을 줄기차게 전개했다. 그것이 곧 1944
년 8월에 청년정신대(靑年挺身隊)를 조직해서 항일 혁명운동을 주도했던
것이다. 정신대란 '나라를 위해 몸을 바친 부대'라는 뜻으로 1944년 8월
23일 여자정신근로령(女子挺身勤勞令)에 의해 '여자 정신대'[173]가 발족한
데서 따온 명칭이다. 여자 정신대라는 대칭개념으로 청년정신대라고 명명
했는데, 이는 일본관헌의 감시·감찰을 면피하기 위한 위장전술이었다. 청
년정신대는 동우회의 청년개척군(靑年開拓軍)의 행동강령을 '롤모델'로 채
택하고, 이광수를 추앙하는 지식인 청년들이 결집한 혁명운동 조직체이다.
"동우회의 진흥책의 일부분으로서 장래의 혁명동원 준비를 위하여 청년개
척군을 조직할 것을 협의했다."[174] 이광수의 궁극적 목적은 청소년을 널
리 포섭, 청년결사대를 결성, 혁명과업을 수행하겠다는 것이다. 이리하여
서울에는 청년정신대를, 농촌에는 농촌 정신대를 결성한 것이다. 그러나
이광수는 '특요시찰인'이기 때문에 경찰은 항상 춘원의 효자동 집을 감시
하고 있어서 청년들의 출입이 잦아지면서 그만 탄로·적발되어 1944년 8
월 23일 김영헌(金永憲)·신낙현(申洛鉉) 등 수십 명이 총검거됨으로써 청
년정신대는 해체되고 말았다. 그런데 정작 치안유지법 위반자 최고 책임
자인 주범 이광수에게는 그 죄를 불문에 붙이고 체포하지 아니했다는 사
실이다. 왜 그랬을까. 조선총독부 경무국 당국은 이광수 불구속 이유를
'이광수 존재감'에 있다고 해명하고 있다. "선생은 세인이 다 주지하고 있
는 민족 최대의 반일운동자(反日運動者)이며 지도자이기 때문에 그를 체포
하면 그 소문이 일시에 방방곡곡에 전파되어 3천만을 황국신민화(皇國臣
民化)시키려는 이즈음 막대한 지장을 초래하게 된다. 선생을 체포하면 꼭
필요한 그를 영구히 매장시킬 우려가 있다. 도리어 그의 죄를 묵과하고
이용함이 더욱 효과적이다."[175] 이처럼 이광수의 존재가치는 절대적이었

---

173) 「거룩한 皇國女性의 손, 生産戰에 男子와 同列 女子勤勞令 朝鮮에도 實施」,
    『每日新報』, 1944. 8. 26.
174) 「被告人 李光洙 犯罪事實」, 『思想彙報』 제24호, 1940. 9, 192~196쪽 ; 『독립
    운동사자료집』 12, 1286~90쪽, 昭和15年 刑控 제17~20호(1940. 8. 21).
175) 申洛鉉, 「春園 李光洙는 果然 親日派였던가?」 下, 『新太陽』, 1954. 7, 144~155쪽.

다. 이광수야말로 청소년들에겐 민족정신의 '아이콘'(우상적 존재)이기에 그를 살려두고, 일반 조선인의 황민화(皇民化)운동에, 지식층 청년들의 친일 사상전향에 이용할 가치가 있다고 보고 그 죄과를 불문에 부친 것이다. 결국 1945년 4월 18일 청년정신대사건 재판에서 이광수는 아예 불구속·불기소 처분하고, 주모자 김영헌은 징역 2년, 신낙현은 징역 1년 6월로 판결했다.[176)]

이러한 정치공학적 압제의 시대상황을 타개하려면 친일과 항일을 병행하는 투트랙 전략을 구사할 수밖에 없다. '친일↔항일'은 모순된 정치개념이다. 오죽하면 이광수는 친일과 항일을 왕래하면서 '모순된 삶'을 살고 있다고 독백했겠는가. 이와 같이 이광수는 극단적인 골수 친일행태를 벌이면서도 다른 한편으로는 1944년 8월에 청년정신대를 조직하여 항일 민족운동을 줄기차게 주도했다는 점에서 이광수의 친일행태는 민족보존을 위한 위장친일임을 여실히 입증해주고 있다.

---

176) 『독립운동사자료집』 12, 1118~1122쪽, 昭和19年 刑控 제3698호(1944).

■참고문헌

1. 1차 자료

『共立新報』, 美洲 桑港, 1907~1908
『新韓民報』, 美洲 桑港, 1908~1915
海蔘威, 『勸業新聞』 제100호, 1914. 3. 1
『대한인정교보』 치타, 제11호, 1914. 6. 1
『每日申報』(1910~1914)
『每日新報』(1941~45)
『大韓每日申報』(1907~1910)
『獨立新聞(上海)』(1919~1921)
『高宗時代史』 6권, 국사편찬위원회
『統監府文書』 6, 9, 10, 국사편찬위원회, 1999
『騎驢隨筆』, 국사편찬위원회, 1971
『續陰晴史』 下, 국사편찬위원회, 1971
『韓國獨立運動史』 5권, 국사편찬위원회, 1969
『大韓季年史』 下, 국사편찬위원회
新聞集成 『明治編年史』 13, 財政經濟學會, 1936
『思想彙報』(朝鮮總督府 高等法院 檢事局思想部) 제24호, 1940. 9
『島山安昌浩全集』 11, 13, 도산안창호선생기념사업회, 2000
朝鮮總督府警務局所藏 秘密文書, 『島山安昌浩資料集』 Ⅰ, Ⅱ, 국회도서관, 1977.
주요한, 「도산선생 신문기」, 『安島山全書』, 흥사단출판부, 1999, 安島山日記 (1932. 9. 5)
「島山先生 救國血鬪記」(訊問調書, 1932)(1), 『白民』, 1948. 1
「島山先生 救國血鬪記」(訊問調書, 1932)(2), 『白民』, 1948. 4·5 合倂號
『독립운동사자료집』 12, 독립운동사편찬위원회, 1977
김원용, 『재미한인오십년사』, 김호, 1959
盧載淵, 『在美韓人史略』, 美洲 羅城, 1951
『朝鮮民族運動年鑑(1919~1932)』, 在上海日本總領事館警察府, 第二課, 1933
金源模 編譯, 『春園의 光復論 獨立新聞』, 단국대학교출판부, 2009

The San Francisco Chronicle, March 1908

The San Francisco Examiner, March 1908

Yun Chi-Ho's Diary(National History Compilation Committee, 1976), vol. 6

2. 2차 자료

春園 李光洙 著作, 朝鮮語學會校鑑, 『文章讀本』, 弘智出版社, 大成書林, 1937

李光洙, 『나의 告白』, 春秋社, 1948

_____, 『그의 自敍傳』, 高麗出版社, 1953

_____, 『先導者』, 太極書館, 1948

_____, 『나』, 文硏社, 1947

_____, 『스무살고개 '나 靑春篇』, 生活社, 1948

_____, 「朝鮮사람인 청년들에게」, 『少年』, 1910. 8

_____, 「島山 安昌浩氏의 活動」, 『三千里』, 1930. 7

_____, 「李舜臣과 安島山」, 『三千里』, 1931. 7

_____, 「先驅者를 바라는 朝鮮」, 『三千里』, 1929. 9

_____, 「雅號의 由來 春園과 長白山人」, 『三千里』, 1930. 6

_____, 「人生의 香氣 잃는 秋汀」, 『三千里』, 1930. 9

_____, 「상부련(想夫戀)」 『대한인정교보』, 1914. 6. 1

_____, 「人生의 香氣 上海 이일 저일」, 『三千里』, 1930. 7

『兪吉濬全書』(영인본) 2, 一潮閣, 1971

李康勳, 『獨立運動大事典』 1, 2, 대한민국광복회, 1985

島山紀念事業會刊行, 『島山安昌浩』, 太極書館, 1947

『六堂崔南善全集』 10권 현암사, 1973

姜齊煥, 『島山安昌浩雄辯全集』, 웅변구락부출판부, 1950

白樂濬, 『韓國改新敎史』, 延世大출판부, 1979

서광운, 『미주한인79년사』, 중앙일보·동양방송, 1979

주요한, 『도산 안창호 전』, 마당문고, 1983

박현환, 『續島山安昌浩』, 삼협문화사, 1954

尹炳奭, 『國外韓人社會와 民族運動』, 一潮閣, 1990

閔丙用, 『美洲移民 100年 初期人脈을 캔다』, 한국일보사출판국, 1986

곽림대, 「安島山」(직해, 1968), 『島山安昌浩全集』 11(전기 1), 도산기념사업회, 2000

車利錫, 『島山先生略史』 11(전기 1)

張利郁, 『島山安昌浩』, 太極出版社, 1972

박환, 『러시아한인민족운동사』, 탐구당, 1995

서기영, 『식민지시기 민족지성과 문화운동』, 한울, 2003

金源模, 「春園 李光洙의 親日과 民族保存論」, 『영마루의구름』, 단국대학교출판부, 2009

_____, 『開化期 韓美交涉關係史』, 단국대학교출판부, 2003

_____, 『한미외교관계100년사』, 철학과현실사, 2002

_____, 『韓美修交史 朝鮮報聘使 美國使行篇』, 철학과현실사, 1999

「靑年學友會歌(崔南善)」, 『少年』, 1910. 4

「靑年學友會의 主旨(崔南善)」, 『少年』, 1910. 4

「新時代의 倫理(香山光郎)」, 『新時代』, 1941. 1

「거룩한 皇國女性의 손, 生産戰에 男子와 同列 女子勤勞令 朝鮮에도 實施」, 『每日新報』, 1944. 8. 26,

「大成學校의 精神(田榮澤)」, 『새벽』 창간 기념호, 1954. 9

吳子一, 「감당하기 어렵소의 謙虛」, 『새벽』 창간 기념호, 1954. 9

申洛鉉, 「春園 李光洙는 果然 親日派였던가?」 (1) (2), 『新太陽』, 1954. 6·7

「內外風霜四十餘年 島山安昌浩 來歷 辮髮少年으로 政治에 投身」, 『東亞日報』, 1963. 3. 15

「고국을 떠났던 선조들」 (7), 『東亞日報』, 1998. 2. 25

송평인, 「함석헌을 문창극처럼 편집하면」, 『東亞日報』, 2014. 6. 24,

「文人印象記 李光洙(廉想涉)」, 『開闢』, 1924. 2

이명화, 「독립운동 기지 개척과 이상촌 건설을 꿈꾸며, 김성무가 안창호에게 보낸 편지」, 『독립기념관』, 2006. 11

金瀅植, 「平壤 大成學校와 安昌浩」, 『三千里』, 1932. 1

金東煥, 「近世教育의 開拓者 李鍾浩先生」, 『三千里』, 1930. 7

H. Underwood, *Modern Education in Korea*(Internatonal Press, N. Y., 1926)

Hyung-chan Kim and Wayne Patterson, *The Koreans in America, 1883~1974*(Oceana Publication, INC, 1974)

Hyung-chan Kim, *Tosan Ahn Ch'ang Ho:A Profile of A Prophetic Patriot*(Seoul, 1996)

Bong-youn Choy, *Koreans in America*(Chicago, Nelson Hall, 1979)

Bong-youn Choy, "The History of Early Koreans in America, 1883~1941"

Seong Hyong Lee and Tae Hwan Kwak, ed., *Koreans in America, New Perspectives* (Kyungnam University, 1988)

George H. Jones, "The Koreans in Hawaii," *The Korea Review*, vol. 6(November 1906)

The Origin of Korean national movement for independence:Tosan's Invitation negotiation with Lee Kwangsoo as chief editor of Sinhan Minbo, 1914

Kim, Won-mo

Cheo Jeong-ik, chief editor of Sinhan Minbo, had been encouraged to invest in potato farming in California by Yi Sung-gi. The Korean National Association lost its headquarters building due to a bad investment made by Cheo Jeong-ik. The investment was made with the KNA headquarters building as collateral but when the investment went sour, the KNA lost its building. The KNA must suspend publication of Sihan Minbo(*The New Korea*) for ten months on financial difficulties. In those days a dissident Ok Jong-kyung of the National Renovation, Lee Kwangsoo's close friend, conducted a campaign for anti-KNA movement.

Another immediate task the KNA had to pay attention to was sending money to Lee Kwangsoo to help pay for his travel costs to America. Tosan also made arrangements with the KNA for Lee Kwangsoo to come to America as the chief editor for the Sinhan Minbo and sent him a letter of invitation that would enable him to be admitted into the Sinhan Minbo. At this point the KNA will remit him travel costs to America if Lee Kwangsoo have neither part nor lot in Ok Jong-kyung affair. At last Lee Kwangsoo threw up his position of chief editor of Sihan Minbo. Taking this opportunity the unity of Tosan-Choonwon's revolutionary comrade was made firm.

● **Keywords** : The chief editor of *Sinhan Minbo*, Lee Kwangsoo, Tosan's Invitation negotiation, Ok Jong-kyung, The National Renovation, The Korean National Association, Investment failure, Suspension of publication of *Sinhan Minbo*, The Unity of Tosan-Choonwon's Revolutionary Comrade.

이향(離鄕)과 귀향(歸鄕),
여행의 원점으로서의 춘원
─ 소설 「默示」를 통해 본 선우휘와 춘원

정 주 아*

■ 국문초록

선우휘의 단편소설 「묵시」는 식민지 시대 말기 춘원 이광수를 실명으로 등장시켜 춘원의 대일협력을 바라보던 작가 자신의 심정적 변화를 담아내고 있다. 춘원을 향한 배신감에 격렬한 분노를 느꼈던 최초의 감정은 소설의 후반에 이르러 자신을 비롯하여 한국인 어느 누구도 춘원에게 돌을 던질 자격이 없다는, 자조 섞인 공범의식으로 바뀐다. 이러한 입장의 변화에 대해 이 논문에서는 세 가지 질문을 통해 접근하였다. 각각의 질문은 첫째, 작중에서 춘원이 대상화되는 방식은 어떠한가, 둘째, 춘원을

* 강원대학교 국어국문학과 교수

향한 분노를 이해로 바꾸어놓는 조건은 무엇인가, 셋째, 하필 춘원이 소환되고 용서의 대상이 되어야 하는 필연성은 무엇인가 등으로 요약된다. 이러한 질문과 대답 과정을 통해, 선우휘가 해방 이후 월남인으로서 겪어야 했던 이념적 갈등과 집단적 위기의식 속에 춘원을 군중 재판의 희생양으로 인식하게 되었다는 점, 이러한 이해와 수용의 과정은 궁극적으로 반공주의의 연원을 해방 이전 우파 민족주의 운동과 연결하려는 맥락에서 요청된다는 점을 논하였다.

● **주제어**: 묵시, 선우휘, 춘원 이광수, 평안북도 정주, 반공주의, 공범의식.

1. 서론: 소설 「默示」에 던지는 세 개의 질문

「묵시」는 선우휘가 1971년 『현대문학』에 발표한 단편소설이다.[1] 이 소설은 해방 직전 엄혹한 일제 치하를 통과하는 한 지식인의 행보를 다룬 것으로, 화자로 등장하는 작가 선우휘의 자전적 회고가 허구 속에 섞여 있다. 이 작품에서 작가 선우휘는 자신이 17세 내지 18세 무렵에, 춘원이 노골적으로 대동아 체제에 협조하는 저서를 냈을 때 분노한 나머지 '테러'를 결심했던 일이 있다고 밝혔다. 그 자신이 춘원의 작품에서 영향을 받았고 그를 존경해왔던 만큼 혐오와 분노가 치밀어 참을 수 없었다는 것이다.

> 그 때 내 나이 열 일곱인지 열 여덟인지 분명치 않다. (…) 하여간 그 무렵 언젠가 나는 테러를 결심한 적이 있었다. 어떤 형태의 테러를 하려던 것인지도 이제 딱히 헤아릴 수 없으나 어떻든 그 <누군>가를 그냥 둘 수 없다는 충동을 느끼고 그 충동을 행동에 옮기려던 것만은 사실이다. 그 <누구>란 춘원 이광수(春園 李光洙)이다. 다정다감하던 시절이라 그의 작품에서 만만치

---

1) 선우휘, 「默示」, 『望鄕』, 일지사, 1972.

않은 영향을 받아왔고 은근히 존경해 오던 터인만큼, 그가 친일(親日)을 종용한 저서 <同胞に寄す>는 어린 나로 하여금 견딜 수 없는 혐오와 분노를 느끼게 했다. 물론 나만이 아니라 당시의 절대적 대다수의 동포는 그런 반응을 보였다고 믿는다. 그러니까 알고 보면 나도 그런 여론에 동조한 삼천만 분의 일에 지나지 않는다.[2]

　소설의 첫머리에 놓인 이 고백에서 알 수 있듯이, 젊은 시절 자신이 춘원에게 느꼈던 격렬한 분노는 선우휘가 이 단편소설을 집필하게 된 동기라 할 수 있다. 그러나 그럼에도 불구하고 「묵시」는 춘원을 성토하거나 세대 단절을 선언하는 텍스트가 아니다. 오히려 시간이 흘러 해방 이후 월남하게 된 시점에서 이제야 자신은 춘원을 이해할 수 있게 되었노라고 고백하는 내용에 가깝다. 무엇이, 어떤 조건이 한때 춘원을 향해 테러까지 결심했던 열혈청년을 바꾸어놓은 것일까? 이것은 이 글에 걸려 있는 세 개의 질문 중 핵심적인 것이다. 물론 이러한 질문은 춘원과 선우휘라는 작가가 놓여 있는 문학사적 맥락을 고려한다면 단순히 전기적인 호기심을 넘어서는 것이 된다. 일제 말기, 일본의 시국 정책에 협조할 것을 당부하고 때론 강요하는 춘원의 글들은 엄연히 활자의 형태로 남아 있다. 당연히도 이들 자료는 인간 춘원과 그의 문학을 이해하는 데 있어서 모두가 그 자체로 과학적 해석의 대상이 된다. 이 경우 한때 격렬히 춘원을 성토했던 선우휘가 써낸 「묵시」는, 춘원에 대한 공개적인 이해와 화해의 텍스트로서 관심을 끈다. 선우휘가 춘원과 동향(同鄉)의 후배 작가이자 월남 이후 군인이자 언론인으로서 반공주의의 대표주자로 활동했다는 점을 감안한다면, 우리는 「묵시」를 통해서 혹은 춘원의 삶이 선우휘에게 수용되는 양상을 통해서, 분단을 전후하여 한 민족주의자의 삶이 반공주의자의 삶으로 이행하는 과정을 확인할 수 있을 것이다.
　선우휘의 심정적 전회(轉回)를 이해하고 이로부터 문학 사상적 의미를 간추리기 위해, 이 글에서는 두 가지 질문을 덧붙이기로 한다. 하나는 「묵

---

2) 위의 글, 191쪽.

시」에서 선우휘는 춘원을 어떤 모습으로 그려내고 변형시켰는가에 관한 것이다. 바꿔 말하면 선우휘는 춘원을 이해하기 위해 어떤 단계를 밟아 나가고 있느냐를 살피고자 한다. 그리고 나머지 하나의 질문은 이 글의 결론적인 성격을 띠는 것으로, 결과적으로 선우휘는 춘원을 통해 어떤 정신적 유대를 확인하고자 하느냐는 것이다. 이 질문은 바꾸어 묻자면 선우휘는 왜 군이 춘원을 문제 삼는가 나아가 그는 왜 춘원을 용서해야만 했던가라는, 용서의 필연성에 관한 것이라 할 수 있겠다. 변절자라 탓하며 외면하면 그만인 한 선배 문사의 삶에 대해 선우휘는 왜 군이 마음의 빚을 느끼고 있으며 이해하려고 애쓰는지가 설명의 요점이 될 것이다.

2. '의도적 침묵'이라는 거울

「묵시」의 주인공은 해방 직전, 엄혹한 시국에 갑자기 벙어리가 되어 버린 서낭(徐浪)이라는 가상의 인물이다. 액자 구조의 내부에 서낭의 이야기가 있다면, 액자 밖에는 춘원을 바라보는 작중 '나'(작가 선우휘)의 이야기가 있다. 학생 시절 '나'는 춘원을 해치기로 마음먹고 이것을 학교에서 몇 안 되는 조선인인 담임선생에게 털어놓는다. 선생은 '그(춘원−인용자 주)는 그 길이 이 민족을 살리는 길이라고 믿고 하는 것'이라 대꾸한다. '친일하는 것이 어째서 이 민족이 사는 일이냐'는 '나'의 반문에 담임선생은 그 논리가 이해가 안 되는 것은 사실이되, 다만 그가 세속적인 영달이나 고문이 무서워서 할 수 없이 그러는 것은 아니며 일종의 신념 때문에, '속 죄양을 자처하고 나선 것'이라 짐작하고 있다고 말한다. 이런 답변에 도저히 동의할 수 없다면서 '춘원은 그저 가만히 있었으면 됐던 것'이라 단정하는 '나'에게 담임선생은 그렇다면 아예 벙어리가 된 인물이 있다며 서낭의 이야기를 들려준다.

액자 속 서낭의 이야기는 흥미로운 면이 있다. 서낭은 서울 태생으로,

춘원과 동갑이며, 춘원이 주로 소설을 쓴 데 비해 시를 쓴 인물이다. 아름다운 용모와 몸매를 지녔고, 음악처럼 들리는 완벽한 서울말과 유창한 말솜씨를 자랑한다. 춘원이 어느 모임에서나 표면에 드러나는 데에 비해 서낭은 늘 중대한 역할을 담당하면서도 배후에 남는다. 작중에서 서낭은 나르시시스트의 기질이 있는 춘원조차 여러 방면에서 '진골양반은 다르다'며 인정할 수밖에 없는 인물이다. 이 두 사람은 두터운 우정과 신의를 유지하지만, 둘의 행보가 결정적으로 갈라진 것은 대일 협력을 종용하는 시국 강연장에 연사로 동원되면서부터이다. 어느 순간 서낭은 돌연히 실어증에 걸려 말을 못하게 되어 은둔 생활에 들어가지만, 춘원은 서낭이 사라지자 도리어 더 많은 책임을 홀로 짊어진 채 대중 앞에 나서게 된다.

「묵시」의 주인공인 서낭은 '춘원은 그저 가만히 있었으면 됐던 것'이라는 가정하에서 설정된 인물이다. 작가는 이 인물을 한편으로는 춘원이 갈망했던 모든 것, 즉 인품, 학식, 성격, 외모, 성장 배경 등에서 춘원이 동경했던 모든 것을 갖춘 인물로, 다른 한편으로는 일제 말기에 이르러 정치적인 자아와 분리되어버린 춘원의 심미적 자아의 모습으로 설정해놓았다. 이로써 서낭은 춘원이 실현하지 못한 이상형을 현실에서 구현하고 실행하는 인물이 된다. 즉, 춘원의 이상 그 자체, 혹은 당대 춘원의 내면을 인물화하여 등장시킨 것이다. 이로써 고백이라는 형식보다 좀 더 우화적이며 노골적인 춘원의 내면을 따라 읽는 일이 가능해진다.

춘원과 정반대의 성격을 갖춘 인물로서 춘원이 갖지 못한 모든 것, 춘원이 하고 싶었던 모든 것을 현실로 옮겨놓은 인물에게 선우휘는 어떤 상황을 겪게 만들고 어떤 역할을 부여하고 있는가. 목소리를 잃은 척하고 훼절(毁節)을 모면한 이 인물은 가족마저 속이고 온전히 자신의 짐을 떠안는다. 막상 해방 후 말을 꺼내야 할 때 그는 어이없게도 진짜 실어증을 앓게 된다. 해방의 감격이 가신 이후 어느 순간 자연스레 목소리를 되찾지만, 그는 뒤늦게 말을 할 필요를 느끼지 못해 끝까지 벙어리로 살다 임종을 앞두고서야 아들에게 진실을 고백하며 숨을 거둔다. 유창한 달변가에서 하루아침에 벙어리가 되어버린 서낭의 에피소드의 요점이 과연 서낭이 진짜 벙어리인가의 여부를 둘러싼 진실 게임에 있지 않음은 물론이다. 일제 말기 어느 순간 일본과의 타협을 종용하는 춘원의 변절이 주었던 충격과 정반대로 유창한 연설가에서 벙어리로 급격하게 변신했으며, 춘원이 동경했던 모든 것을 갖춘 데다 일제 말기의 처신까지 상반된 선택을 한 서낭이란 장치는, 한편으로는 갑작스러운 변신에 대한 대중의 반응을 비추어보고, 다른 한편으로는 보다 냉정한 시선으로 춘원의 내면을 우회적으로 들여다보는 거울로 작용한다.

갑작스레 벙어리가 되자, 우선 서낭에게는 그의 침묵이 간접적으로 일본에 저항한 행위라 찬양하며 그의 주변으로 몰려드는 인물들이 생겨난다. 과연 누구를 어디까지 믿어야 할 것인가, 누구에게 진실을 털어놓을 수 있을까 고민하던 서낭은 차라리 누구에게든 완벽한 벙어리가 되기로 결심한다. 그는 심지어 아내와 아들 앞에서도 입을 다문다. 뼛속까지 자신이 벙어리로 변신하는 편이 자신을 비롯하여 모두를 지키는 일이기 때문이다.[3] 작중 '탐미적 사디스트'의 기질이 있는 서낭은 자신을 근심하는 아내와 뭇사람들의 관심 속에서 오히려 흡족해하기도 한다.

한편 서낭을 둘러싼 대중들은 두 부류로 갈라진다. 서낭이 진짜 벙어리가 되었다고 믿는 축과 벙어리 행세를 한다고 믿는 축이다. 진실은 알 길이 없고 온갖 의혹과 소문만이 회자된다. 이 가운데 서낭이 벙어리를 가장한다고 믿는 집단은 일종의 안도감을 느낀다. 액자 밖에서 '나'와 선생은 당대 대중의 심리를 다음과 같이 설명하고 있다.

---

3) 선우휘는 『노다지』(1979~1981)에서 수인이라는 청년을 통해 자전적 모습을 그리면서, 경성사범에 재학하던 시절 동급생에게서 춘원이 쓴 『동포에게 바친다』를 건네받고서, 그것이 '호신(護身)'의 위장은 아닐까 생각했던 일, 일본 헌병의 감시를 받을 테니 그 누구도 믿을 수 없으리라 짐작한 일, 그럼에도 춘원에게서 어떤 그늘을 발견할 수 없어 당혹스러웠던 일을 적어놓았다. 당시 선우휘는 말년의 톨스토이 저서에서 받은 인상인 '자기에게는 가혹하되 남에게는 관대하라'는 문구를 떠올렸다고 기술한다. 이는 「묵시」에서 춘원에 대한 이해에 이르는 과정과도 연결된다(선우휘, 『노다지』, 동서문화사, 1990, 216~218쪽).

"역시 선생님은 서낭이 일부러 벙어리를 가장하고 있다고 생각하십니까."

"나같이 관립 학교에서 교편을 잡고 있는 사람에게는 그런 일에 대해 두 가지 반응을 보일 수 있어. 두 가지가 다 열등의식에서 나오는 것인데, 하나는, 서낭이 진짜 벙어리가 되었다고 생각하는 것, 저항할 것에 저항 못하는 인간이 저항하는 인간에게 느끼는 시기 질투가 그 원인이지. 다른 하나는, 그러기엔 인생이 너무 서글퍼진다, 그러니 나는 못 하지만 그렇게 저항하는 인간도 있다는 생각에서 같은 인간인 자기도 그런 일말의 가능성은 지니고 있다는 것을 느껴 보고 인간으로서 자위해보는 거지. 남의 행동에 공짜로 얽혀 보자는 수작이지만 전자보다는 후자편에 구원이 있는 것 같군 그래."4)

그러나 해방 이후 서낭이 진짜 실어증에 걸려 말을 잃자, 대중은 서낭이 벙어리인 척했으리라는 자신들의 짐작이 틀렸다는 생각하고는 곧 서낭에게 환멸을 느낀다. '나' 역시 서낭에게 노골적으로 실망을 표현하는데, 스승은 다음과 같이 충고한다.

글쎄, 환멸이라면 분명 환멸인데, 그 때도 따지고 보면 문제는 그에게 있었다기보다 우리 자신에게 있었던 게 아닐까. 그가 진짜 벙어리인지, 가짜 벙어리인지는 그의 문제이면서 그실 우리에게는 바루 우리의 문제가 아니었던가 말일세. 그가 벙어리 시늉을 했다는 사실보다, 자네나 내가 그렇게 생각했다는 사실이 더 귀중했다구. (…) 그런 의미에서 그의 벙어리의 허실을 따질 것 없이 그런 계기를 준 그에게 감사를 드리려도 좋을 걸세.5)

서낭에게 실망과 배반을 느끼기보다는 그의 행동을 통해 대중이 스스로 어떤 반응과 반성을 끄집어냈는지 주목하라는 스승의 타이름은 이 소설의 핵심적 메시지가 된다. 서낭이 벙어리 시늉을 내며 당국을 조롱하는 연극을 벌이는 중이기를 바랐던 개개인의 마음이 더 소중하다는 의미이다. 「묵시」에서 작가의 관심은 서낭이 벌이는 진실 게임에 있지 않다. 이렇듯 작가의 시선은 젊었던 만큼 조급하고 혈기에 넘쳤던 자신의 판단이 서낭이라는 인물을 통해 점차 성숙해가는 과정을 그려내는 데 집중되어 있다.

---

4) 선우휘, 『묵시』, 198쪽.
5) 위의 책, 200쪽.

작중 서낭이 춘원의 거울임을 감안한다면, 서낭의 자리에 춘원을 대입해 보는 것도 가능할 것이다. 춘원의 대일협력이 어떤 논리에서 민족을 위한 일이었느냐를 정확하게 설명할 수 있는 논리를 구하기는 어렵되, 일단 인정해야 할 것은 춘원을 매개로 그의 전신이 진심이 아니기를 바라고 믿는 사람들이 생겨났다는 사실이다. 이 경우 「묵시」는 춘원을 계기로 '나'의 인식의 폭이 확대되는 과정을 그린다고 말해도 좋을 것이다. 그리고 동시에 이 과정은 앞서 춘원의 전신을 놓고 '여론에 동조한 삼천만 분의 일'의 자리, 즉 쉽게 열광하고 쉽게 원망하는 대중 속에서 작가 선우휘가 스스로를 빼내고 대상화하는 수순이라 불러도 좋을 것이다.

3. 이향(離鄕)의 체험과 자기 객관화의 문제

「묵시」는 일제 말 춘원의 행적을 거꾸로 뒤집어놓은 소설이다. 진위 여부를 파악할 수 없는 변신이라는 동일한 상황을 만들어, 작가는 춘원이 스스로 고립된 처지를 만들어낼 수밖에 없었던 저간의 사정을 유추하고, 이런 정황에 일희일비하는 대중 속에서 작가 스스로를 분리해내고 있다. 즉 선우휘에게 있어 춘원을 이해하는 작업이란, 자신을 이해하는 작업과 분리되지 않는다. 그렇다면 이제 다음 질문으로 넘어갈 차례이다. 무엇이, 어떤 조건이 한때 춘원에게 테러까지 결심했던 열혈청년을 바꾸어놓았는 가. 이 질문은 선우휘가 춘원을 수용하게 되는 배경을 묻는 것이자, 월남 이후 점차 열렬한 반공주의자로 전신하는 선우휘의 이념적 행보에 관련된 것이다. 그리고 이에 답하기 위해서는 작가 선우휘의 고향이자 춘원의 고향이기도 한 평안도 정주(定州)의 지역성 문제로까지 소급해 올라가야 한 다.

이러한 주제를 먼저 다루는 것은 물론 춘원에 대한 선우휘의 관심이 단순히 지역 연고가 같다는 데서 기인하는 동향인 사이의 의리에 속한다는 결론을 내리기 위함은 아니다. 선우휘 자신도 자신이 춘원을 동정하는 태도를 "동향의 탓"으로 돌리는 시선들이 싫다며, "인간은 그렇게 단순한 것인가"라고 되묻는 것을 볼 수 있다.6) 선우휘의 말은 자신을 지역주의 (localism)에 함몰된 부류로 보지 말아달라는 당부일 것이다. 그의 말처럼 '동향'이란 간단히 설명할 수 있는 상태가 아니다. 한 공간의 지정학적 특성, 그에 따라 생겨나는 생산 활동의 유형, 구체적인 삶의 양태 등은 특정 지역의 성격을 만들고 그곳에 살아가는 구성원들의 생활 양상을 규정한다.

예컨대, 춘원과 선우휘의 고향인 정주는 한반도의 서북 지역, 즉 평안도와 황해도를 합쳐 일컫는 지역에 위치하고 있으며, 서북은 조선 시대부터 국경 지대의 특성상 중앙정권에 대한 모반이나 오랑캐와의 내통 혐의를 받아온 땅이었다. 이에 조선의 조정에서는 서북인 출신은 일단 하급관리의 수준에서 중용하는 것을 암묵적인 원칙으로 삼았고, 이에 서북은 불운한 재사의 땅이기도 했다. 이 울분을 남강 이승훈은 '서북인의 숙원(宿怨)'이라 표현했고,7) 이광수, 문일평, 현상윤 등 서북의 문사들은 이러한 울분이 폭발한 사건을 '홍경래의 난'(1811)에서 찾고 이를 신미혁명(辛未革命)이라 부르며 서북인들이 부조리한 세계를 바꾸려 궐기한 첫 번째 사례로 들곤 했다.8) 그중에서도 정주는 홍경래가 최후를 맞은 진주성 전투가 벌어진 곳으로, 17세기 중반 도과(道科)를 치른 결과 전국 군현 단위의 지방 중에서 가장 많은 합격자를 낼 만큼9) 학구열이 강한 고장이었다. 서북의 재사들은 한말 조선의 위기에 자강론과 실력양성론을 제시하면서 교육과 식산(殖産)으로 민족국가를 세우고자 했다. 타 지역보다 서북에서 융성

---

6) 위의 책, 199쪽.
7) 이승훈, 「西北人의 宿怨新慟」, 『新民』 14, 1926. 6.
8) 이광수, 「무정(1917)」, 『이광수 전집』 1, 삼중당, 1962, 22쪽 ; 이윤재, 「辛未革命과 辛未洋擾」, 『동광』 17, 1931. 1. ; 문일평, 『湖岩史論選』, 탐구당, 1975 ; 현상윤, 「洪景來傳」, 『동아일보』, 1931. 7. 12~8. 20.
9) 장유승, 「조선후기 서북지역 문인 연구」, 서울대학교 국어국문학과 박사학위논문, 2010, 139~141쪽 ; 김상태, 「근현대 평안도 출신 사회지도층 연구」, 서울대학교 국사학과 박사학위논문, 2002, 16쪽. 이상 평안북도 정주의 지역사에 관한 내용은 정주아, 『서북문학과 로컬리티』, 소명출판, 2014, 122~148쪽 참조.

한 개신교의 도움으로 미국에 다녀온 도산 안창호는 청년학우회와 대성학교를 세워 새로운 민족국가에 적합한 청년들을 키워내고자 했고, 도산의 연설에 감동한 상인인 남강 이승훈은 사재를 털어 정주에 오산학교를 세웠다. 정주의 역사에 담긴 이러한 정치사회적 흐름을 선우휘는 다음과 같이 요약하고 있다.

> 洪景來가 定州城에서 버티다가 죽었다는 것, 古邑面의 五山學校가 상징하는 民族意識, 李昇薰·李明龍옹 등 己未獨立運動때의 三三人의 멤버가 났다는 자랑, 李朝五百年에 서울을 제외하고는 科擧에 及第한 사람이 제일 많이 났다는 것, 李光洙·金岸曙·金素月 등 文人과 玄相允·白樂濬 등의 敎育者, 刀圭界의 白麟濟 등의 名聲으로 말미암아 定州人들은 모두 제 나름의 슬기를 지니고 살았다.[10]

이렇듯 고향이란 개인이 특정 공간의 삶의 양상을 체화하는 첫 계기가 되는 것이며, 때문에 '동향'이란 선우휘의 말처럼 각기 개성을 가진 '단순하지 않은' 인간들에게 유사한 삶의 국면들을 맞이하도록 만든다. 그러므로 선우휘와 춘원의 관계를 고향 평북 정주의 지역성과 관련하여 읽는다는 것은 단지 고향에 대한 향수의 편린을 살피는 데 그치는 것이 아니다. 해당 공간이 부여하는 특정한 삶의 방식을 공유하는 인간 군상들의 일부로서 한 인물을 조명한다는 의미이다. 서북의 정주는 선우휘 자신이 회고한 것처럼 오산학교로 상징되는 민족주의 운동의 요람이다. 서북의 민족주의는 도산 안창호가 주창한 준비론 혹은 실력양성론의 현실적 구현을 위한 실천의 역사로 요약될 수 있다. 그 역사는 거슬러 올라가면 한일병합 이전 신민회의 결성(1907)부터 식민지 시기에는 조선일보와 흥사단 국내 지부인 수양동우회, 해방 이후에는 조선민주당 창당과 흥사단의 재건에 이르기까지 연결된다.[11] 서북 출신 민족주의자의 첫 세대에 도산 안창

---

10) 선우휘, 「두고온 산하-영원한 향수·정주」, 『북한』, 북한연구소, 1972, 206쪽.
11) 도산의 실력양성론을 중심으로 한 노선 이외에 서북 지역의 민족주의를 주도한 주요한 세력으로는 개신교 그룹을 들 수 있다. 서북의 개신교 그룹은 교육, 언론, 산업 등 여러 방면에서 서북의 민족주의를 지탱했으며, 당대에 이들은

호를 비롯하여 남강 이승훈, 고당 조만식 등의 인물이 있고, 서북의 문인을 비롯하여 서북의 지식인 그룹은 이들과 직간접적으로 연결되어 있다. 이러한 서북 민족주의운동의 역사 한가운데에 서 있는 인물이 춘원 이광수이다.

춘원 이광수는 1908년경 일본 유학시기부터 신민회 활동에 관여하고,[12] 상해임시정부 및 흥사단 원동지부 활동, 국내에서의 수양동우회 조직 및 『동광』의 발간 등을 통해, 해외에 체류하던 도산의 민족주의 운동 노선을 국내에서 실행에 옮겼다. 그러나 국가를 세울 초석이 될 실력을 마련해야 진정한 독립이 실현된다는 도산의 준비론 혹은 점진론에 대한 회의는 이미 1910년 한일병합을 앞두고 신민회 내부적으로도 회의에 부딪치고,[13] 한일병합 이후에는 그 소극성으로 인해 민족주의자 및 사회주의자들로부터 공격을 받았던 것이 사실이다. 이후 해외에 체류한 도산의 뜻은 국내에서 춘원의 주도로 진행된 논의에 의해 확인할 수밖에 없는 것인데, 춘원이 상해를 떠나 귀국하기까지의 석연치 않은 정황, 「민족개조론」(1922)이 불러일으킨 사회적 반감 등으로 인해, 춘원의 행보 자체에 대한 신뢰성뿐만 아니라 그가 주도한 국내의 실력양성론 역시 그 적절성에 대해 비판을 불러온 것이 사실이다. 특히, 신민회 시대부터 변함없이 유지되어온 청년 지도자론, 민족 자본주의, 교육 및 언론 산업을 통한 비정치적 문화 운동 등의 노선은 사회주의자들로부터 거센 저항에 부딪쳤다. 춘원의 귀국 정황에 대해 선우휘는 "民族主義的인 계몽성을 띤 作品을 쓴 春

사회주의자들과 마찰을 빚고 해방 이후 대거 월남하여 남한 사회의 보수주의를 견인하게 된다(서북의 기독교와 서북 지식인 문단의 관계에 대해서는 김건우, 『사상계와 1950년대 문학』, 소명출판, 2003 ; 정주아, 앞의 책 참조. 사회학적인 접근은 강인철, 『한국의 개신교와 반공주의』, 중심, 2006 참조).

12) 지금까지 춘원의 일본 유학 시기는 조선유학생으로서 일본을 경험하는 차원에서 이야기되어왔으나, 일부 자료는 도산이 1907년 조선에 돌아와 대성학교와 신민회 운동을 꾸리던 무렵부터, 방학 기간에 조선에 돌아온 춘원이 신민회원들이 주관하는 교육보급운동에 참여했음을 보여주고 있다(주요한, 『안도산전서』, 삼중당, 1963, 157쪽 ; 정주아, 앞의 책, 186~187쪽).

13) 이광수, 「선도자」(1923), 『이광수 전집』, 삼중당, 1962, 471쪽.

園 李光洙는 定州人들의 자랑의 하나였다. 그래서 春園이 親日的이 되어 歸國했을 때의 定州人들의 失望과 노여움은 컸다. 그것이 아쉬운 나머지 定州人들은 春園親日의 責任을 몽땅 그 부인인 許 女史에게 뒤집어 씌우려고 했었다. 물론 그래서 될 일은 아니었지만……"14)이라 적고 있다.

실력양성론에 쏟아진 비판에도 불구하고, 도산 안창호나 춘원이 대성학교, 오산학교 등을 통해 청년 교육에 공을 들이면서 조형해낸 청년 지사의 형상이 서북 지역 민족주의를 견인하는 강력한 기반이 되었다는 것은 부인할 수 없는 사실이다. 이런 청년론의 직접적인 영향을 잘 보여주는 것이 「묵시」에서 선우휘가 고백한 바 있는, 앞뒤를 가리지 않고 테러에 나서고자 하는 지사적 열병의 상태이다. 이 맥락에서 본다면 대일협력을 종용하는 글 자체의 내용이 분노의 직접적 대상이 되는 것은 아니다. 분노의 대상은 글이 아니라 춘원이다. 한반도 민족주의의 요람인 고향 정주에서 배출된 민족주의자에 대한 실망인 것이다. 테러를 결심했다는 선우휘의 고백은 신뢰와 불신을 반복해가며 춘원을 지켜보는 동안 누적된 애증이 한꺼번에 폭발되었던 국면을 보여준다.

「묵시」는 선우휘가 정치 이데올로기의 직접성, 다시 말해 민족주의의 환상을 빠져나와 자신을 관찰하는 관점에서 쓰인 텍스트이다. 춘원을 해하겠다는 지사적 열병의 상태를 벗어나 당시의 자신을 조망하고 있음이 그 방증이다. 그리고 이 같은 자기 객관화의 계기는 해방을 거치면서 열병의 근거지인 정주와 심정적으로 분리되어 군사분계선 이남 지역에서 월남인으로 살아가면서 가능해졌다.

    해방 다음 해 봄에 나는 월남해서 신문사에 들어가 사회부 기자가 되었다. 이미 많은 인사들이 사회의 표면에 나타나 활약하고 있었다. 이북에서 친일파는 말할 것도 없고 민족주의적 독립투사까지 프롤레타리아 계급이 아닌 사람들에 대한 힐난과 공격과 배격으로 세월이 없는 꼴에 식상할 대로 식상한 나는 좌우를 가리지 않은 친일파에 대한 조소와 배척 일변도의 상황을 볼 때 거기 동조하고 싶기보다는 인간이 같은 인간을 치죄함에 있어서는 어쩌면 그

---

14) 선우휘, 「두고온 산하─영원한 향수·정주」, 『북한』, 북한연구소, 1972, 208쪽.

렇게도 자기 자신을 소외시키는가에 염증조차 느끼기에 이르렀다.
　그런 심정에서 나는 춘원의 곤경을 동정적으로 보게 되었다. 감히 누가 그에게 돌을 던질 수 있는가?15)

　인용문은 월남 후 정치적 대립으로 혼란스러운 시국을 보며 선우휘가 느꼈던 정치적 염증이 어디에서 기인하는지를 보여준다. 그는 남의 단죄에 있어서는 냉혹한 인간이 정작 자신의 죄에 대해서는 관대한 것이냐고 되묻는다. 정치적 혼란기 남북한의 인간 군상에 대한 이러한 환멸은 비단 「묵시」에만 등장하는 것은 아니다. 가령 선우휘가 해방 공간에서 몽양 여운형, 고하 송진우 등이 평안도 출신의 극우 테러리스트에 의해 암살되는 것을 보고 '그 평안도 사나이들, 누구를 없애야 한다고 믿으면 선뜻 총을 들이대고 서슴없이 방아쇠를 당기는 테러리스트들, 그것이 과연 평안도 기질일까?'라며 월남 출신 청년들이 조직한 우파 반공 단체를 떠받드는 '테러리스트 집단의 미학'을 개탄할 때,16) 작가의 수치심은 월남인 집단을 향하고 있다. 월남인의 아들이 출구가 보이지 않는 가난을 비관해서 붉은 깃발을 들고 좌익의 시위장으로 달려가고,17) 과거 친일을 했으되 월남한 이후 국회의원이 된 이를 따라다니며 주먹패 노릇을 해서 '앞날을 도모'하여 이른바 '생존을 건 반공'에 나서는 월남인들을 보고18) 안타까워할 때, 작가는 남한 사회에서 일종의 이방인으로서 위기의식을 느끼는 월남인 집단의 일원이 된다. 해방 이후 선우휘가 느낀 감정적 혼란은, 단지 이북에서 온 존재들이라는 명분만으로 언제든지 사상적 불투명성을 의심받는 대상이 될 수 있고, 이에 그 반작용으로 반공주의에 매달려 결백을 입증해야 하는 아이러니를 목도한 데에서 생겨난다. 나아가 이러한 소극적인 반공주의자의 길이 아닌 이념적인 광기로의 함몰, 그러니까 '빨갱이'에게 맹목적인 폭력을 행사해야만 타지에서 자신의 정체성을 보존할 수 있다고

---

15) 선우휘, 『묵시』, 199쪽.
16) 선우휘, 『노다지』, 471쪽.
17) 선우휘, 「깃발 없는 기수」(1959), 『선우휘 문학선집』1, 조선일보, 1987, 333쪽.
18) 선우휘, 「테러리스트」(1956), 위의 책, 38쪽.

믿는 월남인 집단의 왜곡된 직정(直情)을 목도한 데에서 나오기도 한다. 이 경우 걷잡을 수 없는 동족 간 폭력과 살육의 혼돈을 잠자코 지켜보기만 하는 것은 그것대로 '묵인'이 되어버린다.[19] 따라서 '누가 춘원에게 돌을 던질 수 있느냐'는 보편적 관용은, 해방과 전쟁 중에 벌어진 살육과 복수의 악순환을 겪으며 이런 난세에는 어느 누구도 죄를 면할 수 없다는 인식에서 나온 반응이다. 모두가 공범인데 대체 누가 누구를 죄인이라 할 수 있느냐는 반문인 것이다.

4. 귀향(歸鄕)을 위한 조건으로서의 춘원

선우휘는 고향 정주와 연결된 지사적 열정을 떠나 월남 이후 이방인 집단에 편입되면서 군중 속에서 자신을 분리하여 객관화하는 시선을 갖게 된다. 이러한 객관화의 과정 속에서 '춘원의 훼절'이라는 사태는, 일단 그 진위와는 상관없이 자기반성의 계기로 다가오고, 나아가 남을 단죄하는 일에 들뜬 집단적 열기 속에 희생양이 되어 아예 그 해명의 기회조차 주어지지 않았던 사례로 소환된다.

이제 마지막 질문, 선우휘는 왜 춘원을 용서해야만 했는가라는 물음, 다시 말해 춘원과의 화해는 왜 필연적으로 요청되었는지에 대해서 생각할 차례이다. 앞서 우리는 선우휘가 춘원을 어떤 맥락에서 이해하게 되었는가를 살폈지만, 이것이 왜 하필 작가 자신이 남한에서 혼돈의 시절을 보내는 가운데 춘원을 화해의 대상으로 불러내도록 만들었느냐는 필연성까지 설명하는 것은 아니기 때문이다. 왜 하필 춘원인가를 물을 때에야 춘원과 선우휘 사이의 정신적 연대까지를 문제 삼을 수 있다.

춘원을 이해하는 일이 고향에서 분리되면서 가능해진 것이되, 춘원을 이해하는 일은 아이러니컬하게도 고향으로 복귀하기 위해 필요했다고 말

---

19) 선우휘, 「불꽃」(1957), 위의 책, 105쪽.

할 수 있겠다. 그는 다만 생존의 위기라든가 맹목적인 폭력으로 얼룩진, 월남인 집단의 반공주의의 전거를 해방 이전 서북 지역 민족주의 운동의 전거로 채워넣는다. 요컨대 정치 이데올로기의 광기를 목도한 순간 현실에서 분리된 자신을 다시 현실 속에 몰아넣기 위해 선우휘는 춘원을 필요로 했다.

세대적으로 구분하자면 전후에 등단한 작가에 해당함에도 불구하고, 선우휘의 소설은 좌우의 이념적 대립을 다루는 장면에서 대개 해방 이전의 북한, 특히 고향 정주의 시공간으로 거슬러 올라간다. 이들 소설이 이데올로기의 혼란 속에서 특정한 선택을 강요받는 사람들의 보편적 군상을 그리겠다는 취지로 출발했으면서도, 끝내는 완고한 '반공주의'를 표명하게 되는 일정한 패턴을 가진다는 점을 감안할 때 선우휘와 그의 존재적 기반인 정주는 서로 분리할 수 없는 것이다.

군인, 소설가, 언론인이라는 흔치 않은 이력을 가졌음에도, 그의 생을 일관하는 것이 있다면 반공주의자로서의 면모이다. 이때 선우휘가 주장하는 반공주의의 근거란 월남 이전 이북에서의 경험에 토대한다는 점에서, 전후 남한 사회에 군림한 미군정의 반공 정책에의 영향이나 이른바 '전체주의적 반공주의'의[20] 차원에서 내면화된 반공주의의 경우와는 구분하여 논할 수 있을 것이다. 실제로 선우휘를 비롯하여 월남한 이들의 반공주의적 경향은, 한국의 현대사에 있어 '반공'이 무소불위의 절대 통치 이념으

---

20) 강웅식은 1960년대 순수·참여 논쟁을 살피는 과정에서 한국에서의 '반공주의'의 의미에 대해 정리한 바 있다. 그는 한국의 근현대사에서 '반공주의'는 단순한 사전적인 의미('anti-communism'의 축약어로, '사유재산을 부정하고 공유재산을 바탕으로 사회·정치 체제를 실현하려는 사상과 운동') 이상의 잉여적 의미효과를 갖는다고 본다. 그에 따르면, 일차적으로 한국에서의 반공주의는 냉전체제, 분단체제, 휴전체제라는 삼항구조의 연관 속에서 논의되어야 그 전모를 파악할 수 있으며, 특히 현대 정치사의 특성상 일인 절대 권력 체제하에서 사회통합을 유도하는 '전체주의적 반공주의'라는 특성이 위에 언급한 삼항구조를 작동시키는 동인이 된다고 분석하였다(강웅식, 「전체주의적 반공주의와 순수·참여 논쟁」, 『반공주의와 한국 문학』, 깊은샘, 2005, 195~199쪽). 본 논문에서는 직접적인 체험 없이 언론과 교육, 학습 등에 의해 반공주의를 체화한 경우를 지칭하기 위해 이 용어를 인용하였다.

로 자리 잡는 데 기여하게 되는 것이다. 어쨌거나 반공주의란 다 똑같은 전제적 통치 논리로 기능하지 않았느냐는 결과론을 잠시 유보하고 생각한 다면, 통치 이념으로서의 '반공'과 생래적으로 형성된 '반공'이란, '반(反)'으로 집약되는 부정의 방식이 다르며 이에 동일한 수준에 놓고 논의하기는 어려워 보인다. 전자의 '반공'이 단지 부정을 위한 부정으로서 군림하며 사실상 자체적인 동력을 상실한 폐쇄적인 통치 논리에 불과한 것이라면, 후자의 '반공'은 공산주의를 부정하되 그와 다른 '무엇'에 대한 주체적 지향을 내포한 상태로 분리할 필요가 있다는 것이다. 물론 이러한 차이와 후자의 지향을 설명하기 위해서는 반공주의란 체험상의 트라우마로부터 비롯된다는 단순한 경험론적 환원 너머까지 나아갈 수 있어야 한다. 그리고 이러한 배경에는 해방 이전부터 계속되어온 근대 초기 민족주의 진영과 사회주의·공산주의 진영 간의 대립구도라는 역사가 놓여 있다.

가령 1920년대에, 상해에서 귀국한 이후 춘원이 문단에서 노력을 기울었던 사업은『조선문단』의 창간(1924), 그리고 수양동우회의 발족(1926) 및 기관지『동광』의 발행 사업(1926) 등으로 요약된다. 특히『동광』은 동우회 기관지로서 실력양성론이 정치문화적으로 구현된 산물이라 할 수 있다. 이 가운데에는 사회주의에 대한 춘원의 입장도 정리되어 있다.

> 당신은 조선민족의 어떤 계급을 위하냐, 착취하는 쪽이냐, 착취당하는 쪽이냐 묻는다면—
> 민족적 결체는 절대적이다. 조선민족의 민족적 단일체사상을 파괴한 사상이나 행동은 조선민족의 적이니 그러한 사상행동을 하는 자는 민족적 반역자로 볼 것이다
> (…중략…)
> 민족주의 시대가 청산된 듯이 말하나, 그것은 언론가들의 책상에서요 현실 조선에서는 아니다. 조선은 지금 바로 민족주의 결성시대다. 이로부터 정히 조선에 실행적인 민족주의 시대가 올 것이요 따라서 민족주의의 문학이 대두할 것이다.
> (…중략…)
> 인간문제는 아직도 '만국의 노동자'가 합하야서 해결할 것이 아니오 각기 일민족이 민족적으로 해결할 시대에 있다고 본다. 민족주의란 세계주의에 대

립할 것이오 결코 사회주의에 대립할 성질의 것이 아니다. 21)

　'민족적 결체'를 파괴하는 행동은 '조선민족의 적'이요, 그런 사상 행동을 하는 자는 '민족적 반역자'라는 춘원의 언급은 계급론을 통해 민족의 관념을 무화시키려는 사회주의 이론을 적으로 돌리고 있다. 사회주의자 역시 민족주의자의 일부여야 하며, 민족주의의 적은 세계주의라는 언급은 비단 춘원뿐만 아니라, 도산과 주요한 등『동광』을 이끌었던 지도부의 견해에서도 반복적으로 확인된다. 춘원을 중심으로 한 실력양성론자들과 사회주의자들의 대립구도는 사실상 어떤 유형의 발언도 불가능해진 1930년대 말에 이르러 소강상태가 된다.

　앞서 이남에 정착해야만 했던 선우휘를 괴롭게 하던 월남인 군상의 모습을 살핀 바 있다. 그들은 맹목적 분노에 사로잡힌 백색테러 집단이며, 혹은 남한 사회에서의 정착을 위해 부도덕한 정치인의 하수인 노릇조차 마다할 수 없는 형편에 놓여 있다. 무엇보다 그 결과로 초래된 동족끼리의 살육이라는 사태 앞에서 작가는 아연해진다. 춘원은 선우휘에게 있어서 이 모든 혼돈을 넘어서는 키워드가 된다.

　춘원이 견지한 반사회주의 노선과 민족단일체로서의 민족주의론의 주장은 선우휘에게 있어서 자생적 반공주의의 기원으로 소환된다. 단지 이남에서 이방인이 되지 않기 위해, 혹은 잠재적 반역자로 지목되지 않기 위해 암묵적인 강요로 받아들여야 하는 반공주의를 거부하는 것, 이것은 기계적인 부랑자 집단이 되길 거부한 선우휘의 자존심을 보여준다. 이에 그는 반공주의를 주장할 때면 민족주의의 성지라 할 평북 정주로 소급해 올라간다. 반공주의의 타당성 확보하기 위한 뿌리는 그의 고향에 있고, 춘원은 선우휘에게 있어 누구보다 먼저 만나고 화해해야 하는 이념적 아버지의 형상이 된다.

---

21) 이광수, 「비폭력론」, 『동광』 20, 1931. 4.

5. 결론: 민족주의와 반공주의, 춘원과 선우휘

선우휘의 「묵시」는 해석에 따라서는 해방 전후 줄곧 침묵을 지켰던 춘원의 내면에 관한 적극적인 변호라고 읽을 수 있을 것이나, 필자의 관심은 그 변호 행위를 부정하거나 혹은 수용하는 데 있지 않다. 이 논문의 관심은 선우휘가 춘원을 부정했던 해방 전과 해방 이후 월남하여 춘원을 용서하기까지 두 지점 사이의 간극에 놓여 있다. 다시 말해, 춘원을 향해 애증을 품었던 혈기왕성한 청년 민족주의자가 어느 시점, 성경의 한 구절을 인용하면서 '춘원의 곤경'을 인간 보편의 문제로 연결시키는 그 전회(轉回)의 조건과 의도에 관한 것이다. 누가 춘원에게 돌을 던질 수 있느냐는 선우휘의 반문은, 그가 분노했던 춘원의 '죄'를 무고한 것이라 말하는 것이 아니라 모두가 '죄'를 지었으므로 특정 누군가를 비난할 수 없다는 의미를 담는다. 세계에 대해 선악을 분별하는 일이 더 이상 불가능해졌을 뿐만 아니라, 심지어 자신이 발 디딘 지점이 선이라 장담할 수 없는 상황적인 인식하에 선우휘는 춘원을 소설에 등장시키고, 그에게 무고하다 말하는 대신에 이해한다고 말하고 있다.

이 논문은 이러한 선우휘의 시각적 전환이 어떻게 나타나며, 어떤 조건에서 만들어지고, 왜 나타났는지 세 가지 질문에 초점을 맞추고 있다. 선우휘는 작가이자 언론인으로서 해방 이후 한국전쟁과 분단으로 이어지는 한반도의 급격한 정치적 격동기를 헤쳐온 인물이다. 특히 그가 평북 정주 출신의 월남인 작가라는 점은 이 논문이 출발하는 기점이 되었다. 춘원과 선우휘의 정신적 연대를 설명하는 작업이 춘원의 일제 말 대일협력을 바라보는 한 시선을 소개한다는 차원을 넘어, 해방 이전 민족주의자와 해방 이후 반공주의자의 정신사의 연계를 설명하는 단초가 되기를 기대한다.

■ 참고문헌

1. 기본자료

선우휘, 『望鄕』, 일지사, 1972.
선우휘, 『노다지』, 동서문화사, 1990.
선우휘, 「두고온 산하 ― 영원한 향수 · 정주」, 『북한』, 북한연구소, 1972.
선우휘, 『선우휘 문학선집』 1, 조선일보, 1987.

2. 논문 및 단행본

이익성, 『선우휘』, 건국대학교 출판부, 2004.
강웅식, 「전체주의적 반공주의와 순수 · 참여 논쟁」, 『반공주의와 한국 문학』,
    깊은샘, 2005.
김건우, 『사상계와 1950년대 문학』, 소명출판, 2003.
정주아, 『서북문학과 로컬리티』, 소명출판, 2014.
한수영, 「한국의 보수주의자―선우휘」, 『역사비평』 57, 2001.11, 52~85쪽.

Nationalist and Anticommunist: Chunwon and Seonwu-hwi in the *Revelation*

Joung, Ju-a

This essay is a critique of the novel, *Revelation*[묵시 Muk-si], written by Seonwu-Hwi. He is known for being a writer who moved from the north to the south of Korea after the Independence. In this Novel, He assessed that his fellow writer Chunwon, had cooperated with Japan at the end of the colonial period. Seonwu confessed his emotional change regarding Chunwon. At first he hated Chunwon, who he treated as a traitor, but later understood and forgave Chunwon, who he reinterpreted as being scapegoated in the controversy. This change was made possible through Seonwu's experiences of moving between the two political territories, the north and the south of Korea. After moving to the south, many settlers from north were suspected of being communist. Then many of them became anticommunist doing the white terror(the conservative terror) to prove their innocence. As a member of this settler group, Seonwu recognized that the truth is often made by public opinion regardless of fact. On the controversial theme of the cooperation with Japan by Chunwon, this novel suggests shifting the vision toward public sentiment. This suggestion is interesting, because we can apply this logic to Seonwu's anticommunist writing.

● Keywords : *Revelation*[Muk-si], Seonwu-hwi, Chunwon, Lee Kwangsoo, Anticommunism, Nationalism

춘원과 에밀 졸라와의 대화

— 두 작가의 문학 사상적 상호연관성을 중심으로

신 정 숙*

■ 국문초록

이 논문에서는 이광수의 1930년대 대표 소설 『그 여자의 일생』(1935)과 에밀 졸라의 『나나』(1880)를 비교·분석함으로써 이광수가 당시 조선 문단으로부터 '퇴폐적인' 작가로 혹독한 비판을 받고 있었던 에밀 졸라의 문학 사상을 수용하여 '이광수적인' 자연주의 문학을 발전시켰다는 사실을 고찰하였다. 이는 이광수 문학의 자연주의적 경향이 1920년대 이후에 갑자기 등장한 것이 아니라 초기 계몽주의 사상이 자연주의와 결합되는 과정에서 형성된 것이며, 그의 자연주의 문학은 도덕/윤리의 강조로 인해서 종교와

* 조선대학교 교수

자연스럽게 결합될 수 있었다는 사실을 규명하는 것이다.

이광수와 에밀 졸라는 그들의 대표 작품『그 여자의 일생』(1935)과『나나』(1880)를 통해서 '과학/자연주의'에 의해 철저하게 지배되는 근대사회에서 전근대적인 종교(기독교/불교)를 인간 삶의 부조리를 해결할 수 있는 유일한 대안(기독교: 에밀 졸라, 불교: 이광수)으로서 제시하고 있다. 이는 인간이 근본적으로 육체에 잠재되어 있는 원초적인 욕망/충동/본능/광기 등에 의해서 지배될 수밖에 없다는 패배의식과 이와는 반대로 형이상학적인 종교를 통해서 인간의 육체성을 극복할 수 있다는 낙관적 전망이 동시에 반영된 것으로 볼 수 있다. 이처럼 그들의 문학 속에서 매우 이질적인 성격을 지니고 있는 과학(자연주의)과 종교가 유기적으로 결합되는 양상을 보여주는 것은 문학, 과학, 종교가 각기 지니고 있는 윤리적 성격에서 비롯된 것으로 볼 수 있다. 즉 문학, 과학, 종교의 궁극적인 기능은 모두 인간 삶이 내포하고 있는 부조리와 결함을 치료하고, "인간을 올바른 방향으로 인도"하는 역할을 담당해야 한다는 것이다. 이러한 측면에서 두 작가가 지향하는 자연주의는 '이상적' 자연주의라고 볼 수 있다.

에밀 졸라와 이광수는 모두 1920~30년대 조선의 문단에서 자연주의 작가로서 제대로 평가받지 못했던 인물들이다. 그러므로 향후 에밀 졸라의 문학 사상이 조선 문단에 수용되는 양상과 이광수와 에밀 졸라의 문학 사상적 상호 연관성에 대한 후속연구가 지속적으로 진행된다면, 1920~30년대 조선의 자연주의 문학에 대한 새로운 지형도가 작성될 수 있을 것이라고 생각한다. 또한 이광수 문학은 자연주의 관점에서 전체적으로 조망될 필요가 있다. 1910년대 그의 초기 계몽주의 사상이 자연주의 사상과 결합되고, 1930년대 중반 이후 다시 종교(불교) 논리와 결합되는 기제를 고찰함으로써 이제까지 간과되었던 이광수 문학의 특수성을 새롭게 규명할 수 있을 것이다.

● **주제어**: 춘원, 에밀 졸라, 자연주의, 과학, 유전, 환경, 절대적 결정론, 육체, 종교, 쾌락.

1. 서론

지금까지 이광수 문학에 관한 연구는 그의 문학이 지니고 있는 근대적 성격 및 민족/국가라는 거내서사와 관련하여 계몽사상/주의에 초점을 맞추어 진행되어왔다. 그러므로 1910~20년대 소설 및 평론에서 끊임없이 나타나는 근대과학에 대한 낙관적 태도, 유전과 환경을 강조하는 절대적 결정론, 진화론 등의 자연과학에 대한 사상 역시 그의 문학이 지닌 근대적, 계몽적 성격을 보여주는 핵심적인 요소로서 연구되었다. 이러한 연구 방식을 통해서, 이광수 문학이 지닌 근대문학적 특수성과 이의 문학사적 의의에 대한 상당한 연구 성과가 축적된 것이 사실이다.

그러나 그가 1920~30년대에 이르러 자연과학적 지식과 다윈의 진화론적 사고를 기반으로 하여 자연주의 문학을 창작했으며, 이 작품들이 자연주의 작가 에밀 졸라의 대표 작품과 비견될 만한 문학적 성취를 이루었다는 사실을 고찰한 연구는 전무한 상황이다. 이러한 빈약한 연구 성과는 기본적으로 이광수가 계몽주의 작가라는 뿌리 깊은 인식과 그의 작품 경향을 시기별로 구분하여 1910년대는 계몽주의적 소설, 1920~30년대 초반까지를 윤리 중심주의적 소설, 그리고 1930년대 중반 이후를 종교(불교) 소설로 보는 연구자들의 일반적인 시각에서 비롯된 것으로 볼 수 있다. 이러한 연구방식은 이광수 전체 문학이 일관된 지향성이 있다고 보기보다는 시기별로 상이한 특징을 보여준다는 인식과 밀접한 연관성을 갖고 있다. 이러한 분류/구분/배제의 연구 방식은 특정 시기에 창작된 각각의 문학작품이 지닌 특성을 고찰하는 것은 가능하지만, 1910년대 대표적인 계몽주의 소설 『무정』(1917), 『개척자』(1918)에서부터 1920~30년대 대표 소설 『재생』(1925), 『그 여자의 일생』(1935), 그리고 1930년대 후반 대표적인 종교(불교) 소설 『사랑』(1938)에 이르기까지 일관되게 보여주는 자연주의 문학적 요소/특성과 과학과 문학의 결합 기제, 그리고 그의 자연주의 문학사상의 발전과정을 전체적으로 고찰하는 것을 불가능하게 한다.

이러한 측면에서 이광수의 1920~30년대 문학작품 중에서 자연주의적 경향이 가장 선명하게 나타나는『그 여자의 일생』(1935)을 주목해볼 필요가 있다. 이 소설은 "내가 가진 인생관과 예술적 재능의 총결산"1)이라고 작가 스스로 평가할 만큼 그 당시 이광수의 문학 사상을 집대성한 작품이다. 이 소설은 한 빼어난 미모를 지닌 아름다운 여성이 자신의 의지와는 상관없이 선천적인 유전과 사회적 환경에 의해서 파멸해가는 양상을 "속기자"2), 즉 객관적인 관찰자의 입장에서 그린 작품이다. 이러한 소설적 설정을 통해서, 이광수는 육체에 대한 과학적 인식과 인간 삶이 유전과 환경에 의해서 결정된다는 절대적 결정론(déterminisme)에 대한 확고한 신념을 보여준다. 또한 그의 자연주의적 사고/사상이 아이러니하게도 전근대적이고, 비과학적인 종교(불교)와 결합되는 독특한 기제를 보여준다.

여기서 중요한 점은 이 소설에 나타나는 자연주의적 특성이 세계적인 자연주의 작가 에밀 졸라의 대표 작품『나나』(1880)와 매우 유사하다는 사실이다.『나나』(1880)는 에밀 졸라가 자연주의 이론에 기초하여 쓴 대사회 소설『루공 마카르』총서(1871~1893, 20권)의 제9권에 해당하는 소설로서, 거부할 수 없는 마성의 미모를 지닌 창녀 나나와 그녀를 둘러싼 상류 사회 남성들이 파멸해가는 양상을 그린 작품이다. 이 소설은 이러한 남녀들의 퇴폐/타락과 파멸이 유전적 요소와 환경에 의해서 결정된 것이라는 사실을 선명하게 형상화하고 있다.3) 또한 이 소설은 근대의 자연주의적 사고를 기반으로 하고 있을지라도 인간의 구원의 가능성을 종교(기독교)에서 찾는 모습을 보여준다.

그러므로 이 논문에서는 이광수 문학이 지닌 독특한 자연주의적 특성을 고찰하기 위하여 1930년대 대표 소설『그 여자의 일생』(1935)과 에밀 졸라의『나나』(1880)를 비교 연구함으로써 두 작가의 문학 사상적 상호 연

---

1) 이광수, 작자의 말,「그 여자의 일생/꿈」,『이광수대표작선집』3, 삼중당, 1975, 3쪽.
2) 이광수, 위의 글, 6쪽.
3) 에밀 졸라, 하인자 옮김,「에밀 졸라의 생애와 작품 세계」,『나나』, 혜원, 1999, 426~428쪽.

관성에 대해 분석할 것이다.4) 그리고 이를 통해서 이광수가 당시 자연주의 작가 모파상, 플로베르 등과는 달리 조선 문단으로부터 '퇴폐적인' 작가로서 혹독한 비판을 받고 있었던 에밀 졸라의 문학 사상5)을 어떠한 방식으로 발전시켰는가를 고찰할 것이다. 지금까지 이광수 문학의 자연주의적 특성 및 에밀 졸라의 문학과의 상호 연관성에 대해 본격적으로 연구한 논문이 전무하다는 측면에서, 이 연구는 향후 이광수 문학이 지닌 근대문학적 특수성을 연구하는 데 있어서 하나의 새로운 접근 통로를 제공해줄 수 있을 것이다.

2. 춘원과 에밀 졸라, 그리고 '이상적' 자연주의

이광수와 에밀 졸라의 문학 사상적 연관성을 고찰하기 위해서는 조선 문단에 에밀 졸라의 문학 사상 및 작품이 어느 시기부터 유입되기 시작했는가를 살펴볼 필요가 있다. 에밀 졸라의 대표 작품 중에서 『나나』(1880)는 조선에서 두 번 번역되어 소개되었다. 1924년 홍난파는 번역본 『나나』(박문서관)를 출간하였으며, 1929년 心鄕山人은 『조선일보』(10월 22일~25일)에 『나나』를 번역하여 연재하였다.6)

---

4) 지금까지 이광수와 에밀 졸라와의 문학 사상적 상호 연관성에 대해 고찰한 연구는 전무한 상황이다. 식민지 시기 자연주의에 고찰한 대표적인 연구는 다음과 같다.
   김병철, 『한국근대서양문학이입사연구』, 을유문화사, 1980.
   김윤식, 「한국 자연주의문학론고에 대한 비판」, 『국어국문학』 29호, 1969.
   김학동, 「자연주의 소설론」, 『한국근대문학연구』, 서강대학교 인문과학연구소, 1969.
   박성창, 「1920년대 한국 자연주의 담론에 나타난 에밀 졸라의 표상과 자연주의적 묘사」, 『한국현대문학연구』 20, 한국현대문학회, 2006. 12.
   백철, 『신문학사조사』, 신구문화사, 1980.
5) 이에 대해서는 박성창의 「1920년대 한국 자연주의 담론에 나타난 에밀 졸라의 표상과 자연주의적 묘사」, 『한국현대문학연구』 20, 한국현대문학회, 2006. 12 참조.

흥미로운 점은 『나나』가 단행본, 또는 신문 연재소설로 번역되어 소개된 직후 이광수의 평론에서 에밀 졸라와 그의 소설적 기법에 대한 평가가 나타난다는 점이다. 에밀 졸라에 대한 구체적인 언급이 있는 평론은 「조선 문단의 장래와 전망」(1925. 1. 1)과 「조선소설사」(1935. 5.)이다. 이 두 평론은 에밀 졸라의 문학에 대한 이광수의 인식과 두 작가의 문학 사상적 연관성에 대한 기본적인 단서를 제공해줄 수 있다는 점에서 세밀하게 살펴볼 필요가 있다.

> "둘째는 技巧다. 小說에 있어서는 技巧는 아직 寫實主義時代에 있다. 無論 寫實主義는 가장 安全하고 또 正經이 되는 描寫法이다. 졸라나 톨스토이의 寫實主義보다는 훨씬 選擇的이 되었거니와 좀더 選擇的인 「抄寫主義」에 들어가야 할 것이라 생각한다. 그러나 個人으로나 時代로나 좋은 抄寫主義는 寫實主義의 胎에서 나온 것을 알기 때문에 우리 描寫法이 아직 寫實主義인 것을 悲觀하지 아니한다."[7]

> "自然主義는 그저 있는 대로 막 써라 하니까, 自然 젊은이들은 性慾이나 自由戀愛 같은 것을 쓰게 되었는데 田山花袋의 <蒲團>이라는 것 같은 것은 그때의 絶讚을 받던 겝니다.
> 手法으로는 寫實主義가 많았는데, 이 主義의 大家 톨스토이나 졸라나 투르게니에프의 作品을 보면 무얼 描寫하는 걸 寫眞 박듯이 써서 여간 지리한 게 아니었었는데, 그 反動으로 象徵主義가 일어나게 되었읍니다. 이때의 作家 金東仁·廉想涉 같은 이는 다 이러한 傾向이었읍니다. 己未以後에 社會의 變動으로 해서 모두 形式을 무시하는 「이데올로기 中心의」 小說이 나오게 되었읍니다.[8]

이광수는 홍난파가 번역한 단행본 『나나』(박문서관, 1924)가 출판된 직

---

6) 김병철, 『한국근대서양문학이입사연구』, 을유문화사, 1980, 524~526쪽. 또는 박성창, 「1920년대 한국 자연주의 담론에 나타난 에밀 졸라의 표상과 자연주의적 묘사」, 『한국현대문학연구』20, 한국현대문학회, 2006. 12. 188쪽.
7) 이광수, 「조선 문단의 장래와 전망」, 『동아일보』, 1925. 1. 1. 여기서는 이광수, 「조선 문단의 장래와 전망」, 『이광수전집』16, 삼중당, 1963, 95쪽.
8) 이광수, 「조선소설사」, 『사해공론』, 1935. 5. 여기서는 이광수, 「조선소설사」, 『이광수전집』16, 삼중당, 1963, 208~209쪽.

후에 쓴 「조선 문단의 장래와 전망」(1925. 1. 1)이라는 평론에서, 에밀 졸라와 톨스토이가 모두 사실주의 작가이며, 사실주의가 기교의 측면에서 "가장 安全하고 또 正經이 되는 묘사법"이라고 주장한다. 또한 그는 평론 「조선소설사」(1935. 5.)에서 당시 유행하고 있는 자연주의 소설의 내용이 "성욕이나 자유연애"이며, 톨스토이, 에밀 졸라, 투르게네프 작품의 특징이 '사진을 박은 듯한 묘사'라고 말한다. 그리고 이러한 경향의 조선 작가로는 김동인, 염상섭이 있다고 말한다.

이와 같은 에밀 졸라와 연관된 이광수의 주장을 통해서, 두 가지 중요한 사실을 알 수 있다. 첫째, 이광수는 1920년대 중반 이후 소개되기 시작했던 프랑스의 대표적인 자연주의 소설 작가 에밀 졸라의 문학에 대해 관심을 갖고 읽고 있었으며, 에밀 졸라의 사실주의 기법이 (톨스토이의 기법과 마찬가지로) 기본적으로 '정경(正經)'에 속하는 것으로 파악하고 있었다는 것이다. 둘째, 에밀 졸라의 소설적 기법의 특징을 '지루할 정도의 사진과 같은 묘사'로 규정하고, 이러한 경향의 작가로는 김동인과 현진건이 있다고 주장함으로써 자신의 문학적 경향과 에밀 졸라의 문학적 경향의 차이점을 의식적으로 강조하고 있다는 것이다. 이는 이광수가 자신만의 문학적 독자성을 확보하기 위한 노력의 일환으로 해석할 수 있다.

그렇다면 에밀 졸라의 문학 사상은 이광수 문학에 어떠한 영향을 준 것일까? 이를 본격적으로 고찰하기 위해서는 무엇보다 두 작가의 문학 사상과 대표 작품 『그 여자의 일생』(1935)과 『나나』(1880)에 나타난 자연주의적 특성을 비교/대조해볼 필요가 있다.

이광수의 『그 여자의 일생』(1935)과 에밀 졸라의 『나나』(1880)는 각각 3·1운동 이후의 타락한 식민지 조선과 프랑스 제2제정하에서 욕망과 광기로 인해 파멸해가는 상류사회를 그린 소설이다. 이 두 소설은 서로 상이한 시공간을 배경으로 하고 있지만, 자연주의 문학론을 철저하게 적용한 문학작품이라는 점에서 공통점을 갖고 있다.

먼저 에밀 졸라의 자연주의 문학의 특성을 살펴보면, 소설에 등장하는 인물들의 행동을 초자연적인 원인에 의해서 설명하지 않는다는 사실을 알

수 있다. 그는 육체와 감각, 본능과 충동, 광기와 신경증 등 인간의 원초
적 특성을 통해서 인간의 근본적인 삶의 양태를 설명한다. 이러한 삶의
양태의 토대를 이루고 있는 것이 유전론과 환경결정론9)이며, 이러한 요인
에 의해서 등장인물들의 운명이 결정된다는 사실을 보여준다. 그러므로
그에게 있어서 소설가는 유전론과 환경결정론에 의해서 운명이 결정되어
있는 인물들을 단순히 지켜보는 관찰자 또는 실험자에 불과하다.

> "자, 다시 소설로 돌아가서 말하자면, <u>우리가 보기에 소설가는 관찰자며
> 실험자다. 소설가 내면의 관찰자는 자신이 관찰한 대로의 사실을 제시하고,
> 출발점을 정하며, 등장인물들이 걸어 다니고 현상들이 전개될 단단한 지평을
> 마련한다. 이어서 소설가 내면의 실험자가 나타나서 실험을 기획하고, 특정한
> 스토리 내에서 행동하는 등장인물들을 통해 일련의 사실이 여러 현상의 결정
> 론에 걸맞게 드러난다는 것을 보여줄 것이다.</u> 클로드 베르나르의 표현을 빌
> 리자면 이 실험은 "보기 위한" 실험이다."10)

즉 소설가의 역할은 인물들을 "관찰한 대로 제시하고, 출발점을 정하며,
등장인물들이 걸어 다니고 현상들이 전개될 단단한 지평을 마련해"주고,
"특정한 스토리 내에서 행동하는 등장인물들을 통해 일련의 사실이 여러
현상의 결정론에 걸맞게 드러난다는 것을 보여주는" 것이다. 그러므로 에
밀 졸라는 『나나』에서 유전론과 환경결정론의 타당성을 입증하기 위해서
등장인물들을 자동인형처럼 묘사한다. 그러나 이러한 과학적 결정론은 숙
명론과는 근본적으로 다르다고 볼 수 있다. 숙명론은 등장인물들의 운명
이 그 조건에 관계없이 반드시 실현되는 것을 의미한다. 하지만 유전론과
환경결정론에 근거한 절대적 결정론은 그 원인을 이루는 조건만 바꿔주면
그 결과는 상이하게 달라질 수 있다. 이러한 측면에서 그의 자연주의 문
학관의 기초를 이루고 있는 과학적 결정론은 그 자체에 낙관적 전망을 내
포하고 있다고 볼 수 있다.11)

---

9) 에밀 졸라, 유기환 역, 「해제-문학과 과학의 행복한 융합을 위한 혁명적 방법
   론」, 『실험소설 외—고전의 세계』 59, 책세상, 2007, 182쪽.
10) 에밀 졸라, 유기환 역, 『실험소설 외—고전의 세계』 59, 책세상, 2007, 23쪽.

또한 에밀 졸라는 자연주의 소설가의 궁극적 목표가 생리학자, 심리학자와 같이 인간의 정념이 사회 환경 속에서 어떻게 작용하는지를 실험을 통해 보여주고, 분석함으로써 인간의 정념을 자유롭게 조절하고, 혹은 적어도 가능한 한 가장 무해한 것으로 만들 수 있다고 주장한다. 그리고 이 점이 자연주의 문학이 지니고 있는 유효성과 도덕적 성과라고 말한다.[12] 이러한 주장을 통해서, 그가 문학을 통해 유전과 환경에 의해서 지배당하는 인물들을 형상화하고 있을지라도 그가 궁극적으로 지향하는 바는 문학적 실험을 통한 유토피아의 실현이라는 사실을 알 수 있다. 즉 그는 인간이 유전과 환경에 의해서 지배당하는 자동인형과 같은 존재라는 사실을 전제하고 있지만, 궁극적으로 인간이 자율성과 의지를 지닌 존재로 거듭날 수 있다는 낙관적 전망을 지니고 있었던 '이상적' 자연주의자였던 것이다.

한편 이광수 역시 에밀 졸라가 주장하는 자연주의 문학관과 매우 유사한 문학관을 가지고 있었다. 그는 『그 여자의 일생』(1935)에 대해 소개하는 작가의 말을 통해서 이 작품이 자신의 "인생관과 예술적 재능의 총결산"이라고 평가할 만한 작품이며, 이 작품에 등장하는 여주인공이 "일생에 만나 본 특색 있는 모든 조선 여자"를 모델로 하고 있다고 주장한다. 이러한 주장을 통해서, 이 소설이 1930년대 이광수 문학관을 온전히 반영한 작품이자, 당시 식민지 조선의 모습을 재현한 작품이라는 사실을 알 수 있다.

  "<그 女子의 一生>의 주인공이 누구냐. 모델이 있느냐 없느냐를 물은 이가 있읍니다. 나는 이렇게 대답하겠읍니다. 제가 일생에 만나 본 특색 있는 모든 조선 여자가 전부 다 모델이라고 나는 일찍 어느 한 사람을 모델로 하여서 소설을 쓴 일이 없읍니다. ……
  이 다섯 편 속에서 조선이 낳은 한 아름다운 여성이 처녀로, 사랑으로, 아내로, 애욕의 방랑으로, 그리하여 어머니로, 시대의 영향과 성격의 발전 중에

---

11) 에밀 졸라, 위의 글, 197쪽.
12) 에밀 졸라, 위의 글, 39쪽.

서 가지가지 경험을 겪는 중에 마침내 자기의 지나간 반생의 환락과 희망과 고난의 무덤 위에 서서 나를 찾고 인생의 희망과 길을 찾는 경로를 그리려 하는 것이 이 소설의 의도입니다."[13]

위의 인용문을 통해서 알 수 있듯이, 이광수는 『그 여자의 일생』(1935)의 여주인공의 인생 역정이 "시대적 영향"과 "성격의 발전"에서 비롯되었다는 사실을 강조한다. 여기서 "시대적 영향"이라는 것은 "외부 환경"을 의미하는 것이며, "성격의 발전"은 "유전적 기질의 발전"을 의미한다는 측면에서, 그가 여주인공의 삶을 결정짓는 가장 중요한 요소로서 "환경"과 "유전"을 꼽고 있다는 것을 알 수 있다. 즉 그는 이 작품을 자연과학의 절대적 결정론(déterminisme)에 근거해 창작했다는 사실을 알 수 있다. 이러한 자연주의 문학적 경향은 본인이 "억지로 이 이야기의 길을 예정하려 아니하고, 한 속기자의 태도로 주요 등장인물들이 오늘날의 조선 형편에서 어떻게 제 씨를 뿌리고 제 열매를 거두어 가는가를 보아가면서 적어 보려고 합니다"[14]라는 말을 통해서 보다 명확하게 드러난다. 여기서 "속기자의 태도"라는 것은 등장인물들을 관찰자적인 입장에서 단순히 묘사한다는 것을 의미하며, "어떻게 씨를 뿌리고, 제 열매를 거두어 가는가"는 과학적 '인과의 법칙'을 의미한다. 이러한 측면에서 『그 여자의 일생』(1935)은 절대적 결정론을 기반으로 한 자연주의 문학이라는 사실을 알 수 있다.

중요한 점은 이광수가 에밀 졸라에 비해서 좀 더 인간에 대해 낙관적 태도를 견지하고 있었다는 사실이다. 그는 소설에 등장하는 인물을 통해서 "인과의 이치"를 반복해서 강조한다. '한 사람의 아주 간단한 말 한마디, 행실 하나가 나중에 커다란 비극의 원인이 되며, 조선 사람들의 말과 행동이 모여서 조선 민족의 운명이 결정된다'는 것이다. 그런데 이러한 인간의 운명은 자신이 "손으로 꼬아 놓은 오랏줄"이기 때문에 스스로의 노

---

13) 이광수, 작자의 말, 「그 여자의 일생/꿈」, 『이광수대표작선집』 3, 삼중당, 1975, 3쪽.
14) 이광수, 위의 글, 6쪽.

력에 의해서 "오랏줄을 끊을 수도 있다"는 사실을 강조한다.15) 이는 한 개인의 운명 또 민족/국가의 운명은 결과의 원인이 되는 결정인자를 바꿔줌으로써 운명 자체(결과)를 바꿀 수 있다는 것을 의미한다. 이러한 측면에서 이광수 역시 철저한 자연주의 작가라기보다는 '이상적' 자연주의 작가라고 볼 수 있다.

> "또 精神으로 보면 우리 文壇은 文藝復興時代에 보는 듯한 靈에 대한 反逆의 標徵인 肉體禮讚, 性慾禮讚의 感情的 自然主義에 있다 할 것이다. 作家의 즐겨 그리는 바와 詠嘆하는 바가 罪惡에 가까운 情慾이요, 또 그것은 있는 대로 描出하려고 한다. 이 의미로도 自然主義다. 描寫法에 있어서 寫實主義가 正統的인 것과 같이 構想에 있어서 自然主義는 正統이거니와 구태여 人生의 暗面의 一面, 獸的인 一面만을 自然으로 보는 것은 偏見이요, 또 人生이 獸的인 데서 神的(人을 理想化 한 意味에서)인 데로 향하려는 努力의 事實을 否認하고, 人生의 不完全, 즉 醜를 당연한 것처럼, 本性인 것처럼 그리는 것은 邪見이라 아니 할 수 없다. 소위 '데카당' 文學이란 여기서 나오는 것이다. … 나는 近來에 人生의 理想으로 認定하는 作品現實의 醜와 惡을 슬퍼하고 人生의 美點을 指示하고 讚美한 作品이 눈에 뜨이는 것을 심히 기뻐한다. 우리 文壇의 將來는 理想主義的 自然主義일 것이다."

이광수는 현재 조선의 문단이 "文藝復興時代에 보는 듯한 靈에 대한 反逆의 標徵인 肉體禮讚, 性慾禮讚"을 특징으로 하는 "感傷的 自然主義"이며, 우리 문단의 장래는 "醜와 惡을 슬퍼하고, 人生의 美點을 指示하고 讚美하는 理想主義的 自然主義'이어야 한다고 주장한다.16) 이를 통해서 그의 자연주의 문학관이 근본적으로 윤리적 성격을 내포하고 있다는 사실을 알 수 있다.17) 이러한 문학적 특징은 1910년대 초기 소설에 나타나는 계몽주의/사상이 자연주의 문학관과 결합되는 과정에서 나타나게 된 것으로

---

15) 이광수, 위의 글, 5쪽.
16) 이광수, 「조선 문단의 현상과 장래」, 『동아일보』, 1925. 1. 1.
17) 이광수는 자신이 "윤리적 동기가 없는 소설을 써 본 일이 없다"는 사실을 강조한다. 이러한 도덕/윤리의 강조는 이광수 문학의 가장 중요한 특징 중의 하나로 볼 수 있다(이광수, 「여의 작가적 태도」, 『동광』, 1931. 4). 여기서는 이광수, 「여의 작가적 태도」, 『이광수전집』 16, 삼중당, 1963를 참조할 것.

볼 수 있다.

3. 두 작가의 문학적 실험과 구원의 모색

이광수(1892. 3. 4.~1950. 1. 25)와 에밀 졸라(1840. 4. 2.~1902. 9. 29)는 서로 상이한 시공간에 존재했던 작가임에도 불구하고, 그들의 대표 작품 『그 여자의 일생』(1935)과 『나나』(1880)는 여러 가지 측면에서 매우 유사한 특징을 갖고 있다. 이광수의 『그 여자의 일생』(1935)은 조선의 한 아름다운 신여성과 지식인 청년들이 타락해가는 과정을 통해서 1930년대 식민지 조선의 사회상을 재현한 작품이며, 에밀 졸라의 『나나』(1880)는 프랑스 제2제정하의 "육체의 절대적 위력"을 지닌 관능적인 창부와 상류사회 남성들의 파멸 과정을 통해서 인간의 추악한 면모를 고발한 작품이다.

두 작품의 여주인공들은 각각 전문적인 교육을 받은 조선의 신여성과 프랑스 극장의 배우(창부)라는 점에서 매우 이질적인 성향의 인물로 볼 수 있지만, 이들의 절대적인 미모가 그녀 자신과 그녀를 둘러싼 남성들의 직간접적인 파멸의 원인으로 작용한다는 점에서 공통점을 갖고 있다. 또한 이 작품들은 여주인공들의 삶의 역정을 통해서 자연주의 문학의 주요 특징으로 볼 수 있는 유전과 환경에 의한 절대적 결정론(déterminisme), 육체의 발견과 노출에 의해서 육체가 욕망의 주체인 동시에 대상으로 전환되는 독특한 양상, 죄의 쾌락이 지닌 지옥과도 같은 고통과 이에 대한 거부할 수 없는 매혹/유혹, 그리고 인간의 구원의 가능성에 대한 모색 등이 선명하게 형상화되어 있다. 여기서 인간의 구원 가능성은 종교(기독교/불교)를 통해 제시된다. 특히 이광수의 『그 여자의 일생』(1935)은 종교적 구원에 대한 믿음과 열망이 『나나』(1880)에 비해서 보다 강하게 나타난다. 이처럼 자연주의 문학에서 종교적 구원에 대한 가능성이 형상화된 근본적인 요인은 이들이 지향하는 문학이 내포하고 있는 도덕적/윤리적 성격에서

비롯된 것으로 볼 수 있다.[18]

1) 인간 삶과 절대적 결정론

『그 여자의 일생』(1935)과 『나나』(1880)에 등장하는 각각의 여주인공 '금봉'과 '나나'는 기본적으로 '선하고', '다정한' 성품의 소유자이다. 이러한 그녀들이 파멸하게 되는 근본적인 요인은 부모로부터 모든 남성들을 매혹시킬 수 있는 아름다운 외모뿐만 아니라 '부정(不淨)한' 내적 기질(氣質)까지도 그대로 물려받았다는 사실과 이러한 부정한 내적 기질이 열악한 환경으로 인해 더욱더 발전/강화되었다는 사실에서 기인된 것이다. 즉 그녀 자신과 주위 남성들의 파멸은 부모로부터 물려받은 유전적 요인과 그녀들이 처한 환경적 요인이 결합되어 만들어낸 한 편의 비극이라고 할 수 있다. 이러한 소설적 설정은 두 작가의 결정론적 세계관을 표현하기 위한 하나의 장치로 볼 수 있다.

이러한 결정론적 세계관을 보다 드라마틱하게 보여주는 소설은 에밀 졸라의 『나나』이다.

"나나는 슈미즈를 벗고 뮈파가 신문을 다 읽을 때까지 나체로 있었다. 뮈파는 천천히 읽어 갔다. 포슈리가 쓴 그 기사에는 《황금 파리》라는 제목이 붙여져 있었는데, 창부의 이야기를 쓴 것이었다. 4, 5대에 걸친 술꾼의 집안에 태어나 대대로 내려오는 가난과 음주의 유전으로 인해서 더럽혀진 피가 여자의 대에 이르러 성적 이상이 되어 나타났다. 그녀는 파리의 변두리 길거리에서 자랐다. 거름이 좋은 식물처럼, 키가 크고 아름답고 뛰어난 육체의 소유자다. 그녀는 자기의 조상인 거지와 부랑자를 위해 복수할 것을 기도한다. 어느 틈엔지 하층 계급 속에서 자란 세균이 그녀와 더불어 사회의 상층에 이

---

18) 특히 이광수에게 있어서 "문학은 종교"이며, "인류에게 하는 큰 말", 또는 "큰 가르침"이다. 이처럼 그가 문학과 종교를 동일선 상에서 보는 것은 그의 문학이 지닌 윤리적 성격에서 비롯된 것으로 볼 수 있다(이광수, 「문학과 문장」, 『삼천리』, 1935. 11). 여기서는 이광수, 「문학과 문장」, 『이광수전집』 16, 삼중당, 1963, 232~234쪽.

르러 귀족 계급을 좀먹는다. 그녀는 자기도 모르는 사이에 자연의 힘과 파괴의 효소가 되어 눈처럼 흰 허벅지 사이에서 파리를 썩게 하고 분해시킨다. 매달 여자들이 치즈를 만들기 위해 우유를 썩히듯이 그녀는 파리를 썩게 한다."19)

이 소설에서 나나는 "거름이 좋은 식물처럼, 키가 크고 아름답고, 뛰어난 육체의 소유자"로서, "자기도 모르는 사이에 파괴의 효소가 되어 눈처럼 흰 허벅지 사이에서 파리를 썩게 하고 분해시킨다." 이처럼 그녀가 '상류사회의 귀족 계급을 좀먹고', '남자들로 하여금 파멸과 죽음에 이르는 독을 옮기는' 존재가 된 근본적인 이유는 그녀가 "4, 5대에 걸친 술꾼의 집안에서 태어나 대대로 내려오는 가난과 음주의 유전으로 인해서 더럽혀진 피가 성적 이상이 되어 나타났"기 때문이다. 또한 그녀가 성장했던 '파리의 변두리 길거리'라는 열악한 환경은 그녀가 '신앙을 갖고 있었던 인물이었음에도 불구하고 어떤 남자하고나, 어디서나 쾌락을 즐길 수 있는 여성'으로 변모하게 만들었던 것이다. 그러므로 그녀가 "자기 육체의 절대적인 위력을 확신하고", 파리의 "쾌락의 상징"으로 탈바꿈했던 것은 그녀의 유전적 요인과 환경적 요인이 결합되어 만들어낸 결과라고 볼 수 있다.

한편 『그 여자의 일생』의 여주인공 금봉 역시 유전적으로 부정한 기질을 타고난 인물이다. 그녀는 경건한 종교적 생활을 흠모하고, 이를 지향하는 인물이다. 그럼에도 불구하고 그녀가 타락의 길로 접어들게 된 근본적이 이유는 거부할 수 없는 육체적 욕망과 돈에 대한 탐욕 때문이다. 그녀는 고매한 인격을 지닌 인물인 임학재를 사랑하면서도, 매력적인 육체를 지닌 남성들의 성적 유혹에 끊임없이 흔들리며, 동물적인 면모만을 지닌 손명규의 '돈의 유혹'에는 한순간에 무너지는 모습을 보여준다. 이러한 이중적인 면모는 그녀의 부모에게서 물려받은 유전적 기질에서 비롯된 것이다.

---

19) 에밀 졸라, 하인자 역, 『나나』, 혜원, 1999, 188쪽.

"금봉은 연극을 보아 가면서 혼자 이러한 생각을 한다. 마치 금봉의 몸과 마음이 온통 사랑으로 타오르는 것 같았다. 금봉의 두 뺨에는 홍분이 들고 코끝과 이마전에는 땀방울이 맺혔다. 극장 안은 증기 기운과 사람 기운으로 후끈후끈하여 숨이 막힐 듯하였거니와, 금봉은 남달리 등과 두 뺨이 후끈거림을 깨달았다. 금봉의 어머니의 피와 함께 받은 열정이 깨어난 것이다. 줄리엣을 보고 깨어난 것이다."[20]

"그러나 금봉의 마음은 사랑의 불길에 대해서는 너무도 저항이 약하였다. 밝히 말하면, 이성의 사랑이 없이는 살아 갈 수 없는 것 같았다. 그 아버지의 음란한 성격을 받음일까. 그 어머니의 다정 다감함을 받음일까."[21]

이처럼 금봉이가 "사랑의 불길에 대해서는 너무도 저항이 약"하고, "사랑이 없이 살아 갈 수 없는" 이유는 그녀가 아버지로부터 물려받은 "음란한 성격"과 어머니로부터 물려받은 "다정다감한" 성격 때문이다. 이러한 그녀의 열정적 기질은 학교라는 경건한 공간에서는 일정하게 통제되었지만, 손명규와 동거하는 과정에서 완전히 발현되기 시작했던 것이다. 여기서 중요한 사실은 이 소설에서 외모뿐만 아니라 눈에 보이지 않는 내면의 성격(기질)까지도 유전의 대상으로 상정되어 있다는 것이다.[22]

"그러므로 우리의 운명이란 것은 우리 손으로 꼬아 놓은 오랏줄입니다. 우리는 손수 꼰 오랏줄로 몸소 묶이는 것입니다. 그러나 우리에게는 우리의 오랏줄을 끊을 수도 있습니다.
이런 것을 말해 보자는 것이 이 이야기, <그 女子의 一生>의 한 뜻입니다."[23]

---

20) 이광수, 그 여자의 일생, 「그 여자의 일생/꿈」, 『이광수대표작선집』 3, 삼중당, 1975, 157쪽.
21) 이광수, 위의 글, 191쪽.
22) 이광수는 인간의 재지(才智), 강용(剛勇), 관대(寬大), 민감(敏感)과 기타 미질(美質), 그리고 단점인 무재(無才), 나약(懦弱), 간교(奸巧), 방탕, 편협 등이 모두 유전되는 것으로 간주한다(이광수, 「혼인에 대한 관견」, 『학지광』 제12호, 1917. 4). 여기서는 이광수, 「혼인에 대한 관견」, 『이광수전집』 17, 삼중당, 1962, 54~55쪽.
23) 이광수, 작자의 말, 「그 여자의 일생/꿈」, 『이광수대표작선집』 3, 삼중당, 1975, 6쪽.

흥미로운 점은 이광수가 인현이라는 등장인물을 통해서 유전, 환경에 의해 만들어진 결과를 "인과의 이치", 또는 "운명"으로 설명하는 방식이다. 그는 "인과의 이치", "운명"은 각자가 자기 자신의 손으로 "꼬아 놓은 오랏줄"이기 때문에, 스스로의 노력을 통해서 "오랏줄을 끊을 수도 있"다고 주장한다. 오랏줄을 끊는다는 것은 운명을 결정하는 요인(결정인자)을 바꿈으로써 운명을 바꾼다는 것을 의미한다. 이는 인간이 비록 생물학적인 유전과 환경에 지배되는 존재이지만, 자신의 자율적 의지를 통해서 정해진 운명을 바꿀 수 있는 존재라는 사실을 강조한 것으로 볼 수 있다. 이러한 측면에서 이광수의 자연주의 문학관은 에밀 졸라의 문학관에 비교해 좀 더 이상주의적 전망을 강하게 내포하고 있다는 사실을 알 수 있다.

2) 육체의 발견/노출과 욕망의 탄생

자연주의 문학에서 보다 중요한 것은 심리학이 아니라 생리학이며, 심리가 아니라 육체이다. 이광수와 에밀 졸라의 자연주의 문학이 보여주는 가장 중요한 특징 중의 하나는 '육체'에 대한 집착과 탐구에 있다. 이는 그동안 간과되었던 육체에 대한 발견과 노출을 통해서 제시된다. 육체는 적나라한 알몸, 충동, 욕망, 쾌락, 무질서, 광기와 관련되어 있는데, 여기서의 육체는 욕망의 주체가 됨과 동시에 욕망의 대상이 되는 육체를 의미한다. 『나나』와 『그 여자의 일생』은 이러한 인간의 육체를 대상으로 한 성욕, 식욕, 폭력, 소진 등을 적나라하게 형상화한다.[24]

이 소설에서 육체에 대한 묘사는 주로 환유(métonymie)를 통해서 이루어진다. 즉 관능적이고, 외설적인 나체는 소설의 전체적인 주제의식을 나타낸다고 볼 수 있다. 『나나』와 『그 여자의 일생』에 형상화된 여주인공의 육체는 환유적 묘사를 통해서 이들의 운명을 간접적으로 암시한다. 여기

---

24) 에밀 졸라, 「해제─문학과 과학의 행복한 융합을 위한 혁명적 방법론」, 『실험소설 외─고전의 세계』 59, 책세상, 2007, 183쪽.

서 주목해야 할 점은 그녀들의 육체에 대한 길고 장황한 묘사가 이전의 소설들과 변별되는 자연주의 소설의 주요한 특징 중의 하나라는 사실이다.25)

"다이아나가 혼자 있게 되었을 때 비너스가 등장했다. 장내에 긴장감이 감돌았다. 나나는 거의 벌거벗은 채였지만 태연했다. 자기 육체의 절대적인 위력을 확신하고 있는 것이었다. 얇은 베일 하나밖에 걸치지 않았기 때문에 둥그스름한 어깨, 풍만한 가슴, 창끝처럼 꼿꼿하고 뾰족한 장미빛 젖꼭지, 육감적으로 흔들어대는 펑퍼짐한 엉덩이, 통통하게 살찐 황갈색의 허벅다리 따위의 전신이 거품처럼 흰 베일 밑으로 뚜렷하게 보였다. 가린 것이라고는 머리털밖에 없었다. 파도 속에 솟아난 비너스의 모습이었다. 나나가 두 팔을 쳐들면 푸트라이트의 불빛에 금빛 겨드랑이의 털이 보였다. 박수도 나오지 않았고, 웃는 사람도 없었다. 남자들은 엄숙한 표정으로 긴장해서 얼굴을 앞으로 내밀었다. 가늘고 뾰족한 코, 침이 말라서 깔깔해진 입으로 어떤 부드럽고 알수 없는 숨결이 스친 것 같았다. 갑자기 이 순진한 처녀 속에서 무서운 성숙이 나타나 여성 특유의 광기를 발산하여 알 수 없는 정욕의 경지를 열어 보인다. 나나는 시종 미소를 머금었다. 모든 남자들을 유혹하는 무시무시한 웃음이었다."26)

위의 인용문은 이 소설의 여주인공 나나가 바리에테 극장의 배우로서 데뷔하는 모습을 묘사한 것이다. 작가는 베일 하나밖에 걸치지 않은 벌거 벗은 육체, 즉 "둥그스름한 어깨, 풍만한 가슴, 창끝처럼 뾰족한 장미빛 젖 꼭지, 육감적으로 흔들어대는 펑퍼짐한 엉덩이, 통통하게 살찐 황갈색의 허벅다리" 등을 지루할 정도로 세밀하게 묘사하고 있다. 그리고 이를 통해서 그 육체에 내재되어 있는 "여성 특유의 광기"와 "정욕의 경지"를 드러 내주며, 동시에 그녀의 벌거벗은 육체가 남성들의 욕망이 대상이 된다는 사실을 보여준다. 이러한 육체에 대한 새로운 발견과 욕망의 자각은 지금 까지 가려져 있었던 내밀한 육체의 노출과정을 통해서 이루어진다.

이러한 독특한 양상은 이광수의 『그 여자의 일생』에서도 동일하게 나

---

25) 에밀 졸라, 『실험소설 외―고전의 세계』 59, 책세상, 2007, 185쪽.
26) 에밀 졸라, 하인자 역, 『나나』, 혜원, 1999, 28쪽.

타난다.

　　"문득 금봉은 이상한 것, 지금까지 보지 못한 것을 발견하였다. 그것은 제 몸의 아름다움이었다. 그 부드럽고 불그레한 살 빛, 팔과 다리와 몸의 선, 불룩한 젖가슴. 금봉은 일생에 처음 제 몸의 이 아름다움을 발견하였다. 그리고 제 몸을 처음 보는 듯이 놀라는 눈으로 이리 저리 자세히 살펴 보았다. 보면 볼수록 아름다운 제 몸에 저린 듯이 금봉은 사르르 눈을 내려 감았다.
　　금봉의 가슴은 까닭 모르게 뛰었다.
　　금봉은 감았던 눈을 다시 떠서 한번 더 제 몸을 더 아름다워진 것 같았다. 지나간 일 분 동안에 제 아름다움이 더 자란 것 같았다.
　　<참 이뻐! 내가 어쩌면 이렇게 이쁠까.>
　　하고 금봉은 스스로 제 아름다움을 찬양하고 그리고는 부끄러운 듯이 상긋 웃었다.
　　<내 몸이 움직이는 모양은 어떨까>
　　하고 금봉은 머리 속에 제 몸의 여러 가지 자세와 또 움직이는 선과 리듬을 그려 보았다. 그는 지금까지 잡지책이나 그림에서 보던 여자의 여러 가지 포오즈를 생각해 보았다."27)

　　"금봉은 지금 지었던 자세가 다른 사람의 눈에 뜨일까 부끄러운 듯이 얼른 예사로 앉아서 발에 묻은 물방울을 씻는 시늉을 하고 있었다. 아까 하녀가 다른 손님은 아침에 다 떠나고 한 사람도 없으니 염려 말고 실컷 목욕을 하라고 했으니, 들어 온다면 하녀려니 하고 마음 놓고 있었다.
　　『거 웬 목욕을 그리 오래 해. 응, 머리까지 감았구먼』
　　하고 손 선생이 고개를 쑥 들이밀면서, …
　　『얼른 나와서 밥 먹어.』
　　하고 문을 벼락같이 닫고 나가 버린다. …
　　손명규는 방에 앉아서 목욕탕에서 본 금봉이의 몸을 수없이 여러번 눈에 그려 보았다. 그리고 마음속에서 억제할 수 없는 충동을 느꼈다."28)

　　여주인공 금봉은 손명규와 같이 간 온천에서 처음으로 자신의 몸의 아름다움을 인식하게 된다. 이 소설에서 온천은 인간의 육체를 발가벗기는 공간이자, 이 육체가 지닌 아름다움과 그 속에 내재하고 있는 관능적 욕

---

27) 이광수, 앞의 글, 61쪽.
28) 이광수, 위의 글, 65~66쪽.

망을 자각하게 되는 공간으로 설정되어 있다. 금봉은 온천에서 목욕을 하는 과정에서 자신의 몸의 "그 부드럽고 붉그레한 살 빛, 팔과 다리와 몸의 선, 불룩한 젖가슴"의 아름다움을 자각하게 되고, 이어서 "전에 모르던 그리움"을 깨닫게 된다. 이 "그리움"은 남자에 대한 그리움, 즉 일종의 육체적 욕망을 의미한다.

한편 그녀의 육체는 그를 정복하고자 하는 손명규의 욕망의 대상이기도 하다. 그는 온천에서 목욕하기 위해 발가벗은 금봉의 육체를 본 순간 "마음속에서 억제할 수 없는 충동을 느끼"게 된다. 이러한 설정은 금봉의 육체의 발견과 노출이 그 육체에 잠재되어 있던 욕망을 자각할 수 있는 계기이자, 동시에 그 육체가 욕망의 대상으로 전환되는 계기가 된다는 사실을 보여주는 것이다.

3) 죄의 쾌락과 파멸/죽음, 그리고 종교적 구원

『나나』(1880)와 『그 여자의 일생』(1935)에 나타나는 가장 핵심적인 죄악은 '육체적 욕망'과 '물질욕'이다. 이 두 가지의 죄를 범한 대가는 여자 주인공뿐만 아니라, 다른 모든 등장인물들에게도 예외 없이 적용되는 모습을 보여준다. 이들이 받게 되는 대가는 사회적 파멸 또는 완전한 사회로부터의 격리/소멸을 의미하는 죽음이다. 모든 인물들은 자동인형처럼 자신에게 부여된 운명 또는 죽음에 완전히 순응하는 모습을 보여준다. 다만 『그 여자의 일생』의 등장인물들 중에서 주인공 금봉과 그녀의 오빠만이 이러한 운명을 극복하고자 하는 적극적인 의지를 보여주며, 이들이 미래에 이러한 운명에서 벗어날 수 있을 것이라는 가능성이 제시된다. 이러한 설정은 이광수가 인간의 자율적 의지에 대한 강한 신념을 갖고 있었다는 것을 의미한다.

『나나』의 배경이 되는 시기는 제2제정 시대의 프랑스이다. 이 시기 상류사회 사람들은 이전 시대의 사람들과는 달리 완전히 세속적인 욕망에 지배되는 경향을 보여준다. 사교계의 귀족(부인)들은 신에게 봉사하기 위해 신부/수녀가 되는 일이 "자살이나 다름없는 짓"이며, "정말 무서운 일"이라고 생각한다. 또한 여자 주인공 나나와 그녀에 대한 광기어린 집착을 보여주는 뮈파 백작, 그리고 비교적 도덕적인 인물로 볼 수 있는 위공 부인을 제외하고는 도덕과 윤리, 그리고 신(神)의 섭리에 대해 관심을 갖고 있는 사람들은 전혀 없다. 대부분의 사람들은 현재 자신의 육체적 만족에만 관심이 있을 뿐, 형이상학적인 도덕/윤리와 신(神)의 문제는 먼 과거의 유산인 양 조롱한다.

이로 인해서 육체적 욕망과 물질욕에 사로잡힌 타락한 생활을 지속하게 되는데, 이러한 생활의 결과는 사회적 파멸 내지 죽음으로 나타난다. 나나의 육체에 대해 광기어린 집착과 탐욕을 보여주었던 남성들 중에서 귀족 청년 조르주와 방되브르 백작은 자살했으며, 조르주의 형 필립은 공금횡령으로 인해 감옥살이를 하게 되었고, 푸카르몽, 은행가 스타이너, 라 팔라우즈, 포슈리는 경제적으로 파산했고, 그리고 이 모든 비극의 직접, 혹은 간접적인 원인을 제공했었던 나나는 천연두에 걸려서 요절하게 된다. 또한 육체적 욕망에 사로잡혀 타락의 길로 접어들었던 사빈 부인은 사회의 '부패균'으로 변모하게 되었으며, 나나의 여자 친구 사탱은 방탕의 대가로 병에 걸려 죽어가게 된다. 이 중에서도 죄악을 행한 대가를 가장 잔혹하게 치르게 되는 인물은 많은 남성들의 타락의 근본적인 요인으로 작용했었던 우리의 '나나'이다.

> "아아, 너무나 변해 버렸어, 너무나도" 마지막으로 로즈가 중얼거렸다. 로즈가 방에서 나갔다. 불빛 속에 얼굴을 위로 향한 채 나나 혼자 남았다. 방은 이제 납골당이 되었다. 자리 위에 던져진 피고름투성이인 한 덩어리의 썩은 고기. 이미 얼굴 전체에 고름집이 번져서 문드러지기 시작하고 있다. 더 이상 형태를 알아볼 수 없는 살덩이에 진흙 같은 회색빛으로 꺼지고 패어진 고름집들은 이미 땅 위에 핀 곰팡이처럼 보였다. 왼쪽 눈은 완전히 곪아 터졌다. 빠지고 반쯤 벌어진 오른쪽 눈은 시커멓게 썩은 구멍 같다. 코는 아직도 곪아 터지고 있는 중이었다. 한쪽 볼에서 입으로 번진 불그레한 딱지가 입매를 일그러뜨려 끔찍스런 웃음을 띠고 있는 것처럼 보였다. 아무것도 남아 있지

않은 이 무시무시하고 기괴망측한 얼굴 위로 머리카락만이, 그 아름다운 머리카락만이 태양처럼 찬연한 빛을 간직한 채 황금빛 여울처럼 흘러내리고 있었다. 비너스는 썩어 갔다. 그것은 마치 그녀가 수챗구멍에 버려진 썩은 고기에서 묻혀 온 그 병균이—나나가 사람들을 부패시켰던 바로 그 독소가—그녀 자신의 얼굴로 올라가 그것을 썩히고 있는 것처럼 보였다."[29]

    나나는 그렇게도 사랑하던 아들을 천연두로 잃은 후, 그녀 역시 천연두로 인해 사망하게 된다. 여기서 중요한 것은 그녀의 죽음이 이미 예정되어 있었다는 사실이다. 그녀가 행한 모든 죄악, 즉 자신을 포함하여 주위의 남성들을 죄악의 구렁으로 몰아넣은 것은 다름 아닌 그녀의 "육체"였다. 그녀의 육체는 조상으로부터 물려받은 유전적 형질이 그대로 담겨 있는 용기이며, 환경적 요인이 작용하던 대상이었다. 이러한 그녀의 마성의 "육체"는 그 육체가 내포하고 있는 '독성'으로 인해 주위 사람들을 오염/부패시킬 뿐만 아니라, 자신 역시 부패될 운명에 놓여 있었던 것이다. 이러한 측면에서 그녀의 육체가 천연두로 인해 "형태를 알아 볼 수 없는" "피고름투성이의 한 덩어리의 썩은 고기"로 변한 것은 자연스러운 귀결로 볼 수 있다. 이러한 드라마틱한 소설적 설정은 에밀 졸라의 결정론적 세계관을 표현하기 위한 매우 효과적인 장치라고 볼 수 있다.

    그렇다면 에밀 졸라의 인간에 대한 낙관적 전망이 반영된 등장인물은 누구일까? 이는 나나의 육체에 대한 광기어린 집착과 탐욕으로 인해 도덕/윤리와 타락의 경계선에서 끊임없이 고통 받았던 뮈파 백작이다.

    "하늘이 그를 여자의 손에서 빼앗아 신의 품에 안겨 준 것이다. 나나에게 품었던 애욕이 그대로 종교로 옮겨 갔다. 원죄의 더러움에 신음하는 저주받은 존재의 중얼거림, 기도, 절망, 비참함까지 그대로 교회의 안쪽 서늘한 돌바닥에 무릎을 꿇을 때에야 그는 지난날과 같은 환희를, 그 근육의 경련, 달콤한 지성의 진동을 느끼며 존재의 어두운 욕망이 채워지는 것을 느꼈다."[30]

---

29) 에밀 졸라, 앞의 책, 417쪽.
30) 에밀 졸라, 위의 책, 396쪽.

그는 나나의 육체를 완전히 소유할 수 없다는 사실로 인해 괴로워하다가, 어느 순간 "신(神)"의 품으로 돌아가게 된다. 이 과정에서 나나에게 품었던 애욕의 굴레에서 어느 정도 벗어나 도덕적인 생활로 회귀할 수 있는 가능성이 나타난다.

이광수의 『그 여자의 일생』 역시 자연주의의 결정론적 세계관이 철저하게 반영된 소설이다. 이는 일생 동안 자신이 행한 말과 행동은 "반드시 어느 때에나 열매를 맺고야 만다"[31]라는 철저한 도식을 통해서 형상화된다. 여주인공 금봉의 아버지 이정규는 평생 동안 "돈과 계집"을 쫓은 결과 그동안에 부조리한 방식으로 축적한 재산을 모두 잃게 되며, 본처가 자살하도록 만들었던 계모 김씨는 그녀가 낳은 두 아이가 모두 백치라는 점에서 자신이 행한 죄에 대한 가혹한 대가를 치렀다고 볼 수 있다. 또한 손명규는 학교의 선생임에도 불구하고 자신의 여제자들을 성폭행하고, 매춘을 일삼는 등 일신상의 향락만을 쫓았던 인물이다. 이로 인해 그는 임질에 걸리게 되고, 끝내 자신의 아이를 낳을 수 없는 생식 불능의 상태가 되고 만다. 그가 자신의 아이를 간절히 원하는 인물이라는 점에서, 이러한 죄의 대가는 가장 가혹한 것이라고 볼 수 있다.

이 소설에 등장하는 인물들 중에서 이러한 결정론, 즉 "인과의 이치"에 가장 충실하게 부합되면서도, 이를 극복하고자 노력하는 인물이 바로 여주인공 금봉이다. 그녀는 조상으로부터 물려받은 유전적 요인과 환경적 요인으로 볼 수 있는 빼어난 외모와 성격(기질)적 결함, 그리고 손명규라는 인물과의 결혼 생활로 인해서 점차 타락의 심연으로 매몰되어 가기 시작한다.

　　"『김 광진뿐 아니라, 너는 도무지 젊은 남자를 안 만나는 것이 좋을 것 같다. 왜 그런고 하니, 너는 너무 미인으로 태어났다. 더구나 네 눈에는 무서운 힘이 있어 남자를 고혹하는 무서운 매력이 있단 말이야. 네가 동경 갈 때까

---

31) 이광수, 작자의 말, 「그 여자의 일생/꿈」, 『이광수대표작선집』 3, 삼중당, 1975, 5쪽.

지는, 처음 손가하고 혼인할 때만 해도 그닥지는 않더니, 지난 일 년 동안에 너는 더욱 변하였다. 네 눈에는 더욱 무서운 힘이 생겼어. 그것이 너를 대하는 남자들헌테만 화근이 아니라, 필경은 네게 화근이 될 것 같단 말이다. 손가를 만난 것만 해도 네 눈 때문이지마는, 그것은 서막이란 말이다. <u>나는 직각적으로 김 광진이라는 인물이 비극 배우로 등단을 한 것만 같이 느껴지는 구나. 까딱 잘못하면 너는 여러 남자를 파멸시키고, 대단히 방정맞는 말 같다마는, 마침내는 너 자신을 파멸시킬 것같이만 생각이 된다. 네 미가 네게 복이 되는 것보다 화가 되기가 쉽단 말이야. 어머니는 안 그러시냐?』</u>[32]

그러나 그녀는 오빠 인현의 권유로 인해 불교에 귀의하게 되고, 이 과정에서 그녀를 옭아매고 있었던 "인과의 이치", "운명"을 극복할 수 있는 가능성이 제시된다. 흥미로운 점은 전근대적이고, 형이상학적인 종교(불교)가 '과학', '자연주의'로 대표되는 근대사회의 문제를 해결할 수 있는 하나의 대안으로 제시되고 있다는 점이다. 이는 이광수의 자연주의 문학관 자체가 내포하고 있는 윤리적 성격으로 인해서 종교와 자연스럽게 결합될 수 있었다는 것을 의미한다. 특히 초월적인 신이 아니라 자기 자신의 노력을 통해서 인간의 한계를 극복할 수 있다는 불교의 현세적 교리는 이광수의 자연주의 문학 사상과 불교(종교)를 결합시킬 수 있었던 핵심적인 요인으로 볼 수 있다.

이처럼 이 소설은 인간의 운명이란 유전과 환경에 의해서 결정되는 것이지만, 스스로의 노력을 통해서 이러한 한계를 극복하고, 보다 높은 경지로 나아가야 한다는 이광수적인 '계몽주의/사상'이 내포되어 있다고 볼 수 있다.[33] 즉 이 소설은 이광수 문학의 전반적인 특성으로 볼 수 있는 계몽주의/사상과 자연주의가 결합된 작품으로 볼 수 있다.

---

32) 이광수, 앞의 글, 216쪽.
33) 이광수는 문학의 이상은 "人類로 하여금 虛妄에서 眞理에, 不安에서 和平에, 相爭에서 相愛에, 卑에서 高에, 淺에서 深에, 醜에서 美에, 惡에서 善에, 더 높이, 더 깊이, 더 넓이, 올라가게, 들어가게, 나아가게 하는 것"이라고 주장한다. 이는 그의 문학이 지닌 계몽적 성격을 단적으로 보여주는 것이다(이광수, 「문학과 문장」, 『삼천리』, 1935. 11). 여기서는 「문학과 문장」, 『이광수전집』 16, 삼중당, 1963, 234~235쪽.

4. 결론

이 논문에서는 이광수의 1930년대 대표 소설 『그 여자의 일생』(1935)과
에밀 졸라의 자연주의 소설 『나나』(1880)의 문학 사상적 상호 연관성을 분
석함으로써 이광수의 『그 여자의 일생』이 자연주의 문학관을 철저하게 반
영한 작품이라는 사실을 고찰하였다. 이는 이광수 문학의 자연주의적 경
향이 1920년대 이후에 갑자기 등장한 것이 아니라 초기의 계몽주의/사상
과 자연주의가 결합된 것이며, 그의 자연주의 문학은 에밀 졸라의 문학과
비교해서 보다 도덕적/윤리적 성격이 강하게 나타난다는 사실을 규명하는
것을 의미한다.

여기서 한 가지 주목해야 할 점은 에밀 졸라와 이광수 모두 "과학"과
"자연주의"에 의해서 철저하게 지배되는 근대사회에서 전근대적인 종교
(기독교/불교)를 인간 삶의 부조리를 해결해줄 수 있는 대안(기독교: 에밀
졸라, 불교: 이광수)으로서 제시하고 있다는 점이다. 이는 인간이 육체를
지닌 생명체라는 점에서 육체 자체에 잠재되어 있는 원초적인 욕망/충동/
본능/광기 등은 인간의 노력을 통해서는 극복할 수 없다는 패배의식과 이
와는 반대로 인간이 근본적으로 동물성을 내포하고 있을지라도 형이상학
적 종교를 통해서 육체성을 극복할 수 있다는 낙관적 전망이 동시에 반영
된 것으로 볼 수 있다. 이처럼 그들의 문학 속에서 매우 이질적인 성격을
지니고 있는 과학(자연주의)과 종교가 유기적으로 결합되는 양상을 보여주
는 것은 문학, 과학, 종교가 각기 지니고 있는 윤리적 성격에서 비롯된 것
으로 볼 수 있다. 즉 문학, 과학, 종교의 궁극적 기능은 모두 인간 삶이
내포하고 있는 부조리와 결함을 치료하고, "인간을 올바른 방향으로 인도"
하는 역할을 담당하는 것이다. 이러한 측면에서 두 작가가 지향하는 자연
주의는 '이상적' 자연주의라고 볼 수 있다. 이 점이 이들의 문학이 갖고
있는 근대문학사적 의의이자, 또한 자연주의 문학으로서의 한계라고 볼
수 있다.

이 두 작가는 1920~30년대 조선의 문단에서 자연주의 작가로서 제대로 평가받지 못했던 인물들이다. 에밀 졸라는 그의 문학 속에 표현된 퇴폐적인 내용과 일정한 사건의 전개 없이 계속되는 길고 장황한 묘사로 인해서 당시 활발하게 활동하고 있었던 자연주의 작가 및 평론가들로부터 혹독한 평가를 받았다. 이 점이 조선 문단에서 모파상, 플로베르 등과 달리 에밀 졸라의 문학적 영향력을 과소평가하도록 만든 중요한 요인으로 볼 수 있다. 한편 이광수는 계몽주의 작가라는 강력한 고정관념으로 인해서 그의 문학이 지니고 있는 자연주의적 경향이 주목받지 못했다고 볼 수 있다. 또한 이광수 스스로 자신의 문학적 경향과 당시 대표적인 자연주의 작가로서 평가받고 있었던 김동인, 현진건의 문학적 경향과의 차이점을 강조함으로써 그의 문학이 지닌 자연주의적 특성이 간과되었다고 볼 수 있다. 즉 이광수의 자연주의 문학은 김동인, 현진건의 문학과는 변별되는 독특한 특징을 갖고 있었는데, 이는 에밀 졸라의 자연주의 문학 사상을 수용·발전시킨 결과로 볼 수 있다.

그러므로 에밀 졸라의 문학 사상의 한국적 수용양상 및 이광수와 에밀 졸라와의 문학 사상적 상호 연관성에 대한 후속 연구가 진행된다면, 1920~30년대 조선의 자연주의 문학사에 대한 새로운 지형도를 작성하는 것이 가능할 것이다. 또한 이광수 문학은 자연주의적 관점에서 그의 전체 문학을 새롭게 조망할 필요가 있다. 1910년대 그의 초기 계몽주의/사상이 자연주의와 결합되고, 1930년대 중반 이후 다시 종교(불교) 논리와 결합되는 기제를 고찰함으로써 이제까지 간과되었던 이광수 문학의 특수성을 새롭게 규명할 수 있다고 생각한다.

■참고문헌

1. 1차 자료

에밀 졸라, 하인자 역, 『나나』, 혜원, 1999.
_____, 유기환 역, 『실험 소설 외—고전의 세계』 59, 책세상, 2007.
이광수, 「그 여자의 일생/꿈」, 『이광수대표작선집』 3, 삼중당, 1975.
_____, 「문학과 문장」, 『이광수전집』 16, 삼중당, 1963.
_____, 「여의 작가적 태도」, 『이광수전집』 16, 삼중당, 1963.
_____, 「조선문단의 현상과 장래」, 『동아일보』, 1925. 1. 1.
_____, 「조선소설사」, 『이광수전집』 16, 삼중당, 1963.
_____, 「조선의 문학」, 『이광수전집』 16, 삼중당, 1963.
_____, 「중용과 철저—조선이 가지고 싶은 문학—」, 『이광수전집』 16, 1963.
_____, 「혼인에 대한 관견」, 『이광수전집』 17, 삼중당, 1962.

2. 논문 및 단행본

김병철, 『한국근대서양문학이입사연구』, 을유문화사, 1980.
김상욱, 「상호텍스트성의 예로서 아일랜드인 블룸과 조선인 구보」, 『현대영
    미어문학회 학술대회 발표논문집』, 현대영미어문학회, 2011. 10.
김윤식, 「한국 자연주의문학론고에 대한 비판」, 『국어국문학』 29호, 1969.
김학동, 「자연주의 소설론」, 『한국근대문학연구』, 서강대학교 인문과학연구
    소, 1969.
박성창, 「1920년대 한국 자연주의 담론에 나타난 에밀 졸라의 표상과 자연주
    의적 묘사」, 『한국현대문학연구』 20, 한국현대문학회, 2006. 12.
백철, 『신문학사조사』, 신구문화사, 1980.
이정옥, 「에밀 졸라의 『목로주점』에 나타난 노동자 삶의 은유와 상징 연구」,
    『프랑스문화예술연구』 제34집, 프랑스문화예술학회, 2010. 11.
이찬규, 「글쓰기 속의 도시: 에밀 졸라와 파리의 야만」, 『프랑스문화예술연구』
    38, 프랑스문화예술학회, 2011. 11.
황종연, 「신 없는 자연—초기 이광수 문학에서의 과학」, 『상허학보』 36, 상허
    학회, 2012. 10.

황지영, 「에밀 졸라의 『사랑의 한 페이지 Nne page d'amour』의 '파리'에 대한 소고」, 『프랑스문화예술연구』23, 프랑스문화예술학회, 2008. 2.

■ Abstract

Conversation between Chunwon and Emile Zola

— Focused on correlation between the two authors in literary ideologies

Shin, Jung-suk

In this study, 'Her Life' (1935) written by Lee Kwangsoo in the 1930s and 'Nana' (1880) by Emile Zola were compared, to discuss how Lee developed 'his own' naturalist literature by accepting the naturalism of Zola, who was severely criticized at that time in the Josun literature society as being 'decadent.' This means that the naturalist tendency of Lee's naturalism did not appear suddenly after the 1920s but was formed in the process of integrating early enlightenment with naturalism, and that his naturalist literature emphasizes more on moral/ethical nature in comparison to that of Zola.

Lee and Zola suggest religion (Buddhism/Christianity), which was considered as heritage from the past in modern society that is governed by science and naturalism, as the only possibility (Christianity/ Zola) or alternative (Buddhism/ Lee) to solve absurdity of human life, in their novels [Her Life] (1935) and [Nana] (1880). These novels reflect both defeatism that the original desire/impulse/instinct/madness inherent in human body cannot be overcome by our effort, and optimism that we can overcome our corporeality through metaphysical religion. Science (naturalism) and religion, which are very different in nature, could be organically integrated in their literature because of the ethical nature of literature, science, and religion. In other words, science, religion, and literature heal the absurdity and flaws in human life, and must "guide humans in the right direction." **In that sense, their naturalism is 'idealistic' naturalism.**

Both Zola and Lee were not regarded highly in the Josun literature scene during the 1920s and 1930s. Therefore, future research can examine the way in which Zola's literary ideology was accepted in Josun and correlation between Lee and Zola in their literary ideologies, which will create a new map of naturalism literature in Josun during the 1920s and 1930s. **Also, Lee's novels need to be looked into as a whole from the naturalist viewpoint.** In other words, the distinctive characteristics of Lee's novels can be studied in a new light, by discussing how his early enlightenment ideology was integrated into naturalist ideology, and then with religion (Buddhism).

● Keywords : Chunwon, Emile Zola, naturalism, science, heredity, environment, absolute determinism, body, religion, pleasure

아나키즘의 시대와 이광수

— 『허생전』에 나타난 아나키즘적 요소에 관한 연구

이 경 림*

■ 국문초록

　1920년대에 이광수는 연암 박지원의 『열하일기』의 「옥갑야화」에 기재된 삽화 중 하나인 '허생 이야기'를 모본으로 하여 장편소설 『허생전』을 『동아일보』에 연재했다. 『허생전』은 특정한 사상에 기반하여 자신의 뜻에 따라 세상을 바꾸려는 영웅적 주인공과 이를 위해 맞서야 하는 불합리한 세계에 대해 탐구하는 작품이라는 점에서 이광수의 주요한 문학적 테마와 직결되어 있다. 특히 이상적 지도자 상과 이상적 공동체의 형상화에 집중하고 있으므로 이 작품은 이광수의 민족주의의 면모를 재구성하는 데 있어 주요한 자료로 활용되어왔다. 이때문에 『허생전』은 민족주의를 제외한 1920년대라는 환경과는 별다른 접점을 가지지 않은 작품으로 해석되어왔

* 서울대학교 박사과정 수료

던 경향이 있다. 그러나 작자의 말에서도 분명히 드러나듯 허생은 무정부
주의적 사상을 가지고 실천한 인물로 의도되었다. 이와 같은 사실은 『허생
전』을 '전통적, 민족적 이상'의 코드에 주목하여 해석하는 기존의 시각을
벗어나 '무정부주의적 사상'에 초점을 맞춘 아나키즘적 텍스트로 독해할
것을 요청한다.

아나키즘은 자연적 인간의 본성을 지지하고, 이를 억압하려는 인위적인
권위나 속박, 제도 일체에 대한 심정을 이론적으로 체계화시킨 사상으로
볼 수 있다. 1920년대 초반 조선을 비롯한 동아시아에는 사회주의 사상과
함께 아나키즘이 수용되었는데, 이 둘은 엄밀하게 구분되지 않은 채 '새로
운 사상'으로서 받아들여졌다. 『동아일보』, 『조선일보』를 비롯한 주요 신
문·잡지가 '신사상'을 소개하는 데 주력했고, 특히 『허생전』이 연재되었
던 『동아일보』가 주도한 문화운동에 의해 확산되었다. 조선에 활발히 수
용되었던 아나키즘은 일본, 중국과 마찬가지로 크로포트킨이 주창한 아나
코-코뮤니즘을 그 구심점으로 가진다. 하지만 이광수는 아나키즘의 운동과
직접 관련되었다기보다는 저서나 당대의 사회적 분위기 등을 통해 간접적
으로 아나키즘을 접했으리라 추정된다. 즉 『허생전』에서 아나키즘적 요소
들이 발현된 것은 이 시대의 주요한 담론적 환경을 민감하게 포착하여 형
상화하려는 작가적 의도의 결실이라 볼 수 있다.

'허생 이야기'와 『허생전』의 가장 큰 차이점은 이상 사회에 대한 묘사
에서 드러난다. 이는 이광수가 '허생 이야기'를 부활시킴으로써 당대 사회
에 제시하려 했던 가치들이 새나라 건설 서사를 통해 집중적으로 전달된
다는 점을 증명하는 개작 양상으로 간주해야 한다. 허생이 건설한 이상
사회는 계급 타파, 사유재산 폐지 및 공유제, 의무적 공동노동 후 유희,
민중 합의에 기초한 자치사법권 실현 등 아나키즘적 요소를 실체화한 사
회로 그려진다. 또한 이 이상 사회의 건설에 있어 허생이 '지도자'로서의
면모 대신 민중의 합의를 이끌어내는 '중재자'로서의 면모를 부각시킨다는
점이 주목할 만하다. 아나키즘은 사회 질서를 통제하는 인위적 제도를 구
성하지 않고 구성원의 합의와 연대에 바탕하여 규율되는 자치적 공동체를

이상 사회로 그리기 때문에, 민중을 계도하는 카리스마적 지도자 대신 구성원 간의 갈등을 중재하는 중재자를 필요로 한다. 허생은 진정한 아나키즘적 공동체의 성립을 위하여 스스로 지도자의 자리에서 물러나 떠나는 것이다.

이러한 서사는 이상적 민족 지도자의 형상화에 주력하는 여타 이광수 작품들에 비하여 공동체가 가져야 할 구성 원리 그 자체를 고찰했다는 점에서 이채를 띤다.

● **주제어:** 이광수, 허생, 허생전, 패러디, 아나키즘, 무정부주의, 사회주의, 민족주의

1. 민족주의의 그늘에 가려진 것들

'허생 이야기'[1])는 본래 연암 박지원의 『열하일기(熱河日記)』의 「옥갑야화(玉匣夜話)」에 기재된 삽화 중 하나이다. 1920년대에 이광수는 이 이야기를 뼈대로 한 장편소설 『허생전』(『동아일보』, 1923. 12. 1~1924. 3. 21)을 연재했다. 애초에 「옥갑야화」의 일곱 번째 삽화였던 '허생 이야기'가 오늘날 『허생전』으로 알려지게 된 것은 이광수가 이 이야기를 따로 떼어 제목을 그렇게 붙였기 때문에 비롯된 일이라고 한다.[2]) 이광수 스스로는 문단 생활 30년을 돌아보면서 "지금까지 쓴 작품 중에 가장 자신 있는 작품을 말씀하려면 『허생전』과 『흙』 등을 들겠습니다."[3])라고 말했을 정도로 『허

---

1) 이 논문에서는 중복에 의한 혼란을 피하기 위해 연암 박지원이 쓴 허생의 이야기는 '허생 이야기'로 표기한다.
2) 김태준, 『김태준문학사론선집』, 현대실학사, 1997, 146쪽.
3) 「나의 문단생활 30년」, 『이광수 전집』 16, 삼중당, 1963, 404쪽. 이하 이 전집을 인용할 때에는 『전집』으로 약칭한다. 이 논문에서 사용하는 텍스트는 『전집』 3권에 실린 것을 저본으로 하였으며, 이하 이 작품을 인용할 때에는 괄호 안에 쪽수만 표기한다.

생전』에 대하여 애착과 작가적 자부심을 드러냈던 바 있다. 공교롭게도 이광수가 직접 언급한 이 두 작품은 몇 가지 공통점을 가지고 있다. 먼저 『허생전』은 박지원의 '허생 이야기'를 뼈대로 삼은 것이고, 『흙』은 실제 인물의 행적을 모델로 삼았다는 점에서 두 장편소설은 작가가 실제 세계에서 서사의 모본(模本)을 취했다는 공통점이 드러난다.4) 또한 『흙』의 허숭이 기독교계에서 수행된 조합운동의 모델을 따라 기독교계 '이상촌'을 건설하려 분투하는 서사라는 점에 주목할 필요가 있다. 이처럼 주인공이 특정 사상에 따라 직접 환경을 바꾸기 위해 실천한다는 서사 조직 원리는 『허생전』에도 관철되어 있다. 『허생전』 역시 주인공이 '이상촌'을 건설하는 서사라는 점을 염두에 둔다면, 이광수가 집중했던 테마 중 하나가 자신의 뜻에 따라 세상을 바꾸려는 영웅적 주인공과 그가 이를 실천하기 위해 맞서야 하는 불합리한 세계에 대해 탐구하는 것이었음을 분명하게 알아볼 수 있다.5)

그간 『허생전』에 대한 연구들은 이 작품이 고전인 '허생 이야기'를 모본으로 활용했다는 점에 먼저 주목하고, '민족의 개조'과 '계몽'의 연장선상에서 민족 지도자 상(像)을 소설이라는 문학적 방식을 통해 형상화하는데 주력했다는 점에 대체로 의견의 일치를 보고 있다.6) 이처럼 고전의 활

---

4) 특히 『허생전』은 『일설춘향전』, 『가실』과 함께 이광수가 조선의 고전에서 모본을 취한 '패러디 3부작' 중 하나이기도 하다. 이 3부작은 이광수가 조선의 서사 전통을 의식하면서 이들을 포괄하는 '국민문학'의 장을 모색하려는 시도로 독해될 수 있다는 점에서 의의를 가진다. 이광수가 '가장 자신 있는 작품'으로 『허생전』을 든 것은 자신의 문학을 조선의 서사 전통의 연장선상에 위치시키려는 시도로도 읽을 수 있다. '패러디 3부작'과 그 성격에 관한 논의는 유승환, 「이광수의 『춘향』과 조선국민문학의 기획」, 『제8회 춘원연구학회 학술대회 자료집』, 2014. 9 참조.

5) '이상촌' 내지 이상적 공동체를 형상화하려는 의지는 이광수의 문학 세계를 관통하는 주요 테마 중 하나다. 예컨대 『무정』이나 『흙』, 『사랑』 등 이광수의 주요 소설에는 재난을 계기로 연대하여 이상적 공동체를 건설하려는 움직임이 주요하게 형상화된다. 이와 관한 상세한 논의는 서은혜, 「이광수 소설에 나타난 재난 모티프와 공동체의 이상」, 『한국현대문학연구』 37, 한국현대문학회, 2012 참조.

6) 김성렬, 「이광수론-춘원 『허생전』의 분석을 통한 일고찰」, 『어문논집』 29, 안암어문학회, 1990 ; 이미란, 「한국현대패러디소설연구-『허생전』의 패러디소설

용과 민족주의의 소설적 구현에 착목한 『허생전』에 관한 기왕의 논의는 이광수의 민족주의자적 면모를 풍부하게 재현하고 있는 것이다. 그러나 이러한 논의들은 이광수의 민족주의의 변모와 궤적을 통시적으로 재구성하는 작가론적 시각을 중심으로 삼았기 때문에 『허생전』이라는 개별 작품의 구성을 1920년대라는 시대와 그 지배적 담론과의 관계 속에서 공시적으로 통찰하는 시각을 결여했다는 맹점을 노출시키고 있기도 하다.

「作者의 말」[7]에서 이광수는 허생을 기인이라고 언급하면서, "傳統的·民族的理想의 어떤 方面을 代表하는" 인물이지만 동시에 "그는 三百年前에 벌써 ○○主義·無政府主義的 思想을 가지고 또 이를 實行하였다."고 했다. 이때 그가 말하는 '○○주의·무정부주의'란 1920년대를 풍미했던 사회주의 사상과 함께, 사회주의 사상의 한 조류로 유입된 아나키즘을 정확히 가리키는 것이다. 본 논문에서는 이를 단초로 하여 '전통적·민족적 이상'의 코드에만 주목하여 『허생전』을 해석해온 시각에서 잠시 벗어나 그간 주목을 받지 못했던 '무정부주의적 사상'에 초점을 맞춰보고자 한다. 그리고 1920년대 중요한 사상의 조류였던 아나키즘의 주요 요소들이 『허생전』에서 형상화되는 구체적 양상을 규명하고 시대적 맥락과 접속함으로써 개별 작품에 기입되는 공시성을 부각시키는 것을 목표로 한다.

2. 1920년대 조선의 아나키즘과 이광수의 접점

이광수는 "이 『허생전』은 이번이 처음이 아니라, 그전에 『소년』이든가

을 중심으로」, 전남대학교 박사학위논문, 1998 ; 김윤식, 『이광수와 그의 시대』 2, 솔, 1999 ; 박상준, 「역사 속의 비극적 개인과 계몽 의식: 춘원 이광수의 1920년대 역사소설 논고」, 『우리말글』 28, 우리말글학회, 2003 ; 최주한, 「민족 개조론과 상애(相愛)의 윤리학」, 『서강인문논총』 30, 서강대학교 인문과학연구소, 2011 등.
7) 「『許生傳』作者의 말」, 『전집』 16, 269쪽.

『청춘』, 『붉은 저고리』든가에 시로써 써보았지요"라고 언급했던 바가 있다.8) 즉 이광수는 본격적인 창작 활동을 시작하던 무렵부터 박지원의 '허생 이야기'에 대하여 지속적으로 관심을 가져왔던 것이다. 그가 이 이야기에 관심을 가지게 된 것은 육당 최남선과의 인연에 인한 것으로 보인다. 최남선은 『청춘』의 창간호와 2호에 걸쳐 「연암외전(燕巖外傳)」을 국한문체로 연재했고, 광문회 첫 발간 사업 속에 연암집 간행도 포함시켰다. 위에서 이광수가 회상했던 허생에 관한 시의 제목은 「窮한 선비」로, 발표된 지면은 『청춘』 8호(1917. 6)였다.

「궁한 선비」는 앞부분에 가난한 선비와 아내의 생활을 묘사하고, 뒷부분에 "中學校에 으뜸 教師 老學者로 自處턴 몸/論理學 心理學 맛 이제야 처음 들어"9)라고 하여 허생을 교사 생활을 했던 이광수 자신과 정확히 겹쳐서 제시하고 있다. 이처럼 이광수가 허생을 민족의 지도자로 보고 그 형상에 자신을 겹쳐놓고 있다는 점이 명백하기 때문에 이 작품의 해석에 있어 민족주의적 코드가 부각되었던 것이 사실이다.

> 그는 階級을 미워하고 階級制度를 基調로 하는 모든 社會組織을 미워하였다. 그의 눈에 王侯將相은 塵垢粃糠과 같았다. 아마 그는 莊子流의 哲學的思想을 가졌던 모양이다. 그는 三百年前에 벌써 ○○主義·無政府主義的 思想을 가지고 또 이를 實行하였다.10)

그러나 위의 인용부에서 알 수 있듯 『허생전』은 동시대의 담론적 맥락을 매우 강하게 의식하여 창작된 작품이며, 따라서 허생은 기왕의 시에서와 같이 민족주의적 지도자라는 이광수의 '분신'으로 형상화된 인물로만 제한하여 보기는 힘들다. 「작자의 말」에서 이광수는 허생이 '계급제도를 기반으로 한 사회조직을 미워하고', '장자류의 철학을 가지고 ○○주의('사회주의'나 '공산주의'로 추측된다)와 무정부주의적 사상을 가졌다'고 썼다.

---

8) 「『무정』 등 전 작품을 語하다」, 『전집』 16, 304쪽.
9) 「窮한 선비」, 『전집』 15, 31쪽.
10) 「『許生傳』 作者의 말」, 『전집』 16, 269쪽.

이러한 언급은 『허생전』을 1920년대 당시에 크게 영향력을 행사한 사상이었던 사회주의와의 연관선상에서 독해할 필요성을 일깨워주며, 특히 그간 소홀히 다뤄졌던 무정부주의와의 관련성을 입증해주는 것이다. 그렇다면 1920년대 조선에서 이광수가 무정부주의 혹은 아나키즘이라는 사상적 조류와 접하게 된 계기는 무엇인가?

장자는 노자와 함께 아나키즘적 요소를 가진 사상가로 알려져 있다. 일반적으로 아나키즘은 자연의 리듬에 따라 자유롭게 살아가려는 인간을 지지하고, 인간의 본성을 억압하려는 외재적이고 인위적인 권위나 속박 일체에 대한 심정적 반역에서 출발했다고 할 수 있다. 이러한 관점에서 볼 때 아나키즘은 인간의 보편적인 감정이며, 이러한 심정을 체계화시킨 것이 근대 서구의 아나키즘 사상이다.[11] 이처럼 아나키즘은 정치 용어로 정착하기 이전부터 존재했던 인간 보편적 심성이 19세기 유럽에서 비로소 운동과 이론으로서 실체화된 사상이라고 볼 수 있다. 그렇기 때문에 크로포트킨은 노자와 장자의 사상에서 아나키즘의 맹아를 찾고 있는 것이다.[12]

한국에 아나키즘이 본격적으로 유입되기 시작한 것은 일본·중국보다 조금 늦은 1920년대의 일이다.[13] 1920년대 초반 조선에는 맑스-레닌주의에 기초한 볼셰비즘 내지 사회주의 사상이 활발하게 수용되었는데, 아나

---

11) 오장환, 『한국 아나키즘 운동사 연구』, 국학자료원, 1998, 15쪽.

12) Pierre Kropotkine, *La Science moderne et l'anarchie*, P.V.Stock, Paris, 1913, 59쪽 (위의 책, 14쪽에서 재인용).

13) 동아시아권에서 아나키즘을 가장 먼저 받아들인 것은 일본이다. 1902년 도쿄 제대에 재학중이던 게무라야마 센타로(煙山專太郞)가 『근대무정부주의』라는 책을 출간해 아나키즘을 소개하면서 '무정부주의'라는 역어를 처음 사용했다. 이 때문에 중국·조선 등에서 아나키(anarchy)가 가지는 '무권력/무지배'의 함의는 '무정부'로 좁혀졌고, 아나키즘은 곧 테러리즘이라는 부정적인 뉘앙스를 가지게 되었다. 현실개혁운동으로서의 일본 아나키즘 사상은 1906년 고토쿠 슈스이(幸德秋水)와 오스기 사카에(大杉榮)에 의해 출발했다. 이들이 일본의 제국주의에 반대해 선택한 방식은 국제 테러리즘이었다. 또한 중국 역시 20세기 초두부터 아나키즘이 활발히 수용되었는데, 이때 주요한 흐름을 형성했던 것 역시 크로포트킨의 아나코-코뮤니즘이었다(구승회 외, 『한국 아나키즘 100년』, 이학사, 2004를 참조).

키즘은 이때 사회주의와 엄밀하게 구분되지 않은 채 함께 '새로운 사상'으로서 수용되었다. 3·1운동이 좌절된 이후『동아일보』,『조선일보』를 비롯한 일간지 등이 이러한 '신사상'을 소개했는데, 특히『동아일보』가 주도한 문화운동에 의해 조선 전역으로 확산되었다고 할 수 있다.『동아일보』가 문화운동을 주도했던 2년 동안 가장 빈번히 소개된 이론들은 이른바 '과격파의 이론'이라고 지칭되었던 생시몽(Saint-Simon)의 이상적 사회주의, 마르크스의 사회주의 이론, 레닌의 볼셰비즘, 크로포트킨의 아나키즘이다. 이러한 과격파의 이론들은 좌파 색채를 띤 잡지『신생활』,『현대평론』,『조선지광』 등을 통해 집중적으로 소개되었다. 이러한 과정을 거쳐 조선에서는 일본·중국과 마찬가지로 크로포트킨류의 아나코－코뮤니즘이 '무정부주의'의 사상적 구심점에 위치하게 되었다.14) 이처럼 크로포트킨의 아나코－코뮤니즘을 중심으로 한 아나키즘이 일본을 시작으로 동아시아에 매우 활발하게 수용되고 공개적으로 거론되던 1920년을 전후하여 이광수가 공교롭게도 도쿄(1916~1918)와 상해(1919~1921), 서울이라는 동양 3국의 도시를 모두 거쳐 지나갔다는 점 역시 흥미를 끈다.

그러나 이광수는 아나키즘의 정치적 실천을 위한 직접적 운동과 관련되었다기보다는 저서나 당대의 사회적 분위기 등을 통하여 간접적인 방식으로 아나키즘을 접했으리라 추정된다. 즉 그에게 아나키즘은 현실 개조의 운동과 실천을 위한 체계적 이론 언어로서가 아니라 시대적 분위기, 사회적 공기로 제공된 환경에 가까운 것이었다고 할 수 있다. 먼저 이광수가 톨스토이에게서 깊은 감화를 받았다는 점을 언급할 만하다. 이광수가 메이지학원에 유학하던 시절 급우를 통해 톨스토이에 접하게 된 후 그의 사상에 크게 동조했음은 주지의 사실이다. 이때 이광수는 톨스토이를 "地球가 産出한 가장 큰 사람 中에 하나였다"15)고 평가했으며, 그의 사상적 요지는 "博愛主義·非暴力主義·無抵抗主義"16)라고 평가했다. 이와 같

---

14) 위의 책의 3부「한국 아나키즘」을 참조.
15)「톨스토이의 人生觀」,『전집』16, 236쪽.
16) 위의 글, 238쪽.

은 글 안에서 이광수는 톨스토이 사상에서 드러나는 아나키즘적 요소를 분명하게 파악하여 서술하고 있다.

> 그는 비록 國法이라 하더라도 제가 믿는 眞理에 어그러진 것이면 服從할 理由가 없을뿐더러, 그것을 服從하는 것은 저로는 奴隷가 되는 것이요, 同胞에 對하여서는 惡을 助成하는 것이라 하였고, 納稅에 對하여서도 그 돈이 惡한 일에 쓰이는 것을 믿거든 拒絶할 것이라 하고 兵役과 司法은 絶對로 否認할 것이라고 하였다. 그리고 <u>國家의 名義로 되는 것은 結局 어느 執權者 個人 或 은 數人의 意思니,</u> 예수를 믿어 하나님께 忠誠할 義務만을 가진 크리스찬으로는 <u>이러한 人爲的인 무엇에나 服從하지 아니하는 것이 옳다고 하였다.</u>
>
> 「톨스토이의 인생관」, 『전집』 16, 239쪽. 강조 인용자

이광수는 톨스토이가 종교에 기대어 "인위적인 무엇"을 거부했다고 파악했는데, 이는 개인의 행동을 강제하는 공권력을 인정하지 않을 것을 주장하는 내용으로서 아나키즘의 핵심적 내용과 즉결되고 있다.

실제로 톨스토이는 기독교를 통해서 이른바 '아나키즘적 복음주의'를 표방한 사상가로 이해되기도 한다. 톨스토이는 특권을 영속화하고 폭력과 권력의 핵심이 된다는 의미에서 돈과 소유를 거부했고, 국가란 반드시 필요한 것도 아니며 특히 폭정을 일삼는 전제 정부일 경우에도 그러하다고 했다. 그는 나아가 군국주의에 대해서도 명백한 반감을 드러냈다. 그의 아나키즘적 이념은 명백한 이론으로 정립된 것은 아니지만, 종교에 바탕한 그의 사상은 큰 영향력을 행사했다.[17] 또한 이광수가 톨스토이를 접했던 메이지학원 무렵 아나키스트 고토쿠 슈스이(幸德秋水)와 함께 일본 최초의 사회주의 정당인 일본사회민주당을 결성(1901)했던 기노시타 나오에(木下尙江)의 소설 「불의 기둥」(1904), 「남편의 고백」(1904) 등에 심취했었다는 점 역시 이광수가 아나키즘의 간접적 영향 아래에 있었다는 것을 입증한다.[18]

---

17) 구승회 외, 앞의 책, 42쪽.
18) 김윤식, 『이광수와 그의 시대』 1, 한길사, 1986, 198쪽.

한편 이광수가 단재 신채호와 교분을 나누었다는 점에서도 아나키즘과의 접점을 찾을 수 있다. 신채호는 국내에서 아나키즘에 대해 최초로 기록한 사람이기도 하다. 그는 1905년 황성신문사에 재직하던 당시 일본의 아나키스트 고토쿠 슈스이의 『장광설』을 읽은 후에 아나키즘에 공명했다는 사설을 쓰기도 했다. 신채호는 사회진화론으로부터 "我와 非我의 鬪爭"이라는 저항적 민족주의의 이론적 근간을 마련했는데, 이러한 논의는 오히려 약육강식을 표방하는 제국주의의 논리 속으로 휩쓸려 들어가는 모순을 보인다. 신채호는 이러한 모순을 해소하는 방편으로 점차 경쟁보다 상호부조의 중요성을 강조하는 크로포트킨의 아나키즘을 수용하는 양상을 보이게 된다. 따라서 그의 아나키즘은 자신의 투쟁적 민족주의를 보조하면서 대내적 상부상조와 대외적 반제 투쟁을 강조하는 이론적 도구로 이해할 수 있다. 신채호가 이미 1918년 중국의 아나키스트 리스청(李石曾) 교수를 만나고, 1922년 말부터 아나키스트로의 변신을 시작한 이회영(李會榮)과 이미 교우하고 있었던 점 등으로 미루어볼 때, 1923년 이전에 이미 신채호는 상당한 수준으로 아나키즘을 받아들이고 있었다고 추정 가능하다. 특히 신채호의 사상은 상해 임시정부에 대한 실망으로 인해 결정적으로 아나키즘으로 경사하는 경향을 보인다.[19] 이상의 사실을 고려한다면, 단재 신채호를 경유하여서도 이광수가 간접적으로 아나키즘의 영향을 받았으리라는 점은 충분히 예상 가능하다.

이광수가 『허생전』을 연재했던 지면 역시 문화운동을 통해 크로포트킨을 자주 소개했던 『동아일보』라는 점까지 고려하면, 그가 서문에서 밝혔듯 "무정부주의"를 300년 전에 실행했던 허생이라는 인물은 새롭게 해석될 필요성을 얻는다. 지금까지 주로 준비론적 민족주의의 대변인이자 민족의 지도자로 해석되어왔던 이광수의 허생에게서, 개인의 자유를 억압하는 모든 강제에 반발하고 이상 사회를 건설하려는 아나키스트적 면모를 읽어낼 수 있게 되는 것이다.

---

19) 구승회 외, 앞의 책, 186쪽 ; 김성국, 『한국의 아나키스트』, 이학사, 2007, 1장 참조.

3. 『허생전』과 아나키즘적 이상 사회 건설의 서사

이 장의 논의를 본격적으로 전개하기 위해 먼저 '허생 이야기'와 『허생전』의 서사 단락을 비교함으로써 『허생전』이 모본을 사용한 방식과 내용상 주요한 변화 지점을 밝히고자 한다. 아래 <표 1>에서 알 수 있듯 『허생전』은 '허생 이야기'의 서사에 충실하면서 곁가지 서사들을 삽입하여 확장시키는 방식으로 형성되었다. 허생이 홀연히 사라지는 '허생 이야기'의 결말 대신 허생의 충고를 효종이 받아들여 수행하는 것으로 처리하는 『허생전』의 결말에서 지도자의 권위를 중시하는 이광수의 특징이 드러나는 점에도 주목할 만하다.

〈표 1〉 '허생 이야기'와 『허생전』의 서사 단락 비교

서사단락	'허생 이야기'	허생전
(1)	변승업 소개, 허생 소개	
(2)	허생이 변 진사로부터 만 냥 빌림	허생이 변 진사로부터 만 냥 빌림
(3)	허생이 안성장에서 과일 독점으로 십만 냥을 벎	허생은 돌이를 데리고 안성장에서 과일 독점으로 십만 냥을 벎
(4)		유 진사네에 기거 중인 허생에게 도적이 듦—도적에게 돈을 나눠주고 집에 돈을 보냄
(1)		허생 소개
(5)		허생이 강경에 들어가 배와 물건을 모두 사들임
(6)		가난한 이들이 허생에게 돈을 받고 아내를 팖—아버지 송장과 아내를 판 김문흠 삽화
(7)		김문흠이 유 진사에게 원수를 갚음
(8)		허생 일행 제주도 입도—부패한 제주 목사를 쫓아냄
(9)		3년간 공관(空官)이 된 제주도에서 허

		생이 백성을 잘 다스림
(10)	허생이 제주도에서 말총 독점으로 백만 냥을 벎	허생이 말총 독점으로 돈을 벎
(11)	사공에게서 남방의 빈 섬 이야기를 듣고 탐방해봄	
(12)		홍 총각과 이완의 인연 소개
(13)	허생이 변산도적 소굴로 들어가 괴수를 설득함	허생과 돌이가 변산도적 조곰보에게 붙들림
(14)	허생이 도적들에게 돈을 나눠준 다음 도적들을 싣고 빈 섬으로 들어감	허생이 도적들에게 돈을 나눠주고, 원하는 이들을 데리고 떠남
(15)		남방으로 향하다 풍랑을 만나 조곰보가 탄 배와 떨어짐
(16)	허생이 이상 사회를 건설함	허생 일행이 남국(南國)에 도착해 이상 사회를 건설함
(17)	흉년이 든 장기(長崎)에 곡식을 팔고 백만 냥을 벎	흉년이 든 장기(長崎)에 곡식을 팔고 돈을 벎
(18)		임진왜란 때 건너왔다던 조선인 노인을 만남―일본인과의 우정
(19)		허생이 남국으로 돌아오고 아기들이 태어남
(20)	허생은 글 아는 이들을 데리고 조선으로 돌아옴	허생은 삼 년 후 글 아는 이들을 데리고 조선으로 돌아가려 출발함
(21)		조곰보 일행이 도착했던 육지에 다다라 조곰보의 악행을 징계함―돌이가 남음
(22)	돈 오십만 냥을 바다에 던지고 조선 팔도의 가난한 이에게 돈을 나눠준 다음 변 진사에게 십만 냥을 갚음―변 진사가 허생 집 살림을 돌봄	대다수의 돈을 바다에 던지고 조선에 도착해 변 진사에게 큰 재물을 갚음―변진사가 허생 집 살림을 돌봄
(23)		홍 총각이 허생을 방문해 이야기를 나눔
(24)	허생이 변 진사와 이야기를 나눔	허생이 변 진사와 이야기를 나눔
(25)	변 진사의 소개로 이완이 허생을 방문해 이야기를 나눔	효종의 명을 받고 이완이 허생을 방문해 이야기를 나눔

(26)	허생이 사라짐	허생이 사라짐
(27)	허생후지(許生後識) (1) 허생이 명에서 온 유민일지도 모른다 함 (2) 허생 이야기를 해준 노인 소개, 허생의 아내는 주릴 것이라 함	효종은 허생의 충고대로 실행함

『허생전』의 원텍스트인 박지원의 『열하일기』는 18세기 당시 조선 사회의 시대상을 반영하고 있으며, '허생 이야기'는 박지원 자신이 추구했던 사회적 모순의 치유 방식을 형상화한 허구라고 해석하는 것이 기존 연구의 공통된 시각이다.[20] '허생 이야기'는 사회의 모순을 폭로하고 이상국(理想國)을 선보임으로써 당대 사회에 대한 강력한 비판 의식을 드러내는 풍자적 성격을 보였는데[21], 이는 이광수의 『허생전』의 창작 의도와도 연관된 자질이다.

원텍스트에서 허생이 만든 이상 사회는 박지원이 강하게 비판했던 당대 사회의 문제점들이 모두 해소된 곳으로 그려져 있다. 당대 조선 시대 유학자들이 그린 유토피아가 도가적 색채를 짙게 띠고 있었음에 반해, 박지원이 그린 유토피아는 유교적 강대국가의 면모에 가깝다.

(가) 나무를 베어 집을 세우고, 대를 얽어서 울타리를 만들었다.
(나) 지질(地質)이 온전하매 온갖 곡식이 잘 자라서 묵밭은 갈지 않고 김은 매지 않아도 한 줄기에 아홉 이삭씩이나 달렸다.

---

20) 김정호, 「박지원 소설 『허생전』에 나타난 정치의식」, 『대한정치학회보』 14, 대한정치학회, 2006, 265~266쪽.
21) 이처럼 허생 이야기가 당대 현실을 강도 높게 풍자·비판하고 있기 때문에, 박지원은 「옥갑야화」의 도입과 후지(後識)에서 일부러 허생의 실체를 얼버무림으로써 그에게 가해질지도 모르는 탄압을 피했다(박기석, 「『허생전』의 형성과 서술에 관한 몇 가지 문제」, 『국어교육』 92집, 1996). 이와 비슷한 허생 이야기는 『계서야담』에서도 볼 수 있는데, 역시 당파 싸움으로 어지러운 조정과 백성의 빈곤한 생활상을 제시하면서 당대 현실을 비판하고 있다(이희준 편, 유화수·이은숙 역주, 『계서야담』, 국학자료원, 2003, 118~122쪽).

(다) 삼 년 동안의 식량을 쌓아놓고는 나머지는 모두 배에 싣고 장기도(長崎島)에 가서 팔았다.22)

'허생 이야기'에 나타난 이상 사회는 (가) 사유재산과 (나) 농업 경제를 기반으로 하고, (다) 국제무역을 통해 국부(國富)를 확충하는 것으로 그려진다. 허생은 사람들에게 "먼저 부(富)하게 한 연후에 따로이 문자(文字)를 만들며 옷갓을 지으려" 하는데, 문자와 옷갓이란 곧 조선사회와는 다른 새로운 문명을 열고자 하는 것으로 해석된다. 즉 박지원의 허생은 무역을 통해 부강한 나라, 그리고 새로운 문자와 문화를 가진 유교적 문명사회를 건설하고자 했던 것이다.23) 이처럼 원텍스트에서 단 몇 줄로 짧게 그려진 이상 사회의 모습이 『허생전』에서는 2개 장(章)에 걸쳐서 자세하게 묘사된다. 원텍스트에는 없던 제주도의 공관(空官) 상태를 삽입한 '三年空官'과 원텍스트를 기초로 확장하여 서술한 '새나라'의 장이 그것이며, 이는 <표 1>의 (9)와 (17)에 해당하는 서사 내용이다. 특히 새나라 건설과 관련된 내용은 작품의 거의 1/3을 차지할 만큼 압도적이라 작품이 마치 공상역사소설처럼 장황해졌다는 비판을 받기도 했다.24)

하지만 이는 반대로 이광수가 굳이 고전 '허생 이야기'를 부활시킴으로써 당대 조선 사회에 제시하려 했던 가치들이 새나라 건설 서사를 통해 집중적으로 전달된다는 점을 증명하는 개작 양상으로 간주해야 한다. 허생이 건설한 '새나라'는 현명한 지도자의 지도 아래 미래의 민족사회가 갖추어야 할 자질들을 선취한 이상적 공동체로 형상화되기 때문이다. '허생 이야기'는 바로 이상적 공동체의 건설이라는 이광수의 주요한 테마를 선취했던 고전이기 때문에 모본으로 선택되었던 것이다. '허생 이야기'에는 등장하지 않는 조곰보의 사회를 그리는 단락(<표 1>의 (21))이 삽입된 것

---

22) 박지원, 『국역 열하일기』, 민족문화추진회, 1968, 303쪽.
23) 배병삼, 「박지원의 유토피아—『허생전』의 정치학적 독해」, 『정치사상연구』 9권, 한국정치사상학회, 2003 참조.
24) 박상준, 「역사 속의 비극적 개인과 계몽 의식」, 『우리말글』 28, 우리말글학회, 2003, 212쪽.

도 이상 사회에서 추구하는 모든 가치를 결락한 타락한 공동체를 그림으로써 허생의 이상적 공동체를 부각시키려는 창작 의도를 명백하게 드러내 준다. 이 과정에서 원텍스트에서의 이상 사회가 가지던 유교적 문명 사회의 성격은 희미해지고, 대신 1920년대라는 맥락에 접속해 있는 새로운 아나키즘적 사회의 모습이 그려진다.

남국에 본격적으로 이상 사회를 건설하기 전에 허생이 시범적으로 자신의 이상을 실현해본 곳이 3년간 공관 상태에 놓여 있던 제주도다.

> 오너라 가너라 하고 귀찮게 구는 것도 없고, 무슨 세납을 내어라, 무슨 추념을 내어라 하고 성가시게 개개는 것도 없고, 사또니 소인이니 양반이니 상놈이니 하는 것도 없고, 백성들은 모두 의좋은 동네 친구로 낮에 종일 저 맡은 일을 하다가는 밤에 모여 앉아 막걸리나 걸러 먹고, 소리나 하고, 이야기나 합니다. (71쪽)

아나키즘의 계보는 논자에 따라 범위가 다르고 그 갈래도 극단적인 테러리즘부터 평화주의까지 다양한 양상을 띠며 전개된다.[25] 그러나 이 다양한 사상들을 묶어주는 핵심적인 아나키즘적 요소는 ① 일부 계급에게 모든 권리가 독점된 국가에 대한 정치적 권리의 주장, ② 일부 계급에게 독점된 토지의 재분배 주장, ③ 자치적 자연 촌락, ④ 인간의 자유의지에 대한 자각 등을 들 수 있다.[26] 제시한 인용문에는 신분이 타파된 사회(①), 공권력이 없는 사회(②), 주민들이 자연적 공동체(③, ④)를 구성해 노동을 하고 유희를 즐기는 사회가 그려져 있다. 이러한 제반요소는 아나키즘이 목표로 하는 이상 사회의 모습과 매우 유사하다.

이처럼 일시적으로 제주도에서 원하는 사회를 구현해보았던 허생은 도

---

25) 국가와 사적소유권 모두를 거부하고 코뮨 건설을 목표로 하는 아나코−코뮨주의, 노동조합 조직망이 국가를 대체하는 집산주의 사회를 지향하는 아나코−조합주의, 일체의 코뮨과 노동조합도 억압구조로 인식하며 개인의 자율적 행위만 인정한 아나코−개인주의, 이론보다 실천으로 아나키즘을 풀어간 '소박한' 아나키즘(자신을 아나키스트라고 지칭하지 않는다.) 등의 흐름이 있다(하승우, 『세계를 뒤흔든 상호부조론』, 그린비, 2006, 15쪽).
26) 오장환, 앞의 책, 133쪽.

적들을 싣고 배로 열흘이 넘게 걸리는 남국에 도착한다. 그리고 이곳에서 본격적으로 자신의 이상 사회를 건설한다. 이때 1920년대에 조선을 포함한 동아시아를 풍미한 아나키즘의 주류가 크로포트킨이 주장한 아나코－코뮤니즘이었다는 점은 허생이 남국에 건설한 이상 사회의 성격을 분석할 단초를 제공해준다.

　크로포트킨의 저서 『상호부조론』은 1902년 책으로 출간되면서 국제적으로 다양한 언어로 번역되어 읽혔다. 이 『상호부조론』을 계기로 당시 운동의 형태로만 존재하던 아나키즘은 윤리적 원리를 획득할 수 있었다. 이 책은 협력과 연대에 기초한 상호부조가 진화의 동력이며 그 힘은 소수의 엘리트가 아니라 평범한 사람들에게서 나온다는 점을 증명하는 데 주력했다. 크로포트킨의 사상을 집약한 이 책의 내용에서도 알 수 있듯, 아나코－코뮤니즘은 인간의 연대성과 사회성이야말로 인간 사회의 근간이 되는 원리라고 파악했다.[27] 그는 상호부조와 지원이 가장 활발했던 원시 촌락 공동체와 중세 도시의 길드를 이상적인 상태로 묘사했는데, 촌락 공동체의 경우 가장 근본적인 원리는 ⓐ 토지의 공동 소유와 ⓑ 자치 사법권이었다.[28] 특히 공유제는 경제적 가치보다 개인주의와 탐욕을 억제해주는 윤리적인 관점에서 더욱 중요하게 생각되었으며,[29] 자치 사법권은 개인 위에 군림하는 강제적 공권력을 인정하지 않는다는 점에서 계급이 없는 평등 사회를 지향하는 가치로 볼 수 있다.

　　　그러하오나 다른 팔자 좋은 사람들을 보오면 자고 나서 다시 잠들기까지 술이나 마시고, 노래나 부르건마는 금의옥식에 고대광실에 처첩하고 거드럭거리니 에라 이놈의 세상에 가난뱅이로 태어난 것만 잘못이요, 이왕 가난뱅이로 태어났으면, 땀 흘리고 일하는 것만 잘못이다. (85쪽)

위의 인용문에서 보듯 돈의 문제는 『허생전』 전반에 걸쳐 조선을 부패

---

27) P. A. 크로포트킨, 김영범 역, 『만물은 서로 돕는다』, 르네상스, 2005, 16쪽.
28) 위의 책, 203쪽.
29) 하승우, 앞의 책, 84쪽.

하게 만든 원인으로 제시되고 있다. 돈에 쪼들려 도적이 된 무리들의 일화, 빚 때문에 양반도 아내도 팔아넘기는 사람들의 일화, 마을의 반반한 처녀들은 모조리 빼앗아가는 제주 목사 일화 등 작품 전반에 걸쳐 묘사된 민중의 궁핍한 생활상은 모두 빈부의 격차와 계급 간의 권력차로 인해 발생하고 있다. 또한 이로 인한 분노, 억울함 등은 공동체 구성원 사이에 불화를 조장하여 결국 조선사회를 와해시키는 가장 큰 요인이기도 하다. 그렇기 때문에 공동체의 해체를 막기 위해서는 '양반'으로 상징되는 계급/계층 질서와 '부자'로 상징되는 빈부 격차를 타파할 것이 요구된다.

> 내 소원 말씀이오니까. 내 소원은 조선 팔도에 양반이란 양반과 부자란 부자를 다 없애버리는 것이지요 (…중략…) 그래서 나는 일생에 경륜 있는 사람을 만나거든 한 번 조선 천지를 뒤집어 새 나라를 이루려고 하였더니, 벌써 나이 육십이 가까워왔으되 기다리는 사람을 만나지 못하고, 속절없이 북한산 한 줌 흙이 되고 말게 되었으니 이런 가엾은 일이 있소오니까……. (182쪽)

위의 인용문에서 알 수 있듯 신분에 따른 차별은 『허생전』에서 이완 대장보다 더 능력 있는 인물로 그려진 홍 총각이 능력을 발휘하지 못하고 초야에 묻혀 지내게 만든 원인이다. 재력과 권력의 차이로 인해 발생한 제도적 모순은 조선 사회에 이미 너무나 깊이 침투해 있어 이미 기인(奇人) 한 사람의 힘으로는 개선되기 어려운 지경에 이르렀다. 그렇기 때문에 1920년대에 재생된 『허생전』에서도 허생은 기존 사회를 변혁하는 대신 새 나라를 건설하기 위해 남국으로 떠나야만 하는 것이다.

이와 같은 구조적 모순을 해결하기 위해 제창된 아나키즘의 두 요소, 즉 공유제와 자치 사법권은 허생이 남국에 새로이 세운 사회에서 구체적으로 구현된다.

> (가) "우리가 이 땅에 온 것은 남을 부려먹지도 말고, 남의 부림을 받지도 말려 함이니, 누구든지 이마에 땀을 흘리고, 몸소 일하기를 원치 아니하는 이가 있거든 이리로 나서시오" (107쪽)

(나) "우리가 이 땅에 온 것은 어떤 이는 많이 가지고 어떤 이는 적게 가져서 많이 가진 자는 가진 것이 많은 것을 자랑하고, 적게 가진 자는 많이 가진 자를 시기하여 서로 다투지 말고자 함이니 비록 이미 이 땅에 왔다 하더라도 네것 내것을 가리려 하는 이는 다 이리로 나오시오. 만일 그런 이가 있다 하면 타고 오던 배로 돌아가야 할 것이요." (108쪽)

(다) "누구나 사람을 대하여 성내고 싸우려 하는 생각이 있거든 다 이 앞으로 나오시오. 성을 내기 때문에 (⋯중략⋯) 싸움이 끊이지 아니하고, 싸움이 끊이지 아니하기 때문에 관원이 생기고, (⋯중략⋯) 사람의 모든 화단과 슬픔이 그 근본을 캐면 성내는 데에 있는 것이요." (108쪽)

(가)와 (다)의 발언은 계급이 없는 평등 사회를 지향하고 있다. 권력이 발생하는 근원은 바로 사람들 간의 불화에 있기 때문에 싸우지 말아야 할 것, 그리고 남을 강제로 부리는 권력과 계급을 철폐할 것이 명시되어 있다. 또한 (나)에서는 사적 재산의 축적으로 인해 공동체 내부에 불화가 생기는 것을 염려하여 '네것 내것'을 가리지 않는 공유제를 채택할 것을 강하게 권하고 있다. 즉 (가)와 (다)는 ⓑ 자치 사법권, (나)는 ⓐ 공유제라는 아나키즘적 대원칙이 구체적으로 구현되는 양상을 그린 것이다.

그 동안에 허생은 일본에도 사오차 다녀와서 곡식과 기타 이곳에 나는 신기한 물품을 갖다 팔아 큰 이익을 얻었으나, 새 나라에서는 돈의 필요가 없으므로 금돈과 은돈 몇 푼을 녹여서 어린애들 노리개를 만들어 주고, 그 밖에는 혹 구멍을 뚫고, 실을 꿰어서 개와 고양이에게도 매달아 주고, 한 번은 놀러 내려온 기린의 모가지에 금돈 두 푼을 매달아 준 것 밖에 별로 쓸 곳도 없어서 그냥 비인 배에 쌓아두었을 뿐입니다. 그러나 그중에도 허욕 많은 사람 하나가 몰래 금돈을 훔쳐다가 땅에 구덩이를 파고 묻어 두다가, 한 번은 뱀한테 물려 퉁퉁 부어서 죽도록 고생을 하고는 병이 낫는 대로 허생을 찾아가서 꿇어 엎디어서 일일이 이실 직고를 하고 밤마다 그 금돈을 도로 파서는 꿍꿍하고 제자리에 도로 져다가 두었습니다. (133쪽)

자본의 집적을 통해 권력을 창출시키는 화폐는 아예 새 나라에서는 통용되지 않고, 오로지 장신구나 노리개 같은 목적으로만 사용된다.[30] 그리

---

30) 이처럼 돈을 장신구로 사용하는 모티프는 톨스토이의 「바보 이반」(1886)에서 나타난 바 있다.

고 그중 탐욕을 가졌던 이는 뱀에게 물리는 서사적 징계를 받는데, 서사 내에서 이는 사적 재산의 축적을 통해 궁극적으로 공동체에 불화를 일으 키는 원인을 제거하는 초법적 의지를 대변한다고 할 수 있다. 재산의 집 적과 이로 인해 생긴 계급사회가 부르는 재앙의 구체적 양상은 허생의 이 상 사회와는 반대로 묘사된 조곰보의 섬에서 관찰할 수 있다.

> 마침 조곰보가 살아났기 때문에 이 땅에 내리는 대로 양식과 쇠로 만든 장기와 기타 값가는 것은 다 제 것이라고 해서 제가 맡아 가졌습니다. 그리 고는 저 고개 너머다가 사람들을 부려 큰 집을 짓고, 저만 편안히 자빠져 있 고, 제 맘에 맞는 사람만 한 오십 명을 뽑아서 제 집에 두고, 나머지는 양식 한 되도 아니 주어서 내어버렸습니다. (146쪽)

풍랑을 만나 떨어져 나갔던 조곰보는 재산을 독점함으로써 권력을 쥐 었고, 결국 그들이 떠나온 옛 나라와 다를 바 없는 부패한 사회를 연출하 게 되었다. 그리고 허생 일행이 도착하자 성이 난 군중들이 조곰보를 때 려죽임으로써 그가 만들었던 사회는 붕괴되고, 허생은 돌이를 남겨두어 그곳을 새로운 '새 나라'로 다시 세우고자 한다. 『허생전』의 이상 사회가 제공하는 희망은 이처럼 같은 서사 내에서 대척점을 설정함으로써 부각되 는 효과를 거둔다.

새 나라에서 먼저 계급 타파와 공유제라는 대원칙을 세운 다음 허생을 비롯한 사람들은 함께 밭을 개간하고 집을 짓는 등 공동 노동에 힘쓴다. 그리고 낮에 열심히 노동을 한 다음에는 사람들끼리 둘러앉아 식사를 하 고 함께 노는 등 유희를 즐긴다.

> 뜨겁던 해도 넘어가고, 서늘한 저녁 바람이 스르르 돌아갈 만한 때에 일터 에서 돌아온 사람들은 이 넓은 마당에 커단 식탁을 벌여 놓고, 웃고 떠들고, 저녁밥을 먹고 나서는 그 자리에서 소리할 줄 아는 이는 소리를 내고, 피리 불 줄 아는 이는 피리를 불고, 장단을 칠 줄 아는 이는 나무 젓가락으로 식 탁을 두드리어 장단을 맞추고, 어떤 이는 피리와 식탁 장단을 맞추어 얼씬얼 씬 춤을 춥니다. (112쪽)

인용문에서 사람들은 하루의 노동을 끝내고 나면 함께 모여 노래를 부르고 춤을 추는 등 즐거운 시간을 보낸다. 크로포트킨은 하루에 4~5시간을 육체노동과 같은 의무적 노동에, 그리고 나머지 시간은 취미생활에 할애하자고 제안했다.31) 이것이 바로 인간의 자율성과 창의성을 최대한으로 발휘할 수 있는 조건이며 또한 인간의 삶을 가장 즐길 수 있는 조건이라고 생각했던 것이다. 이처럼 "자유롭고 형제애로 뭉친 공동체적 삶"32)은 곧 아나키즘이 실현시키려 한 이상 사회의 모습이기도 하다.

이와 같이 허생에 의해 구현된 아나키즘적 이상 사회는 사회주의적 이상 사회와 언뜻 구별이 되지 않는다. 이는 1920년대 전반의 시점에서 여전히 아나키즘과 사회주의의 준별이 이루어지지 않았다는 사상적 혼재 상태에서도 기인하며, 아나코-코뮤니즘이 사회주의와 매우 근접해 있기 때문에도 발생하는 모호성이다.33) 그러나 두 사상의 가장 큰 차이점은 아나키즘이 프롤레타리아 독재를 인정하지 않고, 공산주의 국가가 관리하는 제도 역시 다른 형태의 강권일 뿐이라고 인식한다는 점에서 찾을 수 있다. 즉 자본에 의한 노동의 착취를 폐지한다는 넓은 의미에서 아나키즘은 사회주의로 이해될 수 있으나, 혁명의 결과 도래할 이상 사회의 형태는 완전히 다르다.34) 허생이 건설한 이상 사회는 사회 질서를 통제하기 위한 제도를 구성하지 않고, 오로지 구성원의 합의와 연대감에 바탕해 유지된다는 점에서 아나키즘적 이상 사회에 훨씬 가깝다고 볼 수 있다.

이때 허생은 "실행을 통한 선전"35)으로 이상을 실천하는 아나키스트,

---

31) 구승회 외, 앞의 책, 314쪽. 이 취미활동의 신장이 바로 예술활동으로 이어지게 된다.
32) P. A. 크로포트킨, 앞의 책, 269쪽
33) 크로포트킨은 1910년 『브리태니커 백과사전』의 '아나키즘' 항목을 직접 집필했는데, "아나코-코뮤니즘은 문명사회에서 수용될 가능성이 있는 유일한 형태의 공산주의다. 따라서 공산주의와 아나키즘은 서로를 완성시켜 주는 사회의 진화방식을 지칭하는 두 가지 용어이다."라고 했다. 하승우, 앞의 책, 114쪽.
34) 고로 아돌프 피셔가 말한 "모든 아나키스트는 사회주의자다. 그러나 모든 사회주의자가 반드시 아나키스트는 아니다"라는 개념이 설득력을 얻고 있다(오장환, 앞의 책, 20쪽).
35) 하승우, 앞의 책, 19쪽.

그리고 아나키즘 공동체에서의 '중재자'의 역할을 수행한다. 즉 공동체에서 발생하는 문제들을 해결하기 위해 신속하고 공평한 판단을 하고, 민중들의 합의를 이끌어내는 역할이다. 그러나 이러한 권위는 종종 억압의 근원인 권력으로 발전하기도 한다.[36] 본래 허생이 가지는 권위 자체는 민중의 선망과 암묵적 동의에 입각한 것이지만, 궁극적으로 아나키즘 공동체를 이끌어가는 것이 민중이라는 점에서 보면 언젠가는 사라져야 할 필요악으로 볼 수 있다.

> (가) 허생은 말뚝과 장도리를 들고 집터를 잡으며, 돌이는 웃통을 벗어붙이고, 시커먼 몸뚱이에 구슬땀을 흘리면서 괭이를 들어 집터를 팝니다. (111쪽)
> (나) 그러나 인제는 나는 쓸데없는 사람이니 내가 만일 더 쓸데가 있을 것 같으면 간다는 말을 아니할 것이외다. 지나간 삼년 동안은 내가 있어야 하겠기로 있었고, 이제는 있지 아니하여도 좋겠기로 가는 것이외다. (134쪽)

(가)의 인용문에서 보이듯 허생은 지시를 내리는 것뿐 아니라 직접 실천에 나서서 공동체 건설에 앞장선다. 이렇게 3년에 걸쳐 이상 사회를 건설하고, 아나키즘적 제반 원리가 민중에게 내면화되는 과정이 완료되자 더 이상 허생이 중재자 역할을 할 필요가 없어진다. 그렇기 때문에 허생은 새 나라에 필요 없는 이가 되어 떠나는 것이다. 이는 원텍스트에서 제시된 허생이 떠나는 이유와 선명하게 대조된다.

> 내 처음 너희들과 함께 이 섬에 들어올 때엔 먼저 부(富)하게 한 연후에 따로이 문자(文字)를 만들며 옷갓을 지으려 하였는데 땅이 작고 덕이 엷으니 나는 이제 이곳을 떠나련다.[37]

박지원의 허생은 부강한 문명국가를 이룩하려고 하였으나 정착한 땅이 자신의 뜻을 펼치기에는 부족하다는 이유로 떠난다. 반면 이광수의 허생

---

36) P. A. 크로포트킨, 앞의 책, 198쪽.
37) 박지원, 『국역 열하일기』, 민족문화추진회, 1968, 303쪽.

은 민중이 합의에 의해 이끌어갈 공동체의 미래를 위해 자발적으로 떠나는 것으로 나타난다. 허생이 떠나는 것은 정치권력을 형성하지 않는 방식으로 사회를 변화시킬 것, 대중이 스스로 결정하고 자율적으로 조절할 수 있는 의사결정 구조를 만들 것이라는 아나키스트의 주장과 상응하는 문학적 장치로 볼 수 있다.[38] 이제 허생의 뒤에 남겨진 공동체는 아나키의 어원인 희랍어 anarchos의 뜻처럼 '지배자 혹은 지도자 없는', '키잡이가 없는' 상황이지만, 허생이 떠남으로써 비로소 모두가 지도자이고 키잡이인 진정한 이상 사회를 향해 나아가는 일보를 내딛는 것이다.

허생은 조선으로 돌아온 후 변 진사의 물질적 지원 아래에 다시 글을 읽는 생활로 돌아간다. 이미 홍 총각이 실패했던 것처럼 조선에서는 허생 한 사람의 힘으로는 변혁이 불가능했기 때문이다. 그러나 이완 대장이 어명을 받들어 허생을 방문함으로써 상황은 달라진다.

이완 대장이 충고를 구하자 허생은 몇 가지 충고를 하는데, 처음 두 가지 충고는 원텍스트와 크게 다르지 않다. 명문의 자제들을 청으로 보내 유학시키고 교분을 쌓을 것, 그리고 혼인을 통해 인척 관계를 맺을 것이 그것이다. 그러나 원텍스트에서는 이완 대장이 이를 모두 거절하자 허생이 화가 나서 칼로 치려고 들었으나, 『허생전』에서는 허생이 새로운 세 번째 안을 제시한다.

> 또 한 가지는 지금 국고에 있는 돈과 곡식과 모든 재물을 떨어 전국 가난한 백성에게 나누어 주어 전국 백성으로 하여금 나라의 은혜를 깨닫게 하여야지요—이 일도 할 수가 있나요? (…중략…) 또 한 가지는 지금까지에 만들어 놓은 화약을 모두 불살라 버리고 무기를 녹여 농기를 만들고 장안 안에 모았던 군사를 흩어 돌려보내어 농사를 짓게 하는 것이지요—이 일을 할 수가 있나요? (196쪽)

이 두 가지 조건은 허생이 이미 남국에 건설했던 공동체의 조건과 유사하다. 다만 신분 타파, 공유제, 자치 사법권 등의 혁명적인 아나키즘의

---

38) 하승우, 앞의 책, 18쪽.

요소는 부의 재분배, 반전(反戰), 중농주의 등으로 약화되어서 제시된다. 그리고 허생의 충고를 받아들인 효종이 북벌을 포기하고 국고를 열어 재물을 분배해주고, 화약과 무기를 없애는 것으로 『허생전』은 마무리된다. 완전한 유학자였던 박지원의 허생이 조선에서는 제도적인 변혁을 일으키지 못하고 사라진 반면, 아나키스트적 면모를 가진 이광수의 허생은 어떤 노인의 말처럼 "이로부터 태평성대가 된다네."(200쪽)라는 희망을 작품 속에 남겨둘 수가 있었다. 결과적으로 허생이 아나키즘적 요소를 전파함으로써 변화시킨 공동체는 허생이 남국에 건설한 공동체, 돌이가 남은 공동체, 그리고 지도자의 유연한 사고에 힘입어 변화의 조짐을 보이는 조선 세 군데가 되는 것이다.

4. 결론

이광수 작품에서 '민족의 지도자'는 매우 중요한 테마이면서 동시에 단일한 중심 원리의 변주와 왜곡으로 이해되는 경향이 크다. 핵심적 형성 원리는 고수되고 있으나 시대와 상황의 압력에 의해 지도자의 형상이 이러한 식으로 굴절되었다는 해석이 지배적인 가운데, 본 논문은 이러한 통시적 시각으로부터 의도적으로 거리를 두고 개체로서의 작품을 시대적 맥락과 환경 속에서 공시적으로 고찰하고자 했다. 이광수가 박지원의 '허생 이야기'를 사용하여 창작한 『허생전』에 구현된 이상 사회의 성격은 1920년대 동아시아를 휩쓸었던 거대한 사상적 조류인 아나키즘을 논외(論外)로 두고서는 결코 충분하게 분석될 수 없다. 1920년대 조선에서 아나키즘과 사회주의는 명확하게 준별되지 않은 채 '새로운 사상'으로서 영향력을 발휘했다. 이광수는 이 '새로운 사상'이 만들어낸 공기를 호흡하며 『허생전』 속에 기존의 것과는 상당히 다른 형태의 이상 사회를 그려냈다. 지도자가 없는 사회, 민중이 스스로 미래를 이끌어 나가는 사회, 사유재산과 억압적 제도가 존재하지 않는 사회가 바로 그것이다. 민중의 합의에 기초한 자치적 생활 공동체의 건설을 향해 나아가는 이 서사는 이상적인 민족 지도자의 형상화에 주력하는 여타 이광수 작품들과 사뭇 다른 결을 보여준다. 이상적 지도자가 갖추어야 할 자질보다는 공동체 자체가 가져야 할 원리 그 자체를 고찰했다는 점에서 『허생전』은 초기 이광수 소설에 내재되어 있었던 흥미로운 사상적 분기점을 선명하게 보여주는 사례라 하겠다.

▪ 참고문헌

1. 자료

박지원, 『국역 열하일기』, 민족문화추진회, 1968.
『이광수전집』, 삼중당, 1963.

2. 국내 논저

구승회 외, 『한국 아나키즘 100년』, 이학사, 2004.
김성국, 『한국의 아나키스트』, 이학사, 2007.
김성렬, 「이광수론―춘원 『허생전』의 분석을 통한 일고찰」, 『어문논집』 29,
　　　　안암어문학회, 1990.
김윤식, 『이광수와 그의 시대』 1, 한길사, 1986.
＿＿＿, 『이광수와 그의 시대』 2, 솔, 1999.
김정호, 「박지원 소설 『허생전』에 나타난 정치의식」, 『대한정치학회보』 14,
　　　　대한정치학회, 2006.
김태준, 『김태준문학사론선집』, 현대실학사, 1997.
박기석, 「『허생전』의 형성과 저술에 관한 몇 가지 문제」, 『국어교육』 92집,
　　　　1996.
박상준, 「역사 속의 비극적 개인과 계몽 의식: 춘원 이광수의 1920년대 역사
　　　　소설 논고」, 『우리말글』 28, 우리말글학회, 2003.
배병삼, 「박지원의 유토피아―『허생전』의 정치학적 독해」, 『정치사상연구』 9
　　　　권, 한국정치사상학회, 2003.
서은혜, 「이광수 소설에 나타난 재난 모티프와 공동체의 이상」, 『한국현대문
　　　　학연구』 37, 한국현대문학회, 2012.
오장환, 『한국 아나키즘 운동사 연구』, 국학자료원, 1998.
유승환, 「이광수의 『춘향』과 조선국민문학의 기획」, 『제8회 춘원연구학회 학
　　　　술대회 자료집』, 2014.9.
이미란, 「한국현대패러디소설연구―『허생전』의 패러디소설을 중심으로」, 전
　　　　남대학교 박사학위논문, 1998.
이희준 편, 유화수·이은숙 역주, 『계서야담』, 국학자료원, 2003.

최주한, 「민족개조론과 상애(相愛)의 윤리학」, 『서강인문논총』 30, 서강대학교
　　　인문과학연구소, 2011.
하승우, 『세계를 뒤흔든 상호부조론』, 그린비, 2006.

3. 국외 논저

P. A. 크로포트킨, 김영범 역, 『만물은 서로 돕는다』, 르네상스, 2005.

■ Abstract

Age of Anarchism and Lee Kwangsoo

— A Study on Anarchic Features in *Heosaengjeon*

Lee, Kyung-rim

Lee Kwangsoo published *Heosangjeon,* which is originnated from *Yeolhailgi* by Park Jiwon, serially in *Dongahilbo* in 1920's. This work displays a hero trying to reform the given society, which is one of the most important figures in other works of Lee Kwangsoo. Especially this work focuses on the ideal leader figure and construction of an ideal community. Most researches on *Heosaengjeon* have emphasized a nationalistic features in the work, but if we consider the preface of this work written by its own author, we can interpret this work from a different perspective. If we locate this work in the contexts of 1920's, we can observe that this work had absorbed some anarchic features which were not seen in previous researches.

Anarchism is a political philosophy that advocates stateless societies often defined as self-governed voluntary insitutions. In early 1920's, East Asia accepted anarchism with communism altogether as 'new discourses.' In case of Chosun, mass medium played big role in spreading these discourses, and *Dongahilbo* was the most important media. Anarchism in 1920's Chosun had Anarcho-communism in its core as Japan and China. Lee Kwangsoo was not involved in Anarchism directly, but he captured critical discourse changes of the age and figured them by writing a novel.

He depicted an ideal community based on anarchic principles in *Heosaengjeon*. Heosaeng abolished class distinctions and private property, official judicial power and encouraged making self-governed community based on mutual agreement among its members. In the construction of this kind of anarchic society, people need not a leader but an mediator. Therefore after the completion of building the community, Heosaeng leaves it voluntarily.

This narrative structure shows us one of the most interesting junctions in Lee Kwangsoo's early works. It focused on the operating principles itself, not on the ideal leader who learns them.

- **Keywords** : Lee Kwangsoo, Heosaeng, parody, anarchism, socialism, nationalism

1910년대 이광수 단편소설의 '자기-서사'적 특성

서 은 혜*

■ 국문초록

　이광수는 식민지 시기에서 해방 이후에 이르기까지 다양한 자전적 소설을 창작하였다. 1910년대 「어린 벗에게」, 「방황」 등의 초기 단편소설은 와세다 대학교 유학생 시절의 체험을 바탕으로 한 것이며, 이후 1930년대 「그의 자서전」, 해방 이후 「나-소년편」, 「나의 고백」 등 본격적인 자서전 형식을 차용한 소설을 발표하기도 하였다. 1910년대에서 해방기에 이르는 시기까지 오랜 기간 동안 적지 않은 수의 자전적 소설을 발표하였다는 것, 그리고 '소설'의 개념을 새롭게 정립하던 근대문학의 성립기부터 단편과 장편을 아우르는 다양한 형식의 자전적 서사를 창작했다는 것은 자전적 소설의 장르 성립 과정과 맞물려 그의 소설을 다각도로 살펴볼 수 있는

---

* 서울대학교 박사과정 수료

여지를 제공한다.

1910년대 「헌신자」, 「김경」, 「어린 벗에게」, 「방황」 이광수의 단편소설에 나타나는 자전적 요소는 1인칭 서사의 활성화라는 문단적 상황과 그 맥락을 같이하고 있다. 이 중 '사실소설'이라는 장르명을 달고 있는 「헌신자」의 경우 같은 장르명을 부기한 「다정다한」의 사례에서와 같이 모범이 되는 인물의 행적과 삶, 사상을 담는다는 서술목적 하에 쓰였다. 그리고 소설 말미에 3인칭의 이름으로 작가 자신의 모습을 투영한 특징을 보인다. 전기적 글쓰기와 자전적 요소의 혼재라는 이러한 특성은, 이후 「원효대사」와 같이 역사적 인물에 자전적 내력을 투사하는 형태의 인물 창조로 이어지기도 한다.

그리고 다양한 기행문, 감상문, 서간체, 일기 등의 1인칭 서사가 실리던 잡지 『청춘』지에 발표된 「김경」, 「어린 벗에게」, 「방황」은 자전적 요소의 투영 양상의 측면에서 보면, 유학생 세대의 공적인 이념을 서사화하면서 개척 세대로서 지니는 내적 갈등을 동시에 형상화하는 방식으로 구성되어 있다. 특히 소설의 자전적 요소를 구성하는 척도로 분석해보면, 작가 자신의 신념이나 가치관을 공유하는 주인공을 설정한다는 '신뢰성'이나 작가 자신의 삶의 내력과 겹치는 '유사성' 측면이 높음을 알 수 있다. 예컨대 「김경」의 경우 오산학교 시절 마음에 맞지 않던 혼인 생활, 자신의 불투명한 미래에 대한 고민 등 당시 작가 자신의 삶의 모습을 중요 제재로 삼고 있으면서도 상세한 독서 이력을 나열한다든지, 그 독서 이력과 함께 자신의 공부에 있어서 부족한 점을 강조하는 부분 등은 평소 동지에 논설을 통해 독서를 통한 정신적 능력의 배양과 문화의 창조, 발전을 강조했던 작가의 목소리와도 겹쳐지는 부분이라는 점이 주목할 만하다. 「어린 벗에게」도 김일련과의 사랑을 이야기하는 고백체의 목소리가 주를 이루면서도, 당대의 문명론(특히 조선문단에서 받아들이던 문화론)의 맥락 하에서 자신의 사랑을 정당화하는 부분을 찾을 수 있다. 이러한 부분은 작가 자신의 신념이나 가치체계와의 높은 일치성을 보여주는 부분으로서 자전적 귀속의 정도를 높게 평가할 수 있는 부분이다.

이처럼 1910년대 이광수의 자전적 단편소설의 양상을 분석한바, 작가와 연결지을 수 있는 인물이 모범적 인물의 행적을 기록하는 '기록자'의 모습으로서 형상화되거나, 혹은 작가가 가진 신념 체계나 이상을 공유하는 인물의 목소리가 강하게 발화되고 있고 이 자체가 소설을 작가 자신과 밀접한 것으로 '귀속'하게끔 하는 서사적 장치라는 점에 그 특이성을 찾을 수 있다.

● **주제어**: 자전적 소설, 사실소설, 자전적 귀속, 신뢰도(reliablitiy), 문명론, 1인칭 서사, 「김경」, 「어린 벗에게」, 「헌신자」

1. 서론

이광수는 식민지 시기에서 해방 이후에 이르기까지 다양한 자전적 소설을 창작하였다. 1910년대 「어린 벗에게」, 「방황」 등의 초기 단편소설은 와세다 대학교 유학생 시절의 체험을 바탕으로 한 것이며, 이후 1930년대 「그의 자서전」, 해방 이후 「나―소년편」, 「나의 고백」 등 본격적인 자서전 형식을 차용한 소설을 발표하기도 하였다. 1910년대에서 해방기에 이르는 시기까지 오랜 기간 동안 적지 않은 수의 자전적 소설을 발표하였다는 것, 그리고 '소설'의 개념을 새롭게 정립하던 근대문학의 성립기부터 단편과 장편을 아우르는 다양한 형식의 자전적 서사를 창작했다는 것은 자전적 소설의 장르 성립 과정과 맞물려 그의 소설을 다각도로 살펴볼 수 있는 여지를 제공한다.

실제로 이러한 관점에서 최근 이광수 소설을 그 자전적 성격에 초점을 맞추어 규명한 여러 연구가 제출되기도 하였다. 1910년대 고백체 소설에 관한 연구와 함께 작가의 '내면'이 새로운 소설의 소재로 부상한 현상에 대해 다양한 논의가 이루어졌다.[1] 다만, 고백체 소설은 소설 속 인물이 작가의 모습을 환기한다는 엄밀한 의미의 자전적 소설과는 구별되어야 할 것이고, 이러한 의미에서 이광수 소설만의 고유한 자전적 특성을 해명하기 위한 것으로 그 범주가 더욱 세밀화되었다. 최주한은 이광수 역사소설 등 다양한 소설에 나타나는 자기고백적 요소를 '자전적 공간'이라는 보다 폭넓은 개념으로 묶어 고찰한 바 있다.2) 이를 통하여 고정된 범주로서의 자전적 소설의 범주를 확정하기보다는, 다양한 소설에 나타나는 자전적 요소들과 소설구성의 원리를 보다 확장된 형태로 고찰할 수 있었다. 황재문은 19세기 후반에서 20세기 초반 한국에서의 '자기ー서사'의 전개 과정을 통시적으로 고찰하면서, 권운환의 「이이옹전」, 오재영의 「장음선생전」 등 서구의 자전적 소설과 구별되는 자전(自傳)의 전개 과정과 장응진, 이광수 등을 필두로 한 새로운 고백체 양식의 출현과정을 상세히 서술하고 있다. "19세기 후반과 20세기 초반 자기서사는 서구나 일본으로부터 들어온 '고백소설'적인 전통과, 전통적인 자기ー서사가 혼재하고 서로 경쟁하는 시기"라는 것을 실증적으로 밝히고 있어 근대소설 성립 과정에서 보이는 혼종성, 다채로움을 생생하게 보여주고 있다.3)

방민호는 김명순, 이광수, 이상과 다야마 가타이, 나쓰메 소세키, 아쿠타가와 류노스케 등 다양한 작가들을 예로 들며 일본의 사소설과 구별되는 한국의 자전적 소설의 장르적 특징으로서 "사회화한 자아에 대한 분명한 인식, 자아를 둘러싼 사회적 관계에 대한 강렬한 인식"이 내재함을 밝히고 있다.4) 이광수의 『그의 자서전』(1936~1937, 『조선일보』 연재)이 보이고 있는 사실접근적 지점과 허구화의 지점을 다른 자전적 소설 「나ー소년편」 등과 비교하여 면밀히 밝히고, 이러한 사실 생략과 허구화의 의도 속에 공동체의 이념을 체화한 이상적 자아를 제시하려는 목적이 내재되어

1) 김용재, 『한국소설의 서사론적 탐구』, 평민사, 1993, 26쪽.
2) 최주한, 『제국권력에의 야망과 반감 사이에서』, 소명출판, 2005,
3) 황재문, *Self-Narrative in Late Nineteenth- and Early Twentieth-Century Korean Literature*, Horizons vol.2 no.2, 2011.
4) 방민호, 「일본 사소설과 한국의 자전적 소설의 비교」, 『한국현대문학연구』 31집, 2010, 35~36쪽.

있음을 말한다.

이러한 연구 동향 속에는 자전, 편지, 수필 등 다양한 종류의 '자기-서사(self-narrative)'와 한국 근대소설의 성립과정의 상호 교차, 길항의 양상을 밝히려는 통시적 장르 고찰의 목적이 내재되어 있다는 점을 주목할 수 있다.5) '자전적 소설'이라는 장르 자체가 사실과 허구의 교차점이 빚어내는 다양한 현상들에서 장르적 규약과 그 규약의 모호함을 동시에 발견할 수 있고, 이 모호함 속에 장르 성립 기준에 대한 심도 깊은 논의가 가능한 특수한 장르인 만큼6), 편지, 수필, 일기 등의 자기 서사를 그 높은 사실성의 정도 때문에 '비문학적인 것'으로, 허구로서의 '소설'을 '문학적인 것'으로 엄격하게 구분하는 시각은 그다지 유효한 시각이 되기 어려울 것이다. 대신, 두 가지의 상호 교차와 길항이 빚어내는 문학적 현상을 고찰하는 것이 좀 더 생산적인 논의가 될 수 있을 것이다.7) 최근 서구권에서도 필립 르죈으로 대표되는 '저자=주인공=화자'라는 자서전의 규약을 그대로 자전적 소설에 도입시키기보다는 삶에 대한 서사(Life-Writing, 일기, 편지, 자서전, 기록 등)와 전기 및 소설, 자서전의 공유된 기원이라는 보다 확장

5) 그 대표적인 사례로 김현실은 춘원의 「방황」도 1인칭으로 이루어진 신변체험적 내면지향 단편이 '수필'과 큰 차이를 보이지 않고, 특히 자전적 1인칭일 때 이것을 소설로 보아야 하는가라는 의문을 제기하고 있다(김현실, 「1910년대 단편소설 연구」, 이화여자대학교 박사학위논문, 1989, 220~221쪽).

6) Max Saunders, *Self Impression: Life-Writing, Autobiografiction, and the Forms of Modern Literature*, Oxrofd Univ. Press, 2010, Saunders는 데리다가 『장르의 법칙(The Law of Genre)』에서 말하고 있는 것처럼, 작품들이 특정 장르에 '속해 있는(belong)' 것이 아니라, '참여하고(participate)' 있다고 보아야 한다는 관점을 피력한다. 이에 따르면 '자전적 소설'도 특정군의 작품을 포괄하는 일종의 분명한 카테고리가 존재한다기보다 개별 작품에서 상호텍스트적으로 드러나는, '자전적인 것'의 전환가능하고, 무의식적이며, 불분명한 층위들을 밝히는 과정이 필요하다.

7) Susan S. Lanser, "The "I" of the Beholder: Equivocal Attachments and the Limits of Structuralist Narratology", A Companion to Narrative Theory, edited by James Phelan, Peter J. Rabinowitz, Blackwell, 2005. 이와 관련하여 한국에서의 근대소설 정립 과정 중 체험과 허구의 두 가지 기준 사이에서의 길항 과정을 밝히고 있는 최근의 연구로는 이경돈, 「기록서사와 근대소설」, 『상허학보』 9집, 2002, 193~224쪽. 서은경, 「1910년대 유학생 잡지와 근대소설의 전개과정」, 연세대학교 박사학위논문, 2011.

된 관점에서 특수한 유형으로서 '자전적 소설'을 바라보는 연구가 제출되고 있다.8) 이광수의 경우 일본 유학시절 접한 다야마 가타이, 나쓰메 소세키 등의 일본 사소설, 『청춘』, 『조선문단』 등 잡지 현상공모와 선발에서 드러나는 '체험'과 '허구화'와 관련된 근대적 '소설'의 장르 성립 기준에 대한 고민, 간디 자서전이나 크로포트킨 자서전 등 당시 식민지 조선에 유입된 '자서전' 양식 등 다양한 외적 요소들을 통해 자서전, 자전적 소설 장르의 발흥과 밀접하게 관련되어 있는 작가였고, 또 식민지 조선에서 최초로 '자서전'의 양식을 딴 장편소설 『그의 자서전』을 발표한 작가인 만큼, 이광수의 자전적 소설들을 1910년대서부터 시작되는 자전적 소설의 성립 과정이라는 통시적 관점에서 추적하는 일이 필요하다.

자전적 소설을 '작가=주인공=화자'의 동일성에 기반한 일종의 '읽기의 양식'으로 규정한 전통에 따르자면9), 조선의 문단에서 이러한 읽기의 양

---

8) Max Saunders, 앞의 책, p. 6~7. 이러한 관점에 따르면, 『로빈슨 크루소』, 『트리스트람 샌디』, 『제인 에어』, 도로시 리차드슨의 『순례자』나 로렌스의 『아들과 연인』 등은 근대소설인 동시에 '허구적 자서전'의 형태를 띠고 있어 두 장르 간 '공유된 기원'을 보여준다.

　자전적 소설과 밀접한 범주에 놓인 자서전의 장르사에 대한 연구사를 살펴보면, 자서전을 하나의 확립된 장르로 간주하고 특정한 문화적 전제의 산물,(Georges Gusdorf) 독자의 기대지평 (필립 르죈), 발화 행위의 규칙(Elizabeth Bruss)에 의거하여 장르적 성격을 규정하려 한 흐름을 살펴볼 수 있다. 한편 자서전을 확립된 장르라기보다는 다양한 요소들이 상호 침투할 수 있는 행위의 영역으로 간주한 폴드만, 자서전적 글쓰기에서 발견할 수 있는 상호텍스트적 요소를 논증한 Avrom Fleishman의 흐름도 존재한다(Paul John Eakin, *Touching the World: Reference in Autobiography*, Princeton University Press, 1992, p. 500~504). 후자의 영역에서는 Avrom Fleishman 자서전으로부터 촉발, 자전적 소설로 이어지는 통시적 고찰이 가능하다는 점에서 이 글은 후자의 입장을 전자와 구별하기 위해 '자기-서사'라는 용어를 사용할 것이다.

9) 바흐친은 '고백적 자기설명'에 해당되는 아우구스티누스, 도스토예프스키의 작품들에 대하여 일반적인 문학작품에서 주인공의 외재적인 위치에서 그의 총체를 형상화하는 작가의 '타자적' 위치를 대체하는 것이 '신'의 위치, 혹은 '독자'의 위치가 된다고 말한다(미하일 바흐친, 김희숙·박종소 역, 「미적 활동에서의 작가와 주인공」, 『말의 미학』, 길, 2007, 39쪽). 폴 드만은 워즈워스의 시 The Prelude를 예로 들어 자서전을 장르가 아니라 읽기의 양식(mode of reading)으로 정의해야 한다는 관점을 피력하고 있다(Paul de Man, Autobiography as De-Facement, the rhetoric of romanticism, Columbia University Press, 1984, p. 68.

식을 성립시킬 수 있는 토대가 무엇이었는지, 이 토대가 사실과 허구의 경계, 체험과 상상의 경계를 가로지르며 새로운 근대소설적 문법을 형성하는 문학 장(場)의 현상과 맞물려 어떤 다양한 현상을 일으키는지를 함께 고찰해야 할 것이다. 이러한 작업을 위하여 우선 이광수의 초기 단편들이 발표되던 시기의 문학 장의 현상과 이광수 작품의 자기-서사적 특성 간 관련성, 그리고 이광수의 논설 글과 자기서사와의 관련성을 통하여 작업의 일단을 시도해보고자 한다.

2. '사실소설' 내 기록자로서의 자기 서사

1900년대 후반에서 1910년대에 이르기까지 『태극학보』 등 매체에 발표된 단형 서사물 중에는 실제 경험한 사실 혹은 현실에 있던 일을 서사화한 것임을 표면적으로 드러내는 이야기들이 있다. 흥미로운 것은 이들이, 서구 근대소설의 문법이 허구화를 그 기본 전제로 삼고 있는 것과는 다르게 이야기 자체가 자신이 직접 보고 들은 '사실'에 기반하고 있음을 서술자가 전면에 나서 이야기한다는 것이다. '잡지', '소설' 등 다양한 장르명이 병기되었던 이들 학회지에 발표된 '사실소설(寫實小說)'이라는 장르명의 작품들이다. 실제로 이 장르명이 병기된 작품의 경우, 백악춘사(장응진)의 「다정다한」(『태극학보』, 1907), 이광수의 「헌신자」(『소년』 제3년 제8권, 1910. 8), 단편 「무정」이다. 그리고 '실지묘사'라는 보충설명이 붙은 양건식의 「귀거래」(『불교진흥회월보』 6호, 1915. 8)가 있다. 이들 작품은 실존한 인물의 행적을 상세히 전하고 있거나, 혹은 자기 자신의 경험하는 일상에서의 일들을 그대로 서사화한 작품이라는 공통점이 있다.

양건식의 「귀거래」는 '소설'로 분류되어 있고, 제목 위에 '실지묘사(實

필립 르죈은 '작가=서술자=주인공'의 도식을 환기시키는 작품을 자전적 범주에 넣고 있다(필립 르죈, 윤진 역, 『자서전의 규약』, 문학과지성사, 1998).

地描寫)'라 병기되어 있다. 1. 작자 2. 편집자 3. 식자공 4. 비평가 장으로 분류하여 소설이 쓰인 이후 출판되기까지의 과정을 직접적으로 그리고 있다. 서두에 작자는 월보에 실을 자신의 소설을 구두로 부르고, 이를 아내가 받아적고 있다. 둘은 소설에 대한 평이 어떨 것인가 예측해보고, 짓고 있는 소설을 평가하기도 한다. 두 번째 장에서 완성된 소설을 들고 편집자에게 간 소설가가 담소를 나누는 장면이 제시되고, 세 번째는 더운 8월 여름에 식자공이 땀을 흘리며 그 소설을 인쇄하기 위해 준비하는 과정을 그린다. 4장에서는 드디어 소설이 월보에 게재되어 나왔는데, 이를 소개하는 신문의 광고를 그대로 싣고 있다. 이와 같이, 소설이 쓰인 이후 세상에 나오기까지의 과정을 소설화한 것으로 볼 수 있다. 흥미로운 것은 작자가 직접 자신의 이야기를 쓴다는 지표가 곳곳에 존재한다는 것이다. 예를 들면 "작자는 돗자리에 비스듬이 팔베개하고 드러누어 월보에 게재할 소설의 말단을 구원하고"와 같은 서두의 묘사, 편집장이 소설의 제목을 보고는 "아모턴지 불교에 당한 말이지"라고 요구한다든지 하는 것으로 이 소설이 실린 『불교진흥회월보』 자체를 연상하게끔 한다. 이로 보아 '실지묘사'라는 어구는, 작가 자신이 소설을 쓰기까지의 과정을 장면화하여 이야기로 만들었다는 의미를 내포하는 것으로 보인다.

　장응진의 「다정다한」은 대한제국 시기인 광무 5년, 주인공 삼성선생의 이야기로 시작한다. 당국이 독립협회를 탄압하던 시절 경무국장이었던 삼성선생은 민회원들을 도륙하라는 명령에, 민회 회원들은 부모유친이나 마찬가지이니 불가하다 하여 불복종하고, 좌천되어 목포 경무관으로 근무할 때에도 부정한 법 집행을 바로잡는 등 민심을 돌보는 데 힘쓴다. 그러던 중 일본협회 사건과 가사(家舍)건축사건에 연루되었다는 누명을 쓰고 옥살이를 하게 되는데, 옥중생활 일 년에 『성서』와 『천로역정』을 접하게 되고 기독교에 귀의하게 된다. 이 중 삼성선생이 읽은 이야기인, 한 여인의 희생 이야기를 예수의 대속과 결부시켜 절절함 감동을 느꼈다는 사정이 비교적 긴 비중으로 서술되고 있기도 하다. 김윤재는 이 소설이 자전적 체험을 바탕으로 소설화한 것임을 논증하고 있다. 광무 5년이라는 정확한 연도의 기재, 만민공동회 사건과 일본협회 사건 등 실제 사건의 배경 등이 장응진이 영어학교 대표로 만민공동회에 참석했었고, 탄압을 받아 진고개로 피신했었던 체험과 맞물리고 있다는 것이다. 이에 따르면 주인공 삼성선생은 '조선협회 사건'에 연루되었던 삼성 김정식이다. 1906년 8월에서 12월 사이 장응진이 재일본대한기독교청년회에 파견되어 동경에 도착했을 때 태극학회 회장으로 재임했던 김정식에게 이야기를 전해 듣고 소설화했을 가능성이 매우 높다는 것이다.[10]

실존인물인 김정식을 모델로 이야기를 만들었다면, '사실소설(寫實小說)'이라는 장르명이 가지는 함의는, 일차적으로는 이야기 자체가 현실에서 실제 벌어진 일에 토대를 두고 있고, 현실을 지시하는 지표들이 가공 없이 다수 삽입되어 있다는 것이다. 이러한 서술목적은 이 작품 안에서 소설의 선행태인 전(傳)의 양식적 특성을 발견하는 등 서구적 근대소설의 장르적 문법 이전 서사의 형식적 특질을 보인다는 점과도 연결된다. 예컨대, 주인공이자 실존인물과 관련된 몇 가지 일화(만민공동회 탄압, 일본협회 사건에 연루됨 등)를 삽화적으로 병치하고 있는 점, 이 일화들을 삼성선생의 타고난 성품과 결부시켜 설명하고 있는 점은 실존 인물의 행적과 정신을 그대로 보존하고 기록한다는 전(傳)의 서술목적에 부합되는 부분이다.

한편, 삼성선생이 직접 겪은 일뿐만 아니라 그가 읽은 책의 내용도 세세히 요약하고, 어떤 점에서 감동을 받았는지를 상세히 전달하고자 하는 부분도 일반적인 전(傳)의 장르적 관습이나, 서구적 '근대소설'의 문법에서는 벗어나는 서술 부분이라는 점에서 흥미롭다.

"선생이 일일은 일책자를 구ᄒ야 일편의 기재ᄒᆫ 바를 보니 미국 동부지방에 일적탐한 가족이 유ᄒ야 특별ᄒᆫ 모책이 무ᄒ면 도저 전가족의 생계를 유지할 여망이 무ᄒᆷ을 견하고 기 가장이 부인다려 위왈 내가 드른즉~"[11]

이러한 점으로부터 서술의 전체적인 방향성을 의미하는 용어로서의 '사

---

10) 김윤재, 「백악춘사 장응진 연구」, 『민족문학사연구』 12집, 1998, 179~202쪽.
11) 「다정다한」, 『태극학보』, 1907.

실(寫實)−', '실지를 그린다'라는 뜻이란, 현실에서 실제 일어났던 일뿐만 아니라 인물의 행적, 정신세계를 형성하게끔 한 모든 요소들을 가감 없이 기록하여 전한다는 의미에 가깝다는 것을 알 수 있다.

역시 '사실소설(寫實小說)'이라는 장르명이 붙어 있는, 남강 이승훈을 모델로 창작된 이광수의 「헌신자」(1910) 역시 전통적인 전(傳)의 장르나 서구의 근대소설적 문법과는 배치되는 양식적 특질들이 혼재되어 있다는 점에서 '소설'이라는 의미망이 변형되는 과도기적 형태를 확인할 수 있다. 작품의 서두는 시공간적 배경을 간략하게 제시하고 장면을 묘사하면서 시작되고 있다. 평안도 어느 지방 사립학교 사무실에서 젊은 학생 6~7명이 둘러앉아 있고 가운데에는 오십쯤 된 노인이 누워 있고 그의 사지를 주무르는 장면으로부터 시작된다. 서두의 묘사 이후에는 전(傳)의 문법에 의거, 주인공 김광호의 어린 시절의 행적을 서술자가 간략하게 요약하는 부분도 찾을 수 있다.

> 그는 원래 가난하고 문벌노 말하야도 소위교생이라. 어려서 그가 어늬상점 의 방사환이 되야 잇다가 약간한 자산을 엇어 가지고 금일과 달나 박장(剝匠) 과 갓치아난 보상을 업으로 삼아 그의 형으로 더부러 일의전심 가산 만들기 를 가슴에 색여 밤이나 낫이나 이마음을 풀은 적이 업섯고 또 형제가 일양으 로 충실하야 상계에 신용을 엇엇슬 뿐더러 소위 촌양반의게 『그놈, 참 정직 한 걸,』, 『어, 상놈에도 사람이 잇서』라난 말을 듯게 되얏소[12]

수십 년을 신용 있는 장사치로 살아왔던 김광호는 어느 날 학교에서 연설을 듣고 감복하게 되어 머리를 자르고 학교를 세워 "학교광, 교육광"이라 불릴 정도로 교육사업에 매진하게 된다. 양반들은 그의 출신을 따져 훼방을 놓고, 여러 사람들이 이에 대해 왈가왈부하지만 자신의 신념이 확실히 서 있었던 그는 개의치 않고 사업을 펼쳐 나간다. 때로는 자신의 전토를 팔아 학교 설립 경비를 마련할 정도로 희생적 태도를 보인다. 이에 대해서도 서술자는 전의 '논평'의 형식을 통해 주인공의 성품적 특징과 그

---

12) 「헌신자」, 『소년』 제3년 제8권, 1910. 8, 53쪽. 이하 동일 판본 쪽수만 표기.

본받을 점을 강조하기도 한다.

> 그러나 이는 고집이 굿센 사람임으로 한번 하겟다 한일은 누가 무어라고
> 하든지 웃더케 되든지 바람쩍이라도 문이라고 욱이고 나가난 사람이오. 말하
> 면 이러할 째에는 이는 미웁다고도 할만큼 고집이 굿센것이오. 이럼으로 이
> 는 그 가운데서도 능히 처음 마음을 직혀가고 또 이를 드러내일 수가 잇슨
> 것이오. 만일 이가 이 말에도 귀를 기웃 저말에도 귀를 기웃 밧삭해도 주저
> 하난 이엿던들 아마도 멧날이 못하아서 거꾸러졋슬것이오.13)

> 그러나 그 신앙과 경모를 밧난 바탕은 학식도 아니오, 언론이나 문장도 아
> 니오, 다만 그 참스럽고 쓰거운 마음과 한 번 정한 이상에는 미웁스러히 나
> 가난 정신과요.14)

인물의 성품에 대한 논평은 소설의 묘사 대상이 되는 김광호의 인격을
최대한 정직하고 사실적으로 그려내거나, 인물에게서 본받을 수 있는 미
덕을 강조하기 위해 삽입된다.

> 나는 이사람의 역사를 말하기를 대단히 조와하난 자오. 내가 이러케 말하
> 니까 독자제씨는 내가 그의 친척이라든지, 은혜를 닙은 자라든지, 또그러치
> 아니면 마음과 주의가 갓혼 자라든지도 생각하시겟지오, 마는 나는 그를 안
> 것이 작년이오, 짜로혀 그의게 진 은혜도 업고 또 나와 그와는 한가로히 안
> 자서 심간을 토로하야 본 적도 업스니, (…중략…) 그러나 나는 그의 드러난
> 마음과 사적으로 능히 그의 마음과 주의의 대부분을 아난 자로 자인하오.15)

> 이러하야 차차 신용범위가 넓어짐애 고객도 차차 만하지고 자본주도 차차
> 생겨나서 한 촌ㅅ장사로 한고을 장사에, 한고을ㅅ장사로 한도ㅅ장사에, 한도
> ㅅ장사로 전국에 팔을 펼 만큼 되얏소. <u>참 상인과 신용의 관계가 얼마나 중
> 한가 보시오. 신용은 상인의 생명이지오.</u> 이러하야 김광호라 하면 아난 사람
> 이 만케 되얏소.16)

---

13) 「헌신자」, 56쪽.
14) 「헌신자」, 57쪽.
15) 「헌신자」, 52쪽.
16) 「헌신자」, 54쪽.

그리고 마지막 부분에서 작자 자신의 언급을 추가하여 이 이야기가 '실제 이야기를 그려낸 것'임과 본래 '주인공의 인격을 분명하게 그려내야 할 장편 재료'였음을 언급한다. 이로 보아 소설 창작의 목적이 인물의 인격적 특징을 그려내고 이를 본받아 후세에 전하는 전(傳)의 글쓰기 목적과 부합하고 있었음을 알 수 있다. 귀감이 될 만한 인물의 인격적 특징, 그의 행동, 일화 등이 사실임을 강조하는 바탕에는, 이를 후세에 잇게 하려는 목적이 내재되어 있었기 때문임을 알 수 있다.17) 이러한 목적이 서두 묘사－논평－대화 등의 특유의 양식적 특성을 이루는 바탕이기도 하다.

> 고주왈 이는 사실(寫實)이오, 다만 인명은 변칭, 이것은 한 장편을 맨들만하나 재료인데 업슨 재조로 꼴못된 단편으로 만드럿스니 주인공의 인격이 아조 불완전케 나타낫슬 것은 모론이오, 이 죄는 용서하시오.18)

흥미로운 것은 이처럼 모범이 될 수 있는 실존인물의 행적이나 인품을 충실하게 기록한다는 서술목적에 충실한 작품에서 그것을 기록하는 작자의 모습이 작품 내부에 직접적으로 등장하고 있다는 것이다. 결말부에 가서는 '어옹(漁翁)'이라는 이름의 인물에 기록자 자신의 모습을 투영시키고 있다. "새로 외국으로 돌아온 어린 교사"는 1910년 3월 일본 유학을 마치고 고국으로 돌아와 4월 오산학교의 선생으로 부임한, 포부에 가득 차 있던 청년 이광수 자신의 모습을 담고 있다.

> 어옹이란 자도 새로 외국으로 돌아온 어린 교사인데 이의 무식함과 밋 성정의 불합함을 잘 알면서도 오히려 이를 사랑하고 앙모하난 터이오. 지금도 졸업식에 남보다 지지안케 하랴고 어옹의게 일본서 하난 법을 물은 것이오. 어옹은 제 방에 돌아가 머리를 숙이고 이윽히 잉게 대하야 한량업난 감상을

---

17) 이러한 서술목적은 이후 역사소설 창작에도 이어져 「단종애사」(1928), 「이순신」(1931)에서의 역사적 인물의 행적에 대한 논평과 그들의 본받을 만한 인격을 강조하는 서술로 나타나기도 한다. 『단종애사』나 『이순신』의 논평 형식의 의미에 대해서는 서은혜, 「이광수 역사소설 연구－역사담론과의 관련성을 중심으로」, 서울대학교 석사학위논문, 2010 참조.
18) 「헌신자」, 58쪽.

둘으다가 맛참내 눈물이 흘넛소.[19]

현실에서의 일을 바탕으로 작품을 창작했다는 장르명을 병기한 「귀거래」, 「다정다한」, 「헌신자」의 경우 작품에 따라 두 가지 의미망을 정리하는 것이 가능하다. 실제로 있었던 일을 충실하게 묘사했다는 일차적인 목적이나(「귀거래」, 「무정」), 혹은 모범이 될 만한 인물을 선정하고 그의 행적이나 정신세계를 충실히 기록한다는 목적에 부합하는 양식적 특질을 보여주는 것이다(「다정다한」, 「헌신자」). 이 당시 출현한 '사실소설'을 1900~1910년대의 시대적 상황에서 비현실적 세계, 이념에 속박된 인간상에서 벗어나 실제 현실 속에서 일어나는 인간 삶의 '진실'을 보여주고자 하는 일본 유학생 세대의 근대적인 세계관으로의 변화로 설명하기도 하지만[20], 아직도 이들 유학생 세대의 '소설론'에는 모범이 될 만한 인물의 행적과 정신세계를 충실히 기록하여 동시대 사람들에게 전하고, 이를 통하여 특정한 사회적 효용을 불러일으킨다는 개화기 소설론의 형태가 강하게 남아 있다.

그리고 특히 이광수에게 있어서 초기 '사실소설'의 창작 사실이 흥미로운 것은 작품 안에 작가의 모습을 투영하는 방식, 혹은 작품 안에 투영된 작가의 위상이 모범적인 인물의 행적을 충실하게 기록한다는 것과 긴밀하게 연결된다는 사실 때문이다. 이광수의 「헌신자」에서는 주인공 김광호, 즉 남강 이승훈의 인격을 흠모하고 따르는 어용, 즉 이광수 자신의 모습을 소설 속에 배치시켜놓고 있다. 단, 이러한 영역에서 작자 자신의 모습을 표면적으로 내세우는 것은 서술 목적에서 벗어난다. 부조리에 항거하고 민의를 생각하는 이상적인 인물의 인품을 흠모하고 그에 감복한다는, 소설의 사회적 효용론에 충실한 행위자의 모습으로서 소설 속에 드러나거나, 혹은 이들의 삶을 충실하게 남기는 기록자의 모습으로 나타난다. 특히

---

19) 「헌신자」, 58쪽.
20) 서은경, 「'사실소설'의 등장과 근대소설로의 이행과정: 1910년대 유학생 소설을 중심으로」, 『한국 문학이론과 비평』 47집, 2010, 305쪽.

이광수의 「헌신자」에서 나타나는 이러한 특징은 이후 창작된 「김경」과 같은 자전적 소설에서 연속되면서 또 다른 방식으로 변형된다.

3. 유학생 세대의 공적 이념 서사화

「김경」, 「어린 벗에게」, 「소년의 비애」, 「방황」 등 이광수의 초기 단편 소설은 그의 자전적 체험을 대폭 반영한 것으로 평가된다. 이 작품들은 주로 『청춘』지에 발표되었는데, 이때 이광수의 삶에서는 대륙 방랑을 마치고 오산학교로 돌아와서 간간히 최남선의 신문관 일을 도우며 글을 쓰던 때에서부터, 1917년 2차 일본유학을 떠난 직후에 해당되는 시기였다. 오산학교 교사로서의 자부심과 번민, 유학생으로서 타향에서 겪는 외로움과 조선의 미래를 고민하는 지식인으로서의 고뇌 등을 드러내는 이 당시 소설들은 고백체의 자전적 소설들로 평가된다.

그러나 이 당시 소설들을 근대적 의미의 '소설(novel)' 그리고 그 하위 범주로서 작가 자신의 이야기를 담은 '자전적 소설'들로 뚜렷하게 귀속시키기는 어렵다. 사실성과 허구성에 의거한, 뚜렷한 장르 구별의 기준이 확립되어 있지 않은 문학 장의 상황을 고려하면 더욱 그러하다. 예컨대 이광수의 「방황」의 경우, 1인칭 소설로 보아야 할 것인지, 수필로 보아야 할 것인지에 대한 논의가 아직도 통합되지 않은 상황이다.[21] 그리고 보통 '수필'로 분류되는 「거울과 마조안자」(『청춘』 7호 소재)의 경우에도, 서양인의 외모와 발달된 문화를 갖지 못한 자신의 모습을 바라보며 느끼는 자괴감, 열등감과 빠르게 발전하고자 하는 의욕이 혼재된 복합적 심리를 생생하게 드러내고 있다. 이 글을 「방황」과 같은 내면 갈등을 토로한 글과 비교해본다면, 개별 작품을 '수필'과 '소설'의 영역으로 확정짓는 것이 간단한 문제가 아님을 짐작할 수 있다.

---

21) 김현실, 앞의 글, 220~221쪽.

이것이 바로 이 작품들을 일종의 '자기-서사'라는 보다 더 큰 틀 속에서 바라보아야 할 이유일 것이다. 이광수의 초기 단편소설이 발표된 『청춘』지의 경우 기행감상, 편지, 수필, 일기의 형태로 다양한 1인칭 서사가 발표되고 있었으며, 「김경」, 「어린 벗에게」 역시 이러한 1인칭 서사와 뚜렷하게 구분되는 장르적 지표 없이 실려 있기 때문이다. 예컨대 「어린 벗에게」가 발표된 1917년 11월 『청춘』 11호에는 순성 진학문의 「B항의 하로」, 「지족헌(地足軒)」 등 풍경묘사와 주인공 '나'의 감상이 주가 되는 글이 실려있으며, 그 바로 뒤에는 현상윤이 쓴 「경성소감」이라는 글이 실려 있다. 이 글은 유학생활 중 경성에 돌아와 느낀 감상을 직설적인 필체로 적은 것이다. 「어느 일요일부터 월요까지」라는 제목의 일기, 「키작은 선생님께」와 같은 서간, 「동경에서 경성까지」와 같은 기행 서간 등도 눈에 띈다. 특히 「동경에서 경성까지」라는 기행문의 경우 제1신에서부터 제11신까지 총 11편의 서간 형태로 기술되어 있으며, 동경에서 나고야, 교토를 거쳐 부산까지 도착하는 동안의 여정과 풍경 묘사, 감상이 나타나며, 이러한 구성은 「어린 벗에게」에서도 역시 동일하게 나타난다는 점이 특징적이다.

〈잡지 『청춘』 소재 1인칭 서사의 예〉

필자	글 제목	게재연월	장르
미상	어느 일요일부터 월요까지	6호(1915.3)	일기
소성	핍박	6호(1917.6)	소설
소성	새벽	6호(1917.6)	수필
외배	거울과 마조안자	7호	수필
방두환	극동선수권경쟁올림픽대회 참관기	6호(1917.6)	기사
춘원	동경에서 경성까지	9호(1917.7)	기행
흑양복학도	키작은 선생님끠	9호(1917.7)	서간
우보	화단에 서서	9호(1917.7)	수필
양국여	타산한 생		수필
춘원	남유잡감		기행
진순성	타선생송영기	11호(1917.11)	여행기
순성	B항의 하로, 지족헌	11호(1917.11)	수필

소성(현상윤)	경성소감(京城小感)	11호(1917.11)	
외배	어린 벗에게	7호(1919.7)~11호(1917.11)	서간체 소설
춘원	방황	12호(1918.3)	소설
小星	녀름의 野色	14호(1918.6)	감상
육당	십년	14호(1918.6)	수필

세계 각국의 문물과 풍속을 소개하고, 더불어 조선의 국토와 풍습, 실태를 조사한다는 편집방침상, 「남유잡감」, 「경성소감」 등의 기행문, 감상문이 다수 실리고 있다. 더불어 선구자적 세대로서 겪는 혼란과 불안정함을 진솔하게 드러내는 수필도 다수 눈에 띈다. 서양 문명을 따라잡지 못하는 후발주자로서의 괴로움과 열등감을 직설적으로 토로한 이광수의 「거울과 마조안자」나 신문관 경영 10년의 어려움에 대해 고백한 육당의 「십년」, 이상과 현실의 괴리에 대해 토로한 양국여의 「타산한 생」과 같은 글이 그러하다. '고백 소설'이라는 범주에 밀접한 것으로 이미 이러한 글들이 논의된 바 있었고22), 주지하다시피 「김경」, 「어린 벗에게」, 「방황」과 같은 단편소설의 자전적 성격은, 다루어야 할 소재로서 개인의 내면을 새롭게 발견한, 1인칭 서사의 발흥이라는 당대 문학 장의 큰 틀 안에서 논의될 수 있을 것이다.

이광수 초기 단편소설의 '자기—서사'적 특성은 작품별로 중심 소재 면에서 작가 개인의 자전적 체험을 대폭 반영하면서도 특히 논설, 사회담론과 관련한 공적 발화와 자전적 체험을 연결 짓는 다양한 방식을 보여준다는 점에서 흥미롭다. 이 경우 자신의 체험을 이야기하는 것은 곧 공적 영역에서 발화되는 당위와 의무의 내용과도 연결되는 것이다. 문사(文士)로서의 정체성을 스스로 강하게 의식했던 작가 이광수에게 있어서 논설과 소설이라는 양 층위의 글쓰기가 동시에 이루어졌음은 주지의 사실인바,

---

22) 우정권, 『한국 근대 고백소설의 형성과 서사양식』, 소명출판, 2004.

이것이 장르 성립기의 '자기-서사' 구축에 어떤 방식으로 영향을 미치는지 좀 더 상세히 살펴볼 필요가 있을 것이다.

이러한 맥락에서 문제적인 것은 유학생의 내면을 직접적으로 토로한 것으로 여겨지는 1인칭 서사뿐만 아니라 3인칭을 위시, 소설적 허구화의 과정을 거치면서도 작자의 내면을 드러내는 지점을 동시에 보여주는 복합적 텍스트들이다. 그 대표적인 예로 이광수의 소설 중 자전적 요소가 상당 부분 삽입되어 있다고 평가되는 「김경」의 경우, 현실을 지시하는 사실성의 지표와 내면고백, 허구화의 요소 등이 혼재되어 있어 문제적인 텍스트이다. 우선 작품 내에서 '제석산'이라는 지명이나 '오산'이라는 학교의 실명을 사용하고 있고, 동경에서 중학교를 졸업하자마자 오산에 부임했다는 것 등으로 작가 자신의 이야기임을 분명하게 지시한다. 오산에 부임한 이후 자신이 가졌던 커다란 포부와 실제 오산에서의 생활 사이의 괴리, 아내에게 잘 대해주지 못하는 죄책감과 미안함 등은 이광수의 전기적 사실과 일치하는 것이어서 역시 자전적 체험을 소설화한 것임을 알 수 있게 한다('작자=주인공'의 가능성).

그러나 이 모든 사실적인 지표가 수렴되는 주인공의 이름이 1인칭 '나'가 아닌 3인칭 '김경'으로 처리되어 허구화의 의장을 갖추고 있다. 따라서 필립 르죈의 말에 따른 '작자=서술자=주인공'이라는 도식은 일정 부분 독자에게 암시적으로 존재하지만, 그것이 언제든 빗나갈 가능성 또한 내포하고 있다. 그리고 김경을 희화화하는 서술자의 냉철한 분석 부분은 마치 주인공과 서술자의 거리를 명확하게 인식시키고 있는 지점이기도 하다.

> 그러나, 이백과 바이론은 주색을 취하되 시를 지었거늘 나는 어찌하여 시도 소설도 못 짓고, 대기는 만성이라 하여 그러한가. 아직 때가 이르지 못하였는가─
> 이에 자칭 바이론은 좀 낙망하였으나 혹 이백에게는 술 먹기만 배우고, 바이론에게는 호색만 배우고, 똘스또이에게서는 마음 고생만 배움이 아닌가.[23]
> 자기희생 공부를 여기서 할 것이로다.」

23) 이광수, 『이광수전집』 1, 삼중당, 1962, 542쪽.

하고, 겨우 떠오르는 가슴을 진정한다. <u>김경은 제 행위에 무엇이든지 고상</u>
<u>한 의의를 붙이고야 마는 버릇이 있다. 이번도 이 「자기희생」이란 말에 그만</u>
<u>속아 넘어간 것이다.</u> 그러나, 이는 결코 제 과실을 변호하려 하는 꾀가 아니
요, 아무쪼록 자각 있는, 의의 있는 생활을 하리라 하는 가련한 생각이리
라.[24]

이백, 바이런, 톨스토이 등을 존경하고 그들의 저서를 탐독하며 청년시
절을 형성해온 김경의 지나친 이상주의적 경향에 대하여 "「자기희생」이란
말에 그만 속아 넘어간 것"이라 현실적인 평가를 내리고 있는 서술자의
언급은 이러한 '거리'를 좀 더 분명하게 각인시키고 있다. 물론 서술자는
바로 동정의 태도를 취하여 "제 과실을 변호하려 하는 꾀가 아니요, 아무
쪼록 자각 있는, 의의 있는 생활을 하리라 하는 가련한 생각"이라 하여 김
경의 이상주의의 순수한 속성을 변호하고자 한다. 그럼에도 여전히 '가련
한'이라는 표현을 통해 서술자가 김경에게 대하여 취하는 비판적 거리를
유지하고 있다.

이러한 절묘한 거리두기의 서술은 소설 이론가인 수잔 랜서(Susan S.
Lanser)가 제시한 1인칭 서사에서의 주인공을 실제 작가에게로 귀속시키는
데 영향을 미치는 환경적 조건의 틀로 분석이 가능하다. 랜서는 텍스트
안에 실재하는 내포작가의 개념을 창안, 강조하는 웨인부스와는 달리 문
학 텍스트, 특히 1인칭 서사 내부에서는 내포작가 '나'에 귀속되거나 거리
를 둔 목소리들이 혼재되어 있다고 본다. 서술의 어조에 따라 때로는 내
포작가에 강하게 귀속되기도 하고, 혹은 거리를 두는 부분들이 혼재되며
텍스트 외부의 작가와 내부의 '나'라는 표현의 연결고리를 만든다는 것이
다. 1인칭 주인공 '나'를 실제 작가로 좀 더 강하게 귀속시킬 수 있게 하
는 환경적 조건으로는 ① 목소리의 단독성, ② 익명성 (주인공 이름의 부
재), ③ 화자와 작가 간의 동일성 (이름, 성별, 인종, 나이, 전기적 배경, 신
념과 가치, 작가로서의 입지 등의 사회적 유사성), ④ 신뢰성 (화자가 가지
고 있는 신념 체계가 실제 작가의 신념 체계와 일치한다는 독자의 확신),

---

24) 위의 책, 543쪽.

⑤ 비서사성 혹은 영원성 등이 있다.25) 이 틀에 따르자면 「김경」은 3인칭 주인공의 이름이 존재한다는 점에서 익명성의 요건에서는 귀속의 가능성이 낮아지지만, 첫 번째 결혼생활과 오산학교 교사 생활이라는 전기적 배경이나 이광수의 여러 작품들에 보이는 '자기희생'과 관련된 신념과 가치 등 동일성 면에서는 높은 유사성을 보이고 있다.

또한 주인공이 가진 신념 체계가 실제 작가의 가치관, 신념 체계와 일치한다고 독자가 확신할 수 있는 '신뢰성'의 척도 면에서도 이 작품은 자전적인 것으로 읽힐 수 있는 여지가 높은 편이다. 이 작품의 전체적인 내용은 자신이 원래 가졌던 꿈의 좌절, 가정생활의 불운 등 1915년 이광수가 겪은 생활상에 대한 내면 심리묘사가 주가 되고 있다. 그리고 자신의 삶을 되돌아보고 주요한 사건들을 종합, 회고하는 일종의 고백적 형식으로 이루어져 있는데26), 흥미로운 것은 이러한 고백적 서사의 중간에 자신의 독서체험(중학시절 홍명희의 추천에 의한 바이런, 톨스토이, 기노시타 나오에 독서 경력과 현 상황에서 읽고 있는 논어나 중용 등의 책)을 상세하게 기록하고 있는 것이다.

> 나는 벨그손의 철학을 외우다가 이해하지 못할 학리와 술어 많음을 보고, 비로소 규범과학을 연구함이 연학의 초보임을 깨달아 심리, 논리, 윤리, 철학, 수학 등을 연구하려 함이니, 그의 일기를 보건대,
> 「나는 「벨그손의 철학」이라는 책을 한 사십항 읽었다.—한 마디도 모르겠다. 나는 여태껏 무엇을 배웠는고 하였다. 옳다, 여태껏 보았다는 서적 뜻도 십분지일도 모르고 지냈구나. 과연 「파우스트」니 하는 대걸작도 어찌해 재미가 없는고 하였더니, 그럴 것이로다. (…후략…)27)

----

25) Susan S. Lanser, "The "I" of the Beholder : Equivocal Attachment and the Limits of Structuralist Narratology", edited by James Phelan, Peter J. Rabinowitz, A companion to Narrative Theory, Black well, 2005, p. 210.

26) "말하자면, 김경의 지금까지의 역사에 근거지 둘이 있으니, 하나는 그가 공부하던 또는 「火의 柱」와 「我宗教」와 「海賊」을 읽던 동경백금과 또 하나는 건선한 조선인이 되게 된 이 오산이다. 그가 오산을 반가워함이 이만 하여도 십분 그 이유가 되려든, 하물며 학교에서 배우는 사, 오십명 큼직큼직한 아이들은 그네가 코를 흘릴 열 살, 열 한 살 적부터 가르치어 오, 육년을 함께 지냈으니, 정인들 얼마나 들었으랴."

이 독서 체험의 자세한 서술은 비슷한 시기 동일한 잡지에 그가 작성한 논설 「독서를 권함」(『청춘』 4호, 1915. 1)에서 문명의 최고점을 지향해야 할 의무를 역설하고 있는 지점과도 연결된다. 그는 「독서를 권함」에서 독서를 정신의 발달에 있어 필요한 양식으로 규정한 이후, "앵글로 색슨족이 세계에 영토를 확대하고 황금을 가져서 세계에 양반이 아니라, 셰익스피어나 뉴턴, 에디슨 같은 이를 내었음으로 세계의 양반"[28]이라 말한다. 결국 최남선이 연재한 「노력론」, 「초절론」 등에서처럼 지식, 정신력, 교양 등의 힘을 물질적, 세속적 힘보다 우선시하는 사고방식을 찾을 수 있다. 이처럼 논설을 통해 작가 이광수가 배움과 독서, 정신력, 교양의 형성을 통한 힘의 확립을 중시하고 있음을 아는 『청춘』지의 독자들 입장에서는 「김경」의 독서이력을 읽으면서도 작가의 초상을 떠올리고 김경이라는 인물을 실제 작가 이광수에 귀속시킬 수 있는 가능성이 높아진다. 이처럼 「김경」은 「독서를 권함」 등의 논설에서 보여주던 작가의 신념 체계를 그대로 작품 내부로 끌고 들어와 독서 이력을 나열하고 있다는 점에서 신뢰성 면에서도 높은 척도를 보여준다. 이러한 높은 귀속의 가능성이 「김경」이라는 소설을 자전적인 것으로 읽을 수 있게 해주는 바탕이 되는 것이다.

'고백'이나 전기적 사실의 일치와 같은 잘 알려진 자전적 소설의 성립 요건 이외에도, 이와 같은 독서 이력의 상세한 나열과 같은 부분은 이광수식 자전적 단편소설의 가장 뚜렷한 특징이라 할 수 있다. 내면의 고백이나 창안보다도 외적인 사실에 대한 기록적인 요소를 강하게 드러내는 이와 같은 서술은, 기실은 일본 유학생으로서 선구자적 의식을 가져야 한다고 되뇌던 유학생 첫 세대의 사회적 자아가 소설 내부에서 자기 서사로 발현되는 특징적 양태를 보여주는 한 사례이기 때문이다.

이처럼 작가의 이상화된 신념 체계를 구현하는 인물로서 주인공이 그려진, 그럼으로써 실제 작가로의 귀속의 가능성을 높게 평가할 수 있는

---

27) 이광수, 앞의 책, 544쪽.
28) 『청춘』 4호, 1915. 1, 68쪽.

텍스트로서 「어린 벗에게」를 들 수 있다. 이 작품은 서간체 형식으로 쓰였으며, 19세의 주인공 임보형이 상해에서 앓는 동안 6년 전 사랑했던 김일련을 다시 만나게 되고, 이 일을 자신의 내력과 함께 '그대'에게 고백하고 있다. 「김경」과 마찬가지로 '임보형'이라는 3인칭의 이름이 쓰였음에도, 자전적 귀속 정도가 높다고 판단하는 바탕에는 주인공 임보형이 와세다 대학 유학생 출신이라는 것, 상해에서 해삼위를 거쳐 미국으로 가고자 했던 내력, 유학시절 나혜석과 친분이 있었으나 기혼자라는 이유로 나혜석의 오빠인 나경석의 반대에 부딪혔던 사실, 현해탄에 빠질 뻔했던 것 등 전기적 배경과의 유사성이 있다.

또한 작가 이광수가 지닌 가치관, 그가 여러 논설에서 보여주었던 문명관, 세계관이 서간의 형태로 고스란히 표현되고 있다는 점, 즉 작가의 신념 체계를 주인공 임보형이 공유하는 정도가 매우 높다는 것도 역시 포함된다. 세계를 '물질/정신'으로 구분하듯 사랑의 유형을 '육체적 사랑/ 정신적 사랑'으로 구분하고 후자가 전자에 비해 좀 더 '문명'한 상태라 전제하는 것, 이러한 이론적 바탕 하에서 자신의 김일련에 대한 사랑을 정당화하는 부분은 작가 이광수를 비롯한 유학생 초기 세대가 가지고 있던 문명론의 반향을 담고 있다는 점에서 주목할 만하다.

> ①
> 이러한 중에 오직 하나 믿을 것이 정신적으로 동포민족에게 선(善) 영향을 끼침이니, 그리하면 내 몸은 죽어도 내 정신은 여러 동포의 정신 속에 살아 그 생활을 간섭하고 또 그네의 자손에게 전하여 영원히 생명을 보전할 수가 있는 것이로소이다. 공자가 이리하여 영생하고, 야소와 석가가 이리하여 영생하고, 여러 위인과 국사와 학자가 이리하여 영생하고, 시인과 도사가 이리하여 영생하는가 하나이다. 29)
> ②
> 인생은 육체를 중히 여기는 동시에 정신을 숭히 여기는 의무가 있으며 육체의 만족을 구하는 동시에 정신의 만족을 구하려는 본능이 있나이다. 그러므로 육체적 행위만이 인생 행위의 전체가 아니요, 정신적 행위가 또한 인생

---

29) 이광수, 「어린 벗에게」, 『이광수전집』, 삼중당, 1962.

행위의 일반을 성하나이다. 그뿐더러 인류가 문명할수록, 개인이 수양이 많을수록 정신행위를 육체행위보다 더 중히 여기고 따라서 정신적 만족을 육체적 만족보다 더 귀히 여기는 것이로다. (…중략…) 그러므로 남녀의 관계는 다만 육교에만 있는 것이 아니요, 정신적 애착과 융합에 있다 하나이다-더구나 문명한 민족에 대하여 그러한가 하나이다.30)

받아들여야 할 '전범'으로서의 서양 문명을 설정하고, 이를 다시 물질적 요소와 정신적 요소로 구분, 후자를 민족 실력 양성의 핵심으로 본 것은 후쿠자와 유키치와 유길준, 도산, 최남선으로 이어지는 당대 문명론의 내용이기도 했다. 『청춘』지에 발표된 최남선의 「노력론」, 「초절론」 등과 같은 논설은 무형의 문화유산을 이어받아 새로운 문화를 창조하는 정신의 힘으로 실력을 양성하자는 논리이기도 했다.

위의 인용문에서 볼 수 있듯 이광수가 합방 이후 가시적인 독립의 가능성이 폐쇄된 상태에서 강조된 '정신'과 '문화'의 논리 안에서 개인적인 '사랑'의 영역을 다시 설명하고 있다는 점은 특징적인 부분이다. 임보형은 조혼의 풍습으로 인해 '계약'을 이행하듯 혼인을 하였고, 자신이 진정으로 사랑하는 감정을 느낀 것은 김일련의 존재로 인해서라고 항변한다. 문명한 상태일수록 제도, 의복, 주거, 음식 등 외적 요소보다는 그 외적인 문명 상태를 가능하게 하는 내적인 정신을 본질로 파악해야 한다는 논리는 '문명한 민족일수록 서로 간의 정신적 애착과 융합을 사랑의 본질로 본다'라는 논리로 변용된다. 이러한 설명 부분에서 독자는 백혜순과의 조혼과 유학생 시절 나혜석, 허영숙과의 자유 연애를 경험한 작가 이광수의 전기적 내력을 환기하게 된다.

「소년의 비애」 역시 유사한 소재와 서술을 보이는 이후의 자전적 텍스트 「나」와 비교해보았을 때 텍스트에 실제 작가의 신념 체계와 공유 정도가 매우 높다는 것을 인지할 수 있는, '신뢰성'의 척도가 매우 높다고 할 수 있다.31) 「소년의 비애」는 외가 쪽 누이, 재주 있고 아름다운 난수가 부

---

30) 위의 책, 16쪽.
31) 「소년의 비애」는 구니키타 돗포의 동명의 작품 「少年の悲哀」의 영향을 받은

모의 일방적인 결정으로 혼인을 하게 되고, 그를 안타까워하는 주인공 문호의 모습을 그린다. 김윤식에 따르면, 이 작품에 나오는 난수는 훨씬 이후 발표된 자전적 텍스트인 「나」에서 주인공 도경이 사모한 여성 실단을 환기시킨다.32) 실제로 난수(실단)의 혼인에 대하여 "돼지에게 진주를 주는 격"이라고 격분하거나, 딸의 혼사를 일방적으로 결정하는 집안의 어른들, 그에 대한 주인공의 반감이 반복적으로, 유사한 언어로서 묘사되는 측면에서 볼 때 이 두 가지 텍스트는 유사성의 정도가 매우 높다. 따라서, 이 광수의 1차 유학 시절인 1907년에서 1910년 사이, 귀국 이후 고향에 들렀던 기억에서 소재를 가져온 것이라는 언급을 지배적인 작품 해석으로 수용할 수 있을 것이다.

홍미로운 것은 두 작품에서 보이는, '주인공이 아끼는 여성(누이 난수 혹은 첫사랑의 대상 실단)의 혼인'이라는 사건에 맞닥뜨린 주인공의 대처 방식과 발화의 양상에 차이가 있다는 것이다. 이 사건이 좀 더 상세히 묘사된 「나」에서는 주인공 도경이 유학생의 신분으로서 실단과 혼인하기를 청하는 것이 스스로 염치없다고 생각하여 연락을 미루고, 그사이 도경을 기다리던 실단이 집안의 압력을 이기지 못해 혼인을 하게 된 것으로 처리되어 있다. 그리고 주인공 도경은 원망스러움, 슬픔, 분함, 뉘우침, 괴로움 등이 뒤섞인 복잡한 심경을 토로하면서도 실단에게 떳떳하지 못했던 자신의 태도, 처지 등을 수긍하고 억누르는 모습을 보인다. 도경과 실단의 마음을 어느 정도 짐작한 형수가 모든 것이 인연이라는 말로 도경을 위로하는데, 이 인연론 역시 그가 자신에게 일어난 비극을 수용하게끔 하는 한 매개가 된다.

것이라는 논의(송백헌, 「춘원의 "소년의 비애" 연구」, 『논문집』 3, 1968, 1~12 쪽)와 이광수의 자전적 체험을 소재로 삼은 작품이라는 논의(김윤식, 『이광수와 그의 시대』 1, 솔, 1999, 621~623쪽. 윤홍로, 『이광수 문학과 삶』, 한국연구원, 1992)로 나눌 수 있는데, 자전적 텍스트 「나」와의 밀접한 상호관련성을 통해 보았을 때 후자의 논의가 정설로 굳어졌다.
32) 김윤식, 『이광수와 그의 시대』 1, 솔, 1999, 621~623쪽.

나는 무엇을 빼앗기고 망신하고 쫓겨난 사람과 같은 생각을 쫓아낼 수가 없었다.

<에익, 고약한 내 운명!>

하고 나는 춤을 퉤 뱉었다.

뜻대로 안 되는 세상이라고 원망도 해보았다. 세상과 운명에 대하여 반항하리라 하는 생각도 해 보았다. 그러나 그 때의 나에게는 그만한 용기가 없었다. 나는 한을 품고 참을 수밖에 없었다.[33]

반면 「소년의 비애」에서는, 누이의 결혼과 사랑한 여인의 결혼이라는 서사적 설정의 차이가 존재하지만, 주인공 문호가 훨씬 적극적으로 난수의 결혼에 대해 반대 의사를 표명한다. 하지만 완고한 난수 부친은 문호의 말을 듣지 않고, 신랑이 부족한 인물이라는 것을 알고 나서도 양반의 체면 때문에 혼사를 취소할 수는 없다고 말한다. 문호의 공격 대상은 혼인이라는 인륜지대사를 두고도 체면에 얽매여 중요한 것과 중요하지 않은 것을 구분하지 못하는 조선의 악습이란 것으로 뚜렷하게 대두된다.

문호는 이 말을 듣고 울면서 수부께 간하였다. 그러나 수부는

『못한다. 양반의 집에서 한 번 허락한 일을 다시 어찌한단 말이냐. 다 제 팔자지.』

『그러나 양반의 체면은 잠시 일이지요. 난수의 일은 일생에 관한 것이 아니오니까. 일시의 체면을 위하여 한 사람의 일생을 희생한다는 것이 말이 됩니까.』

하였으나 수부는 성을 내며,

『인력으로 못하나니라.』

하고 다시 문호의 말을 듣지도 아니한다. 문호는 그 「양반의 체면」이란 것이 미웠다. 그리고 혼자 울었다.[34]

두 텍스트 모두 실제 작가의 삶에서 사건이 일어난 1907년에서 1910년 사이와 비교해보면 그 이후에 쓰인 것이다. 실제로 그의 삶에 일어난 사건을 자세히 추적하기는 어렵지만, 1차 유학시절 즈음 소중한 대상을 잃

---

33) 「나−소년편, 스무살 고개」, 『이광수전집』 11, 삼중당, 1962, 403~404쪽.
34) 「소년의 비애」, 『전집』 14, 17쪽.

어버린 이후의 좌절, 절망의 시기를 거쳤음은 분명해 보인다. 1917년에 쓰인 「소년의 비애」와 1947년 발표된 「나」에서 문호와 도경의 태도의 차이는, 이와 같은 상실의 원인을 어디에 돌리고 있는가라는 문제와도 연관된다. 「나」의 도경의 경우, 실단과 어긋난 것은 그 자신의 미숙함에 기인한 것이라 별다른 저항 없이 체념하고 있고, 「소년의 비애」의 경우 '누이-오라비'의 관계라는 설정으로 인하여 당사자의 의사 없이 부모에 의해 일방적으로 진행되는 조선의 혼례 문화, 양반의 체면에 얽매이는 허례허식의 문화라는 외부적 원인에 비판의 화살이 향하고 있다.

이와 같은 차이를, 자신의 삶에서 일어난 사건을 허구적으로 재구성함으로써 지난 일에 대한 후회와 미련을 다른 형태로 치유하는 것으로 해석할 수도 있다. 상실의 원인을 자기 자신에게 돌리는 것보다 '조혼의 악습'이라는 외부적 원인에 돌리는 것은 훨씬 덜 고통스러울 수 있기 때문이다. 이와 같은 추론은 실단과 난수의 태도 차이에서도 가능하다. 「나」에서 실단이 도경을 향한 마음을 저버리지 않고 그를 기다렸음에 반해, 「소년의 비애」에서는 난수는 "미상불 남자를 대하고 싶은 생각이 없지 아니하여", "지금껏 가장 정답게 사랑하던 문호보다도 아직 만나지 아니한 어떤 남자가 그립다 하게 되었다"는 것으로 이야기되고 있다. 결국 문호가 열심히 혼인을 막고자 설득했지만, 당사자인 난수가 적극적인 호응을 보이지 않았다는 설정을 통해, 문호의 노력을 통해서도 일은 여전히 그대로 진행되었을 것이라는 작가의 자기 위안의 산물로 볼 수도 있을 것이다.

하지만 이러한 해석보다 더욱 중요하게 보아야 할 것은 아끼고 소중히 여기는 이의 상실이라는 사적인 경험을 중심적으로 이야기하면서도 조선의 혼인 문화에 대한 비판을 전면에 내세우고 있는, 여러 '설정'의 과정이다. 「소년의 비애」가 발표되기 두 달 전 즈음 발표된 「혼인에 대한 관견」(『학지광』 12호, 1917. 4. 19)에서 이광수는 부모의 일방적인 결정으로 행해지는 조선의 혼례 풍습에 대해 날카로운 비판을 한 바 있었다. 실제 작가 이광수의 이러한 신념이 「소년의 비애」에서 소설화되면서, 사랑하는 사람과 맺어지지 못한 개인적 아픔은 허구적 공간 상에서 다른 이야기로 재탄생된다. 문호와 난수라는 '누이―오라비'의 관계가 설정되고, 이에 기반하여 문호 역시 난수의 혼인을 적극적으로 제지할 만큼 적극적이고 깨어 있는 인물로 재탄생하게 되는 것이다.

폴드만에 따르면, 자전적 글쓰기는 자신에게 특정한 얼굴과 인성을 부여하는 의인화(prosopopoeia)의 과정이기도 하다. 곧 자전적 글쓰기의 과정이 진정한 자아의 이해로 바로 직결된다기보다는, 허구적 인물이나 사실을 만들어내는 과정이며, 자전 작가가 글쓰기를 통해 하는 작업은 텍스트 속 주체에게 다양한 얼굴과 성격을 부여하는 작업이라는 것이다.35) 이러한 언급은 「소년의 비애」에도 적용 가능한데, 이 작품에서 그 자신의 전기적 경험을 나눠 가진 문호라는 주인공을 '누이―오라비'의 관계 속에 위치시키고, 또 지나치게 이성적이고 냉정한 문해라는 인물과도 대립시키면서36), 부조리한 사회적 관습을 개혁할 수 있는 열정을 지닌 인물의 얼굴을 부여하고 있다.

이처럼, 현재의 시각으로 보면 가장 개인적이고 내밀한 영역이라 여겨지는 '사랑론'을 이야기하는 부분에서조차, 당대 초기 유학생 세대가 공유하고 있던 공적 이념의 체계 내부에서 그 정당성을 이야기하는 것, 그리고 역설적으로 그 공적 이념의 체계가 소설 속에서 강한 반향을 일으키며 작가의 존재를 환기한다는 것이 자전적 귀속의 정도가 높은 텍스트로서 「어린 벗에게」, 「소년의 비애」의 중요한 특징을 이루고 있다. 물론 이 공유된 신념 체계가 아무런 갈등 없이 단일한 목소리로만 발화되고 있는 것은 아니다. 주인공은 이 신념 체계를 강하게 내세우다가도 다시 내적인 갈등을 일으키며, 이 갈등을 여과 없이 소설 속에서 표출하고 있다. 공유된 이념

---

35) 문지희, 「자전문학, 그 혼종성에 관한 이론적 고찰」, 『외국문학연구』 45집, 2012. 2, 71쪽.
36) 문해는 난수의 혼인에 대하여 부조리하다고는 생각하지만, 냉정한 성격 탓에 그 혼인을 적극적으로 막으려고 노력하지는 않는 것으로 그려진다. 작품 전반부에 두드러지게 강조되는 문호와 문해의 성격대비, 즉 문호의 감정적이고 열정적인 성격과 문해의 이성적이고 도덕적인 성격의 대비는 이러한 설정을 위한 준비라 볼 수도 있을 것이다.

체계의 제시와, 이념과 현실 사이의 괴리가 1910년대 이광수의 자전적 단편소설의 공통된 축을 이루고 있다. 결국 『청춘』지를 중심으로 한 초기 유학생 세대의 이상과 현실의 괴리, 그 안에서 겪는 혼란과 혼돈의 서사들 안에 「김경」, 「어린 벗에게」, 「방황」 등의 소설이 위치하고 있다. 이 텍스트들은 엄밀한 의미의 허구도, 또 엄밀한 의미의 사실도 아닌 자리에 위치하고 있다는 점에서 문제적이다.

4. 결론 및 남은 과제

1910년대 이광수의 단편소설에 나타나는 자전적 요소는 1인칭 서사의 활성화라는 문단적 상황과 그 맥락을 같이하고 있다. 다만, 그 특이점은 「헌신자」의 사례에서처럼 모범적인 인물의 사적을 충실히 기록한다는 기록자의 모습으로서 작가 자신을 설정하거나, 혹은 「김경」이나 「어린 벗에게」에서처럼 내면 갈등을 고백하는 소설에서조차도 작가가 추구하는 이상적 이념상을 극대화하는 방식을 버리지 않고 있다는 점이다. 전자의 특성은 그 이후 중편 「선도자」나 단편 「무명씨전」와 같이 자신이 흠모하고 따르는 인물(도산 안창호, 추정 이갑)의 삶과 사상을 허구화하는 것처럼 '허구화된 전기적 글쓰기 양식'을 이어 나가는 것으로 이어지게 된다. 그리고 후자의 특성은 일제 말기 『원효대사』와 같은 소설에서 나타나는 대승적 중생구제를 실현하는 이상적 인물상과 파계에 대한 내적 괴로움으로 갈등하는 역사적 인물의 창조로 이어진다. 자기 자신을 직접 그린다고 내세우지는 않지만, 상상의 여지를 극대화할 수 있는 인물 안에서 공적인 이념과 사적인 내적 갈등을 함께 보여주는 이광수 특유의 창작 방식은 1910년대 단편소설의 자전적 특성과도 맞닿아있다고 할 수 있을 것이다.

이 글에서는 「어린 벗에게」, 「방황」 등에 나타나는 주요한 특징으로서 내면 토로의 고백적 성격과 그 고백체의 형태가 만들어내는 소설적 실감,

그러한 서술에 영향을 미쳤을지 모르는 다양한 원인들, 고백체 소설과 자전적 특성간의 관련성에 대한 고찰이 이루어지지 않았다. 현상윤의 「새벽」이나 이광수의 「방황」의 한 구절이 대표적으로 보여주듯37), 1910년대 단편소설에 나타나는 1인칭 화자—주인공의 육체적 감각을 제재로 한 생생한 묘사와 서술은 당시 문단에서 새로운 것이었고, 이 '새로움'의 연원이 어디에 있는 것인지, 이러한 고백체의 서술과 '자기 이야기를 한다는 것'의 층위를 어떻게 연결할 수 있을지에 대한 논의는 추후 과제로 삼는다.

---

37) "이 어두움의 빗! 내의 약한 몸을 누르는 듯하다—깁히 깁히 져 검은 구석에 싸여잇는 무엇이라 형용 못 할 온갖 Monster(怪物) 온갖 Devil(惡魔)이 무서운 입에 이상한 우슴을 씌우며너 무엇을 기다리고 잇는 듯이 보인다. 안이 금시에 나를 향하야 한입에 생키랴고 짜라나올 듯이 보인다."(소성, 「새벽」, 『청춘』 6호, 1917. 6)

"이러케 한참 바라보노라면 그 차듸찬 하늘이 마치 크다른 새의 날개모양으로 점점 갓가히 나려와서 유리창을 뚤코 이 휑한 방에 들어와서 나를 통으로 집어 삼킬듯하다. 나는 불현듯 무서운 생각이 나서 눈을 한번 깜박한다. 그러나 하날은 도로 앗가 잇든 자리에 물러가서 그 차듸찬 눈으로 물끄럼이 나를 본다. 내 몸의 짜쯧한 것이 내게 감각된다. 그러고 나는 지금 저 하날을 쳐다보고 또 지금 하날이 나를 삼키려 할 째에 무섭다는 감정을 가졋다. 나는 살앗다. 확실히 내게는 생명이 잇다. 지금 이 니불 속에 가만히 누어 잇는 이 몸 쑹이에는 확실히 생명이 잇다. (…중략…) 내 심장의 쏙쏙 쒸는 소리가 니불에 반향하야 역력이 들린다."(춘원, 「방황」, 『청춘』 12호, 1918. 3)

■ 참고문헌

1. 일차자료

『소년』, 『청춘』, 『태극학보』
이광수, 『이광수전집』, 삼중당, 1962.

2. 단행본

김윤식, 『이광수와 그의 시대』, 솔, 1999.
우정권, 『한국 근대 고백소설의 형성과 서사양식』, 소명출판, 2004.
윤홍로, 『이광수 문학과 삶』, 한국연구원, 1992.
최주한, 『제국권력에의 야망과 반감 사이에서』, 소명출판, 2005.
미하일 바흐친, 김희숙·박종소 역, 『말의 미학』, 길, 2007.
필립 르죈, 윤진 역, 『자서전의 규약』, 문학과지성사, 1998.
De Man, Paul, "Autobiography as De-Facement", *the rhetoric of romanticism*, Columbia University Press, 1984.
Eakin, Paul John, *Touching the World: Reference in Autobiography*, Princeton University Press, 1992.
Lanser, Susan S. "The "I" of the Beholder: Equivocal Attachments and the Limits of Structuralist Narratology", edited by James Phelan, Peter J. Rabinowitz, *A Companion to Narrative Theory*, Blackwell, 2005.
Saunders, Max, *Self Impression: Life-Writing, Autobiografiction, and the Forms of Modern Literature*, Oxford Univ. Press, 2010.

3. 논문

김윤재, 「백악춘사 장응진 연구」, 『민족문학사연구』 12집, 1998, 179~202쪽.
김현실, 「1910년대 단편소설 연구」, 이화여자대학교 박사학위논문, 1989.
문지희, 「자전문학, 그 혼종성에 관한 이론적 고찰」, 『외국문학연구』 45집, 2012. 2, 53~84쪽.
방민호, 「일본 사소설과 한국의 자전적 소설의 비교」, 『한국현대문학연구』

31집, 2010, 35~84쪽.

송백헌, 「춘원의 "소년의 비애" 연구」, 『논문집』 3권, 1968, 1~12쪽.

서은경, 「'사실소설'의 등장과 근대소설로의 이행과정: 1910년대 유학생 소설을 중심으로」, 『한국 문학이론과 비평』 47집, 2010, 285~310쪽.

_____, 「1910년대 유학생 잡지와 근대소설의 전개과정」, 연세대학교 박사학위논문, 2011.

이경돈, 「기록서사와 근대소설」, 『상허학보』 9집, 2002, 193~224쪽.

황재문, Self-Narrative in Late Nineteenth- and Early Twentieth-Century Korean Literature, Horizons vol.2 no.2, 2011.

Autobiographical features in short stories of Lee Kwangsoo in 1910

Seo, Eun-hye

Lee Kwangsoo created diverse autobiographical novels from 1910s to 1950s. His early novels such as 「To my young friend(어린 벗에게)」, 「Wandering(방황)」 based upon his autobiographical experiences at Waseda University in Japan in 1910s. Later he published formal autobiographical novels in western literary senses such as 「His autobiography(그의 자서전)」, 「When I was a boy(나─소년편)」 and 「My Confession(나의 고백)」.

Lee's early autobiographical stories such as 「A Dedicator(헌신자)」, 「To my young friend(어린 벗에게)」, 「Wandering(방황)」 created under the circumstances that many first-narratives of international students in Japan were published in magazines. 「A Dedicator(헌신자)」, which was categorized as 'a realistic novel(사실소설)' in the magazine, was written on the purpose of describing life and thought of great people in contemporary age. It is based upon the story of Lee Seung-hun(이승훈), who establisehd Osan school. It is similar to the case of 「Dajeongdahan(다정다한)」,which described the life and thought of Kim Jeong-sik, the historical character. At the end of the story 「A Dedicator(헌신자)」, the character U-ong(어웅) appears and tells the life of Lee Seung-hun and sympathize Lee's thought himself. This part reminds readers of the life of author Lee Kwangsoo, who was the teacher of Osan school in 1910s. Thus, fictionalized character U-ong(어웅) can linked to the author himself. In conclusion, Biographical writings and autobiographical writing are mixed in one text 「A Dedicator (헌신자)」. This characteristic is observed his later works such as 『A Great Monk, Wonhyo (원효대사)』

Another characteristic of Lee's early autobiographical stories is a close connection between author's belief and main character's utterance. Main characters of 「Kim Kyong(김경)」 and 「To my young friend(어린 벗에게)」 shares much parts of author's ideal or belief. For example, Kim Kyong emphasized the importance of reading and arraged list of his reading. And author Lee also emphasized the value of the reading in the editorial 「Suggestion of Reading (독서를 권함)」, published at same year. And the main character Im Bo-hyung in 「To my young friend(어린 벗에게)」, shares the ideal of 'agape' with the author. Lee also separate agape from eros in many editorials in 1910s. It is also related to the argument of civilization by Hukujawa Yukichi(후쿠자와 유키치), Yu Kil-jun(유길준) in 1910s.

In conclusion, the early autobiographical stories of Lee Kwangsoo have two features. First, the figure of author is close to the chronicler, who record the life and thought of the great person. Secondly, the main character shares much of the ideal or belief of the author Lee Kwangsoo, in the sense of the argument of civilization or culture.

● **Keywords** : autobiographical story, a realistic novel, reliability, the argument of civilization, the first-narrative, 「A Dedicator(헌신자)」, 「Kim Kyong(김경)」, 「To my young friend(어린 벗에게)」

월경(越境)과 방황의 서사

― 김이석의 해방 후 8년을 중심으로

이 지 은*

■ **국문초록**

김이석은 1937년 『단층』으로 문학 활동을 시작하고, 1·4후퇴에 월남하여 남쪽 문단에서 창작 활동을 계속하였다. 월남 문인으로서 김이석은 남쪽과 북쪽 어디에도 뿌리내리지 못한 작가라는 평가를 받는다. 이 글은 김이석 문학의 주변적 성격이 '미달태'가 아니라 애써 고수했던 자기 정체성임을 밝히고자 한다. 이를 위해 기존에 충분히 논의되지 못했던 해방 후 8년 사이의 작품을 다루었다. 김이석은 1940년 『단층』 폐간 후 문학 활동을 잠정적으로 중단한다. 다시 소설을 발표한 시기는 1·4후퇴 이후 남쪽 전시 문학에 참가하면서부터이다. 전시에 쓰인 소설들은 비록 작품성이 뛰어나지는 않으나 월남 작가의 내면을 알레고리 형식으로 보여주고

---

* 서울대학교 박사과정 수료

있다는 점에서 중요하다. 「악수」에는 1·4후퇴의 과정과 북한 문인들과의 화해가 담겨 있고, 「분별」에서는 진실은 끝내 밝혀지지 않은 채 참/거짓의 '레테르'가 붙는 보석에 대한 이야기가 있다. 이는 남북을 끊임없이 횡단했던 작가의 이력과 겹쳐 읽을 때, 김이석의 내면을 보여주는 알레고리로 읽힌다. 또한 소설 「외뿔소」와 수필 「외짝구두」를 통해서는 '외'로된 것, 즉 결핍된 것에 대한 옹호를 보여준다. 이를 통해 김이석에게 결핍된 것은 한계가 아니라 자신이 애써 지키려 했던 가치임을 알 수 있다.

● **주제어**: 김이석, 월남, 단층, 반공주의, 전시문학, 분별, 외뿔소

1. 들어가는 말

통칭적으로 월남 작가란, 1945년 이후 남쪽으로 이주한 작가를 의미한다. 그러나 월남 작가의 범주는 기존 연구에서 조금씩 다르게 설정된다. 일찍이 양명문이나 고은은 월남 시기를 기준으로 월남 작가를 두 파로 나누었다. 이들은 월남 작가를 전쟁 전 월남한 작가군과 전쟁 후 1·4후퇴에 월남한 작가군으로 나누고 있다.1) 한편 한수영의 경우, 전쟁 전과 이후로 월남 작가군을 분류하는 것은 동일하지만, 전후에 등단한 월남민 출신도 월남 작가의 범주에 포함하여 논의한다.2) 최근 김효석의 박사학위논

---

1) 월남은 1945년 해방 직후나 1948년, 남·북한이 정부를 수립한 전후, 그리고 1950년 전쟁 당시 1·4후퇴를 걸쳐 광범위하게 이루어졌다. 이들은 대동소이하게, 전쟁 전 월남한 작가에 김동명, 안수길, 김진수, 임옥인, 황순원, 구상, 조영암 최상덕, 최태응, 오영진, 유정 등을, 전쟁 후 1·4후퇴에 월남한 작가로 김이석, 강소천, 한정동, 함윤수, 박남수, 장수철, 원응서, 박경종, 한교석, 이인석, 김영삼, 양명문 등을 꼽는다(양명문, 「월남문인」, 『해방문학 20년』, 한국문인협회, 1966, 86쪽 ; 고은, 『1950년대』, 민음사, 1973, 214쪽).

2) 한수영은 ① 전쟁 발발 이전에 월남한 작가들 — 황순원, 최태응, 안수길, 정비석, 선우휘, 오상원, 이범선, 장용학, 박연희, 손창섭, 곽학송, 김광식, 김성환, 전광용 등, ② 전쟁 발발 이후에 월남한 작가들 — 김이석, 이호철, 최인훈 등으

문에서는 월남 작가군을 전후 세대론과 연결지어, 월남 1세대와 월남 2세대로 나누고 있다.[3] 90년대 이후 월남 작가 연구에서 눈에 띄는 점은 전후에 등단한 월남민 역시 월남 작가군에 포함하고 있다는 점이다. 이전의 연구가 월남이라는 '이데올로기 선택'의 문제를 강조했다면, 90년대 이후 연구는 월남 작가의 범위를 확장하면서 '월남민 의식'과 그 현실인식을 강조한다.

위의 두 기준은 모두 유효한데, 1·4후퇴 이후 월남한 작가의 경우 북한에서 부역한 사실 때문에 남한 문단의 진출에 장애가 되었으며, 월남 이후 등단한 작가의 경우 '월남민 의식'이라는 비교적 단일한 정체성으로 자신을 규정하기에 용이했다. 이런 측면에서 김이석은 월남 작가 중에서도 주변부로 밀려날 수 있는 조건을 갖추고 있다. 김이석은 식민지 문단에서 정체성이 뚜렷한 평양 문인으로 활동하는 한편, 서울 문단인과도 교류가 있었다. 또, 해방 직후부터 전쟁 전까지 북한에서 부역한 기록이 있다. 1937년『단층』으로 본격적인 문학 활동을 시작하면서 김이석은 '평양 → 서울→ 평양→ 월남'으로 줄곧 이동했다. 이러한 행보는 그를 "북한에서의 자기 정체성에서 헤어나지 못하고 남한 사회에서의 뿌리 내리는 일에 힘들어한 작가"[4]라는 평가를 낳게 했다. 김이석의 문단 위치는 남과 북 모두에서 적응하지 못하는 작가로 규정되는 것이다.

그러나 부적응자라는 평가에는 월남 작가를 반공이데올로기나 월남민의 인정투쟁이라는 두 가지 양상으로 환원하려는 프레임이 암묵적으로 작용하고 있다. 오히려 김이석의 행로는 식민지 조선 문단부터 해방을 거쳐

　로 월남 작가를 규정한다(한수영, 「월남작가의 작품세계에 나타난 반공 이데올로기와 1950년대 현실인식」,『역사비평』1993 여름, 298쪽).

3) 월남 1세대란 전후 문학 연구에서 전전(戰前)세대 또는 구세대 작가군으로 통칭되는 작가들을 의미하고, 월남 2세대는 전후 신세대 작가군 중 월남 작가를 의미한다. 전자에는 황순원, 임옥인, 최태응, 김이석 등으로 1930년대 등단한 작가를, 후자에는 이범선, 장용학, 손창섭, 선우휘, 오상원, 김성한, 이호철, 최인훈 등의 작가를 들고 있다(김효석, 「전후월남작가연구−월남민 의식과 작품과의 상관관계를 중심으로」, 중앙대박사, 2006, 11~12쪽).

4) 김효석, 위의 논문, 63쪽.

한국전쟁까지 문단의 단속적 흐름의 중심에 있었다고도 할 수 있다. 그는 해방 전부터 서울 문단과 평양 문단에 관계를 맺고 있었으며, 해방 직후 북한 문단에 부역하고, 월남 후 남한에서 문단 생활을 했다. 비슷한 세대 월남 문인인 오영진, 최태응 등이 반공주의로 재빨리 자신을 규정한 것에 반해, 김이석은 끝내 수동적인 자세로 일관했다. 이는 1·4후퇴 이전 북한에서 부역한 전력이 그의 발목을 잡은 것이라고 해석되는데, 부역한 전적이 있을수록 더욱 열렬한 반공주의자가 되는 것이 상식에 맞다. '주변인'으로서 자기규정은 미달태가 아니라 작가의 '선택'으로 보는 것이 바람직해 보인다.

이 글은 김이석의 정체성이 부적응이라는 미달태가 아니라 작가 스스로 선택한 체제와의 거리두기임을 밝히는 것을 목적으로 한다. 김이석은 전쟁 후 평양(예술)을 그리워하는 소설을 쓰기도 하고, 한편으로는 토속적 인정미를 강조하는 소설을 쓴다. 이러한 경향의 소설은 "유교적 휴머니즘"5)으로 평가받는다. 그러나 작가 스스로 규정한 자기 정체성에 대한 고찰 없이 이러한 결론에 도달하는 것은 휴머니즘이라는 다소 모호한 개념으로 작가의 현실 인식을 뭉뚱그려버리는 우를 범할 수 있다. 이 글은 월남 직후 쓴 소설을 대상으로 작가의 자기규정에 대한 인식을 엿보고자 한다.

2. 끊임없는 경계 넘기: 김이석의 해방 후 8년

김이석은 1914년 평양 창전리에서 태어나, 평양의 종로보통학교(1927)와 광성고보(1932)를 졸업했다. 1936년 연희전문학교 문과에 입학, 1937년에는 구연묵, 김조규, 양운한 등과 함께 동인지 『단층』을 발간하고, 여기

---

5) 안미영, 「전전(戰前) 세대의 소설에 나타난 유교적 휴머니즘 일고」, 『한국어문학』 51, 2003.

에 「감정 세포의 전복」을 발표했다. 1938년 연희전문학교를 중퇴하고, 그해에 단편 「鮒魚」가 이효석의 추천을 받아 『동아일보』 '제1회 신인문학콩쿨'에 입선되었다. 1940년 『단층』이 폐간되자 조선곡산주식회사 연구실에서 근무, 이듬해(1941년)에 평양 명륜여상 교사로 직장을 옮겼으며, 1945년 고향에서 해방을 맞는다.

1945년 9월 재(在)평양 문학 예술인들이 순수예술을 표방하며 '평양예술문화협회'(이하 평문협)를 발족한다. 이 단체의 목적은 "정치적 목적을 떠나 오로지 자유롭고 비관료적인 문화운동을 전개하는 데"[6] 있었다. 최명익이 회장으로 추대되었고, 총무 김병기, 문학부장 유항림, 미술부장 문학수, 외국문학부장 이휘창, 음악부장 김동진, 연극부장 주영섭 등으로 구성되었다. 이러한 명단에는 『단층』파 인사들이 주요 자리를 차지하고 있음을 볼 수 있다. 김이석과 함께 광성고보를 졸업하고 『단층』을 만들었던 유항림, 이휘창이 각각 문학부장, 외국문학부장에 이름을 올렸다. 이외에 김병기, 문학수 역시 『단층』의 권두화를 그렸던 인물들이다.[7] 김이석은 자연스럽게 이들과 함께 평문협에서 활동했던 것으로 보인다.

그러나 평문협의 활동은 오래가지 못한다. 이들은 평안도뿐만 아니라 북한 전체를 통틀어도 가장 강력한 예술 단체였지만 의식 성향으로 공산주의가 아니었다. 이들을 견제하기 위해 소련군 사령부는 스탈린의 대형 초상화를 요구하는 등 간섭을 시작했고, 급기야 소련군정과 공산당은 '평남지구 프롤레타리아 예술동맹'(이하 평남프로예맹)과의 합병을 제안했다. 평문협은 침묵으로 불응하다가 결국 1945년 말에 자진해산하게 된다. 헤게모니를 장악한 평남프로예맹은 1946년 3월 '북조선 예술총동맹'이라는 전국 조직으로 확대된다.[8]

평문협의 해산 직후인 1946년 1월 『관서시인집』 비판이 일어난다. 『관서시인집』은 양명문·황순원·김조규 등이 참여하여 평양에서 간행한 공

---

6) 오영진, 『蘇軍政下의 北韓─하나의 證言』, 중앙문화사, 1952, 119~120쪽.
7) 박성란, 「단층파 모더니즘 연구」, 인하대학교 박사학위논문, 2012, 13쪽 참조.
8) 김용직, 『북한문학사』, 일지사, 2008, 26~32쪽.

동시집인데, 모더니스트의 움직임으로 평가된다. 이 시집은 안막, 안함광, 한효 등 공산주의 계열의 비평가들로부터 비판을 받고, 이 사건이 있은 지 몇 개월 후인 1946년 9월 황순원은 월남한다.9) 이듬해 비슷한 사건이 터지는데, 1946년 12월 강홍운·구상·노향근·박경수 등의 시를 실어 원산문학가동맹이 발간한 시집 『응향』이 문제가 된다. 이 시집에 대하여 북문예총 중앙상임위원회는 1947년 2월 「시집 『응향』에 관한 결정서」를 발표하고10), 최명익·송영·김사량·김이석 등으로 구성된 사건조사위원단을 원산에 파견한다.

여기서 김이석의 위치는 흥미롭다. 김이석은 소위 '무소속파'로, 북한문단에서 사상적 허약을 이유로 구박과 차별대우를 받았다고 전해진다.11)

---

9) 북한 비평가들의 『관서시인집』 비판의 맥락은 『관서시인집』을 주도했던 평양 예술문화협회를 와해하고, 새로운 중심의 북문예총을 결성하는 데 필요한 인적 구성이 필요했기 때문이다. 안막을 비롯한 정치적 비평가들이 이러한 과제를 수행했다. 이후 황순원, 박남수, 양명문 등은 월남을 택하고, 김조규, 안용만, 이원우, 김우철 등은 북쪽 문단에 참여하게 된다(유성호, 「해방 직후 북한 문단 형성기의 시적 형상－『관서시인집』을 중심으로」, 『인문학연구』 46, 2013, 345쪽).

10) 「詩集 『凝香』에 關한 北朝鮮文學總聯盟 中央常任委員會의 決定書」, 『문화전선』 3호, 1947. 2.

11) 박남수는 1945년부터 1950년까지 북한 문단 파벌을 네 그룹으로 나누어 설명한다. 첫째는 소련 2세들과 조선신문사계 작가들로 구성되었던 소련파, 둘째는 서울에서 조선 프롤레타리아 예술동맹을 조직했던 월북 작가 시인들 및 이북에 거주하던 좌익 계열의 작가 시인들로 구성된 구카프파, 셋째는 서울 중앙문화건설협의회에 속했던 월북작가 시인들로 구성된 월북파, 마지막은 북한 공산주의를 지지하지 않으면서도 그들의 강압으로 최소한도의 집필만을 하던 무소속파이다. 소련파가 북한 문단의 가장 큰 세력이었다면 구카프파는 소련파와 세력을 다투는 야당적 존재였으며, 월북파는 북한 문단에서 가장 경원하면서도 그 세력을 어쩔 수 없이 인정한 실력파였다고 한다. 예술적인 것을 쓰려고 하였기 때문에 사상적으로 약하다는 방망이찜질을 도맡아 맞던 무소속파는 북한 문단이 경계하면서도 그 재능을 인정하고 흡수공작하려고 했던 그룹이었다. '소련파'에는 조기천·임하·전동현·정율·김일용·김조규·민병균·이정구·김상평·김사량·신재정·한태천, '구카프파'에는 송영·박세영·이동규·윤기현·이갑기·조벽암·신고송·이기영·한설야·이북명·이찬·안함광·남궁만·한요·홍순철, '월북파'에는 임화·김남천·이태준·송희남·허준·조영출·오장환·최명익·유항림은, '무소속파'에는 김이석·김화청·함윤수·양명

김이석은 해방 후 북한에서 희곡 「소」를 써서 공연을 가졌는데 하루 만에 이데올로기가 약하다고 하여 공연 금지를 당했다고 한다. 이 사건으로 김이석이 다소 유명해졌다고 하는 것으로 보아 「소」 공연 금지 처분은 북한 문단에서 꽤 큰 사건이었을 것으로 추측된다.[12] 종합하면, 김이석은 '무소속파'로 북한 문단의 경계의 대상이면서도 『응향』의 조사위원단격으로 파견될 만큼 체제 가까이에 있기도 했다. 이즈음 그는 북한 문단에 사상적 동조를 하지 않으면서, 고향을 등지지도 못하고 지냈던 것으로 추측된다.

얼마 후 1950년 6·25전쟁이 터졌을 때, 김이석은 평양에 있었다. 당시 그는 병약함을 이유로 종군 작가에 끼이지 않고, 박남수, 함윤수, 양명문과 함께 평양에 남아 군가 가사를 쓰고 있었다.[13] 같은 해 10월 국군과 UN이 평양에 입성한다. 이와 함께 조지훈, 오영진, 이한직, 최태응 등이 평양에 나타났다. 조지훈은 평양에 숨어 있던 박남수, 김이석, 원응서, 장수철, 양명문과 함께 평양예술연합회를 결성하고 첫째 사업으로 남북 문화인 교류를 결의한다.[14] 평양예술연합회에 합류한 것은 김이석이 월남할 수밖에 없는 이유를 제공한다. 12월 중공군의 개입이 결정되고 국군은 평양에서 철수하게 되는데, 인민군이 평양을 수복한다면 평양예술연합회에 가담한 일은 곧바로 처결의 대상이 될 것임이 자명했기 때문이다. 김이석은 1·4후퇴 때 가족을 모두 북에 두고 홀로 월남한다.

김이석이 남쪽 문단으로 진입한 것은 피난지에서다. 1952년 2월 오영진은 6·25 이전과 1·4후퇴 때 월남한 김병기, 박남수, 원응서, 양명문 등을 결집하여 '문총북한지부'를 발기한다. 위원장은 오영진, 부위원장은 김병기였고, 원응서 역시 간부로 활동했다. 이들은 타블로이트판의 『주간문학예술』(1952. 7~1953. 3)을 총 11호에 걸쳐 발행했다.[15] 이 잡지는 1954년

문·이휘·원응서·강소천·한보동이 해당된다(玄秀, 『赤治 六年의 北韓文壇』, 국민사상지도원, 1952, 75~77쪽).
12) 원응서, 「늘 웃던 그 얼굴―김이석을 보내며―」, 『동아일보』, 1964. 9. 22.
13) 고은, 『1950년대』, 양연, 2005, 105쪽.
14) 위의 책, 107쪽.
15) 양명문, 한국문인협회 편, 「월남문인」, 『해방문학20년』, 정음사, 1996, 86쪽.

4월에 창간되는 『문학예술』의 전신으로, 두 잡지의 편집진 구성은 동일하다. '북한문총문학지부'는 월남문인들의 남한 문단으로의 정식 편입과정으로 볼 수 있다. 단정수립 후부터 북한 출신 및 월남문인들은 단체를 조직해 그들만의 결속을 도모하고 반공전선의 일원임을 대외적으로 천명함으로써 사회문화적 입지를 마련하려는 노력을 지속적으로 전개한 바 있다. '문총북한지부' 또한 이런 맥락에서 결성된 것이다.[16)

이와 같이 김이석의 해방 후 8년을 추적해보면 그가 매우 어중간한 위치에 놓여 있었음을 알 수 있다. 해방 후 평양에서 김이석은 체제와 거리를 유지하고, 그 대가로 공연 금지라는 핍박을 받으면서도 평양을 떠나지 않았다. 그와 함께 문청시절을 보낸 황순원, 오영진 등이 일찌감치 북한을 떠날 때도 여전히 평양에 머물러 있었다. 이 시기 그는 '부역'이라는 혐의를 받을 만한 기록을 남기기도 한다. 『응향』 사건조사위원단으로 파견된 것이나, 전쟁 발발 직후 군가 가사를 썼던 것이 여기에 해당된다. 결국 8년간 김이석은 '평양예술문화협회→ 『응향』 사건조사위원단→ 전시문학부역→ 평양예술협회→ 월남'으로 줄곧 경계를 이동해왔던 것이다.

한편, 월남 후 김이석은 반공주의자로 자기를 선전할 수 있는 유리한 위치에 있었다. 『단층』 시절부터 교유가 있었던 오영진 등이 월남 후에도 늘 김이석 주변에 있었으며, 평양 문인 인맥이 월남 후에도 공고하게 자리 잡고 있었다. 또 월남 문인이 남쪽 문단에 편입하는 방식은 대부분 반공전선에 합류하는 것이다. 그런 점에서 '부적응자'라는 포지션은 주어진 것이 아니라 애써 유지해야 하는 위치였다. 김이석은 월남 후 처음으로 1952년 『전선문학』에 단편을 발표한다. 여기에 실린 소설은 '전시 문학'의 규약에도 불구하고 전쟁과는 다소 어울리지 않는 이야기가 실려 있다. 따라서 1940년 『단층』 폐간 이후 12년 만이자, 월남 후 첫 소설인 「악수」와 「분별」에서 그의 내면을 읽어보는 일은 중요하다.

---

16) 이봉범, 「전후 문학 장의 재편과 잡지 『문학예술』」, 『상허학보』 20, 2007, 271~272쪽.

3. 월경(越境)의 알레고리적 형상화: 「악수」, 「분별」

「握手」[17]는 평양 거리를 활보했던 단짝 친구 덕보와 성칠에 관한 이야기다. "지금으로부터 이럭저럭 사오 년 전" 8·15를 전후하여 단짝친구 덕보와 성칠은 계집을 사이에 두고 얼굴에 피칠을 하여가며 싸운다. 싸움이 있은 이튿날로 덕보는 서울로 훌쩍 달아나버리고, 성칠만이 평양에 남는다. 그러다가 "국군과 유엔군의 진격으로 삼팔선이 무너지고 산수갑산을 지나 국경에 인접한 혜산진까지 쳐 나갔다가 철수하는 통에 성칠이도 수많은 피난민들과 함께 서울까지 밀려"[18]가게 된다. 서울까지 "오랑캐 놈"들에게 빼앗길 기세로 밀리는 것을 보고 성칠이는 망연해 있는데, 그때 어디선가 자신을 부르는 소리를 듣는다. 사, 오 년 전에 헤어졌던 덕보인 것이다. 덕보와 성칠은 술을 기울이며 회포를 푼다. 덕보는 남쪽으로 내려온 친구들의 소식을 전해주고는 성칠에게 "입에 풀칠할 것이 없다구 공산당 그 자식들의 수모를 받다 못해 이제야 허덕이며 서울을 찾아 왔단 말인가, 이 못난 녀석아"[19]라고 꾸짖는다. 이에 성칠이 좋지 못한 얼굴빛을 보이자 덕보는 아직도 계집 때문에 그러는 것이냐며 화를 낸다. 이에 성칠은 지금이 어느 때라고 계집을 찾느냐며 도리어 화를 내고, "이제라도 정말 네가 나라를 사랑할 줄 아는 내 진정한 친구가 되어주겠다면"[20] 하면서 악수를 청한다.

「악수」는 단편이라기보다 콩트에 가까우며 그다지 작품성도 없다. 그럼에도 이 작품이 중요한 것은 작품 속에 흩어져 있는 여러 단서들이 김이석의 내면을 환기하고 있기 때문이다. 작품의 시간적 배경을 따져보면, 단

---

17) 연보에는 『전선문학』 4집으로 표기되어 있으나 확인할 수 없다. 『전선문학』 4집에는 신동집의 시 「악수(握手)」가 실려 있는 것으로 보아 착오가 있었던 것으로 보인다. 이 글은 단행본 『失碑銘』(청구출판사, 1957)에 실린 것을 인용하기로 한다. 이하 작품명과 쪽수만 표기.

18) 「악수」, 112쪽.

19) 「악수」, 115쪽.

20) 「악수」, 116쪽.

짝 친구 덕보와 성칠이 싸운 것은 1945~6년 즈음이 된다. 싸움이 있은 후 덕보는 바로 남으로 내려가는 반면, 성칠은 "국군과 유엔군의 진격" 이후, 1·4후퇴 때 월남하게 된다. 성칠의 월남 과정은 김이석의 그것과 매우 유사하다. 그렇다면 덕보는 전쟁 전 월남한 평양 친구들을 가리킬 수 있을 것이다.

1946년이라면 황순원이 연루된 『관서시인집』 사건이 있었고, 같은 해 말에는 『응향』 시집이 발간되었다. 『관서시인집』 사건에 김이석이 관련되었는지는 확인되지 않지만, 황순원은 이 사건 이후 1946년 9월 바로 월남한다. 한편, 『응향』 사건에는 김이석이 조사원으로 파견되었고, 이 사건 이후 구상은 월남을 선택한다. 성칠과 함께 평양 거리를 누비다 45~6년에 월남한 친구 덕보는 황순원, 구상과 같이 그와 함께 문청시절을 보낸 문학 동지라고 할 만하다. 그렇다면 "계집"이란 예술, 구체적으로 공산주의 체제에 동원되었던 김이석과 거기에 동조하지 않았던 구상·황순원 사이에 놓여 있었던 것이라고 할 수 있겠다. 그런데 성칠의 마지막 대사는 매우 아이러니하다.

> 지금이 어느 때라구 계집을 찾고 있냐 말이다. 온 겨레가 나서서 밀려오는 O랑캐를 막아야 할 지금에 너는 아직도 정신을 못 차리고 …… 이제라도 정말 네가 나라를 사랑할 줄 아는 내 진정한 친구가 되어주겠다면 (「악수」, 116쪽)

황순원, 구상 등은 북한 체제의 탄압을 받고 자유 문학을 위해 월남했다. 김이석 스스로도 희곡 「소」를 무대에 올렸지만 하루 만에 사상의 허약을 이유로 공연 금지 처분을 받은 바 있다. 그런데 성칠은 "지금이 어느 때라고 계집을 찾고 있냐"라며 화를 낸다. "계집"은 바로 그들이 갈구했던 문학 예술인데, 서울에서는 이것에 대해 말하는 것이 더 강한 힘으로 금지되어 있다. 그러나 이 힘을 행사하는 주체는 어디에도 없다. 성칠은 발신지를 알 수 없는 이 힘에 이끌려 덕보보다 먼저 예술(계집)을 부정하고, "나라를 사랑할 줄 아는" 자의 자리를 자처한다. 그렇다면 이 말에 대한 성칠의 진위 혹은 김이석의 진위는 무엇일까.

실제로 김이석은 월남 과정에서 구상의 도움을 받는다.

> 구상은 서울신문 사장 박종화에게 이번에는 전체 문단인, 좌우익을 막론한
> 문단인을 다 후퇴시키자, 그들에게 신문사 신분증을 발급해서 적어도 그때
> 동원령이 내린 국민방위군에만 끌려가지 않게라도 하자고 제의했다. 그러나
> 박종화는 그의 좌익에 대한 피해가 극심한 점 때문에 아직도 좌우익에 대한
> 분별의식이 있어야 했고 그것은 주술적 적대의식으로 발전해 있었다. 그래서
> 그는 구상의 의견에 찬성하지 않았다.
> 구상은 될 수 있는 대로 그 자신의 승리일보 신분증을 작가들에게 발급했
> 다. 그것은 평양에서 내려온 김이석, 양명문, 작곡가 김동진까지도 혜택을 입
> 게 했다. 그들의 후퇴는 실현되었다.21)

1·4후퇴 직전 구상은 되도록 많은 작가들을 후퇴시키기 위해 박종화
에게 신분증을 발급해달라고 요청한다. 그러나 박종화는 좌익에 의한 피
해가 있었던 탓에 좌우익에 대한 "분별의식"이 있어야 함을 핑계로 구상
의 요청을 거절한다. 그래서 구상은 자신의 권한이 닿을 수 있는 승리일
보 신분증을 작가들에게 발급해주고, 이 덕에 김이석은 후퇴하게 된다. 흥
미롭게도 구상은 『응향』 시집 사건으로 검열관과 피조사인의 신분으로 김
이석을 마주한 바 있다.

> 드디어 정월 하순 그 어느날 平壤서 檢閱員들이 도착되었다는 전갈이 왔
> 다. 나는 태연을 가장하고 그 召集에 우선 응하여 첫 모임에 나아갔다.
> 원산 현장에 온 검열원들은 당시 北韓 文壇의 巨物들로서 崔明翊, 金史良,
> 宋影, 그리고 1·4후퇴에 월남하여 나의 친구가 되었다가 작고한 金利錫씨(그
> 가 별세하기 전까지 나는 이 사실을 발설하지 않았다) 이렇게 4명이었는데
> 그 첫 모임에서는 송영이 살기 등등한 어조로 <북조선문예총>이 시집 『응향』
> ㅇ一ㄹ 단죄하게 된 소위 보고연설이 있었다.22)

훗날 구상은 『응향』 사건을 이렇게 회고했다. 여기서 그는 김이석을 월

---

21) 고은, 앞의 책, 192쪽.
22) 구상, 『구상문학선』, 성바오로출판사, 1975, 405쪽.

남하여 친구가 된 이로 지칭하면서, 김이석이 죽기 전까지 그가 『응향』 사건 검열관이었던 사실을 발설하지 않았다고 말한다. 이러한 점을 볼 때, 악수는 북에서 문학과 체제 사이에 끼여 있었던 문학자들의 갈등과 그것에 대한 화해를 의미한다. 그러나 사태가 그리 간단하지는 않다. 이들이 평양에서 공통으로 추구했던 것, 그리고 그들을 갈라서게 했던 것을 이제는 '악수'와 함께 거부해야 할 것이 되기 때문이다. 여기에서 성칠에게 암묵적으로 작동하는 힘이 무엇인지가 중요하다.

김이석은 피난지에서 「分別」(『전시문학』, 1952)이라는 소설을 쓴다. 이 소설은 서울서 교원생활을 하다가 상품 중개업자가 된 응섭이의 이야기다. 응섭이는 셋째 아들의 돌을 맞아 가까이 지내는 강 영감, 필수, 최가를 초대해 저녁 대접을 하기로 마음먹었다. 저녁을 먹고 술판이 벌어졌는데, 모두 장사꾼인 탓에 이야기가 자연히 그쪽으로 흘렀다. 그러던 중 평소 "구랭이"라 불리는 전당포 강 영감이 최가의 성질을 돋우고, 최가는 발끈하여 강 영감에게 다이아를 자랑한다. 모인 사람은 다이아의 크기에 깜짝 놀라고, 모두들 내심으로 다이아에 욕심을 낸다. 이튿날, 가장 먼저 필수가 응섭을 찾아온다. 그 다이아를 천만 원에 사고 싶다는 것이다. 응섭은 최가에게 다이아를 살 궁리를 하고 있는데, 마침 최가가 응섭을 찾아온다. 다이아를 맡길 테니 돈을 빌려달라는 것이다. 응섭은 속으로는 무척이나 반기면서도 시치미를 뚝 떼고, 그럴 거면 차라리 팔라고 한다. 응섭은 100만 원의 차액을 챙길 요량으로 최가로부터 900만 원을 주고 다이아를 사고, 이를 필수에게 다시 팔러 간다. 그런데 필수는 그 다이아를 보더니 어제 것과 다르다며 최가에게 사기당한 것 같다고 말한다. 응섭은 최가를 찾아나서지만 최가는 이미 종적을 감춘 뒤였다. 큰돈을 날리게 된 것에 응섭은 어쩔 줄 몰라 하다가, 다음 날 강 영감을 찾아간다. 최가가 자신에게 했던 것처럼 강 영감에게 똑같이 사기를 칠 셈으로 찾아간 것이다. 다행이 강 영감이 속아 넘어가고 응섭은 다이아를 맡기고 800만 원의 돈을 받아온다.

강 영감을 무사히 잘 속였지만 응섭은 내심 불안했다. 언제 강 영감이 가짜 다이아를 들고 쫓아올지 몰랐기 때문이다. 응섭은 모든 것을 최가의 탓으로 돌릴 준비를 하고 초조하게 강 영감을 기다리고 있었다. 그런데 강 영감은 도무지 찾아오지 않았다. 며칠 후, 필수가 응섭에게 와서 강 영감이 그 다이아를 잃어버렸다는 소식을 전해준다. 그 말을 듣자 응섭은 강 영감을 찾아간다. 잃어버린 반지가 진짜일 것으로 알 테니 반지 값을 물어내라고 할 속셈이었던 것이다. 그러나 구렁이 강 영감은 응섭이 돈을 들고 제 발로 찾아오기를 기다리고 있었다. 그 방법 말고는 가짜 반지를 물릴 길이 없으니 반지를 잃어버렸다는 말을 필수에게 흘린 것이다. 응섭은 강 영감의 하수인들에게 구둣발로 맞으며 자신이 분별이 없었음을 한탄한다.

이 소설이 흥미로운 것은 범인이 누군지 모호하다는 것이다. 최가가 가짜를 팔아넘기고 잠적하긴 했지만 필수 역시 의심쩍다. 필수는 응섭이의 죽은 친구의 동생으로 누구보다 믿음직한 인물이다. 강 영감은 전당포로 40년간 몸이 약은 구렁이고, 최가는 시장에서 오며 가며 만난 사이일 뿐이다. 그런데 이 소설에서 응섭이 사기당하는 꼴을 보면 필수가 결정적인 역할을 한다. 최가에게 다이아를 사고 싶다고 말을 전하러 온 이도 필수며, 그 다이아를 사지 않겠다고 맘을 바꾸는 것도 필수다. 또, 강 영감이 반지를 잃어버렸다는 말을 전해주는 이도 필수다. 최가 혼자서 꾸민 일인지, 필수가 최가와 짠 것인지, 아니면 응섭을 제외하고 모두가 한 편인지 모를 일이다.

그런데 따져보면 다이아가 진짜인지 가짜인지도 애매하다. 인물들 중 반지를 감정할 능력이 있는 이는 강 영감과 필수다. 처음 술자리에서 최가가 반지를 내놓았을 때, 필수와 강 영감은 다이아를 보고 감탄했다. 강 영감은 "학선까지 꺼내 끼고 한참 동안이나 다이아에서 눈을 떼지 못"[23] 하였다. 이후, 응섭은 필수로부터 다이아가 가짜라는 말을 듣는다. 응섭 그 자신은 다이아를 감정하지 못하고 필수의 말만 듣고 자신이 사기당했다고 믿은 것이다. '가짜 다이아'를 강 영감에게 떠넘길 생각으로 응섭이 강 영감을 찾아갔을 때에도 강 영감은 다이아를 꼼꼼히 살핀다. 그러고 나서 강 영감은 응섭에게 800만 원이라는 거액을 순순히 내어줬다.

---

23) 김이석, 「분별」, 『전선문학』 2, 1952, 59쪽.

반지가 정말 가짜였던 것인지, 혹은 응섭이 진짜 반지도 잃고 900만 원도 빼앗긴 것인지 알 수 없다. 응섭은 구둣발에 차이며 자신의 '분별' 없음을 한탄하는데, 본전 욕심에 강 영감을 찾아온 것을 후회하고 있는 것인지, 아니면 필수 말을 믿은 것을 후회하는 것인지, 그것도 아니라면 최가를 믿고 덥석 다이아를 산 것을 후회하는 것인지 역시 알 수 없다. 응섭의 후회는 거듭 소급해 올라갈 수밖에 없다. 애초에 다이아가 진짜인지 가짜인지 알 수 없기 때문에 그는 어디서부터 잘못되었는지 알 수 없다.

라캉은 포의 「도둑맞은 편지」를 분석하면서 편지의 내용이 끝내 드러나지 않는다는 점에 주목했다. 라캉이 보기에 이 이야기 전개는 등장인물의 성격이나 편지의 내용이 아니라 편지의 위치, 즉 누가 편지를 보유하는가에 의해서 이루어진다.[24] 편지의 의미(시니피에)와 관계없이 편지를 가진 자(시니피앙)가 권력을 가지게 된다는 것이다. 라캉의 「도둑맞은 편지」 분석은 시니피앙의 작용을 통해 의미의 세계인 상징계가 만들어지고 주체의 운명을 규정한다는 라캉 특유의 사유를 가장 잘 보여주는 예다.

라캉이 보기에 인간은 상징계 속에서 자신이 처한 위치에서 허용되는 것만 보고, 말하는 존재이다. 중요한 것은 '편지를 가진 자'는 바뀔 수 있지만, 권력의 구도 자체가 바뀌지는 않는다는 것이다. 라캉에 따르면 원래 시니피에는 시니피앙 밑으로 끊임없이 미끄러져 들어가며 고정된 시니피에란 존재하지 않는다. 이런 이유로 반복은 문자 즉 상징계의 전형적 기능이다. 왜냐하면 상징계는 그 구조에 채워질 수 없는 결여를 가지고 있는데, 반복은 이 결여를 채우고자 하는 것이기 때문이다.[25] 요컨대, 라캉이 「도둑맞은 편지」에서 읽은 것은 문자 즉 상징계의 우위이며, 상징계의 반복 속에서 권력의 구도는 바뀌지 않는다는 것이다.

「분별」의 다이아는 '최가→ 응섭→ 강 영감→ 응섭'에게로 옮겨간다. 이때 다이아는 포의 편지와는 반대로, 그것을 소유한 사람을 곤란하게 만

---

24) 박병주, 「라캉과 데리다의 정신분석적 독법에 관한 비교연구」, 『충주대학교 논문집』 42, 2007, 416쪽.
25) 김석, 『에크리: 라캉으로 이끄는 마법의 문자들』, 살림, 2007, 117, 122~124쪽.

든다. 그러나 편지와 마찬가지로 다이아의 진위(시니피에)는 밝혀지지 않으며, 진위와 상관없이 '가짜'라는 기표만이 작동하면서 주체를 옭아맨다. 상징계의 우위와 그것의 질서가 주체를 위치 짓는 결정적인 역할을 한다는 것은 김이석의 삶과 겹쳐 읽을 필요가 있어 보인다. 김이석은 '평문협 →『응향』검열관→ 북한 문단 부역 작가→ 월남'을 왕복했는데, 이 반복 운동에서 작가 김이석의 '기의'는 문제되지 않았다. 상징계 질서에서 어떤 위치에 있느냐, 어떤 '레테르'(기표)가 그에게 작용하느냐에 따라 위치가 규정된다. 그리고 김이석에 따라붙는 기표는 달라질 수 있지만, 상징계의 구도 자체가 변하지는 않는다.

그렇다면 김이석은 이러한 질서 안에서 무능한 주체로서 구조에 종속되었냐는 문제가 남는다. 여기에서 응섭과 김이석이 분리된다. 작가 김이석을 응섭과 일치시키면, 이 소설은 단순히 '속았다'는 것에 머문다. 그러나 다이아 자체에 주목을 할 때, 소설이 말하고 있는 것은 기의와 관계없이 권력을 작동시키는 기표와 여기에서 발생하는 권력 구조이다. 김이석은 자신에게 주어지는 기표의 위력을 간파했으며, 그것이 어떻게 붙여지고, 작동되는지 우회적으로 보여주고자 했던 것이다. 속은 자는 응섭이고, 속지 않은 자는 김이석이다.

4. 결핍에 대한 옹호: 「외뿔소」, 「외짝 구두」

「외뿔소」(『신태양』, 1954. 8)는 이야기 구조가 「분별」과 매우 흡사하다. 화덕은 내키지 않지만 실해 보이는 외뿔소를 사서 집으로 돌아온다. 외뿔이 흠이었지만, 그나마 그런 흠이 있어서 넉넉지 않은 돈으로 실한 소를 살 수 있었던 것이다. 소를 몰고 오자 화덕의 예상대로 온 동네가 놀려 댔다. 동네 사람들은 외뿔소를 데려오면 부처(夫妻)가 헤어진다는 둥 놀려 대었고, 화덕의 아내는 당장 외뿔소를 갖다주라며 성화였다. 그러나 강 영감만큼은 외뿔소의 진가를 알아봤는데, 그는 예로부터 외뿔소는 힘을 쓰는 소라고 일러줬다. 화덕 역시 내심으로 외뿔소가 먹성 좋고, 순한 것을 알았지만 아내의 성화를 이길 수 없었다. 화덕의 부부싸움은 그칠 날이 없었고, 화덕은 결국 소 장사를 하는 떡편 영감을 찾아간다.

떡편 영감네는 외뿔소보다 마른 소가 한 마리 있었는데, 화덕이 그 소에 관심을 보이자 떡편 영감은 외뿔소와 그 소를 바꾸자고 제안한다. 화덕은 며칠을 고심하다가 결국 외뿔소를 떡편 영감네 소와 바꾼다. 그러나 떡편 영감네 소는 좀처럼 먹지를 않았고, 화덕은 떡편 영감을 찾아가 자신의 외뿔소를 돌려달라고 부탁한다. 화덕이 본래 자신의 소를 가져가려 하자 떡편 영감은 응섭에게 쌀 한가마니를 요구한다. 화덕은 어쩔 수 없이 쌀 한 가마니를 더 주고 다시 외뿔소를 데려온다.

외뿔소를 데려오고 며칠이 지나, 화덕은 마을 서낭당 앞에서 떡편 영감과 마주친다. 떡편 영감 뒤에는 외뿔소를 가장 많이 놀려대었던 홍 서방과 영칠이가 따르고 있었다. 그들은 피가 밴 가마니를 지고 있었다. 그것이 무엇인지는 확인하지 않아도 알 터, 화덕의 소와 바꾸려 했던 떡편 영감네 소를 잡은 것이었다. 떡편 영감 일행은 화덕을 외면하고 지나가 버렸다. 떡편 영감이 자신을 속이려 했던 것이 분명해지자 화덕은 빼앗긴 쌀을 도로 찾을 수 있을 듯도 싶었다. 그러나 화덕은 그만두기로 한다. 대신 이제 누가 뭐라 하더라도 외뿔소를 바꾸지 않으리라 결심한다.

> 화덕이는 솔재를 넘으며 그들을 다시 한번 돌아다 보았다. 그렇다 전날 떡편 영감에게 빼앗긴 쌀을 도루 찾을 궁리도 생길 상 싶은데 화덕이는 애여 그런 생각은 마음부터 없는듯 이제는 누가 아무래도 다시는 소를 바꾸지 않는다고만 생각했다.[26]

이 장면은 「외뿔소」가 「분별」과 달라지는 지점이다. 「분별」에서 응섭은 강 영감이 반지를 잃어버렸다는 소식을 듣고 반지 값을 물러달라고 할 심산으로 그를 찾아간다. 반지의 진의(기의)에 관심을 두지 않은 채, 그것이

---

26) 김이석, 「외뿔소」, 『신태양』, 1954. 8, 185쪽.

매겨지는 값(기표)을 되찾기 위해서 강 영감을 찾아갔다가 봉변을 당한 것이다. 그러나 화덕은 자신이 쌀 한 가마니를 손해 보긴 했지만 외뿔소의 진가를 알았기 때문에 더 이상 욕심내지 않는다. '외뿔'이라는 미달태가 기표라면, 힘이 세고 실한 소라는 것은 기의에 해당한다. 화덕은 내심 외뿔소가 힘이 세고 실하다는 것을 알고 있었지만, '외뿔'이라는 기표로 인해서 외뿔소를 떡편 영감네 소와 바꾸었다. 그러나 결국 화덕은 '외뿔'이라는 기표 대신 외뿔소의 가치, 즉 기의를 깨닫는다. 화덕은 더 이상 기표에 속지 않는다.

'외뿔'이라는 기표는 의미심장하다. '외뿔'이라는 결핍된 기호는 김이석의 문단적 입지를 보여준다. 그러나 「외뿔소」를 보면 이러한 입지가 양쪽 모두에서 적응하지 못한 어설픈 문학 정체성 때문은 아닌 것 같다. 오히려 월남 이후 남쪽 문단에서 자신은 어쩔 수 없이 '외뿔소'의 입지를 가지고 있음을 자각하고, 그 위치를 고수하고자 했던 것으로 보아야 할 것이다. 그렇다면 김이석의 월남 이후 문학을 평할 때 중요한 것은 '외뿔'이라는 미달태의 기표가 아니라 힘셈과 같은 '기의'를 문제 삼아야 할 것이다.

'외뿔'과 같은 결핍의 기호는 수필 「외짝구두」(『조선일보』, 1954. 3. 22)에도 나타난다. 「외짝구두」는 비록 소품의 수필이나 '외짝'이라는 기호를 내세워 작가의 내면을 진솔하게 보여주고 있다. '나'가 재작년 원암동에서 기숙하던 때, 바로 앞집에서 불이 난 일이 있었다. 경황 없는 중에 '나'는 외투와 원고와 신발 한 짝을 잃어버렸다. 불이 난 것을 알고 '나'는 외투에 원고를 챙겨서 나온 것인데 누가 외투를 집어간 것이다. 그런데 외투와 원고를 잃어버린 경위는 이해가 되지만, 새로 산 신발 한 짝을 잃어버린 것이 '나'는 납득되지 않았다. 누가 집어가려면 양쪽을 모두 가져가야 할 것인데 한 짝은 그대로 남아 있었기 때문이다.

'나'는 시장에서 헐값에 새 신을 사 신었지만, 한 짝만 남은 구두를 버릴 수 없었다. 짝 없는 구두가 생긴 후부터 '나'는 길에서 다리 한쪽이 없는 사람을 눈여겨보게 된다.

그후부터 나는 길에서 다리하나가 없는 사람을 만날때면 불현듯 나의 고리속에 있는 외짝 구두가 떠오르며 가슴이 두근거리기 시작했다. 그러나 나는 不幸히도 『당신은몇文을 신습니까』하고 親切하게 물어볼만한 神經을 갖지 못하였다. 그저만 멍청하니서서 그의 없는다리가 왼쪽인가 바른쪽인가 그것만 살피고나서는 마음이 한없이 서글퍼지는대로 그와 그냥 지나치는것이 어쩐지 자꾸만罪를짓는것처럼 未安스러운감을 느끼게되는것이었다. 그러는동안에 나는 다리하나가없는 사람이豫想以外로 많은것도 알게되었다. 말하자면 내게 외짝구두가 생겼기때문에 이런슬픈現象을 알아야했다. 참으로 외짝구두를 가진不幸을嘆 하지않을수없는일이었다.27)

'나'는 다리 한쪽이 없는 사람에게 다가가 친절히 신발 문수를 물어볼 대담성이 없다. 다만, 혼자서 상대의 없는 다리가 왼쪽인지 오른쪽인지 살필 뿐이다. 그리고 아무 말 없이 혼자서 지켜보다가 돌아설 때 '나'는 죄책감을 느낀다. '나'는 자신에게 외짝구두가 생긴 후부터 다리 한쪽이 없는 사람이 예상 외로 많은 현실에 눈을 뜨게 된다.

'외짝'이라는 기호는 고향을 등지고 월남한 김이석의 내면을 환기한다. 식민지 시기부터 서울—평양 문단에 걸쳐 있던 그가 평양을 등지고 월남한 것은 '외짝'으로만 남은 구두와 비견될 만하다. 헐값에 새 구두를 사 신었다고 했지만, 마음으로는 언제나 한 발이 맨발인 채로 문학 활동을 했을 것이다. 한 짝이 없는 자신의 운명을 직시한 후부터 그는 자신과 같은 상처를 가진 이들을 눈여겨보게 된다. 이는 '반공'이라는 생존의 표피를 둘러싸고 자신을 위장한 것보다 훨씬 윤리적인 자세다. 물론 '나'는 다리가 한쪽 없는 사람들의 상처를 방관하고 외면할 뿐이다. 그러나 여기에는 죄책감이 따라오고, 이 부채감은 김이석으로 하여금 어느 쪽으로도 기울지 못하도록, 끝내 '외짝'의 결여태로 남아 있도록 했다.

그러나 '외짝'이라는 상실감을 오롯이 감당하는 것이 쉬운 일은 아니었을 것이다. 그것은 수많은 월남민들의 상실감과 함께 신경병적 증세와 공포로 남아 있었다. '나'는 외짝구두의 처분을 고민 중 자신과 비슷한 처지

---

27) 김이석, 「외짝구두」, 『조선일보』, 1954. 3. 22.

의 정신병원 이야기를 듣는다. 정신병원 의사로 있는 C형은 얼마 전 구호품으로 구두 300여 족을 받았는데 그중 대부분이 짝이 맞지 않는 외짝구두였다. C형은 외짝구두로 골치를 앓다가 급기야 300여 족의 외짝구두가 동물처럼 자신을 쫓아오는 꿈을 꾼다. '나'는 C형의 고민을 듣고 "외짝구두의 不幸"을 생각한다. '나'의 예상보다 많은 사람들이 한쪽 신발(혹은 다리)이 없는 채 살아가고 있으며, 그 상실감과 죄책감은 꿈에서 쫓아올 만큼 괴로운 것이었다.

그런데 얼마 후 '나'는 한층 명랑한 표정의 C형을 만난다. '나'는 C형에게 외짝구두의 용도라도 생겼냐고 묻는다.

『좋은 方途가 생겼나?』
『지금 당장은 아니지만 統一만 되면 用途가 생겨』
『統一이되면 어떻게』
『그걸루 미운놈 상판치긴 제일 아닌가』
『그렇지』
亦是 외짝구두도 統一만 되면 用途가 생기는 것이었다. 나는 統一될때까지 내 외짝구두를 잘保管해 두기로 생각했다.[28]

C형이 생각한 용도란 통일 후에 미운 놈 상판을 친다는 것이다. 수필은 유머러스하게 끝나지만 여기에서 외짝구두의 상징성은 잘 드러난다. '나'는 C형의 말을 듣고, "亦是 외짝구두도 統一만 되면 用途가 생기는 것"으로, 자신도 통일이 될 때까지 자신의 외짝구두를 잘 보관하리라 마음먹는다. 결국 '외짝'의 결핍은 통일이 되어야 치유되는 것이며, 그리하여 통일이 될 때까지 마음속에 잘 지켜야 하는 것이다. '외짝'이 결핍이며, 작가 김이석에게 이것이 문단에서의 '부적응'을 의미한다면, 그것은 통일될 때까지 잘 보관해야 하는 결핍이다. 따라서 김이석에게 '외짝'이란 애써 지켜야 하는 주변인으로서의 자기 위치이며, 또한 분단에 대한 지식인으로서의 부채감과 고향을 등진 자의 죄책감의 표현인 것이다.

---

28) 김이석, 위의 글.

5. 결론

이 글은 월남 이후 김이석의 주변인적 정체성이 미달태가 아니라 작가가 애써 지키려 했던 자기규정임을 밝히고자 했다. 김이석의 연구는 아직 미흡한 실정이며, 그나마 연구 대상이 된 작품은 대부분이 후기 작품이다. 김이석의 후기 작품은 평양(예술)을 그리워하거나, 토속적 인정미를 강조하는 소설들이 있다. 이러한 소설은 유교적 휴머니즘이라는 평가를 받기도 한다. 그러나 휴머니즘은 시대의 격변기에 가장 모호한 이데올로기로서의 성격을 가지는 것도 사실이다. 김이석이 남/북 모두에 부적응한 작가로 평가받는 것은 그가 이러한 회색의 이데올로그로서 존재했던 것에 기인하기도 한다.

'부적응자'라는 평가에는 월남 작가를 반공이데올로기나 인정투쟁으로 단순화하려는 프레임이 작동하고 있는 것도 사실이지만, 한편으로 김이석이 후기 작품으로 나아가는 과정에 대한 면밀한 고찰이 없었기 때문이기도 하다. 월남 직후 쓰인 김이석의 소설은 작품성이 뛰어나지는 않지만 후기 작품으로 나아가는 문학의 논리를 보여주고 있어서 문제적이다. 특히 전시에 쓰인 작품들은 김이석의 내면을 알레고리로 형상화하면서 월남 문인으로서의 자기규정을 엿볼 수 있게 한다.

「악수」에는 1·4후퇴의 과정과 북한 문인들과의 화해가 담겨 있고, 「분별」에서는 진실은 끝내 밝혀지지 않은 채, 참/거짓의 '레테르'가 붙는 보석에 대한 이야기가 있다. 이는 남북을 끊임없이 횡단했던 작가의 이력과 겹쳐 읽을 때, 김이석의 내면을 보여주는 알레고리로 읽힌다. 또한 소설 「외뿔소」와 수필 「외짝구두」를 통해서는 '외'로 된 것, 즉 결핍된 것에 대한 옹호를 보여준다. 이를 통해 김이석에게 결핍은 한계가 아니라 자신이 애써 지키려 했던 가치임을 알 수 있다.

이 글은 본격적인 김이석 문학의 특질에 대해서는 다루지 못했다. 후기에 쓰인 소설이 작품성이 있고 연구할 가치가 높은 것은 자명하다. 그러나 작가의 문학 세계를 본격적으로 논의하기 전에 작가가 규정한 자기 정체성은 반드시 먼저 논의되어야 하는 과제일 것이다. 이에 대한 충분한 논의가 이루어지지 않는다면 그의 문학은 또 다른 방식의 '부적응' 혹은 '미달태'로 남겨질 공산이 크다. 이 글에서 논의한바, 김이석에게 결핍은 통일이 될 때까지 지켜야 하고 옹호되어야 할 가치였던 것이다. 이러한 시각에서 후기 작품을 볼 때 그의 소설은 더욱 풍부하게 논의될 수 있을 것으로 기대한다.

■ 참고문헌

1. 기본자료

김이석, 『실비명』, 청구출판사, 1957.
『전선문학』, 『문학예술』, 『문화전선』

2. 참고논저

고 은, 『1950년대』, 민음사, 1973.
구 상, 『구상문학선』, 성바오로출판사, 1975.
김 석, 『에크리: 라캉으로 이끄는 마법의 문자들』, 살림, 2007.
김용직, 『북한문학사』, 일지사, 2008.
김효석, 「전후월남작가연구-월남민 의식과 작품과의 상관관계를 중심으로」,
        중앙대학교 박사학위논문, 2006.
박남수, 『赤治 六年의 北韓文壇』, 국민사상지도원, 1952.
박병주, 「라캉과 데리다의 정신분석적 독법에 관한 비교연구」, 『충주대학교
        논문집』 42, 2007.
박성란, 「단층파 모더니즘 연구」, 인하대학교 박사학위논문, 2012.
안미영, 「전전(戰前) 세대의 소설에 나타난 유교적 휴머니즘 일고」, 『한국어
        문학』 51, 2003.
양명문, 『해방문학 20년』, 한국문인협회, 1966.
오영진, 『蘇軍政下의 北韓 하나의 證言』, 중앙문화사, 1952.
원응서, 「늘 웃던 그 얼굴-김이석을 보내며-」, 『동아일보』, 1964. 9.
유성호, 「해방 직후 북한 문단 형성기의 시적 형상-『관서시인집』을 중심으
        로」, 『인문학연구』 46, 2013.
이봉범, 「전후 문학 장의 재편과 잡지 『문학예술』」, 『상허학보』 20, 2007.
한수영, 「월남작가의 작품세계에 나타난 반공 이데올로기와 1950년대 현실인
        식」, 『역사비평』 1993 여름.
자크 라캉, 안지현 옮김, 「도둑맞은 편지」, 『외국문학』 32, 1992.

■ Abstract

Narratives of Border Crossing and Wandering
— On Kim Yi-suk's 8 years after the Liberation

LEE, JI-eun

Kim Yi-suk began his literary career with the publication of magazine *Dancheung*(One-Storied). After the January-Fourth retreat in the Korean War, he relocated to South Korea and continued his literary activities. Because he was a North Korean refugee, many have assessed that Yi-suk and his work do not have clear identity as either a South or North Korean. This paper seeks to correct this assumption, and show that Kim Yi-suk's literature, which is seen to be marginal and 'lacking' in comparison to the major stream of Korean literature, is in fact his attempt to cling to his own unique identity. To do so, I have focused on analyzing his literary output of 8 years after the liberation from Japan. Kim Yi-suk temporarily ceased his literary activities after 1940, when *Dancheung* was discontinued. It was only after the January-Fourth retreat that he began to write and publish fiction again to join in the wartime literary movement in South. Although his works during wartime do now have great literary merit, they are important in that they allegorize the interiority of a North Korean refugee writer. In his short story 「Aksoo(Handshake)」, there are depictions of the January-Fourth retreat, as well as reconciliation with North Korean writers. In 「Bunbyeol(Differentiation)」, we find a story about a gem that gets 'labeled' as either truth or lie without ever finding out what the truth is. When we read these in the context of a writer who continuously moved back and forth between North and South, we can see that these are allegories of his inner self. Also, in his story 「Whebbulso(Odd-horned Beast/Unicorn)」 and his essay 「Whejjakgoodoo(Odd Shoe)」, he defends things that are 'odd', meaning, things that are not whole. Thus, we can see that Kim Yi-suk's oddness, or his lack, is not his limiation as a writer, but his worth and value he tried to protect.

● **Keywords** : Kim Yi-suk, North Korean refugee, *Dancheung*, Anti-Communism, Wartime literature, 「Bunbyeol」, 「Whebbulso」

임옥인 소설에 나타나는 월남 체험의 서사화와 사랑의 문제

한 경 희*

■ 국문초록

　본고는 임옥인 소설에서 사랑이 혈연/성(性)과 구분되고 있음을 주목하여, 이것이 새로운 공동체 윤리로 확장될 가능성을 지니고 있음을 논증하고자 한다. 혈연을 기반으로 하지 않는 사랑은 혈연을 재생산하기 위해 맺어지는 성관계와도 자연스럽게 분리되어 그 정신적 성격만이 남아 있게 되므로, 어떤 대상이라도 포용할 수 있는 보편성을 지니게 된다. 이는 동일한 혈연을 지니고 있지 않은 타민족에 대해 배타적인 태도를 취함으로

─────────────

* 서울대학교 박사과정

써 자민족의 결속감을 획득하는 민족주의 담론과 상반된다. 이로써 임옥인은 해방기와 전쟁기의 남한 문단에서 유일하게 민족 국가 담론에 포섭되지 않는 여성 작가로 남아 있을 수 있었다.

본고는 임옥인이 해방 전에 발표한 단편 분석을 통해, 임옥인 소설에서 사랑이 어떻게 혈연/성과 분리되고 있는지 살펴본 후, 이것이 임옥인의 1946년 4월 월남 이후 어떻게 해방 정국과의 관련 속에 역사적으로 서사화되고 있는지 보다 구체적으로 파악해보고자 한다. 그리고 이러한 분석을 통해 반공문학의 대명사로 일컬어지는『월남전후』가 남한 사회에서 작가로서 살아가기 위한 이북 출신 작가의 자기 방어와도 같은 작품이었음을 전쟁 전 발표한「이슬과 같이」와「오빠」와의 비교를 통해 밝히고자 한다.

• **주제어**: 임옥인,『월남전후』, 사랑, 월남, 교육.

1. 해방 공간과 여성 문학의 공과(功課)

해방 직후 조선의 문학담론은 국가 건설 방향에 대한 좌우익의 의견차에 따라 양분되어 진행된다. 민족 국가 건설을 목표로 하는 우익 담론, 그리고 인민 국가 건설을 위한 좌익 담론이 그것이다. 그러나 이와 같은 문학 담론은 국가 건설이라는 공론장에 참여할 수 있는 남성 작가들에 의해 주도되었다. 이러한 분위기 속에서 여성 작가들의 젠더적 관점에 기반한 현실 인식은 협소한 문제의식으로 치부되었다.

해방기는 비록 문학 담론의 주도적인 자리에 여성 작가들이 들어설 여지가 없었던 시기였다고 하더라도, 신인 여성 작가들이 대거 등장하여 여성 문학사에 있어 새 국면을 만들어낸 시기이기도 하다. 해방 이전부터 문필 활동을 활발히 전개해오던 최정희, 장덕조, 김말봉 외에도 강신재,

임옥인, 한무숙, 손소희, 윤금숙 등이 해방 이후 등단하거나 본격적으로 작품 활동을 전개하여 여성 문학의 새 시대를 연다.[1] 해방 공간에서 여성 문학은 좌우익으로 양분된 문학 담론에 포섭되지 않고, 자신들만의 시각으로 해방 정국을 해석한다. 이들은 어떠한 이정표도 서 있지 않은 길 위에서 여성이라는 정체성을 가지고 어디로 나아가야 할지 고민한다. 물론 이론 없이 진행되는 그들 고민의 행방이 매끄럽고 세련되게 진행되지는 못했다고 하더라도, 그 고민의 진실함은 더 생생하고 깊게 다가온다.

대체로 해방 공간의 여성 작가들에게 있어 문제적 상황으로 다가온 것은 생경하게만 들리는 이데올로기적 구호가 아니라 눈앞에 마주하고 있는 현실 상황이다. 이때의 현실은 의식주의 터무니없는 부족으로 인해 내일의 생존이 불확실한 오늘이다. 생계를 위협받는 상황에서 남편이라는 존재는 자신의 등에 업혀 살아가는 무능력한 존재, 혹은 공상에 가까운 이상을 추구하느라 가족을 돌보지 않는 자기중심적인 존재로 그려진다. 자신의 생존마저 버거운 상태에서 자식들의 생존까지 혼자 책임져야 하는 여성들은 흔히 미망인으로 그려지거나 남편이 있다고 하더라도 남편을 비롯한 남성들에게 정신적, 신체적 학대를 당하는 여성으로 그려진다.

따라서 해방이 되었다고 그들의 현실이 그 이전과 비교하여 질적으로 크게 달라지는 것은 아니다. 이는 해방기 민중들이 당면한 현실에 대한 연구에서도 드러나는 바이다.[2] 해방 공간이 아무리 정치적 성격이 과잉된 시기였다 하더라도, 그 공간 속에서 영위되는 민중들의 일상 생활은 다른 어느 때보다도 훨씬 식량 문제에 민감하던 시대였다. 해방 직후 해외나

---

1) 해방 이전 등단했으나, 해방 이후에야 본격적인 작품 활동을 한 작가로는 한무숙(1942년 『신시대』에 「灯を持つ女(등불 드는 여인)」을 발표하며 등단)과 임옥인(1939년 「봉선화」를 『문예』에 발표하며 등단)이 있다. 손소희는 1946년 『백민』에 「맥에의 결별」을 발표하며 등단하며 윤금숙은 1946년 『대조』에 작품을 발표하며 등단한다. 그리고 강신재는 1949년 「얼굴」을 『민성』에 발표하며 등단한다.
2) 김영미, 「일상생활로 본 해방공간—저항과 지배의 근원, '쌀'」, 『해방 후 8년간(1945~1953) 한국 문학사의 재조명을 위한 국제 콜로키움』, 서울대학교 국어국문학과, 2014. 11.

이북으로부터 많은 인구가 유입되어 서울의 빈민들이 증가한 상태에서 쌀은 점점 더 구하기 어려워졌기 때문이다. 따라서 민중들에게는 앞으로의 국가가 어떠한 성격을 띠어야 하는지 누가 정치 지도자가 되어야 하는지의 문제란 부차적인 것에 불과했다. 바로 이 시기를 증언하는 작품들을 남긴 작가들이 해방기 여성 작가들이었다. 특히 해방 공간에서 전재민으로 살아본 경험을 가진 이북 출신의 작가 임옥인, 손소희, 윤금숙이 이때의 상황을 핍진하게 묘사하고 있다. 또한 남편의 외도가 주는 괴로움을 잘 알고 있는 이들이었기에 해방 이후 미군이 들어오게 되면서 향락적 분위기가 만연해진 상황을 경계하는 것 역시 여성 작가들의 몫이었다. 그러나 이들은 주거난과 식량난을 비롯한 현실의 고통을 묘사하는 데 그치는 것은 아니다. 이들은 육체적·정신적으로 고통스러운 상황 속에서도 여성이 주체로서 서는 '진실'한 삶의 길은 무엇인지에 대한 고민을 보여주었다.3)

그러나 남성에게 기대지 않고 자기 삶의 주인으로서 주체적인 윤리 의식을 지니고자 했던 여성 작가들의 소설은 한국전쟁을 기점으로 급격히 우익화되는 양상을 보이기 시작한다. 남성들의 문학이 1948년 대한민국 정부 수립 이후로 반공을 외쳤던 것과 다르게, 여성들의 문학은 1950년 6

---

3) 장덕조의 「저희」(『연합신문』, 1949)와 같은 작품에서 이러한 고민을 살펴볼 수 있다. 「저희」의 '나'는 물질적인 욕망을 채우는 자본주의자도 현실과 동떨어진 이상만을 추구하는 냉철한 사회주의자도 될 수 없다. 그러나 '나'에게 자기 삶을 이끌어갈 현실적 지표로 주어진 길은 이 두 가지밖에 없는 상태에 있다. 따라서 '나'는 어디로 가야 옳은지 판단하지 못해 방황하나 결국 '나'는 생계를 위해 어쩔 수 없이 돈을 벌더라도 자신이 여성이라는 것을 이용하여 얻어지는 불로소득만은 탐하지 않겠다는 윤리 의식을 만들어낸다. 이처럼 해방 공간 안에서의 혼란한 상황에도 불구하고 자기 윤리를 만들어나가고자 하는 의지는 윤금숙의 해방기 소설에서도 발견되는 바이다. 윤금숙의 소설 「불행한 사람들」(『백민』, 1950)이 이와 같은 경향을 잘 담아내고 있다. 남편의 폭력에 시달리다 친정 오빠의 집으로 도망쳐온 '나'는 그 집에 식모살이를 하러 드나드는 여성들을 보며 그들이 가난하고 남편으로부터 학대당하는 자기 처지와 결코 다르지 않음에 동병상련을 느낀다. 그러나 '나'는 쫓겨나는 어린 식모에게 "제 양심을" 잃지 않고 "어떻게 하든지 공부"를 하라는 격려를 함으로써 자신 역시 생의 의지를 다진다.

월 한국전쟁 발발을 기점으로 우익화되기 시작한다. 이들은 북한을 '적'으로 상정하고, 설익은 채로 체화한 반공 이데올로기를 소설화하기 시작한다. 장덕조, 최정희, 윤금숙, 한무숙, 김말봉, 손소희 등 대부분의 여성 작가가 그러한 경향을 보여준다. 대체로 이들의 전쟁기 작품 활동은 군국주의 모성에 부합하는 작품을 창작함으로써 이루어진다. 여성으로서의 자신이 조국 수호를 위해 북한이라는 '적'을 격파하기 위해서는 사랑하는 아들 혹은 애인을 기꺼이 희생한다는, 모성애에 기반한 희생정신을 강조하는 작품들이 전쟁기 여성 문학의 주류를 이루게 되는 것이다.4)

이로써 이들이 해방 직후 보여주었던 문제의식은 전쟁이 터지자마자 순식간에 사라진다. 이들은 전쟁이 터짐과 동시에 여성으로서의 자신들의 정체성을 아들을 가진 어머니 혹은 애인을 가진 젊은 여성으로만 치환한다. 즉 전쟁 상황에서 적과 전투를 벌일 수 있는 강한 힘을 가진 남성과의 관계를 통해 자신의 정체성을 수동적으로 정립하는 양상을 보이는 것이다. 이때 이들의 정체성은 아들을 재생산할 수 있는 여성으로 한정될 뿐이다. 이로써 자신이 확신하고 나아가야 할 길을 스스로 찾고자 했던 주체적 태도는 전쟁과 동시에 온데간데 없어지면서 그들이 해방 공간에서 보여주었던 젠더 의식 역시 그 고민의 깊이가 사실상 얼마나 얇았던 것인지를 짐작하게 만든다. 물론 그들이 처해 있었던 제반 상황들(예를 들어, 윤금숙의 남편이 우익 작가였던 김송이고 손소희의 남편이 그 수장 격이었던 김동리였다는 점, 장덕조와 최정희의 경우 부역 작가로서의 고충을

---

4) 여성이 민족 국가의 국민으로 영입되기 위해 희생적인 모성애를 내세우는 전면으로 내세우는 작품으로 다음과 같은 작품이 있다.

김말봉: 「합장」(『신조』, 1951), 「망령」(『문예』, 1952), 「사천이백원」(『협동』, 1953), 「인순이의 일요일」(『학원』, 1953)

손소희: 「결심」(『적화삼삭구인집』, 1951), 「바다 위에서」(『신조』, 1951), 「마선」(『매일신문』, 1953)

윤금숙: 「동창생」(미상, 1952), 「바닷가에서」(미상, 1953), 「아들의 일기」(『희망』, 1953)

장덕조: 「젊은 힘」(『전시문학독본』, 1951), 「어머니」(『전시문학독본』, 1951), 「풍설」(『희망』, 1953), 「선물」(『전선문학』, 1953)

최정희: 「사고뭉치 서억만」(『국방』, 1952), 「유가족」(『코메트』, 1952)

한무숙: 「김일등병」(『신조』, 1951), 「아버지」(『문예』, 1952), 「군복」(미상, 1953)

더 이상 겪지 않기 위한 종군작가단에 소속되었다든가와 같은)을 충분히 참작할 여지가 있다. 그러나 그들은 가부장제를 줄곧 비판해왔음에도 불구하고 '민족국가' 이념이 갖는 기본적인 가부장적 속성을 민감하게 파악하지는 못한다.5) (성관계를 통한) 혈연의 재생산으로 이루어지는 '민족국가'는 가부장제를 확대한 판본과도 같음에도 불구하고, 이들은 전쟁이라는 위급한 상황이 닥침과 동시에 가부장제가 주는 '보호' 속으로 급히 피신하고 있는 것이다.6) 이념 논리에 치우치지 않고서 전쟁과 민족국가에 대해 비판할 수 있는 힘을 여성 문학이 지니고 있었음에도 불구하고 이처럼 이들은 이 가능성을 스스로 사장시켜버린다. 따라서 이들이 해방 이전부터 소설 속에서 줄곧 얘기해왔던 (남성과의) '사랑'은 혈연관계와 성관계를 기반으로 맺어진다는 점에서 배타적 성격을 지닌 것이라고 말할 수 있다. 이러한 사랑의 배타적 성격이 이들이 '민족국가'를 선택할 수 있는 동력으로 작용할 수 있었던 것이다.

임옥인 역시 다른 여성 작가들처럼 '사랑'을 소설 속에서 주요 테마로 얘기한다. 그러나 임옥인은 이들 여성 작가와는 각도가 다른 길을 걸으며, 그 결과 민족 담론을 배경으로 만들어진 '국가'에 포섭되지 않는다. 전쟁이 발발하기 1년 전인 1949년 '대한문화인협회'와 '월남작가클럽'과 같은 반공을 내세우는 단체에 가입한 이력이 있음에도 불구하고, 임옥인은 반공을 서사화하는 작품 창작을 하지 않았음은 물론 전쟁 시기에는 단 한

5) 민족주의는 뚜렷하게 남성간의 연대를 선호한다. 여기서 여성이 민족국가의 일원이 되기 위해서는 반드시 남성과 결혼해야만 한다. 그러나 이때의 결혼은 또 다른 남성을 재생산할 것을 전제함으로써만 가능하다. 만약 여성에게 생식 능력이 없다면, 그 여성은 민족국가에서 국민의 지위를 얻지 못하게 되는 것이다. 이는 남성에 의한 가계계승이 중요시되는 가부장제 문화에 기반해 있다고 할 수 있다(남인숙, 「남북한 사회문화에 내재한 가부장성에 관한 연구」, 『북한연구학회보』 제3집, 1999 참조).

6) 가부장제에서 남성은 여성을 자신의 소유물로 여기는데, 소유의 배타적 측면으로 인해 남성은 자기 소유의 여성을 다른 남성에게 빼앗기지 않기 위해 보호한다. 민족국가 역시 그 민족을 재생산할 수 있는 여성을 민족의 '누이', '어머니'라는 방식으로 다른 민족으로부터 보호한다. 전쟁 때 다른 민족의 여성을 성적으로 착취하는 것이 그 국가를 정복했다는 표지가 되는 것은 바로 이러한 이유 때문이다.

편의 소설도 발표하지 않는 특이한 경력을 보인다. 임옥인이 민족국가 담론에 포섭되지 않을 수 있었던 이유는, 그가 다른 여성 작가와 달리 사랑과 혈연/성을 분리하고 있기 때문이다. 따라서 임옥인에게 있어 혈연은 공동체의 기반이 되지 않는다.

본고에서는 임옥인의 소설 세계 전반에 대해 통시적인 관점으로 살펴보고자 한다. 임옥인의 소설 창작 방법은 대체로 작가의 현실 체험에 기반한 수필적 성격을 강하게 지닌다는 점에서 이러한 관점은 임옥인 소설의 대개를 살피는 데 유효한 방법이 될 수 있을 것으로 예상된다. 현재까지 진행된 임옥인 연구는 전쟁 이후 창작된 『월남전후』(1956)에 국한되어 있거나, 단편들에 비해 작품성이 낮은 『월남전후』 이후 창작된 몇몇 장편에 국한되어 있다. 본고는 임옥인 문학의 본령은 오히려 『월남전후』 이전에 발표된 단편들을 통해서 보다 정확히 파악될 수 있다고 본다. 본고는 앞으로 진행될 임옥인 연구의 예비 고찰로 특히 해방 공간에서의 임옥인의 문학적 위치를 정립하고자 한다.

2. 해방 전 시기(1939~1940): '사랑'과 '아이'의 양립 불가능성

임옥인(1911~1995)은 1931년 3월 영생여고보를 수석으로 졸업 후 모교의 장학생으로 뽑혀 일본 나라여자고등사범학교 문과에 입학하게 된다. 1935년 봄 나라여고사를 졸업한 후 임옥인은 모교인 함흥영생여자고보에서 교편을 잡고 이 시기에 틈틈이 습작 시를 써서 『시원』에 임은옥이라는 필명으로 시를 게재하기도 한다. 하지만 모교에 부임한 지 1년도 되지 않아 폐렴과 결핵으로 학교를 그만두게 된다. 원산에 머물며 결핵요양을 하다가 병에 차도가 있자, 감리교계 미션스쿨인 원산 루씨여고에서 1937년부터 3년간 교사생활을 한다.[7) 그리고 루씨여고 교사로 있던 1939년, 주간 이태준의 추천을 받아 『문장』지에 「봉선화」(1939)를 발표하게 된다. 이때 임옥인의 나이는 29세로 비록 늦은 나이이기는 했으나, 「고영」(1940), 「후처기」(1940), 「전처기」(1941), 「산(産)」(1941)을 『문장』에 발표하며 소설가로서의 본격적인 경력을 쌓기 시작한다.

해방 전 발표한 작품은 5편에 불과하나, 임옥인 문학의 저류를 흐르게 될 주제 의식은 오히려 이 시기에 명확히 드러나 있는 편이다. 임옥인 소설에서는 화자가 여성으로, 이때의 여성들은 순종적이고 얌전한, 보통 '여성성'으로 이해되는 특성의 범주에서 크게 벗어나는 인물들이 아니다. 등단작인 「봉선화」(『문장』, 1939)는 사랑하는 남성과의 결혼을 앞둔 여성의 기대에 찬 심리가 섬세하게 묘사되어 있다. 꽃으로 둘러싸인 담 안에서 어머니와 단둘이 살고 있는 젊고 아름다운 여성은 며칠 뒤 일본에서 귀국할 약혼자를 기다리며 행복에 부풀어 있다. '나'는 전문학교에 진학하고 싶었으나 남편과의 결혼 생활을 위해 학업을 포기하고, 시부모님을 모시며 가사일 하는 삶을 기꺼이 받아들이기로 한다. '산과 같이 든든한' 사랑하는 남성과의 결혼 생활을 삶에 있어서의 가장 큰 행복으로 여기는 이 여성의 심리는 앞으로 전개될 임옥인 소설 속 여성들이 대체로 공유하고 있는 심리이다. 그리고 이러한 '이상'이 순차적으로 깨어져나가는 것이 앞으로 전개될 임옥인 소설의 향방이라고 할 수 있다.

> 그날 저녁밥은 여섯 시 반에 먹었다. 이튿날 아침에 일찍 깰 준비로 저녁도 일찍 먹고 불 켠 채 일찍 자리에 누웠으나 좀처럼 잠이 아니 온다. 벽에 걸린 밀레의 「만종」이 바로 쳐다보인다. 혜경은 그 남자는 웅식이고 그 여자는 혜경 자신이어니 하였다. '그래, 밭을 사서 둘이 김매며 사는 것도 자미있을 게다. 요새 같은 폭서에도 굵은 땀방울을 흘려가며 김을 매고 이따금 그늘에 둘이 앉아서 이야기도 하고, 얼마나 좋을까?' 이런 생각을 하니, 혜경은 자기가 밭에서 풀을 뽑다가 누운 것 같아서 흰 천장이 갑자기 푸른 하늘로 변한다. 그리고 구름발이 피어가는 듯하다. 구수한 흙냄새와 훈훈한 풀냄새가 코에 스며드는 것 같다. 호미 자루를 쥔 웅식이가 짧은 즈봉에 반소매 샤쓰를 입고 혜경의 곁으로 걸어온다. 죠코색으로 탄 얼굴빛이 유난히 건강

---

7) 정재림, 「임옥인의 삶과 문학」, 『임옥인 소설 선집』 해설, 현대문학, 2010 참조.

해 보이고 더 믿음직해 보인다. 혜경은 또 빙그레 웃었다.8)

위의 예문은 「봉선화」의 한 구절로, 혜경이 약혼자 웅식과 해후를 앞둔 밤, 그와의 결혼 생활에 대해 상상하는 장면이다. 임옥인 소설에서 사랑은 부동(不動)하는 크고 넓으며 단단한 것에 대한 선망, 그래서 연약한 자신을 받쳐줄 수 있는 기반에 대한 선망과도 일치한다. 따라서 임옥인 소설에서 사랑은 '땅', '밭', '산', '집'과 같은 부동하는 크고 넓은 공간이나 큰 재산(財産)의 메타포로 나타나게 된다. 부동하는 것에 대한 선망으로서의 사랑은 곧 변치 않는 것에 대한 믿음과도 동일하다고 할 수 있다. 그러나 사람의 마음이란 언제 어떻게 변할지 모르는 움직이는 것이다. 그래서 임옥인 소설에서 사랑에 대한 믿음을 잃지 않기 위해 가장 중요한 덕목으로 떠오르는 것이 바로 '절제'이다. 위의 예문에서 혜경이 상상하는 이상적인 결혼 생활의 모습이 밭에서 근면하게 일하는 농부 부부가 신에게 기도드리는 모습으로 형상화되는 것은 이 같은 이유에서이다. 임옥인 소설에서 '일을 한다는 것'과 '돈을 낭비하지 않는 것'이 중요하게 다루어지는 것 역시 '근면'과 '절약'이 충동을 절제함으로써 가능한 것이기 때문이다. 또한 임옥인 소설에서 사랑이 교육받은 사람에게서만 가능한 것 역시 이와 같은 이유라고 할 수 있다. 지식을 추구한다는 것은 가변적인 물질 세계를 뛰어넘는 어떤 것을 추구하기 위한 행위로 보는 것이다. 그러므로 임옥인 소설에서 사랑의 대립항에는 무지함, 게으름, 술과 담배와 같은 향락의 기호품이 위치 지어진다.

그러나 현실에서 남자의 사랑은 여자의 유동하고 가변적인 색(色)으로 얻어질 뿐이다. 이 지점이 바로 임옥인의 '이상'이 깨어져나가는 첫 번째 부분이라고 할 수 있다. 임옥인 소설의 인물들은 이러한 현실에 대해 자신은 대처에서 교육을 받고, 근면 절약하는 사람이라고 우월감을 느끼는 것으로 남성으로부터 사랑받지 못하는 여성의 열등감과 질투심을 숨기려고 한다. 「후처기」(『문장』, 1940)가 바로 이러한 여성의 심리

---

8) 임옥인, 「봉선화」, 『문장』 제1권 7호, 1939, 106~107쪽.

를 다룬다. 「후처기」의 '나'는 시골 부자 의사의 세 번째 후취로 들어간다. 전문학교 교원인 '나'는 서른 살 먹은 노처녀로, 젊고 세련된 의사였던 애인이 간호사와 바람이 나 '나'를 떠나자 복수심에 시골 부자 의사의 후취로 들어가기로 결심한다. 「후처기」의 '나'를 움직이는 동력은 '나'를 사랑하지 않는 남자들에 대한 복수심과 그 남자의 사랑을 뺏어간 여자에 대한 질투심으로 이루어진다. '나'의 현 남편의 전처는 기생의 딸로 상냥하고 아름다워, 무뚝뚝하고 우직한 시골 촌부에 불과한 남편의 마음을 온통 뺏어갔던 여자였다. 전처가 죽었음에도 불구하고 남편은 전처를 못 잊어, '나'가 집안에서 전처의 흔적을 지우는 것을 매우 못마땅히 여길 뿐 '나'를 사랑으로 아껴주지는 않는다. 남편의 아름다운 전처, 그래서 남편의 사랑을 얻어낼 수 있었던 전처는 '나'와 달리 절약할 줄도, 일할 줄도 모르는 게으른 여자로, 돈을 함부로 낭비하며 자기 치장하는 데만 힘썼던 여자였다. '나'는 '나'와 반대인 이 무식하고 사치스럽고 요염하며 아름다운 여자, 그러나 이미 죽어 없어져 보이지 않는 여자에 대한 질투심으로 '나'는 자신이 생각하는 완벽한 아내의 상인 근면하며 절약하고 그리고 지적인 여성이라는 상―그것이 비록 열등감에 만들어진 허상에 불과한 것이라 할지라도―에 부합하도록 스스로를 엄격히 다그친다.

> 사람을 부리기만 하고 손끝 하나 까딱 않고 놀고먹은 복희모는 남편의 마음을 독점했다. 나는 이 집의 하녀 노릇밖에 더 한 것이 무언가? 그에게서 따뜻한 음성과 시선과, 애정을 느껴본 일이 있는가? 아니다. 한번도 나는 내 마음을 괴롭혀주던 옛사람을 결혼이란 한 직무 속에 매장해버렸지만, 그는 나로 인해 죽은 아내를 더 생각는다지 않는가? 나는 내 고집 때문에 인망이 없고 사람들 앞에서 경원을 당하나 눈코 뜰 새 없이 충실히 일하고 부지런하지 않는가, 내 이 자랑을 왜 몰라주는가?9)

그러나 사랑을 얻기 위한 '나'의 노력은 단지 '나'를 집안의 하녀로 만들고 지나치게 인색하다는 평판만 듣게 만들 뿐이다. 오히려 현실에서 사

---

9) 임옥인, 「후처기」, 『문장』 제2권 9호, 1940, 96~97쪽.

랑은 남편의 전처처럼 절제하지 않고 사람들에게도 인심 혹은 돈을 아낌없이 씀으로써만 얻어진다.

이러한 현실과의 괴리는 '아이'를 둘러싸고 더 이상 합의되지 못할 정도로 벌어진다. 「전처기」(『문장』, 1941)의 '나'는 남편이 아이 낳길 원하자 그와의 사랑은 끝난 것이라고 여기고 그와 이혼하기에 이른다. 임옥인 소설에서 아이는 사랑의 결과물이 아니라 동물적인 종족 번식을 위한 성 충동을 절제하지 못한 결과물로 여겨진다. 따라서 임옥인 소설에서 부부가 서로 사랑하고 있다면 아이가 없으며, 서로 사랑하지 않는다면 아이가 있다. 「전처기」의 '나'는 남편을 여전히 사랑함에도 불구하고 남편은 '나'와의 사랑을 배신하고 아이를 선택했다고 여김으로써, "애기 낳은 여자를 당할 수는 없"다며 결국 남편 곁을 떠나기로 결심한다. '나'는 이러한 결심을 할 수밖에 없었던 것은 교육받은 여성으로서의 자의식 때문이라고 말한다.

> 당신의 힘만으로 당신의 결단만으로 이 불행을 막을 길이 없었단 말씀입니까? 목숨을 걸고 이룬 사랑의 성공이 아니었습니까? 자식이란 그다지도 필요한 것이었습니까? 당신의 늙으신 부모님의 종족번식욕에 그다지 사로잡히잖으면 안 되었습니까? 아내란 자식을 낳는 도구여야 한다는 윤리는 어디서 배웠습니까? 그리고 당신을 남에게 주어버리고 당신의 아내란 간판만을 지킴으로 견디어 나갈 수 있는 저로 아셨습니까?[10]

이처럼 임옥인 소설의 여성 인물들은 '아이'라는 문제에 대해서만큼은 단 한 번의 타협도 보이지 않는다는 데 특이점이 있다. 시집살이의 고된 노동, 그리고 가부장제가 여성에게 부여하는 성 역할은 딱히 불합리하다고 여기지 않음에도 불구하고 「전처기」의 '나'는 아이를 원해 사랑을 버린 남편을 원망하며 "늙으신 부모님의 종족번식욕"에 사로잡히지 않을 수 없었던 것이냐고 남편을 격렬한 어투로 다그치는 것이다. 임옥인의 소설에서 가부장제는 바로 "아내란 자식을 낳는 도구"로 여김으로써 이루어지는

---

10) 임옥인, 「전처기」, 『문장』 제3권 2호, 1941, 89쪽.

것으로 이해되며, 따라서 사랑은 이러한 가부장제 아래에서는 이룰 수 없는 것이 된다. 남편을 떠나온 '나'는 남편의 사랑을 잃은 대신 결혼 패물을 다 팔아 그 돈으로 땅을 산다. 사랑하는 남자와의 이별 후 그 빈자리를 돈이나 땅, 집과 같은 부동산으로 채우는 여자의 모티브는 앞으로도 임옥인 소설에서 지속적으로 반복된다. 그리고 땅을 산 '나'는 교육 사업에 종사하기로 마음먹는다. 이로써 임옥인 소설에서 교육이라는 일, 혹은 배운다는 것 역시 사랑하는 남자가 떠난 빈자리를 채우는 대리물로서 기능하게 된다. 사랑이 빠져나가고 생긴 마음의 공허함과 외로움을 지식으로 채워넣고자 하는 것이다. 「봉선화」에서 고대되던 결혼은 결국 「전처기」에서 아이 낳는 문제로 남편과 헤어지며 끝을 맺는다. 「봉선화」의 '나'가 어머니와 단 둘이 살던 집에서 시집가기만을 기다렸다면 「전처기」의 '나'는 이제 어머니가 돌아가시고 없는 빈집에서 남편에게 "저는 땅과 직업이 있으면 족합니다."라는 말로 이별의 편지를 쓰고 있는 것이다.

3. 1946년 4월 월남 체험의 이중적 서사화 -「이슬과 같이」(1947), 「오빠」(1948) 그리고 『월남전후』(1956)

사랑을 대신해주는 '땅'과 '직업(교육)'에 대한 선망은 임옥인이 1946년 4월 단신으로 월남하면서부터 역사적인 정황과 관련을 맺게 된다. 1941년 일제 말기 조선어말살정책에 의해 『문장』이 폐간되면서 작품 활동을 접은 임옥인은 해방 이후에야 작품 활동을 재개한다. 그러나 임옥인의 작품 활동이 해방 직후부터 재개된 것은 아니다. 임옥인의 작품 활동은 1946년 4월 월남 이후인 1947년 4월에야 재개된다. 해방 직후 임옥인은 혜산진읍에서 오십리 들어간 벽촌 마을에 '대오천가정여학교'를 설립하고 농촌부녀 계몽운동에 전력을 다한다. 일에 대한 임옥인 자신의 열정은 전쟁이 끝나고 몇 년 뒤인 1956년 이 당시의 상황을 소설화한 임옥인의 출세작 『월남전후』(『문학예술』, 1956)에서 자세하게 묘사된다. 수기문학, 르포문학, 자전적 소설로 분류할 수 있을 만큼『월남전후』의 내용은 작가가 해방 직후 북한에서 겪었던 일들과 대부분 일치하는데, 이는 작가의 자서전인『나의 이력서』(1985)의 내용과도 크게 다르지 않다. 그러나 혼신의 정열을 다한 여성문맹퇴치운동은 결국 공산당과의 마찰로 8개월 만에 좌절되고 임옥인은 가족과 헤어져 1946년 4월 단독 월남한다.『월남전후』가 그리고 있는 것은 주인공 '영인'이 월남을 결행하기까지의 과정인 것이다.

그러나『월남전후』만이 작가의 월남 경험을 소설화한 유일한 작품은 아니다. 중장편인『월남전후』(1956)는 잘 알려지지 않았지만 전쟁이 터지기 전 작가가 자신이 월남하게 된 경위를 바탕으로 쓴 두 단편「이슬과 같이」(『부인』, 1947)와「오빠」(『백민』, 1948)를 재조합해서 만들어진 작품이라고 할 수 있을 만큼 서사 구성과 등장 인물 면에서 굉장한 유사점을 보인다. 그러나「이슬과 같이」와「오빠」에서의 월남하게 된 경위와『월남전후』에서 얘기하는 월남하게 된 경위는 상이한 차이점을 보인다.

『월남전후』에서 '영인'은 북한 체제와 생리가 맞지 않음에도 불구하고 북한을 선뜻 떠날 수 없게 만드는 것은 바로 이곳에 자신을 바칠 수 있는 일인 '부녀자계몽운동'이 있기 때문이라고 밝히고 있다. 그러나 결국 '영인'이 월남을 결심하게 된 것은 문화와 예술 그리고 교육의 중요성을 모르는 무지하고 경직된 공산주의자들과의 마찰 때문이라고 설명한다.『월남전후』의 여주인공 '영인'의 월남 이유는 높은 감성과 열린 지성을 갖춘 자신을 '부르주아' 취급하는 무지하고 시골뜨기인 공산주의자들에게 있는 것으로 설정되어 있는 것이다. 반면「오빠」(1948)에서 '연희'의 월남 이유는 '연희'의 내적 심정에 연유한 것으로만 묘사하는 데 그친다.

시 한 구절 변변히 못 쓰는 자기가 그 창피하고 설익은 것을 시라고 떠메고 다니며, 호라를 불어 주는 특수한 인간들과 사회로만 찾아다니며 기뻐하려 하였다. 뿐만 아니라 소설가도 되고 평론가도 되고 심지어는 사교를 편지로 하는 여자가 되었던 것을 낯 뜨겁게 인식하였다.
이미 참을성 없이 가는 석 달도 못 견디고 부녀동맹 간부가 되어 입에 발린 몇 마디 말을 가지고 책상을 두들기며 많은 사람들의 윗자리에서 떠버린 사실에 대하여 점차로 반성하지 않으면 안 되게 되었다.

"너 요새 다니는 데가 어디냐?"

오빠의 눈은 화경같이 번득였다.[11]

소설가로 등단한 경험이 있고 교원 생활을 했던 임옥인은 해방 이후 그 지역 내에서 주요 인사로 추천되어 고향에서 계몽운동 지도자로 활동한 경력이 있다. 이러한 작가의 체험을 소설화한 「오빠」에서 '연희'는 여맹 활동을 통해 부녀자 계몽운동을 하며 일의 보람을 찾기도 했으나, 지도자로 대접받고 그에 맞춰 행세하는 자신에 대해 '허세'와 '위선'을 느꼈음을 반성한다. 그 지도자 무리들과 서로 생리가 맞지 않는 데서 오는 마찰로 임옥인은 '연희'가 월남을 선택했다고 말하고 있는 것이다. 따라서 임옥인의 월남은 공산주의 그 자체에 대한 이데올로기적인 거부감으로 이루어진 것은 아니라고 추측할 수 있다. 또한 『월남전후』가 소련과 공산주의자들에 대해 과장되게 부정적인 입장을 취하고 있는 것과는 달리, 「이슬과 같이」와 「오빠」에서는 소련과 공산주의 그 자체에 대해 부정적인 입장을 취하지 않는다.

8월 13일에 어린 조카아이들 셋을 데리고 이곳서 사백 리 밖 갑산(甲山)에 피란을 갔었다. 해방 직후 불과 17일이 되던 날, 쏘런 정찰기를 일본병이 기관총으로 시꺼러 놓아서 한 시간 이내에 비행기 십여 대를 끌고 와서 역부근을 공폭하여 이 지경이 된 것이다. 곧 다리를 사이에 놓고 역 부근 일대가 결단이 난 것이다. 그리고 우리 친정집은 바로 그 구내였던 것이다. 크고 작은 건물들이 모다 허물어지고 사람과 짐승이 수없이 죽었다.[12]

"해방이 됐다면서 무슨 폭력인가요?"

나는 의아스러워서 중년 남자에게 물었다. 이 일행 중에서는 그가 가장 아는 사람같이 보였던 때문이리라.

"짐작이 안 가십니까?"

---

11) 임옥인, 「오빠」, 『해방기 여성 단편 소설』 2, 역락, 2011, 77~78쪽.
12) 임옥인, 「이슬과 같이」, 『해방기 여성 단편 소설』 2, 역락, 2011, 43쪽.

느린 어조로 중년 남자는 내게 되묻는 것이었다.
"모르겠는걸요. 전쟁중에도 없던 폭격이 무슨 폭격이랍니까?"
"허허…… 그게 전쟁 윤리라는 게죠!"
"전쟁 윤리?"
나는 입 속으로 되뇌었다.
"그래야 발언권이 선다는 거죠!"13)

위의 두 예문은 모두 해방이 된 이튿날인 1945년 8월 17일 소련군이 임옥인의 고향인 함흥 길주에 공습을 가하게 된 계기를 설명하고 있는 부분이다. 첫 번째 예문인 「이슬과 같이」에서는 일본병의 도발로 인해 소련군의 공습이 가해진 것이라고 정황 설명을 하고 있는 반면, 두 번째 예문 『월남전후』에서 그 이유는 종전 직전 연합군에 가입함으로써 부전승한 소련이, 자신들의 국제 외교에 있어서의 발언권이 위축되지 않기 위해 체면치레로 벌인 무작위한 공습이라고 설명하고 있다. 이처럼 『월남전후』에서 소련은 문화와 예술을 모르며, 이유 없이 폭력을 행사하길 즐기는 국가라는 설명으로 일관한다. 공산주의자들에 대한 설명 역시 이러한 틀에서 벗어나지 않는다.

또한 「이슬과 같이」와 「오빠」에서와는 달리 『월남전후』에서는 '영인'이 주체적인 선택에 의해 남한을 '선택'했음을 강조하고자 하는 의도가 곳곳에 포진해있다. 그러나 『월남전후』를 반공주의를 지지하게 된 임옥인이 쓴 소설이라고 얘기할 수 없다. 우선, 『월남전후』 창작 정황상 『월남전후』를 창작하게 된 계기는 체제로부터의 인정에 있었던 것으로 짐작된다. 특히 월남인 임옥인의 이와 같은 작품 창작은 작가로서 남한 사회에 정착하기 위한 필수적인 통과의례였다고 할 수 있다. 1948년부터 1949년 사이 월남 이북인들은 남한 사회의 인정 질서 내에 편입하기 위해서 '월남 작가'라는 정체성을 만들어내기 시작했으며, 이 결과 발족된 단체가 1949년 8월에 설립된 '대한문화인협회'와 1949년 12월에 설립된 '월남 작가 클럽'이다.14) 임옥인은 이 두 단체 모두에서 주요 위원으로 선출된다. 그러나

---

13) 임옥인, 「월남전후」, 『임옥인 소설 선집』, 현대문학, 2010, 29쪽.

1949년에서 1950년 이 당시 발표된 작품들의 면면을 살펴보면, 임옥인은 이 두 단체가 표방하고 있는 '반공문학'과는 전혀 상관없는 작품을 발표하고 있었으며, 오히려 1948년에는 작가의 이데올로기를 문제로 삼을 수도 있을 만한 「오빠」를 발표하기도 한 것이다.

더욱이 전쟁 발발 후 90일 동안 공산치하의 서울에 잔류하고 있었던 임옥인은 작가로서 활동하기 위해서는 반드시 이념 고백을 할 필요가 있었던 것으로 보인다.15) 따라서 『월남전후』에 나오는 작가의 자서전적 소설의 목소리를 작가 그대로의 것으로 신뢰해서 임옥인을 반공주의 기독교인이라는 레테르를 붙일 수는 없다.

특히 「오빠」에서는 공산주의에 대한 임옥인의 생각이 간접적으로 표출되고 있는데, 여기서 공산주의를 곧 해방 이후 소련에 의해 형성된 사회 체제, 그리고 그 체제를 무비판적으로 신봉하는 공산주의와 곧바로 동일시하고 있는 것은 아님을 확인할 수 있다.

> 오빠는 비관 끝에 끊었던 담배를 넌지시 끄내서 붙여 물고 저번에 경찰서에 부뜰려 갔던 이야기를 설명하였다.
> "하필 아모도 없는 날 책을 보다가 호구 조사를 온 왜 순사놈에게 걸리지 않었니?"
> "책을?"
> 연희는 의아한 눈으로 반문하였다.
> "그 왜 있지 않니. 그전에 보던 좌익 서적들. 그 중에서 자본론을 끄내다가 한창 보는데 따악 들켰단 말이다."
> 곁에 사람이 없고 보니 혼자 무심히 쩔쩔매다가 그만 책을 빼앗기고 읠은 날 호출을 받고 갔던 것이라 했다.
> "그래 어떻게 됐수?"

---

14) 권철호, 「해방기 '월남 작가'의 형성 과정」, 『해방 후 8년간(1945~1953) 한국 문학사의 재조명을 위한 국제 콜로키움』, 서울대학교 국어국문학과, 2014. 11. 참고.

15) 1950년 9월 28일 서울 수복 이후 인민군의 점령기간 동안 서울에 남아있던 문인들의 행적을 사법처리 대상으로 심사한 '부역문인 사건'으로 문학인들의 좌·우 이데올로기의 자유로운 선택이 폐쇄되고, 반공 이념을 중심축으로 기울여졌다.

"뭐, 그 자식들은 별 수 있가디? 몽둥바리 앉은뱅이를. 하하! 고작 함구령 이드군."16)

「오빠」에서 '나'의 오빠는 두 다리가 없는 불구의 몸을 지닌 사람이다. 임옥인의 소설에서 가족을 버리고 혼자 월남했다는 죄책감은 '두 다리가 없어 이동하지 못하는 오빠'라는 인물로 형상화되는데, 「오빠」가 이를 단적으로 보여주는 단편인 것이다. 「오빠」에서 '오빠'는 두 다리가 없음에도 불구하고 지적인 욕구가 강한 사람으로 그려진다. 오빠가 『자본론』을 읽는 것은 오빠가 공산주의자여서가 아니라, 공부의 차원에서 진행되며 '연희'는 이러한 오빠에게 외경을 느낀다. 그러나 『자본론』을 읽다가 일본 순사에게 잡혀간 「오빠」의 일화는 『월남전후』에서 서양의 대문호들의 전집으로 책 이름이 바뀐다. 「오빠」의 '나' 역시도 공산주의라는 것에 거부감이 없는 인물이라는 사실이 다음과 같은 예문에서도 드러난다.

> "형님, 나두 전에 꼭 그런 생각으로 살아왔어요. 해도 그런 생각으루 사는 동안은 꼭 그렇게밖에 더 살 수가 없었어요. 어째 새로운 일을 해 볼라면 자꾸 허위, 가식, 그러구 한편에서는 지저분한 소문이나 나구. 전에 부부 생활이란 것이 통 그렇게 허술하게 세간을 건사하다가 만 것 같아요. 그래서 난 요즘 여러 가지로 생각을 달리하게 됐어요. 그 공산주의라는 것도 여기 모양으로 분주한 세상에서보다 여기서 밤낮 원수처럼 멸시하고 저주하고 원망하고 그러는 다른 고장엘 가서 차라리 배와 볼까 해요."
> 올케가 견디다 견디다 먼저 잠드러 버린 것은 서운하기보다 다행하였다.
> 오빠도 낮에 일을 해서 그런지 그 애처로운 얼골을 약간 찡그리고 코를 골며 깊이 잠드렀다. 그러나 그 얼골엔 평화가 깃드렀다.
> 연희도 한 잠 드렀다가 깨이는 대로 아모런 차림도 없는 채 마을 나려가는 때와 다름없이 출발하여 서울로 가리라 했다.17)

'나'는 올케에게 월남하겠다는 의사를 밝힌 후, 공산주의라는 것도 공산주의를 혐오하는 곳에서 배워보고 싶다고 말한다. 공산주의가 잘못되었

---

16) 임옥인, 「오빠」, 『해방기 여성 단편 소설』 2, 역락, 2011, 75쪽.
17) 위의 글, 81~82쪽.

으므로, 월남하겠다는 결심을 하지는 않은 것이다. 이러한 정황을 종합해 봤을 때, 『월남전후』라는 작품이 탄생하게 된 것은 전쟁 이후 급격히 우익화된 문단 체제의 압력 때문인 것으로 작가가 공산주의에 대한 거부감과 같은 이데올로기적인 연유로 인해 월남을 선택한 것이 아니었다는 사실을 추측해볼 수 있다. 자신의 월남을 당대 지배적인 이데올로기에 거스르지 않게 합리화하여 그 경험을 서사적으로 재구조화하기 시작한 게 『월남전후』인 것이다. 더욱이 전쟁 발발 전 '대한문화인협회'와 '월남문인클럽'의 주요 멤버로 꼽힌 임옥인에게 있어 「이슬과 같이」와 「오빠」와 같은 작품은 잘못하면 그의 작품 생명을 끊기게 만들 수도 있는 위험성을 지닌 작품이라고도 할 수 있다. 따라서 전쟁 후 임옥인에게 있어 당대 문단 상황에 적응하기 위해서는 전쟁 전에 발표한 이 두 작품을 어떤 식으로든 새롭게 포장할 필요가 있었을 것으로 보인다. 그리고 이 시도는 매우 성공적으로 이루어져, 『월남전후』는 드디어 임옥인을 남한의 작가로서 출세시키기에 이른다. 『월남전후』는 1959년에는 KBS를 통해 대일 낭독되었으며, 그 속편은 대북 낭독되기도 했다.

4. 월남의 이유, 배움으로 위장되는 사랑에 대한 기대

그러나 『월남전후』에서도, 그리고 「오빠」와 「이슬과 같이」에서도 임옥인이 왜 굳이 '남한'을 선택했는지에 대한 이유는 언급되지 않는다. 『월남전후』에서마저도 남한의 구체적 상은 한 번도 그려지지 않는다. 그 흔한 '자유'라는 말조차 남한을 수식하는 형용하는 수식어로 한 번도 쓰이지 않는 것이다. 『월남전후』에서뿐만 아니라 「이슬과 같이」와 「오빠」에서도 이북을 떠나고자 하는 '나'의 심리는 한 번도 명쾌하게 설명되지 않는다. 작가의 자서전에서도 사정은 마찬가지이다. 단지 「오빠」와 『월남전후』에서 북에서는 찾을 수 없는 '배움' 혹은 '문화'에 대한 기대로 서울로 가고자 한다고 한 번씩 언급될 뿐이다. '나'가 집안의 실질적인 가장인 상황에서 홀로 된 어머니와 불구인 오빠 그리고 가난한 올케와 아기는 조카들을 놔두고 홀로 월남했어야 했던 진짜 이유에 대해서 작가는 정작 입을 굳게 다물고 있는 것이다.

월남을 결행한 이유는 해방기에 발표된 다른 단편들을 종합해서 분석해볼 때 비로소 그 면모가 떠오른다. 작가가 월남을 결심하게 된 것은 고향이 더 이상 사랑을 기대할 수 없는 불모의 땅이 되었기 때문이다. 앞 절에서 살펴보았듯이, 임옥인에게 있어 지식을 쌓는다는 것은 사랑의 조건을 갖추는 것과도 같은데, 배움을 찾아 남으로 가겠다는 말은 곧 자신의 빈 마음을 채워줄 사랑을 찾아 남으로 가겠다는 말의 전치와 같다. 공산당과의 마찰로 이북에서의 교육 사업이 좌절된 이상, 임옥인에게 고향은 사랑을 대신해줄 만한 그 어떤 것도 없는 불모의 땅이 되어버린다. 이러한 작가의 무의식은 「이슬과 같이」와 「오빠」에서도 그리고 『월남전후』에서는 더더욱 깊게 은폐되어 있다. 그러나 『월남전후』에서마저도 사랑을 향한 작가의 무의식을 살펴볼 수 있는 단서가 출현한다. 북한에서 골수 공산주의자로 추앙되는 사람임에도 불구하고, 영인은 권덕화 여사를 인정한다. 그 이유에 대해 영인은 권덕화 여사에게서는 다른 공산주의자와 달리 인간미를 찾을 수 있기 때문이라고 얘기하고 있는데, 이때의 인간미는 권덕화 여사가 사랑이 어떠한 것인지를 안다는 데서 비롯된다. 영인은 사랑이 무엇인지 아는 권덕화 여사가 있기에 안심하고 북한에서 자신이 맡아왔던 교육 사업을 그녀에게 맡기고 남한으로 사랑을 찾아 내려갈 결심을 하는 것이다.

그러나 정작 월남 이후 쓰여진 임옥인 소설에서 사랑의 대상으로서 고대하던 미래의 남편은 이미 죽고 없어진 남편으로 바뀐다. 「이슬과 같이」에서 '나'의 지극한 사랑의 대상이었던 남편은 이미 죽고 없는 사람으로 '나'는 그의 무덤가에만 찾아가 볼 수 있을 뿐이다. 남편과의 사이에서 아이가 없던 '나'는 오빠와 올케에게서 난 딸아이를 자신의 아이 삼아 대신 받아 기르는 것으로 이곳에 남아 있고자 하나, 아이 역시 태어난 지 열흘

만에 죽게 된다. 이처럼 임옥인 소설에서 고향은 사랑의 대상이 죽고 없어진 공간으로 묘사되기 시작하며, 「십릿길」(『소년』, 1949), 「샘물」(『중학생』, 1949), 「작약」(『대조』, 1949)과 같은 소설에서 한 소녀를 좋아했던 고향 마을의 병약한 소년의 죽음이라는 모티브로 계속해서 변주된다.

> 해룡의 무덤이 잇는 언덕은 유난히 휑뎅그레해 보였다.
> 을순은 그렇게 무섭던 노할아버지도 용돈까지 내 주며,
> "방학엔 모두들 내려오너라."
> 하고 목메어 하던 모양이 가슴 아팠다.
> "고향, 고향"
> 을순은 멀어져 가는 고향의 하늘과 땅을 향해 뒷걸음질칠 것 같은데, 어머니와 오빠와 새 학교 생각을 하면,
> "어서 어서……"
> 하고 여덟 시간만이면 간다는 H읍의 보지 못한 모양을 '얼마나 큰 읍일까?'
> 하고 궁리하다고 보따리를 베구 어느 겨를에 잠이 솔ㅡ히 들어버렸다.18)

　　1949년에 발표된 「십릿길」에서 고향은 병약했지만 '나'를 보호해주던 오빠인 해룡이 죽어 "해룡의 무덤"만이 남아 있는 곳으로 그려진다. 해룡이 없는 고향, 사랑이 없는 고향에 더 이상 '나'는 남아 있을 이유가 없다. 고향은 '나'의 배움에 대한 열정을 막는 증조할아버지와 할머니만이 있을 뿐이다. '나'는 '남쪽에 있다는 H읍으로 큰 배움을 하기 위해 홀로 떠난다. 다시 말해 '나'는 이곳에는 없는 사랑을 해룡이 죽어 비어버린 '나'의 가슴을 대신 채워줄 배움을 그곳에서 기대하며 가족을 버리고 떠나는 것이다.

　　고향인 이북이 사랑 없는 곳이 되었다면, 그 반대편인 이남은 사랑이 있는 곳으로 기대된다. 삼팔선에 의해 가로막히지만 않았다면, 그 반대편의 공간으로 상정되지도 않았을 이남이지만 삼팔선이 생겨남으로 인해 그 선을 넘으면 다른 세계가 있다는 기대가 부여될 수 있었던 것이다. 사랑

---

18) 임옥인, 「십릿길」, 『해방기 여성 단편 소설』 2, 97쪽.

이 있을 거라 기대되는 공간을 향해 가족을 버리고 떠나려는 마음은 위에서처럼 '나'를 "가슴 아"프게도 하지만, 그보다 더 큰 사랑에 대한 선망으로 인해 발걸음을 뒤로 돌릴 수 없게 만든다. 따라서 가족을 버리고 사랑을 찾아 월남했다는 죄책감이라는 감정이 새롭게 생겨나게 된다. 그러나 월남해 온 서울마저도 사실상 사랑 없는 불모의 땅이기는 매한가지인 곳이라는 점 역시 심적 고통을 거세게 만든다. 1946년 월남 이후 삼팔선을 넘나드는 것이 거의 목숨을 건 일이 됨에 따라, 한번 월남한 이상 고향은 더 이상 갈 수 없는 곳이 되어버리고 만 것 역시 심적인 부채감을 크게 한 요인이 된다. 따라서 (사랑을 찾아) 가족을 버리고 혼자 월남했다는 죄책감, 그렇게 월남해 온 서울에 대한 실망감, 그러나 삼팔선에 막혀 더 이상 고향으로 돌아갈 수 없다는 절망감이 임옥인의 소설에서 그리는 해방기 서울의 심적 풍경이 된다.

단신으로 월남한 임옥인의 생활은 평탄할 수 없었다. 그러나 임옥인은 창덕여자고등학교 교사, 미국공보원 번역관, 잡지 편집장 등을 전전한다. 소설에서 월남한 전재민으로 살아야 하는 설움은 서울에서 집을 구하지 못하는 설움으로 주로 형상화된다. 또한 더 이상 갈 수 없는 고향은 '어머니'가 있는 곳으로 치환된다. 「약속」(『백민』, 1947)에서 '나'는 삼팔선을 넘나드는 중개인에게 고향 집에 가서 옷을 가져와줄 것과 어머니를 모셔와줄 것을 부탁하나 이루어지지 않으며, 「서울역」(『민주경찰』, 1949)에서 '나'는 가족에게 일주일만 다녀온다고 이남에 내려왔으나 삼팔선에 가로막혀 삼 년째 고향으로 다시 못 돌아가고 있는 상황이다.

> "굶어 돌아가셨지요. 굶어서, 굶어서……"
> 큰소리를 지르면서 떡이니 빵이니 사탕이니 과일이니 그리고 김이 물씬 물씬 나는 밥과 국을 끓여 놓고 파는 앞을 허둥거리며,
> "어머니는 굶어서 앓다가 굶어서 돌아가셨죠"
> 하고 벌서 꽤 많이 걸어가 가로수 밑에 서서 서울역 쪽으로 길을 가로 건느랴는 아저씨한테 쫓아가서 어깨를 붙잡고 되는 대로 흔들고 막 꼬집어 떼듯 했다.19)

위의 「서울역」의 예문에서처럼 혼자 월남했다는 죄책감은 이북에서 굶어죽은 어머니의 형상으로 나타난다. 그러나 '나'는 혼자 월남했다는 죄책감으로 괴로워하기만 할 뿐 그 어떤 소설에서도 실제로 다시 고향으로 돌아가려는 모습을 보이지는 않는다. 그곳은 이미 '나'에게 사랑 없는 불모의 땅이기 때문이다. 그러나 떠나온 서울에서도 그 사정은 여의치 않다. 「서울역」의 '나'는 출근하는 만원 버스에 몸을 싣고 생계를 위해 전투적으로 살아가지 않아서는 안 된다. 「서울역」의 담배 팔이 고아 여자아이가 담배를 도둑 맞아, 아이의 울음이라고 상상할 수 없을 정도의 원통한 울음을 터뜨리는 장면은 사실상 서울에서 혼자 살아가야 하는 '나'의 울고 싶은 심정과도 같다. 따라서 임옥인 소설의 '나'들은 꿈에서나 존재할 법한 새로운 고향을 상상한다.

「여인행로」(『주간서울』, 1949)에서 '나'는 식물학자인 사랑하는 남편과 함께 도시의 삶으로부터 벗어나 외부와 고립된 바닷가에 집을 짓고 둘만의 생활을 즐긴다. 비록 "국토가 안전치 못한 슬픔, 큰 슬픔"이 있으나, 그러한 위험으로부터 '나'만은 벗어나 있다. 그러나 이러한 행복이 급격한 화면 전환을 연상시키는 마지막 장면에서 마치 몽상이 깨지듯 깨어져 나간다.

> 그것이 바로 삼 년 전 일이엇다. 해방 직전의 일이었다.
> 세 살 먹은 봉아를 얻고 사울역에서 "담배 사셔요, 담배……" 하고 땀 배인 베적삼에 수건을 들고 외치는 젊은 아낙이 "아아니 웬일야? 웬……." 자동차에서 내려 홈으로 들어가던 수연에게 들킨 것이었다.
> "저이가 서방님이야?
> 은경은 수연이와 함께 탔던 건강해 보이는 신사의 뒷모양을 힐끔 바라보며 쓸쓸하게 웃었다.
> "우린 지금 인천 가는 길야. 한데 어떻게 지내. 끔찍해라……"
> 수연은 침이 뜬 봉아의 뺨을 쓰다듬었다.
> 남편이 공무를 띠고 삼팔선을 넘다가 총살당한 후 그는 처음이자 마지막인 애기엄마가 된 것이다.[20]

---

19) 임옥인, 「서울역」, 『해방기 여성 단편 소설』 2, 역락, 2011, 103쪽.

행복하기만 했던 한 여인의 해방 전 행로(行路)는 해방과 함께 급하게 각도를 틀며 뒤틀리기 시작한 것이다. '나'를 사랑해주던 남편은 "공무를 띠고 삼팔선을 넘다가 총살"당하고, '나'는 그가 남긴 유복자 딸을 혼자 키우고 있을 뿐이다. 그러나 바닷가에서 남편과 둘만의 행복한 시절을 보낼 때, '나'의 행복을 부러워하며 '나'에게 비치 드레스를 보내줬던 친구 수연은 '나'와 달리 건강하고 든든한 남편과 함께 있다. 옛날과 달리 "땀 배인 베적삼"을 입고 담배를 팔고 있는 '나'의 심리의 저층에는 자동차에서 내리는 수연에게서 느끼는 열등감과 남편을 빼앗겼다는 질투심이 있다. 「여인행로」는 자신의 행복을 깨버린 이 모든 불행을 해방과 삼팔선으로 돌린다. 해방과 삼팔선은 오직 '아이'라는 내 등 위에 무거운 짐을 지었을 뿐이다.

5. 적에게로 확대되는 사랑

그러나 임옥인의 소설에서 사랑이 아이와 대립된다는 사실, 그리고 '나'가 낳은 아이가 애정의 대상은 될지라도 사랑의 대상이 되지는 않는다는 사실은 새로운 공동체 윤리의 가능성을 열어준다. 비록 임옥인의 소설에서 이 새로운 공동체의 범위가 가족 이상으로 확대되는 면모를 구체적으로 보여주지 못한다는 점에서 아쉬움을 남기지만, 이러한 면모로 인해 임옥인은 민족국가 담론에 포섭되지 않는 극소수에 불과한 남한의 여성 작가로 남아 있을 수 있게 된다.

「무(無)에의 호소」(『문예』, 1949)가 이러한 경향을 여실히 드러낸다. 철순은 젊은 시절 부잣집에 시집간 여성이지만, 남편은 철순에게 단 한 번도 애정을 주지 않았으며 기생과의 외도만으로 철순과의 결혼 생활을 채워나갔다. 임옥인 소설 문법에 따라 부부 사이에 애정이 없었으므로, 철순

---

20) 임옥인, 「여인행로」, 『해방기 여성 단편 소설』 2, 역락, 2011, 200쪽.

과 남편 사이에는 아이가 생긴다. 그러나 아이가 생기자 남편도 얼마 안 있어 세상을 뜬다. 임옥인 소설에서 아이와 남편은 양립불가능하기 때문이다. 대신 남편이 죽고 없는 빈자리를 재산이 뒤따라와 채운다. 애 딸린 미망인인 철순은 월남 후 운이 좋아 일본 적산 가옥을 싼 값으로 사들일 수 있었는데, 해방기의 주거난과 겹쳐 하숙으로 돈을 벌게 된 것이다. 이재(理財)에 밝은 철순은 재산을 자신의 친정 식구들에게 빼앗길까 봐 두려워 재산을 축낼 염려가 없는 70세 노인에게 다시 시집을 간다. 그러나 남편을 사랑하지 않는 철순은 이 노인을 위해 자신의 재산을 결코 헐지 않는다. 치아가 부실한 남편을 위해 부드러운 계란 반찬 하나 장만하지 않고, 씹기는 불편하지만 값이 싼 거친 반찬들만 만들어 내놓는 것이다. 그러나 남편이 자신의 딸 영주에게 보여주는 사랑은 철순의 남편에 대한 불신의 감정을 녹이기 시작한다.

> 철순이 모르게 노인은 영주에게 용돈을 잘 주는 모양이었다.
> "계집앨 버린대두 그래요."
> "압따, 내게 웬 돈 있어? 언제 내가 영줄 돈을 줬남?"
> 노인은 늘 그렇게 변명하는 것이었다.
> 밥상에 마조 앉으면 영주는,
> "엄만 왜 만문한 반찬을 안 해 놓수? 아버지 잘 못 씹으시는 줄 아시면서……"
> "계집애두, 너나 척척 돈을 벌어 드려 놓렴. 웬 돈으루 이것저것 해 놓는단 말야?"
> 영주는 계란 같은 점심 반찬은 장아찌 같은 것으로 바꿔 놓고 어머니 몰래 노인의 입에 쓸어 넣고 학교에 가는 때가 잇었다.[21]

이제까지 임옥인의 소설 속에서 남편들이 보여왔던 자기 아이에 대한 집착을 「무에의 호소」의 남편에게서는 찾을 수가 없다. 이는 남편이 더 이상 아이를 생산할 수 없는 늙은 노인으로 설정되어 있는 이유이기도 하다. 남편은 영주가 의붓딸임에도 상관없이 자기를 따르는 영주를 진심으

---

21) 임옥인, 「무에의 호소」, 『해방기 여성 단편 소설』 2, 역락, 2011, 132~133쪽.

로 위한다. "그저 영주라문 입안의 것두 빼 먹이"는 철순의 남편은 자기 친자식들보다도 의붓딸인 영주를 더 위하고 아껴준다. 영주 역시 친아버지가 아님에도 불구하고 새아버지인 노인을 진심으로 위하고 사랑한다. 철순은 영주가 아프자 병간호를 도맡아 밤낮으로 영주를 돌보는 남편을 보며 "노인을 두고도 피를 이기는 인정을 수긍하지 않을 수 없었다"고 말한다. 이 일을 계기로 철순은 드디어 남편에게 자신의 재산을 쓰기 시작한다. 도시를 떠난 바닷가 마을에 갈 수 있었던 것은 오직 사랑하는 두 부부만이 가능했으나, 「무에의 호소」에서는 처음으로 세 식구가 마음껏 돈을 소비할 준비를 한 채 나란히 바닷가로 향하는 기차에 오르는 것이다. 이로써 임옥인 소설에서 부부와 아이로 이루어진 가족이 처음으로 탄생하게 된다.

임옥인 소설에서 사랑이 혈연/성을 기반으로 하고 있다면 그것은 진정한 사랑으로 볼 수 없는 것으로 여겨지는 것은, 오직 사랑은 아무런 신뢰의 담보가 없는 완전한 타인과의 사이에서만 이루어질 수 있는 것으로 보기 때문이다. 따라서 임옥인 소설에서는 완전한 타자(他者)만이 사랑의 대상이 될 수 있으며, 타자만을 향한 사랑이 진정한 사랑이라고 말한다. 이러한 사랑은 따라서 보편적 성격을 지닐 수 있다. 민족이 다르고, 이데올로기가 다른 사이에서도 사랑은 이루어지며, 오히려 이러한 다름이 사랑의 전제 조건이 되기도 한다. 이로 인해 적으로 상정되는 어떤 대상에게마저도 사랑은 베풀어질 수 있다.

적마저 껴안을 수 있는 사랑은 반공 소설의 대명사로 알려진 『월남전후』에서도 찾을 수 있는 바이다. 『월남전후』에서 '영인'은 일본의 패전으로 인해 본국으로 돌아가는 일본인들의 누추한 모습을 보며 그들을 동정한다. 그들이 열차의 짐칸에 앉아 똥 위에서 밥을 허겁지겁 먹고 있는 모습은 영인에게 동정을 불러일으킨다. 또한 '영인'은 여맹 활동을 하면서도 좌파 사회주의자들이 일제 앞잡이들을 고문하는 모습에 분개한다. 일제의 앞잡이들에게마저도 동정심을 보이는 영인은 그들을 비롯한 일본 패잔병들에게도 식사 대접을 하며, 영인의 이러한 모습이 바로 공산당과의 마찰을 빚는 요소로 작용한다. 『월남전후』를 민족 국가 담론에 부합하는 반공 소설로 취급할 수 없는 이유가 여기에 있다. 반공 소설은 적으로 상정하고 있는 대상이 없으면 결코 쓰일 수 없기 때문이다. 임옥인은 이처럼 적마저 포용할 수 있는 보편적 사랑을 지향함으로써 진정한 기독교인으로서의 면모를 보여준다. 그리고 바로 이 지점이 반공주의와 민족국가 담론에 부합한 월남 문학인들의 기독교 소설들과는 차별되는 지점이 된다. 임옥인의 기독교인으로서의 면모는 흔히 얘기하는 것처럼 전후에 쓰여진 기독교 교리에 입각한 교훈 소설에서 확인되는 것이 아니라, 사랑이 적으로 상정되는 대상으로까지 확대되어가는 과정을 통해서 비로소 확인되는 것이다.

6. 결론: 전쟁 이후 임옥인 문학의 동향

임옥인은 1949년에 만난 『소년』의 편집주간 방기환과 함께 전쟁 동안 대구에서 피난 생활을 하며 1953년 환도 직후 혼인신고를 한다. 믿고 의지할 만한 남편을 찾기 위한 여정과도 같았던 전쟁 전 임옥인 소설의 향방은 이로써 끝을 낸다. 그러나 방기환과의 결혼 생활 역시 방기환의 경제적 작가적 무능력과 음주벽, 소비벽 등으로 인해 원활하게 유지되지 못한다. 결혼 당시 임옥인의 나이는 43세로, 이 시기부터 임옥인은 단편보다는 장편 창작에 주력하기 시작한다. 임옥인의 전후 소설에는 사랑과 배움에 대한 기대는 사라지고 결혼 생활에 대한 실망감 혹은 남성에 대한 실망감이 그대로 반영된다. 「구혼」(『신천지』, 1954)에서 맹인인 '나'는 믿고 의지할 만한 대상으로 남편을 찾는 것이 부질없는 일임을 말하며, 이성과의 사랑 대신 주를 향한 믿음만을 더욱 공고히 하기 위해 젊은 남성의 구혼을 결연히 뿌리친다.

그러나 임옥인은 전쟁 전 단편에서 보여주었던 섬세하고 다층적인 여성의 심리들의 면면을 장편에서는 그다지 성공적으로 그려내지 못해, 기독교적 교훈주의에 함몰되었다는 비판의 여지를 만들어낸다. 그러나 『월남전후』처럼 체제에 부합하기 위해 창작해내는 작품은 더 이상 만들어지지 않으며, 작가가 『월남전후』를 삼부작으로 만들기 위해 계획했던 「환도전후」, 「해방전후」 역시 씌어지지 않는다. 오히려 작가는 국가와 민족에 대한 생각을 다음과 같이 인물의 입을 빌려 얘기하기도 한다. 「현실도피」(1966)의 '추희'는 "국가니 민족이니를 쳐들면서 부르짖"으며 기도하는 사람들을 이해할 수 없어 그들을 망연히 쳐다보고 있는 것이다.

임옥인의 전후 소설은 그동안 임옥인 소설의 동력이 되었던 사랑에 대한 기대를 잃어버리게 되자 공허한 허탈감만이 감돌게 된다. 이로써 임옥인 문학의 한계점을 보여준다. 그러나 결국 현실의 권력을 추수하는 모습을 보여준 다른 해방기 여성 작가들과는 달리 자신이 이상으로 삼은 것에 대한 믿음만을 조용히 지켜나갔다는 점에서 한국 여성 문학의 깊이를 한층 더한 작가로서 평가할 수 있을 것이다.

■ 참고문헌

1. 단행본

구명숙·이병순·김진희·엄미옥, 『해방기 여성 단편 소설』(Ⅰ,Ⅱ), 역락, 2011.

구명숙, 『한국전쟁기 여성문학 자료집』, 역락, 2012.

2. 논문

권철호, 「해방기 '월남 작가의 형성 과정」, 『해방 후 8년간(1945~1953) 한국 문학사의 재조명을 위한 국제 콜로키움』, 서울대학교 국어국문학과, 2014. 11.

김영미, 「일상생활로 본 해방공간―저항과 지배의 근원, '쌀」, 『해방 후 8년 간(1945~1953) 한국 문학사의 재조명을 위한 국제 콜로키움』, 서울 대학교 국어국문학과, 2014. 11.

남인숙, 「남북한 사회문화에 내재한 가부장성에 관한 연구」, 『북한연구학회 보』 제3집, 1999.

박정애, 「전후 여성 작가의 창작 환경과 창작 행위에 관한 자의식 연구」, 『아 시아여성연구』 제41집, 2002.

송인화, 「기획주제: 인문학적 상상력과 서사전략; 1950년대 지식인 여성의 교 육과 기독교―임옥인의 『들에 핀 백합화를 보아라』를 중심으로」, 『한 국문예비평연구』 제36호, 2011.

_____, 「프로테스탄티즘 윤리와 질병의 수사학: 임옥인의 『힘의 서정』 연구」, 『비평문학』 제38호, 2010.

서정자, 「자기의 서사화와 진정성의 문제: 임옥인의 「일상의 모험」을 중심으 로」, 『세계한국어문학』 제2호, 2009.

전정연, 「임옥인 소설과 페미니즘」, 『숙명어문논집』 제3호, 2000.

정재림, 「타자에 대한 사랑과 윤리적 주체의 가능성: 전영택과 임옥인의 소 설을 중심으로」, 『신앙과학문』 제16호, 2011.

_____, 「임옥인의 삶과 문학」, 『임옥인 소설 선집』 해설, 현대문학, 2010.

정현백, 「민족주의와 페미니즘: 비교사적 고찰을 중심으로」, 『페미니즘 연구』 제1집, 2001.

■ Abstract

Themes of Narrative Experience of *Wolnam* and Love Problems in the Works of Lim Ok In

Han, Kyung-hee

In the Lim Ok In's novels, the love is separated from blood and sex relations. This unique love has the possibility to extend to new ethics of social community. The love which is not based on the blood ties is naturally separated from the sexual relation which aims to reproduce the blood ties. Thus in the love only mental quality is left, and that universality is applicable to all human beings. With this Lim Ok In could be left only one woman writer who was not taken into the national state discourses in 1950s.

After Lim Ok In's defect to south in April 1946, the love is given to body by historic situations like the emancipation in August 1945 and the war in June 1950. That means actually 『Around my defect to South』 known to representative anticommunism literature is for self-defense, for the writer from the north Korea who had to live in south Korea after korean war.

• Keywords : Lim Ok In, 『Around my defect to South』, love, defect to south, education

지하련의 해방 전후

나 보 령*

■ 국문초록

이 글에서는 해방 직후 가장 적극적으로 활동한 여성 작가인 동시에, 월북을 택한 지하련의 문학을 통해 해방기 여성문학의 한 단면을 살펴보았다. 구체적으로 그의 유일한 창작집 『도정』 및 여타 수필들을 대상으로 해방이라는 사건을 수용하며 그의 문학이 보여주는 연속과 변화, 나아가 월북이라는 향방을 둘러싼 그의 내면 풍경을 살펴보는 데 주력하였다. 특히 식민지 시기 소설들에서 보여주었던 문제의식의 연속선상에 있는 「도정」을 중심으로 그 문학적 성취가 해방 이후 변질, 후퇴하는 측면을 비판적으로 접근해보고자 했다.

해방 이전 창작된 지하련 소설의 가장 큰 특징은 여성의 시각에서 일제 말기 전향자의 형상을 포착하고 있다는 것이다. 이는 카프와 근거리에

---

* 서울대학교 박사과정

있던 남성 작가들이 전향의 문제를 다루는 방식과 달리, '누이'라는 위치에서 제3의 시선을 획득할 수 있었던 지하련 문학의 특별한 지점이라고 할 수 있다. 이 소설들은 전향자로 낙인 찍힌 남성 지식인들 못지않은, 아니 그보다 더욱 준열한 지점으로까지 파고드는 깊이와 비판적 시선을 확보하고 있는데, 이는 여성 작가로서 그가 창작의 출발점에서부터 견지해오던 문제의식—남성 지식인의 허위문제—과 함께, 실제 사회주의 사상운동에 관여하였던 오빠들의 누이이자, 과거 카프의 수장이었으며 훗날 카프 해산계를 제출하며 전향한 임화의 아내라는 독특한 위치에 놓인다는 사실로부터 기인하고 있음을 확인하였다.

해방 이후 창작된 「도정」은 이처럼 식민지 시기 지하련 소설에 등장하였던 전향자 남성 인물이 해방과 함께 당이 재건되고 합법화되는 과정에서 겪는 본격적인 갈등을 그리고 있다는 점에서 흥미롭다. 당과 당원으로서의 자신을 부정하며 일제 말기를 견뎌온 전향자는 해방과 함께 재건된 당 앞에서 또 한 번의 입당을 고민해야만 하는 처지에 놓인다. 그러나 이 소설에서 그 같은 주인공의 갈등과 자기비판은 해방 이전과 달리 손쉽게 봉합되어버리고, 다만 자신의 소시민성을 비판하는 문제로 귀착되고 만다. 이러한 「도정」의 서사는 흡사 1920년대 프롤레타리아 소설의 익숙한 서사 구조가 복귀하는 듯하다. 해방과 함께 새롭게 열린 새로운 시공간 속에서 식민지 시기 지속해오던 고민이 재빨리 봉합되고, 주인공이 이데올로그로 변신하는 과정, 일제 말기 대일협력을 하지 않았음에도 해방 후 정치담론에 쉽게 휩쓸려 들어가는 하나의 특별한 사례를 지하련 문학으로부터 확인할 수 있다.

• **주제어:** 해방기 여성문학, 전향, 월북, 누이의 시선, 소시민성 비판.

1. 서론

해방의 열기와 혼란 속에서 창작을 재개하고, 문단을 정비하려는 시도가 활발하게 이루어졌던 해방기, 여성 작가들은 이 같은 문단적 흐름에 어떻게 참여하였고, 어떠한 입지를 확보하고 있었을까. 일제 말기 대일협력 행위에 깊이 관여한 최정희, 장덕조, 김말봉, 모윤숙 등이 적어도 1947년 이전까지는 문학 활동을 재개하지 못한 채 일종의 자기비판 및 창작적 전환을 꾀하는 시간을 가져야 했던 만큼 해방 직후는 식민지 시기 여성문단의 지형을 두고 보았을 때 일종의 단절이자, 공백기로 여겨질 만하다.[1]

그러나 이 시기는 다른 한편으로 신예 여성 작가들이 문단의 일선에 새롭게 나서며 여성문학이 이전과는 다른 가능성을 시험해나가던 시기이도 하다는 점에서 중요하게 재조명될 필요가 있다. 이와 관련해 지하련, 이선희, 손소희 등의 해방 직후 문학 활동은 새삼 주목을 요한다. 이들은 모두 식민지 시기 문필 활동을 경험하였으나, 일제 말기에 이르러 창작을 중단하였고, 해방 직후 조선문학가동맹을 중심으로 본격적인 작품 활동을 재개하였다는 점에서 공통적이다. 또한 해방을 맞아 급변하는 정치사회적 정세 및 그와 결부되어 지속되는 일상생활의 문제 모두를 아우르며 과거 여성 작가들의 문학이 견지해오던 문제의식의 폭을 확장시킨 것 역시 해방 직후 이들의 문학이 보여주는 특징이다.

대표적으로 지하련이 「道程」(『문학』, 1946. 8)에서 식민지 시기 전향한 경력이 있는 지식인이 해방과 함께 재건된 공산당을 두고 입당을 갈등하

---

1) 식민지 시기 활발하게 활동하였던 여성 작가들의 해방 이후 문학 활동은 최정희의 경우 「점례」(『문화』, 1947. 7), 「풍류 잡히는 마을」(『백민』, 1947. 8/9), 장덕조는 「상해서 온 여자」(『서울신문』, 1947. 2. 4), 「함성」(『백민』, 1947. 6/7), 김말봉은 「카인의 시장」(『부인신보』, 1947. 7. 1~1948. 5. 8), 모윤숙은 「청년에 주는 노래」(『재건』, 1947. 5), 「단오로다 창포시절」(『부인신보』, 1947. 6. 22) 등 전반적으로 1947년 이후 재개되는 모습을 보인다. 식민지 시기보다 해방기 비교적 활발하게 활동하였던 임옥인 역시 「풍선기」(『대조』, 1947. 4), 「떠나는 날」(『문화』, 1947. 7) 등을 발표하며 이들과 비슷한 시기 창작을 재개한다. 구명숙 외 편저, 『해방 이후부터 1960년대까지 한국 여성 작가 작품목록』(역락, 2013) 참조.

는 문제에 대해 그렸다면, 원산 출신인 이선희의 경우 「窓」(『서울신문』, 1946. 6. 27~7. 20)을 통해 훗날 황순원이 『카인의 後裔』(중앙문화사, 1954. 12)에서 전면화하는 북한 지역의 토지개혁과 소지주 문제에 대해 서사화하였고, 만주에서 기자로 활동하였던 손소희가 귀국 후 「貘에의 訣別」(『백민』, 1946. 10) 등을 발표하며 만주 출신 전재민의 생활난에 대해 지속적으로 다루기 시작한 것이다.

그중에서도 이 시기 가장 활발하게 활동하며 해방 직후 여성문학을 이끌어나간 지하련(1912년~1960년 사망 추정)의 문학 활동은 새삼 주목을 요한다. 1940년 백철의 추천을 받아 등단(「訣別」, 『문장』, 1940. 12)한 그는 1942년경까지 꾸준히 창작을 지속하였으나, 일제 말기에는 공식적인 작품 활동을 중단하였다. 이는 문단 내에서 그와 상당한 친분 관계에 있던 최정희의 경우와는 대조적이다. 그러나 해방 후 발간된 첫 창작집 『道程』(백양당, 1948)에 실린 몇몇 단편들의 탈고 일자를 미루어 일제 말기에도 지하련이 비공식적으로는 소설 창작을 지속해왔음을 짐작해볼 수 있다. 이에 그는 해방 직후 어떤 여성 작가보다도 일찍, 그리고 적극적으로 창작의 일선에 나설 수 있었다.

해방 후 지하련이 가장 먼저 발표한 작품은 시 「어느 야속한 동족이잇서」(『중앙신문』, 1946. 1. 25)로, 이는 신탁 문제를 둘러싼 좌우대립에 경찰이 개입해 인명을 사상케 한 학병동맹사건(1946. 1. 19)과 관련되어 있다. 이 시[2]는 '피학살 학병사건 특집호'를 내건 『학병』(1946. 3)에도 김기림, 임화, 권환, 김광균, 오장환, 조벽암 등의 작품과 함께 게재되었는데, 이를 미루어 지하련이 당시 좌익 진영에 소속되어 동시대의 정치사회적 이슈에 매우 기민하게 반응하며 문학 활동을 벌여나갔음을 짐작할 수 있다. 과연 그는 전국문학가대회(1946. 2. 8~9) 및 조선문학가동맹 소설부와 고려문화사가 공동주최한 소설가좌담회(「해방 후의 조선문학: 제1회 소설가 간담회」, 민성, 1946. 5)에 여성 작가 대표로 참석하고, 사회주의 계열

---

2) 『학병』에 실릴 당시에는 「어느 야속한 同胞가 있어」로 제목이 바뀌었다.

의 여성단체인 조선부녀총동맹 문교부의 일원으로 참여하는 등 해방 이전과 비교할 수 없을 만큼 적극적인 활동을 전개해나간다.3) 특히 해방 후 처음 발표한 단편 「도정」이 이태준의 「解放前後」(『문학』, 1946. 8)와 함께 1947년 3월 조선문학가동맹 제1회 해방기념조선문학상의 후보작으로 선정되었다는 사실은 해방기 문단에서 지하련이 차지하는 입지나, 그 문학적 수준을 결코 간과할 수 없음을 시사한다.

그러나 선행연구에서 이 같은 지하련의 생애나 문학이 충분히 다루어졌다고는 볼 수 없다. 이는 그가 월북 이전까지 작품 활동을 한 기간이 약 6년 남짓으로 전하는 작품 수가 적으며, 월북 이후를 포함해 생애에 관한 자료4) 및 작가의 삶이나 내면을 짐작케 하는 수필 자료들 역시 여타 여성 작가들에 비해 극히 드문 까닭이다.

일찍이 지하련 문학을 사소설적 관점에서 접근한 연구로는 김윤식5), 서정자6)가 있다. 김윤식은 임화와의 관계에 주목하여 마산에서 임화가 보낸 요양 시절을 지하련 소설에 곧잘 배경으로 등장하는 산호리나, 전향자 인물들과 연결시켜 분석한 바 있다. 반면, 서정자는 등단 이전부터 그와 친밀하였던 최정희와의 관계에 주목해 최정희의 「人脈」(『문장』, 1940. 4)과 지하련의 「訣別」(『문장』, 1940. 12), 「가을」(『조광』, 1941. 11), 「산길」(『춘추』, 1942. 3) 사이의 상호텍스트적 관계에 대해 밝힌 바 있다.

이 밖에 지하련의 식민지 시기 작품들을 주로 다룬 연구로는 김주리7),

3) 장윤영, 「지하련: 여성적 내면의식에서 사회주의 여성해방운동으로」, 『역사비평』 38, 역사문제연구소, 1997, 392쪽 ; 류진희, 「월북 여성 작가 지하련과 이선희의 해방직후」, 『상허학보』 38, 상허학회, 2013, 289쪽 참조.
4) 지하련의 생애를 다룬 연구로는 장윤영, 「지하련 소설 연구」, 상명대학교 대학원 석사학위논문, 1997; 이장렬, 「지하련의 가계와 마산 산호리」, 『지역문화연구』 5, 경남부산지역문학회, 1999, 111~130쪽; 서정자, 『지하련 전집』, 푸른사상, 2004 ; 박정선, 「임화와 마산」, 『한국근대문학연구』 26, 한국근대문학회, 2012, 167~204쪽 등을 참조해볼 수 있다.
5) 김윤식, 『임화연구』, 문학사상사, 1990.
6) 서정자, 「지하련의 페미니즘 소설과 '아내의 서사'」, 위의 책, 339~368쪽.
7) 김주리, 「신여성 자아의 모방 욕망과 '다시쓰기'의 서사전략: 최정희의 「인맥」과 지하련의 「결별」 연작을 중심으로」, 『비평문학』 30, 한국비평문학회, 2008, 249~273쪽.

박찬효8), 서재원9) 등이 있는데, 이들은 모두 작중 인물인 신여성의 자아 탐구나, 자유연애 등과 관련한 서사를 중요하게 분석하였다.

이와 달리, 해방 직후 발표된 「도정」에 치중해 그 문학적 성취를 고평한 논의로는 박지영10), 권성우11), 손유경12) 등이 있다. 박지영과 권성우가 각각 한무숙, 이태준 소설과의 비교를 통해 「도정」의 주인공이 겪는 내적 갈등을 중요하게 다루었다면, 손유경은 식민지 시기 지하련 소설의 문제의식과 해방 직후를 연속적으로 파악하는 시각에서 그 의미를 평가하였다. 반면, 류진희13)는 「도정」 자체에 대한 분석보다도 이 작품이 해방기 조명 받은 외부적 맥락과 월북으로 연결되는 작가의 궤적을 보다 입체적으로 파악하고자 했다.

이처럼 최근 지하련 문학은 「도정」을 중심으로 다소 고평되어온 면이 있는데, 이 글은 이 작품이 해방기 문학에서 중요한 것은 분명하지만, 작품 자체에 대한 가치평가는 보다 객관적인 시각에서 비판적으로 재접근될 필요가 있다는 문제의식으로부터 출발한다. 특히 지하련의 해방 전후 문학을 연속선상에서 보되, 그 문학적 성취가 해방 이후 변질, 후퇴하는 측면 역시 축소되어서는 안 된다고 보았다.

한편, 그가 해방기 여성 작가 중에서는 드물게 정치적으로 매우 활발하게 활동하였고, 무엇보다 월북한 작가라는 사실 역시 중요하게 고려될 필요가 있다. 해방기 문학 연구에서 여성 작가의 월북은 그 수가 드물뿐더

---

8) 박찬효, 「지하련의 작품에 나타난 신여성의 연애 양상과 여성성: 「가을」, 「산길」, 「결별」을 중심으로」, 『여성학 논집』 25, 이화여자대학교 한국여성연구원, 2008, 31~59쪽.

9) 서재원, 「지하련 소설의 전개양상: 인물의 윤리 의식을 중심으로」, 『국제어문』 44, 국제어문학회, 2008, 329~354쪽.

10) 박지영, 「혁명가를 바라보는 여성 작가의 시선: 지하련의 「도정」, 한무숙의 「허물어진 환상」을 중심으로」, 『반교어문연구』 30, 반교어문학회, 2011, 175~204쪽.

11) 권성우, 「해방 직후 진보적 지식인 소설의 두 가지 양상」, 『우리문학연구』 40, 우리문학회, 2013, 299~330쪽.

12) 손유경, 「해방기 진보의 개념과 감각」, 『현대문학의 연구』 49, 한국 문학연구 학회, 2013, 147~174쪽.

13) 류진희, 앞의 글, 279~308쪽.

러(지하련, 이선희) 남편의 선택에 따른 것으로 쉽게 간주되어 월북이라는 행로를 둘러싼 작가의 내적 갈등 및 이를 전후한 텍스트들이 상대적으로 정교하게 다루어지지 못했다. 이는 만주에서 귀환한 손소희나, 함경도 출신인 임옥인의 월남 문제 역시 마찬가지이다. 해방기 전개된 이 여성 작가들의 이동은, 그러나 그간 가정과 일상의 영역에 한정되어 있던 여성문학의 공간적 지평을 확대시킨 한편, 이 시기 여성문학의 지형을 보다 입체적으로 조감케 한다는 점에서 중요하다.

이처럼 해방 직후 가장 적극적으로 활동한 여성 작가인 동시에, 월북을 택한 지하련의 문학을 살펴보는 작업은 해방기 여성문학의 가장 역동적인 단면을 드러낸다는 점에서 긴요하다. 이에 이 글에서는 창작집 『도정』 및 여타 수필들을 대상으로 해방이라는 사건을 수용하며 그의 문학이 보여주는 연속과 변화, 나아가 월북이라는 향방을 둘러싼 그의 내면 풍경을 살펴보는 데 주력하고자 한다.

2. 누이의 눈에 비친 전향자

지하련의 식민지 시기 소설의 흥미로운 특징 중 하나는 여성의 시각에서 일제 말기 전향자의 형상을 포착하고 있다는 것이다. 이는 카프와 근거리에 있던 남성작가들이 전향자를 다루는 방식과 달리, 그들의 '누이'라는 위치에서 제3의 시선을 획득할 수 있었던 지하련 문학의 특별한 지점이라고 할 수 있다. 즉 그것은 「남편, 그의 동지」(『신여성』, 1933. 4), 「처를 때리고」(『조선문학』, 1937. 6) 등과 같이 아내의 시선을 빌려 자신을 고발하려 했던 김남천의 시도와도 구분되는 것으로, 이를 살펴보기 위해서는 지하련을 에워싼 여성이라는 또 한 겹의 테두리에 대한 고찰이 필수적이다.

이와 관련해 지하련의 소설이 애초에 남성 지식인의 허위에 대한 비판의식으로부터 출발하고 있다는 사실은 새삼 주목을 요한다. 「訣別」(『문장』, 1940. 12), 「가을」(『조광』, 1941. 11), 「산길」(『춘추』, 1942. 3)이 여기에 해당한다. 이들은 모두 남편과 아내의 친구 사이의 미묘한 관계[14]를 그리며, 비겁하고 허위적인 지식인 남편과 그에 염증을 느끼는 아내의 심리를 표면화한다는 점에서 공통적이다. 즉 이 소설들 속에서 남편은 바깥에서는 훌륭하며 인망이 높다고 평가받지만, 가정에서는 가부장적인 태도로 아내로 하여금 반발심과 불행한 기분이 들게 만드는 존재이다(「결별」). 또한 아내의 친구가 자신을 사랑하는 것을 알고 난 뒤에도 실제로는 호기심과 끌림을 느끼면서도 애매하고 미지근한 태도로 일관하거나(「가을」), 더 나아가 둘의 관계를 알게 된 아내 앞에서도 여전히 당당하고 거리낌 없는 태도로 행동하는 비윤리적인 면모를 보인다(「산길」).

일례로 「산길」에서 남편은 자신의 부정을 알게 된 아내 앞에서 아내가 받았을 상처나 배신감을 헤아리기는커녕 자기 혼자 충분히 해결할 자신이 있었다느니, 자신처럼 분별 있는 사람이나 분주한 "어른들"의 세계에서 그같은 연애는 애초부터 잠깐 지나는 일에 불과하다느니, 다른 부부 같으면 몇 달을 두고 법석할 일을 우리는 몇 시간 안에 대화로 능히 해결하였다느니 하는 우스꽝스러운 자부심을 드러낸다. 반면, 이들을 사랑하는 여성 인물은 자신의 감정에 성실하고 정직하며, 그 마음의 진정성과 책임을 다하기 위해 노력하는 모습으로 그려진다는 점에서 대조적이다.

> 생각하면 남편은 역시 훌륭하다. 가만이 곁눈질을 해 보아도 그 누어 있는 자세로부터 말하는 표정까지 그저 늠늠하기 짝이 없다. 만사에 있어 능히 나

---

14) 작품들마다 약간의 차이가 있고, 초점화되는 인물이 아내의 친구(「결별」), 남편(「가을」), 아내(「산길」)로 의도적으로 구분되어 있지만, 이는 선행연구에서 밝힌 바와 같이 내용상 최정희의 「人脈」(『문장』, 1940. 4)을 염두에 둔 창작으로 추정된다. 실제 최정희는 "「인맥」은 북으로 넘어간 M씨를 무척 사모하던 마산여인에게서 '힌트'를 얻은 것"이라는 언급을 통해 이 소설이 지하련과 남편 임화, 그리고 지하련의 친구 사이의 삼각관계를 모델로 한 소설임을 암시하고 있다(최정희, 「내 소설의 주인공들」, 『젊은 날의 증언』, 육민사, 1962, 16쪽; 김주리, 앞의 글, 250쪽 재인용).

무랠 건 나무래고 옹호할 건 옹호하고 살필 건 살피고 뉘우칠 건 뉘우쳐서, 세상에 꺼리낄게 없다. 어느 한곳에도 애여 남을 괴롭필 군색한 인격이 들었 든 것 같지 않고, 팔모로 뜯어봐야 상책이 한 곳 나았을 것 같지 않다. 단지 전보다 또 하나의 「경험」이 더했을 뿐 이제 그 겪은 바를 자기로서 처리하면 그뿐이다.

(…중략…)

문듯 좌우로 무성한 수목을 헷치고 베폭처럼 히게 버텨나간 산길을 성큼 성큼 채처올라가든 연희의 뒷모양이 눈앞에 떠오른다.

역시 총명하고, 아름다웠다.

누구보다 성실하고 정직했다.15)

이처럼 남편의 부정이라는 서사를 통해 간접적으로 다루어지던 남성 지식인의 허위 문제는 전향자의 형상을 그린 「滯鄕抄」(『문장』, 1941. 3), 「從妹」(『도정』, 1942. 4), 「羊」(『도정』, 1942. 5)16)에 이르러 전면화된다. 이 소설들은 그 맥락이 매우 모호하게 처리되고 있지만, 가족과 오래 떨어져 "현실과 차단된 그 어두운 생활"(「종매」)을 해오다 "한때 불행한 일"로 몸을 상하고(「체향초」) 외딴 산촌에서 인간관계를 최소화한 채 화초나 가축 따위를 기르며 살아가는, 옥고를 치르고 출소한 전향자의 분위기를 짙게 풍기는 인물들을 중심으로 한다는 점에서 1930년대 중후반 이후 발표된 다른 작가들의 전향 소설과 함께 논의할 수 있다.

주목할 점은 이들이 공통적으로 원인이 불명확한 무력감과 패배 심리에 빠져 있으면서도, 누이와 같은 여성을 어리고 약한 존재로 타자화함으로써 자신의 남성적 정체성을 특권화하려 드는 동시에, 자신에게 부족한 힘과 강한 남성성을 소유한 다른 남성을 무의식적으로 동경하는 면모를 보인다는 것이다.

대표적으로 「체향초」는 이를 누이의 예리한 시선을 통해 전면화한 소설이다. 결혼 후 신병으로 친정에 내려온 삼히는 수년 전 가족의 곁을 떠

---

15) 지하련, 「산길」, 『지하련 전집』, 109~110쪽.
16) 「종매」와 「양」은 『도정』(백양당, 1948)에 처음 수록되었지만, 탈고 일자를 미루어 해방 이전 창작되었을 것으로 추정된다.

난 뒤 "한때 불행한 일"로 등을 상하고 "차고 잠잠한" 생활을 하며 살아가는, 즉 감옥에서 나온 전향 지식인을 간접적으로 상기시키는 산호리 오라버니댁을 찾는다. 그는 어릴 적 삼히가 가장 따르던 오라버니였으나, 함께 지내는 날이 길어질수록 삼히는 어쩐지 전날과 다른 서먹함과 심리적 불편함을 느끼게 된다. 이는 오라버니로부터 삼히가 자연스러운 생활인의 그것이 아닌, 의식적이고 부자연스러운 "태"를 부리는 생활, 즉 노동하는 삶에 대한 과도한 자의식을 읽어냈기 때문이다.

> 「오라버니 자랑스러 하네―」
> 하고 말을 해봤다.
> 「뭘루?」
> 「이렇게 사는 걸루요―」
> 「그런 걸까?」
> 「내 보니께 그렇데요. 꽤니 남이 해도 될 걸 손수 허고, 헐 땐 지나치게 열중해 뵈구…」
> 「그게 자랑이란 말이지?」
> 「그러믄요―」
> (…중략…)
> 「그건 일종의 「태」라는 거에요. 오라버니든 누구든, 아무리 훌륭한 분이래도 그 생활에서 태를 부리기 시작하면, 보는 사람이 얼굴을 찡기는 법예요―」
> 하고는 발칵했다.[17]

노동을 신념화하고 생활을 이념화[18]하는 방식으로 과거 자신이 버린 이념의 자리를 메우고, 현재 삶에 정당성을 부여하려는 듯 보이는 오라버니에게서 이따금 엿보이는 "무서운 인내"와 "아집"은 섬직한 인상을 주는 것이었고, 삼히는 그런 오라버니를 향해 보기 불편하다는 반발을 노골적으로 표현하지만, 그는 흡사 「결별」에서 남편이 형예에게 그러하였듯, 그 같은 삼히의 지적에 대거리하려 들지조차 않는다.

---

17) 지하련, 「체향초」, 『지하련 전집』, 116쪽.
18) 손유경, 앞의 글, 155쪽.

이러한 태도의 저변에는 삼히를 여성이며, 자기보다 나이가 어리고, 앓고 있기까지 한 "적은 창조물"로 무시하는 심리가 깔려 있다. 이는 역으로 무례하리만치 방자한 동료 태일에 대한 오라버니의 동경을 통해서도 확인된다. 그는 태일 같은 남성이야말로 "생명과, 육체와, 또 훌륭한 '사나히'란 자랑"을 가졌음을 언급하며, 그 같은 "남성의 세계", "사나이의 세계"에 깊은 동경과 향수를 표한다. 오라버니가 그런 자조적인 자화상—태일의 그것과 대비되는 초라하고 말라빠진 사내의 형상—이 이를 상징적으로 보여준다. 여기에는 오라버니의 강한 남성성에 대한 동경이, 동시에 궁벽한 산촌에서 과거의 이념과 인간관계로부터 단절된 채 아이도 갖지 않고 흡사 거세된 존재처럼 살아가는 자신의 현재에 대한 착종된 자격지심이 표출되어 있다.

남성적 세계에 대한 동경, 편협하지 않은 "사나이들의 사귐"이라는 배타적 우월의식은 「종매―지리한 날의 이야기」에서도 반복된다. 또한 「양」에 이르면 그것은 흡사 남성들 간의 동성애적인 분위기를 띠고 나타나기까지 한다.

그러나 「종매」의 석히가 철재 앞에서 자각하는 차가운 공감과 위선, 그리고 「양」에서 악몽의 형태를 띠며 성재를 옭아매는 "야릇한 압박과 불안"은 이 완전히 썩어버린 "솔방울"의 형해와도 같은 텅 빈 내면의 남성들의 연대가 얼마나 취약한 바탕 위에 축조된 것인지를 분명하게 보여준다.

이는 손유경의 지적과 같이 진정한 내적 결속으로 이어지지 못하는 남성들 간의 연대, 특히 누이와 같은 여성들을 타자화하는 이들의 연대가 왜 상호불신을 수반할 수밖에 없는 비극적 역사의 산물인지를 폭로함으로써 진보적 남성 지식인의 호모소셜한 연대를 탈신비화, 탈신화화[19]하는 효과를 갖는다.

한편, 그것은 이 소설들이 지하련 소설 속의 남성 인물들이 상상하는

---

19) 손유경, 앞의 글, 160쪽.

밝고 명랑하기만 한 누이—임화의 시 「우리 옵바와 *火爐*」(『조선지광』, 1929. 2)로 대표되는 진보적 남성 지식인들의 환상구조 속의 누이—가 아닌, 그 또한 예리하고 깊은 내면성을 가진 또 다른 누이의 비판적인 시선을 확보했기 때문에 가능했던 것이기도 하다.

이는 아내의 시선을 '빌려' 전향자로서의 자신을 비판하려 했던 김남천의 시도와 비교했을 때 보다 확연해진다. 「남편, 그의 동지」, 「처를 때리고」와 같은 김남천 소설은 모두 아내의 시점에서 서술하거나, 아내의 목소리를 간접적으로 활용함으로써 주의자 남성들 사이에서 절대시되는 남성적 연대의 이면을 폭로하고, 억압받는 무산자 대중을 위해 운동한다는 이들이 여성과 가정의 문제에 대해서는 여전히 봉건적이고 비민주적인 태도를 견지하는 것을 고발하고 있다는 점에서 중요하게 평가되어왔다. 이 점은 앞서 살펴본 지하련 소설에서도 동일하게 제기되는 문제인 만큼 흥미롭다.

그러나 지하련 소설과 마주 세웠을 때 김남천 소설은 그러한 남편을 향해 그럼에도 절대적인 존경과 신뢰, 애정을 보이는 아내를 전제하거나(「남편, 그의 동지」), 자신을 신랄하게 비판하는 아내 앞에서도 "그만 것을 이해하고 용서해줄 만한 포용성과 관대한 마음"을 갖는, 여전히 어른스럽고 흔들림 없는 남성 주체의 자리를 마련하고 있다(「처를 때리고」)는 점에서 분명한 차이를 보인다.

반면, 지하련 소설은 바로 그러한 남성들이 "적은 창조물"로 치부하거나, "하이칼라"라는 비꼼으로 무시하려 들었던 누이−여성의 시선을 전면화함으로써 카프와 근거리에 있던 남성 작가들이 전향자를 다루는 방식과는 다른 각도의 문제의식을 확보하는 것이 가능할 수 있었다. 이는 실제 지하련이 사회주의 운동에 가담하였던 오빠 이상조, 이상복, 이상선의 누이인 동시에[20], 과거 카프의 수장이자 카프 해산계를 제출하며 전향하였

20) 그가 1920년대 당시 여성으로서는 드물게 도쿄 여자경제전문학교에서 경제학을 전공하였으며, 근우회 및 카프 동경지부 등에서 직간접적으로 활동하였던 것은 이와 같이 사회주의 운동에 가담하였던 오빠들의 영향을 받았을 것으로

던 임화를 가장 가까이에서 목도한 여성이라는 사실과도 무관하지 않다.

요컨대, 식민지 시기 창작된 지하련 소설이 전향한 남성 지식인 못지않은, 아니 그보다 더욱 준열한 지점으로까지 파고드는 비판적 깊이를 확보할 수 있었던 것은 이처럼 그가 여성 작가로서 지속해오던 문제의식과 함께, 주의자의 '누이'로서 제3의 시선을 획득하고 있었다는 사실로부터 기인한다고 볼 수 있다.

3. 단절된 '도정'

해방 이후 발표된 「도정」(『문학』, 1946. 8)은 이와 같이 식민지 시기 지하련 소설에 등장하였던 전향자 남성 인물들이 해방과 함께 당이 재건되고 합법화되는 과정에서 겪는 본격적인 갈등을 그리고 있다는 점에서 흥미롭다. 이 소설에 이르러 비로소 전작에서 모호하게 제시되던 남성 인물들의 내력이 분명하게 밝혀진다. 즉 「도정」의 주인공 석재는 과거 학생사건으로 수감된 뒤 6년형의 징역을 받고 나와 일제 말기를 죽은 듯이 조용하게 보낸 전향자다. "참 용케도 흉물을 피우고 기인 동안을 살아왔다"는 자기 환멸에 시달리는 그는 과거 동지였던 강이 찾아왔을 때 비겁하게 피했던 일을 두고 오래 괴로워한다. 이에 역시 전날의 동지였으나 현재는 금광열에 들떠 돌아다니는 기철을 만났을 때 그는 그 같은 죄책감에 대해 고백한다. 자신이 줄곧 이기적이었으며, 비밀 운동을 하고 투쟁의 일선에 있었던 때조차 실은 공명심과 허영심에서 자유롭지 못했음을 신랄하게 비판하는 것이다.

그러나 작가는 이러한 석재의 자기비판이 "형태도, 죄목도 분명치 않은" "애매한 자책"에 지나지 않는다는 점을 분명하게 지적한다. 즉 석재의 비판은 자신이 악덕하고 이기적이라는 "인간성"과 "윤리"의 문제로 손쉽

추정된다. 박정선, 앞의 글, 174~175쪽 참조.

게 귀착함으로써 뚜렷한 지향성이나 생산성을 잃고 다만 받아들일 수밖에 없는 것이 되어버리고 마는 까닭이다. 이는 「종매」에서 스스로를 악한이라고 몰아붙이던 석히의 자조적인 태도와도 맞닿아있다.

이 같은 석재에게 해방과 당의 재건이라는 상황은 본격적인 자기 성찰과 고민의 장을 제공하는 계기가 된다는 점에서 중요하다. 즉 당과 당원으로서의 자신을 부정하며 6년이라는 시간을 견뎌낸 그가 이제 합법화된 당 앞에서 또 한 번의 입당을 고민하는 처지에 놓이게 된 것이다. 처음 입당을 결심할 당시 석재에게 당은 엄숙하고 두려운 것이었다. 그러나 과거 자신을 송두리째 집어삼킨 당의 괴물성을 알고 난 그는 이제 다른 의미에서 그것을 두려워하고, 쉽게 투신하기를 망설인다.

> 눈을 감았다. 순간, 머릿속에 독갭이처럼 불끈 솟는 "괴물"이 있다―"공산당"이었다―그는 눈을 번쩍 떴다.
> 다음 순간 이 괴물은, 하늘에, 땅에, 강물에, 그대로 맴을 도는가 하니, 원간 찰거머리처럼 뇌리에 엉겨붙어 도시 떨어지질 않는 것이었다―생각하면 긴―동안을 그는 이 괴물로 하여 괴로웠고, 노여웠는지도 모른다. 괴물은 무서운 것이었다. 때로 억척같고 잔인하여, 어느 곳에 따뜻한 피가 흘러 숨을 쉬고 사는 것인지 알 수가 없었다. 그러나 귀 막고 눈 감고 그대로 절망하면 그뿐이라고, 결심할 때에도 결코 이 괴물로부터 해방될 수는 없었다. 괴물은 칠같이 어두운 밤에서도 환―이 밝은 단 하나의 "옳은 것"을 진이고 있다 그는 믿었다―옳다는―이 어데까지 정확한 보편적 "질러"는 나쁘다는―어데까지 애매한 율리적인 가책과 더부러 오랫동안 그에겐 크다란 한 개 고민이었든 것이다.[21]

주목할 점은 소설 속에서 이 같은 입당 문제 대한 석재의 갈등과 고민이 영등포 공장에서의 소요라는 사건을 직면하며 너무도 쉽게 끝나버린다는 것이다. 결국 '당'으로서의 절대성을 의심할 수는 없으며, 기철이나 자신과 같은 '인간'이 나빴을 뿐이라는 합리화, 나아가 진정한 투쟁은 지금부터며 이를 위해선 지도자의 역할이 막중하다는 책임의식이 석재의 갈등

---

21) 지하련, 「도정」, 『지하련 전집』, 29쪽.

을 서둘러 봉합시켜버린 것이다. 이에 그는 조금 늦었지만, 다시금 웃는 얼굴과 따뜻한 손길이 반가운 그 남성들의 연대 속으로 걸어 들어가게 된다.

> 그러나, 어떻게된 "당"이든 당은 당인 거다. 그는 일즉이 이 당의 일홈 아래, 충성되기를 맹세하였든 것이고… 또 당이 어리면, 힘을 다하여 키워야 하고, 가사 당이 잘못을 범할 때라도 당과 함께 싸우다 죽을지언정, 당을 버리진 못하는 것이라 알고 있다. 이러허기에, 이것을 꼬집어 이제 그로서 "당"을 비난할 수는 도저히 없는 것이었다.
> 잠단 그대로 앉어 있노라니 별안간, 기철이란 "인간"에 대한 어떤 불신과 염쯩이 훅—끼처 온다.22)

물론 석재의 내적 갈등이 완전히 해결된 것은 아니다. 그는 당과 동무를 쉽게 운운함으로써 "일등공산주의자"를 자처하는 동지들에게 곧잘 환멸을 느끼는 동시에, 그처럼 지나치게 예민하고 결벽하게 구는 자신을 아니꼽다고 여기는 모순적인 태도를 보인다. 또한 기철과 같은 기회주의자들이 당의 최고 간부라는 소식을 접했을 때 자동적으로 고개를 드는 자신의 권력욕을 자각하는 한편, 재빨리 이를 반성하기도 한다.

그러나 작품 속에서 그 같은 석재의 갈등과 자기비판은 결말에 이르러 다만 자신의 소시민성을 비판하는 것으로 귀착되고 만다는 점에서 문제적이다. 즉 당에 가입하되, 입당원서의 계급란에 자신을 "小뿌르조아"라고 기재하는 정도에서 자조적인 만족을 느끼는 것, 자신의 방식대로 자신의 소시민성과 싸울 것을 막연하게 중얼거리며 다시금 당과 노동쟁의의 현장으로 향하는 도정에서 이 소설은 끝이 나는 것이다.

> 드듸어 그는 전후를 잃고, 저도 모를 소리를 정신없이 중얼거렸다.
> (나는 나의 방식으로 나의 "소시민"과 싸호자! 싸홈이 끝나는 날 나는 죽고, 나는 다시 탄생할 것이다. …나는 지금 영등포로 간다, 그렇다! 나의 묘지가 이곳이라면 나의 고향도 이곳이 될 것이다……)

---

22) 앞의 글, 37쪽.

별안간 홧홧증이 나도록 전차가 느리다.

그는 환―이 뚜러진 영등포로 가는 대한길을 두 활대를 치고 뛰고 싶은 충동에 가만이 눈을 감으며, 쥠ㅅ대에 기대어 섰다.[23]

이러한 「도정」의 서사로부터 읽어낼 수 있는 것은 1920년대 프롤레타리아 소설의 익숙한 서사구조가 복귀하는 양상이다. 고민은 섣부르게 봉합되며, 그 자리를 재빠르게 대체하는 것은 자신의 소시민성[24]에 대한 설익은 고발이다.

이와 비슷한 서사구조는 같은 지면에 실린 이태준의 「해방전후: 한 작가의 수기」(『문학』, 1946. 7)에서도 반복된다. 두 작품은 모두 일제 말기를 견뎌내는 전향자 혹은 대일협력자의 심정("살고 싶었다", "살아 견디어내고 싶었다") 및 해방 직후 급변하는 정치적 상황 속에서의 이들의 내면 풍경을 전면화한다. 이때 「해방전후」가 일제 말기 자신의 협력 행위와 소극적 저항을 비판하는 동시에, 은연중에 자기 합리화하는 혐의로부터 빗겨갈 수 없는 데 반해, 이 시기를 성찰하는 지하련의 시선은 앞서 살펴보았듯 훨씬 깊이 있는 것이 사실이다.

그러나 해방과 함께 맞닥뜨린 새로운 시공간 속에서 이전 시기 지속해오던 고민을 서둘러 봉합하고 재건된 공산당에 가입하는 석재의 내면 풍

---

23) 위의 글, 39쪽.
24) 「도정」의 결말에서 돌출적으로 강조되는 듯 보이는 소시민성에 대한 비판은 기실 조선문학건설본부와 프롤레타리아문학동맹이 당의 중재로 통합되며 발표된 「조선 민족문화 건설의 노선」에 기재된 10개 항목 중 제7항을 그대로 소설화한 것에 다름 아니다.
"七. 自己批判의 問題는 어떤 時期 어떤 境遇를 勿論하고 人民的 誠實의 最大이 表現이나 現下의 우리 民族性 活 그 中에도 特히 個人의 誠實性이 强한 精神的 意味를 갖는 文化分野에 있어 가장 峻嚴하고 誠實한 自己批判이 있어야 할 것이다. 적지 않은 作家, 藝術家, 學者가 倭敵의 强壓 밑에 本意 아닌 言行을 하여 小市民 出身의 鬪爭的 脆弱性을 露呈했음을 率直히 認定하고 自己批判하지 않으면 아니 된다. 우리는 왜 敵의 强壓을 咀呪하는 同時에 스스로도 많은 責任을 느껴야한다. 이러한 自己批判은 文化의 모―든 領域에 亘하지 아니하면 안 될 것이나 더욱이 人間의 眞實性이 生命인 文學者에 있어 特히 自己批判은 再出發의 한 源泉이 되도록 해야 된다."(당중앙위원회, 「조선 민족문화 건설의 노선」, 『해방일보』, 1946. 2. 9 참조)

경은 「해방전후」의 현이 조선문화건설중앙협의회에 가담하는 과정과 큰 차이가 없다. 즉 「도정」의 결말에서 석재가 도달한 자신의 소시민성과 싸우겠다는 결심은 「해방전후」의 현이 소극적 처세주에 맞서 "위험이라도 무릅쓰고 일해야 될 민족의 가장 긴박한 시기"임을 주장하는 것과 닮아 있으며, 과거 자신의 악함과 이기적인 면모를 비판하던 지하련의 일제 말기 소설들 속 남성 지식인들의 애매한 가책과도 본질적으로 다르지 않은 것이다.

이를 두고 작가가 주인공을 비판적인 시각에서 형상화했다는 해석 역시 제기해볼 법하다. 그것은 특히 지하련의 식민지 시기 문학에서 엿보이는 문제의식을 고려하였을 때 설득력을 얻는다. 이 경우 「도정」은 이른바 진보적 남성지식인들, 즉 전향자들의 일제 말기와 해방기 행적을 단절과 비약이 아닌, 연속과 지속의 차원에서 조명하는 보기 드문 시선을 소유[25] 한 작품으로 평가될 수 있다.

그러나 과연 연속과 지속일까. 비판적 시선의 단절과 섣부른 봉합은 아닐까. 이와 같은 해석은 매력적인 것이 사실이지만, 지하련이 일제 말기와는 대조적으로 해방기 여성 작가들 가운데 가장 활발하게 정치 활동을 한 이데올로그였다는 사실, 그리고 뒤이은 그의 월북이라는 행보를 설명하기 어렵다. 오히려 이로부터 확인할 수 있는 것은 일제 말기 대일협력을 하지 않았음에도 해방 후 정치담론에 쉽게 휩쓸려 들어가는 하나의 특별한 사례이다.

> (…중략…) 방금 저부터도 잘 감동하지 않고 자꾸 차(冷)지려구해서 란처해요. 그런데 제가 본시 이처럼 차운 사람이냐 하면 그렇지 않아요. 거의 주책없이 감동하고 더워지기 잘하는 사람일지도 몰라요. 그럼 지금껏 小說 가운데 「내 사람」이 그처럼 차지려는 것은 무슨 까닭일까 하고 생각할 때 간단히 말해서 우리가 政治的 庶民으로서 個性이 一體 不具의 發展을 해온 데 所致가 있다고 생각했어요. 본시 文學이란 自然과 함께 싱싱하고 完全해야만 정말이고 아름답고 착할 수 있다고 생각해요. 다 까닭이 있어 庶民으로 不具와

---

25) 손유경, 앞의 글, 152쪽.

같은 虛弱者가 된 것도 생각하면 분할 텐데 이제 「새것」이 있고, 情熱이 솟아 부끄러움이 없을 때 무슨 邪症으로 不具의 趣味를 가지겠습니까. 너무 어두운 방 속에 있던 사람은 바깥에 나와도 한참동안 캄캄할 것이라고 스스로 위로하지만 아무튼 나의 차운 면엔 어딘지 죄스럽고 염체 없어 제가 미워져요.[26]

해방 후 처음 개최된 소설가 간담회에서 과거 자신의 소설 속 인물들("내 사람")이 차갑고 불구적인 성격이었음을 고백하며, 해방과 함께 이들이 싱싱하고 완전한 "새 것"으로 다시 태어나기를 소망하는 지하련의 목소리에는 이처럼 냉정을 잃고 맹목으로 빠지기 쉬운 성급한 열정이 도사리고 있다.

4. 결론을 대신하여

지하련의 월북 시기에 대해서는 몇 가지 설이 분분하다. 1947년 11월 20일 임화가 월북한 뒤 지하련과 아이들만 남한에 남아 얼마 정도를 더 지냈던 것은 분명한데, 첫 단편집 『도정』에 서문도, 직인도 없는 것을 미루어 책이 간행된 1948년 12월 15일 이전에 이미 월북한 것인지, 사촌 올케 허윤주의 증언[27]과 같이 그 이후에 월북한 것인지가 분명하지 않은 것이다.

월북 이전 확인되는 지하련의 마지막 글은 「봄」(『문화일보』, 1947. 4. 10)과 「광나루」(『조선춘추』, 1947. 12)로, 이를 통해 월북을 앞둔 지하련의 심리를 간접적으로 확인해보는 것이 가능하다. 전자에는 봄을 맞이하지만 심란한 그의 마음이 그대로 표현되어 있다. 해방되던 해 봄, 체제의 압박은 날이 갈수록 심해만 지고 답답하게 하루하루를 보냈던 기억을 떠올리

---

26) 「해방 후의 조선문학: 제1회 소설가 간담회」, 『민성』 5월호, 1946, 5쪽.
27) 장윤영, 「지하련 소설 연구」, 상명대학교 대학원 석사논문, 1997, 35~36쪽.

는 그는 당시와 다름없는 지금의 봄을 두고 진정으로 아름답고 찬란한 봄은 아직 이 땅에 오지 않았다는, "몬지와 비와 바람과 엇지할수업는 怒여움"으로 대표되는 어떤 회한의 심정을 드러내고 있다. 이는 앞 장에서 살핀 1946년의 간담회 자리에서 해방이 불 지핀 새로운 열정에 대해 말하던 지하련의 모습과는 사뭇 대조적이다.

한편, 「광나루」에는 월북 문제와 관련한 좀 더 상세한 전후 사정이 드러나 있다. 이 글에서 그는 "전부터 밖으로 가까우신 분들"이라는 설명과 함께 임화와 친분관계 있던 남성들의 부인들로 추정되는 K와 P부인에 대해 말하고 있다. 이 여성들과 지하련은 모두 "지난 가을, 어떤 뜻하지 않은 사건으로 해서" 함께 "불행"을 맞이한 처지로, 그 같은 동질감에서 "별로 누구의 지시도 없이 그냥 쉬웁게 가까워질 수가 있었다"고 한다. 여기서 말하는 뜻하지 않은 사건, 불행이란 이해 가을에 있었던 임화의 월북으로 추정된다. 즉 K와 P부인의 남편들 역시 같은 시기 월북하였고, 이에 남겨진 셋은 자연스럽게 가까워질 수 있었던 것이다.

남편의 월북 후 남겨진 아내들의 처지는 경제적으로나, 정치적 압박 면에서나 매우 곤란하였을 것이다. "서울서 견듸다 못해 백모님 댁으로 옮겨간" P부인이나, 그가 마음 깊이 의지하였으나 이제 아주 먼 곳으로 떠나기로 되었다는 K부인의 이야기를 전하는 지하련의 어조를 통해 이를 간접적으로 확인해볼 수 있다

> 듣는 나도 안타까웠다. 어떻게 해서라도 빨리 무사히 가실 수가 있다면 얼마나 다행하랴 싶었다. 그러면서도 마음 한편 이렇게 나누이면 다시는 뵈올 길이 없으려니 싶어 외로웠다.
> 끝으로 우리는 서울서 견듸다 못하여 백모님 댁으로 옮겨간 P부인의 이야기를 하고 쉬 한번 방문하기로 약속하였으나 얼마 후 나는 약속을 어기고 혼자 「광나루」로 나가는 차에 오르게 되었다.
> 차창 밖에는 숟한 배차밭이 쉴새없이 지나갔다. 어느 결에 폭이마다 알이 담윽차 있었다. 문듯―이제 머지않어 김장철이 오고 어름이 얼고 눈이 오고―생각이 이런 데로 미치자 점점 마음이 어두어졌다.
> (…중략…)
> 마음이 몹시 언짢었다―어디 만치, 왔을까―저무는 강반에 어지러히 널려

있는 「광나루」는 외롭고 쓸쓸한 곳이었다.

어디라 의지할 곳 없는ー그것은 아무리 보아도 적막한 마을이었다.

(…중략…)

차차 서울이 가까워 올스록 불빛이 낮처럼 밝었다. 얕고 높은 지대에 주택들이 누각처럼 휘황했다.

낙엽을 모라오든 바람이 연상 얼골에 몬지를 끼언고 지나갔다. ー산란한 거리였다.

잠잠고 길을 것고 있노라니, 핏득 저 숱한 훌륭한 집에는 대체 어떤 사람들이 살고 있나 싶었다.

과연 어떤 사람들이 살고 있는 것인지 나는 도시 잘 알 수가 없었다.[28]

두 여성들의 처지를 상기하며 닥쳐올 추위와 김장 등의 생활 문제를 걱정하는 지하련의 글에는 이처럼 남편의 월북 후 아이들과 남겨진 아내의 심리, 그리고 얼마 지나지 않아 예정되어 있는 자신의 월북을 앞둔 심란한 마음이 그대로 표출되어 있다.

이 글을 마지막으로 발굴된 자료 가운데 월북 이전까지 확인되는 지하련의 글은 없다. 또한 월북한 뒤 북에서의 창작 활동에 대해서도 현재로서는 밝혀진 바 없다. 다만 친우였던 최정희의 회고를 통해 한국전쟁 당시 서울에 나타난 임화에게 그가 지하련의 안부 및 작품 활동에 대해 물었고, 잘 지내고 있다는 짧은 대답을 들었다는 것만을 확인할 수 있다. 이철주 등의 전언에 따르면 얼마 지나지 않아 임화가 숙청될 당시(1953. 8. 6) 지하련은 만주에 있다 이 소식을 듣고 뒤늦게 귀국하였으며, 이후 1960년 초 평북 희천 근처의 산간 오지 교화 시설에 격리 수용되어 병사했다고 한다. 미처 갈무리되지 못했던 그의 문학 세계를 생각한다면 안타까운 일이다.

이 글에서는 해방 직후 가장 적극적으로 활동한 여성 작가인 동시에, 월북을 택한 지하련의 문학을 통해 해방기 여성문학의 한 단면을 살펴보았다. 구체적으로 그의 유일한 창작집 『도정』 및 여타 수필들을 대상으로 해방이라는 사건을 수용하며 그의 문학이 보여주는 연속과 변화, 나아가

---

28) 지하련, 「광나루」, 『지하련 전집』, 223~224쪽.

월북이라는 향방을 둘러싼 그의 내면 풍경을 살펴보는 데 주력하였다. 특히 식민지 시기 소설들에서 보여주었던 문제의식의 연속선상에 있는 「도정」을 중심으로 그 문학적 성취가 해방 이후 변질, 후퇴하는 측면을 비판적으로 접근해보고자 했다.

해방 이전 창작된 지하련 소설의 가장 큰 특징은 여성의 시각에서 일제 말기 전향자의 형상을 포착하고 있다는 것이다. 이는 카프와 근거리에 있던 남성 작가들이 전향의 문제를 다루는 방식과 달리, '누이'라는 위치에서 제3의 시선을 획득할 수 있었던 지하련 문학의 특별한 지점이라고 할 수 있다. 이 소설들은 전향자로 낙인찍힌 남성 지식인들 못지않은, 아니 그보다 더욱 준열한 지점으로까지 파고드는 깊이와 비판적 시선을 확보하고 있는데, 이는 여성 작가로서 그가 창작의 출발점에서부터 견지해오던 문제의식—남성 지식인의 허위문제—과 함께, 실제 사회주의 사상운동에 관여하였던 오빠들의 누이이자, 과거 카프의 수장이었으며 훗날 카프 해산계를 제출하며 전향한 임화의 아내라는 독특한 위치에 놓인다는 사실로부터 기인하고 있음을 확인하였다.

해방 이후 창작된 「도정」은 이처럼 식민지 시기 지하련 소설에 등장하였던 전향자 남성 인물이 해방과 함께 당이 재건되고 합법화되는 과정에서 겪는 본격적인 갈등을 그리고 있다는 점에서 흥미롭다. 당과 당원으로서의 자신을 부정하며 일제 말기를 견뎌온 전향자는 해방과 함께 재건된 당 앞에서 또 한 번의 입당을 진지하게 고민해야만 하는 처지에 놓인다. 그러나 이 소설에서 그 같은 주인공의 갈등과 자기비판은 해방 이전과 달리 너무 손쉽게 봉합되어버리고, 다만 자신의 소시민성을 비판하는 문제로 귀착되고 만다는 점에서 문제적이다. 이러한 「도정」의 서사는 흡사 1920년대 프롤레타리아 소설의 익숙한 서사구조가 복귀하는 듯하다. 해방과 함께 새롭게 열린 시공간 속에서 식민지 시기 지속해오던 고민이 재빨리 봉합되고 이데올로그로 변신하는 과정, 일제 말기 대일협력을 하지 않았음에도 해방 후 정치담론에 쉽게 휩쓸려 들어가는 하나의 특별한 사례를 지하련 문학으로부터 확인할 수 있다.

■ 참고문헌

1. 기본자료

『해방일보』, 『부녀신문』, 『민성』

2. 단행본

구명숙 외 편저, 『해방 이후부터 1960년대까지 한국 여성 작가 작품목록』, 역락, 2013.
김남천 저, 채호석 편, 『맥: 김남천 단편선』, 문학과지성사, 2006.
김윤식, 『임화연구』, 문학사상사, 1990.
지하련 저, 서정자 편, 『지하련 전집』, 푸른사상, 2004.
채만식 저, 한형구 편, 『레디메이드 인생: 채만식 단편선』, 문학과지성사, 2004.
최정희, 『젊은 날의 증언』, 육민사, 1962.

3. 논문

권성우, 「해방 직후 진보적 지식인 소설의 두 가지 양상」, 『우리문학연구』 40, 우리문학회, 2013, 299~330쪽.
김주리, 「신여성 자아의 모방 욕망과 '다시쓰기'의 서사전략: 최정희의 「인맥」과 지하련의 「결별」 연작을 중심으로」, 『비평문학』 30, 한국비평문학회, 2008, 249~273쪽.
류진희, 「월북 여성 작가 지하련과 이선희의 해방직후」, 『상허학보』 38, 상허학회, 2013, 279~308쪽.
박정선, 「임화와 마산」, 『한국근대문학연구』 26, 한국근대문학회, 2012, 167~204쪽.
박지영, 「혁명가를 바라보는 여성 작가의 시선: 지하련의 「도정」, 한무숙의 「허물어진 환상」을 중심으로」, 『반교어문연구』 30, 반교어문학회, 2011, 175~204쪽.
박찬효, 「지하련의 작품에 나타난 신여성의 연애 양상과 여성성: 「가을」, 「산길」, 「결별」을 중심으로」, 『여성학 논집』 25, 이화여자대학교 한국여성연구원, 2008, 31~59쪽.

서재원, 「지하련 소설의 전개양상: 인물의 윤리 의식을 중심으로」, 『국제어문』 44, 국제어문학회, 2008, 329~354쪽.

손유경, 「해방기 진보의 개념과 감각」, 『현대문학의 연구』 49, 한국 문학연구학회, 2013, 147~174쪽.

이장렬, 「지하련의 가계와 마산 산호리」, 『지역문화연구』 5, 경남부산지역문학회, 1999, 111~130쪽.

장윤영, 「지하련 소설 연구」, 상명대학교 대학원 석사학위논문, 1997.

_____, 「지하련: 여성적 내면의식에서 사회주의 여성해방운동으로」, 『역사비평』 38, 역사문제연구소, 1997, 378~394쪽.

Ji Ha-ryeon: Before and After the Liberation

Na Rhee, Bo-ryeong

After the liberation from Japanese imperial rule, Ji Ha-ryeon was by far the most active woman writer in Korea. She was also one of many writers who chose to defect to North. In this paper, I examine women's literature from Liberation Period through Ji Ha-ryeon's writing. Specifically, I use the event of liberation to concentrate on examining how her literature, which includes her only collection of short stories titled Path(道程) and her other essays, shows her interiority's continuation and transformation, as well as her decision to defect to North. In particular, I focus on her short story *Path* as the central work that reveals a critical awareness during the colonial period, much like other literary fictions from that era, and then I criticize how her literary achievements became spoiled and regressed after the liberation.

The biggest particularity of Ji Ha-ryeon's pre-liberation fiction is that they capture the figure of proselytes during the late Japanese imperial rule from a woman's perspective. Unlike how the male writers around KAPF dealt with the issue of proselytization, Ji Ha-ryeon's literature is special in that her story of proselytes is told from a position of a 'sister'. Her stories possess sharp critical view that goes deeper and more severe than the male intellectuals who were stigmatized as proselytes. The basis of such critical mind is founded on her questioning of male intellectual's false consciousness from the beginning of her creative endeavor, and she was indeed a sister to her older brothers who were involved in Socialist movements, as well as being a wife of the poet and writer Im Hwa, once the leader of KAPF, who later turned in the declaration of its dissolution as a proselyte.

Path, which was written after the liberation, is interesting in that it earnestly presents the conflict experienced by the proselyte male figures, who appeared in Ji Ha-ryeon's earlier colonial fiction, as the Party becomes legalized and rebuilt post-liberation. The proselyte, who had once rejected his self as a member of the Party, was now put in a position where he must agonize on joining the Party again in its rebuilt form. However, unlike her fiction from the colonial period, the protagonist's conflict and self-criticism is quickly sealed, and concludes on criticising his self as a petit bourgeois. *Path's* such narrative seems like the return of the familiar narrative structure of 1920s proletariat fiction. In a newly opened space-time that came after the liberation, much of Ji Ha-ryeon's concerns are quickly sutured up, and through her literature, we can find a special case in which her protagonist transform into an idealogue, even though he had not been a pro Japanese collaborator during the late imperial rule, and get caught up in the political discourses of post-liberation period.

- **Keywords** : Liberation period women's literature, proselytization, defecting to North Korea, a sister's perspective, criticism of petit bourgeois.

1920년대 초반 비평에 나타나는 '사실성' 개념의 전개 양상

유 승 환*

■ 국문초록

본 논문은 1920년대 초반 비평에 나타난 '사실성' 개념의 전개 양상을 추적함으로써, 이후 실천적 문학비평의 주요한 규범이 된 '사실성' 개념의 성립 과정에 숨어 있는 다양한 역사적 맥락을 복원하는 것을 그 목적으로 한다. 일반적으로 1920년대의 소설사는 사실주의적 정신이 발전한 시기로 평가된다. 그러나 이러한 평가는 사실적인 정신을 곧 근대성과 동일시하며, 한국 문학의 전개 과정을 근대성의 성취와 동일시하려고 했던 문학사 서술의 욕망과 관련을 맺는 것으로 이 시기 문학담론의 구체적 지향들을 은폐한다는 점에서 문제가 있다.

* 홍익대학교 강사

1920년대 초반의 초기 문학비평에서 두드러진 현상 중 하나는 문학이 문학의 외부에 존재하는 객관적 세계를 재현해야 한다는 요구가 제기되면서도, 동시에 객관세계에 대한 단순한 반영을 '사실성'에 미달하는 것으로 보는 관점이 확산된다는 점이다. 자연주의적 사실성에 대한 비판에서 단적으로 찾아볼 수 있는 이러한 관점은 객관세계의 사실성과 절대적 주관에 의해 매개된 문학적 사실성으로 사실성 개념이 이중화되는 양상을 잘 보여준다. 이러한 사실성의 이중화 양상은 당대에 유행했던 개조론적 사상과 밀접한 관련을 가지고 전개되었다. 하지만 이러한 방식으로 성립된 사실성 개념은 주관에 의해 매개된 사실성으로서의 '진실'과 객관적으로 존재하는 '사실' 사이를 매개할 수 있는 형식적 방법들을 찾아내지 못함으로써, 사실성 개념을 독자적으로 재구성함으로써 미적 형식에 대한 배려까지 나아간 염상섭의 경우를 제외한다면 실제 비평적 작업에 적용될 수 있는 방법을 모색하는 것에는 실패했다고 할 수 있다.

때문에 이후 『조선문단』의 합평회를 계기로 본격적으로 시작된 실천비평에서 사용된 '사실성'이라는 개념은 서구의 소설 개념 및 소설적 관습에 의거한 장르적 규범에 의존하는 경향을 보인다. 1920년대 중반까지 실천비평에서 사용되었던 이러한 장르적 규범에 의거한 '사실성' 개념은, 구체적으로 디테일의 정확성 및 구성의 핍진성을 의미한다. 이광수는 문학원론의 제시를 통해서, 김억은 표현주의적 예술이론의 제시를 통해 이러한 '사실성' 개념의 구성에 이바지한다. 그러나 염상섭과 김동인은 각각 독자적으로 모색한 '사실성'에 대한 사유를 바탕으로 이러한 장르적 규범에 입각한 '사실성' 개념을 탈각, 나름대로의 독자적인 비평적 원리를 모색하는 모습을 보이기도 한다.

문제는 장르적 규범에 입각한 이러한 실천비평이 당대의 독자들에게 지도 원리를 행사하지 못했다는 점이다. 때문에 1920년대 중반에 이르러 새로운 비평적 규율의 모색이 요구되었으며, 이때 이 역할을 담당한 사람들은 『개벽』을 중심으로 활동한 신경향파 계열의 비평가들이다. 이들은 장르적 관습을 중심으로 형식적인 측면에서의 사실성을 강조하는 입장과 대립하며, 동시에 1920년대 초기 문학론에서 제시되었던 이중화된 사실성을 재해석하여 이중화된 사실성을 매개하는 작업에 힘썼다. 이들은 사실성 개념을 이중화시켜서 파악하며 현상적 차원에 놓인 사실성을 초월하여 진정한 사실성을 추구할 수 있는 작가의 창조적 주관을 중요시 여겼다는 점에서 1920년대 초반 문학론의 직접적 연장선상에 서 있다. 그러나 그럼에도 이들은 초월적인 사실성의 영역을 담지하는 새로운 주체로서 관념적 '민중'을 설정함으로써 관념적 '민중'과 작가의 주관의 일치 여부를 바탕으로 실천적 비평의 가능성까지 확보할 수가 있었다. 이때 이러한 새로운 사실성 개념을 근저로 하여 이루어진 실천적 비평의 예로 김기진의 '감각론'과 박종화의 '힘의 예술론'을 꼽을 수가 있다.

● **주제어**: 1920년대 초반 비평, 사실성, 창조적 주관, 장르적 관습, 관념적 민중.

1. 서론

'사실성'(reality)이라는 개념은 리얼리즘 미학의 가장 중요한 비평적 기준임에도 불구하고 그 의미와 용법이 명확하다고 할 수 없다. 소설에 있어서 사실성이라는 개념은 때로는 사건과 사건 사이의 전개에 있어서의 개연성인 핍진성과 동일시되기도 하며, 때로는 당대의 보편성 및 특수성을 명확히 드러낼 수 있는 전형성으로 이해되기도 하고, 때로는 세부적인 묘사의 정확함으로 이야기되기도 한다. 이렇듯 사실성 개념이 명확한 의미를 얻지 못하는 것은 리얼리즘 이론 자체의 난맥상에 그 원인이 있다. 실상 리얼리즘 이론이 목표로 삼는 현실 혹은 이데아적인 세계의 완전한 '재현'은 늘 이런저런 한계에 부딪치며, 그때마다 리얼리즘 이론은 보다 '올바른 재현'의 방식을 찾기 위해 사실성의 개념을 바꾸기 때문이다. 이처럼 리얼리즘 이론이 무척 다양한 스펙트럼을 가지고 있다는 것에서 추론해볼 수 있는 것은, 리얼리즘 이론이 제시하는 사실성 개념이 선험적인 것이 아니라 사실은 역사적인 상대성을 가지고 있다는 점이다. 실제로 서구에서 집중적으로 전개되었던 리얼리즘 이론은 19세기 프랑스 및 영국 등에서 창작된 특정한 경향의 소설들에 바탕하여 제출된다. 다시 말해 근대 리얼리즘 이론의 성립은 특정한 시기에 이루어진 특정한 방식의 글쓰기가 반복되어 코드화되었기 때문에 가능한 것이었다.[1] 이 점을 고려하면 시대적 맥락이 서구의 것과는 전혀 다른 한국 근대 문학에 서구적 리얼리즘 이론의 잣대를 들이대는 것은 매우 위험한 관점임을 알 수 있다.

그럼에도, 한국 근대 비평에서 사실성 개념의 형성 과정을 추적하는 것은 매우 중요하다. 이는 무엇보다도 한국 근대 비평에서 사실성 개념은 작품을 평가하고 지도하는 비평적 규율로서 기능했으며, 한국 근대 작가들 또한 사실성 개념을 자신의 창작에서 의식적으로 추구해야 할, 혹은 거부해야 할 것으로 사고했기 때문이다. 따라서 한국 근대 비평에서 제기된 사실성 개념의 의미를 역사적으로 파악하는 것은 당대 한국 문인들의 사고 방식 및 한국 문학의 생산과 수용의 과정을 파악하는 데 있어 매우 중요하다.

이 글은 근대적인 문학 제도가 정비되고, 본격적인 비평이 최초로 시도되었다고 볼 수 있는 1920년대 초반 비평, 정확히는 1920년~1925년 사이에 『창조』, 『폐허』, 『개벽』, 『조선문단』 등에 실린 비평에 나타난 사실성 개념의 전개 양상을 실증적으로 검토하는 것을 목표로 삼는다. 일반적으로 이 시기, 특히 이 시기의 소설사는 사실적인 정신이 발전한 시기로 생각된다. 이는 임화와 백철의 문학사 서술[2]에서부터 그 기원을 찾을 수 있다. 임화와 백철은 모두 이 시기를 리얼리즘의 전 단계로서 자연주의가 발흥한 시기로 평가한다. 이러한 평가는 사실적인 정신을 곧 근대성과 동일시하고 한국 문학의 전개 과정을 근대성의 성취 과정과 동일시하고 싶

---

1) 코워드 · 엘리스, 이만우 역, 『언어와 유물론』, 백의, 1994, 72쪽.
2) 임화, 「조선신문학사론 서설」, 『임화전집』 2, 박이정, 2001 ; 백철, 『신문학사조사』, 민중서관, 1953.

어 했던 이들의 문학사 서술의 욕망과 관련을 맺는다. 물론 이러한 견해
는 이 시기 한국 문학을 사조적으로 환원하면서 이 시기 문학 담론의 구
체적인 지향들을 은폐한다는 점에서 큰 문제가 있다.3)

한편, 90년대 이후 '근대성' 담론 자체가 상대화되면서 이 시기 문학의
사실성 개념을 재평가하는 연구도 진행되었다. 가령 김행숙은 이 시기에
강조된 사실적인 묘사가 주체와 객체를 분리하는 새로운 사실성의 영역을
창조했다고 평가4)한다. 손정수는 1920년대 초반의 소설이 작가 자신과 작
중 인물 사이의 관련을 강조하고 참조 텍스트를 생산하면서 소설의 사실
성을 확보했으나 이후 내적으로 완결된 허구적 텍스트 자체가 사실성을
담지하게 되었다고 지적하며 이를 '텍스트의 자율화 과정'으로 명명한다.5)
송은영의 경우, 1910년대 잡지에 나타난 장르의식을 추적하는 과정에서
소설이 담지하고 있다고 믿어지는 '사실성'이 역사적 사실성 자체가 아니
라 '내면적 진실성'으로 변화하고 있다는 흥미로운 견해를 제시한다.6) 그
러나 이러한 연구들은 공통적으로, 당대 사용되었던 '사실성' 혹은 이와
유사한 개념의 복잡다단한 의미를 비교적 단순화하면서, 또 다른 추상적
개념으로 이 시기 문학을 환원하고 있다는 한계를 지닌다.

1920년대에 형성된 '사실성'의 개념이 추상적 근대성으로 환원될 수 없
는 것은 이 시기 문학 담론이 매우 다양한 사상적인 맥락 속에서 자신의
지향점을 설정하고 있기 때문이다. 이 시기의 사실성 개념은 자연주의, 상
징주의, 아나키즘을 포함한 사회주의, 사회개조론, 신비주의 등 얼핏 보면
서로 모순되는 다양한 사상과 관계를 맺고 이를 역동적으로 종합함으로써
산출된다. 따라서 사실성 개념의 형성 과정은 단순히 근대적인 의미의 '사

3) 실증적인 차원에서 이 시기 문학 담론에서 자연주의가 의식적으로 추구되었다는
   증거는 찾을 수 없다. 이에 대해서는 김학동, 『한국 문학의 비교문학적 연구』,
   일조각, 1972, 116~117쪽.
4) 김행숙, 「1920년대 초기 개별 장르의 특성화 논리 연구」, 『민족문화연구』 37호,
   2002.
5) 손정수, 『텍스트의 경계』, 태학사, 2002.
6) 송은영, 「1910년대 잡지에 나타난 장르분화와 언어의식」, 『석당논총』 48호,
   2010.

실주의 정신의 발전'으로 분석될 수 없다. 이 시기 사실성 개념의 형성에는 1920년대의 독특한 사상적 지향이 포함되어 있으며, 이러한 사상성을 복원하는 것은 이 시기 사실성 개념의 실체를 이해하는 데 있어 매우 중요한 과정이다. 따라서 이 글의 주된 목표 중 하나는 이 시기 사실성 개념의 성립에 관여한 다양한 사상들을 일별하면서 이를 종합하여 형성된 1920년대 비평의 내적 논리를 사실성 개념을 중심으로 재구하는 것이다.

그런데 이 시기의 사실성 개념이 다양한 사상적 경향이 종합되면서 이루어졌다는 점은 이 시기 비평 텍스트의 분석에 있어서 한 가지 난점을 야기한다. 사상이 혼류된 만큼 이 시기 비평 텍스트에 사용되는 용어들이 매우 혼란스럽다는 점이다. 이 글에서 문제 삼고 있는 것은 '사실성' 개념의 성립이지만, 실제로 '사실성'이라는 개념 자체는 이 시기 비평 담론에서 잘 사용되지 않는다. 그 대신 이 시기 비평에서는 사실성이라는 개념과 어느 정도 유사하다고 볼 수 있는 '事實, 寫實主義, 現實的, 自然的, 實際, 實在, 眞理, 眞實, 實生活, 實人生' 등등의 용어가 사용되며, 이러한 용어들과 문학·예술과의 관계가 끊임없이 문제시되고 있다. 또한 이러한 다양한 용어들은 나름의 뉘앙스 차이를 가지고 있으며, 이 용어들이 모두 이후 비평적 규율로서의 사실성 개념에 수렴된다고 보기도 힘들다. 따라서 이 시기 사실성 개념의 전개를 살펴보기 위해서는 우선 이 시기에 제출된 문학론 속에 사용된 다양한 용어들의 위상을 평가하고 이러한 용어들과 문학의 관계 양상을 점검하면서 이 시기에 형성된 사실성 개념의 독특한 성격을 파악할 필요가 있다. 이러한 분석은 이 글의 2장에서 수행될 것이다.

한편 1920년대 초반 문학론의 형식으로 제출되었던 사실성 개념은 이후 두 가지 계기로 인한 변화를 겪는다. 그 한 가지 계기는 문학론이 구체적인 한국 문학작품에 대한 실천적 비평으로 전개되는 과정이며, 또 다른 계기는 외부적 충격으로서 민중운동의 발전을 내면화하는 과정이다. 이 두 가지 계기를 통하여 사실성 개념은 작품을 평가하고 지도하는 비평적인 규율로 확립된다고 볼 수 있다. 이 글의 3장과 4장은 이 두 가지 계기를 분석하는 데 할애된다. 3장에서는 월평, 합평회 등의 실천비평을 주된 분석 대상으로 삼으며 사실성 개념이 작품의 미적 형식적 측면에 대한 비평 규율로 이동하는 과정을 분석하며, 4장에서는 민중운동 진영의 요구라는 외적 충격을 내면화하며 1920년 초반의 사실성 개념이 심화되어가는 과정을 분석할 것이다. 이 글은 이러한 분석들을 통하여 1920년대 초반의 사실성 개념의 전개 양상을 보다 실체적으로 설명하고 사실성 개념의 형성 및 전개 과정 속에 포함된 다양한 역사적 맥락을 복원하는 것을 목표로 삼는다.

2. 사실과 허구와 예술의 관계

1920년대 초반의 문학 담론에 있어서 가장 빈번히 질문되었던 것은 문학 외부에 존재하는 '인생' '사회' 등의 사실적인 것과 문학 혹은 예술과의 관계였다. 보다 대중적인 차원에서 '예술을 위한 예술'과 '인생을 위한 예술' 중 '어느 쪽이 옳은 것이냐'라는 형식으로 제기되기도 했던7) 이러한 질문은 '문학에서 다루어야 할 것', '문학의 목적' 등을 묻는 문학의 존재론으로서의 성격을 가지고 있다. 이때 중요한 문제로 부각하는 것은 이 시기 문학 담론과 자연주의와의 관계이다. 주로 해외 문예 사조사에 대한 소개의 형식으로 수용된 자연주의는 분명 문학에서 사실적인 것을 다루기 위한 하나의 방법으로 인식되었다.

> 자연주의의 가장 큰 특색은 현실적이다. 이 현실의 인생이 현실의 생활에

---

7) 가령, 석송 김형원의 「문학과 실생활의 관계를 논하야 조선신문학 건설의 급무를 제창함」(석송생, 『동아일보』, 1920. 4. 20~4. 24)은 문학이 사회에 유해하다는 대중적 편견에 대한 반론의 형식으로 문학론을 펴고 있다. 또한 문학 개론의 성격을 가진 김억의 「근대문예」(『개벽』, 1921. 6~1922. 3)와 이광수의 「문학강화」(3회, 『조선문단』, 1924. 12)는 모두 본격적인 문학론을 전개하기에 앞서서 '인생을 위한 예술'과 '예술을 위한 예술'의 대립에 관한 논의를 편다.

대하야 심절하게 주의를 두는 것이다. 자연주의로 말미암어 예술은 실인생 실생활과 밀접한 관계를 매저 잇는 것이다. 인생의 의미는 어데 잇는가? 우리의 생활은 무엇을 의미함인가? 하는 것이 자연주의 문예 가운데서 자조 잇는 것이다 (…중략…) 자연주의 문예는 오락인 예술이 안이오 인생에 대하야 생활에 대하야 깁히 생각하게 하는 예술이다.[8]

물론 최승만의 이러한 견해는 자연주의에 대한 심도 깊은 이해라고 보기는 힘들다. 자연주의의 창작 방법론에 대한 관점이 결여된 채 자연주의의 특징을 '현실'에 대한 관심이라는 문학적 태도의 문제로 치환하고 있기 때문이다. 그러나 그럼에도 이 글에서 자연주의는 '실인생' '실생활', 즉 문학 외부의 사실적인 객관 세계와 문학 사이의 관련성을 환기시키는 하나의 계기로서 인정되고 있다. 그런데 문제는 이 시기 자연주의 문학이 사실적인 객관 세계를 중요시하는 문학이론으로 한국에 수용됨과 동시에 극복 지양될 것으로 치부되어 있다는 것이다. 이는 자연주의가 주로 문예 사조사 소개의 형식으로, 다시 말해 도입되면서부터 역사화되어 도입된다는 점과 관련이 깊다. 1920년대 초반은 문예사조사의 도입이 비교적 활발한 시기라고 볼 수 있다.[9] 이때 이들 전신자들이 그리고 있는 서양 문예 사조사의 전개는 대개 동일하다. 즉, 문예부흥 시기 이후 상고주의 혹은 의고주의, 즉 현대의 용어로 할 때 고전주의의 시기가 왔으며, 이에 대한 반동으로 자아를 강조하는 로-맨주의(낭만주의), 그리고 이에 대한 반동으로 다시 자연주의·사실주의의 시기가 오고, 그 뒤를 이어 신낭만주의 혹은 신이상주의가 등장했다는 것[10]이다. 당대까지 사조사 전개의 최종 단계로서 신낭만주의가 당대의 지향점으로 인정될 때 역사 속에서 타자

---

8) 최승만, 「문예에 대한 잡감」, 『창조』 4호, 1920. 2, 50쪽.
9) 해외 문예사조사를 소개한 글 중 중요한 글이라고 볼 수 있는 것은 다음과 같다. 석송생, 앞의 글 ; 김억, 앞의 글 ; 김억, 「문학 니야기」, 『학생계』 1호, 1920.7 ; 노자영, 「근대사상연구」, 『서울』 8호, 1920. 12 ; 최학송, 「근대영미문학의 개관」, 『조선문단』, 1925. 1. ; 김영진, 「현대문학의 주조」, 『조선문단』, 1926. 3.
10) 김억, 「근대문예」 ; 김영진, 「현대문학의 주조」에서 모두 동일한 논의를 하고 있다. 또한 김억과 김영진 모두 신이상주의 혹은 신낭만주의를 현대의 지향점으로 설정한다.

화11)된 자연주의는 문학과 현실과의 관련을 강조하게끔 한 하나의 역사적 단계로 그 의미가 축소된다. 위의 최승만의 견해에서 볼 수 있듯이 자연주의는 문학과 진실이 밀접한 관련을 맺는다는 점만을 확정한다. 그러나 진실 그 자체는 "실제 잇는 사실" 그것을 넘어서는 곳에 존재한다.

> 실제잇는 사실을 그대로 쓰기만 하면 과학적 진실은 될 수 잇스나, 예술상의 진실은 되지 못하는 것이외다. 만일 그러하다고 하면 사진은 그림보다 진실이라고 하는 말이 되고 말 것이외다.12)

위는 자연주의 문학론에 대한 김억의 진술이다. "근대인의 고뇌—아니, 오뇌는 자기를 주장하랴고 함에 대한 물질의 압박"13)이라는 견해에서 그 정당성이 확보되는 위와 같은 진술은 이 시기의 문학 담론에서 흔하디 흔하게 볼 수 있다. 논자에 따라 용어의 사용은 다르지만 '事實' 혹은 '實際'라는 개념은 '과학적 진실'과 유사한 개념으로 취급되며 그 위상이 격하된다. 그 대신 예술과 긴밀한 관련을 맺으며 추구되는 개념은 '事實'보다 훨씬 상위에 있는 사실을 초월한 '眞理' 혹은 '實在'이다. 사실성이라는 개념, 그리고 사실적인 것의 재현이라는 개념이 이중화되는 것이다.

> 재현 능력은 결코 단순한 표현 능력과는 갓지 아니하다 상상은 기억이 아니다. 그리 지혜롭지 못한 부녀라도 넓은 의미로의 소설 하나쯤은 쓸 수 잇는 것이다 우매한 부녀라도 자기의 경험한 바를 기억하얏다가 고대로 남에게 이야기 할 수가 잇다 그러나 이것이 결코 재현은 아니다. 인생을 충실하게 묘사하야 생기가 넘치이는 이야기를 적는다는 것은 결코 다반사가 못된다. 다음에 <u>시는 결코 실제의 우주가 아니요 이상적 우주의 상상적 재현이란것이 부정지되안는 한에서</u> 위대한 시인은 반드시 이상화의 능력을 가저야 할 것이

---

11) 손정수는 자연주의가 경향문학가들에 의해 근대 문학의 발전 단계가 설정되면서 역사적으로 타자화된다고 지적한다(손정수, 「한국근대초기비평에 나타난 자연주의 개념의 변모 양상에 대한 고찰」, 『한국학보』 27호, 2001). 그러나 실제로 자연주의는 사조사를 통한 수용의 단계에서부터 역사적으로 타자화된다고 보는 쪽이 옳다.

12) 김억, 「근대문예」 6회, 33쪽.

13) 김억, 「근대문예」 5회, 128쪽.

다.14)(밑줄은 인용자, 이하 동일)

'표현'과 '재현'을 구분하는 것은 당대 논자의 일반적인 논법은 아니다. 이 시기 비평 담론을 썼던 논자들에게 '표현'은 특히 자아의 감정의 표현과 연관되며 매우 높은 위상을 점유하는 용어이다. 그러나 이 점을 주의하고 이 글을 본다면 여기서 사실성, 그리고 사실성의 재현이 가치론적으로 이중화되고 있는 상황을 발견할 수 있다.

여기서 주의해야 할 점은 이러한 이중화가 곧 객관세계에 대한 관심을 포기하고 소위 '미적 자아'에만 몰입하게 되는 상황을 의미하는 것은 아니라는 점이다. 이는 식민지적 근대성을 극복하기 위한 이 시기의 특유한 계몽적 기획인 사회 개조론과 맞닿아 있다고 보는 쪽이 옳다. 사회 개조론은 1차 세계대전이라는 인류적 참사를 서구의 물질주의적인 문명으로부터 발원하는 것으로 보고, 이에 대비되는 정신적 가치 문화적 가치를 중심으로 모든 민족과 모든 사람이 평화공존할 수 있는 체제를 마련해야 한다는 관점에 입각해 있다.15) 이때 물질문명과 대비되는 정신적 문화적 가치 자체는 우열의 논리를 지니지 않는다. 따라서 사회개조론은 개개인, 개개 민족이 담지하고 있는 가치 자체를 상대화시킨다는 점16)에서 약육강식과 적자생존을 주장하며 식민지 지배를 정당화시키는 사회진화론에 대한 비판의 논리로 기능하게 된다.17) 물질문명을 비판하는 사회개조론은 문학적 담론에 있어서도 적용된다. 자연과학적 방법론을 대폭 수용하는 자연주의적인 관점에서 제출되는 사실 자체가 '물질문명'에 기반한 것으로 인

---

14) 진장섭, 「시론단편」, 『여시』 1호, 1920. 6
15) 이러한 사회개조론은 특히 1920년 이후 대표적인 종합지로 자리매김한 『개벽』에서 활발하게 제출되었다. 사회개조론의 관점은, 이돈화의 「세계를 알라」(『개벽』 1호, 1920. 6), 「조선인의 민족성을 논하노라」(『개벽』 5호, 1920. 11) 등에 잘 나타나있다.
16) 이는 궁극적으로 개별자의 인식과 직관을 절대화시키는 주관주의적 인식론으로까지 발전되며, 이후 사회주의 담론과도 밀접한 관련을 가지게 된다. 이에 대해서는 유승환, 「1920년대 초중반의 인식론적 지형과 초기 경향소설의 환상성」(『한국현대문학연구』, 23호, 2007)에서 논한 바 있다.
17) 이호룡, 『한국의 아나키즘』, 지식산업사, 2001, 55쪽.

정되기 때문이다.

> 현실의 모든 진상을 과학적으로 작자의 눈에 보이는 것보다, 현실의 진상 그 자신을 그대로 묘사하랴는 것이 자연주의라고 하엿습니다. 다시 말하면 현실 그 자신이 진이며, 그 동시에 자연이라는 뜻이올시다. 과학적 견지에서, <u>모든 것을 기계적, 물질적으로만 본 문학</u>이엇습니다.[18]

이렇듯 자연주의적인 사실성은 물질적으로만 본 사실성으로 극복과 지양의 대상이 된다. 이 점에서 유미주의자 오스카 와일드의 말을 인용한 다음과 같은 진술도 다만 유미주의에 머무는 것이 아니라, 사회개조론에 기반한 일종의 문명비판적 성격을 획득한다.

> 현대소설이 아모리 오스카 와일드의 말 맛다나, 평범한 사실의 사화박게 못되도록 사실주의로 일관할지라도, 결코 사실의 개념만을 추상하야 묘사하는 것이 사실주의의 본령도 안이오, 쏘 그래가지고는 예술품과 역사나 당용일기와의 구별이 업서질 것이다[19]

이처럼 이 시기 비평에서는 물질적인 것에 의거한 '사실'과는 다른 개개인의 정신적인 "내적 생활"에 기반한 새로운 사실성의 영역이 탄생된다. 그리고 이런 참된 내적 생활을 표현하고 지탱해주는 가장 대표적인 장치가 다름 아닌 '예술'이 되는 것이다. 따라서 "예술은 인생의 자연성"이며 "인생의 가치가 오즉 예술에 잇다"라는 진술[20]은 조금도 퇴폐적이거나 현실 도피적인 것이 아니다. "실생활은 감정이라 하는 원동력하에 지배된다"는 점에서 개개인의 감정과 동일시되고 문학은 이 감정을 움직일 수 있다는 점에서 "문학은 인생"[21] 자체로 인정될 수 있는 것이다. 다시 말해 이 시기에는 문학 외부의 어떤 것과의 문학작품의 유사성에 의해서 문학의

---

18) 김억, 「근대문예」 6회, 28쪽.
19) 제월생, 「백악 씨의 자연의 자각을 보고서」, 『현대』 2호, 1920. 3.
20) 「내적 조선 – 문예쇄신요망」, 『동아일보』, 1920. 6. 15.
21) 석송생, 앞의글, 3회.

사실성이 검출된다기보다 문학작품 그 자체가 사실성의 영역을 대표한다고 믿어져왔던 것이다.

이처럼 자연주의적 사실성과 대비되는 새로운 사실성의 개념이 개개인의 내적이고 정신적인 영역에서 새롭게 형성될 때, 이 시기의 독특한 미학적인 입장이 형성된다. 특히 주목할 것은 『폐허』 동인의 이론들이다. 즉, 김찬영—그리고 『폐허』 동인은 아니지만 '사회주의자'인 신태악—이 보여주는 감각론과 염상섭 특유의 '적라의 개인'에 관한 이론, 변영로와 오상순, 김억 등이 대표하는 신비주의적인 미의식 등은 사회개조론과 결부된 예술 개념이 극단화된 경우이다. 김찬영과 신태악은 모두 미적 쾌감 자체가 적극적인 생의 의지의 실현이라는 점을 인정한다.22) 이때, 이러한 생의 의지의 실현으로서의 미적 쾌감의 근원은 개인의 주관 속에 존재한다. 주관 자체는 활동으로서의 감정과 작용으로서의 감각으로 구성되어 있다. 따라서 특정한 사물에 대한 미적 감수는 "자기 주관 안에 잇는 미적 감정의 활동에 의지"하고 다시 "자기 자신의 감각의 작용에 의지ᄒᆞ여" 이루어지는 것이다. 따라서 더 나은 예술의 수용과 창조를 위해서는 "영적 적라의 자유로운 감정과 속임업는 감각"이 필요하다는 것이 김찬영의 논의23)이다. 개체적인 감각 능력의 증진 자체를 미의 증대로 생각하는 이러한 감각론은 이후 신경향파 문학 이론으로까지 이어지면서 이 시기 미학적 입장의 주된 경향 중 하나가 된다는 점에서 중요성을 가진다.

오상순과 변영로로 대표되는 『폐허』의 신비주의적인 경향은 물질주의적인 사실성의 세계를 떠난 초월적 사실성으로서의 '진리'를 탐색하는 시도 중 하나로 이해할 수 있다. 동시에 이러한 신비주의적인 미학은 미의 담지자로서의 자아를 과도하게 강조할 때 생길 수 있는 자아의 고립을 방지하기 위한 장치로서 제시된다.

우리는 자기 일개를 위하야 혹은 자기일개의 의식세계 속에 우리들을 고

---

22) 신태악, 「종교와 문예」, 『학지광』 21호, 1921. 1.
23) 김찬영, 「현대 예술의 대안에서」, 『창조』 8호, 1921. 1, 20쪽.

뇌케하는 것은 안이다. 그러고, <u>자기의 협애한 의식세계 중에 독거하여, 거긔</u>
<u>모든 문제를 속히 해결하려고 해서는 안되겠다.</u> 그 곳에는 난감한 실망과 단
념과 적멸 이외에 다른 것은 챠가 보지 못할 것이다. (…중략…) 엇더한 오해
나 핍박이 잇슬지라도 <u>우리는 자유에 살고 진리에 죽고자 한다.</u>24)

　　물질적인 사실성을 '폐허' 혹은 '시대고' 등으로 이미지화하면서 이를
초월하는 "우주적 대생명"25)과의 합일을 노리는 이들의 시도는, 이들이
가진 신비주의적 지향의 사상적 연원이 아나키즘과 맞닿아 있다는 점26)을
고려하면서 평가될 필요가 있다. 이은상의 휘트먼론27)에서 휘트먼에 대한
에드워드 카펜터의 견해가 인용된다는 점28)은 중요하게 생각할 수 있다.
카펜터는 무정부주의적 성향을 가진 영국의 공예가로, 당시 일본에서는
역시 무정부주의자인 이시카와 산시로에 의해서 무정부주의자로 소개되면
서29), 이시카와 산시로 및 야나기 무네요시의 사상에 영향을 미친 인물이
다. 카펜터는 이 당시 한국의 지식인들에 의해서도 몇 차례 언급이 된다.
『폐허』의 동인이자 1922년 동경고학생동우회의 아나키즘적인 계급 투쟁
선언문에 연서했던 이익상30)은 1921년에 "생활이 곳 예술"31)이라는 카펜
터의 견해를 인용하고 있다. 또한 『개벽』지에서 카펜터는 '사회개조의 일
인자'로 소개되는가 하면32), 생존경쟁을 비판하고 자아의 확대를 주장한

24) 오상순, 「시대고와 그 희생」, 『폐허』 1호, 1920. 7, 62쪽.
25) 위의 글, 53쪽.
26) 최근 『폐허』 동인과 아나키즘 사상과의 관련성은 황석우, 염상섭, 나경석에
　　대한 논의를 중심으로 지적되었다(조영복, 『1920년대 초기 시의 이념과 미학』,
　　소명출판, 2004 ; 이종호, 「일제시대 아나키즘 문학형성 연구」, 성균관대학교
　　석사학위논문, 2006). 그러나 『폐허』 동인의 아나키즘적 성향은 오상순, 변영로
　　등에까지 확대될 필요가 있다. 야나기 무네요시, 에드워드 카펜터 등 아나키즘
　　과 신비주의를 매개할 수 있는 사상가들의 영향을 이들에게서 찾을 수 있기
　　때문이다.
27) 이은상, 「시인 휘트맨론」, 『조선문단』 8호, 1925. 5.
28) 위의 글, 89쪽.
29) 나카미 마리, 『야나기 무네요시 평전』, 김순희 역, 효형출판, 2005, 110쪽.
30) 이호룡, 앞의 책, 185쪽.
31) 이익상, 「예술적 양심이 결여한 우리 문단」, 『개벽』 11호, 1921. 5, 102쪽.
32) 박사직, 「개조계의 일인인 에드와드 카펜타아를 소개함」, 『개벽』 12호, 1921. 6.

카펜터의 저서 「천사의 翼」이 김기전에 의해서 부분 번역되기도 했다.[33] 이처럼 얼핏 객관적 세계에 대한 완전한 몰각과 현실 도피로 보이는『폐허』의 신비주의적 성향은 개개인의 자발성에 근거한 이상적 공동체에 대한 지향을 가지는 아나키즘적 사상과 결합되어 있었다는 점은 강조되어야 한다. 이를 통해『폐허』동인들의 문학적 지향을 당대의 개조론적 사상과 결부하여 재평가할 수 있는 여지가 생기기 때문이다.

그러나『폐허』의 비평 중 사실성 개념에 대한 가장 민감한 의식을 보여주는 것은 염상섭의 비평이다. '적라의 개인'이라는 개념을 중심으로 그가 펴고 있는 개성론은 허구와 사실과 예술의 관계에 대한 특징적인 고찰을 중심으로 전개되기 때문이다. 염상섭 또한 그의 논의의 출발을 자연주의적 사실성 개념에 대한 비판으로 시작한다. 그러나 그의 자연주의 비판은 김억과 같이 개념적으로 명료하게 전개된다고 보기는 어렵다. 무엇보다도 그의 자연주의 비판은 서구적인 것이 아닌 일본적인 자연주의에 대한 비판의 성격을 가지고 있다. 이 점에서 그의 자연주의 비판은—자연주에 대한 비판이라는 말을 명시하지 않을 정도로—김억의 그것에 비해 덜 개념적이지만 동시에 더욱 자각적이며 구체적인 차원에 놓인다.

> 자기의 비겁과 XX을 스사로 혹은 조소도 하고, 혹은 매도하면서도, 그러한 상태에서 방황하는 자기 자신의게 일종의 흥미와 위안을 감하엿슴니다. 그 쭌만이 안이올시다. 그갓튼 상태가 자기 생활의 자기 생활의 본연의 형체라고 생각하엿스며, 쏘는 이 무저항의 자기학대의 생활이 XX되는 중에, 자기의 의지가 아니고 더 크고 더 구든 다른 의지가, 엇더한 결정에 꽂지든지 끌고가기를 바라고 미덧슴니다. 모든 권위를 부인하랴는 XX의 사상과는 큰 모순을 가지고, 나는 도로혀, 이 다른 의지의게 절대복종을 무조건으로 승락하고 가만히 안저서 이 <월>의 농단대로 구사되는 자기의 모양을 냉연히 정시함으로써, 생의 비통한 자의식과 밋 XX성으로부터 생기는 일종의 내적 쾌감을 맛보고저 하여왓슴니다.[34]

---

33) 묘향산인 역, 「먼저 당신 자신의 자아에 진리가 잇슬지어다」, 『개벽』14호, 1921. 8. 그 외에 카펜터에게 사상적 영향을 주었던 영국의 경제학자 러스킨에 대한 언급이 김찬영의 글에서 발견된다는 점 또한 고려할 필요가 있다(김찬영, 앞의 글, 20쪽).

위의 인용문은 염상섭이 자기가 한때 빠져있었던 '자기학대'의 상황에 대한 설명이다. 염상섭이 설명하고 있는 이 '자기학대'는 주체와 객체를 완전히 분리시키고 객관세계에 대한 개입을 포기한 채 자기 관조에 잠기는 상황을 보여준다. 염상섭 자신은 이러한 설명에 '자연주의'라는 표현을 넣지 않고 있지만, 주체와 객체의 분리, 객관세계에 대한 개입 의지의 포기, 이로 인해 자기 관조에 집중하는 태도는 그대로 일본 자연주의의 특징으로 볼 수 있다.35) 즉 염상섭은 이후 사소설로 전개되는 일본식 자연주의의 문학적 태도를 한동안 "인생의 일면을 탐구하는 유일의 수단"36)으로 사용해왔던 셈이 된다. 이때 염상섭이 자기학대의 태도를 버리고 자기해방, 즉 '적라의 개인'으로 돌아가자고 주장하는 것은 기성 사회의 개량과 밀접한 관련을 맺는다.

> 우리는 무엇보다도 적라의 개인으로 = 자기로 도라가야하겠습니다. 노예적 모든 습관으로부터 기성적 모든 관념으로부터, 적라의 개인에! 이것이 우리의 못토가 아니면 안이되겠습니다 (…중략…) 이것이 정치적 사회적 경제적 도덕적-일체의 외적 해방의 발족점이요 제일요건이외다.37)

이처럼 염상섭 또한 자연주의적 사실성—즉, 현상의 인정—을 넘어서는 사실성 개념을 노리고 있다. 그리고 이 사실성은 비록 관념적이지만 '적라의 개인' 안에 잠복해 있다. 이때, '적라의 개인'이 담지하고 있는 사실성을 사회적인 사실성의 차원으로 옮겨내는 것이 곧 '외적 해방'의 방법이 되는 것이다. 위 글에서 보여지는 새로운 사실성에 대한 견해는 이후『폐허』2호에 실린「저수하에서」에서 보다 본격적인 미적 표현의 가능성에 대한 성찰로 이어진다. 이 글은 '허구', 주관적 환각으로서의 '꿈'과 같은 장치와 '진리'와 '예술'의 관계에 대해 논하고 있다.

---

34) 염상섭,「자기학대에서 자기 해방에-생활의 성찰」, 1회,『동아일보』, 1920. 4. 6.
35) 강인숙,『자연주의 문학론』, 고려원, 1987, 455~463쪽.
36) 염상섭, 앞의 글.
37) 위의 글, 4회, 1920. 4. 9.

허언 속에서 진이 나온다 나도 거짓말을 하기 때문에 사람이다. 처음에 사십번이나 혹은 일백사십번이나 허언을 하지안코는 단한아의 진리에도 득달할 수업다 (⋯중략⋯) 쏘 진에 도달하는 <푸로세스>라고도 할는지 모르나 허언도 교묘히 할 만한 자격이 업시 중도난방으로 횡설건설하는 것은 비록 죄악으로까지 혹평할 바는 안일지라도 확실히 자기들 너머 고가로 타산하얏거나 혹은 사회를 능멸한 소위라고 나는 생각한다[38]

위 인용문에서 진리의 유일한 발견 형식이 허구라는 것은 의심되지 않고 있다. 문제가 되는 것은 허구의 '교묘함' 즉 허구의 형식이다. 교묘하지 않은 허구적 형식은 "사회를 능멸"하는 결과가 나온다는 것은 중요한 언급이다. 허구적 형식이 개개인의 경험에 의해 절대화되지 않고 현실적 영역과의 관련성 속에서 가치론적으로 위계화된다는 점을 암시하고 있기 때문이다. 염상섭은 이후 허구적 형식을 이룰 수 있는 세 가지 소재를 차례로 검토하며 진리를 산출하는 허구의 미적 표현 가능성을 타진한다. 그세 가지 소재는 각각 '가사체험', '꿈', '일본에서 일어난 情死 사건'이다. 이 중 첫번째 '가사체험'의 경우는 대단히 불명료하게 서술되어 있어서 그의미를 알기 어렵지만 두번째 '꿈'과 세번째 '정사 사건'은 각각 일반적으로 사실이라고 인정되지는 않지만 체험 당사자에게만은 강렬한 인상을 남기는 주관적 체험을 의미한다고 볼 수 있다. 문제가 되는 것은 이러한 자기 자신 혹은 타인이 느끼는 주관적 체험들을 미적 허구의 형식으로 표현할 수 있는가이다. 염상섭은 이 두 가지 경우 모두에 있어서 부정적인 결론을 내린다.

병적 상태에 잇슬 쌔 꿈은 이상히 명확한 윤곽을 가지고 실제와 흡사히 발현한다. (⋯중략⋯) 전광경에 예술적으로 조화한 듸테일이 잇는 고로 그 꿈을 쭌 자는 그 사람이 설사 푸—쉬킨이나 트르게네프와 가튼 예술가일지라도, 그것을 실재로서 안출할 수는 업다. 이 가튼 병적 현몽은 통상 장구한 동안 기억에 기능히 남아 잇서서, 사람이 쇄야하야 과민케된 기능에 심각한 인상을 주는 것이다.[39]

---

38) 염상섭, 「저수하에서」, 『폐허』 2호, 1921. 1, 54~55쪽.

이것은 결국 주관의 문제다. 그 여자의 감정이나 사색이 엇더한 정도까지 심각하얏서는가는 물론 의문이지만, 사라는 <u>사실을 객관화하야 일주의 관념을 작성하고 그 관념 속에서 미를 각출하야서 다시 자기 주관 내에 삽입할 때, 사는 예술일 수가 잇다고 하겟다</u> (⋯중략⋯) <u>일체의 死가 예술일 수 잇다함은 대자연을 일대예술이라함과 가튼 의미 박게 안이된다</u>. 그러나 자연은 오즉 예술의 장고일 다름이요 우리가 이르는 바 예술 그 물건은 안이다 40)

위의 인용에서 보듯이 염상섭은 꿈이나 정사 모두 그 인상을 직접 허구적 형식으로 옮기는 것은 불가능하다는 판단을 내리고 있다. 꿈은 꿈을 꾸는 자가 보유한 주관적 인상이 아니라, 이미 꿈을 꾸는 자의 눈앞에 "예술적으로 조화한 듸테일"로 재현된 양식으로 실제성을 가진다. 따라서 꿈은 꿈을 꾸는 이에게 "장구한 동안" 깊은 인상을 남기지만, 그것을 꿈을 꾸는 이가 다시 재현할 수는 없다. 이는 "일체의 사가 예술일 수" 없는 것과 같은 이유를 가진다. 즉, 꿈 자체는 미를 보유하고 있지 않기 때문이다. 만일 이미 재현된 형식으로서의 꿈 자체가 미를 보유하고 있다면 이는 미가 객관적인 사실 내지 소재 속에 존재하고 있다는 말이 된다. 진리=미가 주관 속에 존재한다면, 꿈을 재현하는 방식은 꿈에 대한 또 다른 꿈을 그리는 방식이 되어야 할 것이다. 즉 주어진 대상은 그 대상의 성격과 관계 없이 절대적인 주관에 의해서 매개되는 과정을 거쳐야 한다. 즉 "사실을 객관화하야 일주의 관념을 작성하고 그 관념 속에서 미를 각출하야서 다시 자기 주관 내에 삽입"하는 것이 진리를 표현하는 허구의 형식을 만들기 위한 창작의 과정이 되는 것이다. 염상섭이 내린 이러한 결론은 사실과 허구와 예술의 관계를 새롭게 설정함으로써 문학적인 사실성 개념을 재설정한다. 「저수하에서」에서 드러나는 사실성의 개념은 진리를 드러내는 장치로서 허구를 강조함으로써 자연주의적인 '사실' 개념과 '진실' 개념의 대립이라는 1920년대 초반에 나타난 사실성 개념의 이중화를 그대로 수용하고 있다. 그러나 동시에 그는 '진실'의 산출에 있어 객관적으로 존

---

39) 위의 글, 63쪽.
40) 위의 글, 65쪽.

재하는 사실을 매개하는 과정이 필요함을 인정하고 이를 허구적 형식을 산출하는 창작 과정으로 파악함으로써 이중화된 사실성 개념의 재통합 가능성을 열어놓고 있다. 사실 1920년대 초반의 문학론에서 제출되는 사실성 개념은 기본적으로 미적 형식에 대한 배려가 없기 때문에 이후 실천비평이 전개되면서 상당 부분 굴절되는 경향을 보인다. 그러나 조선문단 합평회 등에서의 염상섭의 발언만은 『폐허』 시절에 제출된 지향과 큰 변동이 없다. 이는 염상섭이 사실성 개념의 독특한 재구성을 통하여 미적 형식에 대한 배려로까지 나아갔기 때문으로 보인다.

지금까지는 1920년대 초반 다양한 사상적 영향 아래에서 독특한 방식으로 형성되었던 사실성 개념에 대해서 논의했다. 1920년대 사실성의 개념은 자연주의를 역사적으로 타자화시키면서, 자연주의적 사실성을 넘어선 또 다른 사실성을 설정함으로써 사실성 개념을 이중화시켰다는 것이 2장의 주된 논의이다. 이때, 이러한 사실성 개념의 이중화는 당대의 아나키즘, 사회 개조론 등의 사상과 밀접한 관련을 맺고 있었다. 이러한 사실성 개념의 이중화는 자연주의적 '사실'과 대립되는 '진실'을 담지하고 있는 개성에 관한 논의로 이어졌으며, 특히 『폐허』 동인은 이러한 사실성 개념을 극단화시켜 몇 개의 독특한 미학적 입장을 산출했다.

3. 장르적 관습과 예술적 형식에 있어서의 사실성

앞서도 언급했지만 1920년대 초반의 문학론으로 제출된 사실성 개념은 미적 형식에의 배려가 부족했기 때문에 실제 실천비평에 적용되면서 여러 가지 변화를 겪는다. 정확히 말해서 추상적 개념들을 동원하는 문학론이 실천비평의 형태로 이동할 때, 애초의 문학론이 의거했던 사상적 지향과는 또 다른 권위에 의거하여 사실성의 개념이 형성된다고 할 수 있다.

먼저 보아야 할 것은 사실성의 개념이 굴절되는 현상이다. 현진건의 데

뷔작 「희생화」에 대한 황석우의 다음 평을 보자.

> ① 희생화는 물론 소설은 아닐다(작자는 무슨 예정을 썻는지는 모르나) 이 것은 하등 예술적 형식을 가티 아니한 그저 사실이 잇는대로 그대로 기록한 소설도 아니고 독백도 아닌 일개무명의 산문일다
> ② 그러나 아모리 예술적 형식을 가추지 아니한 초보의 무명의 산문이라 하더래도 사실의 기록으로서는 넘우 허위와 과장이 만타 그리고 묘사도 불충실하리만콤 급행적, 광담적, 단편적 일다
> ③ 왜 그러냐 하면 사건은 십년전의 일이라하며 쏘는 더욱 학교는 동교동학한 것 가티 써잇지 아니한가 만일 지금으로부터 10년전의 18~9세 되는 소년 학동에게 우의 가튼 영어와 쏘는 최근의 유행어를 쓴것이 사실이라 할진덴 그들은 적어도 중등이상 정도의 학생이라 할 수 잇다 그러나 과연 십년전의 조선에 이런 영어와 경향X어를 능히 쓸만한 중등 이상 정도의 학생을 동학케 한 학교가 잇섯는가?[41]
> ④ 그리고 S의 아우되는 작자의 그 당시 곳 그런 경우에 재한 십사오세의 소년의 가질 심리의 필연성이 나타나잇지 아니하다는 것은……[42]

①은 「희생화」에 대한 황석우의 기본적인 관점이다. 황석우는 「희생화」가 그저 있는 그대로의 사실을 모아놓았다는 점에서 소설이 아니라고 주장하고 있다. 물론 이러한 관점은 자연주의적인 사실성을 부정하고 자연주의적 사실을 넘어서는 새로운 사실성을 모색한 이 시기의 기본적인 관점과 맞닿아 있어 문제 삼을 만한 것은 아니다. 문제는 ②부터이다. ②에서부터 갑자기 논의의 핵심인 ①과 별로 상관이 없는 '사실'을 얼마나 왜곡했는가를 따지고 들어가기 시작한다. ③과 ④는 ②의 근거이다. ③에서는 「희생화」의 배경이 되고 있는 10년 전 조선에는 「희생화」에 등장하는 남녀 공학의 중등학교가 존재하지 않았다는 점을 들어 작품의 '비사실성'을 비판하고 있다. 즉 설정의 디테일이 사실과 어긋남을 비판하고 있는 것이다. ④는 S의 아우인 화자의 심리가 필연적인 방향으로 전개되고 있지 않다는 점을 들어 작품을 비판하고 있다. 이는 사건 전개의 개연성에

---

41) 세 인용문 모두, 황석우, 「희생화와 신시를 읽고」, 『개벽』 6호, 1920. 12, 88쪽.
42) 위의 글, 89쪽.

관한 문제이다. ③은 사실상 이 시기 문학론이 그토록 부정하고자 했던 자연주의적 사실성의 개념을 옹호한 것과 다름이 없다. 따라서 ③의 진술은 작품에 대한 황석우의 핵심적 관점인 ①의 관점을 오히려 모호하게 만든다. 사건 전개의 개연성을 묻는 ④ 또한 순전히 기교적인 차원에 환원되어 이 시기 문학론으로부터 형성된 사실성 개념이 가지는 사상적인 외연을 삭제하고 있다. 위 인용문에서 황석우가 실제로 자신의 문학론의 연장선 상에서 제출할 만한 진술은 ①임에도 불구하고 정작 위 글의 실제 논의는 자연주의적 사실성 개념을 중요시 여기는 방향으로 진행되어 ①과 상반되는 진술만을 반복하고 있다. 따라서 이를 실천비평에 있어서 사실성 개념의 굴절로 볼 수 있을 것이다.

> ④ 이것을 택한 이유는 이 작이 조선의 현대청년과 밀접훈 관계가 잇는 까닭이다. 만흔 소설작가가 공상적, 혹은 통속적 개념의 하에서 예술적으로 아모 가치업는 소위 신소설을 짓는 동안에 오직 이 작자 하나 이 과도기에 흔 조선 청년의 전형적 성격을 납치흐야 그 단처(혹 장처)를 해부하고 시대정신에 대한 예리훈 비평을 하흐려는 의식을 가지고 창작의 붓을 든 노력을 봄으로 이를 택훈 것이다.43)
> ⑤ 원작품에는 주인공을 산훈 시대와 주위의 배경이 그리 분명치 못 흐다. 이것은 이 작품의 근본적 결함의 흐나이라고 성각흐는 바이어니와…44)

위 인용문은 김동인의 「마음이 여튼자여」에 대한 주요한의 비평이다. 물론 주요한이 이 시기에 문학론을 활발하게 발표한 논자는 아니기 때문에 이를 사실성 개념의 굴절로 보는 것에는 무리가 있을지 모르지만, 위 글에서 나타나는 사실성의 개념은 2장에서 설명한 사실성의 개념에 비해 훨씬 더 '현실의 올바른 반영'이라는 관점에 접근해 있다. 주요한은 ④에서 이 작품의 장점을 이 작품의 인물이 조선 청년의 전형적 성격을 가지고 있다는 점으로 꼽고, ⑤에서는 반대로 이작품의 단점을 시대적 배경이 불명료하다는 점으로 꼽고 있다. ④, ⑤ 모두에서 주요한은 객관세계의

---

43) 벌꽃, 「성격파산」, 『창조』 8호, 1921. 1, 2~3쪽.
44) 위의 글, 7쪽.

특정한 부분과 작품 사이의 대응 관계, 즉 소설에 사용된 기호의 현실 지시적 기능을 문제삼고 있다. 이 역시 1920년대의 문학론에서 제출된 사실성의 개념과는 매우 상이하다. 존재하는 그대로의 현실을 소설이 얼마나 올바르게 반영하고 있는가를 묻고 있기 때문이다.

따라서 이 시기 실천비평에 사용된 사실성의 개념은 실상 문학론에서 제출되는 사실성의 개념과는 전혀 다르다. 이는 이러한 실천비평이 기반하고 있는 이론적인 맥락이 문학론이 기반하고 있는 이론적인 맥락과 상이하기 때문이다. 이 시기 실천비평이 기대고 있는 것은 장르적인 관습이라고 보는 쪽이 타당하다. 이는 1920년대 문학론에서 제기된 사실성의 개념이 염상섭의 경우를 제외한다면 실제로 형식적 측면에 대한 비평 규율로 작용할 능력을 가지지 못했음과 관련된다. 장르론의 발전을 통한 장르적 관습의 확정이 사실성이라는 비평적 규율로서 변화하는 양상을 보기 위해서는 이 시기 조선문단에 수록된 여러 비평들을 분석할 필요가 있다.

주지하듯이 『조선문단』은 방인근이 이광수의 이름을 전면에 내걸고 순수 문예의 대중화를 위해 시작한 잡지이다. 이광수 주재라는 말이 항상 표지에 실려 있었다는 것은 『조선문단』이 최초부터 문학적 권위의 문제에 매우 민감했다는 것을 말해준다. 『조선문단』은 정기적인 월평을 실시하며 양질의 문학 텍스트를 선별하려고 했으며, 또한 창간호부터 각각 문학과 시의 권위자인 이광수와 주요한의 '문학개론' '시개론'(이광수, 「문학강화」, · 주요한, 「노래를 지으시려는 이의게」)을 연재하기 시작했다. 또한 독자 투고를 적극적으로 모집하고 이를 상세하게 지도함으로써 독자에 대한 지도 원리를 확립하려고 힘썼다. 이런 점을 고려한다면 『조선문단』은 '조선문학'이라는 민족적인 단위의 문학을 기획하고 이 조선문학의 중심적인 지도 집단으로 스스로를 자리매김하려고 시도했다는 점을 알 수 있다. 특히 이광수의 「문학강화」에서 이러한 시도는 잘 드러난다.

> 그러면 이 문단을 구할길이 무엇인가. 그것은 일반청년이 문학의 세계의 지리와 역사를 말하야 결코 문학은 에스키모가 사는 빙세계만도 아니오 나체

식인의 야만이 사는 열대지방도 아니오 쏘는 사원교당만도 아닌 동시에 청루
주X만도 아니오 진실로 문학은 세계와 가티 광대하고 인생과 가티 다종다양
하되 그 중에 항만고이불변하고 편만국이불이하는 일조정도가 잇슴을 학득함
에 잇다. 그리하자면 위선 위대한 문학적 작품을 그들에게 제공(창작으로나
번역으로나)함이 근본문제어니와 문학의 개론을 알게할 것도 심히 중요한 일
이다. 본강화가 감히 이 목적을 달하리라고 자임하는 바는 아니나 적더라도
이러한 미리에서 나온 것은 사실이다.45)

1924년『조선문단』 창간 이전에 사회를 개조하기 위한 새로운 창조로
서 취급되어 온 문학은 이 글에서 순식간에 인류의 유구한 전통으로 변환
한다. 정전을 편찬하고 문학사를 서술하고자 하는 욕망의 기원을 이미 이
글에서 찾을 수 있는 것이다. 주요한의 시개론에 있어서도 상황은 마찬가
지이다. 그는 신시운동의 두 가지 목표를 1. 민족적 정서와 사상을 바로
표현하는 것46), 2. 우리말의 미를 표현하는 것47)으로 잡으며 그 구체적인
방법으로서 민요운동을 제시한다. 이렇게 민족문학의 단위를 설정하고, 그
전통을 찾아내는 것이『조선문단』 창간호부터 연재된 문학 개론의 목적인
셈이다.

문학이 전통으로 뒤바뀌면서 형식이 다시 문제가 된다. 이광수는 문학
의 정의를 "문학이란 엇던 종류의 예술적 형식에 의한 인류의 생활(사상
감정 급 활동)의 상상적 현표인 문헌으로서 오인의 감정을 동하는 것"48)
으로 명료하게 정의한다. 물론 여기서 어떤 종류의 예술적 형식이라 함은
근대적인 장르 체계, 즉 시−소설−희곡을 의미한다. 예술적 형식은 전통
으로서의 장르적 관습으로 확정되며 올바른 형식을 가진 작품은 이러한
장르적 관습을 준수하는 작품이 된다.

『조선문단』에 수록된 월평 및 합평회는 얼핏 보기에 '기교'라는 측면을
매우 중요시하고 있지만, 동시에 그러한 '기교'가 '소설다움', '시다움' 등

---

45) 이광수, 「문학강화」,『조선문단』1호, 1924. 10, 55쪽.
46) 주요한, 「노래를 지으시려는 이의게」2회.
47) 주요한, 「노래를 지으시려는 이의게」3회.
48) 이광수, 「문학강화」2회,『조선문단』2호, 1924. 11, 53쪽.

의 장르적 규칙과 결부되어 제시된다는 점을 알 수 있다.

⑥ 다만 소설이라는 덤에 착안할때는 특별히 그착상과 표현의 수법으로 보아서는 물론 <타락자>가 <빈처>의 여러 층 위다고 할 줄 안다.49)
⑦ 소설로 보면, 주인공이라거나 그 주위의 아기자기한 묘사가 잇서야 할 텐데 그것이 퍽 히박하고 기외 배치가 한 감상문 갓습되다50)
⑧ 그 높흔 동기와 쓰거운 동정과 정성 (…중략…) 그 모든 것들이 합하야 우리로 하여곰 소설을 닑는다는 생각을 닛게하고 비참한 인생생활의 사실을 보는 듯한 압박감을 니르키게 한다.51)

⑥은 주요한이 현진건의 「빈처」와 「타락자」를 비교하면서 한 말이다. 주요한 스스로는 「빈처」의 "휴맨한 감정"을 높이 사며 「빈처」가 더 마음에 든다고 언급하면서도 "소설이라는 점" 즉, 소설이라는 장르적 관습에 있어 「타락자」가 「빈처」에 비해 더욱 우수한 작품이라고 평가한다. 장르적 관습이 비평의 규율로 작용하고 있는 모습을 볼 수 있으며, 또한 이러한 형식적인 측면에서의 규율이 내용 및 주제에 대한 고찰과 분리되는 양상을 볼 수 있다. ⑦은 조명희의 「땅속으로」에 대한 합평회에서의 박종화의 발언이다. 역시 '묘사'를 소설을 성립시키는 장르적 관습으로 상정하고 있다. ⑧은 독자 투고 소설인 박화성의 「추석전야」에 대한 이광수의 평이다. 작품을 고평하면서도 동시에 이 작품이 소설의 성립 요건을 충족시키지 못하고 있음을 지적하고 있다.

이렇듯 장르적인 관습을 비평적 규율로 사용하는 『조선문단』의 월평 및 합평회는 체험에 기반한 소설을 써내는 최서해 소설의 평가에 있어서 심각한 문제점을 드러낸다.

백화: 근래에 내가 본 중으로는 이러케 인상깁흔 작은 처음 보앗습니다
상섭: 삼월창작소설중으로는 제일이야요

---

49) 송아지, 「문단시평」, 『조선문단』 1호, 1924. 10, 66쪽.
50) 「조선문단 합평회 제2회 3월 창작소설 총평」, 『조선문단』 7호, 1925. 4, 74쪽.
51) 이광수, 「소설선여언」, 『조선문단』 3호, 1924. 12, 79쪽.

도향: 내 생각 가테서는 작자의 체험이 아닌가 합니다.

상섭: 두붓 쓸는데 가튼 것은 그런걸.

월탄: 두붓물 쓸는데, 노－란 기름 쓰는것 가튼것은 체험이 업시 어려울걸요.

도향: 그것이 사실이라면 인생으로서 그만한 얇흔 경험을 한데 얼마간 존경합니다. 지금 여러분이 말삼하섯지만 두붓물쓸는데라거나 나무도적질하는데서 얼마간 마암에 늑겨지는 것이 잇습니다. (…중략…) 악가 월탄군이 <땅속으로>를 소설로 보기 어렵다고 한 것 가티, 이것을 소설이라구 할 수 잇슬가 하는 것이 문제애요. 만일 소설이라구 하면 다른데는 다조흔데 집에서 나오는 동기가 불분명해요.52)

인용문은 최서해의 「탈출기」에 대한 합평회 내용이다. 양건식, 염상섭, 박종화 등이 극찬을 하는 데 반해서 나도향은 한편으로는 작품의 가치를 인정하면서도 "월탄군이 「땅속으로」를 소설로 보기 어렵다고 한 것"을 근거로 소설의 장르적 관습으로서의 핍진성 개념을 문제 삼는다. 주관적 체험을 절대화시키면서 쓰여지는 최서해의 소설은 사실 일반적인 소설이 가지는 핍진성의 개념과는 다른 서사적 구성 원리를 활용하기 때문에53) 장르적 관습을 비평적 규율로 활용하는 『조선문단』 합평회의 입장에서 평가하기가 매우 어렵다.

그렇다면 특히 소설을 문제 삼을 때, 장르적 관습으로부터 생기는 비평적 규율의 정체를 물을 수 있다. 『조선문단』만을 고려해본다면 이는 두말할 것 없이 디테일의 정확성, 즉 묘사의 정확함이며, 또 다른 하나는 인물의 행동과 사건 전개의 '자연스러움', 즉 구성의 핍진성이다. 디테일의 정확성과 핍진성은 형식적 측면에서의 사실성으로 이 시기 실천적 소설 비평의 새로운 '사실성' 개념으로 자리잡게 된다. 다음과 같은 구절들은 이 시기 실천적 소설 비평에 적용된 '사실성' 개념의 정체를 잘 말해준다.

---

52) 「조선문단 합평회 제2회 3월 창작소설 총평」, 『조선문단』 7호, 1925. 4, 81~82쪽.

53) 이에 대해서는 유승환, 앞의 글, 4장.

⑨ 스토리 다운 스토리다 그러나 통틀어 인격묘사연구에 더 주의하기를 바란다54)

⑩ 위선 시굴 가정학생으로 그 째짜지 안해가 업는 것이 의문이 됩니다. 그러구 엄격한 가정이라구 하면서 엄격한 가정묘사가 업서요55)

⑪ 자연주의를 벗어나려는 노력이 보이는데 상징주의 짜지는 깃다구 할 수 업고 자연주의를 벗어나려고 애쓰는이만큼, 개가 주인의 말소리만 들어도 안다는데 그것을 몰랏다하니 부자연스럽습니다.56)

그러나 민족문학 개념에 기반하여 장르적 관습을 비평적 규율로 채택한 『조선문단』의 평론가 중에서도 두 명은 특기할 필요가 있다. 이 둘은 김동인과 염상섭이다. 김동인은 「소설작법」을 『조선문단』에 연재했다는 사실에서 드러나듯이 『조선문단』에서 채택한 장르적 관습에 매우 철저한 논자였다. 그러나 김동인은 이러한 장르적 관습을 극단화시키면서 기교를 강조하고, 기교를 통해서만 형성되는 새로운 문학적 사실성 개념을 모색했다는 점57)에서 주목할 필요가 있다. 그는 비평적 규율로 작품 외부의 객관 세계와 작품 내부의 관련을 전혀 문제 삼지 않았다. 그가 문제 삼았던 것은 구성과 시점에 있어 소설 작품의 내적 정합성이었다. 사실성 개념을 소설의 장르적 규칙만을 극대화시켜서 사고했다는 점에서 그의 비평적 작업은 『조선문단』의 주류적 비평 방법의 극단화라고 볼 수 있다. 그러나 이 점이 그가 사실성 개념을 완전히 기교적인 것으로만 몰고 갔음을 의미하지는 않는다. 왜냐하면 그는 소설 작품 내부에 非소설적 장르(판결문, 신문기사, 처방전 등)에 의한 재현을 삽입하여 소설적인 재현과 비소설적인 재현 사이의 경계와 차이를 계속해서 물었기 때문이다. 이러한 김동인의 창작 및 비평의 태도는 한국 근대문학사에서 사실성 개념을 문제

---

54) 송아지, 앞의 글, 65쪽. 이는 김동인의 「배따라기」와 「유성기」에 대한 비평이다.
55) 「조선문단 합평회 제1회 2월 창작소설 총평」, 『조선문단』 6호, 1925. 3, 120쪽. 이는 김낭운의 「영원한 가책」에 대한 나도향의 비평이다.
56) 「조선문단 합평회 제3회 4월 창작소설 총평」, 『조선문단』 8호, 1925. 5, 120쪽. 이는 박영희의 「사냥개」에 대한 현진건의 비평이다.
57) 이 점에 대해서는 졸고, 「김동인 문학의 리얼리티 재고」(『한국현대문학연구』 22집, 2007. 8)에서 논한 바 있다.

삼는 매우 독특한 한 방식이라고 할 수 있다.

또 다른 한 명은 염상섭이다. 『조선문단』의 합평회에 꾸준히 참석하는 염상섭은 합평회에서의 다른 논자들과는 상당히 상이한 논조를 펼친다. 무엇보다도 그는 소설의 장르적 관습을 절대화하지 않으며 작자가 표현하려고 한 중심 생각과의 관련성 하에서 묘사 등의 기교를 상대적으로 논하고 있다. 이러한 그의 태도는 박영희의 「사냥개」, 최서해의 「탈출기」 등 장르적 관습으로 평가하기 힘든 소설에 대한 평가에서 빛을 발한다. 조선문단 합평회의 평가 태도에 불만을 토로한 박영희조차도 염상섭의 비평적 견해만은 "遠慮"가 있다고 평가할 정도였다.[58]

> 도향: (…전략…) 다른데는 다 조혼데 집에서 나오는 동기가 불충분해요.
> 상섭: 그러치 안어요.
> (…중략…)
> 상섭: 탈출한 통기가 불분명하다니 그러치 안어요. 맨꿎헤가서 탈출한 원인을 알수잇서요. 즉 말하면 자기 속에 엇던 사상이 일어나는 그것을 붓드러서 자기생활의 태도를 정하는 거긔에 그 주인공의 인생관이 드러낫습니다. 그래서 생의 충동, 생의 확충, 그것을 생각할 째 움이도든 자기의 생활관을 거부치 못하야 탈출하는 것이 밝게 나타낫습니다. 나는 주인공의 생활의 태도를 존경합니다.[59]

> 상섭: 제일 새로운 방면을 독자에게 보여준 것은 부호의 인색한 심리애요. 그것을 우리가 예상은 하나 몽룽한 것을 현저히 보여준 작자의 공로에 감사를 들입니다.
> (…중략…)
> 상섭: 여하간 강박한 관념이 지긋지긋하게 그려지고, 작자의 주안점은 엇더한 자본계급에 암시를 주려고한것인데 그 점이 잇서서는 성공했다 할 수 잇습니다. 그리고 다만 흠 되는 것은 후반부에 가다가다 모순이 잇고 치밀하게 못된 것은 구상이 주도치 못한 까닭이겟지요.[60]

---

58) 「조선문단 합평회에 대한 소감」, 『개벽』 60호, 1925. 6.
59) 「조선문단 제2회 3월 창작소설 총평」, 82쪽.
60) 「조선문단 합평회 제3회 4월 창작소설 총평, 『조선문단』 8호, 1925. 5, 119~120쪽.

첫번째 인용은 「탈출기」의 퓝진성에 대한 나도향의 비판에 대한 반박이다. 이때, 이 반박이 가능한 것은 '생의 충동', '생의 확충'을 꾀하는 주인공의 인생관을 표현하려는 작가의 의지를 염상섭이 읽어냈다는 점 때문이다. 두번째 인용은 박영희의 「사냥개」에 대한 염상섭의 반응이다. 「탈출기」만큼 극찬을 하고 있지는 않지만, '자본계급의 인색함과 그 심리'를 계급적 견지에서 그려내려고 했던 박영희의 새로운 의도를 적극적으로 읽어주면서, 작품의 형식적 문제점을 끊임없이 지적하는 양백화 등의 태도와는 분명한 차이를 보이고 있다. 그가 이처럼 작가의 표현 의도를 중시하면서 형식에 있어서의 사실성 개념을 표현 의도에 종속시킬 수 있는 것은 앞에서 설명했듯이 그가 「저수하에서」 등에서 객관적 사실과 주관의 관계 설정을 통한 창작 이론을 구상했다는 것에서 찾을 수 있다. 그는 그의 고유한 문학론을 미적 형식의 문제에 적용할 수 있는 방법을 사고했으며, 이로써 형식에서의 사실성 개념이 의거하는 권위인 장르적 관습을 효과적으로 피해갈 수 있었던 것이다.

물질적인 영역에서 형성되는 사실성을 거부하고 개개인의 내적인 영역 속에 놓여있는 사실성을 발견하려고 했던 1920년대 초반 문학론의 시도는, 이처럼 이후 문학론이 실천비평으로 적용되는 차원에서 상당 부분 굴절한다. 이는 염상섭의 경우를 제외하면 직전 시기의 문학론이 미학적 형식에 대한 실질적인 고려까지 진전하지 못했다는 점에서 기인한다. 그 결과 실천비평에서의 비평적 규율의 자리를 차지하는 것은 서구의 문학 전통으로부터 발원하는 장르적 규칙이 된다. 이러한 장르적 규칙으로부터 퓝진성과 묘사의 정확성은 사실성 개념의 새로운 내용을 획득한다. 여기서 주목할 점은 1920년대 문학론의 사실성 개념이 문학 외부의 현실과의 유사성을 문제 삼지 않았던 것과는 반대로, 장르적 관습에 기반하여 기교를 문제 삼는 이 시기 실천비평의 사실성 개념은 역설적으로 현실과 작품 사이의 유사성을 문세 삼고 있다는 것이다. 묘사와 디테일의 사실성, 사건의 개연성을 평가하는 궁극적인 기준은 모두 작품 외부의 세계에 존재하는 것이기 때문이다. 결국 이 시기 실천비평의 문학적 이론은 최종적으로 문학을 작품 외부의 것을 독자에게 전달하는 매개로 생각하는 표현론적인 것으로 귀결된다. 김억의 「예술과 감상」[61]은 이러한 이론을 체계화하려는 시도이다. 이 글에서 김억은 다음과 같은 도식을 제시한다.

작자의 생명	구체적 표현	인상
	매개물	감상자[62]

　얼핏 보기에는 '작자의 생명'을 문학의 원재료로 삼는다는 점을 1920년대 초기의 문학론의 연장선 상에 놓여 있는 것으로 생각할 수 있을지는 모른다. 그러나 1920년대 초기의 문학론이 '작자의 생명' 자체를 문학에 의해서 창조되고 탐구되어야 할 대상 자체로 본 것에 비해, 이 글에서는 작자의 생명을 문학작품, 즉 '구체적 표현'의 외부에 이미 실제하고 있는 대상으로 파악하고 있다는 점에서 중요한 차이가 있다. 결국 이 '작자의 생명'은 이광수가 제시하고 있는 문학의 정의에 포함되는 '인류의 생활(사상 급 감정)'으로 얼마든지 치환될 수 있는 여지를 지닌다. 한편 여기서 '작자의 생명'을 표현하는 '구체적 표현=매개물'은 두말할 것 없이 예술작품 그 자체를 지시한다. 그런데 이때 주목해야 할 점은 그 구체적 표현을 설명하기 위해 김억이 '문학과 색채'로 대표되는 '공간예술'과 '음악과 무도'로 대표되는 '시간예술'이라는 서구적인 미학적 분류 체계를 도입한다는 점이다. '작자의 생명'은 구체적 표현에 의해서 매개되는 순간 고정된 형식 그 자체와 동일시되며, 각각의 형식은 그 형식에 따라서 각각의 감상자에게 다른 '인상'을 주게 된다. 그리고 형식에 의해 매개된 작자의 생명과 독자의 감상 사이의 일치가 사실성 창출에 있어서의 관건이 되는 것이다. 이렇듯 장르적 관습에 기반하여 형성되는 실천비평의 사실성 개념은 역으로 문학작품 외부와 문학작품 사이의 일치를 강조하게 되는 결과를 낳게 된다.

---

61) 김안서, 「예술과 감상」, 『조선문단』 14호, 1926. 3.
62) 위의 글, 4쪽.

4. '민중'의 관념화 과정과 사실성 개념의 재구조화

『조선문단』을 중심으로 한 실천비평은 이렇듯 전 시기인 1920년대 초반 문학론의 사실성 개념을 장르적 관습에 입각한 새로운 사실성의 개념으로 바꾸어놓았다. 그리고 이는 '조선문학'이라는 단위를 설정하고 이를 바탕으로 독자에 대한 문학적 권위를 확보하려는 『조선문단』 특유의 기획에 기반하고 있다는 점은 앞서 살핀 바와 같다. 그런데 문제는 실천비평을 통하여 확보된 이러한 사실성 개념이 독자들에게 완전한 지도 원리를 행사하지 못했다는 점이다. 다시 말해 비전문적 문인들은 『조선문단』의 것과는 다른, 각자의 새로운 사실성 개념을 '조선문학'에 아래로부터 요구하면서 새로운 비평적 규율들을 만들라는 압박을 가했다.

> 첫재에 나의 체험이 있는 것 쏘는 직업이나 생활의 방식 정도 등이 나와 쏙갓흔 계급을 그린 것 다음에는 우리 사회의 현재 상황을 그린 것 쏘 그 다음에는 현대 것은 아니라도 우리 역사상에 잇는 인물이나 사실을 가지고 만든 것 이러케 순서가 되는 듯 합니다 (…중략…) 독자 우리들은 다 그럴줄 압니다[63]

위 인용문은 스스로를 신소설 독자와 구소설 독자의 중간쯤 위치로 생각하고 있는 한 독자가 자신이 생각하는 좋은 소설의 조건에 대해 설명한 부분이다. 위 인용문에서는 소설적 형식, 즉 소설이라는 장르를 이루는 관습에 대해서는 전혀 언급하지 않고 있다. 오히려 중요한 것은 독자 자신의 직접적 체험과의 작품의 완전한 일치이다. 말하자면 위 인용문의 저자인 홍순명은 은연중에 장르적 관습에 기반한 형식적 사실성 개념이 아닌 '체험과 작품의 완전한 일치'라는 새로운 사실성의 개념을 제안하고 있는 셈이다. 이러한 지적은 비단 위 인용문에서만 찾을 수 있는 것은 아니다. 『조선문단』에 투고된 다음과 같은 글은 그 파괴력이 일층 심대하다.

---

63) 홍순명, 「소설작가의게」, 『조선문단』 7호, 1925. 4, 41쪽.

조선에도 새문예운동이 잇슬째다. 쏘 잇서야만 될 째다. 그것은 우리의 생활이 증명하는바다. 경제조직의 불완전으로 나타나는 사회상 불완전 불합리한 현상은 입으로나 붓으로 일일히 말할 여유가 업다. 이러함으로 신사조, 신주의가 일어나서 개조의 소리가 전세계에 놉헛다. 이것은 필연의 세라고 밋는다. 이에 인생의 절실한 표현기관인 문예의 개조성인들 업스랴?[64]

문예를 흥미중심으로만 짓든시대는 지나갓다. 엇더한 특수계급의 오락물로 짓든 시대는 지나갓다. 금일의 문예는 전민중적의 진지한 문예라야 되겟다. 우리의 생활을 절실히 표현하며 우리의 밟아 나아갈 표준을 쑤렷이 세워주어야 되겟다. 이러케 되려면 문인자체부터 재래의 옹호를 밧든 유한계급에서 벗어나서 전민중적의 위대한 인격자가 되어야 할것이다. 그럼으로 문인은 가장 건실하고 일세를 지도할만한 위대한 인격자가 되기를 바란다.[65]

이 글은 지금까지의 조선의 문예가 '우리의 생활'을 올바르게 표현하지 못했다고 주장하는 것에서 한 발 더 나아가 '우리의 생활'의 구체적 내용을 규정하는 조건으로 "경제 조직의 불완전성"을 제시한다. 그가 "계급"과 "민중"이라는 기호를 사용하고 있다는 점에서 이 '경제 조직의 불완전성'에 대한 언급은 자본주의의 모순에 대한 사회주의 담론의 영향을 받은 것이라고 추측할 수 있으며, 그 연장선에서 '신사조' '신주의' 또한 사회주의적 성향의 운동을 지칭함을 알 수 있다. 그리고 위 인용문은 이러한 개념들을 바탕으로 종래 문학이 가지는 비현실성을 공격하면서 새로운 문학이 수립되어야 한다는 급진적인 주장으로까지 나아가는 것이다. 언론인으로서 역시 비전문적 문인이라고 볼 수 있는 임정재의 글 또한 이와 거의 유사한 구도를 취하고 있다.

인간은 인간적 실재성으로 문예부흥보담 더 큰 인간생활혁명에 인간의 완전성을 발휘하는데 인간고의 진실이 표현될 것이다. 그럼으로 이 진실성을 흠한 자는 현대 사유재산제도에 재하야 인권착취에서 도락적 문인이 되는 연고이다. 뿐만 아니라 인간적 우울의 정체를 의미하게 된다. 그럼으로 피등 문

---

64) 동경 변용언, 「춘추」, 『조선문단』 9호, 1925. 6, 108쪽.
65) 위의 글, 110쪽.

예에 잇어서는 문예 기 자체의 노례 즉 문예에 어한 지상주의로 상아탑을 위하야 생존하는 기미를 실하지 못하는 동시에 인간본능의 사회성을 결한 순연한 유희이다. 그럼으로 문제는 항상 데꾸닉꾸 중심이 되는 것이다66)

위 인용문 또한 현대가 '사유재산제도'로 규정될 수 있으며, 현대인은 사유재산 제도에 의해서 노예화된다는 것, 따라서 이러한 상황을 그리지 못하고 '데꾸닉꾸'에만 집중하는 문학은 '순연한 유희'로 전락해버린다는 인식을 담고 있다. 물론 임정재와 변용언의 이러한 언급이 대중적인 차원의 광범위한 요구라거나, 사회의 실상을 적절히 지적한 것이라고 평가하기는 어렵다.67) 하지만 중요한 것은 문학적 사실성을 새롭게 문제 삼으며 문학의 개념에 대해 의문을 제기하는 의견이 비전문적 문인으로서의 독자의 차원에서 강하게 제출되었다는 것이다. 이점은 당대의 문단에 대한 외부의 충격이었으며, 기존 문단은 이러한 충격에 대응하기 위하여 사실성의 개념을 재구조화할 필요가 생겼다고 할 수 있다. 주로『개벽』에서 활동하다 이후 카프에 가담하는 김기진, 박영희, 이익상―그리고 카프에 가담하지는 않지만 박종화까지 포함하여―등은 이러한 외부적 충격을 적극적으로 받아들이면서 새로운 사실성 개념을 마련하려고 시도했다.

1년 동안을 회상할 때에 또 한가지 기억하야 둘 현상이 잇다. 비록 문단의 표면으로 논쟁된 일은 업스나 소리업시 잠잠한 듯한 그 밋바닥에는 조선문단에도 또한 뿔조아예술 대 푸로레타리아예술의 대치될 핵자가 배태되엇다. 노동 대 자본의 계급투쟁운동은 사회적 그 뿐에 그치지 아니하고 예술의 가치론과 현상론에도 파급되어 각국문단의 일와권을 일으키게 되엇다. 지금 일본문단으로 말하면 뿔예술 대 푸로예술의 격렬한 투쟁 중이다. 이러한 추세는 우리 문단을 권외로 할 리 만무하다. 멀지 안흔 압날에 표면으로 나타날 현상의 하나이다. 나는 이 평론 속에 뿔조아예술과 푸로레타리아예술의 긍부론을 쓰지 아니한다. 다만 이러한 현상이 배태되엇슴을 말하야 둘 뿐이다.68)

---

66) 임정재, 「문사제군에게 여하는 일문」, 『개벽』 37호, 1923. 7, 37쪽.
67) 임정재는 지식인―언론인이며, 변용언은 이 글을 투고할 당시 동경에 있었다는 점을 들 수 있다.
68) 박월탄, 「문단의 일년을 추억하야 현상과 작품을 개평하노라」, 『개벽』 31호,

위의 글은 박종화의 소위 '힘의 예술론'이라는 입장이 최초로 제출된 유명한 평문이다. 이때 박종화가 보여주는 프로 문학에 대한 이러한 언급은 그가 '힘의 예술론'을 창안한 것에 대한 일종의 배후이다. 물론 박종화는 프로 문학에 대한 "긍부론"을 전개하지는 않지만, 이러한 프로 문학의 추세가 "우리 문단을 권외로 할 리 만무"하다는 인식, 즉 이러한 외부적 충격이 조선 문단에 필연적으로 닥쳐올 사태로 예상하고 있다. 이러한 상황에서 박종화가 말하는 '힘의 예술론'은 이러한 사태에 대한 민감한 반응이라 할 수 있다.

박종화를 비롯한 박영희, 김기진, 이익상 등의 시도는 크게 두 가지 계기와 관련을 맺으며 전개된다. 이는 첫째, 『조선문단』을 중심으로 하는, 장르적 관습을 중심으로 형식적인 측면에서의 사실성을 강조하는 입장과의 대립이며, 둘째, 1920년대 초기 문학론적 입장에서 제출된 사실성 개념의 재해석이다. 생활과 예술을 밀착시키기를 요구하며 보다 현실을 정확히 그리기를 요구하는 이들의 입장이 문학 예술에 의한 현실의 반영보다 문학 예술에 의한 현실의 재창조와 재구성을 중요시했던 1920년대 초기 문학론의 입장에 닿아 있다는 점은 주목을 요한다. 사실 이것은 『백조』에서 낭만주의적 경향의 시를 썼던 인물들이 곧바로 카프로 나아갔던 문학사적 현상을 설명하기 위한 논리적인 근거를 이루기 때문이다.

이들이 펼쳤던 비평적 논의에서 우선 주목해야 할 것은 이들이 사실성을 이중적인 것으로 개념화시키는 1920년대 초기 비평의 논의를 연장하고 있다는 점이다. 이는 처음에 1920년대 초기 문학론의 자연주의에 대한 비판을 부분적으로 변형시키면서 시작된다. 박영희는 자연주의 문학을 전대의 문학으로 비판하면서 극복해야 할 것으로 설정하고 그 대안으로 신이상주의를 설정한다. 앞에서 살펴보았듯이 이러한 문예사조사적인 구도는 1920년대 초반에도 흔히 볼 수 있는 것이었다. 그러나 박영희의 이러한 논의에 있어서 중요한 것은 자연주의와 신이상주의에 일반적으로 부과되

1923. 1, 5쪽.

던 내용을 살짝 다른 것으로 바꾸었다는 점이다.

> 신이상주의라는 것을, 나의 뜻으로 말하면 문단의 경향보다도 예언이라는 것이 더 망연한 의미에서 알 듯하다. 우리의 현대상태는, 문예가 우리의 생활을 창조한다는 것 보다도 우리의 생활이 우리의 문예를 창조한다는 것이다. <u>그럼으로 나의 신이상주의로 기우러진다는 것은 유래에 나려오든 문학사에 잇는 신이상주의와는 의미가 좀 다른 것이다.</u> (…중략…) 신이상주의는 어대까지든지 적극적으로 인생을 긍정하고, 생명을 사랑하고 노력을 힘쓰는 것이다. 자연주의는 방관적이며, 의지를 버리고 감정보다도, 다만 현실을 객관적으로 묘사하려는데 비해서 신이상주의는 가장 견실하고 참된 인생의 적극적 개방일 것이다. 자연주의를 주창할 만한 암흑의 시대는 비록 완전치는 못한 문학이나, 지내가고 말 것이다. 69)

위 인용문에서 '신이상주의'는 무엇보다도 먼저 "우리의 생활이 우리의 문예를 창조한다"는 입장을 가진 것으로 정의된다. 따라서 이 점에서 박영희가 파악한 '신이상주의'는 "유래에 나려오든 문학사에 잇는 신이상주의"와는 의미가 약간 다르다. 그러나 동시에 "우리의 생활이 우리의 문예를 창조"한다는 입장에 박영희가 섰음에도 불구하고, 이는 생활, 즉 문학 외부의 현실적 영역에 대한 문학의 일방적인 재현이 요구됨을 의미하는 것은 아니다. 왜냐하면 현실에 대한 객관적인 재현의 방식으로 이미 '자연주의'가 존재하고 있기 때문이다. 즉, 자연주의는 "현실을 객관적으로 묘사"할 수 있는 문학이다. 하지만 자연주의가 담지하고 있는 "객관성"은 "방관적"이라는 점에서 "가장 견실하고 참된 인생"을 "적극적"으로 표현하지 못한다. 1920년대 초기의 문학론과 마찬가지로 여기에서도 자연주의적 객관성은 이를 초월하여 존재하는 새로운 사실성의 영역에 '진정한' 사실성의 개념을 내어준다. 다만 주목할 점은 이러한 사실성 개념의 이중화가 사회 개조론에 입각한 전대의 문학론과 같이 '물질성/정신성'의 차원에 존재하는 대신 '방관적/적극적'이라는 개념적 대립으로 이해되고 있다는 점이다. 이러한 전이가 가능한 근거는 '생활'을 담지하는 새로운 주체로서의

---

69) 회월, 「자연주의에서 신이상주의에」, 『개벽』 44호, 1924. 2, 96쪽.

'민중'에 대한 인식이 새롭게 형성되었기 때문이다.

> 『우리의 현대상태는 문예가 우리의 생활을 창조한다는 것보다도 우리의
> 생활이 우리의 문예를 창조한다는 것이다⋯⋯』 하엿든 말이 지금 다시 생각
> 된다. 지금 생각하면 좀 불명확한 말이다. 그러나 생활을 위한 문학, 즉 기형
> 적으로 발달한 부분적 생활이나 하는 문학은 말고 수평적으로 향상하여야 할
> 민중생활의 문학이나 올 것을 말하려고 하엿든 것을 지금 다시 이서하고 십
> 다. 그 후로 현금까지 조선의 문단에는 비로소 민중적 생활을 차지려고 고민
> 한 흔적이 밝히 보인다. 그 동안 노력하엿든 모든 문단적 고민은 이 今年으
> 로써 새로운 창조적 기초를 만들엇다 해도 과언은 안일 것이다.[70]

이는 박영희가 1925년의 입장에서 1924년에 자신이 썼던 신이상주의론
을 부연설명하고 있는 부분이다. 기본적으로는 사후적인 진술이기 때문에
절대로 신뢰할 수 있다고 할 수는 없는 진술이다. 또한 이 글에서 나타나
는 '민중' 혹은 '민중적 생활'이라는 개념이 확연한 실체를 가진 非관념적
인 것이라고 보기도 어렵다. 그럼에도 진정한 사실성을 담지하는 영역을
'자아'로부터 '민중'의 개념으로 옮겨놓았다는 것은 중요한 성과로 보아야
한다. 왜냐하면 '생활'에 '민중'이라는 개념을 얹어놓으면서 예술과 동일시
되는 '생활'의 내용을 역사화하고 있기 때문이다. 이는 1920년대 초기의
문학론과 비교하면 그 강점이 두드러진다. 즉, 1920년대 초기 문학론이 사
실성의 영역을 개개인의 내적이고 정신적인 영역에 위치시켰다는 점은
1920년대 초기 문학론이 실천비평의 능력을 상실한 결정적인 이유였다.
이러한 구도에서는 각각의 개별적인 정신을 위계화할 수 있는 방법이 마
련될 수 없었기 때문이다. 하지만 '민중'이라는 개념이 '생활'의 내용을 차
지할 경우에는 각각의 시대에 있어 민중적 생활 내용을 객관적으로 규정
하면서 이를 상대화시킬 수 있기 때문이다. 특히 각각의 시대의 민중적
생활 내용에 대응되는 각각의 문학적 형식을 발견하면서 형식을 상대화할
수 있다는 점은 '자아'를 '민중'으로 대치하면서 생기는 가장 큰 효과라고

---

70) 박영희, 「신경향파의 문학과 그 문단적 지위」, 『개벽』 64호, 1925. 12, 2~3쪽.

볼 수 있다.

> 악마파의 예술도 인간 생활에서 나온 것이고, 인도주의의 예술도 또한 인간 생활에서 나온 것이다. 그러나 변하여가는 생활의식으로 말미암아 그것들은 실제를 일허버리고 오락이 되어 버리고 만 것이다. 아니다! 시대 마다의 위대한 생활의 발견이 위대한 예술을 출생식히는 것이다. 그런 고로 당대의 예술은 당대의 사람들을 얼마나 흔들어 놋는지 몰은다. 그러나 그 예술이 얼마 후에는 아모리 낡어도 늣김을 주지 못하는 것도 잇다. 그것은 그때의 생활의식과 지금의 생활의식이 다른 것인 까닭이다.[71]

위 인용문은 각각의 시대에 대응하는 각각의 형식과 사조가 있다고 언급하고 있다. 특정한 예술은 특정한 시기의 '실제'를 표현하지만, 생활의식의 변화에 따라서 그것을 점차 상실하게 된다. '실제'는 역사적으로 유동하며, '실제'의 유동에 따라 응당 형식 또한 유동하게 된다. 이어 박영희는 이렇게 유동하는 '실제'를 잡기 위하여 문학을 담당하는 작가·비평가의 주관에 의한 시간의 종합이 필요하다고 설명한다. 과거·현재·미래에 있어서의 '실제'가 달라지는 이상 그 세 가지 시간적 계기를 통합하여 올바른 실제를 검출하기 위한 주관이 요구되는 것이다.

> 참된 비평가는 작품에서 참된 정신을 차지며 참되지 못한 정신을 대담스러웁게 박멸하는 것이다. 참된 정신이라는 것은 우에 말한 것이나 한가지로 인류생활에서 주는 사색적 세계에서 차지려는, 현재와 미래를 통해서 확호한 진리의 실제적 정신을 말힘이다. 실제적 정신이란 무엇인가? 이 실제라는 것은 현재생활의 실제를 말하는 것이다. 인간의 실제는 늘 현재에 잇는 까닭이다. 그런 고로 인생의 과거는 현재의 실제에 비하면 훨신 퇴보적인 것이다. 물론 과거의 역사의 부전가 무의미한 것은 안이다. 과거의 것도 실제에 참고되는 것이 만흔 것이다. 그런 고로 창작가나 평자는 과거의 어느 것이 현재의 실재에 부합되는 것도 또한 분별하여야 한다. 그러치만 창작가는 늘 미래를 생각해야 한다. 신시대를 창작하여야하며, 현재에서 미래에 가는 동안에 늘 창조가 잇서야 한다. 평자도 또한 과거의 인습에서 허덕이여서는 안이된다. 신시대와 신생활의 창조적 비판이 필요한 것이다.[72]

---

71) 박영희, 「조선을 지내가는 베너스」, 『개벽』 54호, 1924. 12, 120~121쪽.

박영희의 이러한 사고는 예술적 형식을 축적되는 전통 혹은 인류적 유산으로 다루는 『조선문단』의 논법과는 전혀 다른 것이지만, 그럼에도 무규범적인 1920년대 초기의 문학론과는 달리 예술적 형식에 놓여 있는 사실성에 대한 실천적인 비평의 가능성을 열어준다. 예술적 형식을 시대에 따라 유동하는 실재성을 종합하여 매개하는 것으로 파악하게 되기 때문이다. 이로써 1920년대 초기 문학론의 기획인 사실성 개념의 이중화 작업은 또 다른 맥락으로 변화된다. 물론 이러한 기획은 자연주의/신이상주의의 대립으로부터 최종적으로는 과거적인 부르 문학/미래적인 프로 문학의 대립까지 나아가며, 이 단계까지 나아갈 때 비로소 『조선문단』에서 제시하는 '조선문학' 개념과 대비되는 문학적인 것에 대한 내용과 형식을 규정할 수 있게 된다. '조선문학'의 개념이 문학적 전통으로서의 장르적 관습을 비평에 있어서의 기준으로 삼는다고 하면, 이와는 달리 박영희나 박종화와 같은 비평가들은 이러한 규범에 있어 상당히 자유롭다. 형식이라는 것을 유동하는 것으로 상정하고 그 상대성을 인정하고 있기 때문이다. 이러한 태도는 이 시기 김기진이 연속적으로 발표한 에세이류에 대한 박종화의 평가에서 잘 드러난다. 가령 그는 「마음의 폐허」, 「눈물의 순례」와 같은 김기진의 에세이가 "참된 그 혼"을 지닌 것으로서 "당금에 그 匹儔를 볼 수가" 업는 것이라고까지 평73)한다. 이는 그 장르가 대단히 불분명한 김기진의 에세이를 평가의 대상으로 상정하지조차 않는 『조선문단』쪽의 태도와는 확실히 대비된다.

이때, 박영희 등 『개벽』의 비평가들에게 있어서 『조선문단』의 형식적인 층위에서의 사실성을 대체할 수 있는 비평적 개념의 실체를 물을 수 있다. 이는 다름아닌 창조적이고 주관적인 개개인의 정신이 보다 보편적이고 초월적인 차원의 '진리'에 얼마나 가까이 갈 수 있느냐의 문제였다. 이는 현상적인 차원의 '현실성'을 초월한 진정한 진리에 다가가는 것을 예술의 창조과정으로 보았던 1920년대 초반의 신비주의적인 문학론의 사실성 개념

---

72) 박영희, 「창작비평과 평자」, 『개벽』 55호, 1925. 1, 94쪽.
73) 월탄, 「문단방어」, 『개벽』 47호, 1924. 5, 138쪽.

과 구조적으로 동일하다. 주관 자체는 여전히 절대화된 상태로 존재했다.[74] 다만 이 경우 진정한 진리를 담지하는 주체로서 관념적으로 설정된 '민중'이라는 개념이 존재했다는 점은 전시기의 문학론과 『개벽』의 비평을 나누는 근거가 된다. 전시기의 문학론이 진정한 진리를 개개인의 개별적인 차원으로 이동시키면서 실천적 비평의 준거를 오히려 상실했다면, 이 시기 박종화, 김기진 등의 비평은 관념적인 '민중'과 작가의 창조적인 주관의 일치 여부를 문제 삼을 수 있었던 것이다.

> 압흐로 우리가 가저야 할 예술은 『역의 예술』이다. 가장 강하고 뜨거웁고 매운 힘 잇는 예술이라야 할 것이다. 헐가의 연애문학, 미온적의 사실문학 그것만으로는 우리의 오뇌를 건질 수 업스며 시대적 불안을 위로할 수 업다. 만사람의 뜨거운 심장 속에는 어떠한 욕구의 피가 끌흐며 만사람의 얼켜진 뇌 속에는 어떠한 착란의 고뇌가 헐덕어리느냐. 이 불안이 고뇌를 건저주고 이 광란의 피물을 녹여줄 영천의 파지자는 그 누구뇨, 『역의 예술』을 가진 자이며 『역의 시』를 읇는 자이다.[75]

위 인용문은 소위 박종화가 소위 '힘의 예술론'을 설명하는 대목이다. '힘의 예술'이라는 표현의 원천 자체는 문제가 될 수 있겠지만, 여기서 중요한 것은 첫째, '힘의 예술'이 '미온적 사실문학'과 대비되고 있다는 점, 둘째, '힘의 예술'은 "만사람"의 욕구와 고뇌를 표현하고 이것을 보다 건설적인 방향으로 전환시켜야 한다고 언급되어 있다는 점이다. '역의 시'를 읇는 시인은 '만사람'이라는 추상적인 보편자와 자신의 표현을 일치시켜야 하며 뿐만 아니라, 이를 종합하여 미래의 보다 올바른 방향에서 표현해야 한다는 것이 소위 '힘의 예술론'의 정체라고 할 수 있다. 이러한 '힘의 예술론'이 실천적인 비평에 적용되는 양상은 다음과 같다.

---

74) 주관에 근거한 경험들의 절대화는 1920년대 초반 사회주의적 인식론의 중요한 특징이었다. 이에 대해서는 졸고, 「1920년대 초중반의 인식론적 지형과 초기 경향 소설의 미학」, 앞의 책, 3장.
75) 박월탄, 앞의 글, 4쪽.

『빈처』는 가장 그의 리아리스틱인 것을 발휘하얏다. 사진을 박아 노흔 듯한 섬세하고 미려한 필치로 빈한한 젊은 사람의 가정을 고대로 그리어 노핫다. 누구나 한번 이글을 읽고 그 끗을 보기 전에는 숨도 나리쉬지 안코 읽을 만큼 자미잇는 작품이엇다. 여긔에 작자의 두뇌가 얼마큼 치밀하며 작자의 성격이 얼마큼 안상한 것이 방불하게 나타난다. (…중략…) 재필과 자미만으로는 현대사람의 가장 큰 고뇌의 창이를 치료해 줄 수 업는 것이다. 가장 침통하고 심각한 그러한 것이 아니고는 현대사람의 혼을 위로해 줄 수 업는 것이다.76)

김기진씨의 『붉은쥐』는 후줄근한 소설계, 권태 가득한 문단에 정문에 일침이라 할 것이다. 처음으로 끗가지 꿈틀거리는 힘잇는 강한 선은 읽는 이로 하야금 손에 땀을 쥐이게 하고 고요히 혈관 속에 도는 더운 피를 가장 고도로 뛰게 하얏다. 편을 통하야 넘처 흐르는 젊은 혼의 울음, 시대의 울음-. 맛당이 이러한 뜨거운 힘잇는 예술이 나와야 할 것이다. 이러한 의미로 보와 이번 기진씨의 소설은 혼돈, 피폐, 무기력에 가라안진 소설단을 향하야 한 대의 날카른 화살을 더진 것이며 시대와 시대를 금 그어 논 한 족으마한 서곡이엿다. 그러나 그것을 소설로 볼 때에 군데군데 묘사의 철저치 못한 것과 급전직하로 허황맹랑하게 벼락가티 주인공을 죽여버린 것은 가장 큰 실패이다.77)

첫번째 인용문은 현진건의 「빈처」와 「피아노」에 대한 박종화의 평가이다. 「빈처」를 비롯한 현진건의 작품이 "빈한한 젊은 사람의 가정을 고대로 그리어" 놓았을 정도로 "리아리스틱"하다는 점을 인정하면서도 이러한 "재필과 자미"만으로는 "현대 사람의 가장 큰 고뇌"를 위로해줄 수 없다는 점을 한계로 지적하고 있다. 사실성의 두 단계를 설정하고 있다는 점, 그리고 사실성의 한 단계에서 다른 단계로 넘어가는 양상을 평가하는 준거로 "현대 사람"이라는 관념적인 보편자를 설정하고 있다는 점 등이 엿보인다. 두번째 인용문은 김기진의 「붉은쥐」에 대한 평가이다. 여기서 「붉은쥐」가 극찬되는 이유는 이 작품이 한 시대의 사실성을 극복하고 다른 시대의 사실성으로 넘어가려고 시도한 점에 있음을 알 수 있다. 즉 이 작

---

76) 위의 글.
77) 월탄, 「갑자문단종횡관」, 『개벽』 54호, 1924. 12, 116~117쪽.

품은 작품 그 자체보다도 "소설단을 향하여 한 대의 날카로운 화살을 더진 것"이라는 점, 그리고 "시대와 시대를 금 그어 논 한 족으마한 서곡"이라는 점에서, 다시 말해 이 작품이 '근대 조선 문학'이라는 끊임없이 유동하는 역사 속에서 시간적 변화의 계기를 차지하고 있음에 의해서 평가되고 있는 것이다. 박종화가 현진건과 김기진의 작품에 대해 보여주는 이러한 태도는 사실성 개념을 이중화하고 새로운 사실성을 관념적인 보편자로서의 '민중'과 작가의 창조적 주관과의 일치 여부로 파악하려고 했던 이시기 박영희, 박종화, 김기진 등의 비평적 방법을 잘 보여준다.

'민중'이라는 개념을 관념화하여 받아들이고, 이를 1920년대 초반의 문학론의 방법과 접목시키며 사실성 개념을 재구조화하려는 이러한 태도는 김기진이 펼친 소위 '감각론'78)에서도 찾아볼 수 있다. 프로 문학 이론을 한국에 도입한 것으로 평가되는 김기진의 문학론에서 가장 특이한 점 중 하나는 김기진이 "감각의 혁명"을 "금일에 앉아서 제일착으로 실행"79)해야만 하는 가장 시급한 것으로 이해하고 있었다는 점이다. 김기진에게 있어서 이렇듯 감각이 중요했던 것은 그가 문학 예술의 원천인 '생활'이라는 영역을 개개 인간의 "감각" 및 "의욕하는 것"과 동일시했으며, 감각적 능력의 확대를 '생활의 향상'과 동일시했다는 점에 있다.80) 김기진의 이러한 태도는 앞에서 살펴보았듯이 개개인의 감각에 기반한 미적 쾌감의 증대를 '생의 의지의 증대'와 동일시하는 김찬영·신태악 등의 감각론과 큰 차이가 없다. 하지만 중요한 점은 김기진이 감각의 정확성을 문제 삼고 있으며, 이 감각의 정확함에 따라서 감각을 '더 고운 감각'과 '덜 고운 감각'으로 위계화시키고 있다는 점이다.81) 이때, 김기진이 말하는 '정확한 감각'이란 두말할 것 없이 새로운 역사적 전개를 담당하는 '프롤레타리아' 혹은 '민중' '무산대중'과 작가의 주관을 합치시키는 일이다.

---

78) 김기진의 '감각론'이 가진 의미와 특징에 대해서는 손유경, 「프로 문학과 '감각의 문제」, 『민족문학사연구』 32호, 2006에서 상세하게 논의된 바 있다.
79) 김기진, 「명일의 문학과 금일의 문학」, 『개벽』 44호, 1924. 2, 53쪽.
80) 김기진, 「감각의 변혁」, 『생장』 2호, 1925. 2.
81) 위의 글.

조선에서 기괴백면의 정면의 적을 부서버러야 겟는데, 그와가티 하자면 동일한 생활을 전민족이 생활할 일, 즉 무산대중과 동일선상에 설일—그리하야 우리는 감각을 혁명하고 건전한 감각을 가저야 할 일—그러구 신흥문학은 개성에 철저, 보편화, 신주관의 표현으로 중심점을 가지고 잇스닛가 세계의식에 눈을 뜰일—그러면 자연히 프로와 악수하게 된다.[82]

그러나 동시에 김기진에게는 민중의 '감각 능력'이 '부르주아 컬트'라고 명명된 식민지 상황 속에서의 일종의 규율 권력에 의해서 억압되어 정확하지 않다는 점을 지적하고 있다.[83] 이 점에서 '민중'이 가지는 감각을 그대로 재현하는 것에 그치지 않는 창조적인 주관의 필요성이 제기된다. 김기진의 논의에 있어 예술 작품, 그리고 예술 작품을 창조하는 작가의 주관은 한편으로는 보다 폭넓고 진실된 민중적인 생활에 접근하려 노력해야 하는 한편, 동시에 억압되고 위축되어 있는 민중적 생활을 해방시킴으로써 현상적인 사실성을 넘어 새로운 사실성에 도달해야 할 임무를 가지고 있다. 그리고 바로 이러한 맥락에서 이 시기 김기진 비평—비평이라기보다는 오히려 산문—의 독특한 에세이적 성격이 탄생한다. 「Promenade Sentimental」[84]로부터 시작하여 「마음의 폐허」[85], 「눈물의 순례」[86], 「불에 더운 살뎅이」[87] 등으로 이어지는 김기진의 산문들은 에세이와 문학론이 결합하고 있다는 특징을 지닌다. 김기진은 이러한 글들에서 경성 도처에서 발견되는 '민중'들의 비참한 생활상을 제기한 뒤 이를 조선의 문학 혹은 일본의 문학작품 속의 장면들과 병치시키며 당대의 문학에 대한 비판적 평가·새로운 문학에 대한 요청이라는 비평적 작업을 진행한다. 가령 「마음의 폐허」에서 김기진이 먼저 바라보고 있는 것은 광화문 앞에 서 있는 두 마리의 해태상이다. 화자에게는 마치 해태가 우는 것처럼 느껴진

---

82) 김기진, 「명일의 문학과 금일의 문학」 54쪽.
83) 이 점에 관해서는 김기진, 「지배 계급 교화 피지배 계급 교화」, 『개벽』 44호, 1924. 1, 16~17쪽 참조.
84) 『개벽』 37호, 1923. 7.
85) 『개벽』 42호, 1923. 12.
86) 『개벽』 44호, 1924. 1.
87) 『개벽』 50호, 1924. 8.

다. 해태가 우는 것은 '부업품 공진회' 때문이다. 즉, 일본 자본의 무자비한 침윤으로 국내의 소생산자들이 몰락하는 것이 해태가 우는 이유이다. 이어서 그는 그가 경성에서 만난 사람들을 하나씩 떠올린다. 문방구 잡화상을 하다가 망해서 시골로 떠나는 사람, 새우젓을 가지고 멀리 장사를 다니는 사람, 구루마를 끄는 동무들이 그들이다. 그들은 '부업품 공진회'가 '해태'를 밀어내는 것과 똑같이 '부업품 공진회'에 의해서 밀려나는 사람들이다. 따라서 화자에게는 그들 또한 '해태의 울음'을 울고 있는 것으로 보인다. 이어서 진술되는 것은 김기진이 자주 언급하는 나카니시(中西伊之助)의 소설 주인공들의 대화이다. 여기서 '나카니시'의 소설과 그 직전에 묘사된 경성 민중들의 생활 및 감정과의 유사성이 검출되며, 김기진은 이를 근거로 하여 결말 부분에서 "새로운 건설의 힘"을 문학작품에 요구하게까지 이르게 된다.

이상에서 『개벽』 지면을 중심으로 김기진, 박영희, 박종화 등이 예술적 형식에서의 사실성 개념을 비판하고 사실성 개념을 재구조화하는 과정을 살펴보았다. 이들의 비평적 작업은 무엇보다도 우선 예술적 형식에서의 사실성 개념을 비판하고 또 다른 사실성을 수립할 것을 촉구한 비전문적인 문인들의 반응이라는 외부적 충격으로부터 촉발되었다고 할 수 있다. 이러한 외부적 충격을 적극적으로 수용한 몇몇 문인들에 의해 이루어진 사실성 개념의 재구조화 과정은 두 가지 계기를 통하여 진행된다. 그 한 가지는 예술적 형식에서의 사실성 개념에 대한 비판이며, 다른 하나는 1920년대 초반 문학론의 기획을 재해석하는 것이었다. 이들의 논의는 사실성 개념을 이중화시켜서 파악하며 현상적 차원에 놓인 사실성을 초월하여 진정한 사실성을 추구할 수 있는 작가의 창조적 주관을 중요시 여겼다는 점에서 1920년대 초반문학론의 직접적 연장선상에 서 있다. 그러나 그럼에도 이들은 초월적인 사실성의 영역을 담지하는 새로운 주체로서 관념적 '민중'을 설정함으로써 관념적 '민중'과 작가의 주관의 일치 여부를 바탕으로 실천적 비평의 가능성까지 확보할 수가 있었다. 그리고 이러한 새로운 사실성 개념을 근저로 하여 이루어진 실천적 비평의 예로 김기진의

'감각론'과 박종화의 '힘의 예술론'을 꼽을 수가 있었다는 것이 4장의 주된 논지이다.

5. 결론

이상에서 1920년대 초반 비평에 드러나는 사실성 개념의 전개양상을 살펴보았다. 1920년대 초반 비평의 사실성 개념은 크게 세 단계로 진행된다. 첫번째 단계는 사실과 허구와 예술과의 관계를 다각도로 탐구하면서 현상적으로 나타나는 사실성을 뛰어넘는 새로운 사실성을 요청한 뒤 이 초월적 사실성을 개개인의 창조적 주관을 통해 표현하기를 기대했던 1920년대 초기 문학론의 입장이었다. 그러나 이러한 관점이 제시하고 있는 사실성 개념은 지나치게 상대적이며 또한 지나치게 추상적이라는 점에서 실천적 비평으로까지 나아갈 수 없었다. 따라서 근대적인 문학작품이 쌓이고 실천적 비평의 영역이 성립하면서 사실성 개념은 일정한 굴절을 겪는다. 즉, '조선문학'의 관점에 기반하여 장르적 관습을 바탕으로 예술적 형식 차원에서의 사실성 개념으로서 핍진성·묘사 및 디테일의 정확성이 사실성 개념의 두번째 단계로서 성립한다. 그러나 이러한 사실성 개념은 독자들의 전적인 지지를 얻어내는 데 실패한다. 외부적 충격으로서의 사실성 개념의 재정립에 관한 요구가 비전문적인 문인들에 의해서 제출되었던 것이다. 따라서 이러한 외부적 충격을 적극적으로 수용하면서 사실성 개념을 재구조화하려는 움직임이 나타난다. 이러한 움직임은 사실성 개념을 이중적으로 파악하고, 현상적인 사실성을 넘어 새로운 사실성을 제시하는 창조적 주관을 중요시하는 1920년대 초반의 문학론을 다시 수용하고 재해석하는 과정을 거치면서 이루어진다. 이렇게 사실성 개념을 재구조화하는 시도를 했던 논자들은 1920년대 문학론의 구조에 관념적으로 설정된 '민중'의 개념을 끌어들인다. 이로써 1920년대 초반의 사실성 개념은 창조적인 주관과 '민중'과의 일치라는 문제를 바탕으로 재구조화되어 실천적 비평에 적용될 수 있는 가능성을 가지게 되었던 것이다.

1920년대 비평에서 사실성 개념의 전개 과정을 이렇게 파악하는 것은 두 가지 점에서 중요성을 가진다. 첫째, 이 시기 사실성 개념의 전개 과정은 사실성의 개념이 공동적인 믿음의 체계로서 역사적인 상대성을 가지며 유동하는 것이라는 점을 암시한다는 점이다. 이 점에서 서구적 리얼리즘 이론에 근거한 선험적인 사실성 개념을 가지고, 혹은 현재 시점에서 성립하는 사실성의 개념을 가지고 1920년대 당대 소설의 사실성을 비판하는 것은 몹시 위험한 관점이라는 것을 알 수 있다. 이 시기 소설이 가지는 사실성, 그리고 이에 기반한 이 시기 소설에 대한 종합적인 해석은 당대적인 사실성 개념에 대한 면밀한 연구 위에서 평가되어야 한다는 것은 지금까지의 연구에서 흔히 간과되어온 것으로 마땅히 강조되어야 할 지점이다. 둘째, 그동안 인식론적인 단절로, 그리고 일본의 계급 문학의 무분별한 이식으로 이해되어왔던 경향문학의 이론이 실은 그 전대의 문학 이론 및 문학적 태도와 면밀한 관련을 맺으며 성립되어왔다는 점이다. 이 시기의 문학인들은 동시대에 존재했던 다양한 사상들을 종합하며 자신의 문학적 지향점을 설정했으며, 이 시기 다양한 문학적 경향의 수립은 사회주의, 민족주의, 예술지상주의와 같은 단일한 사상의 영향과 일대일로 대응시키는 것이 불가능하다. 실제로 이 시기 유행했던 신비주의와 같은 사상은 아나키즘을 포함한 사회주의와 완전히 대립되는 것이 아니었다. 따라서 이 시기의 사실성 개념은 특정한 인식론적인 단절을 통해서 불연속적으로 갑자기 수립된 것이라고 보기 어렵다. 후에 경향문학론을 펼치는 논자들이 펼친 문학론까지 포함하는 이 시기의 사실성 개념은, 오히려 다양한 사상적 경향, 동시대와 전대의 다양한 문학적 경향과의 지속적인 교섭을 통하여 형성되고 전개되었던 것이다. 1920년대의 독특한 사상적 상황에 대한 이러한 이해는 보편적인 의미에서의 '사실적 문학'의 발전과정으로 평가되어온 이 시기 문학에 대한 전면적 재평가가 필요하다는 점을 강하게 암시한다.

■ 참고문헌

1. 기본자료

『개벽』, 『동아일보』, 『서울』, 『여시』, 『조선문단』, 『창조』, 『폐허』, 『학생계』, 『학지광』, 『현대』

2. 논문 및 단행본

강인숙, 『자연주의 문학론』, 고려원, 1987.

김행숙, 「1920년대 초기 개별장르의 특성화 논리 연구」, 『민족문화연구』 37 호, 2002.

백철, 『신문학사조사』, 민중서관, 1953.

손유경, 「프로문학과 감각의 문제」, 『민족문학사연구』 32호, 2006.

손정수, 「한국근대초기비평에 나타난 자연주의 개념의 변모 양상에 대한 고찰」, 『한국학보』 27호, 2001.

손정수, 『텍스트의 경계』, 태학사, 2002.

송은영, 「1910년대 잡지에 나타난 장르분화와 언어의식」, 『석당논총』 48호, 2010.

유승환, 「김동인 문학의 리얼리티 재고」, 『한국현대문학연구』 22호, 2007.

_____, 「1920년대 초중반의 인식론적 지형과 초기 경향소설의 환상성」, 『한국현대문학연구』 23호, 2007.

이종호, 「일제시대 아나키즘 문학형성 연구」, 성균관대학교 석사학위논문, 2006.

이호룡, 『한국의 아나키즘』, 지식산업사, 2001.

임화, 「조선신문학사론 서설」, 『임화전집』 2권, 박이정, 2001.

조영복, 『1920년대 초기 시의 이념과 미학』, 소명출판, 2004.

Coward, Rosalind·Ellis, John, 『언어와 유물론』, 백의, 1994.

Mari, Nakami, 『야나기 무네요시 평전』, 효형, 2005.

■ Abstract

Transformation of 'reality' in early 1920's literary criticism

Yoo, Sung-hwan

This study aims to trace aspects of transormation of the concept of 'reality' in early 1920's literary criticism and to restore historical context behind the formation of the concept of 'reality'. one of remarkable phenomenon in early 1920's literary criticism was contradictory point of view that the literature should represent objective-world outside literatures, and that simple reflections of objective world was below the level of 'reality'. This point of view dualized the concept of 'reality' into reality of objective-world and literary reality which was meditated by creative subjectivity. This dualization was realated to the thought of reconstruction which broke out in this period. But critics of the time could not find formal method that was able to meditate dualized reality. So they could not find practical perspective that was able to evaluate reality of literary works.

Thus practical criticism after panel discussion of *Choseon-Mundan* used the concept of 'reality' as customs of western modern literary genres. Concretely, this concept of 'reality' meant accuracy of details and rationality of composition. The problem was these practical criticism didn't have enough power to instruct literary readers. New critical disciplines were demanaded in the mid 1920s. The New-Tendency-Group performed this work. They criticized 'reality' which were related to custom of western literary genres and reinterpreted dualized 'reality' in early 1920s. They emphasized on creative subjectivity, so they could be regarded as successor of critics in early 1920s. They established the concept of 'people' which produced the area of transcendent 'reality' ideologically. They suggested the possbility of practical criticism in this way.

• **Keywords** : critics in early 1920's, reality, creative subjectivity, conventions of genre, ideologic people.

부록

타카하시 칸야(高橋幹也) 씨와의 인터뷰 • 하타노 세츠코/번역 최주한

타카하시 칸야(高橋幹也) 씨와의 인터뷰

하타노 세츠코*
번역: 최 주 환**

《소개》

　　본고는 식민지 시대 효자정의 허영숙 산원 가까이 살고 있던 산파 타카하시 마사(高橋マサ)의 아들 타카하시 칸야(高橋幹也) 씨와의 인터뷰 내용을 정리한 것이다. 타카하시 집안은 당시 이광수 집안과 온 가족이 교류했다고 한다. 필자는 2014년 1월 11일 이와테현(岩手縣) 키타카미시(北上市)에 있는 타카하시 씨의 자택을 방문하여 첫 번째 인터뷰를 하고, 그 뒤 편지를 주고받으며 인터뷰 내용을 확인·보충하고 나서 5월 15일 최종 인터뷰를 했다. 인터뷰 내용은 타카하시 칸야 씨의 연보에 맞춰 정리했고, 각 시기에 대하여 필자의 질문과 타카하시 씨의 답변을 기록해두었으며, 필요한 곳에는 주석을 달았다. 허영숙과 타카하시 마사는 함께 1935년 토쿄의 닛세키병원(日赤病院)에서 연수했다. 1936년의 정월을 가족과 토쿄에서 보낸 이광수가 1월에 귀국하여 곧 효자동에 산원 준비를 위해 토지를 구입한 것은 타카하시 마사와 관계가 있을 가능성이 높다. 1938년 개원 후 마사는 산원에 일상적으로 출입했지만, 양 가족의 교류가 시작된 것은 1942년부터였다고 한다. 타카하시 칸야 씨와의 인터뷰 내용을 정리한 본고는 식민지 말기 이광수의 가정생활의 일면을 참고하는 데 좋은 자료가 될 것이다.

---

* 니가타현립대학 교수
** 서강대학교 교수

경과

2013년 11월 17일 메이지학원대학에서 개최된 국제 심포지엄 '이광수는 누구인가'에 참석하기 위해 이정화 박사가 일본에 왔을 때의 일이다. 토론자로서 참가했던 토호쿠대학(東北大學)의 마츠타니 모토카즈(松下基和) 씨가 이정화 박사에게 놀라운 이야기를 했다. 식민지 시대에 효자정(孝子町)의 허영숙 산원(産院) 가까이에 살고 있던 산파(産婆)의 아들이 지금도 건재하여 이와테현(岩手縣) 키타카미시(北上市)에 살고 있다는 것이었다. 종교학이 전공인 마츠타니 씨는 식민지 시대에 조선 반도에 살고 있던 기독교 신자를 조사하는 과정에서 타카하시 칸야(高橋幹也) 씨를 알게 되었다고 한다. 타카하시 씨의 집안은 그 무렵 이광수 집안과 온 가족이 교제했다고 한다. 타카하시 씨를 잘 기억하고 있던 이정화 박사는 이 이야기를 듣고 놀라서 마츠타니 씨의 휴대전화를 빌려 그 자리에서 타카하시 씨와 통화했다. 해방된 해로부터 68년 남짓 만의 목소리를 통한 재회였다.

이 사실을 알게 된 필자는 타카하시 씨에게 직접 이야기를 듣고 싶다고 생각하고 타카하시 씨에게 인터뷰를 신청하여 흔쾌히 허락을 얻었다. 2014년 1월 11일 눈 덮인 타카하시 씨의 자택에서 첫 번째 인터뷰를 하고, 그후 편지를 주고받으며 여러 차례에 걸쳐 인터뷰 내용을 확인하고 보충했다. 그리고 5월 15일 마지막으로 두 번째 인터뷰를 했다. 타카하시 씨는 경성중학교의 졸업생들과 오랫동안 『초류(潮流)』라는 동인지를 내고, 지금도 연 2회 정도 간행하고 있다. 당시의 일을 잘 기억하고 있는 것은 이 잡지에 경성 시절의 추억을 썼던 덕분이기도 할 것이다.

『潮流』第13号(2007)에 실린 타카하시 칸야의 회상기

이하에서는 타카하시 칸야 씨의 연보에 맞춰 인터뷰의 내용을 정리하고, 각 시기에 대하여 필자의 질문과 타카하시 씨의 답변을 기록했다. 그리고 필요한 곳에는 필자가 주석을 달았다.

◆ 1928년(昭和 3) 2월 22일. 이와테현(岩手縣) 모리오카시(盛岡市)에서 태어났다. 부친인 타카하시 하루토키(高橋春時)는 소학교 교원이고, 모친 마사(マサ)는 산파(産婆)였다.

◆ 1932년(昭和 7) 달력 나이로 5세.
부모가 누이와 동생을 데리고 조선으로 건너갔다. 나는 병약해서 일본에 남아 숙부 댁에서 1년간 살았다.

◆ 1933년(昭和 8) 달력 나이로 6세.
다른 숙부를 따라 조선에 갔다. 집은 경성의 코시쵸(孝子町)에 있었다. 그후 한 번 이사했지만, 역시 같은 효자정이었다. 부친과 모친, 4년 위의 누이 케이코(惠子), 나, 1년 아래 동생 소스케(宗輔), 가족은 모두 5명이었다.

◆ 1934년(昭和 9) 달력 나이로 7세.

종로소학교에 입학했다. 숙명여학교 뒤쪽에 있는 내지인의 소학교로 남녀공학이었지만, 5학년과 6학년은 남녀 각각의 학급이었다. 학급에는 항상 조선인 학생이 한두 명 있었다. 부친의 희망으로 특별히 이 학교에 들어온 양반 집안의 자식으로 항상 상위의 성적을 차지하는 우수한 아이들이었다. 효자정에서 종로소학교까지는 멀었다. 걸어서 30분 정도 걸렸는데, 누이 케이코와 함께 통학했다.

하타노: 내지인 소학생과 조선인 소학생들 사이에 교류는 있었습니까.

타카하시: 거의 없었습니다. 개인적으로도 집단끼리도 거의 교류가 없었습니다만, 그래도 다툼은 있었습니다. 집단끼리의 싸움이 되면 저쪽 편이 강했고, "발차기를 하니까 조심하자"고 우리 쪽이 두려워했습니다. 태권도라는 것이 그 무렵부터 아이들에게도 침투되고 있었습니다.

하타노: 동네 근처에는 조선인 아이들도 있었을 텐데, 조선인 아이들과는 함께 놀았습니까.

타카하시: 조선인 아이들은 많이 있었습니다. 그렇지만 함께 놀지는 않았습니다.

하타노: 종로소학교 학생들이 자주 놀러 갔던 곳은 어디입니까.

타카하시: 종로소학교 때는 삼각산(북악산), 농장산(農場山, 사투리로 노제아마)이라는 풀밭과 붉은 흙투성이 운동장, 인왕산, 도립 상업학교(현 경기상업고등학교)의 연못 스케이트장 등등. 겨울에는 경회루의 스케이트장에 자주 갔습니다.

◆ 1935년(昭和 10) 달력 나이로 8세.

모친인 마사(マサ)가 토쿄의 닛세키산원(日赤産院)에서 연수했다. 그 때

문에 1월 말부터 연말까지, 그러니까 소학교 1학년 3학기부터 2학년 겨울 방학까지 1년 남짓 만주의 안산(鞍山)에 사는 숙모 댁에 맡겨졌다.[1]

'세이케이센(淸溪川)'이라는 북에서 남서쪽으로 흐르는 개천이 있었고, 어디서나 내선인(內鮮人)이 이웃하여 살고 있었다. 지나인 마을은 있었지만, 일본인 마을, 조선인 마을이라는 구별은 없었던 것 같다. 어디서든 '이웃끼리'였다. 생활 속에서 조선인을 두렵다고 생각한 적은 한 번도 없었다. 다만 중국인은 두려웠던 기억이 있다. '보미루(宝美樓)'라는 중화요리점이 있어, 주방에서 주방장이 국수를 늘이고 있는 것을 친구들과 엿보고 있자면 주방장이 쫓아 나와서 무서웠다. 소학교 3~4학년 때였다고 생각한다. 또 효자정의 중화요리점 '보화루(宝華樓)'에는 '산파 타카하시'라고 하면 전화 한 통으로 무엇이든 배달받을 수 있었다.

◆ 1938년(昭和 13) 달력 나이로 11세.

효자정에서 허영숙 선생의 산원이 문을 열어 산파였던 모친이 출입하기 시작했다. 산파는 임산부에게 문제가 있을 때 곧 연락할 수 있는 의사가 없어서는 안 되기 때문에 산부인과 의사와는 유대가 강했다. 모친과 허영숙 선생은 무척 친했다. 허 선생이 "내게도 이런 시절이 있었답니다"라고 말하며 앨범에서 꺼내주었다는, 일본식으로 머리를 묶은 젊은 시절의 모습이 담긴 사진을 모친은 줄곧 갖고 있었다. 그러나 내가 이광수 부부와 만난 것은 누이가 죽고 난 후의 일이다.[2]

---

[1] 타카하시 씨는 이 시기에 대한 추억을 소설화하여 동인지 『초류(潮流)』 제22호에서 제26호까지 「버들개지 뿌옇게 날리는 하늘(柳絮のかすむ空)」이라는 제목으로 연재했다. 필자는 이 작품을 읽고 타카하시 씨의 이력을 조회하여 같은 시기 허영숙이 마사와 같은 병원에서 연수한 것을 알게 되었다. 허영숙은 1935년 8월부터 닛세키병원에서 연수를 시작했다. 이광수는 이해 말 토쿄에 와서 가족과 함께 해를 넘기고, 1월 조선에 돌아와 곧 '허영숙 산원' 부지로서 효자동 175번지를 구입했다. 허영숙과 타카하시 마사는 함께 조선에 있었던 점도 있고 해서 닛세키병원에서 보낸 반년 사이에 친해졌을 것이다. 효자정의 토지를 고른 데는 마사가 관여했을 가능성이 높다. 그러나 타카하시 씨는 아직 어렸고, 이때 일본에 가지 않았기 때문에, 이 시기의 일은 알지 못했다.

[2] 이 사진은 필자가 맡았다가 2014년 3월 필라델피아에서 개최된 ASS학회에서 이정화 선생께 건네드렸다. 그밖에 도테라(褞袍, 솜을 넣은 잠옷)를 입고 게다

◆ 1941년(昭和 16) 달력 나이로 14세.

몸이 약했던 탓에 6학년을 2년 만에 마치고 이해 3월 종로소학교를 졸업했고, 4월에 경성중학교에 입학했다. 경성중학교는 토쿄라면 부립(府立) 제1중학교에 해당하는 내지인 엘리트 학교였지만, 역시 학급에서 한 두 명은 매우 우수한 조선인 학생이 있었다. 이해 12월 28일 누이 케이코(惠子)가 폐결핵으로 죽었다. 열여덟 살이었다.

하타노: 내지인 중학생과 조선인 중학생의 관계는 어떠했습니까?

타카하시: 중학생끼리도 소학생끼리와 마찬가지였습니다. 떨어져 있으면 '발차기', 가까이하면 '박치기'가 날아온다고 우리들은 항상 경계하여, 서로 노려보는 자리조차 만들지 않으려고 했습니다. 조선인이 다니는 중학교는 많이 있었지만, 거의 잊었습니다. 다음의 세 학교는 기억하고 있습니다. 휘문중학교, 중앙중학교, 배재중학교, 그 외에 제1, 제2고등보통학교도 있었군요. 전부 국어(일본어)로 교육했고, 배속 장교도 있어서 교련 수업도 했던 듯합니다.

하타노: 경성중학교의 학생들이 자주 놀러 갔던 곳은 어디입니까?

타카하시: 경성중학 시절은 공부에 쫓겨 무리지어 놀러 가는 일은 없었습니다.

하타노: 학교 수업에서 가장 기억나는 것은 무엇입니까.

타카하시: 교련입니다.

하타노: 영화는 보지 않았습니까.

타카하시: 학교에서 금지하고 있었습니다만, 교복을 벗고 명치정(明治町), 황금좌(黃金座), 희락관(喜樂館) 등에 갔습니다. 「전격 이중주(電撃 二重奏)」라는 스기 쿄지(杉狂二)라는 배우가 출연한 영화가 기억납니다.

하타노: 죽은 누이 케이코 씨는 어느 학교에 다녔습니까.

타카하시: 소학교 졸업 후 제1고등여학교 시험에 실패했는데, 마침 부

(下馱)를 신은 이광수가 마당에서 담배를 피우고 있는 모습이 담긴 사진도 함께 건네드렸다.

친이 춘천의 소학교에 혼자 부임해 계셔서 춘천 고등여학교에 들어가 기숙사생활을 했습니다. 그리고 2학년부터 경성에 돌아와 제2고등여학교로 전학했지만, 결핵에 걸려 입원을 반복하다가 죽었습니다.

◆ 1942년(昭和 17)~1943년(昭和 18) 달력 나이로 15~16세.

모친이 허영숙에게 딸의 일을 이야기했고, 허영숙은 그것을 이광수에게 이야기했을 것이다. 이광수가 케이코의 투병일기를 읽고 감동하여, 그 일기에 글을 덧붙여 써넣는 형식으로 케이코와 이광수의 공저로 책을 내기로 이야기가 되었다. 가족은 교정쇄를 읽으며 교정을 도왔다. 장례식 후 이렛날의 법회 때 이광수가 그 원고를 낭독해주었다. 그때까지 이광수를 본 일은 있었지만, 정식으로 만난 것은 그때가 처음이었다. 웬일인지, 결국 이 책은 간행되지 않았다.

그 후 온 가족이 함께 교류하기 시작했다. 우리 가족이 그쪽 집에 가거나, 그쪽에서 우리집에 와서 식사를 하거나 이야기를 나누거나 게임도 했다. 코린토 게임(파친코와 같은 종류), 트럼프 7장 늘어놓기, 군가를 부르며 엎어놓은 그릇을 돌리다가 노래가 끝날 때 앞에 그릇이 놓인 사람이 벌칙으로 노래 부르기 등등.

이광수의 차남 미츠아키(光昭, 이영근)는 조선인이 다니는 중학교에 다녔다. 경성 시내에 있는 중학교였는데, 어느 학교에 다녔는지는 모른다. 급우가 장난으로 난로의 굴뚝을 벌집으로 만들어놓은 이야기를 하니, 그 녀석들, 그런 짓을 해서 어쩔 작정인가 하고 화를 냈던 일도 기억이 난다. 그는 항상 소리내어 영어 공부를 했고, 머리가 좋았다. 그런데 어째서 그런 중학교에 갔을까 하고 이상하게 생각했었다.[3]

---

3) 이영근 씨의 수필 「이런 일 저런 일」(『그리운 아버님 춘원』, 우신사, 1993)에 의하면, 1943년 봄 입학시험에 실패한 이영근을 중학교에 진학시키기 위해 이광수가 자식을 강서(江西) 중학교에 입학시키고 함께 강서에서 살기 시작했고, 병이 재발하여 서울로 돌아간 것으로 되어 있다. 이때 이영근도 함께 서울로 돌아가 서울에 있는 중학교로 전학했을 것이다.

하타노: 이영근 씨가 경성에 있는 중학교 입학에 실패하여 일단 시골 학교에 입학했고, 그러고 나서 경성에 있는 중학교로 전학하여 돌아온 일은 알고 있었습니까.

타카하시: 몰랐습니다. 그러고 보니, 가고 싶어서 간 학교는 아니라서 그렇게 욕설을 했던 것일까 하는 생각도 듭니다.

하타노: 누이도 춘천 고등여학교에 입학하여 2학년부터 경성제2고등여학교로 전학했다고요.

타카하시: 네. 부친이 잠시 춘천에 혼자 부임해 있었기 때문에 그곳에 있는 학교에 들어가 부친과 함께 지내고, 이듬해 서울로 돌아왔습니다.

하타노: 일단 시골 학교에 진학하고 나서 서울로 전학하는 방식은 입시에 실패했을 때 자주 통용되었습니까.

타카하시: 네. 자주 있는 일이었다고 생각합니다.

하타노: 이광수 집안의 아이들을 어떻게 불렀습니까.

타카하시: 테이카 쨩(庭花ちゃん), 테이란 쨩(庭蘭ちゃん), 미츠아키 상(光昭さん)이라고 불렀습니다. 산원은 카야마산원(香山産院)이라고 불렸고, 허영숙 선생님은 카야마 센세(香山先生), 이광수 선생님은 리 센세(李先生)이라고 불렀습니다. 제 인상에는 창씨개명은 강제는 아니었습니다. 종로소학교에도 경성중학교에도 홍상, 심상, 최상이라는 급우가 있었고, 어떤 구애나 차별도 없었습니다.

하타노: 정화는 '廷華'의 음독(音讀)이군요. 이정화 선생은 '카야마 미츠요(香山光世)'라고 창씨개명한 것으로 알고 있습니다만, 어째서 일본 이름이 아니고 그 이름을 사용했습니까.

타카하시: 모릅니다. 모친이 '테이카 쨩' '테이란 쨩'이라고 불러서 저도 그렇게 불렀습니다.4)

---

4) 허영숙은 토쿄에 연수하러 갈 때 아이들 셋을 데리고 갔는데, 이영근 씨는 곧 소학교에 입학할 예정이라 이광수와 함께 귀국했다. 이 무렵 허영숙과 서로 알고 지냈던 타카하시 마사는 여자아이의 이름을 일본식 발음으로 '테이카 쨩' '테이란 쨩'이라고 불렀을 것이다. 한편 이영근 씨의 이름을 부를 기회는 창씨개명 이후까지는 없었을 것으로 추정된다.

하타노: 카야마 집안의 언어에 조선어 악센트는 없었습니까.

타카하시: 있었다고는 생각됩니다만, 대체로 깔끔한 표준어였던 듯합니다. 이런 일화를 기억하고 있습니다. 카야마 선생(허영숙)이 모친에게 이야기한 것을 모친이 제게 들려준 이야기입니다. 카야마 선생이 외출하여 테이카 짱과 테이란 짱 둘이서 빈집을 지키고 있는데, 경찰인 듯한 사람 둘이 와서, 내용은 알지 못합니다만, 여러 가지를 물었다고 합니다. 그때 카야마 선생이 돌아오자 아이들이 와 하고 울며 품에 안겨서 일본어로 "엄마, 어디 갔었어" "왜 일찍 돌아오지 않았어" 하고 말했는데, 이 광경을 본 두 사람은 "응, 이것이 진짜다. 이광수는 진짜다"라고 말하는 것을 듣고, 카야마 선생이 울어버렸다는 것이었습니다.

하타노: 경성 사람들의 일본어는 표준어였는지 어땠는지 기억하고 있습니까.

타카하시: 경성 사람들의 언어는 토호쿠(東北) 말, 큐슈(九州) 말 등이 뒤섞인 '방언의 도가니'였습니다. 제 양친은 말다툼을 하면 토호쿠 말을 썼습니다. 저는 중학교에 들어가고 나서 표준어를 썼습니다.

하타노: 이광수가 도테라를 입고 게다를 신고 있는 사진은 자택의 마당에서 찍은 것입니까. 이광수는 자택에서 이 사진과 같은 차림을 하고 있었던 적이 있습니까.

타카하시: 아마도 자택이었던 것 같습니다만, 잘 모르겠습니다. 저희들이 그쪽 집에 가면 서양식 복장으로 나왔습니다. 저희 집에 초대되어 식사하러 오실 때는 한복 차림이었습니다.

◆ 1944년(昭和 19) 달력 나이로 17세.

이광수는 혼자 양주(揚州) 집에 틀어박혀 있었다. 이해 여름방학에 아우 소스케(宗輔)가 놀러가서 1주일 정도 지냈다. 거기서 좌선(坐禪)하는 방법을 배웠다는 이야기를 듣고, 부친은 이광수를 "고승(高僧)과 같은 분"이라고 말했다.

허영숙은 아이들에게는 독선적인 면모가 있었던 듯하고, 미츠아키(光昭,

이영근)는 모친에게 반항하게 되었다. 모친에게 이런 이야기를 들은 적이 있다. 하루는 영근이 자신과 충돌하여 집을 나갔다면서 허영숙이 뛰어들어 왔다. 둘이서 걱정한 끝에, 어쩌면 아버지에게 간 것이 아닐까라는 이야기가 나와서 전화로 연락을 했다. 그런데 전화를 받은 이광수가 기쁜 목소리로 "아아, 와 있지"라고 이야기하자, 허영숙이 씩씩거리며 노여워했다고 한다.

〈에피소드 1〉

모친이 허영숙에게 들은 이광수 부부의 젊은 시절의 '사랑 이야기'를 다른 아주머니에게 이야기하고 있는 것을 나도 곁에서 들어버린 일이 있다. 싸움이 났을 때 허영숙이 지나치게 시끄럽게 소란을 피워서 이광수가 도망나와 벽장 속에 들어박혀버렸다. 화가 난 허영숙이 거기까지 쫓아와 이광수를 억지로 끌어내려 하는 동안 왠지 모르게 분위가 좋아지고 말았다는 이야기로, 이 이야기를 들으면서 그런가, 두 사람은 연애 결혼인가 하고 생각했다.

〈에피소드 2〉

『경성일보』(우리집에서 구독한 것은 이 『경성일보』였지만, 혹은 이따금 읽고 있던 『오사카 마이니치(大阪毎日)』였을 가능성도 있다)에 파리를 해치우자는 캠페인 기사를 읽었는데, 거기에 이광수의 이름이 있었다. 저 유명한 작가도 「파리(蠅)」라는 소설로 파리의 박멸을 호소하고 있다고 씌어 있어서, 카야마 선생은 신문에 오르내릴 정도로 유명한 작가로구나라고 생각하고 기뻤다. 집에는 이광수의 『사랑』이라는 책이 있었던 것을 기억한다.

〈에피소드 3〉

홍청자(洪淸子) 씨라는 조선영화사(朝映)의 아름다운 여배우가 산원에 셋방살이를 하고 있어, 자주 허영숙과 충돌을 일으키고는 모친에게 울며 뛰어들어 왔다. 그녀는 나중에 아이가 생겨 그 아이를 안고 찾아오곤 해서 함께 놀아주었다. 사정은 잘 모르지만, 정말 예쁜 사람이었다. 지금도 나는 그녀의 사진을 갖고 있다. 이치카와 엔노스케(市川猿之助, 1888~1963 가부키 배우)의 양녀였다고도 들었다.5)

◆ 1945년(昭和 20) 달력 나이로 18세.

3월 본래는 5년제 졸업인 것을 '학기단축(學限短縮)'으로 4년 만에 경성 중학교를 졸업하고, 4월 경성의학전문학교에 진학했다. 집안끼리의 축하 모임에는 이광수도 와주었다.

7월 총검훈련 도중 졸도하고, 폐결핵이 발병하여 경성의전병원에 입원 했다. 이 무렵 어른들은 모이기만 하면 이대로 질 거라고 걱정하면서 이 야기했지만, 젊고 진지한 우리 학생들은 그런 말을 입에 올리는 것은 비 국민(非國民)이라고 생각했다.

8월 15일 아침 라디오에서 중대 발표가 있다고 알렸고, 낮에 라디오를 듣고 패전한 것을 알았다. 오후 동급생들이 와주었고, 경성 시내가 소란스 러워지고 있는 것을 알았다.

8월 16일 개성 소학교에 혼자 부임해 있던 부친이 경성에 돌아와서 병 원으로 나를 데리러 왔다. 이미 인력거도 택시도 사용할 수 없었고, 부친 에게 의지하여 집까지 걸어왔다.

나는 곧 허영숙 산원의 병실에 입원하여 진찰을 받고 투약 처방까지 받았다. 이윽고 가족도 집에서 내쫓겨 산원으로 옮겨왔다. 가족 모두가 허 영숙 선생의 신세를 지게 되었던 것이다.

허영숙 선생은 기가 셌는데, 기억하는 일이 한 가지 있다. 병실에 누워 있자니, 어떤 남자와 허 선생이 언쟁하는 소리가 들렸다. 이윽고 선생이 찰싹 하고 상대의 뺨을 때리는 소리가 들리더니, 남자가 쾅 하고 문을 닫 고 나갔다. 대단하다고 생각했다.

---

5) 그후 와타나베 나오키(渡辺直紀) 씨와 구인모 씨의 도움으로 홍청자에 대해 알 수 있었다. 그 무렵 조선악극단에 있었고 <조선해협(朝鮮海峽)>(1943)과 <병정 님(兵隊さん)>(1944) 등의 영화에도 출연했던 듯하다. 산원에 셋방살이를 한 것 이 아니라 출산을 위해 입원하고 있었던 것은 아닐까.

11월 가족이 일본으로 되돌아왔다. 덮개 있는 화물차의 긴 열차 가운데 1칸만 환자용 객차였고, 나는 거기에 탔다. 허영숙 선생은 그곳까지 따라 와서 헤어질 때 소리 높여 울었다. 열차는 중도에 몇 번이나 멈췄고, 부산 까지 하룻밤이 걸렸다. 열차가 고장났다고 하고는 승무원이 수리 비용을 걷으러 와서, 그때마다 일본인들에게 돈을 빼앗아갔다. 부산 부두에서 또 며칠인가 기다렸다. 환자인 나와 병간하는 모친은 다른 환자와 함께 사무 소 건물에 수용되었지만, 다른 사람들은 부두에 앉아 있거나 자거나 하면 서 기다렸다. 해산기가 있는 여인이 있어, 산파인 모친이 사무소까지 불러 들여 아이를 받아준 사건도 있었다.

◆ 1945년 귀국 후 현재까지

하카하타항(博多港)에 도착한 후 시마네(島根)의 친척집에서 1개월 정양 하고, 이와테현(岩手縣)의 외갓집으로 돌아갔다. 그 후 국립요양소에서 3년 동안, 집에서 4년 동안 요양했다. 본래라면 경성의전에서 일본의 의학전문 학교로 편입학이 허용되었을 테지만, 그사이 의학의 길은 단념하지 않을 수 없었다. 그후 스트렙토마이신과 파스(PAS, 결핵 치료제) 치료를 받아 결핵은 완치되었지만, 그사이 스토마이의 부작용으로 왼쪽 귀가 잘 들리 지 않게 되었다.

완치 후 타마가와대학(玉川大學)에 입학하여 농예화학을 전공하고, 고 등학교에서 생물·화학 교사의 길을 걸었다. 1962년(昭和 37) 4월 기쿠치 가즈코(菊池和子)와 결혼하여 2남 1녀를 두었다. 술을 가까이하지 않아서 86세인 지금도 건강하게 생활하고 있다.

「이광수 선생 부부를 생각하고」[6]

타카하시 칸야

『有情』을 손에 들고

이광수, 일본에서 그 이름이 일반 사람들 기억에서 사라진 지 이미 오래다. 그런데 그의 작품이 이 시대에 일본에서 출판되리라고 누가 생각했으랴. 나는 뜻밖에도 『有情』(1983년 고려서림 간)을 손에 들었을 때 40년 만에 이 선생의 온화스러운 얼굴에 접한 것 같은 기쁨과 흥분을 느꼈다. 1940년경 서울, 그 무렵 서울은 지금과는 달리 조용한 모습의 아름다운 거리였다. 그리고 여름에서 가을에 이르는 맑고 푸른 하늘은 이를 데 없이 아름다웠다. 그 하늘의 북녘에 서울의 수호신처럼 솟아 있는 북악산, 그 기슭에 효자동이라는 동리가 있었다. 거기가 내가 이 선생과 만난 땅이었다.

'이광수 선생과 허영숙 선생' 그 이름을 회상할 때 사무쳐 올라오는 것 같은 그리움과 함께 온갖 생각이 왕래해서 가슴이 뜨거워지는 것을 느낀다. 거기에는 時空을 넘은 영혼과 영혼의 교류가 있는 것처럼 느껴지고 그것은 또한 나에게 있어서 드높은 이광수 문학에 대한 부름처럼 느껴진다. 『유정』의 최석과 남정임은 이 세상에서는 결합될 수 없었지만 영혼의 세계에서는 반드시 연결됐겠지. 나도 이런 상념에 잠겼을 때 두 선생과 영혼의 세계에서 교류할 수 있는 것을 다행하게 생각한다.

참 『유정』에 그려진 사랑은 왜 그다지도 처절하고 아름다운 것일까. 그 전편에 흐르는 맑은 시정과 완고하다고 할 만한 스토이시즘, 이처럼 거센

---

6) 『역사비판』 8호, 1989. 원문 그대로 싣는다.

정념이 이처럼 냉철하게 승화해가는 사랑의 표현이 어디 달리 있었을까. 그것은 바로 그 나라 사람들의 격정성과 유교에 뿌리를 내리고 있는 윤리관이 자아내는 독특한 민족성을 표출한 민족문학 그 자체였던 것이 아니었을까. 나중에 친일파로 지탄을 받은 이광수의 도리어 가장 非日的 민족성을 미의 극치까지 응집해 보여준 작품, 『유정』에는 그런 일면이 있는 것 같이 생각된다. 일본어판 『유정』에는 나에게 있어서 또 하나의 감동할 측면이 있었다. 그것은 이 넓은 세상 한 구석에 한국도 아닌데 일본에서 이광수 문학에 뜻을 가지고 그 번역에 노력한 여러 사람들 즉 지명관 선생을 비롯한 '七人會'가 있다는 것을 처음 안 것이었다. 이광수 문학은 살아 있었다. 『유정』에서 시작해서 「嘉實」, 『사랑』, 「무명」 같은 명작이 금후 이들의 진력으로 계속 일본에서 소개될 것을 마음으로부터 기대해 마지않는다. 이름도 없는 시정의 독자의 한 사람인 이 사람이 이광수 문학과 이광수 허영숙 부부를 그리워하기 때문에 이 추억의 기록을 본지에 기고할 수 있는 영광을 가지게 된 것을 다행하게 생각한다. 이하 생각나는 대로 그 무렵에 있어서의 두 분의 모습을 소개해보고자 한다.

어느 술좌석의 날에

「皇軍은 전쟁터에 있고 나는 술취한다…… 인가」라고 술좌석이 한창일 때 이 선생은 은근히 자조적인 말투로 이렇게 독백을 하셨다. 그 얼굴을 술취한 눈으로 바라보더니 한 사람이 큰 소리로 말했다. 「뭘 그래요, 선생. 오늘은 幹군(필자)의 합격 축하회 아니요. 그런 것 잊어 버리고 자 마셔요, 마셔요, 건배」 그때까지 선생은 단정하게 앉아서 잔을 기울이고 있었으나 점점 흩어지기 시작한 좌석 속에서 이 긴박한 전시하에 이렇게 마시고 떠들어도 되는가고 自戒 섞인 말투로 푸념을 하셨던 것이었다. 1945년 4월 나는 경성중학에서 경성의전에 진학하였다(경성이라고 쓰는 것을 용서해 주기 바란다). 이미 물자가 부족한 시절이었지만 어머니가 여러 자리 쫓아 다녀서 안주를 마련하고 담임선생과 친지들을 불러서 간단한 자리를 마련했던 것이었다. 「자, 의사가 될 녀석. 어때, 한잔하지 그래. 오늘은 괜찮지. 축하해」 이렇게 떠들면서 어른들이 계속 잔을 준다. 쩔쩔매면서 아버지 얼굴을 슬금슬금 바라보면서 대여섯 잔 받았는데 열일곱 살 어린 몸에 상당히 알콜이 돌고 있었다. 그때 슬그머니 내 팔을 잡아서 자기 등 뒤로 나를 이동시켜 옆방으로 밀어낸 것이 이 선생이었다. 좀 더 마셔보고 싶다는 내 약한 흥분된 장난기를 조용하지만 엄연한 몸짓으로 제어하시는데 나는 견디지 못하고 자리에서 물러나고 말았다. 그것은 무언의 책망이었다.

이광수 선생과는 가족까지 깊이 사귀고 있었다. 그 당시 산파였던 내 어머니는 가까운 곳에서 개업하고 있는 산부인과의 허영숙 선생과 직업상으로도 가까이 지내고 있었다. 그 허영숙 선생의 부군이 이광수 선생이었다. 허 선생은 일본여자의전 출신의 여의사였지만 또한 취미에 있어서 훌륭한 음악가이기도 했다. 나는 선생에게서 오르간을 배웠다. 그 후에 음악 교사를 할 수 있게 된 것도 그 덕분이다.

이 선생은 당시 이미 많은 작품으로 알려진 문학자였을 텐데, 소년인 나에게는 그렇게 위대한 분으로는 보이지 않고 언제나 「産院의 李先生」에 불과하였다. 산원에는 세 사람의 친구가 있었다. 나와 동연배의 光昭(みつあき, 둘째 아들 영근의 창씨명─편자) 씨가 제일 위고 그 밑에 貞蘭 양, 庭花 양 두 여동생이 있었다. 광소 씨는 명랑하고 재기가 넘치는 수재형의 사람이고 언제나 방에서는 영어 독본을 낭독하는 소리가 들려왔다. 정란 양은 전쟁이 끝날 무렵에 5학년이고 정화 양은 1학년이었다. 두 사람이 다 귀여운 아이였다.

허 선생이 파아티를 즐기신 분이었을 것이다. 우리는 계절 따라 여러가지 구실로 초대를 받아 산원의 온돌에서 호화스러운 회식에 참여하였다. 산원의 어두컴컴한 낭하 한 구석에 언제나 석고 裸像이 희게 드러나 있는 것이 인상적이었다. 저명한 예술가의 작품이라는 것이었다. 그런 파아티에는 이 선생은 나타나시기를 그다지 좋아하지 않았지만 부인께서 끌어내다시피하여 자리를 함께 하셨다.

식사가 끝나면 모두가 삥 둘러앉아 한 사람씩 장기를 피로(披露)하였다. 옛날에는 사실은 음악가가 되고 싶었다는 허 선생이 먼저 시작하여 아름다운 소프라노로 그 지방 민요 같은 것을 들려주었다. 이 선생은 굵직한 목소리로 「거리 서북쪽 와세다의 숲에…」 하고 모교의 응원가 등을 불렀다. 그다음에 너는 하고 지명을 받아 나는 경성중학의 교가나 군가를 불렀다. 정화 양은 애틋하게 동요를 불렀다. 그러고는 모두가 박수를 칠 때 얼굴이 빛나던 것이 귀여웠다. 정란 양은 부끄러워하면서 「황성 옛터의 달」 같은 노래를 하였다. 노래가 끝나면 언제나 허 선생에게 달려들어 얼굴을 숨겼다. 그런 때에 긴 머리가 하늘하늘 어깨에 떨어지는 것이 매우 아름답고 귀여웠다. 그 무렵 나는 차차 어른이 되고 있었기 때문에 정란 양이 점점 아름다워지고 있는 것을 의식하게 되었었다.

그것을 갚는다는 것이었을까. 이 선생 가족을 우리 집에 초대한 것도 몇 번인가 있었다. 그런 때에는 이 선생만은 반드시 바지 저고리에 두루마기라는 한식 복장으로 오셨다. 일본 가옥 방에 한복이 풍기는 특이한 무드에 우리들은 손님을 맞이한 기쁨을 충분히 느낄 수 있었다. 또한 거기에 드높게 민족의 긍지를 견지하고 계시는 이 선생의 모습 같은 것을 어린 마음에도 느낄 수 있었다.

가버린 누나와(의) 공저

내게는 누나 한 분이 있었다. 글을 쓰기를 좋아하는 문학소녀였으나 이 선생의 지우를 얻기 전에 이미 폐결핵으로 18세의 생애를 끝마쳤다. 그런데 그녀가 병상에서 쓴 방대한 유고가 있어서 어느 때인가 그것이 이 선생의 눈에 띄었다. 뜻밖에도 좋은 평가를 받았다. 선생은 이미 저세상에 간 그녀를 무척 사랑해서 그녀와 의부녀 관계를 맺어주셨다. 그리하여 여러 군데다 「아직 만나지 못한 아버지로부터」라는 대화식의 삽입구를 넣어서 그것들을 한 권의 책으로 만들어주셨다. 선생과 누나의 공저라는 형식이었다. 우리들은 그 조판 교정을 몇 번이나 도와드렸다. 그러나 그것은 인쇄 직전에 종전 소란이 일어나 교정지대로 남아 그만 세상에 나와 햇볕을 보지 못하고 말았다. 따라서 그것은 선생의 연보 어디에도 들어가 있지 않다. 이 선생은 우리에게 세뱃돈을 주실 때 언제나 세 개의 조그만 주머니를 준비하셨다. 두 개를 나와 동생에게, 그리고 나머지 하나는 「케이코(惠子) 양에게 아직 만나지 못한 아버지로부터」라고 겉봉에 써서 누나 제단에 놓아주셨다.

언제나 보아도 미소를 띠시는 온화한, 그리고 어른들의 말에 의하면 정말 깊이가 있는 고승과도 같은 분이었다. 나는 아직 어려서 선생의 문학에 접할 기회는 가지지 못했지만 선생이 주신 몇 권의 저서 속에서 좀 두꺼운 한 권의 책에 『사랑』이라고 책등에 써 있던 것을 기억하고 있다. 그리고 어른들이 문학론을 전개하면서 「이 선생의 『사랑』은 그런 것이 아니라 좀더 깊은 커다란 사랑이야……」는 등 말하는 것을 듣고 나도 언젠가 그것을 읽어보고 싶다고 생각했었다.

종전 그리고 작별하고 나서

종전과 더불어 서울은 소란의 거리로 변했다. 지도층의 일본인에게는 물론 지금까지 친일파였던 여러 한국 사람들에게도 심한 단죄의 봉화가 일어났다. 선생은 그 표적으로서 가장 중요한 인물이었다. 선생은 난을 피하는 것처럼 시골에 은둔하고는 다시 서울에 되돌아오지 않았다. 우리에게 있어서도 그것이 선생과의 마지막 작별이었다. 시골에서는 「내 생각은 변하지 않아」라고 하시면서 매일 단정하게 앉으셔서 붓으로 같은 글자를 몇백 번씩이나 쓰면서 상념에 잠기고 계신다고 허 선생에게서 전해 들었을 뿐이었다.

그 땅과의 깊은 인연을 끊고 그해 세모에 우리는 륙색 하나로 일본에 되돌아왔다. 코가 얼 것같이 몹시 추운 날이었다. 용산역의 혼잡 속에 허영숙 선생이 전송하러 오셨다. 몇 주일 전부터 우리 가족은 집을 잃어버리고 난민처럼 선생의 산원에 들어가 있었다. 거기다가 나는 폐결핵 환자가 돼 있어서 산원의 한 방을 내 전용 병실로 내주었다. 전문 외지만 선생이 진찰해주시고 약도 주셨다.

그처럼 선생은 마치 멀리 추방당해가는 친척이라도 비호해주는 듯 무엇이든 모든 것을 헌신적으로 돌봐주셨다. 일본인 일가를 숨겨두는 것으로써 일어날 수 있는 유형무형의 불이익을 충분히 각오하시고 하시는 일이었다. 한쪽에서는 가장 사랑하는 부군의 안부를 염려하면서 또 한편에서는 자신들의 앞날에 대한 불안 등으로 선생은 초췌한 모습이었다. 그 선생을 그대로 남겨둔 채 떠나야 하는 우리들의 입장도 괴롭고 슬픈 것이었다. 떠나게 될 때 「그럼……」 하고는 울음을 터뜨리고 쓸쓸하게 사라져 간 허영숙 선생의 모습을 나는 영원히 잊을 수가 없다.

이 선생은 동란 때 북으로 납치되고 난 다음에 그 행방이 묘연한 채 알 길이 없다고 한다. 처형된 것인지, 병사하신 것인지……. 생각하면 생각할수록 마음이 아프다.

허영숙 선생과는 20년의 성상(星霜)을 지난 다음, 이상한 인연으로 개미길 같은 한 줄의 길이 틔어 한 번만 편지를 교환할 수 있었다. 그것은 정말 기적적인 해후였다. 그것은 내 외우 연세대 의과대학 徐廷三 교수의 도움에 의한 것이었다. 1969년 일이었지만 선생은 바로 그때에 또 커다란 재난을 겪은 직후였다.

"칸야 씨! 주신 편지 감사하게 읽었습니다. 편지를 받은 때가 바로 내가 재난을 겪고 있을 때이기 때문에 곧 회답을 드리지 못했습니다. 지난 7일 내가 거처하는 아파트에 화재가 났습니다. 그래서 헬리콥터로 병원에 입원하여 14일에 표기한 집으로 왔습니다. 물질적 육체적 손해보다도 정신적 충격이 커서 지금도 제정신이 아닌 것 같습니다.

칸야 씨의 정성어린 편지 몇 번이고 몇 번이고 읽는 동안에 눈물이 나와 편지를 적시고 말았습니다. 20년 전 용산역에서의 그 비극적인 작별. 두 번 다시 이 세상에서 만날 수 없으리라고 생각한 칸야 씨가 두 어린이의 아버지로서 내 앞에(내가 사진을 보냈기 때문에) 나타나리라고는, 경이와 환희의 심경 이 붓으로는 다할 수가 없습니다. 더욱이 잃어버린 일본어, 병중의 약한 나로서는 이 마음에 서린 정을 어떻게 표현해야 할지 모르겠습니다.

칸야 씨, 감사합니다. 당신은 재생하셨습니다. 당신의 인격이 당신을 재생시킨 것입니다. 그때 효자동 12호실에 계셨던 당신은 젊었었지요. 아니 젊다기보다는 어렸었지요. 그래도 늠름하고 침범할 수 없는 인격이 언제나 번뜩이고 있었습니다. 나는 화재를 만났지만 몸에 상처는 없고 물질적 손해도 없고 건강해서 이렇게 편지를 쓸 정도이니 안심해주십시오. 나는 금년에 73세, 4년 전에 미국에 가서 3년간 광소와 함께 살다가 왔습니다. 광소는 지금 40세. 존스·홉킨스대학 물리학 부교수로 애 다섯, 광혜(光惠, 장녀 정란의 창씨명─편자) 아이 둘, 광세(光世, 차녀 정화의 창씨명─편자) 아이 셋, 미국에 우리 가족이 16명 살고 있습니다. 춘원은 남북전쟁 때 납북되어 지금까지 소식불명. 대체로 이런 상태입니다. 칸야 씨의 양친께서 건재하시다니 무엇보다 기쁩니다. 동생도 아버지가 되셨다고요. 모든 것이 꿈만 같습니다. 그럼 안녕히 계십시오. 또 쓰지요."

선생은 그 후 얼마 되지 않아 다시 광소 씨 댁에 맞이되어 미국에 이주하여가신 다음에는 또 소식 불명이 되고 말았다. 저 귀엽고 아름다웠던 정란 양, 정화 양도 미국에 정주하고 있는 듯한데 역시 소식 불명이다. 모두 안녕하기를 다만 빌 수밖에 없다. 한국 근대문학의 선구자로서 부동의 위치를 가지면서도 일본과의 불행한 관계 때문에 문호 이광수에게 대한 칭찬과 시비는 지금도 복잡하다고 듣고 있다. 불운한 분이었다. 그렇지만 소년기의 나의 인간 형성에 바로 직접적으로 깊은 관련이 있었던 '산원의 이광수 선생과 허영숙 선생' 그 혼백은 언제나 살아서 여기에 있는 것 같은 생각이 든다. 그리고 내 영혼이 있는 한 언제까지라도 계속 함께 있어주시리라고 생각한다.

(일본 岩手縣黑澤尻南高校 교사)

춘원연구학회 회칙

제1장 총 칙

제1조 명칭
본 학회는 春園 연구학회라 칭한다.

제2조 목적
본 학회는 春園 文學과 그에 관련된 학술 연구에 목적을 둔다.

제3조 소재지
본 학회의 본부는 서울에 둔다.

제2장 회 원

제4조 회원
1. 일반회원 : 春園 李光洙를 연구하는 사람과 기타 한국 문학과 문화를 전공한 연구자로서 본 학회 이사의 추천으로 총회의 인준을 받은 사람.
2. 기관회원 : 본 학회의 취지에 찬동하고 임원회의 승인을 받은 기관.
3. 이사회의 결의에 의하여 특별회원과 평생회원 및 자문위원 약간 명을 둘 수 있다.
4. 회원의 年會費는 3만 원(대학생은 2만 원)으로 하며, 평생회원의 회비는 나이 50세 이상은 30만 원, 50세 이하는 50만 원으로 한다.

제5조 회원의 권리와 의무

회원은 다음과 같은 권리와 의무를 지니고 있다.

1. 회원은 선거권과 피선거권을 가지며, 본 학회에 관련된 제반 사항에 의견을 개진할 수 있으며, 본 학회의 의결에 투표권을 가진다.

2. 회원은 본 학회가 주관하는 모든 활동에 참여할 권리를 가진다.

3. 회원은 본 학회가 정한 회비를 납부하여야 하며, 본 학회가 요청하는 일에 적극적으로 협조할 의무가 있다. 회비를 이유없이 3년 이상 미납하였거나 본 학회의 일에 고의로 협조하지 않을 때에는 이사회의 결의에 따라 회원자격이 상실될 수 있다.

제3장 임 원

제6조 임원의 종류

본 학회는 학회의 운영과 사업을 위하여 다음과 같은 임원을 둔다.

1. 회장 : 1인

2. 부회장 : 약간 명(1인은 수석부회장)

3. 이사 : 약간 명(총무, 연구, 편집, 섭외) 및 지역이사 약간 명

4. 감사 : 2인

5. 자문위원 : 약간 명

6. 기타 필요할 시 간사를 둘 수 있다.

제7조 임원의 선임

본 학회의 임원은 다음과 같이 선임한다.

1. 회장 및 감사는 총회에서 선출한다.

2. 부회장은 회장이 지명하여 총회의 인준을 받는다.

3. 이사는 부서별로 회장이 임명한다.

4. 각 지역의 활동을 고려하여 약간 명의 지역이사를 둘 수 있다.

5. 자문위원은 본 학회에 공이 큰 사람으로서 회장의 추천을 받아 임원회의에서 추대한다.

제8조 임원의 임무

본 학회 임원의 임무는 다음과 같다.

1. 회장은 학회 업무를 총괄하고 학회를 대표하며 총회와 이사회의 의장이 된다.

2. 부회장은 회장을 보좌하고, 회장 유고시 그 직무를 대행한다.

3. 이사는 각 부서(총무, 연구, 편집, 섭외)의 담당 직무를 수행한다. 단 총무이사는 학회 업무 및 회원 관리를 위해서 간사를 둘 수 있다.

4. 감사는 본 학회의 학회 업무를 감사한다.

5. 자문위원은 본 학회의 중요 결정사항이나 계획에 대하여 자문에 응한다.

제9조 임원의 임기

본 학회 임원의 임기는 2년으로 하며 연임할 수 있다.

제4장 회 의

제10조 회의

본 학회는 총회, 이사회로 구분한다.

제11조 총회

1. 총회는 매년 가을에 개최하며, 회장과 감사의 선출, 예·결산의 심의 및 회칙의 제정 및 개정 등 기타 중요 사안을 의결한다.

2. 총회의 의결은 출석인원 과반수 이상의 찬성으로 결정한다.

제12조 이사회

이사회는 회장이 필요하다고 인정할 때 소집하며, 편집위원의 선정, 각종 규정의 제정·개정 및 회무 추진에 필요한 사안과 총회에서 위임된 사안을 의결 집행한다.

제5장 사업 및 운영

제13조 사업
본 학회는 다음과 같은 사업을 수행한다.
1. 연구발표회 및 학술토론회 개최
2. 춘원 이광수에 관한 연구자료의 발굴 및 정리
3. 학회지 및 연구 논저 간행
4. 다른 유관 단체와의 연계 협조 및 학술연구에 따른 교류사업
5. 춘원상의 수여와 기타 기념사업
6. 기타 필요하다고 인정되는 사업

제14조 학회지 발간
본 학회의 목적 사업 수행을 위해 연 1회 이상 학회지를 발간한다.
1. 학회지의 명칭은 '春園硏究學報'라고 한다.
2. 학회지는 연 1회 발간하며, 12월 30일에 발간하는 것을 원칙으로 한다.
3. 학회지 발간을 위한 세부적인 사항은 별도의 규정을 두며 논문 심사 및 출간 운영에 관한 업무를 편집위원회에서 관장한다.
4. 발간시 각 논문에 투고일자, 심사일자, 게재 확정 일자를 명기한다.

제15조 편집위원회
1. 편집위원회는 '春園硏究學報'의 논문심사, 편집기조 등을 결정한다.
2. 편집위원은 10인 내외로 이사회에서 추천, 회장이 위촉한다.
3. 편집위원장은 편집위원 과반수의 동의를 받아 편집위원회에서 선출하며 회장이 위촉한다.
4. 편집위원은 학회의 연구주제에 부합하는 연구업적과 활동지역을 고려하여 선정 임명한다.
5. 편집위원의 자격은 대학의 조교수 이상 또는 이에 상응하는 자격을 갖춘 자로서 학술연구 실적이 뛰어난 자이다.

제16조 재 정

본 학회의 재정은 회원의 회비, 찬조금, 인세 및 기타 수입으로 하며, 회계 연도는 매년 총회로부터 다음 총회 전일까지로 한다.

제17조 기 타

본 학회의 회칙에 규정되지 아니한 사항은 이사회의 결의와 통상 관례에 따르는 것을 원칙으로 한다.

제6장 심 사

제18조(투고자격)

투고된 모든 논문은 편집위원회의 심사를 거쳐 게재가 결정된다.

1. 투고자는 원칙적으로 본 학회 회원으로, 회비를 납부한 자로 한다.
2. 비회원의 논문 게재 여부는 편집위원회가 결정한다.

제19조(논문의 범위)

논문의 내용은 다음과 같은 내용으로 다른 학술지나 단행본 등에 발표되지 않은 새로운 원고로 한정한다.

1. 춘원의 문학과 작가 연구에 기여하는 내용.
2. 근대문학 연구에 기여하는 내용

제20조(심사위원)

심사위원은 투고된 논문의 전공분야에 연구업적이 있는 자로 논문 한편 당 3인을 편집위원회에서 위촉한다.

제21조(심사기준)

심사위원은 위촉받은 논문을 심사하여 게재, 수정 후 게재, 수정 후 재심사, 게재불가 등의 판정 소견을 편집위원회에 제출한다. 평가항목은 다음과 같다. 5항목으로 논문의 창의성, 방법의 적절성, 논리의 타당성, 체제의 적합성, 학문적 기여도 이다.

제7장 심사절차 및 심사규정

제22조(접수)

투고 논문은 학술대회 발표논문을 포함하여 편집위원장과 편집간사의 전자우편을 통해 수시로 받는다. 논문이 접수되면 접수 확인서를 투고자에게 메일을 통해 보내고, 논문접수대장에 기록한다.

제23조(예심)

투고된 논문은 편집위원회에서 세부 분야별로 분류하여 예심을 한다.

제24조(심사의뢰)

편집위원장은 예심을 거친 논문을 해당분야의 심사위원 3인에게 '심사의뢰서'와 함께 보내 심사를 요청한다.

제25조(심사)

심사위원은 심사의뢰서에 근거하여 위촉받은 논문을 심사하고 심사 평가란에 '게재 가', '수정 후 게재', '수정 후 재심사', '게재 불가' 가운데 택일하여 기록한 후 그 결과를 편집위원장에게 통보한다.

1. 심사의 공정성을 위해 원고 투고자와 심사위원은 서로 이름을 알지 못하도록 한다.

제26조(심사규정)

편집위원회는 수합된 심사결과보고서를 바탕으로 게재여부를 결정한다.

1. 각 심사위원의 평가 결과에서 2인 이상이 게재에 동의할 경우 심사에 통과한 것으로 간주한다.

2. 심사결과 2인 이상 '수정 후 게재' 판정이 있을 경우 편집 위원회는 논문의 수정해야 할 사항을 명기하여 투고자에게 통보하여야 한다.

3. '수정 후 게재' 판정을 받은 통보자는 1주일 이내에 수정보완 하여 다시 제출하여야 한다.

4. 편집위원회는 수정 후 게재 판정을 받은 후 수정이 성실하게 이행된

논문에 한하여 논문의 게재 여부를 다시 결정한다.

5. '수정 후 재심사' 판정을 받은 논문은 수정사항의 이행 여부를 확인한 후 심사위원에게 재심사를 의뢰한다.

6. 논문 수정에 시간이 필요하다고 판단되는 경우 게재를 다음 호로 미룰 수 있다.

7. 심사결과 2인 이상 '게재 불가' 판정이 있을 경우 무조건 반려한다. 단 1인 이하의 심사위원이 '게재 불가' 판정을 한 경우는 '수정 후 게재'에 준한다.

8. 심사 결과 '게재 불가'의 판정을 받은 논문의 경우 편집위원회에서 면으로 이 의견을 제시하여 재심을 요청할 수 있다. 이때 편집위원회가 타당하다고 인정할 경우 다른 심사위원을 위촉하여 심사를 의뢰할 수 있다.

9. 투고자에게는 논문의 게재여부를 명시한 '논문심사결과서'를 보내준다.

10. 발행 면수 제한 때문에 논문 편수를 더 줄여야 하는 경우에는 심사기준표에 따라 최하위 논문을 다음 호에 게재할 수 있다.

제8장 투고규정

제27조(투고)
투고는 홈페이지의 논문투고 메뉴를 통해 하거나 편집위원장의 전자우편으로 원고를 첨부하여 보내는 것을 원칙으로 한다.

제28조(접수마감)
접수마감은 10월 30일로 한다.

제29조(원고작성)
논문 작성요령은 별도로 정한 '투고논문 작성방법'을 따른다.

제30조(원고의 제출)
편집위원장의 이메일이나 편집간사의 이메일을 통해 보낼 수 있으며 우편 제출시 논문 겉표지에 '춘원연구학회 게재요청논문'이라 쓰고 보내는 사람의 이름, 주소, 전화번호, e-mail 주소를 쓴다.

원고를 보낼 이메일은 학회 홈페이지(http://cafe.daum.net/chunwon-study)의 공지를 참고한다.

제31조(심사비)

논문 투고자는 논문 투고시에 소정의 심사비를 학회 통장으로 입금해야 한다. 편집위원회는 심사의뢰시 심사위원들에게 소정의 심사비를 지급한다.

제32조(게재료)

심사 후에 편집위원회에서 게재가 결정된 논문은 소정의 게재료를 납부하여야 한다. 게재료는 일반 논문과 연구비 수혜 논문으로 구분하여 납부하며, 금액은 편집위원회의 내규로 정한다.

제33조(연구윤리)

연구윤리를 심의 감독할 위원회를 별도로 두지 않고 편집위원회가 겸무하되, 회장이 윤리위원장을 맡도록 한다. 연구윤리위원회 규정은 별도로 제정하여 총회의 인준을 받는다.

'한국학술단체총연합회'의 연구윤리 지침

1. 목적

이 지침의 학술연구분야 표절 및 중복게재 등과 관련한 기준을 제시하여 연구윤리에 대한 사회적 의식을 제고하고, 건전한 학문 발전에 이바지함을 목적으로 한다.

2. 연구자의 책임과 의무

연구자는 연구 활동 및 결과가 공통적 성격을 지니고 있음을 인식하고, 모든 연구수행 과정에서 연구윤리를 준수하기 위하여 노력한다.

3. 지침 적용

1) 이 지침은 모든 학문분야에서 발생하는 표절 및 중복게재와 관련한 제반 연구윤리 문제에 일반적으로 통용될 수 있다.

2) 이 지침은 대학, 학술단체, 정부출연연구소 및 기타 연구소 등 연구기관, 연구자지원기관 등의 관련 분야에서 적용할 참고자료를 제시하는 것이며, 지침에 대한 적용 및 최종 판정은 각 기관이 자율적으로 하는 것을 원칙으로 한다.

4. 용어의 정의

이 지침에서 사용하는 용어의 정의는 다음과 같다.

1) '표절'은 의도적이든 비의도적이든 일반적 지식이 아닌 타인의 아이디어나 저작물을 적절한 출처표시 없이 자신의 것처럼 부당하게 사용하는 학문적 부정행위를 말한다.

2) '중복게재'는 연구자 자신의 이전 연구결과와 동일 또는 실질적으로 유사한 학술적 저작물을 처음 게재한 학술적 편집자나 저작물 저작권자의 허락 없이 또는 적절한 출처표시 없이 다른 학술지나 저작물에 사용하는 학문적 행위를 말한다.

5. 표절 및 중복게재의 판정

1) 다음의 경우는 표절로 볼 수 있다.
   ① 이미 발표되었거나 출판된 타인의 저작물의 전부 또는 일부를 적절한 출처표시 없이 그대로 사용하거나 다른 형태로 바꾸어 사용한 경우
   ② 연구자가 자신의 동일 또는 유사한 가설, 자료, 논의(고찰), 결론 등에서 상당부분 겹치는 학술적 저작물을 적절한 출처 표시 없이 동일 언어 또는 다른 언어로 중복하여 게재한 경우
   ③ 하나의 논문으로 발표해야 할 내용을 여러 논문으로 고의로 나누어 게재한 경우, 단, 연속 논문은 제외

6. 표절 및 중복게재에 포함되지 않는 유형

1) 다음에 해당하는 유형은 표절에 포함되지 않는 것으로 볼 수 있다.
   ① 독창성이 인정되지 않는 타인의 표현 또는 아이디어를 이용하는 경우
   ② 여러 개의 타인 저작물의 내용을 편집하였더라도 소재의 선택 또는 배열에 창작성이 인정되는 출처 표시를 한 편집저작물의 경우
   ③ 기타 관련 학계 또는 동일 분야 전문가들 사이에 표절이 아닌 것으로 분명하게 평가되고 있는 경우
2) 다음에 해당하는 유형은 중복게재에 포함되지 않는 것으로 볼 수 있다.
   ① 자신의 학술적 저작물을 인지할 수 없는 다른 독자군을 위해 일차와 이차 출판 학술지 편집인 양자의 동의를 받아 출처를 밝히고 게재한 경우
   ② 연구자가 자신의 선행연구에 기초하여 논리와 이론 등을 심화 발전

시켜 나가는 연구과정(국내·외 학술대회에서 발표 후 출판된 논문 및 자료의 경우 포함)에서 적절한 출처 표시를 한 후속 저작물

③ 이미 발표된 자신의 학술적 저작물을 모아서 출처를 표시하여 저서로 출판하는 경우

④ 자신의 학술적 저작물의 내용을 연구업적에는 해당하지 않는 출판물에 쉽게 풀어 쓴 경우

⑤ 기타 관련 학계 또는 동일 분야 전문가들 사이에 중복게재가 아닌 것으로 현저하게 평가되고 있는 경우

3) 각 기관은 1) 및 2)에 해당되는 사항이더라도 구성원들의 합의에 의하여 표절 및 중복게재에 포함되는 것으로 할 수 있다.

7. 인용 및 출처 표시 등

1) 연구자는 다른 저작물을 인용할 때 이용자들이 그 출처를 파악할 수 있도록 인용된 저작물의 서지정보(전자자료 포함)를 정확하게 표기한다.

2) 연구자가 인용하는 분량은 자신의 저작물이 주가 되고 인용되는 것이 부수적인 것이 되는 적정한 범위 내의 것이어야 한다.

8. 판정 절차, 기간 및 활용 등

1) 연구자가 소속 또는 가입된 기관은 표절 및 중복게재 여부를 정확하게 판정할 수 있는 심사 제도를 마련한다.

2) 연구자가 소속 또는 가입된 기관은 연구자가 표절 및 중복게재 행위를 했다고 의심할 만한 이유 및 의혹이 제기된 경우 판정 절차를 즉시 개시한다.

3) 연구자가 소속 또는 가입된 기관은 표절 및 중복게재 의혹이 제기되어 사안 발생을 알게 된 날로부터 최소 7개월 이내에는 자체적으로 판정하여 결론을 내림으로써 사회적 혼란을 최소화하도록 노력한다.

4) 표절 및 중복게재 사안 관련 기관이 2개 이상인 경우 기관 간 협의를 통하여 결정한다.

5) 연구자가 소속 또는 가입된 기관은 표절 및 중복게재 판정결과를 연구자의 인사 및 연구업적 평가에 반영할 수 있는 합리적인 방안을 마

련한다.

9. 표절 및 중복게재 예방 노력

1) 연구자가 소속 또는 가입된 기관, 학술단체, 교육기관 등은 표절 및 중복게재를 예방하기 위하여 관련 교과목 개설, 예방교육, 올바른 인용방법 교육 등 합리적이 방안을 마련하여 이를 시행한다.

2) 연구자가 소속 또는 가입된 기관, 학술단체, 교육기관 등은 연구자가 표절 및 중복게재의 개념 및 유형, 판정 기준 등을 명확하게 알 수 있도록 관련 규정을 마련하여 운영하고, 그 내용을 소속 연구자들에게 공지하여 표절 및 중복게재 예방에 노력한다.

3) 정부는 표절 및 중복게재 예방과 관련된 자율적인 연구윤리 정착과 건전한 학술연구 수행을 지원하고, 이를 촉진하기 위하여 노력한다.

10. 적용시점

이 지침은 2010년 1월 1일부터 적용한다. 다만, 연구자가 소속 또는 가입된 기관, 학술단체, 교육기관 등에서 표절 및 중복게재 판정결과 활용을 위하여 소급하여 적용할 때에는 구성원의 합의 하에 정하는 것을 원칙으로 한다.

彙報

◎ 춘원연구학회 **2014년** 사업보고

2014.02 학술대회/학보/ 뉴스레터 기획 회의

2014.05 학술대회 2차 기획회의

2014.09 학술대회 준비 회의

2014.09 제 8회 춘원연구학회 정기총회 학술대회/학술답사

2014.10 학술대회/학보 기획 회의

2014.11 편집회의

2014.12 춘원학보 제7집 발간

◎ 춘원연구학회 **2015년** 사업계획보고

2014.02 학술대회 준비회의

2014.03 제 9회 춘원연구학회 학술대회

2014.04 학술대회 기획, 춘원학보 제 8집 발간 준비회의

2014.05 편집회의

2014.06 춘원학보 제 8집 발간

2014.08 학술대회 준비회의

2014.09 제 10회 춘원연구학회 정기총회 학술대회/학술답사

2014.10 춘원학보 제 9집 발간 준비회의

2014.11 편집회의

2014.12 춘원학보 제 9집 발간

덕(德)의 향기가 만리(萬里)를 넘습니다.

윤홍로

(춘원연구학회장, 단국대 명예교수, 전 단국대 총장)

　광동중학교에서 춘원 이광수 선생을 명예교장으로, 춘원 선생님의 막내 따님 이정화 박사님을 명예이사님으로 추대식에 초청받은 날은 2014년 9월 30일이었습니다. 우리 춘원연구학회 회원 일행이 그날따라 유난히 청명한 가을 날씨에 광동으로 가는 길은 북한산 도봉산을 끼고 돌면서 깊은 감회로 소용돌이쳤습니다. 운악산이 품고 있는 광릉의 숲 속에 자리 잡은 광동중학교로 들어서자 또 다른 숲의 아름다운 향기가 풍겨 나와 일행의 마음과 영혼이 깨끗해지고 평화로운 기분으로 안정되었습니다. 광동학원 이사장 일면 큰스님과 박병선 교장 선생님의 인자하신 안내와 감명 깊은 추대식 그리고 학교 숲을 직접 걸으시면서 우리 일행에게 숲 교육을 말씀하시면서 안내하시는 모습은 지워지지 않습니다. 나는 여기가 루소의 자연교육의 온상이라고 생각하였습니다. 교장 선생님의 숲 이야기는 자랑스럽게 수백 종의 나무들과 야생화로 가득 메우고 여기에 고추잠자리, 호랑나비, 꿀벌, 여치 등이 뛰놀고 연못에는 우렁이, 미꾸라지, 잉어 등이 헤엄친다는 말씀으로 이어집니다. 춘원 선생은 만물의 어머니인 '흙'을 사랑하였고 '생명'을 무엇보다 우선하셨습니다. 오늘의 교육 현장은 입시를 준비하는 학원으로 전락한 전쟁터가 되어 안타까운 현실에서 전인 교육을 목표로 하는 큰 틀을 가진 광동학교의 숲 교육은 막혔던 숨통을 뚫는 기쁨이었습니다. 광동의 교육은 결국 자아실현의 꿈을 키우고 건강한 민주시민의 삶의 그루터기가 될 것입니다. 지상의 아이들에게 최고의 행복을 심어주려면 온전한 인격의 틀을 마련해주어야 합니다.

춘원의 거의 모든 작품이 일제 말엽 금서(禁書)로 햇빛을 보지 못할 무렵에도 춘원은 『원효대사』(1942)를 발표하고 여기에는 "날마다 시시각각으로 아미타불을 부르는 소리가 나더라도, 업장(業障)이 귀를 막은 사람에게는 아니 들리는 것이다. 음란하고 허망한 소리에는 귀가 밝아도, 진리의 소리는 못 듣는 것이다"라는 글귀가 들어 있습니다. 춘원의 글에는 감옥 같은 일제의 검열망을 피하기 위한 암호가 숨겨 있습니다. 그의 글은 비범을 품은 평범한 문장으로 숨은 행간의 의미를 찾아내야 춘원의 본뜻을 찾을 수 있습니다. 춘원이 작사한 광동의 교가의 가사에는 일시적으로 구름에 가린다 해도 운악산은 천년만년 변치 않고 소나무와 잣나무는 겨울이 와도 늘 푸른 절개를 자랑하며 맑은 시냇물은 쉼 없이 바닷물을 향하듯이 광동의 인재들은 역경(逆境)을 극복하는 의지의 인간상을 향하여 끊임없이 노력하여 온 누리를 밝히라는 진리가 숨어 있다고 생각합니다. 광동학교에서 제6회(2008. 9. 24) '학교 숲의 날' 행사를 '생명의 숲 국민운동'으로 만들어 '숲 가꾸기 전국 대회'를 개최한 사실은 우리 민족 전체의 건강한 몸과 마음 운동의 종을 울린 것입니다. 하지만 아직도 그 생명의 소리를 듣지 못하고 깨닫지 못하는 사회 지도층과 교육자들이 많습니다. 춘원의 소설 『사랑』(1939)의 자서(自序)에서는 '벌레가 향상(向上)하기를 힘써 부처님이 될 수 있다'라는 경구(警句)를 읽을 수 있습니다. 이는 벌레처럼 육체나 정욕, 혹은 이기적 안일에만 집착하는 미물(微物)에 가까운 사람도 끊임없이 향상(向上)하기를 힘쓰면 부처가 될 수 있다는 일깨움입니다. 춘원은 타고난 재주는 지력이나 의지력으로나 체력으로나 천차만별이 있지만 그중에서도 '옳은 것' '아름다운 것'을 아는 힘, 느끼는 힘에 있어서는 더욱 그러함을 믿었습니다. 그러나 모든 생명이 무한한 향상과 진화를 향하여 고행의 길을 걷는다면 누구든지 부처님이 될 수 있다는 것을 힘주어 말한 것입니다. 광동의 교표 속에 연꽃과 다이아몬드의 도안이 있고 교목은 잣나무, 교화는 개나리, 교조는 크낙새인데 공통점은 역경(逆境)과 수난(受難)을 극복한 꽃이요, 나무요, 새요, 광석입니다. 운허의 위대한 역경(譯經) 사업과 춘원의 여러 가지 글쓰기 행위는 한결같이 중생 구원과 이타적(利他的) 자비를 목적으로 하여 역경(逆境)을 극복한 수행의 결과물입니다.

춘원 선생과 운허 스님과의 인연의 끈은 참으로 질겨서 생전에서뿐만 아니라 사후에도 서로 끊을 수 없나 봅니다. 운허와 춘원은 8촌간이라는 육친간의 혈육의 정을 훨씬 뛰어 넘었습니다. 우리 오천 년 역사상 가장 비극의 시대─일제강점기에 두 분은 위대한 민족의 파수꾼으로 혹은 전우애로서 서로 손을 잡고 힘을 합쳐 인간 승리자로서의 삶의 본을 보여주셨습니다. 두 분은 같은 고향 정주 땅에서 같은 해 같은 달에 전주 이씨 가문에서 태어나셨습니다. 춘원은 불과 24일간의 동갑내기 형(춘원은 1892년 음 2월 1일생, 운허는 음 2월 25일생)이지만 운허는 언제나 춘원을 육친의 형에 대한 예우와 우애(友愛)뿐만이 아니라 국권회복운동과 민족애(民族愛)의 동지로서 언제나 손을 잡아주었습니다. 두 분의 인연은 이승에서의 만남의 향기도 스러지지 않고 오늘에 이르기까지 이어지니 만 리에 남을 것입니다. 난의 향기는 백리를 가고(난향백리─蘭香白里), 먹(글)의 향기는 천리를 가지만(묵향천리─墨香千里), 덕의 향기는 만리를 가고도 남는다(덕향만리─德香萬里)라는 옛 글귀는 두 분의 아름다운 인연을 두고 이른 말인 것 같습니다

춘원 선생은 「대기만성(大器晩成)」(1933. 10. 11)이라는 짧은 글에서 남달리 뛰어난 큰 인물은 보통 사람보다 늦게 대성한다는 다음과 같은 글을 남기셨습니다. "숙성(夙成)한 사람은 숙성하는 일이 많다. 5세에 신동, 15세에 재동(才童), 25세에 범재(凡才)라는 말이 있다. 다 숙성한 자의 오래 못 가는 폐단 있음을 말한 것이다. ……거문고 10년, 퉁소 15년, 소리 20년이라고, 한 가지 일(一事), 한 가지 재주(一藝)에 정통하고 독특한 경지를 개척하는 데는 일생으로도 오히려 부족한 것이다. 조선의 청년은 큰 뜻(大志)을 가지라. 큰 뜻을 가지려거든 일생에 배우고 힘씀을 잊지 말라. 일생으로도 부족일진댄, 삼생사생(三生四生)으로 세세생생(世世生生─불교에서 몇 번이든지 다시 환생하는 일, 또는 그때)하여 대원(大願)을 성취하

고야 말리란 불퇴전(不退轉-불교에서 수행하는 도중에 좌절하여 마음을 딴 데로 옮기지 않는 일)의 큰 결심을 가질 것이다."

춘원은 '괴테'의 『파우스트』 읽기를 즐겼는데 『파우스트』는 괴테가 육십여 년의 세월에 걸쳐 이룩한 그의 필생의 대작입니다. 여기에는 괴테의 일생뿐만 아니라 '괴테 시대'라고 불리는 독일 문학상의 다채롭고 변화 많은 한 시대의 시대정신이 녹아 있어서 찬란한 기념비로 우뚝 서 있습니다.

광동인들에게 춘원의 뜻을 우리 학회가 전한다면 큰 뜻을 품고 온 누리를 빛낼 큰 인재가 되려거든 자기의 적성이 무엇인가를 찾아 일생을 외곬으로 달리시오. 그리하면 동방의 빛이 다시 광동에서 밝아질 것입니다.

제5기 임원진 명단

명예회장: 김용직(서울대)

회　　장: 윤홍로(단국대)

부 회 장: 김원모(단국대) 신용철(경희대) 송현호(아주대)

총무이사: 방민호(서울대)

연구이사: 정호웅(홍익대) 홍기돈(카톨릭대) 김동식(인하대)
　　　　　김현주(연세대) 권보드래(고려대) 황정현(고려대)
　　　　　서영채(한신대) 이동하(서울시립대)

편집이사: 이주형(경북대) 한승옥(숭실대) 문혜원(아주대) 이상백(시인)

재무이사: 장사선(홍익대)

정보이사: 송하춘(고려대) 이미순(충북대) 홍혜원(충북대)

섭외이사: 이정화(재미 생화학박사) 유양선(가톨릭대)
　　　　　배숙희, 송영순(성신여대)

해외교류: 이중오(뉴욕대) 김향자(재미 약학박사) 이성희(전 위싱턴대)
　　　　　하타노 세츠코(니카타현립대학)

자문위원: 이시윤(전 감사원장) 이재선(서강대) 김은전(서울대)
　　　　　이주영(경북대) 김경동(서울대) 김재은(이화여대)
　　　　　김창진(카톨릭대) 구인환(서울대) 임영무(상명여대)
　　　　　이석구(콜로라도 국립대) 배화승(춘원자료수집가)

감　　사: 노양환(우신사)

총무간사: 신문순(전경기여고 교사) 서은혜(서울대)
　　　　　나보령(서울대) 권세영(아주대)

명예편집위원: 김용직(서울대) 윤홍로(단국대)
　　　　　　　신용철(경희대) 김원모(단국대)

편집위원: 송현호 위원장(아주대) 방민호(서울대) 정호웅(홍익대)
　　　　　공종구(군산대) 최주한(서강대) 김영민(연세대) 정주아(강원대)
　　　　　박진숙(충북대) 김주현(경북대) 마이클 신(캐임브리지대)
　　　　　시라카와 유타카(큐슈산업대) 송명희(부경대)

春園研究學報 제7호

2014년 12월 20일 초판 인쇄
2014년 12월 30일 초판 발행

발행인 · 春園硏究學會
발행자 · 윤 홍 로
펴낸곳 · 푸른사상사

등록 · 1999년 7월 8일 제2-2876호
주소 · 서울시 중구 충무로 29(초동) 아시아미디어타워 502호
대표전화 · 02) 2268-8706(7) | 팩시밀리 · 02) 2268-8708
이메일 · prun21c@hanmail.net
홈페이지 · http://www.prun21c.com

ISBN 979-11-308-0389-0 94810
ISBN 978-89-5640-482-0 94810(세트)
값 28,000원

☞ 21세기 출판문화를 창조하는 푸른사상에서는 좋은 책을 만들기에 위해 노력하고 있습니다.
☞ 저자와의 합의에 의해 인지는 생략합니다.